金 學 叢 書
第二輯 23

吳 敢
胡衍南 霍現俊
主編

許建平《金瓶梅》研究精選集

許建平 著

臺灣 學生書局 印行

金學叢書第二輯序

　　2013 年 5 月第九屆（五蓮）國際《金瓶梅》學術討論會期間，胡衍南、霍現俊忙裏偷閒，時而小聚，漢書下酒，就中便有本叢書編輯出版一事。當時即擬與吳敢商談，以期盡快成議。只是吳敢當時會務繁多，此議終未提及。2013 年 7 月 3 日，胡衍南到徐州公幹，當晚至吳敢舍下小酌，此事即進入操作程序。此後電郵往來，徐州、臺北、石家莊三方輾轉，叢書編撰框架日漸明朗。2013 年 11 月 23 日，胡衍南再度到徐州公幹，代表臺灣學生書局與吳敢詳盡商談編輯出版事宜，本叢書遂成定案。

　　此「金學叢書」之由來也。

　　中國古代小說研究，重大課題眾多。近代以降，紅學捷足先登。20 世紀 80 年代，金學亦成顯學。明代長篇白話小說《金瓶梅》是中國文學史上一部里程碑式的重要作品，其橫空出世，破天荒打破以帝王將相、英雄豪傑、妖魔神怪為主體的敘事內容，以家庭為社會單元，以百姓為描摹對象，極盡渲染之能事，從平常中見真奇，被譽為明代社會的眾生相、世情圖與百科全書。幾乎在其出現同時，即被馮夢龍連同《三國演義》《水滸傳》《西遊記》一起稱為「四大奇書」。不久，又被張竹坡譽為「第一奇書」。《紅樓夢》庚辰本第十三回脂評：「深得《金瓶》壼奧」。魯迅《中國小說史略》認為「同時說部，無以上之」。

　　自有《金瓶梅》小說，便有《金瓶梅》研究。明清兩代的筆記叢談，便已帶有研究《金瓶梅》的意味。如明代關於《金瓶梅》抄本的記載，雖然大多是隻言片語的傳聞、實錄或點評，但已經涉及到《金瓶梅》研究課題的思想、藝術、成書、版本、作者、傳播等諸多方向，並頗有真知灼見。在《金瓶梅》古代評點史上，繡像本評點者、張竹坡、文龍，前後紹繼，彼此觀照，相互依連，貫穿有清一朝，形成筆架式三座高峰。繡像本評點拈出世情，規理路數，為《金瓶梅》評點高格立標；文龍評點引申發揚，撥亂反正，為《金瓶梅》評點補訂收結；而尤其是張竹坡評點，踵武金聖歎、毛宗崗，承前啟後，成為中國古代小說評點最具成效的代表，開啟了近代小說理論的先聲。明清時期的《金瓶梅》研究，具有發凡起例、啟導引進之功。

　　20 世紀是人類歷史上可足稱道的一個百年。對中國人來說，世紀伊始，產生了驚天動地的兩件大事：1911 年封建王朝的終結，1919 年「五四」新文化運動的興起。中國人

心裏承接有豐富的傳統，中國人肩上也負荷著厚重的擔當。揚棄傳統文化，呼喚當代文明，這一除舊佈新的文化使命，在中國用了大半個世紀的時間。觀念形態的更新、研究方法的轉變、思維體式的超越、科學格局的營設一旦萌發生成，便產生無量的影響，具有劃時代的意義。《金瓶梅》研究即為其中一例。

以 1924 年魯迅《中國小說史略》出版，標誌著《金瓶梅》研究古典階段的結束和現代階段的開始；以 1933 年北京古佚小說刊行會影印發行《金瓶梅詞話》，預示著《金瓶梅》研究現代階段的全面推進；以 30 年代鄭振鐸、吳晗等系列論文的發表，開拓著《金瓶梅》研究的學術層面；以中國大陸、臺港、日韓、歐美（美蘇法英）四大研究圈的形成，顯現著《金瓶梅》研究的強大陣容；以版本、寫作年代、成書過程、作者、思想內容、藝術特色、人物形象、語言風格、文學地位、理論批評、資料彙編、翻譯出版、藝術製作、文化傳播等課題的形成與展開，揭示著《金瓶梅》的研究方向。一門新的顯學——金學，已經赫然出現在世界文壇。

20 世紀 70 年代以來的當代金學，中國的吳曉鈴、王利器、魏子雲、朱星、徐朔方、梅節、孫述宇、蔡國梁、甯宗一、陳詔、盧興基、傅憎享、杜維沫、葉朗、陳遼、劉輝、黃霖、王汝梅、周中明、王啟忠、張遠芬、周鈞韜、孫遜、吳敢、石昌渝、白維國、陳昌恆、葉桂桐、張鴻魁、鮑延毅、馮子禮、田秉鍔、羅德榮、李申、魯歌、馬征、鄭慶山、鄭培凱、卜鍵、李時人、陳東有、徐志平、陳益源、趙興勤、王平、石鐘揚、孟昭連、何香久、許建平、張進德、霍現俊、陳維昭、孫秋克、曾慶雨、胡衍南、李志宏、潘承玉、洪濤、楊國玉、譚楚子等老中青三代，辨章學術，考鏡源流，營造了一座輝煌的金學寶塔。其考證、新證、考論、新探、探索、揭秘、解讀、探秘、溯源、解析、解說、評析、評注、匯釋、新解、索引、發微、解詁、論要、話說、新論等，蘊含宏富，立論精深，使得金學園林花團錦簇，美不勝收，可謂源淵流長，方興未艾。中國的《金瓶梅》研究，經過 80 年漫長的歷程，終於在 20 世紀的最後 20 年登堂入室，當仁不讓也當之無愧地走在了國際金學的前列。

此「金學叢書」之要義也。

本叢書暫分兩輯，第一輯為臺灣學人的金學著述，由魏子雲領銜，包括胡衍南、李志宏、李梁淑、鄭媛元、林偉淑、傅想容、林玉惠、曾鈺婷、李欣倫、李曉萍、張金蘭、沈心潔、鄭淑梅，可說是以老帶青；第二輯為中國大陸 20 世紀 80 年代以來學人的《金瓶梅》研究精選集，計由徐朔方、甯宗一、傅憎享、周中明、王汝梅、劉輝、張遠芬、周鈞韜、魯歌、馮子禮、黃霖、吳敢、葉桂桐、張鴻魁、陳昌恆、石鐘揚、王平、李時人、趙興勤、孟昭連、陳東有、孫秋克、卜鍵、何香久、許建平、張進德、霍現俊、曾慶雨、楊國玉、潘承玉、洪濤諸位先生的大作組成，凡 31 人 30 冊（其中徐朔方、孫秋克，

傅憎享、楊國玉，王平、趙興勤，因字數兩人合裝一冊），每冊 25 萬字左右。

　　天津師範學院（今天津師範大學）朱星是中國大陸金學新時期名符其實的一顆啟明星，他在 1979 年、1980 年連續發表多篇論文，並於 1980 年 10 月由百花文藝出版社結集出版了中國大陸新時期《金瓶梅》研究的第一部專著《金瓶梅考證》。朱星的研究結論不一定都能經得住學術的檢驗，但朱星繼魯迅、吳晗、鄭振鐸、李長之等人之後，重新點燃並高舉起這一支學術火炬，結束了沉寂 15 年之久的局面，這一歷史功績，應載入金學史冊。遺憾的是，朱星先生 1982 年逝世，後人查訪困難，只能闕如。

　　香港夢梅館主梅節可謂《金瓶梅》校注出版的大家，1988 年由香港星海文化出版有限公司出版《全校本金瓶梅詞話》；1993 年由梅節校訂，陳詔、黃霖注釋，香港夢梅館出版《重校本金瓶梅詞話》（該本後由臺灣里仁書局 2007 年 11 月初版，2009 年 2 月修訂一版，2013 年 2 月修訂一版八刷）；1998 年梅節再為校訂，陳少卿抄寫，香港夢梅館出版《夢梅館校定本金瓶梅詞話》。前後三次合共校正詞話原本訛錯衍奪七千多處，成為可讀性較好的一個本子。梅節由校書而研究，關於《金瓶梅》作者、傳播、成書、故事發生地等問題的認識，亦時有新見。可惜的是，梅節先生的論文集《瓶梅閒筆硯——梅節金學文存》2008 年 2 月由北京圖書館出版社出版，版權協商匪易，未能入選。

　　上海音樂學院蔡國梁 20 世紀 50 年代末即開始研習《金瓶梅》，寫下不少筆記，1980 年前後即依據筆記整理成文，1981 年開始發表金學論文，1984 年出版第一部專著[1]，累計出版金學專著 3 部[2]、編著 1 部[3]，發表論文多篇，內容涉及《金瓶梅》的思想、源流、人物、作者、評點、文化等諸多研究方向，是早期《金瓶梅》研究的主力成員。無奈聯繫不上，不得已而割愛。

　　國人研究《金瓶梅》的論著，最早是闞鐸的《紅樓夢抉微》[4]，但其只是一個讀書筆記。天津書局 1940 年 8 月出版之姚靈犀《瓶外卮言》，嚴格說也只是一個資料彙編。香港大源書局 1961 年出版之南宮生著《金瓶梅》簡說，算得上是一個原著導讀。臺北時報文化出版公司 1978 年 2 月出版之孫述宇著《金瓶梅的藝術》，可說是第一部文本研究的學術著作。該書全文收入石昌渝、尹恭弘編選的《臺港金瓶梅研究論文選》[5]。2011 年 3 月上海古籍出版社再版，增加了一篇作者自序，更名為《金瓶梅：平凡人的宗教劇》。

1　《金瓶梅考證與研究》，西安：陝西人民出版社，1984 年。
2　另兩部為：《明清小說探幽——明人、清人、今人評金瓶梅》，杭州：浙江文藝出版社，1985 年；《金瓶梅社會風俗》，天津：百花文藝出版社，2002 年。
3　《金瓶梅評注》，桂林：灕江出版社，1986 年。
4　天津大公報館 1925 年 4 月鉛印。
5　南京：江蘇古籍出版社，1986 年。

孫述宇先生本已與上海古籍出版社洽商同意編入金學叢書，並授權主編代理，忽中途撤稿，原因還是版權問題。

還有其他一些因故未能入選的師友：或已作仙遊[6]，或礙於本輯叢書的體例[7]，或因為版權期限，或失去聯繫等。凡此種種，均為缺憾。

儘管如此，第二輯連同第一輯 14 人 16 冊總計所入選的此 45 人 46 冊，已經是中國當代金學隊伍的主力陣容，反映著當代金學的全面風貌，涵蓋了金學的所有課題方向，代表了當代金學的最高水準。

此「金學叢書」之大略也。

臺灣學生書局高瞻遠矚，運籌帷幄，以戰略家的大眼光，以謀略家的大手筆，決計編撰出版「金學叢書」，實金學之幸，學術之福。主編同仁視本叢書為金學史長編，精心策劃，傾心編審。各位入選師友打造精品，共襄盛舉。《金瓶梅》研究關聯到中國小說批評史、中國小說史、中國文學史、中國文學評點史、中國文學批評史等諸多學科，是一個應該也已經做出大學問的領域。為彌補本叢書因為容量所限有很多師友未能入選的不足，特附設一冊《金學索引》[8]，廣輯金學專著、編著、單篇論文與博碩士論文，臚列學會、學刊與所舉辦之金學會議，立此存照，用供備覽。本叢書的編選，既是對過往的總結，也是對未來的期盼。本叢書諸體皆備，雅俗共賞，可以預測，將為金學做出新的貢獻。

此「金學叢書」之宗旨也。

金學已經不是一座象牙塔，而是一處公眾遊樂的園林。三百多部論著，四千多篇學術論文，二百多篇博碩士論文，既有挺拔的大樹，也有似錦的繁花，吸引著越來越多的研究者與愛好者探幽尋奇。不容置疑，傳統的金學，加上以文化與傳播為標誌的、以經典現代解讀為旗幟的新金學，必然展示著甯宗一先生的經典命題：說不盡的《金瓶梅》。

此「金學叢書」之感言也。

吳敢、胡衍南、霍現俊（吳敢執筆）

2014 年元旦

6　如王啟忠、鮑延毅、孔繁華、許志強諸先生等，駕鶴西去的徐朔方先生的精選集由其高足孫秋克代為編選，劉輝先生的精選集由其摯友吳敢代為編選。

7　本輯叢書乃論文精選集，字典、詞典與小塊文章結集便未能入選，《金瓶梅》語言研究的幾位專家如白維國、李申、張惠英、許仰民等因此失選。

8　吳敢編著，分上下兩編。

許建平《金瓶梅》研究精選集

目　次

肆、成書年代與版本

伍、作者研究

附　錄

壹、綜合研究

「《金》學」論

　　像西方稱莎士比亞的學問為「莎學」中國稱《紅樓夢》的學問為「紅學」一樣，人們也習慣稱《金瓶梅》的學問為「《金》學」，而且這個稱謂向來很嚴肅，沒有一點隨意、玩笑意味。將一部具有較高學術文化價值的名著視為專門學問，在中外文學史上已非鮮見。那是因為其自身博大深厚的內涵已遠遠超出文學自身領域，需有一個與其多學科交叉性質相對應的新名稱，以便拓寬研究者的學術視野，推進研究的深入。作為一部文學作品，眾多學科內容是以文學形式存在的，因此，作品的研究首先是文學的研究，是從文學入手兼及諸多相關學科的綜合性探討。以文學語言形式表現的諸多學科內容，不但同具文學性質，而且它們間有着天然的共質性，即以人為表現中心。那些再現一個民族性現象乃至提示人類共同情感、共同人性的作品，賦予研究本身以當代意義。這樣的文化學術精品吸引着一代又一代學人獻身其中，並不斷獲得回報，為世人打開一扇扇神秘的文化大門，拓寬着人們認知一個民族、國家的歷史乃至反觀現實的視域，為人類的文化精神建設增添奇光異彩。

　　將《金瓶梅》視為專門學問，不但是由於《金瓶梅》自身特殊的文化學術價值決定的，而且對於促進這一研究有着重要意義。其意義表現在三個方面。第一，將《金瓶梅》視為一個整體對象加以全面地把握，增強研究的整體性，克服見木不見林，考證者只是考證，評論者只是評論，搜集史料者不顧思想藝術，論思想藝術者脫離對基本問題考察的分割式作戰的弊端。學術研究的歷史證明，思維的狹窄、單一，研究過於碎細，難以有大的突破，甚至會滑向離中心愈來愈遠的無意義的繁瑣中，或者導致不解決任何問題的空洞說教。二十世紀取得卓越成就的小說研究大家無一不是全局在胸，由材料考證到思想論辯，由基礎的挖掘到文本的闡釋，由微觀到宏觀。胡適、魯迅、鄭振鐸是如此，馮雪峰、吳組緗、何其芳是如此，王利器、章培恒、袁世碩、黃霖也無不如此。所謂整

體性不是對一篇文章的要求，而是指研究的路數、研究者對被研究對象把握的整體性。即使一個人的研究總側重於某些基本問題的考證文本的闡釋，但思考的範圍則是一部書的全局，如胡適對《紅樓夢》《水滸傳》的考證，吳組緗對《儒林外史》的評論；朱一玄對幾大小說名著資料的整理，也可看出他的資料學思想。在《金瓶梅》研究中，有一種普遍的觀念，以為只要抓住一點一生鑽進去，就會有大收穫。於是有人搞作者考證專搞作者考證，手裏就那麼點資料，翻過來倒過去，說了若干年，道不出新東西。局部研究須是在對作品整體觀照下的局部探討，因為學術研究只有博方能深，知識博方可避免認知的缺陷、偏頗，方能打通研究對象間的壁壘，上下透徹，八面通達，方能由此及彼，由表及裏，否則便難以克服顧此失彼，似是而非的現象。第二，在強調整體性的同時，建立與《金瓶梅》自身特殊性相應的具有特定範疇、方法和目的意義的專學（這一項將在下文詳述），增強《金瓶梅》研究的理性自覺和該門學術的理論色彩。理論意識的增強與方法的自覺是推動研究進步的重要條件。第三，整體性與理論性的增強，可克服研究中的一般性、表面化、隨意性以及重複性，提高研究的有效性。

「《金》學」提出的必然性

什麼是「《金》學」？「《金》學」是指《金瓶梅》一書自身的學問。為了與金庸及其小說、金代文學、金石學、經濟學中的金融學加以區別，我們將其稱之為「《金》學」。

《金瓶梅》有何學問？其學問可謂大矣！這部寫實小說將明代中後期的社會生活盡收書底，涉及內容極為廣泛。就大者言之，政治、經濟、宗教、哲學、文學、民俗學、醫藥學、建築學、飲食學、占卜學等幾無所不包。就小者言之，官場內幕、朋友交往、家庭糾葛、經商關竅、情場虛實、尼姑僧道、星相占卜、三教九流，應有盡有，說它是明代中後期中國社會的縮影也可，說它是中國封建社會的百科全書也無不可。同時它的產生熔鑄着「新」與「舊」雙重元素：封建體制中的僵硬傳統與這個舊體制中孳生出的工商業文化的新元素。從而形成一種轉型文化，一種向近代社會演變的文化胚胎。這一性質使得此書具有不同於一般文學名著的特殊歷史地位和文化價值。它在文學發展史上的地位，即使後來受其影響的《紅樓夢》也無法替代它，從而成為從事中國古代經濟學史、社會科學諸學科史研究者不可繞過的關礙，形成多學科研究的交叉。這種眾多學科的交叉，用什麼名字涵蓋它呢？文學、小說學的學科概念顯然太小了。就像稱敦煌史料研究為「敦煌學」一樣，我們找不到比「《金》學」更適合它的稱謂了。多學科的交叉也為研究者提出了更高的學識要求，除了具備研究小說名著必須具備的廣博學識（如歷史學、

考據學、版本學、美學、哲學、心理學、宗教學等）外，還需具備研究它的特殊知識，如方言語音學、史料學、民俗學、地理學、飲食學、服飾學以及市鎮經濟、運河文化等知識。「《金》學」成為以文學為核心，容納眾多相關學科的一門綜合學問。

一部《金瓶梅》通身是謎，單就文學而言，便有說不清的謎底。在中國小說研究中，《金瓶梅》疑點最多，誘惑力最強，破謎的困難也最大。該書問世四百年來，其謎有多少，尚是未知數。大問題之謎不下數十種。如作者之謎，成書時間之謎，手抄本之謎，作序者之謎，流傳過程之謎，刻本之謎，地理位置之謎，第 53-57 回補入者之謎，引用他書材料有多少之謎，語言之謎，有無政治隱喻之謎，書中人物之謎等等。大謎中又暗藏若干小謎，單是作者為誰的人選也不下三十人，即一個作者之謎中又可裂變出三十多個小謎，真是大中有小，連環交錯，紛紛繁繁。

正因《金瓶梅》通身是謎，所以改革開放以來，引起了海內外學者的廣泛關注。《金瓶梅》研究作為新時期以來文化學術開放的一個重要標誌，迅速成為小說研究乃至古代文學文化研究界的一門顯學，一門僅次於「紅學」而與《水滸傳》研究相伯仲且大有後來居上之勢的顯學。曾有相當長一段時間，《金瓶梅》研究以每年百篇論文、幾部著作的速度遞增。自八十年代中期成立「中國《金瓶梅》研究學會」以來，已舉辦六次大型全國學術研討會，三次國際學術研討會。每次遞交會議的學術論文多者近百篇，其論述範圍極為廣泛，遠遠超出了文學本身。由此觀之，稱《金瓶梅》的學問為「《金》學」，絕非故弄玄虛，而是它自身的學術內容、學術價值、學術地位以及學術發展的態勢所規定的。

「《金》學」與一般小說學的關係

「《金》學」具有百科的性質，其涉及學術領域之廣泛遠遠超過小說學。然而《金瓶梅》作為一部古典小說名著，作為中國古代數以百千計的小說作品之一，其研究自不能脫離小說研究的範圍。一方面，研究古典小說的方法同樣適用於《金瓶梅》研究，如考證的方法與理論批評諸方法等。探討《金瓶梅》的文學價值，可以用歷史的哲學的美學的眼光，從小說觀念的演變、小說美學的進展、對小說批評學的貢獻、敘事方法的更新、寫人技巧的豐富、題材類型的創新、人生價值觀念的轉變等方面考察《金瓶梅》在中國小說發展史上的獨特地位與文化價值。「《金》學」研究非但不排斥這些學術視角與學術手段，而且將其視為自身學術操作的主要方法。另一方面，就研究的對象、範疇而言，與研究其他小說名著一樣，理應包括「內學」與「外學」兩部分。內學研究的對象是文本，指對《金瓶梅》一書文化意義的闡釋，如語言語義研究、思想藝術研究、文化價值

闡釋、評點研究等。「外學」主要研究文本生成的原因及其過程，如作者研究、成書過程研究、版本研究（處於內學與外學的結合部）、歷史、地域文化考察等。外學與內學是一個有機的整體，不可偏倚一端。

然而這些僅是統而論之，就像遠觀一排排住宅樓群，面貌結構無多大差異，一旦進入樓房內部，一旦涉及研究的具體東西，便覺得千姿百態，異彩紛呈，絕非遠觀時那個印象了。當然，每部小說都有它自身的個性，對它的研究也必有不同於研究其他小說的特點，這是勿庸置疑的。但是有些小說共性多於特殊性，或者說它自身的特殊性並不那麼明顯。這類小說敘述的內容往往是非現實的，所描寫的故事與作者毫無瓜葛，故而寫起來能放得開，任情揮灑，豪邁真率，無過多苦衷隱曲，諷喻性不強，所以它們自身的學術價值不高，研究這類小說，只用研究小說的常用手段就夠了。另有一類小說個性凸於共性之上，若只用思想藝術分析的一般理論方法，所見不過皮毛，總給人隔靴搔癢之感。這類小說敘述的往往是作者親身經歷的生活，筆端人物常是他非常熟悉的親朋好友或自己家庭成員，作者很可能就是書中的某人。所寫之事有許多是個人忌諱莫深之事，故作者一般不肯透露出自己的真姓名，寫起來不得不用曲筆、隱筆，造成真真假假、虛虛實實、迷離恍惚的意境。這樣的著作，如果思想平庸，水平一般，人們誰還去理睬它？更不會有人為之消耗自己的學術生命。奇怪的是它們偏偏都是出類拔萃的上上品、「天下之至文」，偌大中國幾千年歷史上，屈指可數的那麼幾本，足以稱得上國寶國粹。其魅力之大，竟使一代代讀者愛之若癡，趨之若狂，故而挖掘國學寶藏的學人們，也甘願去研究它，甘願為之付出自己的生命。於是便形成了一種「顯學」，一種獨特的學問。《金瓶梅》《紅樓夢》與《儒林外史》便是其中最典型的代表。

單就文本闡釋而言，動作小說、故事小說一看就懂，闡釋起來也無太大困難。《金瓶梅》卻並不那麼簡單，其故事乍一看「洞洞然易曉」，聽起來也格外悅耳，但細細一讀，疑點黑洞隨處可見。首先是「假宋寫明」，即水滸故事發生的時間是宋代，而作者實際寫明代的朝政與市井生活，於是將宋明兩代官職、宋明兩代京師、宋明兩代人物攪混在一起。這種「假宋寫明」本身就是作者精心設計的障眼法，一種作者便於自我遮飾的創作方法，如書中有一水秀才，與應伯爵為世交，兩人從小一處長大，應伯爵向西門慶舉薦他，一力誇讚他的才學、品德，這對應伯爵來說也許是出於真心。而當西門慶追根問底，偏要他舉出幾個實例來，那實例中的水秀才卻變了個樣兒，變為道德敗壞、才學低劣的小人。一個人物在同一人口中生出了一善一惡的兩副面孔。但到了第 80 回，應伯爵邀十兄弟湊分子祭奠死去的西門慶，又請水秀才寫祭文。「這水秀才平昔知應伯爵這起人與西門慶乃小人之朋，於是包含着裏面」，寫出一篇詠「生殖器」的祭文，將西門慶挖苦奚落一場。這裏的水秀才是以正面形象出場的。一好一壞，真真假假，虛虛實

實，水秀才究竟是位怎樣的人物？作者因何這樣寫他？是多餘之筆，還是別有他意？令人捉摸不透。黃霖先生考證出第56回水秀才的那篇〈詠頭巾〉的一詩一文是屠隆的作品。即屠隆就是書中的水秀才，或者說水秀才這一形象有作者的影子。果如是，那麼應伯爵故意說水秀才人品不好、才學不高顯然是個幌子，而透露出「水秀才」身世的蛛絲馬跡才是其真正用意。前者的水秀才是假，後者的水秀才方是真，那是一位玩世不恭有嘲諷之習的人。

不單寫水秀才如此，對書中的主要人物，作者也往往採用一虛一實、一重一輕、或一真一假的兩種筆墨加以描繪皴染。寫孟玉樓每遇金蓮就說出一大堆閒話，向這位六姐透露一些後院的秘密，好似一位長舌婦。而每當被點起肝火來的潘金蓮要惹是生非時，孟玉樓便收斂起笑容，正言相勸。翻閒話是虛，那不過是作者為了敘事方便而以玉樓的話聯綴故事，起穿針引線作用罷了。善言相勸是實，是以金蓮之惡反襯玉樓之善。即使像應伯爵這樣的人物，作者也是用真假兩種筆墨寫成的，他在西門慶前說的一堆堆正經話不過是阿諛奉迎、虛情假意而已。他的玩笑話、調侃語則又是笑中含諷，代作者諷刺挖苦人。

《金瓶梅》的藝術結構也是由表層與深層兩種結構對映成趣的。表層是「熱」，寫西門慶錢越掙越多，官越做越大，情場日日得意，家業興隆。而深層結構則是「冷」，如張竹坡言：「才生子便失壺，才結姻便失金」，這是熱中寓冷。「以合看失壺、失金二事，又是禍福吉凶相為倚伏」。[1]上半部的結構是「熱」，熱中寓「冷」；下半部表層結構是「冷」，冷中有熱。月娘向善，官哥出家，普靜禪師薦拔群冤，李安逃淫，愛姐守節，皆為熱矣！冷熱相濟，互為表裏，深意寓焉。對《金瓶梅》這一寫作方法，單靠一般的人物分析法，難以鞭辟入裏，得其三昧。

《金瓶梅》的創作主旨也有實有虛，有主有次。「情色」論與「色空」論在文本中反覆出現，猶似全書的主旋律，然二者一實一虛。「色空」是尼僧們高唱的主調，薛姑子演說《金剛科儀》中的一段話可說是《紅樓夢》中〈好了歌〉之祖。李瓶兒、西門慶喪葬時，道士、和尚口中念出的全是「色空」調子，什麼「時人不悟無生理，到此方知色是空」，什麼「一心無掛，四大皆空」等等，以至於有的研究者認為《金瓶梅》創作主旨是「色空」。「情色」論是作者在小說「入話」中奠定的基調，明確表白此一部書「單說情色二字」，並大段大段地引文論證「情色」二字的非同尋常，似乎意在挑明全書創作的主旨。主旨究竟是什麼？情色乎？色空乎？事實上情色為實，色空為虛，二者又實為一體。

1　《張竹坡批評金瓶梅》，濟南：齊魯書社，1991年，第43回回評，頁634。

「情色」構成了一部書情節的主體，作者意在宣揚「持盈慎滿」的情色觀，否定無節制的情色狂。「色空」就是對性欲狂的理性警戒，不過它在全書並不占主要地位。因為一來這些話多出自和尚尼姑之口，那是他們的本分，何足為奇？二來多見於人死後，「人死如燈滅」，「萬事皆空」本是世俗人情常理，也不足為怪。

說「情色」與「色空」為一體，是指它們統一於「人情」。「人情」乃人的感情的簡稱，官場之情、朋友之情、親戚之情、骨肉之情、世俗之情，皆包括其中，男女之情則又是人情的根基，在這部書中處於核心位置。「世情看冷暖，人面逐高低」「人在人情在」，這種人情勢力正是作者用意表現的東西。小說第80回寫西門慶一死，盜財的盜財，改嫁的改嫁，背主的背主，負恩的負恩，人情盡去。由此看來，所謂色空就是人情之空。「人情」實為一部書的「文心」所在。

以上僅是對《金瓶梅》創作路數中的一種「假宋寫明」虛實互用法的淺析。該書還有許多獨特撰寫法，如故事暗示法、借曲唱情法、空間象徵法、意象組合法、諷刺隱喻法等。由此可知，研究小說的一般方法既適用於「《金》學」研究，也有不完全適用者。《金瓶梅》一書的特殊性與其他小說相比格外突出。抓住特殊性，尋找相應的研究方法，對症下藥，方是解開《金瓶梅》之謎的金鑰匙。

「《金》學」研究的特殊性

《金瓶梅》研究的特殊性是什麼？這個特殊性是由《金瓶梅》成書特點與文本特點共同規定的。擇其要者，當有如下數項。

一、作者考證的特殊性（作者學）。對明清兩代小說名著的研究大都存在考證作者問題，考證《金瓶梅》作者又有何特殊性？其特殊性有以下三個方面。其一，成書時間不確定，或者說範圍太大，時間太長。《三國演義》《水滸傳》的成書時間也很長，但知道作者為施耐庵、羅貫中，又有諸多版本為參照，這樣成書時間便相對易於確定。而假宋寫明的《金瓶梅》既不知作者，又尋找不到一個手抄本，缺乏主要的參照物，只能從文本所描寫的生活入手，遂有嘉靖說、隆慶說、萬曆說，中間跨越半個多世紀。從這半個多世紀的文人中尋找作者，不啻大海撈針。其二，關於作者為誰，相關史料未留下確切信息，尋找起來漫無邊際。《紅樓夢》尚且有一段記述作者為誰的顯赫文字，明言「曹雪芹於悼紅軒中披閱十載，增刪五次」。《金瓶梅》的作者對自己來了個全封閉，就是當時的知情人也為作者諱，不明言名號。記載此部小說傳抄情形的明人筆記，僅留下一些相互矛盾的傳聞：或言「世廟時一巨公」「嘉靖間大名士」；或說「紹興老儒」「金吾戚里」的「門客」。「名士」「巨公」與「老儒」「門客」皆未確指某人，僅劃出人

的一種類型。「名士」的範圍還算小些，也有文籍資料可尋，至於「老儒」（門客也是老儒）無名無姓又從何處查尋呀！即使「名士」可查，在嘉靖後期至萬曆初期這段中國盛產名士時期，該有多少名士，多少文集，從何處入手呢？要遍翻這半個多世紀的文集，又談何容易！比以上說法查尋起來相對容易的是「蘭陵笑笑生」。然而〈欣欣子序〉是何時何人所寫尚且不明，有人稱其為書商偽托，可靠性先成了問題。儘管如此，新時期以來，大多從事作者考證的學人，多從這兩個（「大名士」與「笑笑生」）相對容易尋找的地方入手，又找出了三十餘位候選人，發表的考證作者的論著也相當可觀，但與作者問題的一錘定音，還有一些距離。更令人頭痛的是，一些研究者認定《金瓶梅》是下層藝人的集體創作，非文人獨撰。一大堆無名氏，毫無頭緒，無從下手，作者的尋找真是山窮水盡，「到此止步」了。有人稱作者考證是「《金》學」研究中的「哥德巴赫猜想」，可謂有感而發。其三，像《儒林外史》《紅樓夢》一類小說帶自傳體性質，作者就是書中某一人物，給學者的考證提供了大量的內證。而《金瓶梅》作者卻跳出書中人物之外，以局外人的身分敘事、指點，且態度是那樣的隱晦不明。你想從書中尋找些內證都很困難，這無疑使作者的尋找難上加難。

　　不過研究者們既不固執己見，也不洩氣，而是採取積極、冷靜、客觀的態度。在 1997 年大同《金瓶梅》國際研討會上，大家取得一致意見：苦讀明人文集，沒有鐵證不發言，表現出嚴謹求實的治學之風和迎難而上的精神，作者考證之難，由此可見一斑。我們稱對《金瓶梅》作者考證為「《金》學」中的「作者學」。

　　二、材料來源學。與其他小說相比，《金瓶梅》文本有一極特殊情況：作者充分利用超人記憶力，將爛熟於胸的戲曲、小調、小說、詩詞隨手寫入文中，化入預先設定的情節框架內，成為一部書不可分割的部分。隨之語言上便有了南腔北調，吃穿也來自五湖四海。於是弄清被拿來材料的來源，剔出作者獨撰文字的真面目，便成為《金瓶梅》研究的基礎工作。獨撰與挪用他書的文字分辨不清，所謂方言研究，所謂藉語言尋找作者的努力，以及一切以文本為依托的考察，都如建在沙灘上的大廈那樣不牢靠。所幸這項研究已取得了相當可觀的成績（指二十世紀後 50 年）。美國哈佛大學著名漢學家韓南教授的開拓之功，從事作者、版本、評點考證的中外學者的填補之力，周鈞韜先生的綜合考定之勞，使資料來源的面貌日漸清晰起來。

　　然而，我們如果將《金瓶梅素材來源》一書與《金瓶梅詞話》對查，便發現除了已知來源的文字外，幾乎每回都可再找到銜接不緊密、文風不統一、內容相矛盾、令人疑惑不定的文字片段。現以小說第 12、13 兩回的「回末詩」與「看官聽說」為例，略加說明。

　　第 12 回回末詩與這回正文所寫內容矛盾。正文寫劉理星為潘金蓮魘勝，效果很好，

西門慶與潘金蓮的關係來了個180度大轉彎,「過了一日兩,兩日三,似水如魚,歡會異常」。表明作者相信、肯定魘勝之法。但令人感到奇怪的是,直接表明作者意見的「看官聽說」,竟唱出了下面的反調:

> 但凡大小人家,師尼僧道,乳母牙婆,切記休招惹他。背地什麼事不幹出來?古人有四句格言說得好:堂前切莫走三婆,後門常鎖莫通和。院內有井防小口,便是禍少福星多。

這段文字所講之理與正文所寫大相徑庭,一定不是出自一人之手,故而我懷疑這段「看官聽說」,必是從別的書中移來的,至於移自何處,便不得而知了。

接下來小說第13回寫西門慶與潘金蓮一日親近一日,西門慶每與李瓶兒偷情,總一五一十向金蓮匯報。此回回末又有一段看官聽說:

> 巫蠱魘昧之事,自古有之。觀其金蓮,自從教劉瞎子回背之後,不上幾時,就生出許多枝節,使西門慶變嗔怒為寵愛,化幽辱而為歡娛,再不敢制他,豈能不信哉!

這段文字對巫蠱魘昧之事的態度、語氣與作者在正文中所寫完全吻合,可能出自作者之手。再將其與上一回那段「看官聽說」對照,說明在前的那一段或許來自他書。

由此看來,這方面的工作仍有繼續深探、細辨的必要。而這種文本研究的攔路虎,在其他幾部小說名著中幾乎不存在。我們稱這項研究為「《金》學」中的「材料來源學」。

三、以方言為主要研究對象的語言學。在白話長篇小說中,《金瓶梅》的人物語言別具特色:地方味重,且比例大,口語化強,土腔俗調氣濃,豐富鮮活。同時也給閱讀帶來一定麻煩,對於不懂當地方言的人來說,常有不甚了了的困惑,如「行貨子」(熊東西),「囚根子」(喻朽爛的人),「望八」(兒無父),「汗斜」(妻無夫),「寒鴉過了就是青刀馬」(喻天晚了就是搖大鳥)[2]這類語詞不但字面義不好懂,讀音也易變調,再加上一字的字義多含隱喻,方言音也往往雜有假借,不曉得當地讀音,就不會讀懂它的本意,如「國」字讀作「圭」,人名韓道國,又叫做「韓搗鬼」,便是一證;「子」字讀作「着」,如小說第35回:「你休虧子這孩子」,第91回:「清自清,渾自渾,歹的帶累子好的」;「合氣」讀作「各氣」,意為吵架,如果讀為「和氣」,意思就恰好相反了。[3]

2　傅憎享〈《金瓶梅》難解隱語正解〉,1997年第三屆《金瓶梅》國際研討會論文。

3　張遠芬〈《金瓶梅》與魯南方言〉,1997年第三屆《金瓶梅》國際研討會論文。

方言、土音、俗語、隱語是閱讀《金瓶梅》的一大障礙，也是文本闡釋需掃除的基礎工作，而且難度較大，它不僅要求有語言學的專業素養，還須博通中國方言及其流變。《金瓶梅》方言研究常出現這樣現象：有人說是山東話，也有人說是江蘇話，還有人說是河北話、山西話、東北話、浙江話……上述種種說法似有一共同點：研究者是什麼地方人，《金瓶梅》說的就是什麼地方話。所以造成這一現象，正是研究者胸中無全國方言一盤棋，不了解方言流變史的結果。（方言的傳播、流變往往與歷史上人群的遷徙流動有關，如山西話、河北話、東北話的相同與相近等。）

其實不管是側重於探索此種語言為何種方言的方言研究，還是側重於語詞詞義的語義研究，最終以弄清語意、幫助閱讀為目的。我們不妨稱以弄清語義幫助解讀為目的的語言研究為《金瓶梅》研究中的「語言學」。

四、曲詞學。《金瓶梅》是一部長於戲曲表現技巧的小說，一部將戲曲與小說結合得最完美的敘事作品。作者是一位詞、曲、劇本的通家，對當時流行的講唱佳作信手拈來。一部《金瓶梅》所引用的小曲兒（小令）據統計有 126 種之多，成套的套數達 27 套，演出的劇本也有 25 種，可謂集元明兩代抒情曲詞之精華。作者引用的劇與曲不僅涉及關漢卿、張小山、杜善夫、盧摯、湯式、呂止庵、張鳴善、劉百亭等元代的詞曲家，也有朱有敦、唐以初、陳鐸、曹夢修、張善夫等明代曲家之作。

曲詞的形式豐富多樣，有「東溝犁，西溝耙」的抒情小調，有若干小曲兒（曲牌）聯綴起來的套曲，有異宮或同宮犯調的集曲。小令中有疊字句、頂針句、連環句；套曲兒中有折腰體、對偶體、子母調；曲兒有以相犯之曲數命名的〈十段錦〉〈三十腔〉等，可謂百調千腔、五彩繽紛。戲曲中有唱男歡女愛者，有寫升官得意者，有神仙道化劇，還有水滸戲、道德劇，真可謂明代戲劇、詞曲演唱的集大成。

作者一旦將這些演唱之作隨心所欲地化於自己筆下，使之情節化、抒情化、議論化時，那些故事場面便聲情並茂，頓時飛動起來。它不僅為明代戲曲的演出提供了豐富的史料與最具說服力的活標本，更使敘事小說的抒情化邁上一個新台階，跨入一個新境界。

正因為詞曲進入小說後，大大增強了小說的敘事、狀景、寫意、抒情、繪心、議論的功能；正因為《金瓶梅》中許多情節是戲曲化了的情節，不少故事是由曲詞衍生、引發的，不少插科打諢、諷刺詼諧靠曲詞表達；又因為書中的不少曲詞只寫曲牌或首句，曲詞的具體內容不詳，所以曲詞研究便成為《金瓶梅》研究的重要一環。理解曲詞是《金瓶梅》文本闡釋（無論思想的還是藝術的）的基礎環節。如第 21 回，潘金蓮為了諷刺吳月娘半夜燒香是收買西門慶之心，便支使春梅等四個大丫鬟唱了一曲〈南石榴花〉「佳期重會」，意在戳破「窗紙」，挑撥西門慶與月娘的關係。西門慶聽了大為惱火，責問丫頭：「誰教他唱這一套來？」當他曉得是潘金蓮作鬼時，便罵道：「你這小淫婦，單管

胡枝扯葉的！」然而由於書中未寫出這套曲詞的內容，若不了解此曲兒的含義，怎知西門慶發火的原因？第 63 回「西門慶觀戲感李瓶兒」、第 73 回「潘金蓮不憤憶吹蕭」等，皆屬這類因唱曲兒演戲而生出的情節，故而理解曲詞顯得格外重要。

對於《金瓶梅》中曲詞的研究，我們可稱之為《金瓶梅》研究中的「曲詞學」。

五、民俗學。《金瓶梅》是十六世紀中國封建社會的一幅《清明上河圖》，一幅以北方為主又摻雜着南方色彩的氣勢磅礡、絢麗多姿的民族風俗畫長卷。人物是市井細民，故事是洋溢着民俗風情的故事，這正是《金瓶梅》不同於以往小說，也與《紅樓夢》的風格判若兩途的關鍵所在。不錯，《金瓶梅》為民俗學提供了豐富的史料、活生生的標本，治風俗學者可從中發掘出無價的寶藏。然而，一個基本的事實是：書中的民俗是以文學形式存在着的，它又為人們的創作提供了如何借用民間習俗材料表現生活的成功經驗。正是基於小說的這一選材與表現特點，使得研究小說中所表現的民俗成為「《金》學」研究的重要一翼。《金瓶梅》描寫的市井風俗涉及物質生活與精神生活的方方面面，包括節令、婚喪、宴會、飲食、語言、稱謂、交際、娛樂、宗教信仰、星相占卜、禁忌等，內容極為豐富。它是了解小說產生的時代背景、地域空間、創作意圖、文化意蘊、人物命運及心理性情不可缺少的環節。不了解《金瓶梅》中的民俗活動的始末本意，便不可能真正讀懂《金瓶梅》。

譬如我們可藉當日西門宅內食用之物考察書中故事發生的地理空間。小說描寫了大量的食物，有些食物如：滷澆麵、艾窩窩、河漏子、葱花羊肉扁食、波波、驢肉等，北方人讀之便流口水；有些食物，如鱘魚、荔枝、龍眼等，則是地地道道的南方特產。又如西門慶一會兒睡炕，一會兒睡床，家裏人一會兒去茅廁或坑廁，一會兒又使用「榪桶」「榪子」，南北習俗混雜。這種混雜並不說明作者有南方人也有北方人，而是南北兩種習俗共存於同一空間。李瓶兒房中既有炕、又有床，冬天睡火炕，夏天睡木床。一次，奶子如意兒問西門慶：爹是睡炕，還是睡床？便是一個極好的證明。至於家中即出現茅廁，又出現榪子，或許也像有炕有床一樣，冬天用榪桶，夏天用茅廁，或大便用茅廁，小便用榪桶吧？由此可知，清河縣當是北方的清河縣，那裏四通八達，南來北往，五方雜處，熱鬧非常，或許是運河邊上一個繁華的城鎮，故而南北食物與南北用具，一同聚會在商人西門慶家中。

許多風俗與人物的心理波動息息相關，因此研究那時的民間風俗，便能更細微地理解、闡釋人物的心理世界。如小說第 36 回，安進士詢問西門慶的「尊號」，西門慶推辭說「在下卑職武官，何得號稱」。「詢之再三」，方羞羞答答地說：「賤號四泉」。蔡狀元第二次來西門慶家做客（此時已任巡鹽御史之職），西門慶為他安排兩個妓女伴夜，那蔡御史問妓女可有號？對方甚感不安，半日方說出：「玉卿」「薇仙」的號來。她們因

何如此羞怯、躲躲閃閃？《建業風俗記》透露了其中的秘密：

> 正德中，士大夫有號者十有四五，雖有號，然多呼字。嘉靖年來，束髮時即有號。
> 末年，奴隸、輿隸、俳優，無不有之。

原來稱號本是件莊重的事，始自士大夫，然所稱者尚且不多，此後奴隸們也邯鄲學步，附庸風雅。妓女與西門慶在狀元、進士面前班門弄斧，不免自慚形穢，生出那自卑心理來。

如是研究書中的「民俗」，我們稱之為《金瓶梅》研究中的「民俗學」。

六、服飾學。服飾特別是男子的服飾，在明代大部分時間裏規定甚嚴，不是可隨便亂穿的，它被視為一個朝代、一種身分地位的標誌。而對於家眷、女性來說，穿着（在家庭生活中）則相對隨便得多，如果經濟條件允許，不同人物的服飾常常是反映人物性格、喜好與情緒的窗口。所以研究一部作品，服飾是不應忽略的內容。《金瓶梅》的特殊性就在於描寫服飾的文字在書中占有突出位置，描繪的服飾極為豐富，從頭巾官帽到腳底鞋襪，從外出行裝到床幃睡鞋、紅兜肚，應有盡有。至於男性之香囊腰帶，女性頭簪手帕與繡鞋，更是不惜筆墨，鋪陳得淋漓盡致，雕刻得細膩逼真，且事事寫服飾、人人寫服飾。書中所寫服飾不單是市井的，也有許多宮中的東西。作為經營綢緞布匹的西門府，作為蔡京義子的西門府，作為承接了花太監家產的西門府，劉、薛二內相不時送禮的西門府，可說是明代中後期中國服飾的大寶庫。我們今天還不具備將《金瓶梅》中的服飾複製出來、開專館陳列的條件，若果能如此，卻是一個意義非凡的事情，那不但是服飾學的大收穫，也是明代學術、文化的大收穫，其意義不亞於一次大型的文物出土。單就此也需有專門研究《金瓶梅》中服飾的「服飾學」。

然而服飾研究的意義遠不止於此，遠不是以死物為對象，而是探討藉這些死物所表現的活的東西、活的時代、活的人物、生動的故事和老辣精熟的藝術技巧。首先，《金瓶梅》中的服飾可以告訴我們作品所描寫的那個時代的生活，以至於可進一步確定作品寫作的年代。《金瓶梅》「假宋寫明」的特點在服飾上表現為「宋人穿明裝」。僅以西門慶所戴帽子而論，未做官時，頭戴「新纓子瓦楞帽」，做官後，出門「頭戴烏紗」，在家「戴上忠靖冠」。這些帽子始自明代。

服飾常常表現一個人物的身分、地位。西門慶未做官前，他的服飾並未進入作者的描寫視野。當做了提刑所理刑副千戶，頭一天上任，便「騎着大白馬，頭戴烏紗，身穿五色彩灑線猱頭獅子圓領，四指大寬萌金茄楠香帶，粉底皂鞋，排軍喝道，張打着大黑扇，前呼後擁，何至數十人跟隨！在街上搖擺」，身分與穿戴大不同於從前。又如第24回，寫過元宵節，妻妾們在一處慶賞佳節，「都穿着錦繡衣裳、白綾襖兒、藍裙子，

——唯有吳月娘穿着大紅遍地金通袖袍兒、貂鼠皮襖，下着百花裙兒，頭上珠翠堆盈，鳳釵半卸。」穿衣上已看出妻與妾的差別。至於像宋惠蓮、奶子如意兒、賁四嫂一類家人媳婦，一旦與西門慶有了那層曖昧關係，穿衣打扮便顯出來，打扮得花裏胡哨，猶似半個主子。李瓶兒是富貴姐兒，衣着常常為裏白外紅、拖泥裙（拖地長裙），滿頭珠翠，顯得雍容華貴，透露出她入西門府後的志滿意足，心平氣和。潘金蓮出身低賤，身體瘦小，故而穿衣打扮總是玲瓏剔透，帶幾分丫鬟氣，且總愛穿氈底鞋，走起路來沒有聲響，以便「聽籬察壁，尋些頭腦廝鬧」，顯出她的心胸狹窄、性極多疑。龐春梅穿衣處處掐尖兒，她不但與迎春、玉簫等幾個大丫頭攀比，而且要超過西門慶的千金西門大姐，衣着顯示出了她的傲性與氣骨。

衣着打扮是人物心理情緒的晴雨表。情緒歡暢、心情愉快，往往衣着鮮豔明亮；心煩意亂便無心理妝；情緒惆悵、心情鬱悶時，衣着或漫不經意，或色彩暗淡。在瓶兒改嫁西門慶的喜宴上，瓶兒那「恍似嫦娥離月殿，猶如神女到筵前」慌得眾人還禮不迭的裝扮，不但炫示瓶兒那富貴姐身分、天仙般美貌，而且從這炫示中更流露出瓶兒心滿意足，歡喜無限的心理情緒。西門慶腰挎只有二品大員方可配用的犀角鶴頂紅帶，穿上那唯有一品大員方能穿的「五彩飛魚蟒衣」，同樣表達了他那蔡京之乾子的特殊身分和趾高氣揚、目空一切的內心世界。

「《金》學」研究的特殊性除以上所舉之大者外，還有一些，如清河縣的地理位置究竟在何處？河北、山東抑或江蘇？依據書中描寫的文字再參照《地理志》《河渠志》和相關《地方志》，可以確定為山東東平府，即今山東省東平縣。然而那位應伯爵，不時地將「滿京城」的字眼掛在嘴邊，而有些描寫確有京城某地的影子，由此可見，作者在敘述情節時，有意無意地將北京的方位寫入了自己的故事中，且書中所寫清河也並非一地。再者，《金瓶梅》生長於運河文化圈內，因此運河文化也理應是這部小說研究不容忽略的一面。這些都是《金瓶梅》一書特有現象也理應屬於「《金》學」研究的範圍。

「《金》學」研究的意義

「《金》學」研究意義由「《金》學」自身的價值規定着。《金瓶梅》有何價值？略而言之有三：百科全書式的歷史豐博；劃時代的創造性；文化轉型的現實意義。由此便規定了「《金》學」研究的三大意義：拓展、豐富了明代歷史文化的研究；文學史研究的意義：《金瓶梅》諸多開創性內涵的不斷被發掘，改變着小說史、敘事文學史、乃至文學發展史研究和撰寫的面貌；對《金瓶梅》民族性與當代價值的研究，對於今天有效地促進以法治國和社會政治體制改革有着可直接參照和借鑑的意義。

　　《金瓶梅》作為明代社會的縮影、封建社會的百科全書，它的內容自然具有百科性質，從而使「《金》學」研究事實上成為研究中國封建社會特別是晚明歷史的重要課題。這對於更具體而全面地認知那個時代的歷史有着其他文學作品無法替代的價值。當然這種研究可以是多學科齊頭並進，然而任何學科的研究難以做到純粹單一，心不旁鶩。文學的研究本身就帶有文史哲不分家的雜糅性質。歷史探源是文學研究的基礎，因為文學研究的主要任務之一是還原歷史，盡可能地逼近文本產生的原生態。這種逼近工作具體體現為作者、成書時間、流傳過程、版本的考定與資料來源的考稽等等。正因古人對這些內容所提供的信息的模糊性，迫使研究者不得不去廣泛查閱明代史書、文籍，不得不進行比純歷史研究更細緻的考察。譬如作者研究，儘管我們目前還未達到確定作者為誰的地步，然而學人們所列出的三十餘位明代候選人已來之不易。明代嘉靖、隆慶、萬曆三朝的大名士幾被搜羅殆盡。他們搜羅的基本方法是放大網捕魚，每一位作者候選人的提出無不是在廣泛查閱明代相關史料基礎上，在對進入自己視野者的生平、著述有較全面系統的認知之後，經過一番苦苦思索方才提出來的。這種研究涉及的範圍相當廣泛，如官職、地理、食貨、交遊、師門、社團、家族、服飾、飲食、宗教、哲學、時代風尚、文學藝術、人物性情等，幾無所不及。毫無疑問，這種研究如眾河匯海一般極大地豐富了相關的歷史學研究領域，從而使得對那個時代的認知更具體豐富了。這種工作遠遠沒有結束，它就像歷史的原貌永遠難以還原一樣，總在不停地拓展、豐富。

　　由於《金瓶梅》產生時代正處於晚明社會變革時期，即在封建社會肌體中孕育着資本主義生產關係的萌芽和近代文化因素的時期（這樣的性質及其所達到的深度，在春秋之後的封建社會僅此一次），《金瓶梅》自身體現的人生價值觀念、思維方式、美學觀念及其藝術表現，最全面、生動、逼真地再現了那個時代的歷史嬗變，成為中國文化發展演變的一個最具說服力的實例。解剖這一麻雀，對於研究中國文學史，弄清文學特別是小說發展的來龍去脈至關重要。

　　目前，就筆者對《金瓶梅》的歷史價值認識而言，略有以下幾方面：《金瓶梅》是我國第一部現實主義長篇小說；第一部文人獨撰的擬話本長篇小說；第一部以家庭生活為描寫對象，再現一個家庭興衰史的家庭寫實小說；第一部展示市井商人生活史的商人小說；第一部集中筆墨再現市井婦人國集體生活、刻畫她們的心靈的女性心理小說；第一部以人情為視點，揭示「人情」在中國人實際生活中所具有的特殊作用的人情小說；第一部將戲曲抒情寫意的手法運用到小說創作中來的抒情性長篇小說；第一部以人為描寫重心（而不是以事為摹仿重心），從人物心中討故事（而不是對前代傳說添枝加葉）的寫人小說；首次完成了由傳統的好壞分明的性格單面人物刻畫，到寫出具有多面性立體感的真實人物的人物描寫模式轉變的小說；第一部成功地運用詩詞意象組合智慧來達到諷喻目

的的諷喻小說；首次運用方言俗語敘事，完成了從說書口吻到嚼舌根兒的閒言碎語的敘事語言模式轉變的小說⋯⋯這種對《金瓶梅》自身價值及其歷史地位的研究與闡釋，將隨着時代學術思潮和研究模式的變更，隨着「《金》學」研究的深入而無窮盡地進行下去。由於《金瓶梅》自身特殊的歷史地位及其對後世文學的巨大影響，故而，對「《金》學」認識每打開一個新視域，就必然會在敘事文學研究領域帶來一系列認知的連鎖反應，或多或少地改變着文學史的研究與撰寫的面貌。

正由於《金瓶梅》產生於晚明那樣一個意識形態的轉型期，更由於作者如實地再現了一個商業經濟發達的城鎮人們生活的觀念的新變化，而且由於當時的轉型與今天的轉型有着許多驚人的相似，故而顯示出其他文學作品不可比擬的現實性。書中主人公西門慶在事業上的成功與生命不壽不僅包含着一定的人生哲理，給人以警戒、啟迪，同時也暴露出了封建社會的種種痼疾，某些東西直到今天幽魂依在，仍舊腐蝕着中國社會的肌體，於是不能不發人深省，不能不對此來一番深刻的檢討。這種檢討涉及民族傳統優秀文化之外的東西，涉及中國封建體制的劣根性，故而其學術的意義遠遠超出了文學本身。

西門慶在事業上成功的秘訣是他深知他生活的那個社會，且能巧妙地利用它為自己謀劃的結果。那個社會為他提供了打開人生路上一切關礙的兩把金鑰匙：金錢、人情。前者是物質的，後者是情感的精神的。

在重義輕利的封建制中國，金錢本非萬能之物。因為在以權力構架起來的以權力統治着的體現着其存在的封建社會，「權」是至高無上的，沒有什麼東西能與它比高下。金錢不過是統治者手中握着的服務於需要的一種附屬物，人的價值最終以政治地位的高低和權力大少體現。有權方有金錢，有權方有一切。金錢只是獲得權力的一種條件，但非首要條件。因此，古代中國是官本位非錢本位；權力萬能非金錢萬能。只有當一個朝代處於政治紊亂期、沒落期、奸佞專權期，掠取錢財成為專權者直接目標時，一種非正常的正常現象——權錢交易——才應運而生。權力一旦成為金錢的換取物時，便改變了它原有的性質，蛻變為一種可以輕易獲得的商品，此時原有的一切秩序皆商品化了。制度、法律、道德、倫理皆成為可交易之物。

錢權交易所帶來的直接後果是社會性的由上而下的掠奪、盤剝，結果必然是民不堪苦，經濟凋敝，從而為國家民族造成巨大破壞性和深重災難。它像一種惡性的催化劑，加快着現有制度的毀滅。暴政與錢權交易是造成中國社會混亂、倒退的兩大禍根。《金瓶梅》正是藉西門慶的發家史形象而深刻地再現了人類發展史上錢權交易的黑暗一幕。錢權交易一方面給一個地位低下的商人帶來了他意想不到的打通一切官場一切社會關係的特有魔力，使得他的生活總是一帆風順，乃至可以化險來自朝廷的政治災難，使他在權錢共享的生活中擁有他所需要的一切（地位、名譽、金錢、女人、榮耀、快樂），同時也助

長了他目空一切的驕橫、無所顧忌的大膽以及為所欲為的勃勃雄心。另一方面，錢權交易使得一丁不識的西門慶成為一方法律的執掌者，成為不知何者為懼的無法無天的執法者。神聖的法律在他的手裏成了任情而用、使性逞能的工具。王六兒與小叔子偷姦案、苗青案、孫清岳父命案、鹽商王四峰案、王三官嫖娼案的判決，案中人物的生與死只在他翻覆喜怒之間。天下不再是法律的天下、公理的天下，而是有權有錢人的天下，為非作歹者的天下。這樣的天下豈可長久？隨之而來的便是腐朽肉體與腐朽國家的一同滅亡。《金瓶梅》所暴露的正是權錢交易的罪惡和培育權錢交易的政體痼疾。

如果錢權交易的現象與造成這一現象的社會機體至今已不復存在，那麼《金瓶梅》一書的價值便大打折扣了。如果在封建社會滅亡之後，這種現象仍然存在，而且隨着商品經濟的發達表現得愈為濃烈，正像鄭振鐸先生所說的「《金瓶梅》的時代是至今還頑強的生存着」[4]，那麼《金瓶梅》一書的意義便非同尋常了。我們不能不佩服它的深刻，不能不佩服作者歷史眼光的透徹力，不能不感慨「到底是中國社會演化得太遲鈍呢？還是《金瓶梅》的作者的描寫太把這個民族性刻畫得入骨三分，洗滌不去？」[5]

比權錢交易更值得深思的另一民族劣根現象是「人情」。人情本泛指人的感情，而感情來自人的欲望。對此古人早有認知。孔穎達云：「人生而靜，天之性也，感物而動，性之欲也。喜怒哀樂之志於是乎生，動靜愛惡之心於是乎在。精粹者雖復凝然不動，浮躁者實亦無所不為，是以古賢聖王，鑑其若此，欲保之以正直，納之於德義。」[6]為了克制人的欲望，疏導人的感情，而不得不「道之以德，齊之以禮」。[7]正是這種對人欲的恐懼，對感情的壓抑、強制，使得社會沒有人欲和感情的自由市場，使得它們或者喬妝打扮，假之以德禮的面具，或者轉入地下的秘密活動，在無人監視的黑色世界中不斷地出擊，破壞阻撓它們的重重防線。於是情欲與德禮便成為一對同生共存的死對頭。

本來以德禮為治國之本的封建中國，不僅在政治上、禮儀上，更重要在道德、觀念上對人情層層防設，控御得極為嚴密。久而久之，當控御轉化為一種固定的民族文化心理時，人情的表現理應大量減少，人情的觀念也理應淡漠許多。然而事實上完全不是那麼回事，中國人的人情表現的廣度、密度、深度和力度超過任何一個西方國家，即使在東方民族中也不多見。這究竟為什麼？

首先，人情的滋長源是家庭。中國的國家是建立在家族血緣之親基礎上並由這一血

4　〈談《金瓶梅詞話》〉，《文學》第 1 卷第 1 期，1993 年 7 月。

5　同註 4。

6　〈禮記正義序〉，《十三經注疏》上冊，北京：中華書局影印本，1987 年，頁 1222。

7　同註 6。

緣之親的紐帶連綴起來的家庭組合體。作為華夏起源的黃河中下游一帶，乾旱水災頻繁
發生，自然條件比較艱苦，需要靠家庭或家族的集體力量方能更有效地戰勝災難，維持
生存，家庭便成為人們生存的最基本單元。在中原一帶的地方志中，村莊往往是以一家
一姓命名的，一個村莊往往以由一個姓氏或以一個大姓為主組成的，這表明歷史上人口
的遷徙是以家庭為單位的家族性遷徙。同時，一個人的降生、成長對他的家族有着巨大
的依附關係，也由於家族將其每一位成員視為自身不可分離的部分，一個有出息的人的
成長是那個家族共同撫育關懷的結果，也自然成為其所在家族的榮光。所以家族血緣之
親（父子、母子、夫妻、兄弟、姐妹之情）成為人的感情的誘發源。

其次，鄉邦之情、社會人情一方面與家族血緣之親密不可分，另一方面又是家族血
緣之親的外化拓延的結果。古代男女聯姻往往在相鄰的地域家族中進行，因此，由家庭
成員聯姻而孳生出的親戚，多散布於三里五鄉。一村之內，一鄉之域，親戚連親戚，裙
帶連裙帶，稱呼也以叔伯姑姨相許，輩分不亂。於是地域鄉邦也摻和着親戚血緣，鄉邦
關係事實上成為家族關係的外延，是擴大了的家庭關係。同學關係、師生關係、朋友關
係、同事關係、君臣關係等社會關係，則是家族血緣關係的遠向延伸。父子之情由近及
遠外延為：師徒之情，所謂「一日為師，終生為父」是也；君臣之情，所謂「事君如事
父」是也；兄弟關係外延為同學關係、朋友關係、同事關係等平等關係，所謂「四海之
內皆兄弟」「情同手足」「親如骨肉」是也。

馮夢龍對此看得極透，他說：「情始乎男女……，於是流注於君臣、父子、兄弟、
朋友之間而汪然有餘乎！」[8]如是天下皆情也。「天地若無情，不生一切物，一切物無情，
不能環相生，生生而不滅，由情不滅故。四大皆虛幻，唯情不虛假。」[9]馮夢龍的話並非
狂言。的確，建立在血緣關係之上的人情灌注於人的一切行為之中，至於用來控御人情
維護社會秩序而制定的法律、制度、道德，在人情面前只是種擺設，且往往在執行的過
程中常因受到情的干擾而打了折扣。對於人來說，情是「內」，法律、制度、德禮是「外」。
正因此，德、禮、法在人們心中的排列總是處於「情」之下的位置。與法治國家中的人
們總是將「法」排在一切之前的情形相比，更格外顯示出東方文化濃厚的人情味來。

「人情」是一部《金瓶梅》的文心所在。從情節上看，作者描寫了西門慶在商場、官
場、情場和兄弟場的任性恣情，但什麼東西可以概括他的所做所為呢？道德是難以涵蓋
的。一來西門慶並非以道德為行事的準則，二來文中的道德評判並非自覺，時有時無，
乃至模棱兩可。政治又太具體，書中許多故事與政治無關，甚或是超越政治的。至於哲

8　《情史·詹詹外史序》，長沙：岳麓書社，1986 年，頁 3。
9　《情史·龍子猶序》，同註 8，頁 1。

學，譬如「性惡論」，則讓人感到有些抽象。唯獨人情無處不在，無事不有。一部《金瓶梅》無往而不「人情」。「理」和「法」一旦遇到「人情」，就無可奈何，就不再那麼神聖了。它不是來自書本，也不靠修養，不靠教育，不靠理性的強化，而是生活在現實社會中的人自生自長的。它是在中國古代社會特定的文化體制中，在漫長的歲月裏形成的最實際的處理人事關係的準則，在人們的生活中、交往中起着支配作用。這種作用，特別是帶有功利目的的人情作用，可以混淆一切是非、善惡，乃至顛倒黑白，對於政治法律，對於一切現有秩序，有着極大衝擊力和破壞力。其破壞力不亞於「權錢交易」（權錢交易也是通過「人情」實現的），而且具有更普遍、更隱蔽的特點。當「人情」成為普遍支配人們行為的力量時，一切成文的法律、條款、規定便喪失了它應有的功能和存在價值。帶之而來的是越來越密的關係網和頻繁的「人情交易」，是社會在死亡之前的垂死、混亂。如何採用釜底抽薪辦法從根本上控制、減少「人情交易」代之以法律化、制度化，是現在乃至將來都需認真思考並科學地加以解決的課題，這一課題的研究對於促進以法治國得以根本實施的意義是不可估量的。

創造是社會發展的推動力量，何謂創造？創造是在繼承基礎上的創新。就社會科學而言，繼承民族優秀文化遺產與借鑑全人類的進步文化都是創新和推動社會進步的前提條件。在這方面，百科全書式的《金瓶梅》不僅為我們提供了少有的豐博的歷史優秀文化遺產。對它的研究不僅拓展、豐富了明代歷史文化研究，改變着小說史、文學史乃至文化史研究與撰寫的面貌，而且這部誕生於晚明文化轉型期的現實主義巨著，所給予今天轉型中的中國社會的直接參照與借鑑意義，是其他文學作品研究不可取代的。

「《金》學」研究的價值意義將隨着這一學科研究的深入不斷顯示出其誘人的力量。

《金瓶梅》文化價值論

　　《金瓶梅》是中國古代的一部文化經典，其價值首先是文學的卻又遠超出文學的範圍，廣及政治、經濟、歷史、哲學、藝術、文化、學術諸多領域，顯示着民族文化的廣博、深厚，對於今人研究、認知、繼承和建設中華文化有着不可替代的重要價值和意義。

一、止淫、警世、勸道的思想價值──「警世寶典」

　　《金瓶梅》開門見山提出他最擔憂的人類四貪病：酒、色、財、氣。意在警誡世人「四貪」之大害，務必控戒。然四者中，酒可少喝，氣可少生。財卻不可少。錢多了，色也不可無。所以去貪財色之病又是難中難，而就對人生命的傷害而言，「色」又勝於「財」。於是如何對待情色，無疑成為一部書思考的核心。而且這種思考較之前代有了新的變化和進步。其進步表現為不再像《三國演義》《水滸傳》那樣恪守一女不嫁二夫之類的禁欲主義，而是尊重和肯定人的自然需求，不僅女子可以改嫁，而且男女間相悅相愛，只要不傷害他人，也無可厚非。

> 單說這情色二字乃一體一用，故色眩於目，情感於心。情色相生，心目相視。亘古及今，仁人君子弗合忘之。晉人云：「情之所鍾，正在我輩，如磁石吸鐵，隔礙潛通。無情之物尚爾，何況為人？」[1]

男女間「心目相視」「情色相生」本來像「磁石吸鐵」一樣，自然而然，所以不必談愛色變。那麼《金瓶梅》是否主張男女放情縱欲，整日沉溺於情色之中？如果那樣，《金瓶梅》必將成為名符其實的「淫書」。實則相反，這位作者否定禁欲主義，肯定情色的自然性，卻反對另一極端──過度「縱欲」，將其視為產生「亡身」「敗家」的大禍根。他告誡世人三點，一是英雄難過「美人」關、「情色」關。「丈夫心腸如鐵石，氣概貫虹晲，不免屈志於女人」。[2]二是放縱情色是人生大忌，必然招致身亡家敗。「請看項籍

1　《新刻金瓶梅詞話》卷之一，香港：太平書局影印 1933 年「古佚小說刊行會」本，1992 年，頁 47。
2　同註 1，頁 47-48。

並劉季」「只因撞着虞姬戚氏，豪傑都休」。[3]三是好色而不被女色傷害有妙方：把握處理男女情色關係的一個「度」——「持盈慎滿」。「說話的如今只愛說這『情色』二字做甚？故士矜才則德薄，女衍色則情放。若乃持盈慎滿，則為端士淑女，豈有殺身之禍？今古皆然，貴賤一般。」[4]而檢驗這個度的最有效的標準只有一條：不傷害生命的久長。「嗜欲深者，其天機淺」，[5]「莫戀此，養丹田，人能寡欲壽長年」。[6]由此可知作者反對禁欲和縱欲兩個極端，主張控欲、「止淫」，以求達到「壽長年」的目的。

作者「控欲」「警世」的這一創作意圖在全書的入話、故事主體和結尾三部分的敘述中加以貫徹並反覆強調。在「入話」部分，明確表示這本書不過是寫一個好色的婦人因與一個破落戶私通，朝歡暮樂，最終身亡家敗。

> 如今這一本書，乃虎中美女後引出一個風情故事來。一個好色的婦女因與了破落戶相通，日日追歡，朝朝迷戀。後不免屍橫刀下，命染黃泉，永不得着綺穿羅，再不能施朱付紛……貪他的斷送了堂堂六尺之軀，愛他的丟了潑天關產業。

「止淫」警世的意圖講得十分明白。而接下來的一百回故事，講主要人物因不能處理好情色關係，一個個皆死於縱欲過度。潘金蓮因縱欲而造孽，因造孽而死於武松刀下，西門慶死於「遺精溺血」，[7]李瓶兒死於「精衝血管」而造成的「血崩」，[8]龐春梅生出「骨蒸癆病症」，「死於周義身上」，[9]且死時都正當青春壯年。[10]西門府的大廈也因頂樑柱西門慶的死亡而嘩啦啦傾塌。百回故事恰是對入話「戒情色」觀的鋪陳和印證。而書的結尾，又進一步與入話的「戒情色」觀相回應，特別指出：「瓶梅淫佚早歸泉，可怪金蓮遭惡報，遺臭千年作話傳！」[11]

《金瓶梅》控欲、警世、止淫的創作本意，在小說問世之初就得到了當世名士們的共

---

3 《新刻金瓶梅詞話》第一回開首詞：「丈夫只手把吳鉤，欲斬萬人頭。如何鐵石打成心性，卻為花柔？請看項籍並劉季，一似使人愁。只因接着虞姬戚氏，豪傑都休！」

4 同註1，頁51。

5 「夢梅館校本」《金瓶梅詞話》第79回，香港：里仁書局，2012年修訂版，頁1378。

6 「夢梅館校本」《金瓶梅詞話》「四貪詞」，同註5，頁2。

7 《新刻金瓶梅詞話》第七十九回「西門慶貪欲得病」，吳神仙說與西門慶的八句詩之一「遺精溺血流白濁，燈盡油乾腎水枯」，同註1，頁2432。

8 見《新刻金瓶梅詞話》第六十一回，何老醫生談瓶兒病因：「這位娘子乃是精衝了血管起，然後着了氣惱，氣與血相搏，則血如崩。」，同註1，頁1702。

9 見《新刻金瓶梅詞話》第一百回，同註1，頁2952。

10 最大的西門慶也僅三十三歲，最小的龐春梅只有二十七歲。

11 同註9，頁2972。

鳴,袁宏道將其比作講節欲、養生的名篇——枚乘〈七發〉,且以為「勝於枚生〈七發〉多矣!」[12]為《金瓶梅傳》作序的欣欣子認為「吾友笑笑生為此,爰罄平日所蘊者,著斯傳,凡一百回……無非明人倫,戒淫奔,分堯舜」。為該書作跋的廿公講得更情切:「中間處處埋伏因果,作者亦大慈悲矣!今後流行此書,功德無量矣!」[13]

然而有人說《金瓶梅》是一部渲淫導欲的「淫書」「穢書」「誨淫」之書,而且至今大多數人還被這「淫書」之名所蒙蔽。這與作者的創作本旨和這本小說所敘述的故事有較大的距離。所以如此,原因有三。一是作為一部長篇小說,作者詳細敘述了主人公西門慶貪婪女色一步步走向死亡的過程。人們對這一過程描寫的動機不瞭解而產生的一種錯覺。與《金瓶梅》作者同時代人薛岡談到他由初讀《金瓶梅》的錯覺到豁然明白的過程:「余略覽數回,謂吉士曰:『此雖有為之作,天地間豈容有此一種穢書?當急投秦火』……及見荒淫之人皆不得其死,而獨以月娘為善終,頗得勸懲之法。」所謂「頗得勸懲之法」,清人劉廷璣一語道破:「欲要止淫,以淫說法,欲要破迷,引迷入悟」。[14]而此法讀者初讀難以見得到,遂產生「淫書」的誤讀。二是與讀者的趣好相關。讀者因「淫書」之名而引起好奇而讀,因好奇而特別關注書中的「穢筆」,而讀者專注其「穢筆」的結果又擴大了「淫書」的聲譽,不免於以誤導誤,以訛傳訛。第三也是最根本的原因,即持此觀點的人站在另一極端,堅守反人性的「禁欲主義」立場。按照「存天理,滅人欲」的禁欲思想和與之相應的封建禮教和婚姻制度,如「一女不嫁二夫」,既不能改嫁,更不允許有什麼婚外戀。依照封建禮儀與婚制,《金瓶梅》中所描寫的自由的男歡女愛皆應歸之於「淫亂」。不要說潘金蓮、李瓶兒、宋惠蓮、王六兒皆為不恥的淫婦,就連被作者稱之為善良的孟玉樓也在「淫婦」之例(因她多次改嫁,且都是自己作主)。如果站在這樣的立場(魯迅所怒斥的「殺人」「吃人」的禮教立場)評價《金瓶梅》,其結論必然是「淫書」「穢書」。但這樣的一種腐朽觀念與今天宣導以滿足人的需求為本的「以人為本」思想已格格不入了。「淫書」之說理應退出今天的生活舞台。

《金瓶梅》不只是警世、止淫之書,還是一部「勸道」之書。張竹坡說:「一篇淫欲之書,不知卻句句是性理之談,真正道書也。」[15]首先,小說開始有八篇詞,前四首:「良苑瀛洲」「短短橫牆」「水竹之居」「淨掃塵埃」。後四首為「酒、色、財、氣」〈四

12　袁宏道〈與董思白書〉,《袁中郎全集》卷一「尺牘」,見朱一玄編《金瓶梅研究資料匯編》,天津:南開大學出版社,1985年,頁167。

13　以上分別見《新刻金瓶梅詞話》卷首欣欣子〈金瓶梅詞話序〉、廿公〈跋〉和馮猶龍〈金瓶梅序〉,同註1,頁4-20。

14　劉廷璣《在園雜志》卷二,清康熙五十四年刻本。

15　劉輝、吳敢輯校《會評會校金瓶梅》,香港:天地圖書公司,1998年,頁2069。

貪詞〉。〈四貪詞〉以戒為主，戒中有勸；前四首意在宣導一種人生態度，以勸為主，勸中有戒。而體現其勸世思想的書中主要人物有吳月娘、孟玉樓；改邪歸正而得善報的王六兒、韓愛姐母女；有些正氣的如不收錢財的陳文昭、恪盡職守的工部主事安忱、守備周秀，清廉剛正的山東巡撫曾孝序；超越於名利之外以勸世為己任的吳神仙等道士和能薦拔群冤的高僧普靜法師。他們以不同身分在「勸道」中發揮着各自的功能。

《金瓶梅》勸「道」之「道」為何「道」？總起來看較豐富，並非單一的某家之道。有儒家之善道。由於西門慶貪戀婦人，「吃着碗裏，看着鍋裏」從不停歇，而這種對婦人的貪戀、搶掠總來自於對原夫的侵害，故而縱欲與積惡總是連在一起的一體兩面。控欲、止淫就是刺惡、懲惡，懲惡必勸善。批書人張竹坡有深切感受：「此書一部姦淫情事，俱是孝子悌弟……知作者為孝悌說法於濁世也。」[16]孝悌乃仁義之先，勸人行仁義之善自然為儒家仁愛之道。儒家之仁愛所體現的乃是天地之德——地載萬物、天育萬物的大愛，並最終歸於陰陽和合與變易的天道。所謂「禍因惡積，福緣善慶，種種皆不出循環之機」[17]。然以「天道」勸世並非此一部書所獨有，《金瓶梅》勸道的核心乃是道家與世無爭、清淨無為、修身養生的自然之道、生命之道。此種自然之道主要表現於小說開首的前四首詞中以及書結尾處孟玉樓、吳月娘和王六兒的善終的故事中。先看表現理想人生的四首詞中的一首：

> 閬苑瀛洲，金穀陵樓，算不如茅舍清幽。野花繡地，莫也風流，也宜春，也宜夏，也宜秋。　　酒熟堪酌，客至須留，更無榮無辱、無憂。退閒一步，着甚來由，但倦時眠，渴時飲，醉時謳。[18]

詞中所描繪的正是作者所夢寐以求的生活：身居清幽茅舍，與野花、梅竹、明月、清風、水色山光相伴，以自然為趣的無榮無辱無憂的生活。這種外與天地自然為一，內以超越名利的恬然心性為樂的人生，正是莊子「天地與我為一，萬物與我並生」[19]的道法自然的生活。這是從繁華富貴生活中省悟過來的人的嚮往，是摒棄了酒色財氣追求後的更高生命境界、人生境界、精神境界，也是作者勸世人所崇尚的人生之道。如張竹坡所言「雖

16　同註 15，頁 2070。

17　《金瓶梅詞話》，欣欣子〈金瓶梅詞話序〉，同註 1，頁 11-12。

18　同註 1，頁 21。

19　莊周《莊子·齊物論》，王先謙《莊子集釋》卷一，見《諸子集成》第三冊，上海：上海書店，1991年，頁 13。

然又云《金瓶梅》是部入世的書，然謂之出世的書亦無不可」。[20]作者正是站在如此的人生境界，寫沉溺於官場、商場、情場利益者的人生悲劇。

作者是栽過大跟頭的醒世人，然而他筆下死去的主要人物未有一個醒世者，且至死不悟。最為清醒的要算孟玉樓，她改嫁西門慶的一席話，可見一斑。她最終隨李衙內回到老家河北棗強縣過安生的日子，與作者志趣相同。吳月娘是被普靜法師製作的惡夢驚醒的，不再去找雲離守為兒成婚，不再依戀西門慶轉世的兒子孝哥，遣散眾人，只與玳安相守度日，屬於外力刺激而清醒者。王六兒是在流離失所的苦難中，經過一次次波折而放棄「以色謀財」之道，最終與情人韓二在農村一家一計過着清靜安宜的日子。吳月娘孤守，王六兒母女由鬧而靜，無不體現作者的勸道思想——不論此前做了多麼縱欲貪色的事，只要醒悟過來，過清靜無為的日子，皆可轉危為安，轉夭為壽。其勸人歸於自然之道、生命之道的意圖十分明瞭。

「《金瓶梅》究竟是大徹大悟的人做的」[21]，字字都是血，「誰解其中味？」[22]「必須置香茗於案，以奠作者苦心」。[23]讀前半部見其「熱」，誤以為「淫書」，讀後半部漸覺「冷」，方悟作者「頗得勸懲之法」，深感其「一副菩薩心腸」。《金瓶梅》是一部悟書、勸道之書，一部警世寶典。

二、揭露官場腐敗發生病源的政治價值——反腐良醫

造成官場腐敗、執法不公，徇私枉法的病根是什麼？以往人們關注的焦點是權力高度集中的政治體制，認為進行政治體制改革是消除政治病的根本途徑，這無疑是一個好方法。然而是否有比體制本身更重要的東西？《金瓶梅》對此問題有其獨特且更深刻的思考，作者將其思考的問題作為敘事的焦點和生發故事的母體，連續而生動地揭示出中國政治腐敗和執法不公現象及其生成的病根，對於當下乃至以後中國政治體制改革、法制國家建設有着獨特的價值和意義。

《金瓶梅》作者對於造成官場腐敗、法律不公原因的揭露是通過一系列公案故事的敘述自然而然展現的。書中主要的案件有武松案、來旺案、王六兒案、苗青案、楊戩抄家案、蔣竹山案、花子虛家產案、李桂姐案、鹽商王四峰案、孫清人命案等。而其中有三

---

20 張竹坡〈批評第一奇書《金瓶梅》讀法〉，張道深評《金瓶梅》，濟南：齊魯書社，1991 年，頁49。

21 同註 20，頁 45。

22 曹雪芹《紅樓夢》第一回「《石頭記》的緣起」。

23 同註 20，頁 49。

件案子（武松案、苗青案、楊戩案）直接關係西門慶的生死和家庭存亡，在諸案中最為要緊。我們僅以武松案為分析個案，便可從中發現作者睿智、獨到的眼光和犀利的穿透力，發現他所揭示問題的深度。西門慶、潘金蓮偷姦，並與王婆共謀一起毒死了潘金蓮的丈夫武大郎（皆絞刑）。武大郎弟弟武松為兄長報仇，卻誤殺了和西門慶一起喝酒的李外傳（非死罪）。清河縣知縣李達天判武松死刑——「律絞」，將其押送東平府再審。東平府府尹陳文昭是個清官，見主犯西門慶、潘金蓮未押送歸案，便大怒，痛責清河縣司吏錢勞二十大板。行文書「着落清河縣添提豪惡西門慶並嫂潘氏」！

> 西門慶知道了，慌了手腳。陳文昭是個清廉官，不敢來打點他。只得走去央浼親家陳宅心腹，並使家人來保星夜來往東京，下書與楊提督。提督轉央內閣蔡太師，太師又怕傷了李知縣名節，連忙齎了一封緊要密書帖兒，特來東平府下書與陳文昭，免提西門慶、潘氏。這陳文昭原係大理寺寺正，升東平府府尹，又係蔡太師的門生，又見楊提督乃是朝廷面前說得話的官，以此人情兩盡了。[24]

這段文字《水滸傳》中沒有，全出於《金瓶梅》作者之手。按明律偷姦害命都是絞罪，何況案子到了清官手裏，必依法辦案，執行死刑。然而最終的結果卻黑白顛倒，殺人犯無罪免提；被殺者「勿論」，「況武大已死，屍傷無存，事涉疑似，勿論！」。武松反被「脊杖四十，刺配兩千里充軍」。[25]法律何在？天理何在！造成此冤案的直接原因除了監管體制不健全外，更有一隻無形的手在操縱着辦案人的靈魂，進而操縱着對案件的量刑。

這隻無形的手是什麼？有人說是道理。道理對執法者的量刑有一定的影響，然而這種道理只是一種心理的感覺。覺得某人有理，於是在情感上便偏向感覺有理的一方。陳文昭詢問武松打死李外傳經過後，便覺得武松為兄報仇「也是個有義的烈漢」，於是便「用筆將武松供招都改了」。看來感覺武松是個「有義的烈漢」在量刑中起到了重要的作用。這種心理感覺來自於案情中，也有來自於案情之外，即案情之外的因素對於心理感覺——情感傾向起了重要作用，直接影響其量刑。而將西門慶、潘金蓮定為無罪的決定恰是來自於案情之外的力量，這種力量是什麼？有人說是關係。西門慶找親家陳洪（「陳宅」）。陳洪再托親家楊提督（楊戩）。楊提督找到同僚當朝宰相蔡京。蔡京為門生陳文昭寫書帖兒。陳文昭礙於蔡京、楊戩的面子，想法免提西門慶、潘金蓮。這不就是親戚關係加師生關係嗎？事實上還並非完全如此。關係只是一種載體，在關係載體中還有更

24　《金瓶梅詞話》第十回，夢梅館校本，香港：里仁書局，大安本 2012 年修訂版，頁 130-131。
25　以上見《金瓶梅詞話》第十回，同註 24，頁 131。

深的靈魂——內在的人情。蔡京是陳文昭的恩師，陳文昭中進士賴主考官蔡京恩點，陳文昭由大理寺寺正升為東平府府尹，又是蔡京的提拔，沒有蔡京就沒有他今天的地位。如果陳文昭不給恩師面子，那便昧了良心、忘恩負義。所以陳文昭見了蔡京的「密帖兒」豈有不照辦的？蔡京在陳文昭心中的地位自然在死條文——法律——之上，也自然超於案子中死去的武大、未死的武松。於是法律、道理都服從於人情了。看來影響斷案者對案件嫌疑犯量刑的因素一是法律，二是道理，三是關係，四是人情。按道理西門慶、潘金蓮害死了武大郎，即使不判絞刑，也應像武松一樣，打上四十大板，換副輕枷，發配充軍吧。但陳文昭原本認為他們是主犯有死罪，後因蔡京的密帖，便認定他們無罪，於是先改變事實：武大郎的死，「屍傷無存」，「勿論」，免提。這是人情改變道理，改變事實，改變法律量刑。足見人情遠大於法律，大於道理，大於事實，決定量刑。所以決定執法者量刑的無形的手正是人情。一部《金瓶梅》所寫不過「人情」二字。「其書凡有描寫，莫不各盡人情」。[26]

　　何謂人情？人情就是人與人之間的感情。人是感情的動物，又是社會關係的總和，所以人情存在於每個人身上，具有無人不有、無事不在的普遍性。而中華民族的人情又具有三種獨特性。一是家族血緣性。家族血緣本是自原始社會家族婚發展而來的，在其後的母系社會和父系社會得以延續，在世界多數民族進入奴隸制社會後便逐漸弱化，而在中國這個農耕經濟最長的社會國度裏，以血緣關係建立起來的家庭族群逐漸演變成農業耕作的基本單位，自夏朝就產生的井田制，便是以家庭為耕作單位，《孟子・滕文公上》載：「方里而井，井九百畝。其中為公田，八家皆私百畝，同養公田。公事畢，然後敢治私事。」[27]家庭不僅是基本的生產組織，也是依賴性十分緊密的生活組織，是社會的最小單位，同時也是中國農耕文化滋生的土壤。其時間之漫長且幾乎連續不斷，成為中國生產、生活方式的最大特徵。在人的關係上也形成了以家庭血緣（父子母子與兄妹）親情為核心的情感關係，其擴而大之則是由血緣關係所聯結的家族親情，再擴而大之是由若干家族關係聯結而成的親戚關係，親戚關係的聯結組成了鄉邦關係，中國人的情感關注度由強到弱由近至遠呈現出六層由小到大的時空圓，個人－家庭－家族－親戚－鄉邦－國家。所以中國的文化的命脈不是西方的社會文化、國家文化，而是生長於家庭的親情文化、家族集體文化。以往我們的研究將道德看得重於一切，而忽略了道德是建立於親情之上的道德。親情是第一位的，「仁者人也，親親為大」[28]，道德是第二位的。

26　同註20，頁43。
27　孟軻《孟子》卷五，《四部叢刊》景宋大字本。
28　《禮記》卷十六「中庸」，《四部叢刊》景宋本，頁311。

世界各國的文化都有倫理道德的內涵，但中國人的道德所以不同於西方人，就在於濃厚的家族親情。故而所謂的人情，其核心是血緣親情，其次是地緣之情，再其次為事緣之情（師徒同窗之情、戰友之情、異姓兄弟之情、君臣之情、同僚之情、利益之情等）。由此而構成的人情文化正是中國不同於其他民族的文化的一大特徵。

二是工具性，即中國人的生存、發展需要個人勤奮努力、自強不息，但同時離不開家人、族人、親戚、鄉邦的幫襯提攜，耕種收穫如此，讀書科舉如此，服勞役兵役如此，做官如此，經商如此，無不如此。故而人情成為人生存發展的不能離異的工具，每個人對其具有天然的依賴性。

其三，目的性。古代中國人的人生奮鬥目標不出修身齊家治國平天下，而所謂的治國平天下，不過是建功立業、光宗耀祖。一個人在外奮鬥一生，到頭來還要榮歸故里，其最終價值還在於光耀門楣，澤被親人，德被鄉里，受到族人的尊崇和一方百姓的愛戴。所以獲得親人族人的愛戴（真情）成為了中國人的人生價值和目的。這也正是人情重於工作，重於利益的根本原因。

人情對於社會的發展而言是一把雙刃劍，它一方面可以成為人際關係的一種紐帶，促進社會的團結和諧與穩定。另一方面，其普遍性、工具性與目的性使得它無處不在，也使得它在人心中的地位重於道德、世理、制度、法律，特別是人情一旦與錢財利益合二為一，對於一切現存制度具有更大的衝擊性和破壞力。《金瓶梅》的作者認識到了這一點，敘述了人情（特別是與利益粘在一起的人情）可以改變案情事實、事理，可以操作法律。西門慶私放殺人犯苗青，山東御史不能奈他何。楊戩犯法，朝廷要抄家，西門慶在被抄的親族範圍，他只花了六百兩銀子（六百石白米）將西門慶改為賈慶，便逍遙法外。王六兒與小叔子偷姦本是死罪，只因討了應伯爵的人情，落得自在逍遙，抓姦者反被收了監；朝中權貴六黃太尉派人來清河縣抓娼妓李桂姐，李桂姐求情於西門慶，西門慶請蔡京出面，李桂姐竟轉危為安，破涕為笑……。人情可以操縱法律、制度，進而可以超越法律、制度！

《金瓶梅》將敘述的焦點放在人情故事上，揭示了官場腐敗、法律庇強凌弱、天下無道的根源，在於人情成為一隻無形的手，操縱着官吏和官場的事理、法律。從而找到了治癒中國腐敗病的病根，儘管作者尚未開出根治此病根的藥方，然仍不失為一位發現病源的良醫，為下一步的藥到病除提供了可能。

三、記載早期商業經營思想、模式和智慧的
經濟學價值——「中國商經」

由於《金瓶梅》一書的核心人物西門慶是位由白衣到官商的具有代表性的商人，且是一位由固定資產一千兩銀子發展為十萬兩銀子的成功商人，所以，從這個意義上說《金瓶梅》是一部商人小說、商業小說，也是一部寫經濟生活的小說。它不僅提供了明代社會經濟豐富、細緻、鮮活的資料，成為明代經濟生活的百科全書，同時也具有經濟學的價值。那麼，《金瓶梅》在經濟學上有哪些價值呢？

首先是處處商機、專精化與第一主義的經營思想。《金瓶梅》描寫了多位商人，如經營絨線的西門達、何官人、韓道國，經營布匹的陳商人等，他們眼界窄，僅限於所經營的某一範圍內。西門慶則不然，在他眼裏，處處是商機，事事皆經營。娶妻子吳月娘、嫁女兒西門大姐，是藉聯姻而尋找政治靠山，以求做更大買賣；而媒娶清河名妓李嬌兒、商婦孟玉樓和太監妓媳李瓶兒，竟成為其財產兼併的大手筆；官場的人情投資，無不為他帶來巨大經濟利益。其次，西門慶的經營以專業化見長，在專業化中走向優勢化和壟斷化。他所開設的商鋪沒有一個雜貨鋪、百貨鋪，都是一色的專賣店：藥鋪、當鋪、線鋪、綢鋪、緞鋪，無不以「專」取勝，以「專」創牌子和信譽，使消費者買某商品首先想到他的專賣店，從而占據消費者的心理。不僅商鋪是專賣店，職員分工專一而精細。有專管一地「蹲樁」進貨的（如來保、來旺、韓道國），有專管櫃檯賣貨的。櫃檯賣貨也有專一而細緻分工，生藥鋪與典當鋪合在一起經營，「女婿陳經濟只要掌鑰匙，出入尋討，不拘藥材當物；賁地傳只是寫賬目，秤發貨物；傅夥計便督理生藥、解當兩個鋪子。看銀色做買賣。」[29]這種經營的好處有四個，一是分工精細、責任明確，有利於提高效率。二是既分工又合作，整個經營環節誰也離不開誰，從而實現分工基礎上的協作配合。三是，可以互相牽制、監督，防止偷賴和徇私舞弊。四是可以節約一半的人員開支。專賣店和精細的職責分工是行銷思想成熟和商業發達的標誌。比此更令人歎為觀止的是西門慶在經營中所表現出來的事事超過他人的第一主義的經營思想。他說自己經營的藥鋪是清河縣最大的。何官人要急着處理一批絨線，西門慶對李瓶兒說，滿城數我家鋪子大，不怕他不來尋我。而他的綢鋪、緞鋪第一次進貨的規模就達三萬兩銀子，也自然是清河縣最大的。不僅鋪子是規模最大的專賣店，而且貨物的價錢也很可能為全城最低，因為西門的進貨採用專人專地「蹲樁」，所進貨物必是當地物美價廉的，再加上進貨多，運輸費用低，鈔關所交稅最少，故而其成本也當最低，這便使得清河城內同一貨物的價格

29　《金瓶梅詞話》第 20 回，同註 24，頁 283。

最低。經營最專、規模最大、品質最好、價格最低（這些都是走向壟斷的條件），一切都要做清河第一，今天世界五百強經營思想中的第一主義（如三星集團、海爾集團等）並不稀奇，他們的祖宗當是明代的《金瓶梅》。

其次，和風細雨的聯姻兼併式的資本積累。西方資本主義發展初期資本家的資本積累一般都是您死我活腥風血雨式的侵奪。而在《金瓶梅》中，主人公西門慶的資本積累則是和風細雨脈脈溫情地完成的，雖然西門慶採取的方式也是兼併式，卻不是生硬的血淋淋地吞噬，而是在兩情相悅的喜慶的婚宴和洞房裏完成的。起初，西門慶家的財產只是藥鋪裏的一千兩銀子的貨物。真正的資本積累是娶孟玉樓與李瓶兒之後，即通過娶妾兼併了孟玉樓的丈夫楊布商公司和李瓶兒丈夫花子虛（事實上為花太監）家族的財產，此後還兼併親家陳洪家的主要財產和親家喬大戶家的一半土地房產。楊布商的公司的規模遠在西門慶藥鋪之上，「一日不算銀子，搭錢也賣兩大簸籮。……現一日常有二三十染的吃飯」，[30]即每天雇用的夥計有二三十人。而西門慶的藥鋪加當鋪所用的夥計也只有三個人。楊布商家中財產單現金一項就有一千多兩銀子和價值當遠在現金之上的大量布匹，以及不低於一千兩銀子的孟玉樓的私房錢（金銀首飾和細軟）。「手裏有一份好錢，南京拔步床也有兩張。四季衣服、妝花袍兒，插不下手去，也有四五支箱子。珠花箍兒、胡珠環子、金寶石頭面、金鐲銀釧不消說，手裏現銀子他也有上千兩；好三梭布也有三二佰筒。」[31]其財產的數額當最低是西門慶原有財產的三倍以上。花家的族產有多少？富堪比國，人不可測。李瓶兒請西門慶為花子虛衙門裏求情，一次便「搬出六十錠大元寶，共計三千兩」[32]，還有「四口描金箱櫃蟒衣玉帶、帽頂絛環、提繫條脫，值錢珍寶好玩之物」。[33]還有李瓶兒從梁中書家逃出時所帶的「一百顆西洋大珠，二兩重一對鴉青寶石」。[34]這財產彙聚着大名府梁中書家珠寶的精華，御前班值、廣南鎮守花太監一生全部積蓄的宮中珍寶。其價值少說也在西門慶家產的六倍以上。即西門慶兼併了上述財產後，財富翻了十來倍。這種聯姻兼併式的資本積累比起血腥的吞併來更多一種喜慶和溫情。

其三，契約合同、股份責任制、共贏原則、直銷模式等現代先進的經營模式的雛型。西門慶雇用夥計總是與對方簽定合同，他雇用的韓道國、崔本、賁四、甘潤等都是簽訂合同依契約行事。如韓道國，「西門慶即日與他寫立合同，同來保領本錢，雇人染

30　《金瓶梅詞話》第 7 回，同註 24，頁 90。

31　《金瓶梅詞話》第 7 回，同註 24，頁 86。

32　《金瓶梅詞話》第 7 回，同註 24，頁 86。

33　《金瓶梅詞話》第 14 回，同註 24，頁 187。

34　《金瓶梅詞話》第 10 回，同註 24，頁 133。

絲。」[35]緞鋪開張那天與夥計甘潤也是先立下合同，「當下就和甘夥計批立了合同，就立伯爵做保。」[36]李智、黃四借西門慶銀子做買賣，西門慶與他們簽定合同，說明借款的數額、歸還時間，應還的利息等。西門慶很可能是中國最早使用雇用合同的人。不僅是雇用合同可能最早，股份制經營模式的使用，西門慶也是中國最早的。他新開的綢緞鋪，便是合股經營，利潤按股份比例分成。西門慶入錢股，喬大戶入房地股，韓道國、崔本、甘潤為人股。獲得利潤按股分成：「譬如得利十分為率，西門慶分五分，喬大戶分三分，其餘韓道國、甘出身與崔本三人均分」。[37]這個經營管理模式第一次打破了雇主與雇員的雇用關係，施行根據入股份額多少而確定地位和利潤分配的合作關係，這是一個偉大的歷史性的進步。西門慶施用這一股份式合作模式的時間（如果書中所寫的事是嘉靖二十七至四十五年──1548-1566 年的事，應與西方最早的股份制（英國的「莫斯科公司」──1554年）相差不多。在這種股份制合夥經營模式裏，就分配原則而言，突出體現出西門慶經營的合作共贏思想。

在西門慶的經營中，我們還發現了早期「直銷模式」的影子。所謂直銷模式，就是通過簡化銷售的中間環節，甚至消滅中間商的途徑，以達到降低產品的流通成本，滿足顧客利益最大化需求的銷售方式。西門慶的經營方式就是最大化地簡化中間環節。譬如他要為蔡京上壽制辦蟒衣官服，派來保到杭州置辦。來保不買衣服，而是只買衣料，再找服裝加工廠加工，省去了中間諸多環節。又如他開的絨線鋪，只進白線，然後自己在鋪子後架鍋染色等，這雖然還算不上直銷模式（尚未做到根據訂單進貨，無倉庫和庫存），但已與傳統的行銷模式相比發生了新的變化。

西門慶絨線鋪與綢緞鋪的經營方式中還表現出特有的吸引顧客的營銷策略。他鋪子裏的營銷員全是「相貌堂堂」的帥哥，「百伶百俐」，經營活氣，「滿面春風」，「口若懸河」，使顧客樂意到這裏來。他們還有些獨到的促銷手段，緞鋪開張那天，有一人專門負責招攬顧客。「崔本專管收生活，不拘經紀、買主進來，讓進去，每人飲酒兩杯」。[38]古人所飲酒多是漿液濃稠的糧食酒，具有充饑與解渴的雙重功效，從而可成為促銷的有效手段。就在鋪子開張的一天內，緞鋪就賣了 500 兩銀子，足見這種行銷手段的效果。

西門慶的商業經營不僅有其先進的經濟思想，而且構成了一個從資本積累到商業生產、經營、管理、銷售的完整體系，向我們展示了明代經濟發展史中先進的經營管理方

35　《金瓶梅詞話》第 33 回，同註 1，頁 848。

36　《金瓶梅詞話》第 58 回，同註 1，頁 1578。

37　《金瓶梅詞話》第 58 回，同註 1，頁 1578。

38　《金瓶梅詞話》第 60 回，同註 24，頁 938。

法和模式，這些方法模式不僅成為了中國近世經營管理的開創者、鼻祖，而且直到現在還不失為有效的商業經營模式。《金瓶梅》是一部明代鮮活的經濟史，就像《三國演義》為人們提供了軍事的成功範例，成為一部鮮活的《兵經》一樣，《金瓶梅》為商人提供了經商的成功方法、模式和範例，不失為中國古代的一部「商經」。

四、再現從「食貨文化」向「貨幣文化」轉型的文化價值──劃時代里程碑

　　如果文化的發展形態與經濟的發展形態大體一致的話，那麼，文化的歷史便可根據經濟發展的歷史加以界定劃分。就中國經濟發展的歷史而言經歷了兩個大的階段，一是以自給自足的農耕經濟為主的附帶式的商品交換階段，即人們的生存主要依賴實物（糧食）和其他生活物──食貨，貨幣只在部分非主體的領域進行的階段，我們稱這階段為食貨生存狀態階段，其文化可稱之為農耕文化或食貨文化。這個時期的文化具有鮮明的土地生產的特徵，體現着土地和糧食生產的獨特性：穩定性、依順性、循環性、德禮性，其核心特徵是穩定性。這種穩定性的特徵表現於貨幣是死的花一個少一個的貨幣觀念、節儉的消費觀念、一女不嫁二夫的婚姻觀念、重義忘利的交友觀念以及守道重德、光宗耀祖的價值觀念。二是以工業生產和商品交換獲取生活必需品的貨幣化生存狀態階段。其文化可稱之為工商文化或貨幣文化。該文化具有鮮明的貨幣本質的特徵，自我性、自由、平等、尋新求變等，其核心特徵是尋新求變。這種尋新求變的本質特徵表現於貨幣是活的、在流動中增值的貨幣觀念，超前消費、快樂消費的消費觀念，婚愛自由的婚姻觀念，互利共盈的交友觀念以及追求自由平等和利益最大化的價值觀念。在中國，從農耕文化向工商文化的轉型經歷了數百年的漫長過程，直到目前這個過程還在進行之中。它始自於萬曆九年張居正在全國推行一條鞭法而開創的全國盡停鑄鈔、一切流通皆用白銀的「白銀時代」。朝廷發俸祿和徵稅皆用白銀，農民交納田稅需將糧食到市場換成白銀，官吏要吃糧食到市場用白銀購買，從而貨幣（白銀）成了獲取生存食貨的唯一手段，食貨生存狀態開始轉向貨幣化生存狀態，從而也促進了商業經濟的發展。在明代商品經濟發達的都市，開始形成貨幣文化。然而隨着天啟年間白銀時代的結束，這一剛剛在小部分城市興起的貨幣文化又隨着食貨經濟的登台而消弱了下去，直到洋務運動、共和運動和「五四新文化運動」西方工商文明的傳入，工商文化才在商業發達的大城市再次興起，不久農耕經濟占主導地位決定了農耕文化的主導地位，直到改革開放施行市場經濟特別是伴隨全國的城市化的進程而引發新的土地變革，中國才真正進入全國規模的工商文化時代。

　　需要特別指出的是，以嘉靖末年為背景而產生於明代萬曆九年後的《金瓶梅》是中國第一部也是唯一一部以巨大篇幅全面反映中國歷史這一偉大轉型的長篇小說。《三國演義》《水滸傳》《西遊記》《紅樓夢》《儒林外史》都沒有全面真實地反映這一轉型，他們的文化本質還是農耕文化的。《金瓶梅》雖然有農耕文化的血緣，但它反映了由農耕文化向工商文化開始轉變的過程狀態。在這個時期出現的以王艮、李贄為代表的主張「穿衣吃飯即人倫物理」和肯定「好貨」「好色」是人的本性的思想；歌頌男女至情的《牡丹亭》；主張詩當寫「真情」的前後「七子」和主張「獨抒性靈」的公安派的進步文學主張；以唐寅為代表的吳中四傑的市井文化的歌吟；「三言」「二拍」所描寫的新的男女情愛觀、經商致富觀；抒寫男女自由情愛的散曲小調等，都從一個側面反映了這一轉型過程的文化觀念的變化，但是沒有一部像《金瓶梅》這樣對貨幣觀念、消費觀念、婚愛觀念、人生價值觀念做出全面而真實反映的文化作品。[39]《金瓶梅》一書非但沒寫以積攢為命的慳吝鬼、看錢奴，相反卻鮮活地描寫出了能花能掙的商人形象，表現出錢是活的、在交換流通中增值的嶄新貨幣觀。完成了由農耕文化貨幣觀向商業文化貨幣觀的轉變。伴隨這類貨幣觀念的轉變的是消費觀念（奢侈、快樂消費的消費觀）、婚愛觀念（自由的婚愛觀）、交友觀（互利共贏的交友觀）、價值觀（追求利益最大化的價值觀）、審美觀（以快樂為美的審美觀）等一系列觀念的變化，從而體現出與「重義輕利」的穩定性的農耕文化根本不同的「重利輕義」的「尋新求變」的商業文化的精神面貌，完成了由「發乎情，至乎禮義」的農耕文學到發乎情，至乎利益，尾乎禮義的商業文學的歷史轉型。鄭振鐸先生一讀《新刻金瓶梅詞話》便為其中的現代性、當下性而驚呼，人們都覺得《金瓶梅》中的人物就活在今天，其根本原因就在於它第一次描寫了中國從食貨文化向貨幣文化轉變的真實而鮮活的且至今正在進行的過程。文學研究者所發現的《金瓶梅》在中國小說史、文學發展史上的一系列開啟時代的地位價值，諸如第一部偉大的現實主義小說，第一部家庭小說、第一部商人小說，第一部寫市井平民的平民小說，第一部以財色為描寫中心的財色小說，第一部打破了寫人單一性臉譜化而走向立體化人性化的小說，第一部以女人群體為描寫中心的女性小說，第一部用方言俗語寫作的帶有泥土氣息的方言小說等等得天獨厚的價值，都與它反映中國由食貨文化向貨幣文化轉型這一特性相關，都是這一特性所帶來的必然結果。就這一點而言，《金瓶梅》的偉大在於它是中國歷史轉型的開啟之作、啟蒙之作，是中國文學和文化發展史上劃時代的里程碑。

39　具體論述見兩篇拙作：其一〈貨幣觀念的變異與農耕文學的轉型——以明代後期市井小說為論述中心〉，《中國社會科學》2007 年第 2 期；其二〈《金瓶梅》價值的貨幣文化解讀〉，《河北學刊》2007 年第 1 期。

五、儲藏中國封建社會後期社會生活密碼庫的
學術價值———「近世顯學」

　　《金瓶梅》是一部作者「按跡尋蹤」的生活實錄，誠如張竹坡所言：「似有一人親曾執筆，在清河縣前，西門家裏。大大小小，前前後後，碟兒碗兒，一一記之，似真有其事，不敢謂操筆伸紙做出來的。」[40]正因其為明代生活「實錄」，又因其為戲曲、小調、歌詞、酒令、笑話皆可入體的萬能體的小說，使得它比起史書來描寫範圍更廣、視角更靈活，更具包容性。所以就對歷史反映的廣度、細膩度、逼真度而言，任何一種紀事的體裁都比不上「寄意於時俗」的小說《金瓶梅》。《金瓶梅》是再現明代社會生活歷史的一面鏡子。吳晗先生曾說它是「一部反映了政治、經濟、文化、習俗等等的明末社會史」。事實上吳晗先生只是就大的方面而言的。若論及世俗生活幾無所不及，諸如房屋建築、家庭園林、樹林花卉、炕床紋帳、船舶航運、鈔關稅收、衣裳服飾、裹腳時尚與納鞋底、茅廁馬桶、下棋鬥牌、飲食文化、節日生日、婚嫁習俗、妻妾文化、妓院、性文化、請客送禮、藥理醫術、算命術、方言俚語、幫閒篾片、媒婆、丫鬟小廝、親隨小唱、道士、僧尼、秀才舉人、進士狀元、武官商賈、商業經濟、運輸、歌詞小調、笑話、酒令、地理等等幾無所不有，要瞭解中國古代的建築學、交通運輸、園林藝術、民間風俗、方言俗語、商業經濟、朝政體制、小說戲曲、性文化等等，皆可從《金瓶梅》中發掘寶貴資料，說其為中國封建社會的百科全書，可謂當之無愧。較之《紅樓夢》稍有不同處在於，《紅樓夢》是中國皇親貴戚們的貴族生活的百科全書，《金瓶梅》則為地方小吏市井細民世俗生活的百科全書。

　　然而，《金瓶梅》這部百科全書所提供的歷史具有藝術的模糊性乃至審美的神秘性，從而成為一部頗具誘惑力的學術寶藏。需發掘考究的問題很多，譬如有關這部書的最基本問題：作者、成書時間、手抄本、刻本、本事、創作方式等等，都具有模糊性。單是一個作者問題就是一門大學問，它涉及明代嘉靖、隆慶、萬曆三朝諸多文人、名人，要讀數以千卷的文人的文集，需懂得明朝後期政治、歷史、經濟、文化諸多知識，以及讀懂明代善本、具有辨識真假文物的知識眼光等等，總之須是明代社會學、歷史學、民俗學、藝術學、宗教學、經濟學、哲學的全才通才方有可能解決。這一極高的才識要求及其史料因丟失而造成的不可替補性，使得作者研究很可能會成為《金瓶梅》研究突不破的「死結」。與《金瓶梅》表現中國文化近世轉型性使得它成為近世文化啟蒙著作一樣，

40　張竹坡〈批評第一奇書《金瓶梅》讀法〉，張道深評《金瓶梅》，濟南：齊魯書社，1991 年，頁43。

它的寫實性也使其成為聳立於中國近世史上的一座學術寶藏、文化寶庫。

《金瓶梅》要研究的學術問題實在太多，具有難窮盡性。就這一點而言，它與《紅樓夢》皆為中國古代的顯學——「紅學」與「金學」，皆具有不可替代性和非同尋常的學術價值和文化意義。故而，對「金學」的研究來不得半點急躁、草率，來不得任何急功近利的浮躁，那樣勢必欲速則不達。至於用簡單方法抹殺它的價值或抹殺《金瓶梅》研究學術意義的行為都是浮淺的，保守的，有害的，必將遭到歷史的遺棄。

《金瓶梅》自身所具有的上述思想價值（警世寶典）、政治價值（反腐良醫）、經濟學價值（中國商經）、文化價值（劃時代里程碑）和學術價值（近世顯學）隨着中國的改革開放和新文化建設，將會引起全社會的重視並逐漸被認知、接受，出於腐朽且膚淺認知的「淫書」之名，也將隨之在人們心中淡去。這當是中國社會與文化發展的必然趨勢。

劃時代性：農耕文化向工商文化的轉型

　　《金瓶梅》是中國古代極特殊的長篇小說。幾十年來，學人們無不力求尋找其特殊性及其原因所在。或從政治視角分析它，說它是一部暴露政治黑暗的傑作；或以道德尺度衡量，認為書中沒寫一個好人；或從哲學視角透視，眼之所睹無非「酒色財氣」之性惡；或從美學角度評判，認為這是一部善於「寫醜」的「黑色」小說等等。然而，以上研究的理論視域尚未越出農耕文化的範圍，依然在運用農耕文化的價值觀總覽這部發生文化質變的文學巨著，故而不免給人「只緣身在此山中」的感覺。而用貨幣文化的視角重新解讀這部小說，看到的則是另一番面貌。

一

　　在中國古代小說中，《金瓶梅》極特殊處之一，是通過人物形象表現出錢喜流動，且在流動中增值的貨幣觀念。第 56 回「西門慶賙濟常時節」，寫應伯爵與西門慶的一段對話，耐人尋味。

> 應伯爵道：「幾個古人，輕財好施，至後來子孫高大門閭。把祖宗基業一發增的多了。慳吝的積下許多金寶，後來子孫不好，連祖宗墳土也不保。可知天道好還哩。」西門慶道：「兀那東西是好動不喜靜的，曾肯埋沒在一處？也是天生應人用的，一個人堆積，就有一個人缺少了，因此積下財寶，極有罪的。」[1]

應伯爵說的是奉承話，本非真心，況且所講家業的興衰似意在說明「報應」的「天道」。但遭到善報、「基業一發增多」的是由於「輕財好施」「散漫花錢」；而遭到惡報「連祖宗墳土也不保」的卻出於「慳吝」，無意間流露出一種提倡「輕財好施」，卑視「慳吝」的消費觀念。而西門慶的話似乎是在為自己的行為做解釋，其解釋道出了貨幣「好動不喜靜」「天生應人用」的性質。「應人用」的「好動」，可以單指慷慨解囊救人於

1　　《金瓶梅詞話》，第 56 回，香港：太平書局，1982 年，以「古佚小說刊行會」影印本為底本的影印本，頁 1514-1515。

危難的支出（賠錢）。也可指用之於生產和交換流通領域可以增值的消費。如何理解西門慶這兩句「好動不喜靜」「天生應人用」的具體內涵，不應靠我們的主觀判斷，而最好從他本人的行為中尋找答案。西門慶花錢的途徑有三個：情場以錢買愛；商場經營投資（擴大再生產）；官場人情投資。西門慶用之於情場的錢表面看來是毫無增值的純消費，如姦娶潘金蓮、包占王六兒，通情宋惠蓮、賁四嫂，梳籠李桂姐，包占鄭愛月兒等。但事實上，上述花銷數量與娶李嬌兒、孟玉樓、李瓶兒所帶來的金銀財富數量相比則是微不足道的，所以情場投資總體說來是賺錢贏利的。西門慶在商場經營的投資獲得的利潤更加驚人。先看下面的幾個數字：藥鋪原投資 1000 兩，最終為 5000 兩；典當鋪投資為 2000 兩，最終為 20000 兩；絨線鋪投資 500 兩，最終 6500 兩，綢鋪投資 2000 兩，最終 9000（5000＋4000）兩；緞子鋪投資 5000 兩，最終 50000 兩。五個鋪子淨賺 80000 兩。放高利貸所賺利息單是李三、黃四一宗就有 500 兩，以他臨死前向女婿交待的數字為據估測，贏利當以千兩計。西門慶在官場的人情投資，同樣收入遠大於支出。為宰相蔡京過生日送壽禮花費了不少金銀，卻換來了山東省理刑副千戶的活的無形資產。在蔡狀元、安枕、宋喬年、翟謙處投資，獲得利潤更加豐厚，僅蔡御史為他提前一個月支鹽引一事，便獲利近 30000 兩。宋喬年為西門慶弄得買古董的批條，一宗就有 10000 兩銀子的賺頭（後因西門病危，買賣未做）。西門慶 10 萬多兩銀子的家資正是從交換（錢貨交換、錢權交換、錢色交換）中獲取的利潤。由此可知，西門慶並非一個隨意揮霍的敗家子，而是一位善於投資賺錢的商人。他所說的貨幣「好動不喜靜」「天生應人用」指的是用於商品交換，在金錢的流動（交換）中，獲得利潤。不單是西門慶，其他人物身上也體現出這樣的貨幣觀。如第 7 回，張四舅說西門慶家「裏虛外實，少人家債負」，孟玉樓卻回道：

> 常言道：世上錢財淌來物，那是長貧久富家，緊着起來，朝廷爺一時沒錢使，還問太僕寺借馬價銀子支來使，休說買賣的人家，誰肯把錢放在家裏？[2]

孟玉樓的話「世上錢財淌來物」「買賣的人家，誰肯把錢放在家裏」與西門慶的「好動不喜靜」可作對觀，進一步證明錢那東西「好動不喜靜」的真正內涵是用於「買賣」，在流動中增值，而並非單指只出不入地揮霍、花光。

持這種錢能生錢，積攢有罪貨幣觀的人，在對生活消費的看法上，必然走向節儉積蓄消費觀的反面——尚奢、快樂消費觀。而這種轉變——由多掙少花的節儉消費觀轉向能掙多花的快樂、尚奢消費觀——正是《金瓶梅》在中國古代小說中第二個極特殊之處。

2　同註 1，第 7 回，頁 202-203。（以下本章所引《金瓶梅》文字，皆來自於香港太平書局 1982 年版《金瓶梅詞話》，不再注明，只在文中注明回數。）

一部《金瓶梅》中的人物無論錢多錢少未見有苦行僧、吝嗇鬼，都是有錢就花尋求快樂消費的人。錢多者的「尚奢」在交往上花錢「散漫」、豪氣大方，在衣着日用方面是無視等級不顧忌「僭妄」的競豪奢。西門慶（五品小官）上任那天，竟繫着一品大員王招宣的「四指寬，玲瓏雲母犀角鶴頂紅玳瑁魚骨香帶」，價值連城，「東京衛主老爺玉帶金帶空有，也沒這條犀角帶」（第31回）。小說第15回「佳人笑賞玩燈樓」，寫西門慶幾位妻妾越級的裝束，招來市民一番「公侯府位裏出來的宅眷」或「貴戚皇孫家艷妾來此看燈」的議論。至於在交往上的「散漫」大方，往往令受惠者大喜過望。初會蔡狀元、安進士，奉上的禮物：「蔡狀元是金緞一端，領絹二端，合香五百，白金一百兩。安進士是色段一端，領絹一端，合香三百，白金三十兩。」令兩位新進士眼亮心跳，連聲道：「此情此德何日忘之」（第36回）。朋友有求於西門慶，他也往往求一送二。常時節為買房需35兩銀子，西門慶先已送他12兩，此次又拿出50兩，剩下的讓他開鋪子過日子用（第56回）。幾天無米下鍋的常時節，一旦借得12兩碎銀，僅一次買衣服就花掉了六七兩；宋惠蓮有了體己，便指使丫鬟小廝買瓜子、花粉、首飾，以至於西門慶的跟隨玳安認得出每塊碎銀子的來歷。……他們所追求的是奢侈消費，快樂消費。

二

《金瓶梅》在中國古代小說中的極特殊處之三，是小說中人的價值觀念由以德禮為中心的重義輕利，轉向了以「金錢崇拜」為中心的重利輕義，文學的表現則是實際利益的入主與道德觀念的淡出。《金瓶梅》的價值觀念雖與傳統觀念還有些聯繫，但是畢竟已從根本上移出了舊文化舊觀念的範圍。雖寫了曾孝序的正直大義、「王杏庵仗義周貧」、孟玉樓與吳月娘的善良、韓愛姐的守節等，表現出對傳統道德觀念的依戀，但一來這些文字在全書中所占比例微乎其微，二來即使這些在作者看來善良的人物，也染上了許多並不善良的因素。如吳月娘貪財失義（收了李瓶兒四個描金箱珠寶，卻阻止西門慶娶珠寶的主人），孟玉樓改嫁失節（取利失德），韓愛姐一路操皮肉生涯（以色易財），因財失節等等。由此看來，作者肯定的善良人物，也是重利輕義之輩。這表明作者本來就是着眼於實實在在的生活，而好貨好色自私重利從書中的描寫可以看出正是人的生活的主要內容，所以傳統的善良人物的不善良在作者眼中是自然而然的事。這說明《金瓶梅》的作者和他筆下的人物的價值觀念發生了根本變化——重義輕利轉向重利輕義。

在「清河」那樣一個商品經濟發達的市鎮，人們所要滿足的現實利益幾無不與金錢相聯繫，從書中人物身上，表現出一種濃重的「金錢至上」的觀念，很多人將獲得更多金錢作為人生追求的目標，主人公西門慶就是其中典型。西門慶心中有一種根深蒂固的

觀念：擁有錢財就是擁有自由，就是想幹什麼就能幹什麼，就能幹好什麼，一切禁區都可衝破，一切困難都不在話下。吳月娘勸他「貪財好色的事體少幹幾樁兒也好。」西門慶大覺逆耳，說她的話是「醋話」，隨即便有一大串反駁：

> 咱聞佛祖西天，也止不過要黃金鋪地，陰司十殿，也要些楮鏹營求。咱只消盡這家私，廣為善事，就使強姦了嫦娥，和姦了織女，拐了許飛瓊，盜了西王母的女兒，也不減我潑天富貴。（第 57 回）

這段文字是西門慶在發脾氣時說出的「沒遮攔」的掏心窩子話，也是他人生觀的自白：人生只要有了錢就無所不有。佛祖崇尚的是黃金，陰司也是要錢的，更不要說現實生活中的人了，天地間最有用的不過金錢二字。金錢把佛、神、人拉向平等，有了錢，高不可攀的嫦娥、織女、西王母女兒等也可在其掌握之中。這聽起來是一番「浪話」，而事實上西門慶在日常生活中的確表現出有錢者目空一切的傲氣和不斷占有更高等級女人的「雄心」。小說第 78 回寫朝廷行下文書，要每省置買古器，東平府「坐派着二萬兩」，商人李三急着要西門慶做這宗中間有一萬兩銀子賺頭的大買賣，而西門慶的競爭對手張二官人已花 200 兩銀子先下手，要「弄到這宗批條」。李三當下要西門慶封禮、寫書，若晚了行到府裏，「乞別人家幹的去了」。西門慶卻不以為然，「笑道：不怕他，設使就行到府裏，我也還教宋松原拿回就是」。他自信一省巡按會按他的心思行事，根本不用求府尹，更不會把任何競爭對手放在眼裏。那是因為宋松原上任的當天，就用一飯千金將他搞定了。而在情場，他已不滿足於縣城裏的名妓，當他輕易地占有了王招宣府的貴夫人林太太之後，就將目標瞄向了六黃太尉的侄女兒藍氏（第 77 回）和何太監的侄兒媳婦——畫兒一樣的美人（第 78 回）。西門慶這種「傲氣」「雄心」來自於金錢的勢力，與他的上述「浪話」所表現的「金錢至上」的價值觀念是一致的。「金錢至上」的價值觀念在全書中還有更具體充分的表現，西門慶結交的「十兄弟」的排序，依據的不是身分地位，不是年齡長幼，而是金錢的多少，「眾人見西門慶有些錢鈔，讓西門慶做了大哥」（第 11 回）。常時節得了西門慶借給他的十二兩碎銀，便在妻子面前盛氣凌人，對着閃閃發光的銀子，發出了一番無限崇拜的感慨；妻子對有了銀子的丈夫先倨後恭，家庭生活的氣氛也由冷而熱（第 56 回）。孟玉樓改嫁時，面對有權有勢有功名前程遠大的尚推官的兒子尚舉人和「刁鑽潑皮」「眠花臥柳」品德有虧的商人西門慶，不顧張四舅的力勸，毅然選擇品德有虧的商人（第 7 回）。說明與權力相比孟玉樓更看重金錢。這種喜商厭官、重錢輕德的觀念也是重利輕義價值觀在婚嫁問題上的表現。

三

　　《金瓶梅》在中國古代小說中的極特殊處之四，是書中所表現出來的以自由快樂為美的生活情趣。一般認為《金瓶梅》一書沒有表現理想，事實上《金瓶梅》中的人物都有自己的人生追求，譬如，西門慶對於錢財、權勢、女人的追求，李瓶兒對性欲滿足與擁有子女的追求，潘金蓮對於性欲與群釵中地位的追求，宋惠蓮「婢作夫人」的願望等等，雖每人的具體追求各不相同，但追求的目標卻不約而同地趨向於生活的快樂與快樂地生活，一句話趨向於快樂主義。潘金蓮在嫁武大郎後，面臨着兩種人生選擇，一種是屈從於命運的安排，逆來順受甘願做那位「三寸丁」的陪葬品，在痛苦的煎熬中默默死去。要麼選擇一條快樂生活的路，一條與傳統和命運抗爭的路，她無論是對武松動心還是接受西門慶，都說明她選擇的是後一條路，然而這是一條在那個時代走不通的死胡同，但潘金蓮從沒後悔過。她所以不後悔是因為她奉行着快活了一日是一日的快樂主義人生觀。自她落了個「擺佈死漢子」的名聲後，便索性放手做了。西門慶死後，她與陳經濟的兩性關係更沒多少忌諱。第 85 回寫吳月娘將她與陳經濟往來隔斷後，心中悶悶不樂。龐春梅幾句勸解的話導出了她二人的心腸：「古昔仙（賢）人，還有小人不足之處，休說你我……人生在世，且風流了一日是一日……因見階下兩隻犬兒交戀在一處，說道：『畜生尚有如此之樂，何況人而反不如此乎？』」第 46 回「妻妾笑卜龜兒卦」，吳月娘說她可惜來遲了，潘金蓮卻不以為然擺着頭說：我是不卜他，常言：算的着命，算不着好……隨他，明日街死街埋，路死路埋，倒在洋溝裏是棺材。」她把死看的很輕，是因為追求的是將死置之度外的快樂。西門慶、李瓶兒、龐春梅、宋惠蓮、孫雪娥都死於情欲，也說明她（他）們所追求的是不顧「持盈慎滿」之度的不懼死亡的快樂。在《金瓶梅》中，這種追求不懼死亡的快樂往往都是尊重個性、自己把握命運航船的人。同時對於快樂追求的過程也是對個性自由嚮往的過程，而這種對個性自由的追求、嚮往對於書中的女性來說多限於情愛生活，對於男性來說多表現為對錢財的熱望，想在錢財的占有和消費中獲得自由。

　　本文所言人的自由，是指個人與他人以及個人與物的關係由直接的主觀性關係演變為間接的客觀性關係。當個人與他人（特別是支配者）直接發生關係時，這種關係往往是一種個人對支配者的依附關係，其依附性依賴於支配者的主觀態度，這種主觀的依附關係是不自由的。「實物經濟時代的人與人之間是一種打上了個人印記的脈脈溫情的關係，這種主觀性的關係需要付出代價：過於緊密的關聯束縛了人身的自由。」[3]當一種東西充

3　西美爾〈現代文化中的金錢〉，頁 6。轉引自〔德〕西美爾（Georg Simmel）《貨幣哲學》（*Philosophie des Geldes*），北京：華夏出版社，2003 年，陳戎女〈譯者導言〉，頁 11。

當個人與他人關係的中間物時,人與中間物發生關係,中間物可與更多人發生聯繫,於是人與物的關係便成為間接性、客觀性的了。在商品經濟時代,這一中間物是由貨幣來充當的。「貨幣是人與人關係客觀化,這正是保證個人自由的前提。同樣地,貨幣轉化了財產的性質和擁有方式,使個體從與有形實物的外在維繫和外在局限中解放出來。」[4]人與他人的關係便因了這中間物的存在而變得間接、疏鬆了,於是人獲得了相對更多的自由。譬如《金瓶梅》寫西門慶家的兩個夥計——來保、韓道國——在鄆王府當差(力差),需每天到鄆王府上班。如是,一僕不能二主,他們難以再為西門慶跑到千里之外經商。而當西門慶向鄆王府主管說情,每月只向鄆王府交三錢多銀子的差錢(由力差變為銀差),就不必到鄆王府上班,銀子充當了他們與鄆王府的中間物,來保、韓道國的人身就自由了。在商品經濟時代,普遍的物乃至人都可以成為商品,貨幣支配的商品範圍日益擴大,於是用來交換的貨幣可以滿足人的需要,從而使人獲得自由。譬如西門慶用「白米 500 石」(暗指 500 兩銀子)疏通資政殿大學士兼禮部尚書楊邦彥,將人犯「西門慶」改為「賈慶」,而使西門一府逃避連坐的懲罰而獲得自由(第 18 回)。人的關係的客觀化是人類文明的進步。「在實物經濟時代,役務者與主人、領臣與領主之間牢不可破的人身依附關係幾乎沒有給前者留下任何自由活動的空間。只有當貨幣租稅決定性地取代了實物役務和租稅時,義務租稅才徹底地去個人化,承擔義務的人才獲得了人身自由。」[5]「客觀化的程度就意味着文明發達的程度」。[6]再者,自由是指人與人關係的活動空間而言,人占有的貨幣量越大,交往的勢能便越大,交往的範圍越廣,人的自由度就越高。「西美爾認為,金錢也成為個體在社會關係網路中的潤滑劑,為他擴展交往和生存的空間創造了便利」。[7]《金瓶梅》產生於貨幣地租徭役取代實物地租與徭役的萬曆九年之後,它所表現的人與人的關係已由主觀化趨向於客觀化,故而較之以前的文學作品所描寫的人的關係更趨向於個體性與自由。

《金瓶梅》中人的自由突出表現於西門慶身上。西門慶與他人的關係分為兩類,一類是地位在他之上的人,西門慶與這些人發生關係往往是藉助中間物錢財而進行的。西門慶作為官吏在官場自應有管他的上司。他未「加官」時,上有縣令父母官,而他意外弄得理刑副千戶後,也有理刑正千戶夏提刑、山東省曾御史、宋巡安,朝廷內有六黃太尉、宰相蔡京等。然而奇怪的是,作為官吏的西門慶與作為商人的西門慶一樣都是自由的,

---

4   同註 3。

5   同註 3。

6   同註 3,頁 16,註釋 2。

7   同註 3,頁 12。

這種自由表現在他曾遭遇不少吃官司的案件，特別是三件足以將其琅璫投獄的案子（武大郎命案、苗青命案、楊戩誅連案），然而他最終皆平安無事，法律並不能奈何他，他成為為數不多的逍遙於法律之外的「自由人」。過去論者認為是他結交了當朝宰相蔡京，有了最硬的政治靠山。事實上比之更深的原因是他與官場上司的關係並非主觀的關係而是已經客觀化了。這種客觀化表現在四個方面：其一，他用金錢作為他與上司關係的中介物，這種物質屬性的中介物在給予者與受授者中間發生的第一作用，在於將二者間的關係拉近了，似乎更主觀化了。其二，當對方接受了這一中介物後，原來的關係性質便發生了質的轉換，即原本的管與被管的行政隸屬關係、執法者與受法者的授受關係統統轉換為一種互利的利益關係，即具有商品交換性質的交換關係。其三，由於商品交換內含着等價的平等原則，所以，互利將上下關係拉向平等關係，官銜的大小、法律的界線、是非曲直等統統被互利的利益關係擺平。其四，這種拉向於平等的互利關係，使地位低下的一方獲得了自由，西門慶通過金錢這一中介物，使對方獲得利益，自己換來了自由。這說明那時可以交換的商品不僅僅是市場中的生活必需品，而是擴展到了市場之外的政權領域。權力與金錢成為了可以自由交換的商品。同時也從有形的商品擴展到了無形商品，攻入了貨幣最難以攻破的堡壘——仁義道德的精神領域。貨幣成了無所不能的萬能物了。於是貨幣的擁有者就像用貨幣換取自己的需求品一樣，換取實現自己欲望滿足的一切，體現交換者的自由。

在商場，西門慶與他人的關係表現為他與夥計、客戶、消費者之間的關係，後兩種關係寫得模糊，前一種關係寫得具體、生動。他與夥計（如來保、韓道國、甘潤等）的關係，本是雇用與被雇用的主奴關係。他在處理這一關係時，同樣是借用經濟手段，運用貨幣（金錢）的功能，採用利益共沾的方法。西門慶每次經營總要先簽訂合同，將經營中的關係利益用合同的形式固定下來。小說第 58 回寫他開緞子鋪，西門慶「當下就和甘夥計批立了合同，就立伯爵做保。譬如得利十分為率，西門慶分五分，喬大戶分三分，其餘韓道國、甘潤與崔本三份均分」（西門慶出錢，喬大戶出房屋，三位夥計出力）。開張那天，人人出力，僅一日，「就賣了五百餘兩銀子」。西門慶滿心歡喜，夥計們也滿心歡喜，韓道國夫婦感恩，特在家中擺宴答謝西門慶看顧之恩。於是，貨幣將雇用與被雇用的關係拉向了平等，轉為利益共享的交換關係。夥計們在經營管理等經營過程中獲得了較大的自由，西門慶藉助貨幣這一中介（按股分紅的方法），可以使自己脫身於繁瑣的管理經營之外，獲得精力、時間的自由，更重要地是獲得更大的經濟效益。這個鋪子所進 2000 兩貨物，一個月內翻了幾番，增至 6500 兩。西門慶在滿足自己對金錢占有欲望的同時，獲得了人生的更大自由，合作者們也獲得了較大的人生自由。

在情場，西門慶同樣是一位縱情的自由者。他所以能獵取眾多女色，是因為他能滿

足女子們的需求，那些女子們也能滿足他的需要，雙方都將對方視為滿足需要的商品。他（她）們都有自己的資本，憑自己的資本進行自由交換，交換過程本身就是一種自主自由行為。不但自己可以選擇自己的對象，而且更大的自由在於他（她）們為自己的選擇負責，不承受來自於道德和社會輿論所帶來的負擔，因為他們打心裏就沒有這種負擔。王六兒將與西門慶通姦事告知丈夫韓道國，韓道國竟然興奮異常。他們只承受交換的利益與快樂，這不只是肉體的自由更要緊的是精神的自由，而使他（她們）獲得這種自由的正是居於他們中間的中介物——錢財。西門慶擁有貨幣數量愈大，他在運用金錢實現自己生活欲望的能力便愈強，他的交往也隨之愈加廣泛，自由的空間愈大，自由度也愈高。「『貨幣形式』的財產——錢財最大程度地縮小了對人的存在的影響，賦予人以最大的自由」。[8]「個人的自由是在人際關係的互動中的自由，人與人交往的可能性越多，交往圈子越大，就越擁有自由」。[9]《金瓶梅》中的核心人物西門慶所以擁有相對較大的自由，是由於他占有金錢愈來愈多且能得以有效使用的緣故。

四

商業文化的「求新尋變」的變革精神在《金瓶梅》中呈現兩個層面的展開。一是書中人物不安於現狀的求新尋變的變革意識，二是這種尋新求變意識在文學表現形式上的體現。在與西門慶有性愛關係的女性中除吳月娘外，沒有一位是安於現狀的，她們總是尋找改變生活的新途徑，一有機會便不肯放過。李瓶兒擺脫花子虛、寄身於西門慶，當改嫁西門慶受阻後又委身於蔣竹山；驅逐蔣竹山，再投入西門慶懷抱。所有這一切都是為了滿足強烈的性愛生活的願望。龐春梅受寵於西門慶，得愛於潘金蓮，西門慶的靠山倒塌後，她又與潘金蓮開始了與西門慶繼承人的新生活，當吳月娘將她像釘子一樣拔掉後，她入了守備府，一步步躍入周守備夫人的高位。而孟玉樓的兩次改嫁更顯示出一位女子尋求新生活的膽識與智慧。作為男子漢典型的西門慶，更是一位野心勃勃的商人，他最大的特點是從不服輸的自信與從不滿足地攀躍，生財之路一條條地鋪開，鋪子一個個地增加，經營品種不斷擴大，經營方法日趨多彩，官場關係網一天天鋪展……所有這些正是對他開拓意識、尋新求變的變革精神的最好注腳。

另一方面作為一部文學作品所體現的「求新尋變」精神則是與農耕文化的淡去、商業文化入主相關聯而引起的表現形式上的新變化。這種新變化就是「平俗化」與個體自

8　同註3，頁11-12。
9　同註3，頁12。

由化的形式表現。「平俗化」是貨幣經濟的必然產物，它「作為衡量社會經濟價值乃至個體價值的標準，以客觀化、量化和平均化的導向滲透經濟、文化和精神生活。」[10]這種滲透是通過交換來實現的，貨幣在交換中體現出了它特有的等價性質，從而使一切商品在等量貨幣面前一律平等。「貨幣使一切形形色色的東西得到平衡，通過價格多少的差別來表示事物之間的一切質的區別」。[11]「它平均化了所有性質迥異的事物，質的差別不復存在」。[12]正因它具有抹平所有事物質的差別的功能，所以極易將社會形成的尊卑富貴之等級通過交換而拉向平等，同時也將高貴典雅的文化在商品經濟環境下拉向平等化、平民化、通俗化。再者，在商品經濟時代，當商品的交換成為每一個人離不開的生活的一部分時，貨幣也就像商品一樣充斥於生活的每一個角落。這種貨幣的普遍化也支撐着反映城市（經濟）生活的文學走向市民化、通俗化了。《金瓶梅》的平俗化突出表現於五個方面：其一思維視角的下移。以往的帝王將相和英雄退出視線，凡夫俗婦、市井小民成為關注的新群體，聚焦於一個被農耕文學長期卑視的商人家庭，從此開拓出了文學表現的新綠野。其二，故事的平俗化。常見於農耕文學中的朝廷興衰、軍事征戰、忠奸鬥爭的故事被轉換為「市井之常談，閨房之碎語」。其三，表現材料的平俗化。藉以敘事抒情的不是士大夫們熟悉的「四書」「五經」「子云」「太史公曰」，而是市井細民愛聽樂見的戲曲、豔詞、小調，俗講、燈迷、酒令。其四，語言的平俗化。不僅完成了文言到白話的歷史性轉變，而且將書面語言與口語合流，方言、俗語、俚語、歇後語被自如地運用於人物對話中，洋溢着清香的泥土氣息與鮮活的生命力。其五，審美趣味的平俗化。創作者、書商都有一種適應讀者趣味的心理趨向，易聽、易懂、好奇、多變、好玩、快樂成為作家表現的興奮點。而西門慶等商人的發泰變跡、男女主人公的性生活擴張以及故事情節的離奇多變等正是迎合市民心理的產物。

平俗化與個體、自由化是個體與他人關係的一種表述，個體與他人關係由商品交換規定着，交換本身首先是為了滿足持幣者個體的願望，在滿足個體願望的同時也滿足了他人的願望。在這裏個體是第一位、第一性的，他人是間接的第二位的。正因個體是第一位的，所以敘述者將個體放在了關注的核心。於是，敘事出現了如下轉移：一是敘述視角由群體轉向個體，由編故事轉向寫人，由寫性格轉向寫人性，再到通過心理描寫顯示人性的豐富個性內容。《金瓶梅》中的許多情節是從人的性格生發出來的，刪去它不影響故事的連貫。如第 27 回，寫潘金蓮向西門慶討一朵瑞香花突出其愛「掐個先兒」的

10　同註3，頁6。
11　西美爾著，涯鴻、宇聲譯《橋與門──西美爾隨筆集》，上海：三聯書店，1991年，頁265-266。
12　同註3，頁7。

個性。不少用來寫人的素材與手段也與情節的發展關係並不很大,如寫夢境,寫小曲兒、寫演戲等等。正因個體處於第一位,正因持幣者買商品首先是為了滿足自己的需要,所以持幣者在滿足自己需要的同時也獲得了個人的自由。在滿足別人需要的同時,也給別人帶來了自由,故而個體的自由同樣是處於第一位的,他人的自由是間接的第二位的。正因個體自由是第一位的,故而在敘事思維中也成為了第一位的。其結果是以人物成為故事鏈組成系統情節,而所寫的人物也多是自由的人物,如王六兒、西門慶、李瓶兒、龐春梅等。而要使主要人物的個體自由得以表現,又需要情節敘述有相應的方法,這些方法歸根結蒂是思維方法,於是造成思維方法和結構的如下變化:其一時空思維由粗獷到精細,由單一平面到多維立體。具體說空間思維由過去小說的以跳躍式為主變為以空間的相對集中為主,以清河縣和西門府為舞台展現人物故事活動;由單一的現實空間轉變為象徵性空間,如玉皇廟和永福寺相輔相成的對立象徵意義以及妻妾房屋位置前後的象徵意義等。時間思維細密化,由以年月的跳躍性為主,變為以逐日記事為主(特別是逢年過節),跳日跳月為輔。其二,由單一線性思維到發散性多維思維。第一主要人物如潘金蓮、李瓶兒、孟玉樓、應伯爵等都形成自己的性格史和故事鏈,而多情節線索齊頭穿插推進。或以西門慶為主線,以官場故事、商場故事、情場故事、兄弟場故事為輔線,由西門慶及其隨從玳安、蔑片、媒婆等貫穿於其間,循着因果報應的鏈環而形成環式網狀結構;由平面線性結構變為以西門府為核心向清河縣、山東省、全國層層輻射開去的明暗結構相映的立體發散性結構,從而形成《金瓶梅》新敘事模式。至於一件事拆散分多回插敘,一個空間敘述多件事,多事多色雜間,多線交纏,草蛇灰線、前伏後映以及意象組合智慧、長於捕捉人物心理、營造聲音形象等,[13]都顯示出作者手法的靈活、心智的機巧,處處體現出一部書「求新尋變」的變革精神。

需要特別說明的是,《金瓶梅》作者通過「看官聽說」和回前回中或回後韻文體現出對書中人物的好惡臧否態度,標明他有着明確的勸善懲惡的創作意向。然而,在對故事的敘述中又往往流露出對好貨好色者的豔羨讚歎,常常形成理性與非理性的不一致乃至矛盾狀態(譬如小說第82回「陳經濟畫樓雙美」一段的敘述等)然而動人處在於故事本身而不在於貼上去的說教。在理性與非理性二者之間,人們更相信非理性的真實。同時,我們不得不承認作品滲透着作者的善惡有報的因果報應思想,然而細心分析其所謂的報應最終並不能體現惡有惡報的公理,相反,西門慶、李瓶兒、王六兒、韓愛姐等都有了好的去處。作者並未讓西門慶家庭徹底慘敗,這也足以說明作者的同情心還是在於男女主

---

13 許建平《金學考論》,石家莊:河北教育出版社,1999年,〈第十一章 敘事模式論〉〈第十二章
    意象組合智慧〉〈第十三章 寫人繪心三絕〉,頁303-351。

人公身上。正因如此，我們解讀文本依據的是人物形象和故事本身而不是作者的表面說教。

　　由以上分析而知，《金瓶梅》一書非但沒寫以積攢為命的慳吝鬼、看錢奴，且表現出對這種看財奴的卑視、厭惡，相反卻鮮活地描寫出了能花能掙的商人形象，表現出錢是活的、在交換流通中增值的嶄新貨幣觀。完成了由農耕文化貨幣觀向商業文化貨幣觀的轉變。伴隨這類貨幣觀念的轉變的是消費觀念（奢侈、快樂消費的消費觀）、價值觀（以「金錢至上」為中心的好利輕義的價值觀）、審美觀（以自由、快樂為中心的審美觀）等一系列觀念的變化，從而體現出與「重義輕利」的穩定性的農耕文化根本不同的「重利輕義」的「尋新求變」的商業文化的精神面貌，完成了由「發乎情，至乎禮義」的農耕文學到發乎情，至乎利益，尾乎禮義的商業文學的歷史轉型。

《金瓶梅》文化反思：
因何經濟興起而文化衰微

《金瓶梅詞話》的作者對舊貴族和新貴族的衰敗表現出格外地關注和極高的興趣，這部以一家再現天下國家的小說所描寫的諸類家庭幾乎是清一色的「破落戶」或暴發戶的破落，其中作為作者視域中心的清河縣中的典型破落戶西門府、花太監府、王招宣府的敗落更是作者敘述的重點，並由此表現出作者對於其中原因的思考和關切。有趣的是三個家族衰敗無一來自於政治上原因，而直接原因無一不與家長及其家族的文化品格相關，即使涉及到朝政的腐敗、社會的黑暗，究其病因也仍不出諸如酒色財氣之類的人性病、文化病。作者用犀利的反諷之筆所描繪出的令人目眩心亂的文字，正是對十六世紀明王朝經濟發達區域乃至整個民族發展的反思和憂患：因何經濟崛起而文化衰微？文化衰微而致家族敗落？

一

《金瓶梅詞話》描寫的諸多「破落戶」故事有一共同點都是藏頭露尾，略盛寫衰，唯獨「破落戶」西門慶家的故事是個例外，作者着重表現這個家庭如何由破落戶變為暴發戶的過程，這個過程占據全書大部篇幅。作者這樣做當別有用意，所謂「寄意於時俗」所寄之意，正當在此。

作為商人身分的西門慶，經商發財當是他的本分事業，其經商發財的方法途徑雖不是全書描寫的核心卻也展示出那個時代中國商人的經營思想和管理的先進水準，在中國商業史、經濟思想發展史上具有重要的地位和意義。

西門慶家庭財產的主要來源是商業經營，他的固定資產由開始（在小說中出現的27歲那年）的 1000 兩（生藥鋪），到他死時的 33 歲的六年中，則增加到 10 萬兩。其中主要財富來自於商鋪的經營（其他途徑弄到的錢也投入商鋪中來作為經營的資本）。在商鋪的經營中，顯示出西門慶獨到的經營思想與獨具創新性的經營方式。

西門慶創造了取消進貨中間環節的接近於今日「直銷模式」的最捷快的銷售模式，

保證所進貨物的質好價廉，從而在市場競爭中以價格優勢取勝。所謂直銷，就是通過簡化銷售的中間環節甚至取消中間商的方式，以達到降低產品的流通成本的經營銷售方式。這種經營銷售方式在貨幣生活成為人的唯一生存方式之前，尚未得到完整的表現，而《金瓶梅》中的西門慶則以之作為自己經商致富的基本方法。這種方式首先表現在，西門慶商鋪的進貨採取了專人負責從廠家直接進貨的經營方法。西門慶鋪子經營的大宗是出產於江浙一帶的綢緞，進貨採用專人在蘇州杭州等地蹲點、「立莊」，有時，一個商鋪抽出一人到貨源產地「立莊置貨」，第 59 回寫韓道國進貨回來，到家與老婆王六兒炕上閒話：

> 王六兒道：「我聽見王經說，又尋了個甘夥計做賣手，咱們和崔大哥與他同分利錢使，這個又好了。到出月開鋪子。」韓道國道：「這裏使着了人做賣手，南邊還少個人立莊置貨，老爹已定還裁派我去。」[1]

後來，王六兒果然向西門慶吹枕頭風：「你既一心在我身上，這遭打發他和來保起身，亦發留他長遠在南邊，做個買手置貨罷。」如是以來，杭州哪家生產的綢緞質好價廉，各生產廠家的產品特點、優長，他都在心中有一個帳單，所以進貨能選取性價比最高的生產廠家的商品，從而，在同行中便有兩處獨領風騷。一是不買二手貨，砍去了進貨管道的中間環節，直接從廠家進貨；二是所進貨物是產地品質最好、價格最便宜的，這兩點就保證了所進貨物的價格優勢。其次表現在最大限度地減少商品生產中間環節的費用。譬如他所經營的絨線鋪，如果賣各種顏色的線，就讓染布商賺走了染線費。為了省去染線商取利的環節，西門慶專門在獅子街開的線鋪後面設了幾口染缸，設立染房，買便宜的原色線自己加彩，節省一筆開支。又如為了給蔡太師送蟒衣官服，派來保專門到杭州購置送禮的衣物。來保並不直接到衣店買現成蟒衣，而是先買衣料，再找衣服加工廠加工，省去由布料到衣服產品中間生產商所賺取的利潤。雖說，這還並非現代意義上的直銷模式（直銷模式最本質的地方是根據訂單進貨，沒有倉庫和庫存）。但西門慶的進貨方式是與銷售同步，根據貨物銷售的多少等情況定進貨的品種和量的多少。他的絨線鋪，一下子進了五百兩貨物，待到賣去大半後，再根據不同類別絨線的銷售狀況而調整進貨，綢緞鋪也是如此。這樣依據銷售狀況進貨，可以防止庫存積壓。

西門慶還創造了中國乃至世界經濟史上較早的股份制經營模式。他的鋪子中本錢最多、規模最大的是本金兩萬兩的綢緞鋪。鋪子所以開得規模空前大，主要是採用了集眾人之力一起經營的股份制經營模式：西門慶出錢；喬大戶提供商店和倉庫；韓道國、甘

1　《金瓶梅詞話》第 59 回，香港：太平書局，劉輝 1993 年序本，頁 811-812。

潤、崔本三人出力經營。即三方入股（西門慶錢股，喬大戶店鋪股，韓、甘、崔人力股）。分紅也是按三股分。

> 譬如得利十分為率，西門慶分五分，喬大戶分三分，其餘韓道國、甘出身與崔本三份均分。[2]

而且這些都是合同中約定的。「當下就和甘夥計批立了合同，就立伯爵作保。」[3]西門慶的上述做法已具備了股份制的三大要素：一是合股經營。韓、甘、崔不是一般意義上的雇員（主人雇你幹活，只給你發點微薄薪水，稍不如意就辭退），而是將他們算入三股之一的一個股份的股東。二是利益按股和比例分成。這一分配方法是股份制區分於非股份制最根本的東西；三是各股份之間建立起了共同的利益鏈，於是三股繩擰在一起，同利、同心，經營的積極性變得格外自覺和高漲。世界上最早使用股份經營的企業，可能是成立於1560年的荷蘭東印度公司（荷蘭商人浩特曼所成立，通過航海將商業發展到東印度地區）[4]而中國最早的要算西門慶了，如果《金瓶梅》描寫的是明代嘉靖年間（1522-1566）的事，具體說是嚴嵩專權的後期（書中的蔡京暗指嚴嵩，而蔡京在小說中已倒台，說明暗示的明代時段當在嚴嵩專權的晚期直至隆慶年間）至隆慶初年，從隆慶初年向前推6年（西門慶從出場至死去僅六年時間）即1560年，這說明西門慶推行股份制的時間為1560-1566年之間。如是，中國的股份制產生的時間與荷蘭東印度公司幾乎同時，這樣，西門慶的股份制經營方式便是世界上較早的一個。

西門慶商鋪經營已實現專賣店式的專一化和店員責任分工的精細化，在管理科學化方面進入當時的先進水準。西門慶的商鋪沒有雜貨鋪，而是清一色的專賣店。如藥鋪、當鋪、絨線鋪、綢絹鋪、緞鋪等。專賣店是商業發達和行銷思想成熟的標示，他就是要以專取勝、創牌子、創信譽，使顧客買某種商品首先想到他的專賣店。專賣店裏，每位職員都有明確的責任分工，有出納，有專收銀子看成色的，有管賬目的，有專管賣貨的，事事有條不紊。如生藥鋪與典當鋪在一起，三個人經營：

> 女婿陳經濟只要掌鑰匙，出入尋討，不拘藥材當物。賁地傳只是寫帳目，秤發貨

2　《金瓶梅詞話》第58回，同註1，頁799。

3　同註1。

4　股份制公司有人說源於英國10世紀的教會委託職業經理人來管理英國人為了死後不入地獄而奉獻給教會的房屋土地。但那不是真正意義的股份制公司，世界第一家股份制公司多數人認為是1560年荷蘭的東印度公司（航海貿易公司），也有個別人認為是成立於1559年的英國莫斯科公司。我們採用了多數人的觀點。

物。傅夥計便督理生藥、解當兩個鋪子，看銀色做買賣。[5]

陳經濟專管取貨物，相當於今日的出納；賁地傳專理帳目稱貨，約等於今日的會計；傅自新只掌握銀兩收出，相當於今日的收銀台上的收銀員。這種經營方式分工精細，責任明確，各負其責，使得每個員工目標清楚，有利於提高效率，也便於管理；其二，既分工又合作，分工的合作可以使雇員間很好地配合；其三，分工明確又可以互相牽制、監督，既可以提高經營品質和銷售效果，又可防止經營者徇私作弊；其四，節約人力物力，兩個鋪子的人併在一起，節省了一半人力，也節省了一半售貨員的開支。西門慶的商鋪不但是專賣店，而且以經營規模取勝，他名下的五個鋪子很可能是清河縣城最大的。藥鋪品種全、規模大為城裏人公認。絨線鋪也是老大，西門慶跟李瓶兒說，滿城數我家鋪子大，不怕他不來尋我。當鋪、絅鋪、緞鋪占用資金都在萬兩以上，很可能是縣城裏的老大。

西門慶的商鋪在商品銷售過程中常採用獨到的行銷策略：禮貌待客、活氣經營、讓利招攬顧客。鋪內的店員們一個個「相貌堂堂」，「百伶百俐」，服務顧客總是「滿面春風」，有時還採用些獨到的促銷手段。如緞鋪開張那天，一人專門負責招待顧客。「崔本專管收生活，不拘經紀、賣主進來，讓進去，每人飲酒二杯。」[6]這種促銷方法至少可以拉近買與賣、行銷者與消費者之間的心理距離，加強他們之間的情感交流，收到意想不到的促銷效果，緞鋪「那日新開張，夥計攢賬，就賣了五百餘兩銀子」。[7]

正是由於西門慶經營理念的先進性，採用了專業經營、合股經營、直銷模式、行銷策略以及規模取勝等經營方式，使得商鋪的收入迅速增加。藥鋪的原資產為一千兩，到西門慶去世前增長為五千兩；當鋪的成本為二千兩，後發展為占銀兩萬兩，增長了十倍；絨線鋪的本金是四百五十兩，西門慶交代給女婿陳經濟時已是六千五百兩，增長了十五倍；絨絅鋪，崔本剛運回兩千兩貨物，不到一年時間就成了五千兩，翻了兩倍半；緞子鋪是兩萬兩本錢，變成了五萬兩。一年時間也翻了兩倍半。西門慶的鋪子淨贏利：藥鋪四千兩，當鋪一萬八千兩，絨線鋪六千一百五十兩，絨絅鋪三千兩，緞子鋪三萬兩，再加上來保、韓道國船上的四千兩貨物，總共賺了六萬五千一百五十兩。[8]

5　《金瓶梅詞話》第 20 回，同註 1，頁 250。

6　《金瓶梅詞話》第 60 回，同註 1，頁 833。

7　同註 6。

8　以上資料主要來自於兩處，一是《金瓶梅詞話》第 79 回，西門慶臨死前向女婿陳經濟交代各商鋪資產情況所提供的資料，見香港太平書局 1995 年版，頁 1241，二是書中關於商鋪經營文字中所提供的資料，參照二者所得出的。

西門慶十萬兩的固定資產（其實際經濟收入當超過這個數字，因為，他在官場、情場和家庭花銷的銀子尚未計算在其內），還包括蔡御史幫助賺取的近二萬兩，以娶孟玉樓、李瓶兒的方式兼併的楊布商、花太監兩家的三萬兩左右財產，以及放高利貸的金融取利。我們從中可以看出這位商人的謀財有道和經營的精明、老辣。如果家庭不發生突然變故，西門慶資本積累的速度將來得更加迅猛。

二

西門慶在商場一步步發展的過程並沒有給這個家庭帶來穩步興盛的根基，相反作者卻有意識地讓人們感到這個家庭的危機隨之一天天加重。這些危機一方面是來自於這個家庭之外的潛在力量，如武大、武二兄弟、被遣送回籍的來旺、死去的花子虛、告狀的安童等人的復仇意識，來自於他以利益關係建立起來的表面十分親近實則鬆散無力的家庭關係與社會關係，更重要的來自於西門慶自身心靈深處的指導他的一切行為的文化觀念。

《金瓶梅詞話》所描寫的西門慶生活的時代，當是明代中後期的嘉靖至萬曆時期，而作者寫作的年代當是張居正施行一條鞭法的萬曆九年以後[9]，那是中國的白銀時代，故事發生地的清河縣已是運河邊商品經濟發達的城市。人們的生活方式也完成了由生活必需品在自給自足不能完全滿足後靠部分商品交換獲得，轉向在城市完全依靠通過市場交換獲得的階段。貨幣已成為進行一切交換的普遍交換物，「一切產品、活動、關係可以同第三者，同物的東西相交換，而這第三者又可以無差別地同一切相交換。」[10]「天下之賴以流通往來不絕者唯白銀為最。蓋天下之物，無貴賤，無大小，悉皆准其價值於銀，雖珍奇異寶莫不皆然。」[11]明代嘉、萬時期的皇族後裔朱載堉，用詩詞形式表達貨幣無所不能的萬能屬性：「有你時肥羊美酒，有你時緩帶輕裘；有你時百事成，有你時諸般就。……有你時人人見喜，有你時事事出奇，有你時坐上席，有你時居高位。」[12]貨幣可以沖入諸多領域，說明商品化的領域迅速擴大，於是金錢也隨之成為影響人的情感和精神領域的主導物。

---

9 見拙文〈《金瓶梅》的流通貨幣質態與成書年代補證〉，《文學遺產》2006 年第 3 期。

10 馬克思、恩格斯：《馬克思恩格斯全集》第 46 卷，《經濟學手稿》上冊，《政治經濟學批判·貨幣章》，北京：人民文學出版社，1979 年，頁 109。

11 靳輔：《靳文襄奏疏》卷 7，《生財裕餉第二疏·開洋》，《思舊錄·大義覺迷錄》，《故宮珍本叢書》，海口：海南出版社，2001 年，第 059 冊，頁 401。

12 薛論道：《林石逸興·題錢》。轉引自《明代歌曲選》，上海：古典文學出版社，1956 年，頁 97。

　　作為出身於商人家庭並從事商業經營的西門慶對於那時金錢的理解已不僅僅限於商業的範圍和一般生活層面，而是那個時代的社會暴發者的一種生活體驗和一種基本成型的思想觀念。西門慶是一位行動者而不是一位善於表達自己的思想者，只是因為一次偶然的機會，他毫無掩飾地說出自己心中的秘密。那天，吳月娘趁西門慶心中高興（為了保護自己唯一的病魔纏身的兒子——官哥兒——的性命，在永福寺僧人的勸導下，捐了五百兩銀子），他的正妻吳月娘出於對孩子官哥兒生命和整個家庭未來的憂慮，趁熱打鐵，說出了在自己心中憋了許久的告誡西門慶的話：

> 哥，你日後那沒來回，沒正經，養婆兒，沒搭煞，貪財好色的事體，少幹幾樁兒也好，攢下些陰功與那小的子也好。
>
> 西門慶笑道：「你的醋話又來了，卻不道天地間尚有陰陽，男女自然配合。今生偷情的、苟合的都是前生分定，姻緣簿上注明，今生了還。難道是生剌剌胡謅亂扯歪斯纏做的？咱聞那佛祖西天，也止不過要黃金鋪地；陰司十殿，也要些楮鏹營求。咱只消盡這家私，廣為善事，就使強姦了嫦娥，和姦了織女，拐了許飛瓊，盜了西王母的女兒，也不減我潑天的富貴。」[13]

　　這段話似乎是玩笑話，但無論是吳月娘還是西門慶說出的都是掏心窩子的話。我們以此話為據，並結合西門慶平日的做為，分析他的內心價值觀與文化品格。

　　西門慶的回答的核心不出「黃金鋪地」「潑天富貴」，在他的眼裏最神聖的佛祖和執掌天下人間是非善惡的鐵面無私的閻王，都是喜歡金銀錢財的人，更何況凡人。表明他心理深處以攫取財富為人生的最高目標，並以金錢的多少來衡定人和人的價值，表現出赤裸裸的拜金主義，這與他一手經營商鋪，一手經營官場，而經營官場是為了更大規模地攫取錢財的做法是相一致的。我們從西門慶這段掏心窩子的話中，還可以窺見西門慶的內在觀念世界中。有了金錢什麼願望無不可以實現（可以姦嫦娥和織女、盜王母娘的女兒，拐許飛瓊）的金錢萬能論；無論以什麼手段方法攫取錢財只要遇難施財就是善德的道德觀（咱只消盡這家私，廣為善事）；有了金錢就可以「偷情」「苟合」無休止地占有女人的情愛觀；官場是利益場，錢財可以通人情、買官爵、避法律的人情法律觀；不斷地攫取、占有、征服、做天下老大的老大主義。

　　這些品質從何而來呢？它不單是來自於西門慶生活的時代、環境和家庭，那不過是這些品質產生的外在條件。產生該品質的內在根源是貨幣、資本本身。貨幣作為特殊商品具有普遍交換的功能，凡是可以交換的領域都是貨幣自身的王國，凡是生活的必需品

13　《金瓶梅詞話》第 57 回，同註 8，頁 781-782。

包括生存發展的必需品乃至奢侈品（權力、地位、功名、女人、名譽）一旦可以交換，都可以顯示出金錢特有的本領。金錢至上、金錢萬能的觀念正是產生於貨幣的這一本質。貨幣一旦轉化為資本，便具有了資本的本性——逐利性、貪婪性、破壞性。而貪婪性、破壞性則是從逐利性（追逐利潤和剩餘價值）再生出來的，誠如馬克思所言：

> 資本害怕沒有利潤或利潤太少，就像自然害怕真空一樣。一旦有適當的利潤，資本就膽大起來。如果有 10% 的利潤，它就保證到處被使用；有 20% 的利潤，它就活躍起來；有 50% 的利潤，它就鋌而走險；為了 100% 的利潤，它就敢踐踏一切人間法律；有 300% 的利潤，它就敢犯任何罪行，甚至冒絞首的危險。如果動亂和紛爭能帶來利潤，它就會鼓勵動亂和紛爭。[14]

所以資本逐利性會給人類帶來為了利益而不顧惜一切的膽量和罪惡，「資本來到這個世界上，每個毛孔都流着血和骯髒的東西」。[15]西門慶身上的利用貨幣在情場從事以財謀色的貿易活動所表現出來的占有、征服女人的情愛觀，無視權力、法律、不講是非的人情法律觀和他似乎要掌握人間一切的老大主義，都來自於資本的逐利性、貪婪性與破壞性，是資本本性的表現。正因如此，西門慶身上的品質表現出一切處於貨幣化生存狀態下追逐資本擴張性的富貴者皆有可能產生的文化品質。

然而，貨幣和資本的本質同時也存在有利於人類的善的一面。貨幣為人類的交換帶來了極大的便利和益處，而且由於貨幣作為充當一般等價物的特殊商品，具有將交換的功能不斷擴展為全世界全人類的本能，即具有施惠於全人類的外擴性，貨幣產生以來交換範圍的不斷擴大為全球市場就是最好的證明。如果說貨幣具有施惠於全人類的外擴性的話，它在人的精神領域就會產生愛的外擴性，有利於推進人類的博愛。資本的本質必是不斷地獲取剩餘價值的逐利性，然而只有在商品賣出去的前提下，資本獲取剩餘價值的價值才能實現，而商品只有在滿足廣大消費者需求的情況下才能賣出去，故而資本在不斷逐利的同時，也要不斷地滿足人們日益增長的生活需求，不斷地為人類帶來他們所需要的利益，這個方面的功能也有利於推進人類的博愛。

貨幣做為等價交換物，它可以使交換雙方在價值上獲得平等，具有一種天然的平衡事物價值的等價力量，並從經濟生活方式影響到人的精神生活領域。貨幣「作為衡量社會經濟價值乃至個體價值的標準，以客觀化、量化和平均化的導向滲透經濟、文化和精

14　馬克思《資本論》第一卷，北京：人民出版社，1958 年，頁 839。
15　同註 14。

神生活。」[16]這種滲透是通過交換來實現的。貨幣在交換中體現出了它特有的等價性質，從而使一切商品在等量貨幣面前一律平等。「貨幣使一切形形色色的東西得到平衡，通過價格多少的差別來表示事物之間的一切質的區別。」[17]「它平均化了所有性質迥異的事物，質的差別不復存在。」[18]正因它具有抹平所有事物質的差別的功能，所以極易將社會形成的尊卑貴賤之等級通過交換而拉向平等。不同等級的人在持有相同量貨幣購買同一產品時取得價值上的平等。

再者貨幣作為中間物，使生產主與雇用者間的主觀性的直接依附關係變得間接、客觀和疏鬆，從而使人獲得了較大的自由。「實物經濟時代的人與人之間是一種打上了個人印記的脈脈溫情的關係，這種主觀性的關係需要付出代價：過於緊密的關聯束縛了人身的自由。」[19]當一種東西充當個人與他人關係的中間物時，人與中間物發生關係，中間物可與更多人發生聯繫，於是人與物的關係便成為客觀性的了。在商品經濟時代，這一中間物是由貨幣來充當的。「貨幣是人與人關係客觀化，這正是保證個人自由的前提。同樣地，貨幣轉化了財產的性質和擁有方式，使個體從與有形實物的外在維繫和外在局限中解放出來。」[20]於是人獲得了相對更多的自由。譬如明代的由力差變為銀差就是最典型的例子。[21]貨幣與資本的本身也具有善的一面，有利於推助人類社會形成平等、自由、博愛的人道主義文明。

然而，在西門慶的觀念裏，我們尚未發現在逐利、貪婪、強烈的占有欲、霸主氣的背後所隱藏着的平等、自由與博愛的人道主義精神，既使是中國農耕文明時期所創造的是非感、推己及人的仁愛道義精神、先天下之憂而憂的社會責任感和天下情懷，也被金錢至上、金錢萬能、占有者雄視天下、無視法律、道德、是非的拜金主義所沖淡，中國的文化正處於舊的遭踐，新的未立，新舊交替、無所定規、無所適從的茫然階段。

正是在這樣的茫然階段，西門慶的觀念有着無知的自以為是的誤識，正是這些誤識反過來導致了他自身以及整個家業的衰亡。

西門慶將在商場上的經營之道和規律原封不動地挪用於情場，誤以為經濟場上貨幣

16　西美爾：〈現代文化中的金錢〉，頁6，轉引自〔德〕西美爾（Georg Simmel）《貨幣哲學》（*Philosophie des Geldes*），北京：華夏出版社，2003年，陳戎女〈譯者導言〉，頁6。

17　西美爾著，涯鴻、宇聲譯：《橋與門──西美爾隨筆集》，上海：三聯書店，1991年，頁265-266。

18　同註16，頁7。

19　同註16，頁11。

20　同註19。

21　明萬曆九年，張居正在全國範圍推行一條鞭法，一條鞭法中規定必須到服務役地方進行勞作的「力差」，可以變為按規定交納一定銀兩，就可以不必到某地服役的「銀差」。有了銀子的中間物，人就變得自由了。

的積累是加法，剩餘價值的攫取用加法，家庭財富的積累用加法，越加越多，越積累越高。而在情場同樣可以用加法，要永無止境地占有越來越多的女人、越來越有身分地位的女人，甚至幻想恨不得將人間美女、貴婦盡收入自己的囊中，方能顯示自己的富有和霸氣。殊不知，情場不同於商場，商場積累資本用加法，情場占有和征服女性是減法，肉體的生命遵循客觀有限性原則，一身是鐵能碾幾顆釘？西門慶主觀上的多多益善的情欲，違背了身體的客觀限度，最終導致油盡燈枯、「玉山自倒」。正如吳神仙所言：「醉飽行房戀女娥，精神血脈暗消磨。遺精溺血流白濁，燈盡油乾腎水枯。」[22]西門府家業的速敗完全是由於西門慶生命的突然結束，而生命的突然結束則是他等資本積累之理於情場女人占有之理的誤識直接導致的結果。

　　道德是一種施予，一種推己及人將對自己的愛推及到對親人和天下人身上的愛，這種推己及人的愛發自於心，出自於行，貫穿人的行為的全過程，且愛之大小與推己及人的範圍相關聯。西門慶的誤識在於，他將仁愛之德理解為過程結束時的一點小小施捨；以結局代替過程，以外在的「財施」代替內心深處的誠愛。而這種愛是一種掩飾資本在逐利過程中一切以賺錢為目的而不顧及他人不惜手段的掠奪性、殘暴性、霸道性所造成的罪惡（如西方通過殖民掠奪、壓榨工人血汗、金融危機等殘暴手段從事資本積累），是一種並非發自心靈深處意的做樣子讓人看的一種帶欺騙性的自我安慰。既使從佛教教義講，也並非一種真善。當西門慶為了乞求佛祖保佑自己病歪歪的兒子而只捐了五百兩銀子用來修寺（應伯爵勸他至少捐上一千兩）後，作者借應伯爵口便講出了此中的佛理：「哥，你也不曾見佛經過來。佛經上第一重的是心施，第二法施，第三才是財施。」[23]這種為了求佛祖保佑兒子的施捨如捐錢印經卷、做法事等，此後儘管還幾次，但最終還是沒有保護兒子早夭和自己病亡的命運，這足以說明作者對西門慶道德觀念的否定。西門慶也做過一些資助人而不收利息的義舉（如資助吳典恩上任的 100 兩銀子、資助常時節買房的 62 兩銀子、資助應伯爵生兒子的 50 兩銀子等），但他那樣做的內心深處是要擺自己是十兄弟中的老大的老大哥氣派。由此我們看到西門慶仍然是位重利而輕德的利己主義者。傳統美德在他身上已所剩無幾，而資本的逐利、貪婪、縱欲與霸道的品格成為他文化品格的主要內容。

　　商人的發財過程是資本積累的過程，資本與財富的積累則取之於民，取之於天下。善良的商人在從天下之取利的同時，也會想到將部分利益還之於民，施惠於民，從而得信於民，以便更好地擴大市場，獲取更大的利潤，於是資本積累的過程便成為不斷取利與按照一定比例還利的過程。這類商人身上還體現着中國傳統文化中的天下情懷和社會

22　《金瓶梅詞話》第 79 回，同註 1，頁 1238。
23　《金瓶梅詞話》第 57 回，同註 1，頁 781。

責任感。而《金瓶梅》中的西門慶雖在經營與銷售過程中也曉得些讓利（入店二杯酒的促銷策略和股份制式的利益共沾的經營智慧），但除此外，眼睛所注、心中所想只是獲取利潤積攢錢財，只是想要做商場最有錢的老大，情場最有本領的老大、官場最有錢的富官，最有膽量將權勢、法律、是非、善惡拋在一邊的傳統的踐踏者，成為傳統道德和制度的巨大破壞者。而這種逐利的破壞者最終的結果，必然是喪失民心的孤獨者和喪失傳統的悲劇者。傳統文化喪失的結果要麼付出新文化產生的代價，要麼付出被傳統文化吞沒的代價。西門慶不屬於前者，而屬於後者，這也正是作者在這部小說中所要表現的「天道循環」「善惡有報」思想，使西門慶攫取的富貴化為一場春夢。衰微的文化最終浸蝕掉了富貴不牢的根基，使那一夜間聳起的經濟大廈轟然倒塌。

三

　　《金瓶梅》是一部最擅長於寫富貴之家如何破敗下來的書，是一部以破落戶為描寫對象的小說。書中的男主人公大多是破落戶，西門慶家是一位「破落戶」[24]後雖變為爆發戶，卻最終還是再變為破落戶。花家的花子虛是個破敗最迅速的破落戶，王皇親是破落戶，王招宣府是破落戶，陳洪、陳經濟家是破落戶。韓道國「乃是破落戶韓光頭的兒子。如今跌落下來，替了大爺的差使，亦在鄆王府做校尉。」[25]謝希大「乃清河衛千戶官兒應襲子孫，自幼父母雙亡，遊手好閒，把前程丟了。」[26]而這一特點被張竹坡看破了，於是在他修定的批評本中將西門慶的十兄弟都說成是破落戶，「其餘還有幾個，都是些破落戶沒名器的。」[27]而對這些破落戶敗落的原因略加分析，發現幾乎都趨向於同一個原因：道德淪喪、文化衰微。

　　最能表現作者這一創作意圖是關於王招宣府衰敗情節的描寫。宋明兩代沒有「招宣」的官銜，可能是「招討使」與「宣撫使」的合稱。某邊境或內地發生叛亂或大災難，朝廷便派朝中一二品大員（太尉或宰相、副宰相）前往討伐招安，或宣恩撫慰，故「招宣」當

24　見小說第一回開頭：「一個好色的婦女，因與了破落戶相通。」好色的婦女指潘金蓮，而那「破落戶」則指西門慶。

25　《金瓶梅詞話》第33回，同註1，頁422。

26　《張竹坡批評金瓶梅》第一回，劉輝、吳敢輯校《金瓶梅》會評會校本，香港：天地圖書有限公司，1998年，頁60。

27　同註26。

是朝中品級上等的大員，而王招宣的祖上則是「太原節度邠陽郡王王景崇」[28]，故而王招宣府實為一座王府。王招宣府的名字出現於小說的開頭，是在借用水滸傳情節中特意加進來的，當屬於在小說故事幃幕拉開時就插入的純屬於《金瓶梅》故事的線索。足見作者對於王招宣府故事的情有獨鍾。也就是在小說的開頭，作者還特意留下了一疑案：花錢買戲子和唱曲藝班，足以說明招宣府的顯赫興盛，為何僅僅四年時間，這個清河縣品位最高最具實權派的家庭瞬間便衰敗下來了呢？答案是王招宣死了，這個貴族大殿的頂樑柱倒了。王招宣因何死的呢？從他的夫人林太太「不上四十歲」的年齡以及他的兒子王三官十八九歲等情形推測，這位王招宣死時也不過三四十歲，恰是正當壯年之時。為何會突然間死了呢？作者雖然沒有直接回答這個問題，但在以後的有關王招宣府中林太太的行徑（在自己房內「招賢納士」）與兒子王三官的行徑（整天泡在妓院）已將答案回答了一半。另一半兒則用西門府的故事給予了補充。王招宣死了，富貴致極的家業頃刻間衰敗了下來，隨即戲班子唱小曲的藝人們都被賣出去了，林太太開始公開養漢，兒子不務正業，常常泡在妓院。這令人想起西門慶死後的情景，家業倒閉，老婆潘金蓮養漢，兒子（女婿）陳經濟養丈母。由此我們方發現作者為何在小說開頭便穿插進王招宣府故事，原來王府故事恰恰是西門府故事的縮影，作者以此預示西門府的結局。這種方法後來被《紅樓夢》所借鑒，寫出甄士隱家的小悲劇。若果真如此，那麼王招宣很可能死於縱欲過度。死亡的文化之因同樣是將功業是一次次積攢起來的加法用之於情場，在情場也採用了多多益善的無限風流擴張，終於導致髓盡人亡。而其後人包括妻兒，並不明白這一道理，繼續將加法用之於情場，同樣加快了這個家族衰亡的步履。

　　不過《紅樓夢》中甄家的故事寫完後，便基本隱去，而《金瓶梅》中王招宣府的故事卻大頭在後邊。前面的影子故事如何與後面的主體故事接上茬兒不至於脫節呢？這不能不說是一個頗費心思的難題。因為小說故事展開時，女主人公潘金蓮九歲被賣入王招宣府，從而與這個王府發生了關係，但當潘金蓮十三四歲時，因王家的衰落，潘媽媽又設法將潘金蓮從府中弄出，隨即與這位王府脫離了關係。誰將西門府與王招宣府的關係重新接續起來呢？這倒是一部小說的一個重要構思。即作者一定要將兩個府第接續起來，以便進一步展開故事，以便進一步揭示兩家衰敗的相同性從而說明作者的創作意圖。作者卻選擇了一個故事不多、不大被人注意卻是位極重要的人物，至少在小說結構上舉足輕重的人物，此人便是鄭愛月兒。在一部書所有的妓女中，西門慶最喜歡的不是李桂姐而是鄭愛月兒。李桂姐是明的，鄭愛月兒是暗的，西門慶在李桂姐身上每月花三十兩

28　《金瓶梅詞話》第39回：「文嫂通情林太太」。西門慶走進後堂，正是王招宣府的「節義堂」，
　　「正面供養着他祖爺太原節度使邠陽王王景崇的影身圖，穿着大紅團袖蟒衣玉帶。」

銀子包占着，鄭愛月兒也用每月三十兩的包銀。而這位鄭愛月兒是位極特殊的妓女兒，西門慶過大事專門派人去接她，她偏不去，膽子之大沒有能與之相匹敵者。再者，在清河的妓女中，他最具有文化品味，從她房間內掛着的名人字畫便可見一斑。她身體苗條、性情柔媚，最不喜歡西門慶的一味粗魯。她為了逃避西門慶，竟將他薦到一個去處：王招宣府。那鄭愛月兒先告知西門慶，王三官整日往李桂姐院裏跑，在她身上漫使錢。激起西門慶一肚子無名火兒。然後又教西門慶一個報仇的法兒：先勾引、占有三王官的母親——三十多歲風流妖媚的女人。再將王三官的娘子——十八九歲「上畫般標緻」的藍氏——弄到手。西門慶果然那麼做，都獲得了成功，連王三官也拜在西門慶腳下做了乾兒子。作者通過這位鄭愛月兒，既簡潔地介紹了王招宣府，又起到了將西門府與王招宣府連為一體的橋樑作用。而王三官本來是鄭愛月的情人（在她房間內張貼着落款「三泉」——王三官——的字畫），因背叛自己跑到李家妓院愛上了李桂姐。鄭愛月兒是借西門慶之刀報復自己心中所恨的人王三官。同時也讓西門慶遂了情意，又報了仇敵——搶占自己包占的女人——的一箭之仇，一舉而三得。鄭愛月兒是位妓女智多星。人們不禁要問，鄭愛月因何如此熟悉王招宣府裏的秘密呢？原來這位妓女常在王家唱曲兒[29]是他家的常客。由此資訊，可曉得王招宣在世時，也必是妓院裏的常客，怪不得他死後，他的兒子接繼他又變為妓院裏的常客，以至於他的年幼美麗的妻子幾次上吊、他的岳父派人捉拿李桂姐，都不能將他在妓院的心拉回來呢。在王三官身上我們看到了更可怕的文化冷酷——在西門慶身上都沒有看到的冷酷——無情的心死：妻子的生命都不能換取其動心的心死。王招宣府衰亡於一家從上到下的無休止的淫亂和家庭親情的不得維繫的冷漠，西門慶的插入更加速了淫亂與衰敗的力度。

作者另一煞費苦心地表達自己心中憂患的構思是花子虛家破敗的故事敘述。花家的敗亡的原因雖說是淫亂，即從李瓶兒口中所自然而然透露的與公公花太監的不正當的男女關係，我們已知曉這個禍根就是花太監本人。而花太監與李瓶兒的曖昧關係不只是縱欲更是亂倫。花子虛忍氣吞聲，既不敢言更不敢怒，除了懼怕叔叔的淫威外，很可能還有着為了謀求太監叔叔偌大家產的經濟利益的目的。正是為了這個經濟目的，花太監在對自己財產的分配上並未處於公心，而是表現出這位長輩對李瓶兒乃至於子虛的偏愛，造成了財產分配上分文沒分給其他幾位侄兒的巨大隱患。他死後不久，隱患暴發，其他幾位親侄兒一起發難（告狀於開封府），沒收了花子虛家房產、田產等固定資產。可見，

---

29 小說第67回，寫西門慶聽鄭愛月告知他的王家秘密的一番話，不禁吃驚地問愛月兒：「我的親親，我又問你，怎的曉得就裏？」「這愛月兒就不說常在他家唱」。由此而知鄭愛月兒是王招宣府唱小曲兒的常客。

導致花家衰敗的原因除了荒淫、亂倫外還有財產分配不公的問題；然而，花子虛的死更主要是死於不平之氣。不平之氣來自於自己妻子——李瓶兒——的背叛。不僅是情的背叛，背着自己與隔壁西門慶偷姦，而是心和財產的背叛，背着自己將他用屈辱換來的後半輩子活命的錢（三千多兩銀子和四隻描金箱櫃的稀世珍寶）拱手送給了西門慶。以至於一場官司下來，自己人財兩空，財產與情感的雙重打擊，使他一病不起，而妻子最終見死不救。由此可見花子虛的死，死於財產的不翼而飛，死於夫妻冷若冰霜的無情和背叛。總之花家的衰亡是文化的衰亡，是自私、淫亂、分配不公、無情背叛導致的衰亡，是夫妻反目、財產轉移造成的衰亡。是一個比淫亂更可怕的情死、心死的文化衰亡。

然而，人們往往忽略了書中結尾敘述所表達的重要資訊。一是西門慶家衰而復安。即這個家業並未像普靜禪師所說的那樣：「蕩散其財本，傾覆其產業，臨死還當身首異處。」[30]而是保住了西門慶家原來的根基，家業有西門安（原玳安）繼承，月娘善終而亡。二是，一向淫亂的韓道國家，竟也落得最好的結局，淫婦王六兒竟與自己偷情的小叔子韓二結為夫妻，還清受了販賣絨線的何商人的大筆財產；而其女兒韓愛姐自從蔡京家逃出，一路與母親「操皮肉生涯」，後竟與陳經濟一心相愛。陳經濟死後，誓死不嫁，削髮為尼，也得善果。這兩個暴發而破落的人家因何會有如此出人意料的結果？這無疑表明了作者的是非觀與情感傾向。就書中描寫而言，西門慶的復安來自兩個重要原因，一是吳月娘平日「好善看經」之報。二是本來由「西門慶托生」的兒子孝哥，被普靜禪師收為徒弟，出家為僧，使得「一子出家，九祖升天」。[31]三是那位長期做西門慶親隨的玳安也改邪歸正，成了善良男兒，從而「承受家業」。至於韓道國家，皆因一家三口拋棄舊業，安守本分，耕田度日，特別是韓愛姐為陳經濟守節，「割髮毀目，出家為尼姑」，[32]甚得婦人之德，故而有此好的結局。我們從西門慶家與韓道國家的復安的原因中，可以發現作者對於建立於親情關係基礎上的傳統文化的格外珍惜，將其視為人生的根本，使家業長盛不衰的命脈，表明作者將中國文化在家庭、社會興衰中的作用的高度重視，文化的興盛比經濟興盛還重要。

封建城鎮商品經濟市場裏誕生的暴發戶西門慶，在短短數年裏實現了資本積累、商業規模、家業資產的飛速發展。然而，在自私、逐利、貪婪、縱欲、霸氣與經濟騰飛的同時，傳統文化中的仁愛、親情、道德、法律、天下情懷等傳統文化卻被無休止的金錢欲沖得七零八落，所剩無幾，而與貨幣、資本與生俱來的平等、自由、博愛的人道主義

30　《金瓶梅詞話》第 100 回：「韓愛姐湖州尋父，普靜師薦拔群冤」，同註 1，頁 1521。

31　同註 30，頁 1521-1522。

32　同註 30，頁 1514。

精神尚未來得及消化、吸收。舊文化被踐踏、惡文化肆虐，新文化尚未立，從而造成有價值文化衰微，使得無文化牢基的經濟隨着主人倒下而迅速崩塌。不只是西門府的家業史說明了這一點，王招宣府、花太監府等幾乎所有富貴家庭的衰亡史都進一步證實了這一點，《金瓶梅》正是在這樣的描述中表現出了對轉型社會的深層的憂患：怎樣解決經濟崛起、文化衰微的不幸，怎樣在錢財的積累中不丟失親情人倫、真情文化。作者通過西門慶家與韓道國家敗而復安的描寫，表達出親情文化比錢財更重要，文化興盛比經濟興盛更重要的思想，儘管這種思想觀念還是感覺式的浮淺的，然而在那樣一個處於歷史轉型來臨、人們大多還處於沉睡未醒之時，他便以一部鴻篇巨制向人們表現出對此問題的反思與憂患，已是一件頗有歷史意義的事。

新時期《金瓶梅》研究述評[*]

　　《金瓶梅》研究在文革中沉睡了十年，直到 1979 年朱星的《考證》與黃霖的質疑文章出，才逐漸引起學界的注目，數年間響應者雲集，且後來居上，直趨《水滸》，成為小說研究界僅次於《紅樓夢》而與《水滸》相伯仲的又一顯學——「金學」。

　　《金瓶梅》受到當代古典文學研究界重視，首先是由於產生於中國小說發展轉折期的這部巨著具有多方面的創代意義，在小說史上占有舉足輕重之地位，治小說史、古典文學史乃至文化藝術史者，不研究它便難以梳理出整體的歷史面貌，把握發展演變之規律。而這樣一部小說比起明清其它幾部「奇書」來，問津者相對少多了，形成了一片期待開墾的學術荒原。本世紀初，以魯迅、鄭振鐸、吳晗為代表的拓荒者的實踐及其後毛澤東對這部小說價值的肯定，使得新時期一批治明清小說的中青年學者無所顧忌地在擁擠的幾大著作之外找到了一塊施展自身學術才能的天地。與《紅樓夢》《水滸傳》等研究界多由老一代學者領向導航所不同的是，在《金瓶梅》的學術團體中領袖群英者多為文革後成長起來的中青年學者。他們既有較紮實的國學根基，又有易於接受世界先進文化理論的自覺意識和勇於進取的精神；既可以紮紮實實地從事微觀基礎研究，又可以在此基礎上進行宏觀的規律探討。這是一支年富力強、精力充沛、較少保守成見的充滿活力的學術中堅力量。所有這些構成了《金瓶梅》研究能後來居上的基本原因。

　　新時期以來的《金瓶梅》研究經歷了作者徵考、成書版本探討，文本批評的方法論熱，服務於推廣普及的闡釋熱三個階段。出現了幾個研究熱點：作者、成書年代、版本、評點家與評點、性描寫評價、主題思想藝術價值探討等。

一、廣徵細考作者

　　由於多種原因，確定一部小說的作者是古典小說研究普遍存在的難點，而考證《金

*　　本文寫於 1995 年，發表於《河北師範大學學報》（社會科學版）1996 年第 2、3 期（當年《新華文摘》第 11 期全文轉載）。故所言「新時期」是指 1979-1995 年的 16 年間。文中所涉及的時間（至寫本文的時間）也皆以 1995 年為界。

瓶梅》作者的難度最大，曹雪芹尚且在《紅樓夢》中留下「曹雪芹在悼紅軒中披閱十載增刪五次」的顯赫文字，《金瓶梅》的作者卻對自己採取全封閉方式。記載此部小說傳抄情形的明人筆記，也僅留下一些相互矛盾的傳聞，或曰「世廟一巨公」「嘉靖間大名士」，或說「紹興老儒」，或言「金吾戚里」的「門客」，〈欣欣子序〉裏又說是「蘭陵笑笑生」，且序之可靠性也令人存疑。這些恍惚迷離的語詞、雜出的歧見給《金瓶梅》作者的探尋帶來從未有過的困難。破解《金瓶梅》作者之謎成為《金瓶梅》問世以來研究者的最艱難的工作，有人稱之為「金學」中的「哥德巴赫猜想」。新時期「金學」的復興就從此開始，而且研究的範圍大大拓展，考證的問題也更深刻精細。到目前為止，《金瓶梅》作者候選人已多達六十多個。這六十多種說法可歸為兩大類：一是「文人獨創」說，二是「集體創作一人寫定」說。

力主「文人獨創」說者，根據《金瓶梅詞話》完整獨特的藝術結構、一以貫之的思想、精描細刻的藝術手法和整部小說獨異的藝術風格，參照相關的史料，確信其為文人獨創且非大手筆不能寫出。

這位大名士是誰呢？他們在對明清人的傳聞重新審視的基礎上，又廣稽嘉靖、萬曆兩朝史書、筆記、文集中相關的文字，提出了不少新看法。迄今為止，新的候選人已達二十多個。其中王世貞，李開先，賈三近，屠隆四說考論精深，有較大影響。

王世貞創作《金瓶梅》，最早可能見於清初宋起鳳的《稗說》（卷三），且記為王世貞中年所作。佚名的《寒花盦隨筆》記載這類傳說已很詳細，為張竹坡《第一奇書金瓶梅》作序的謝頤（實為張潮）也沿用此說，其後不少筆載此論者甚多，於是王世貞作《金瓶梅》說便風靡開來，幾百年間占主導地位。

1931 至 1934 年，吳晗接連發表兩篇文章，意在一舉推倒清人傳說中王世貞創作《金瓶梅》的主要論據。同時，魯迅、鄭振鐸也都持否定意見，此說在學界內似從根本上動搖。自 1979 年始，朱星連發幾篇論文，重提王世貞創作《金瓶梅》說。[1]然而他避開了吳晗文章所論及的問題，只列舉了王世貞可能寫出《金瓶梅》的十個條件，這些條件只是一般性的外圍材料，看不出王世貞與《金瓶梅》的必然聯繫來，因此經黃霖、趙景深、徐朔方、張遠芬等人相繼撰文與之商榷後，此說也就自然被人們忘卻了。1991 年周鈞韜又發表了〈吳晗先生對《金瓶梅》作者王世貞的否定不能成立〉，進一步闡述了「王世貞及其門人著」的觀點。[2]看來要想徹底否定王世貞作《金瓶梅》的可能性，必須對王世貞最早擁有《金瓶梅》手抄全本之事作出只是占有而並非創作的明確解釋，然而這又絕

---

1   〈《金瓶梅》考證二〉，見《社會科學戰線》1979 年第 3 期。
2   《淮海論壇》1991 年第 3 期。

非易事。

李開先作《金瓶梅》說不知何人首倡。1962 年版中國社會科學院本《中國文學史》在頁 949 的一條腳註中說「有人曾推測作者是李開先或王世貞或趙南星或薛應旗，但卻沒有能夠舉出直接證據，李開先的可能性較大」。自 1980 年起，徐朔方接連發表〈《金瓶梅》的寫定者是李開先〉〈《金瓶梅》成書補正〉〈《金瓶梅》成書新探〉等系列文章[3]，論證《金瓶梅》的寫定者是李開先（後修訂為李開先或他的崇信者）。他從《金瓶梅》引用的大量戲曲史料中尋找作者，認為《金瓶梅詞話》的作者熟悉、精通戲曲，因此在引用這些史料中不可能不表現出他的興趣所在。

徐朔方發現《金瓶梅》引用《寶劍記》次數之多、文字之長，而又避而不提它的劇名和作者姓名，且引的片斷又不屬於精彩的折子，這同一般的摹擬、引用顯然不同。於是他進而將《寶劍記》與《金瓶梅》加以比較，發現它們有不少相同之處，遂得出結論：《金瓶梅》的寫作者是《寶劍記》的作者李開先或他的崇信者。卜健著有《金瓶梅作者李開先考》一書，不僅對徐朔方的「李開先說」作了大量有價值的資料補充，而且研究的範圍也拓寬了許多，認定李開先是《金瓶梅》的作者而非寫定者。劉輝稱卜健此書為「李開先說的集大成者」是不過分的。然而這裏有一個問題：《金瓶梅》抄錄化用了某人的作品，作者是否就是某人。即被抄錄的作品的作者與《金瓶梅》的作者之間能否畫等號。《金瓶梅》抄引化用的文字作品不單是戲曲，還有大量的話本、詩文，不單是李開先的作品，還有許多他人的作品，若要證明作者是李開先，必須將其他作品的作者也具有創作寫定《金瓶梅》的可能性排除掉，否則只確定李開先一人為《金瓶梅》的作者，便難免片面之嫌，至少在邏輯上是講不通的。

新時期提出《金瓶梅》作者新說的第一人是張遠芬。他於 1983 年出版的《金瓶梅新證》認定《金瓶梅》一書的作者是賈三近。主要根據是賈三近是山東嶧縣人，而「蘭陵笑笑生」也是山東嶧縣人。要點有四個：蘭陵就是山東嶧縣，〈欣欣子序〉中的「明賢里」也是指嶧縣，《金瓶梅》中的「金華酒」就是蘭陵（嶧縣）酒，《金瓶梅》中的方言大都來自嶧縣。他抓住「蘭陵」一名從地理位置上立論，不免顯得單薄，因為「蘭陵」既指地名又指「酒名」即使就地名而言，古代有兩個蘭陵，一為山東嶧縣，一為江蘇武進。再者，以方言論定一部書的作者，特別是像《金瓶梅》這樣抄錄化用了大量其他的文學作品的小說的作者，其方法的科學性也值得懷疑，因此，與張遠芬商榷的文章甚多。看來，此論疑點也不少。

3　《杭州大學學報》1980 年第 1 期，1981 年第 1 期；《論金瓶梅的成書及其他》，濟南：齊魯書社，1988 年，頁 53。

　　新時期以來，在考證《金瓶梅》作者的諸說中，黃霖的「屠隆說」是論據較為有力，推斷較合情理，國內外影響較大，爭議較多的一種。他自 1983 年以來發表的一系列文章（〈《金瓶梅》作者屠隆考〉，〈《金瓶梅》作者屠隆考續〉，〈《金瓶梅》作者屠隆考答疑〉之一、之二，〈《開卷一笑》與《金瓶梅》作者問題〉）代表了新時期以來對《金瓶梅》作者的考證水平。黃霖首先發現了一條重要的內證材料：《金瓶梅》第五十六回的〈哀頭巾詩〉與〈哀頭巾文〉出自《開卷一笑》（後稱《山中一夕話》），此書的參訂校閱者，一會兒題笑笑先生，哈哈道士，一會兒又題一衲道人屠隆，這種情況在明清兩代是較常見的，孫楷第先生曾指出，此皆「一人所編一家所刊者」，據此黃霖認定笑笑先生、哈哈道士、一衲道人、屠隆都是同一人。即笑笑先生就是一衲道人屠隆，屠隆就是《金瓶梅》的作者「蘭陵笑笑生」，並進而結合屠隆的籍貫、習尚，萬曆二十年前後的處境和心情、情欲觀、文學基礎、生活基礎，以及《金瓶梅》的最初流傳等六方面情況綜合考查，覺得屠隆就是《金瓶梅詞話》的作者。這一論證最具說服力處在於找到了屠隆與笑笑生的直接聯繫，即屠隆曾用過「笑笑先生」的化名，這是最關鍵的一步。明人關於作者的記載皆籠統說出一種類型的範圍，唯有欣欣子序指實為一個具體人的號。若「欣欣子序」所語不謬，「笑笑先生」確是那個笑笑生，《金瓶梅》的作者就是屠隆了。「屠隆」說在國內外引起了較大反響，支持者也相繼而出。先是臺灣魏子雲接連發文，為此說「添磚加瓦」，後鄭閏又有新資料發現，李燃青、呂玨等也張煌此說。[4]魏子雲經過進一步考證後，認為《金瓶梅》的作者問題應該「畫句點」了。[5]

　　然而對屠隆說的讚譽和責難是同步相生的。徐朔方率先指出，《開卷一笑》這種記載笑話趣聞和相關詩文的書，東拼西湊，很難作為可信的史料看待。根據《開卷一笑》記有永熙時人瞿杲的事蹟看，屠隆參閱之類的話都是書販的假托，不可相信。[6]《遍地金》封面鐫「筆練閣編次繡像」，而筆練閣主人是清代乾隆朝人。[7]作為專名「笑笑生」不等於「笑笑先生」，「參閱者」不等於編者，更不是作者。張遠芬也指出沈德符在《萬曆野獲編》中曾說，原本五十三回至五十七回是「陋儒補以入刻」，這樣屠隆充其量也只能是這五回贗作的作者，而不是全書的作者。[8]張慶善、魯歌等人依據明人有關《金瓶梅》的筆記記載原書名叫《金瓶梅》、無〈欣欣子序〉和〈廿公跋〉推斷，《新刻金瓶梅詞

4　〈屠隆與文學解放思潮〉，《寧波師院學報》1992 年第 2 期；〈屠隆與屠本畯〉，《寧波師院學報》1992 年第 2 期。

5　〈為《金瓶梅》作者畫句點〉，《寧波師院學報》1992 年第 2 期。

6　〈〈金瓶梅作者屠隆考〉質疑〉，《杭州大學學報》1984 年第 3 期。

7　〈〈別頭巾文〉不能證明《金瓶梅》作者是屠隆〉，《社會科學戰線》1987 年第 1 期。

8　〈也談《金瓶梅》中的一詩一文〉，《復旦學報》1984 年第 3 期。

話》問世較晚，〈欣欣子序〉中所言蘭陵笑笑生作《金瓶梅》的真實性可疑。甚至有人說「蘭陵笑笑生」一說是書商杜撰的無稽之談。[9]

對以上的主要問題，黃霖在他的文章中都曾一一作答，並不斷地修正、補充完善自己的「屠隆說」，然而就現有的條件，若想對如此眾多的複雜問題作出令人滿意的答覆也是極為困難的。再者，陳詔在〈呼之欲出的笑笑生〉一文中，證實了吳曉鈴披露的確有笑笑生其人且有其傳世的手書《魚游春水》這一消息的真實性。這個笑笑生是否為蘭陵笑笑生，他與笑笑先生屠隆是什麼關係。再者，劉輝在《玉閨紅》一書序中發現的《金瓶梅彈詞》二十卷的作者「東魯落落平生」與「蘭陵笑笑生」又是怎樣的關係？這些似乎也是應該進一步搞清楚的。

此外，還有「丁耀亢、丘志充」說（馬泰來、魏子雲），「湯顯祖」說（芮效衛），「馮夢龍」說（趙伯英），「賈夢龍」說（許志強），「王穉登」說（魯歌、馬征），「羅汝芳」說（趙興勤）、「臧晉叔」說（張惠英），「盧楠」說（王汝梅），「劉九」說（戴鴻森），「田藝衡」說（周維衍），「金聖歎」說（高明誠），「李開芳」說（葉桂桐、閻增山），「謝榛、鄭若庸」說（王崗），「陶望齡兄弟」說（魏子雲），「屠大年」說（鄭閏），「王采」說（李洪政）等。

以上諸說，反映出「《金》學界」對作者問題探求的努力，限於篇幅，不再一一敘論。

應當指出的是自 1992 年陳大康的〈論《金瓶梅》作者考證熱〉一文發表後，考證《金瓶梅》作者的熱潮已開始降溫回落，這是因為，研究的事實正如文中所言，由於材料的缺乏使考證作者的條件尚不具備，人們拿不出更為有力確鑿的證據來，而過熱的考證只會勞人傷力，誘發不良學風的蔓延。

與此相反，主張《金瓶梅》為「集體創作一人寫定」說者這些年則呈逐漸高漲的趨勢，主張此說者先後有徐朔方、魏子雲、劉輝、陳遼、王利器、陳詔、傅憎享等人，他們主要根據小說的內證材料，特別是大量採錄抄襲他人的作品，並以此與歷代積累型小說與其後文人獨撰的小說相比較，認為它更像前者而不像文人獨撰的小說。徐朔方在〈論《水滸》和《金瓶梅》不只是個人創作〉一文中將《金瓶梅》與《水滸》詳細比照，發現它們之間有很大雷同，認為《水滸》比《金瓶梅》或早或遲的跡象同時並存，兩者的關係是雙向的影響關係，兩者同出一源，同出一系列「水滸」故事的集群，都是世代累積型的集體創作。

魏子雲在《金瓶梅的問世與演變》《金瓶梅劄記》《金瓶梅原貌探索》等著作中一

9　〈《金瓶梅》的作者不是「蘭陵笑笑生」〉，《淮海論壇》1993 年第 3 期。

再表達《金瓶梅詞話》是一個兩次性成書的集體修改作品。

劉輝在〈從詞話本到說教本——《金瓶梅》成書過程及作者問題研究〉[10]和〈金瓶梅研究十年〉[11]中，堅持「世代累積型集體創作」說，他從《金瓶梅》中保留着大量可唱韻文大量採錄抄襲他人之作，特別是宋元話本、元明雜劇傳奇以及小說中存在着大量訛誤、錯亂、重複、破綻等種種現象出發，認為《金瓶梅詞話》是民間藝人的說唱「底本」，大體相當於詞話本《水滸傳》，而說唱本則相當於施耐庵加工修改後的《水滸傳》。陳遼主張《金瓶梅》成書分三個階段：原是評話，創作者是評書藝人們；蘭陵笑笑生把《金瓶梅》評話整理、加工，再創造為《金瓶梅詞話》；《新刻繡像金瓶梅》是成書的第三個階段，作者是思想、藝術都比蘭陵笑笑生高出一頭的作家。[12]

傅憎享從《詞話》臨文無字，率意假代；文字流俗，品位較低；直錄鄉音，實書俚語等證明《金瓶梅》不是出自名士之手，而是俚人（或書會才人）的耳錄，耳錄之初也不是供閱看的，而是供說聽的。[13]

應該說，他們所提供的內證材料在《金瓶梅詞話》中是普遍存在的，有一定的說服力。然而作為歷代積累型的集體創作，在民間有個長期流傳的過程，應像《三國》《水滸》《西遊記》一樣在它們成書之前便有評話或其他祖本存在，但是，卻沒有任何史料能證明這一點。相反，已知明代有關《金瓶梅》的記錄材料卻倒說明：《金瓶梅》是一部突然冒出來、令文人吃驚的小說，根據書中嘮嘮叨叨的碎瑣情節，不會引起聽眾耐心聽下去的興趣，就像《紅樓夢》不適合講和聽一樣，倒更適合於案頭閱讀。就此觀之，歷代累積型的集體創作說便難於成立。至於其行文粗疏，重複以致顛倒錯亂，可能是因為創作草率、匆忙，傳抄者文化水平不高所致。誠如黃霖所言：「長篇小說中敘述之錯亂，實在不能作為論證是個人創作還是集體創作的依據，而只能說明構思和創作是否周密。」[14]大量引用前人作品的問題也可作如是觀，即：「作家經過獨立地構思之後在自己設計的情節布局和人物形象的藍圖上『鑲嵌』前人作品中的某些片段，這理當稱之為個人創作。」[15]

總之，《金瓶梅詞話》出現令人懷疑為集體創作的現象，是由於創作匆忙草率，未來得及反覆修飾就將草稿傳抄了出去造成的，然而，一以貫之的思想脈絡、完整的情節

10　見《金瓶梅成書與版本研究》，瀋陽：遼寧人民出版社，1986 年。
11　《中國社會科學》1990 年第 1 期。
12　〈《金瓶梅》成書三階段說〉，《東岳論叢》1989 年第 4 期。
13　〈《金瓶梅》用字流俗是俚人耳錄而非文人創作〉，《學習與探索》1988 年第 6 期。
14　〈《金瓶梅》成書問題三考〉，見《金瓶梅考論》，瀋陽：遼寧人民出版社，1989 年 10 月，頁 182。
15　同註 14。

結構框架和統一的人物形象系列，這些主要的關鍵性的因素，都不得不使人讚嘆作者思想藝術的不同凡響，若說是民間藝人的集體創作是萬萬講不通的。倒是周鈞韜在〈《金瓶梅》：我國第一部擬話本長篇小說〉[16]中提出的新觀點特別值得重視。他認為，《金瓶梅》既是一部劃時代的文人創作的開山之作，同時還不是一部完全獨立的無所依傍的文人創作，而是一部從藝人集體創作向完全獨立的文人創作發展的過渡型作品。它的誕生標誌着整理加工式的創作的終結和文人直接面對社會生活創作的開始，是我國第一部文人創作的擬話本長篇小說。這一認識既契合我國小說創作嬗變的歷史發展規律，又全面而準確地把握了《金瓶梅》一書的創作特質。是目前諸說中較為科學的一家之言。

二、成書年代，流傳過程，版本研究

　　《金瓶梅》成書於何時？仍然是新時期爭論的一個焦點問題。主要仍有成書於明嘉靖年間與明萬曆年間兩種說法。力主「嘉靖說」者一方面依據明人筆記的相關記載，一方面又從《詞話》中尋找內證材料，以便說明一切寫明代的歷史都發生在嘉靖年間，即使發生在萬曆年間的事也早在嘉靖年間就有了。他們是擔心書中有萬曆朝的痕跡。因為黃霖在〈《金瓶梅》成書三考〉一文中說的那段話是很在理的，黃霖說：「只要《金瓶梅詞話》中存在着萬曆時期的痕跡，就可以斷定它不是嘉靖年間的作品，因為萬曆時期的作家可以描寫先前嘉靖年間的情況，而嘉靖時代的作家絕不能反映出以後萬曆年間的面貌來。」事實上，吳晗、鄭振鐸早就這麼做了，他們在自己的文章中證明朝廷向太僕寺借馬價銀子的事，以及「季子」「皇慶」、佛道興衰、太監擅權事都為萬曆朝特有。《如意君傳》《于湖記》也盛行於萬曆年間，故而「萬曆說」成為此後壓倒他說的不可動搖之論。新時期以來，力主《金瓶梅》成書於嘉靖年間者對吳、鄭的觀點進行反駁。最有力的是日本日下翠的〈《金瓶梅》成書年代考〉、周鈞韜的〈《金瓶梅》成書年代「萬曆說」商兌〉以及劉輝的〈《如意君傳》的刊刻年代及其與《金瓶梅》之關係〉，這些文章，對持「萬曆說」者的幾條主要證據一一加以反駁，證明那些事情產生於正德或嘉靖年間而非萬曆朝。徐扶明、陳詔等人又找到了不少成書於嘉靖朝的內證，譬如：海鹽腔、弦索調皆為嘉靖以前和嘉靖、隆慶年間的「時曲」，書中所寫的明代進士全是正德、嘉靖年間的，金華酒嘉靖時最出名，萬曆時已被別的酒取代。李忠明對「書帕」一詞的本義、變義分析考察後，認為《金瓶梅》的成書年代應是使用「書帕」本義的嘉靖年間[17]

16　《社會科學輯刊》1991 年第 6 期。

17　〈「書帕」含義的演變與《金瓶梅詞話》的成書年代〉，《南京師大學報》1993 年第 2 期。

等等。的確,「嘉靖說」曾一時占了上風,然而持《金瓶梅》成書於萬曆年間者畢竟從書中找出了不少萬曆年代的痕跡。

黃霖推定出《金瓶梅詞話》所抄的是萬曆十七年前後刊定的天都外臣序本《忠義水滸傳》,那麼《金瓶梅詞話》的成書年代當在萬曆十七年以後。[18]章培恒在〈論《金瓶梅詞話》〉一文中指出,明代顧起元《客座贅語》記載:飲宴時演奏南曲為萬曆以後之事,其前皆用北曲。而《金瓶梅詞話》所寫盛大酒宴,皆用「海鹽子弟」演戲,顯為萬曆時的習俗。[19]梅節考察出小說六十八回安郎中所言「南河南徙」之事的時間為萬曆五年閏八月,因黃河奪淮入海,淮河被迫南徙。由此推定《金瓶梅》成書的上限不能早於萬曆五年八月。[20]陳詔考查《金瓶梅》人物後發現,涉及到明代人物「上限在成化年間,下限在隆慶、萬曆年間」,既然有萬曆年間的人物,就不可能創作於嘉靖朝。[21]

看來「萬曆說」也確有道理。眼下,兩說的主力都在尋找史證,相互駁難,這場爭論還會繼續下去。

《金瓶梅》的流傳與版本是《金瓶梅》研究的基礎工作,它涉及最早抄本出現於何時,抄本的流傳情況,抄本與刻本的關係,最早出現刻本的時間,《新刻金瓶梅詞話》刻於何時,關於陋儒補入的第五十三回至第五十七回的真偽,以及有關崇禎本、張竹坡評本、《新刻繡像金瓶梅》等一系列問題。對這些問題的研究,解放初因受所能見到版本的限制,顯得很薄弱。新時期以來,隨着版本和材料的發現,澄清了一些問題,使得這一研究有了長足的進步。

關於《金瓶梅》的早期抄本的研究,曾出現一段時間的迷霧,如:20 世紀 20 年代初,魯迅提出「萬曆庚戌吳中始有刻本」說,鄭振鐸、沈雁冰都曾附和之,此說臺灣魏子雲已於《金瓶梅的問世與演變》一書中加以糾正。魏子雲考明,「馬仲良榷吳關」一事在萬曆四十一年,萬曆四十三年李日華從沈德符處所見的《金瓶梅》還是抄本,萬曆庚戌(三十八年)不可能有刻本。後來劉輝對此問題也有具體的說明。1979 年,朱星又善意地設想出「原稿初刻本無淫穢語,到再刻時書賈大加偽撰」。現在應該洗刷這些污點,還其本來面目了。黃霖隨即發表商榷文章,指出,明代萬曆朝的董思白、袁中郎、袁小修、沈德符這些《金瓶梅》原本的讀者對於《金瓶梅》的看法,都證明了其原本並非乾

18　〈《忠義水滸傳》與《金瓶梅詞話》〉,見《金瓶梅考論》,頁 162。

19　《金瓶梅研究》,上海:復旦大學出版社,1984 年 12 月,頁 1。

20　〈《金瓶梅》成書的上限〉,見孔繁華〈國際《金瓶梅》學術討論會綜述〉,《人民大學複印資料》1990 年第 6 期。

21　〈《金瓶梅》人物考——兼談作者之謎〉,《學術月刊》1987 年第 3 期。

淨。[22]至少應該說魯迅與朱星的上述觀點的失誤，是由於他們沒有見到有關《金瓶梅》早期抄本及記載流傳情況的史料造成的。

新時期以來，治《金瓶梅》成書、版本和作者的人都十分重視對明人有關記載的史料研究，並取得了可喜的收穫。關於《金瓶梅》抄本最早出現的時間，美國的韓南、臺灣的魏子雲以及大陸的一批學者都依據袁中郎的《錦帆集·董思白》一書和陶望齡的《遊洞庭山記》所寫時間為萬曆二十四年十月而確定《金瓶梅》抄本傳世的時間為萬曆二十四年，後有人考訂為萬曆二十三年（1595 年）深秋。黃霖曾撰文予以糾正。[23]葉桂桐認定王肯堂獲得《金瓶梅》抄本的時間可能早於萬曆十七年至萬曆二十年，因此得出結論：「《金瓶梅》抄本最早流傳的年代當不晚於萬曆二十年」。[24]劉輝則認為是隆慶末或萬曆初。

關於早期抄本的流傳情況，研究者們對明代家藏或持有《金瓶梅》抄本的十二人都進行了較系統的研究。至於抄本輾轉傳抄的先後順序雖所言不盡相同，但都有一個共識，即：僅有王世貞與劉承禧家藏有全本，而王世貞家的全本佚失得較早。其餘的十一人誰都未見過。在社會上流傳全抄本只能是劉承禧家「原少五十三回至五十七回」的本子。葉桂桐更具體地考定為，餘下的前半部抄本有三個：王肯堂本、董其昌本、文在茲本；兩個後半部抄本：王穉登本、丘志充本。這些本子的內容無大的區別，進而認為「各抄本的內容是一致的，內容上有重大區別之所謂南方系統抄本與北方系統抄本根本不存在」。[25]

《金瓶梅詞話》初刻的時間問題，學術界的認識基本一致，都認為刊刻於萬曆四十五年（魏子雲推測為萬曆四十四年），而題署萬曆四十五年丁巳的《新刻金瓶梅詞話》是不是原本，不少學者根據有關抄本記載中均未提欣欣子序和廿公跋而書名又填「新刻」二字分析，認定《新刻金瓶梅詞話》不是原刻本而是後來的刻本。至於刻於何時，劉輝依據沈德符的《野獲編》和薛岡《天爵堂筆餘》有關記載（因為明代唯有他們兩個目睹並記載了《金瓶梅》從抄本到流傳的過程），並參照《明神宗實錄》等史料考證出在萬曆四十七年和萬曆四十八年，帶有欣欣子序的《新刻金瓶梅詞話》尚未問世，它的出現最早不超過萬曆四十八年。在諸說中此說更令人置信。[26]

劉輝還通過對多種版本的校勘考訂出，非但《新刻金瓶梅詞話》不是原刻本，連現

22　〈《金瓶梅》原本無穢語說質疑——與朱星先生商榷〉，見《金瓶梅考論》，頁 148。

23　〈關於《金瓶梅》傳世的第一個信息〉，見《金瓶梅考論》，頁 140。

24　〈《金瓶梅》抄本考〉，見《文學遺產》1988 年第 3 期。

25　同註 24。

26　見《金瓶梅之謎》，北京：書目文獻出版社，1989 年，頁 73-74。

在傳世的《金瓶梅詞話》日本慈眼堂本、棲息堂本和北京圖書館藏本都不是萬曆四十五年原刻本，而且這三種《金瓶梅詞話》的翻刻或重印也並非同一版本。這兩個新論斷一掃以往關於三種《金瓶梅詞話》本問題的一切迷霧，理清了它們與單刻本以及自身相互之間的關係，可說是新時期《詞話》本研究的新收穫。

《金瓶梅詞話》第五十三回至五十七回是否為「陋儒補以入刻」，多數人相信沈德符寫在《野獲編》中的話是可信的，並從語言、情節結構、人物形象等方面對這五回作了具體的比勘論證，認定確為偽作。臺灣魏子雲曾先後發表一系列文章論證這段記載的不合理處，並對《金瓶梅》第五十三回至五十七回認真比勘，有力地反駁了陋儒補作成書說。黃霖、馬征等也持此觀點。黃霖指出了《野獲編》許多令人懷疑的地方，認為「時作吳語，即前後血脈絕不貫串，在其他章回中均有類似的情況」。馬征則認為沈德符見到的是原本《金瓶梅》，而未見到完刻於天啟元年的《新刻金瓶梅詞話》，目前還不能將兩者攪混於一處論之。並進而對「補入」說的主要觀點一一駁辯，分析這五回寫的三處精彩的地方，證明其並不「膚淺鄙俚」。看來這一問題因存較大爭議，難以一時定論。

「崇禎本」是《金瓶梅》版本研究中的一個重要課題。黃霖對此做了一番系統的校勘、研究工作，他在〈《新刻繡像批評金瓶梅》評點初探〉〈關於上海圖書館藏兩種《新刻繡像批評金瓶梅》〉等文章中力圖勾勒出多種「崇禎本」之間的複雜關係，提出了兩個頗有見地的觀點：其一，認為原通州王孝慈藏的二字行眉批本是初刻本，其它的版本（四字行眉批的北大本、天理本、上圖甲本，三字行眉批的內閣本，二字和四字混合型眉批的上圖乙本、天津本等）均為王氏本的翻刻本，它們之間並無承傳關係。無眉批的首圖本是內閣本的翻刻本。其二，根據目前北大、上圖等本卷首題圖中殘存的「詞話」二字的痕跡認定，「崇禎本」確實來自「詞話本」。

劉輝根據他發現的首都圖書館藏的《新刻繡像批評金瓶梅》上署名為「回道人題」的一首詞，考證出這位「回道人」係李漁之化名，此本為李漁寫定、作評、刊刻，約刊刻於順治十五年之後，故世稱此本為「崇禎本」的提法不確。在 1989 年首屆國際金學會上，黃霖否定了李漁為「崇禎本的寫定者、作評者的觀點，認為馮夢龍才是評改者，並以較為有力的內證闡述了崇禎本當是以已刊詞話本（原本）為底本，同時參照了另一原本修改加評而成。否定了崇禎本與詞話本為兄弟、並列關係的說法。魏子雲、陳毓羆、陳昌恆等人對劉輝的李漁說也提出質疑。劉輝在他的〈《金瓶梅》研究十年〉一文中用一定篇幅介紹了反對者黃霖等人的基本觀點。

這種討論無疑推進了關於「崇禎本」問題的深入研究。關於張竹坡批評《第一奇書金瓶梅》的兩大系統版本誰先誰後的問題，有兩種截然相反的見解。劉輝認為：附錄部分（即〈讀法〉〈寓意說〉等）、文內夾批、旁批是張竹坡於康熙乙亥年三月最先完成的，

故第一奇書的最早刻本皆無回評，而有回評的係以後所補。[27]黃霖則認為，無回評的「康熙乙亥本」並不是張竹坡《金瓶梅》的原本，原本目前未見，而卷首沒有〈凡例〉〈第一奇書非淫書論〉〈冷熱金針〉三篇文字，有回評的本子，比較接近原本。[28]卷首有〈凡例〉〈第一奇書非淫書論〉兩篇，因筆者未見詳細報導，不知可有回評，故對此發現之價值不敢貿然評論。

三、評者與評點

新時期《金瓶梅》的評者與評點研究取得了可喜的突破。其主要標誌是吳敢新發現的乾隆四十二年刊本《張氏族譜》和其中的〈仲兄竹坡傳〉，以及以此為據撰寫的《金瓶梅評點家張竹坡年譜》和《張竹坡與金瓶梅》兩部專著。劉輝在〈《金瓶梅》研究十年〉中對此作了如此評價：「如果說國內學者在《金瓶梅》研究中不少問題正處於探索階段，只是取得了一些進展的話，那麼，在《金瓶梅》重要批評家張竹坡的家世生平研究上，則有了明顯的突破，完全處於領先地位。」這個評價是客觀而恰當的。

除此之外，使金學界引以自豪的學術成就還有劉輝的文龍手評的發現，黃霖等人的對《新刻繡像批評金瓶梅》的評點者馮夢龍及其評點的研究和對和素所寫〈滿文本金瓶梅序〉的研究等。

張竹坡在海內外的知名度幾乎可與《金瓶梅》相仲伯。然而世人對他的生平的了解與其名聲太不相稱了。新時期以來，力圖通過自身的努力填補這一缺憾的學者並非無人，劉輝、黃霖和國外的芮效衛就是這類學者中的探索者。芮效衛的〈張竹坡評《金瓶梅》〉便是這方面發表較早的一篇專論；劉輝早在二十年前（20 世紀 70 年代後期）就注意到了張竹坡，並曾計畫寫出一部《張竹坡評傳》，且着手做了些準備工作。黃霖的〈張竹坡及其《金瓶梅》評本〉，可稱得上是在吳敢的《張竹坡與金瓶梅》問世前的一篇對張竹坡家世生平發現頗多、且提供了有價值的搜尋線索的專論，顯示出新時期這一研究的一個很好的開端。儘管如此，他仍為尋找不到《張氏家譜》和其詩集感到苦惱。吳敢身處張氏故鄉，有此意志，不憚勤勞，遍訪張氏後裔，終於 1984 年竹坡後裔的房梁上找到了人們盼望已久的《張氏族譜》，隨即又乘興追覓，接連發現了康熙六十年刊刻的《張氏族譜》、道光五年刊本《彭城張氏族譜》、光緒十六年抄本《曙三張公志》等一系列珍貴的史料，蒙於張竹坡研究之上的迷霧得以澄清，張竹坡家世生平、著述思想的面貌終得

27　〈《金瓶梅》版本考〉，〈《金瓶梅》主要版本見錄〉，見《金瓶梅成書與版本研究》。

28　見林之滿〈《金瓶梅》研究的可喜進展〉，《社會科學戰線》1989 年第 2 期。

公布於天下。

劉輝於 1985 年在柏林寺北京圖書館意外地發現了《金瓶梅》第三種批本——文龍手批本《金瓶梅》。文龍乃清末人，他的批語直接寫於張竹坡評語每回的後面，字數達六萬餘言。由於這個新發現的本子並未傳刻，故不為他人所知。這一發現無疑對於小說批評史和《金瓶梅》研究都具有補漏啟新的意義。劉輝在此基礎上對文龍的評點進行了深入系統的研究，認為文龍的評點擺脫了張竹坡評語的羈勒，沒有因襲張竹坡的「苦孝說」、認為此書「是殆嫉世病俗之心，意有所激、有所觸而為是書也」。在對有些人物（如吳月娘、孟玉樓、龐春梅）的評價上觀點截然相反，這也有益於開拓讀者的思路。再者，文龍對《金瓶梅》是不是「淫書」「穢書」以及如何閱讀，都作了較為全面、正確的回答，有其獨特的價值。

《新刻繡像批評金瓶梅》的評點向來未受到應有的重視，黃霖對此涉足較早，並取得了引人注目的成就，他在〈《新刻繡像批評金瓶梅》評點初探〉〈馮夢龍與《金瓶梅》的刊印〉〈關於《金瓶梅》崇禎本的若干問題〉等系列文章中，考證出評點、改寫者是馮夢龍，對評點的價值給予了充分肯定，認為這些評點較有見地地闡發了《金瓶梅》的思想意義和藝術特色，從而豐富了我國古代小說理論寶庫，對金聖歎、張竹坡、脂硯齋的小說評點有直接的影響。從某種意義上可以說，不了解它的觀點，簡直無法對金聖歎，特別是對張竹坡作出正確的評價。

王汝梅認為和素的〈滿文本金瓶梅序〉繼承、吸收前人對《金瓶梅》批評的成果，肯定《金瓶梅》為「四大奇書」中之佼佼者，並注意到此書寫普通人物和醜社會的特點，把明末以來逐漸形成的對《金瓶梅》的這種認識傳播到了滿族文人、臣僚和宮廷中去，促進了這部小說的流傳與研究，評價客觀、妥當。

四、本體研究的拓展與深化

《金瓶梅》本體研究儘管沒有作者、成書、版本那樣爭論得激烈（任何一部小說研究都是如此），但這部小說的豐富內涵卻得以多面的展示，它的獨特性及其在中國小說創作史上的地位受到了舉世的公認，比起本世紀初魯迅、鄭振鐸等人的評價來，無疑方法、視野、路子拓寬了，研究更深入細緻了。具體說表現在以下三方面：

其一，理論、方法的更新引起了主題研究的突破和深入。

其二，對性描寫的日趨關注。

其三，藝術創作價值的歷史審視。

《金瓶梅》的創作主旨是什麼？新時期以來，人們在對以往的諸如「政治寓意」說、

「諷勸」說、「復仇」說、「苦孝」說、「寫實」說、「世情」說進行重新審視的同時，又提出了不少新見。如：魏子雲的「影射」說和「性惡」說，鄭培凱的「戒諷勸喻」說，黃霖的「暴露」說，孔宇述的「貪、嗔、癡」說，侯建的「變形」說，盧興基的「商人悲劇」說，田秉鍔的「精神危機」說，甯宗一的「黑色小說」說，劉輝的「憤世嫉俗」說，朱邦國的「人性復歸」說，池本義男的「人格自由」說，張兵、李永昶、劉連庚的「人欲張揚」說，王志武的「性自由悲劇」說，許建平的「探討人生」說，王彪的「文化悲涼」說等。這些見解一方面在一定程度上繼承了前人觀點，特別是普通的世情說、鄭振鐸的寫實說。一方面又滲入了新的理論方法和時代意識，多數人已不滿足於僅僅尋找文本對社會政治事件做了哪些反映和停留於對研究現象只作社會倫理道德的評判的方法，而是兼顧作品的美學價值意義以及用主體哲學意識研究人的生存狀態、生存價值觀，構成了新時期主題研究的社會層次、美學層次、哲學層次的三維結構模式。人們的研究視角已突破了文學的範圍，拓展到了美學、心理學、宗教、文化學、人類學、哲學諸多領域。學術的禁區被打破，表層意象的迷亂被破譯，深層的意蘊被發掘。主題研究由單一的社會學批評時代躍入了多元交匯的新時期。

當然，新理論方法的運用必須建立在對文本全面鉅細地把握和對複雜現象辨證分析的基礎之上，方可避免研究的主觀隨意性和片面性。在上述創作主旨的諸說中，對此問題處理得較好，具有一定說服力和影響力的是黃霖的暴露說、盧興基的商人悲劇說、甯宗一的黑色小說說和田秉鍔的精神危機說。

黃霖認為《金瓶梅》最大的特色是「暴露」。它是一部暴露文學的傑構，暴露的內容涉及從政治生活到人的精神生活的方方面面。而有的評論者對黃霖的暴露說狹窄地理解為「對封建統治腐朽與罪惡的暴露」，這未免有些片面、膚淺了，也曲解了論者的本意。就我的理解，黃霖暴露說的理論基礎是人的本質論──性惡論。即認為《金瓶梅》暴露了人性惡的本質，這是深層的暴露。他說：「《金瓶梅詞話》作為一部長篇小說，可以說第一次比較自覺地將作品的構思同時立足在暴露人性中的『酒色財氣』『四貪』之病上，特別是『情色』之累上。」另一方面，黃霖主張作品的特色是暴露，並不會像有的人所理解的那樣，社會必然是滿目瘡痍、漆黑一團，為那種主張作者沒有任何美的理想、作品具有嚴重的自然主義傾向的理論提供依據。因為黃霖的文章對上述的觀點專有文字加以駁斥，並說：「在我看來，作者暴露現實的武器就是他所認為的『善』。他嚮往的世界就是一個君明臣賢而人人遵守封建道德規範和正常秩序的善的世界。他的創作目的就是要在『指斥時事』的同時，達到『關係世道風化、懲戒善惡，滌慮洗心』，就是為了宣揚『善』道。」由此可見，暴露說的論述是全面的。論者並沒有停留於社會政治層面的思考，而是兼顧到了倫理道德評判和主體哲學思考諸多理論思維層次，具有

居高臨下的理論透視和較強的思辨色彩，因而受到學術界的廣泛關注。

以往論及西門慶其人，往往以惡霸、商人、官僚視之，未能抓住其商人的主體特徵，並由此入手探討《金瓶梅》的主題。盧興基從文本出發，首先把這個西門慶同《水滸傳》中的西門慶區別開來，並結合《金瓶梅》產生時代的社會經濟文化背景，對這一形象作縱向掃瞄，發現「《金瓶梅》是一部具有嶄新意義的古典小說，它的主人公西門慶是 16 世紀中葉我國封建末世資本主義萌芽時期的一個新興商人。作品的主題不是在暴露封建黑暗，而在於通過這個新興商人及其家庭的興衰，他的廣泛的社會網絡和私生活，以及如何暴發致富，又是如何縱欲身亡的歷史，表現資本原始積累的過程中，我國社會的深刻變動。」這是一部描寫 16 世紀新興商人悲劇的小說。[29]這一概括準確地把握住了《金瓶梅》描寫的實際內容，說出了人們久已想說而未說切的話，雖無理論的喧鬧，卻鞭辟入裏，令人信其不謬。

人們在分析《金瓶梅》的人物形象時，吃驚地發現幾乎沒有一個正面人物形象。從小說發展史的角度觀察中國的長篇小說多是表現美或鞭笞醜，或美醜對照以醜襯美，唯獨《金瓶梅》是個例外。書中沒有美的理想，美的讚歌，新時期較早對這一現象進行系統的、美學的理論概括的是甯宗一。他在〈《金瓶梅》對小說美學的貢獻〉一文中指出：按照一般的美學信念，藝術應當發現美和傳播美。但是《金瓶梅》卻選擇了醜的題材，作者並沒有改變生活醜的性質，而是把醜描繪得逼真傳神。但他又承認作者在藝術上是化醜為美，只是沒有能完全化醜為美。他在另一篇〈小說觀念的更新與《金瓶梅》的價值〉一文中，發展了這一觀點。認為《金瓶梅》的主色調是黑色的，然而黑得美，黑得好，黑得深刻，在中國稱得上獨一無二的「黑色小說」。應該說，這一觀點準確抓住了《金瓶梅》題材特點和作者獨特的小說觀，它與暴露說在某些方面是不謀而合的，與商人悲劇小說也無什麼大的抵觸，只是研究者的理論方法、觀察視角不同而已。

從哲學的角度切入，研究作者的創作意向、主旨，是新時期以來小說研究的一個新走向。田秉鍔的精神危機說在《金瓶梅》主題研究中具有一定的代表性。他認為中華民族曾經發生過兩次精神危機，一次是在春秋戰國時代，一次是在明中葉。並從家族精神失落、男性權力的削弱、諸種關係的經緯交錯、信仰的自相矛盾等方面，論證了《金瓶梅》對民族精神危機的述錄。指出蘭陵笑笑生既受了帶有罪惡的歡娛色彩的新生活的吸引，又感受到這種鋪天而至的生活給予的精神創痛，於是表現的激情與表現的憂鬱相揉合，化成了那難以言喻的一部書。在所有表達作者創作的心理矛盾的理論中，田秉鍔的這一解釋最富有歷史文化的厚重感和析理的透徹性。

29　〈論《金瓶梅》——十六世紀一個新興商人的悲劇〉，《中國社會科學》1987 年第 3 期。

　　《金瓶梅》中有一定數量的描寫床笫行為的文字，對這種描寫應做如何的評價，是文本研究中一塊不可避繞的路障。在談性色變的年代，這一問題成為禁區，文革後，一般人對此也忌諱莫深。隨着人本哲學的普及和整個社會文化解放思潮的湧起，討論的文章才日漸多起來，自 1986 年第二次全國《金瓶梅》學術討論會時起，對性描寫的評價成為以後歷次會議不可缺的問題，且有日漸升溫的趨勢。人們的認識在兩個方面取得了一致：一是蒙在《金瓶梅》身上的「淫書」的惡名應該取消；二是從藝術審美的標準衡量，總的說來性描寫的文字只注重性器的形狀和機械的動作描述，且重複多，少變化，不能在心理上、情緒上給人以美感的享受，因而是失敗的。但涉及如何從文學以及文化的角度評價這些性描寫文字，卻有不同的見解。大體可分為三種情況：一種是從哲學的角度評價性描寫，認為應當肯定人的合理情欲；作為人學的文學應當有描寫性行為的文字。有的認為《金瓶梅》中的性描寫與《十日談》中的同類文字一樣，顯示了人性的覺醒與解放，這在「天理」壓倒「人欲」的明代中後期具有反封建的進步意義。也有人從中國文學傳統和明代的文化環境分析了《金瓶梅》中性行為描寫的歷史和時代的必然性。還有人從一部作品是一個整體的觀念出發，斷定《金瓶梅》中性描寫的文字大都與深化主題，塑造人物和遞進情節相關，寫性是為了批姦，寫性是為了示醜，寫性是為了「以淫說法」而達到禁淫的目的。從這種意義上講，《金瓶梅》描寫男女之間性行為是一種突破性的貢獻。持這類基本肯定觀點的論者有章培恒、池本義男、黃霖、劉輝、及巨濤、盧興基、吳紅、張周星、卜健、趙慶元、孟昭連、周琳、張兵等。另一種是對《金瓶梅》中性描寫持否定性意見。認為無論從它所承載的精神內涵看還是就它選擇的表現方式論，都基本背離了藝術乃至生活的真善美，並在有意無意中產生了污染視聽，引人墮落的惡劣作用，這種描寫既是迎合小市民的低級情趣的需要，也是作者的低級趣味的表現。田來、陳遼、徐朔方、徐柏榮、傅憎享、馬征等人持這種否定意見。還有人認為作者對男女性行為的態度是兩重的、矛盾的。一方面沒有否定正常的有節制的情欲，認為正常的情欲和床笫行為的滿足能給人帶來快樂、幸福，而過度的性行為又會戕害性命，這種心理也表現於描寫性行為的文字中，有時字裏行間流溢着他對性動作的欣賞，有時則摻入道德的貶斥意味。還有論者，肯定作者通過這些兩性行為的描寫，意在達到勸懲的目的，但客觀的具體描寫與主觀的意圖並非完全一致，難免渲淫之責。也有人認為，儘管這種描寫有其歷史和當時那個時代的必然性，儘管作者的目的在於暴露西門慶的罪惡，但它畢竟是這部不朽藝術品的污點。持上述觀點的有甯宗一、馬美信、李永昶、劉連庚等。

　　看來對於《金瓶梅》中性描寫的哲學、文學價值的評判日漸趨向一致，而道德的美學的認識尚難統一。實際上也無須統一。對其社會道德影響的考慮是必要的，但目前的各種刪節本，刪節方法簡單，塊式切割，傷筋動骨，嚴重損害了《金瓶梅》思想精神和

流貫的情節意緒表述。有益的作法應是對《金瓶梅》性描寫的文字進行系統的藝術修飾，以達到既不損害文本的原有精神和文字情意的流貫，又適合於在社會上廣泛流傳。這一工程並不大，而其意義則是無法估量的。這些年，梅節先生在出版《金瓶梅詞話》最佳讀本方面做出了為世人矚目的貢獻，不僅選擇目前最完好的大安本為底本，而且對書中的文字一遍遍修飾、校勘、註釋，使夢梅館校本的《金瓶梅詞話》成為通行的版本。

　　《金瓶梅》的藝術價值如同它的思想價值一樣，在中國小說發展史上具有承前而啟後、繼往而開來的里程碑的意義。以往的研究對此雖有所認識，但顯得狹小而粗泛。新時期以來，這方面的研究有了長足的進展，研究的範圍主要涉及九大方面。其一，是美學觀念的轉變。由寫生活之美變為寫生活之醜，由寫人性之善美變為寫人性之惡醜。此後的《兩世姻緣傳》《儒林外史》《官場現形記》等譴責小說和近代的黑幕小說都受到了它的影響。其二，在題材選擇上由寫非現實生活題材轉入以現實生活入篇，由寫英雄人物轉入寫社會凡人庸人，由直寫社會政治環境發展為主寫家庭環境，由一家再現天下國家，擴大了小說表現生活的視野，開創了小說創作的新紀元。其三，由情節小說轉變為性格小說，由描寫單一的類型化性格變為主體的複合式典型性格，魯迅關於「自有《紅樓夢》出來以後，傳統的思想和寫法都打破了」的話，關於「如實描寫，並無諱飾」打破了人物描寫「敘好人完全是好，壞人完全是壞」的評價應給予《金瓶梅》，《紅樓夢》是受了《金瓶梅》影響的結果。其四，在小說結構方面，由單線縱向曲線結構演變為多線縱橫網狀立體式結構。周中明將其具體解釋為由多個人物和故事的短篇連環型發展為由主要人物的性格和命運貫穿全篇的有機整體型；由著重寫某一政治、軍事鬥爭的封閉型發展為寫整個社會世態和人生情欲的開放型；由單純以男主人公為中心的單色結構發展為以男女主人公並駕齊驅、經緯交織的雜色結構。其五，情節敘述從傳奇到情感化，從誇張的粗略的細節描寫轉變為逼真的瑣屑的細節鋪展。其六，《金瓶梅》的語言在小說史上最富有特色，由粗略化發展為細密化，由理性化發展為感性化，由語意的單一化發展為多意並蓄化，人物的對話由單一魚貫式發展為交叉立體式，敘述語言由書面化發展為口語化。至於《金瓶梅》中人物口語的方言、俗語、連珠和由此造成的趣味橫生、活潑新鮮則更是獨領眾小說之風騷。其七，由偶有所用的直露單調的諷刺手法發展為連貫出現，含蓄隱曲、系統多折的現實主義諷刺小說。誠如姜雲所言：「沒有《金瓶梅》在諷刺藝術上的開拓，就不會有《儒林外史》的諷刺藝術成熟。」[30]其八，由著重於人物的行動到注重於刻畫人物的內心世界，由局限於寫人物群體心理到寫人物獨特的個人心理的發展過程。由通過寫實筆墨（如對話語言、獨白、動作等）映現心理發展到充分運用

30　〈論《金瓶梅詞話》諷刺藝術的特色〉，《安徽大學學報》1988 年第 4 期。

想像調動多種藝術表現手法表現複雜的心理狀態（如夢境、戲曲、情詞艷曲兒、講佛經等）。其九，空間描寫藝術由以縱向推進為主，質變為縱向橫向並重的縱橫組合式，由無中心的散漫跳躍式，發展為有固定空間的放射回攏式。羅德榮還用「趨窩和泥」一詞，對《金瓶梅》時間藝術融合空間藝術給予形象地描繪。[31]

　　與上述充分發掘《金瓶梅》藝術價值的研究意向不同，美籍學者夏志清在《金瓶梅新論》中則分析了這部小說結構的凌亂，思想上的混亂以及引用詩詞的不協調等現象，認為《金瓶梅》在藝術上「恐怕只能歸三流」。當然《金瓶梅》的藝術表現並非沒有缺陷。對此，許多研究者都注意到了。如大量抄錄、化用他人的作品，大段的瑣碎的酒宴描寫，不厭其煩的佛經故事講述等，使整個作品顯得冗雜蕪亂，剪裁不夠細緻等。然而，一方面這是寫家庭生活的長篇小說的通病，連《紅樓夢》這種花費了十年辛苦，增刪五次的作品都不能免，何況寫作匆忙草率的《金瓶梅》呢？另一方面，目光只集中於其描寫的混亂而不顧及作品整體結構狀態的方法也是片面不足取的。對此，國內的不少研究者紛紛提出批評，甯宗一說：「在對《金瓶梅》的藝術未作任何具體分析的情況下就輕率地把它打入『三流』，也頗難使人信服。」[32]劉輝認為：「從整體來說，瑕不掩瑜，《金瓶梅》在藝術上絕非三流之作，而是中國小說史上的上品。」[33]

　　新時期《金瓶梅》主體研究除了上述幾個重要方面外還有一個不容疏忽的特點，即：人們已從主題研究的迷霧中解脫出來，不做那些因偉大作品主題的多義性和研究者視角的多變性而造成的仁者見仁，智者見智，最終很難全面準確地把握作者的創作主旨的事。而是更多地把注意目標放在文本的具體現象方面。如：《金瓶梅》中的婚喪禮儀、儺戲與民間祭祀歌舞、民俗戲曲、小調，《金瓶梅》與其他文學的聯繫，與儒學、佛學、道學的關係等等。這種研究以史料為基礎，以理論為靈魂，論之有據，言之成理，可避免流於空泛。這是《金瓶梅》文本研究日趨深入細緻的表現。

---

[31]　〈《金瓶梅》時空觀的美學貢獻〉，《天津社會科學》1985 年第 6 期。

[32]　《說不盡的《金瓶梅》——「金學」思辨錄之一》，天津：天津社會科學出版社，1990 年。

[33]　《中國社會科學》1990 年第 1 期。

貳、認識價值

人情文化：一部書的文心

「酒色財氣」講人性、人的本質，屬於哲學範疇。「指斥時事說」側重於小說的政治思考，是站在政治角度看問題。至於人們常說的「勸善懲惡」云云，也是文學批評中的老眼光，即道德評判。問題不在於理論與眼光的新舊，而是哪一種評價更切入文本，更能發掘文本內在的深層意蘊。這個深層意蘊就是一部作品的「文心」。

《金瓶梅》的文心是什麼？愚以為是人情。人情是作者的着意處，紛紜萬千故事中最能掀人情之窟的主腦，一部著作的情眼，並活現出一個民族人際交往的文化底蘊，從而使《金瓶梅》成為最易引起中國人共鳴的不朽之作。

人情的魅力

讀《金瓶梅》，有一種格外親切的感覺，那活生生的罵人話、調侃語、玩笑話以至插科打諢的語言，在鄉下生活過的人像熟悉農村的田間小路、一草一木一樣，閉目可見。讀《金瓶梅》令人感受最深的是「真」。「事」是司空見慣的事，「人」是生活在你周圍的形形色色的人，人的動作、人的聲腔無不發自人的真心，而不是來自於某種觀念，不是以理念為模型鑄造人物，而是以情鑄人，以心寫心。使人物按照世理人情自然而然地活動，儘管其中也有作者的觀念、信仰，卻是自然而然地流露出來注入文本中而不是有意強加的什麼東西。那些以「看官聽說」等形式用意強調的段落反倒效果不佳。道理很簡單，人心是相同的，凡是從人的心裏討出來的人性、故事，方是真的，方能動人。

《金瓶梅》活在讀者記憶中的場景、情節，細細想來，大體不外以下幾類。

官場交往類。如武松蒙冤，王婆、潘金蓮西門慶等逍遙法外；花子虛之死；西門慶疏通李邦彥，以五百兩銀子買一個字而免於流放之罪；草裏蛇訛詐蔣竹山；來旺蒙冤、

宋惠蓮父女之死；來保押送生辰擔，西門慶、吳典恩、來保平地得官；王六兒、韓道國叔嫂通姦案；西門慶姻結翟謙，惠待蔡狀元；苗青謀財殺主，西門慶受賄枉法，曾御史被流放；西門慶宴請宋巡按，宋巡按祖護苗青；王三官宿娼、幫閒被捉案；西門慶入京慶壽拜義父；西門慶結交關稅官；西門慶宴請六黃太尉；西門慶入京參見朱太尉，官升提刑正千戶；西門慶送八仙鼎於宋御史；來旺與孫雪娥盜財私奔案；陳經濟勾引孟玉樓，身陷囹圄；平安盜竊當物案；西門大姐之死等等。可以說寫官場交往之廣泛多樣、細膩、逼真的小說，此前無出於《金瓶梅》之右者。

這類情節因何能令讀者記憶猶新，久久難以忘懷？以往研究者多從政治角度入目，注重其指斥時事，暴露官場黑暗，因事關政治大事，故易於記憶。官場交往，常涉及正邪曲直，且往往人命關天，故而易於逗起讀者的好奇心，易於記憶是自然中的事。

然而這僅是問題的一個方面。僅是一般小說都能做到的具有共性的東西，並非《金瓶梅》所特有。那麼《金瓶梅》描寫官場交往其獨到之處是什麼？它並不像一般的小說或只是將官府作為情節發展的一個環節，粗筆勾勒；或者作者的着眼點是官吏的貪婪殘暴、昏庸無能等自身的醜惡本質。這種描寫有的來源於情節發展的需要，即官吏活動只是充當某一情節運動不可少的環節，或者來源於作者頭腦中固有的諸如忠奸、善惡、是非一類觀念。因而它是觀念的並非生活的，是應需的情節而並非內在的性格。如《水滸傳》中的武松一案就是前一種粗略寫法。小說突出武松為兄報仇的英雄氣概，以寫武松為主，官吏只是陪襯，故而寫官吏之筆甚是粗疏，那陽穀縣知縣起初「貪圖賄賂」，完全替西門慶說話，令武松「不可造次」。當武松打死了西門慶，他的態度來了個180度的大轉彎，不再替西門慶說話，反念「武松是個烈漢」，「尋思他的好處」，把招狀改為「鬥毆」致亡。這個前後變化無必然的聯繫，西門慶的死不是導致其態度發生180度突轉的主要原因。那麼原因是什麼？唯一的解釋是根據情節發展轉換的需要而改變，情節的需要決定故事中人物處事的態度。再如《水滸傳》中的高太尉，一味作惡：「挾私報復」，迫害王進，縱子奪人嬌妻，設計陷害林沖。忌賢妒能，使楊志報國無門。其他如設計陷害武松性命的張都監以及殷天錫、高廉、鄭關西之屬，也多出於作者心中的善惡的觀念，將其寫成某類壞人。

《金瓶梅》作者筆下的官吏，卻並不是白臉紅臉分明，它比以往小說更生活化、更細膩、更真實。其最大的不同可概括為兩點。一是官吏的交往成了作者描寫的重點，突破了以往單一僵化的模式，有明顯的家庭化生活化傾向。二是人物道德面貌被代之而來的人情世理沖淡了。即作者不是用善惡的模型鑄人物，而是以人情世理寫官吏，使官吏交往人情化。今以《金瓶梅》中武松蒙冤案為例，略加剖析。

《金瓶梅》的作者對東平府知府陳文昭如何處理此案，做了詳盡的描寫，更典型地體

現出一部書寫官吏生活的新穎獨到處。這陳文昭「極是個清廉的官」。得知案情後，先將那隨案犯而來的清河縣司吏痛責了二十大板。憤憤說道：「你那知縣，也不待做官，何故這等任情賣法？」隨即「用筆將武松招供都改了」，換了副輕罪枷。並行文令清河縣提拿西門慶與潘金蓮。這些加入的筆墨極寫陳文昭為官清正，依法據理而不「任情」。接下去作者用一大段篇幅描寫圍繞此案而進行的人情往來。

> 早有人把這件事報到清河縣，西門慶知道了，慌了手腳，陳文昭是個清廉官，不敢來打點他；只得走去央浼親家陳宅心腹，並使家人來旺星夜來往東京，下書與楊提督。提督轉央內閣蔡太師，太師又恐怕傷了李知縣的名節，連忙寫了一封緊要密書帖兒，特來東平府下書與陳文昭，免提西門慶與潘氏。這陳文昭原係大理寺寺正，升東平府府尹，又係蔡太師門生，又見楊提督乃是朝廷面前說得話的官，以此人情兩盡了，只把武松免死，問了個脊杖四十，刺配二千里充軍。

與《水滸傳》相比，這裏的武松並未吃到更好的果子，並未沾這個清官寸絲便宜。然而讀來反倒覺得這個府尹心地更善良，對武松更好。不要說陳文昭給恩師情面，無可指責，就是蔡京那麼做，也並不讓人感到多麼可恨。原因何在？國法、天理、善惡是非被親情、師生之情沖淡了。首先這種人情是親族間的，西門慶與他所求的陳洪是親家，陳洪與楊戩是親家，楊戩與蔡太師是同僚好友。親家有事相求，豈有不幫忙的道理？何況人命關天，又豈能坐視不救。若見死不救，必為無人性之禽獸耳！至於是非曲直，自然放在人情之後了。蔡京寄書有求於陳文昭，作為學生的陳文昭豈能將恩師的話置之度外！一日為師，終生為父，對師不敬猶如對父不孝。人豈能不孝！豈能做忘恩負義之徒！不孝也好，忘恩負義也罷，都是不道德的。法律在人情面前，在道德面前往往不得不讓步。故而陳文昭做到情、法兩盡，這個結果對於大多數讀者來說是可以接受的。

怪哉！一旦摻入「人情」這東西，徇私枉法、祖護惡徒竟變得合情合理了，「人情」多麼可怕啊！然而由於這東西已沉入民族文化心理之中，已成為這個民族的思維定式，成為以情為主導的價值選擇，人情在現實生活中司空見慣，讀者在閱讀中也可自然而然地接受，故而覺得格外地真切。一部《金瓶梅》中的官場交往情節皆從人情處娓娓道來，故而更家庭化、生活化，更細膩、更真切，給人的印象最深刻。

然而官場情節在一部書中僅占極小部分，更多的則是直接描寫人情故事的家庭情節、人物命運的情節、性愛情節、十兄弟情節等。如李瓶兒招贅蔣竹山，李瓶兒生子，應伯爵慶喜追歡，西門慶激打孫雪娥，官哥之死，李瓶兒之死，西門慶兩戰林太太，西門慶之死等。

我們不禁要問，以上情節何以能使讀者久久難以忘懷？何以感到那樣真真切切？因

為抓住了生活中最動人的東西，最能扣動人心弦的神經——人情。故而不僅彈出了一曲曲動人的美妙樂章，也敲出了一聲聲掀人情窟的鑼鼓。家庭中進進出出的人事往來出於人情；妻妾間的爭寵鬥勢也不過是尋知己，排異己，爭夜權，求寵愛，是女人中最實際的人情。男女情愛，則是人情之母，萬情之源，也是一部《金瓶梅》的主旋律。歡喜之情，怨恨之情，孤獨之情，悲苦之情，憤怒之情此起彼落，萬象叢生。有人說《金瓶梅》所表現的人情處處充斥着銅臭氣，極少真正的人情。此語差矣！孰不知金錢也是表達感情的一種方式，送禮請客也是人們感情交流的最有效的方式之一。當然最純真的感情是無價的，也絕用不着這種表達方式。然而對人的一生來說，具有純真感情關係者能有幾人？大量關係還需憑藉其他形式表達。所以將人與人間的關係只寫成純感情的顯然是理想主義的單純的不合實際的。而在顯示人的高尚情感的同時更廣泛地展示人情的多樣化，更合乎生活之實際，更給人以真切感。《金瓶梅》不以奇取勝，不以高大崇高取勝，卻以全面真實地展現一個民族最本質最普遍的東西，且能令讀者在不知不覺中受到感動和警示取勝。這正是這部書的最大成功，也是該書最富於文化價值的意義所在。

民族文化情結

「人情」二字，常掛嘴邊，如同熟悉日、月、山、河一樣，無人不知。然而對這兩個字真的較起真兒來，問其內涵有哪些？在中國人的生活中具有怎樣的作用？它在人文科學中隸屬於哪一學科？與其他學科到底是什麼關係？便又不能盡知其所以然，便覺得這兩個字那樣地陌生，那樣地高廣，不失為中華民族文化沃野中一塊未被人用心開發過的新大陸。我感覺到這些問題理不清，《金瓶梅》一書巨大的文化價值就難以從根本上發掘出來。

何謂「人情」？一言以蔽之：人的感情。是人與生俱來的情感。《說文解字》曰：「情，人之陰氣有欲者。」《禮記·禮運》云：「何謂人情？喜、怒、哀、懼、愛、惡、欲七者弗學而能。」人有欲求，必有追求欲望的實踐，而這種欲望追求過程的狀態與欲求目的之間的距離便形成了人的喜、怒、哀、懼、愛、惡等種種情感。不過人的情感表現豐富多彩，人情的內涵遠非七種情感所能包攬無餘。豐富的人情有不少共同性的東西。如人們常說的「人之常情」。一方面由於人與人有許多共性的東西，另一方面相同的生存環境更易促成人的共性在認知上的珠聯璧合和情感共震，如愛名聲，愛生命，孝敬父母，有恩必報等等。中國古代文化是建立於家族血緣關係基礎上的文化，故而人情，最基本的內容是血緣之情，包括夫妻之情、父子母子之情、兄弟姐妹之情等親人之情；家族血緣關係的外延擴展為鄉邦地域之情，同學之情，師生之情，朋友之情，君臣之情，

主僕之情。可以說有什麼樣的交往便有什麼樣交情與情分。

　　人情，乃人性的表現，凡有人群的地方無處不在，東方西方、南半球北半球無一例外。然而人情在中國社會中的表現與作用異常特殊，從而構成了中國文化特有的人情色彩。其特殊性突出表現為三個方面：其一，人情是中國人思維的出發點與歸結點。其二，在情、理、法三者中，人情在人們心中的位置居於理與法之首。其三，在人際交往中，「人情」始終起着事實上的主導作用。

　　在回答人是什麼這個問題上，亞里斯多德主張：「人是政治的動物。」蘇格拉底認為：人是一個對理性問題能給予理性回答的存在物。西方理性哲學家都接受了蘇格拉底的這一觀點，一致主張「人是理性動物」，或是「文化的動物」。中國哲學家對人的回答更多地傾向於「人是感情的動物」的結論。《說文解字》：「人，天地之性最貴者也。」〈禮運〉曰：「人者，其天地之德，陰陽之交，鬼神之會，五行之秀氣也。」又曰：「人者天地之心也。」「心」是精神的，更是情感的，是人的欲望之源，情緒之母，喜怒哀樂無不生於「心」。

　　上古父系制時代是中國文化的成型期，家庭血緣關係給予中國文化的影響是深重的，它成為這個東方文化的基礎，不但將自身的血液輸送給了正在形成中的文化肌體，而且塑造了這個民族文化的外形與性格。古人所嚮往的三皇五帝的「大同」社會，正是一個以家族血緣為基礎的氏族公社化式的社會，每個社會成員就像家庭中的一員一樣，左右相親，上下有序，人人和睦相處。孔子的以仁為核心的道德學說，也正是由己及人，由家庭推及邦國，由父慈子孝推及君愛臣忠，由兄弟之悌，推及朋友之信；由理家推及治國。孟子所主張的「老吾老以及人之老，幼吾幼以及人之幼，天下可運於掌」[1]的仁政理論更鮮明地體現出「推己及人」，推家及國，由親情推及社會人情的思維路線。中國傳統的用世哲學向來是「修身、齊家、治國、平天下」。「修身、齊家」的思維基點無疑是家庭，那麼治國平天下的目的又是什麼呢？孟子曰：「明君制民之產，必使仰足以事父母，俯足以畜妻子，樂歲終身飽，凶年免於死亡。」所思慮者父母妻子，一家之人，何以使其溫飽，免於死亡的方法。家庭既是思維的起點，又是最終的歸宿。而家庭又是男女之情在特定婚姻制度下產物，即由男女之情而滋生出夫妻之情、父子母子之情，兄弟姐妹之情。怪不得明清時代不少文人悟出「六經皆情教」的道理來。「六經皆以情教也，《易》尊夫婦，《詩》有關雎，《書》序嬪虞之文，《禮》謹聘奔之別，《春秋》於姬姜之際詳然言之。」[2]六情何以皆情教呢？因「情始於男女」，天地是個大夫婦，有

1　　《孟子正義・梁惠王上》。

2　　馮夢龍《情史・詹詹外史序》，長沙：岳麓書社，1986 年，頁 3。

天地方有萬物，有男女方有眾生。於是男女之情「流注於君臣、父子、兄弟、朋友之間而汪然有餘乎！」[3]馮夢龍將六經所據之情與所言之情混為一談，又將六經所言之情皆歸為男女之情，這無疑偏狹了些。然而他的「六經皆以情教」的立論是大膽的。他甚至認為天地間皆情也，因此他也要仿效聖賢，不以德教而立情教。

> 天地若無情，不生一切物，一切物無情，不能環相生。生生而不滅，由情不滅故。四大皆虛幻，惟情不虛假。……我欲立情教，教誨諸眾生。子有情於父，臣有情於君。推之種種相，俱作如是觀。[4]

馮夢龍的如是說可能是對儒學德教的反撥。因儒家的德教多少帶有禁欲主義的色彩，尤其到了宋代以後的理學，那種「存天理，滅人欲」的禁欲成分走向先秦儒家的反面。然而儘管如此，理學依然是建立在家族血緣親情基礎上的，依然是以人情作為其理論思維的出發點與歸宿的。德教也罷，情教也罷，都分別從兩個方面說明人情是中國人傳統思維的核心。

人際關係中的上帝

人情在人們的行為中所起的作用非同尋常，猶如情感在人們思維中所起的作用一樣，它總是或明或暗地充當着幕前、幕後總指揮的角色。這種情形源於中國的社會制度與產生這個制度上的文化。

中國是一個政治的國度，「普天之下，莫非王土。四海之濱，莫非王臣」的家天下的政治體制，長治久安的最高政治理想，使得政治行為成為一個國家至高無上的行為，同樣從事政治活動的官吏自然就是地位最高的公民、百姓的「父母」。而讀書人「士」並不是以創造知識、發展科學為天旨，而是以「兼濟天下」的政治行為和「獨善其身」道德行為為終生使命。這種情形一方面造成政治學說的畸型發達和自然科學與社會科學的軟骨病。另一方面，所謂的法律，所謂的天理，只不過是統治者為自己的統治隨意製造出來的玩意，不受科學性的制約，隨意性很大，也即人們常說的古代中國是「人治」而非「法治」，也非「理治」。所謂「人治」，則是人情之治。首先法律的權力並非至高無上，不但皇帝的「金口」可以憑着經驗或心血來潮隨口吐出法律，乃至在動亂年代或法律鬆弛的朝代，權勢大的執法官也可以隨意弄出些「法律」來。所以法律不過是統

3　同註2。

4　馮夢龍《情史·龍子猶序》，同註2，頁1。

治者為了自己的統治而隨意捏造出來的玩意兒。自古「刑不上大夫」，當然更不敢拿皇帝開刀。至於大臣被治罪並非依據什麼法律，而是依據皇上的情緒。一句話，所謂「法」，是統治者用來統治百姓的。這勢必造成在法律面前人與人的不平等，造成權就是法，錢就是法，情就是法的種種怪而不怪的現象。在處事、判案過程中，常遇到情、理、法三者相互矛盾的情形，何者最終起決定作用，自然是因人因事而定。然而一般說來往往人情處於理之前，而理則置於法之首。《三國演義》中關羽與執法的軍師孔明立下生死軍令狀，若放走曹操當斬。果不出孔明所料，關羽華容道釋曹，劉備卻為關羽說情，孔明照顧君臣之情，只得作罷，人情取代了軍法。《水滸傳》中的宋江是位刀筆吏，深曉法律，卻一怒之下殺死了情人閻婆惜，那是基於與晁蓋的兄弟之情義，也是人情戰勝了法律。《金瓶梅》中這類的例子俯拾皆是，如花子虛案，辦理此案的是開封府府尹楊時，這楊時也「極是個清廉的官」，花子虛捎信於李瓶兒，李瓶兒仰求西門慶，西門慶托蔡太師，蔡太師捎去一封人情柬帖。因這蔡太師是楊時的「舊時的座主」，「如何不做份上」？「把花子虛一下也沒打」，便放回清河縣家中。起作用的還是人情——師生之情。……「理」「法」一旦遇上人情，就無可奈何，就不那麼神聖了。古代如此，現在何嘗不是如此。電影《秋菊打官司》中的秋菊，丈夫被村長一腳踢傷了下處，秋菊定要討個「說法」，這是講「理」。講理不成，才去法院告狀，說明這個女子頗有法律的頭腦。然而當她勝訴後，公安局的人將村長逮走了，她又十分懊悔，她只是想討個說法，並沒讓抓人。由此看來鄉土之情重於法。在西方，三者在人們心中的位置是按法、理、情的先後次序排列的。而在中國則翻了個兒，變成了情、理、法。這種傳統的民族文化心理，傳統的思維習慣，看來一時難以徹底改變過來。

人情在中國社會中起着極重要的作用，還有另一個重要原因。即人情是人性在道德壓抑得喘不過氣來情況下的一種自我解脫方式。人情這東西不是來自書本，也不靠「修養」獲得，不靠理性的強化，不靠塾師傳授，而是生活在現實社會中人自生自長的。它生發於這塊土地的人群之中，生發於民族文化心理的深層世界，是在古代社會特定的文化機制中，在漫長的歲月裏形成的最實際的處理人事關係的準則。因為封建社會要求每一個公民按照道德禮義行事，而統治者的道德一向主張禁慾，以群體排斥個體，否定人的私心、私慾的合理性，甚至排斥物質利益，扭曲人性，日漸脫離人的生活實際，也日漸成為一種虛設，一種擺樣子的空架子。即人們在處理實際事務中即要打着德禮的招牌，又不可能完全按那虛套的東西行事，必然尋找更實際的處事原則。此時是「人情」這種帶有濃厚的感情色彩和現實功利意味的東西，便迎合着人們處理事務的需要從道德與理法的夾縫中孳生出來，在人們的生活中實際上起着支配作用。無疑人情的作用對於道德、政治制度、法律，對於一切現有的秩序有着巨大的衝擊力和破壞力。

百回巨著的情源文心

　　一部好的文學作品都有一個「文心」，即作者思維的核心點，情意的着意處，文心往往成為一部作品的靈魂，區別其他作品的標誌，一部書的主要價值所在。以古代六大小說為例。《三國演義》的文心是「智」，作者雖也寫了與之相關的「義」「勇」和「仁」等內容，但「智」在「義」「勇」「仁」等之上，是一部書的主旋律。將「智」抽掉，一部《三國演義》便失去了靈魂。《水滸傳》的文心是「義」。「亂自上作」的「亂」，「官逼民反」的「反」，皆基於「義」；眾英雄「歸水泊」，也是基於「義」；「義」是一百零八位英雄的凝聚力，一部書的靈魂；沒有它，只有「忠」「孝」，便不再是《水滸傳》，而是《蕩寇志》。《西遊記》的文心是「才」。一部書不過寫「才得」「才爭」「才用」。《儒林外史》的文心是「道」，具體說是文人的人格。全書表現的是儒士在「勢」與「道」的矛盾、困惑下的種種心態。而作者則是站在「守道」不為「勢」所驅使以及維護人格尊嚴的高度去評判筆下人物的。《紅樓夢》的文心是「真情」。作者以飽蘸情淚之筆寫出了自己親身經歷的幾個異樣女子的「真情」，描述了「水做的骨肉」被污濁社會蹂躪的悲劇。

　　那麼一部《金瓶梅》的文心是什麼？我以為是「人情」。西門慶靠他深通「人情」發家，而他一死，樹倒猢猻散，顯出那世態炎涼來。同時也揭露出當時社會「人情」的本質：勢利與互利。

　　說「人情」是此百回巨著的文心，絕非心血來潮。它具體體現於作者的思維方式、情節構思、故事特徵諸多方面。

　　《金瓶梅》最突出的特徵是寫家庭。人們注意從題材上發掘它的意義，說它是我國第一部以家庭生活為題材的長篇小說，開闢了中國小說家的新視野。然而問題是作者為什麼以家庭生活為題材，為什麼有這一新的開闢呢？我們必須注意一個更重要更有意義的事實：《金瓶梅》作者思維方式的新變。他將家庭血緣關係作為自己思維的起點和核心，由一家再現天下國家。這一思維方式與思維路線同儒學創始人的仁政學說的思維方式、路線是完全相同的。然而又有兩點創新：一是着眼點不同，不是着眼於如何維繫家庭得以穩定和睦的道德手段，而是家庭在社會關係中如何得以發展，不斷取得更高社會地位的方法，即以發家興業為主要描寫內容。二是側重寫建立在家族血緣關係上的「人情」：夫妻之情、男女性愛之情、兄弟之情、朋友之情、裙帶之情、父子（義父義子）之情、師生之情、同僚間上下之情等。這兩點創新，使《金瓶梅》具有了嶄新文化意義和從未有過的新視角新深度。記得黃霖老師曾說過一句頗有史識的話：從我國小說發展歷史來看，其描寫的對象從神到人是一個進步；從超人到凡人又是一個進步；再到側重刻畫「人

情」，又是一個進步。由此觀之，《金瓶梅》的確開創了一個時代，一個寫商人發家興業的時代，一個通過家庭血緣關係解剖整個社會人際關係並進而揭示人情在整個社會生活以及在中國政治文化中巨大作用力的時代，一個文學創作思維方式變革的時代。

《金瓶梅》的作者是以「人情」來結構全書的故事情節的。歷時性地看，全書情節的縱向結構由兩類人情構成：人情的奇妙魅力與人情的世態炎涼。做共時性剖析，便發現男男女女、大大小小、形形色色的人物分別由諸如夫妻之情、性愛之情、主僕之情、兄弟之情、朋友之情、裙帶親戚之情等五顏六色的絲線交織在一起，人情規定着人物的活動、決定着情節的走向。

與作者的這種構思相聯繫，小說中故事敘述的重心與其他小說也大為不同。不是峰迴路轉、異峰突起，或一連串的發現突變；不是故意賣弄說書人的設扣子式的技巧，埋下種種懸念；也不是突出人物的英雄氣概；而是着重細緻地剖露人情的秘密。人情的內容是每個故事表現的重心。誠如張竹坡所言：「做文章不過是情理二字。今做此一篇百回長文，亦只是情理二字。於一個人的心中討出一個人的情理，則一個人的傳得矣。雖前後夾雜眾人的話，而此一人開口是此一人的情理，非其開口便得情理，由於討出這一人的情理方開口耳。是故寫十百千人皆如寫一人，而洋洋乎有此一百回大書也。」[5]確如張竹坡所言，作者敘事以「情理」為思維中心。心中時時想着情理，故筆下處處敘述情理之事，滿篇故事皆是情理。譬如第 33 回寫王六兒與小叔子韓二搗鬼通姦，作者並不詳寫通姦過程，而是在通姦者與捉姦者雙方家人怎樣四下活動上下求人情以及執法者怎樣徇情枉法上用意潑墨。先是韓道國見老婆與兄弟被一起捆在鋪子裏慌了，心中沒了主意，先找來保商量。那來保常往京中替主子辦事，眼界大，法子多，一聽此事猶如孔明隆中對一般，三言兩語便將此事的關竅說了個透亮：「你還早央應二叔來，對當家的說了，拿個帖兒對縣中李老爹一說，不論多大的事情都了了。」於是韓道國跪求應伯爵，答應「事畢重謝」。那應伯爵是在人情道上走熟了的人，便教韓道國如何隱瞞實情，只說街坊光棍欺負你娘子，兄弟相救，反被捆打。「不教你令正出官，管情見個分上就是了」。於是兩人一起來求西門慶。西門慶手中有權，哪裏還用再求知縣？為了情面，也顧不得什麼越俎代庖了，便對伯爵道：「比是我拿帖兒對縣裏說，不如只吩咐地方改了報單，明日帶來我衙門裏發落就是了。」於是西門慶下令放了王六兒。第二日一群小伙反被西門慶堂上用大刑，「一夾，二十大棍，打得皮開肉綻，鮮血迸流，……號哭動天，呻吟滿地」並隨即收監。還要將他們判為徒罪。「四家父兄都慌了」。有拿錢央及夏提刑的，夏提刑勸他們「尋人情」和西門慶說。「也有央吳大舅出來說的」，卻不濟事。四位家

5　張竹坡《金瓶梅讀法·第四十三》。

長越發急了，湊在一起商量，大家每人拿出十兩（共四十兩）銀子，央應伯爵對西門慶說（他們哪裏知道事有今日，皆是這位「恩公」的鬼點子）。應伯爵拿出十五兩，去求西門慶身邊的書童。書童只拿出一二兩銀子買了些酒肉請人做了，送於李瓶兒房中，央李瓶兒對西門慶說。李瓶兒的話兒西門慶哪有不聽的？西門慶升堂，提出一干人犯，大聲喝道：「我把你這起光棍！如何尋這許多人情來說？本當都送問，且饒你這遭。」這位朝廷命官在大堂之上放犯人，不講法律條文，卻大言不慚地說，因得了許多人情，才饒了他們，真可謂天大的諷刺。這種諷刺效果也正是作者花了大量筆墨方得到的。

　　《金瓶梅》寫人情故事有明寫也有暗寫。明寫往往是故事的高潮，而暗寫常常是餘波蕩漾，令人回味無窮。一部《金瓶梅》處處是人情故事，處處洋溢着人情的冷暖。如小說第35回，「西門慶挾恨責平安，書童兒妝旦勸狎客」便是暗寫西門慶的愛憎、人情之冷暖。這回所敘故事正是前兩回人事的餘波。看大門的小廝平安，是位不識好歹，不能「見景生情」的人。書童受主人寵愛，他心中不憤，應伯爵為幾個捉姦的後生向西門慶說情，送銀子給書童。書童置辦酒菜送與李瓶兒，後又請家中小廝，因單單忘了請他，他便滿肚子怨氣。後到書房送帖子，知道了西門慶與書童的秘密，遂一五一十地告訴了潘金蓮，想讓這位主子為他出氣。此事被另一位名叫來安的小廝透露給了書童。書童向西門慶訴說平安如何欺負他。第二天，西門慶藉口平安放進了白來創，便喝令排軍動刑，捋了平安一捋，敲了五十敲，打了二十棍，打得小伙「皮開肉綻，滿腿杖痕」。那平安最終不知因何挨打。接下來便是韓道國送來一擔謝禮，西門慶回絕了，只收了「鵝酒」，還請應伯爵、謝希大和韓道國一起吃酒。席間應伯爵逼着書童妝小旦唱南戲，而後一個勁兒誇讚書童，請西門慶對他另眼相覷。伯爵道：「我倒說句正經話，你休虧了這孩子，凡事衣類兒上，另着眼兒看他。難為李大人送了他來，也是他的盛情。」西門慶哪裏知道，這應花子是在向書童獻媚，感謝書童幫忙，讓他賺了二十多兩銀子。他這幾句話，書童不知如何感激呢，其效果比送魚鴨酒肉不知好多少倍。席間又發生一件人情事。輪到賁四表演節目，那賁四說了個笑話，被應伯爵當即抓住把柄，幾句話把賁四嚇得「臉通紅了」，一時坐立不住。回到家慌忙拿着五兩銀子到應家磕頭謝罪。原來應伯爵見西門慶讓他在墳上管施工，有很多銀子賺，西門慶蒙在鼓裏，所以應伯爵用言語嚇嚇他。那賁四本是應伯爵向西門慶推薦的，賁四平日人情未到，應伯爵故意給他點厲害瞧瞧。書中這段文字並無「人情」二字，然卻處處從人情處着眼，一舉一動都是人情。誠如馮夢龍〈情史序〉所言：「萬物如散線，一情為線索。」[6]這種將故事寫成情事，正是《金瓶梅》故事敘述與眾不同之處。

6　馮夢龍《情史·龍子猶序》，同註2，頁2。

我們不妨留意這樣一種現象：《三國演義》中作為敘述中心的蜀國的發展靠的是諸葛亮的智慧與忠心；水滸梁山事業之興旺靠的是晁蓋、宋江的重義氣與對好漢的寬容厚待；唐僧師徒四人西天取經，靠的是孫悟空的超凡本領；賈寶玉與林黛玉的悲劇與他們的清醒與癡情不無關係……那麼西門宅的興旺發達靠的是什麼？或者說作者是從哪個角度表現的？回答是人情。我們暫時拋開道德評判，只將西門慶視為一個商業較為發達的城鎮中的商人，便不難發現，他是一位深諳人情世故的精明的商人，一位看透中國官本位社會之秘密的高人，一位眼觀六路耳聽八方的長於社會交往的交際家，一位事業上的成功者（當然也有許多奸巧毒狠的手段）。他起初的條件並不好，一個藥鋪到他死時只值五千兩銀子，最早的資金規模不過幾百兩（李瓶兒為蔣竹山在門前開的生藥鋪只有二三百兩銀子，在玳安眼裏已是「老大一個藥鋪」了，西門慶的生藥鋪起初只雇着傅夥計一人，想必也不會大到哪去）。在商業發達的清河縣，有如此資本的人可成群地數。西門慶所以能發展到擁有十餘萬兩銀子（不包括固定資產）的大商人，靠的正是他對人情事故的精熟和善於廣交朋友。僅從他將女兒嫁給與楊戩、蔡京有連襟關係的陳宅一事，也足見其眼光遠大、志向非凡，從而奠定了他以後結交京中權貴，發展在官場交往的人事基礎。結交蔡狀元、翟謙等，同樣看出他是一位具有清醒的人情意識和做大買賣氣魄的商人。西門慶事業的成功得力於他的廣泛交往，得力於他的人情投資。

一部《金瓶梅》無處不是人情。不過除西門慶與李瓶兒的男女真情、西門慶與吳月娘的夫妻之情外，《金瓶梅》揭示了那個時代人情的功利性，許多人情是建立在金錢關係基礎上的。不但西門慶與翟謙的關係如此；由翟謙介紹去的蔡狀元與安枕的打秋風如此；此後，安枕一次次地央西門慶宴請來山東的官吏或代他們為任滿的地方官餞行，也無不如此。官吏看上了腰纏萬貫揮金如土的西門慶，西門慶也想借用他們手中的權勢。應伯爵與西門慶的頻繁往來，幾無一次不是為錢，得到一些中人的好處，或藉機吃喝玩樂。至於李桂姐、鄭愛月、王六兒之類女人巴結西門慶純是錢色交易。一邊在床上做着愛，一邊談着生意，就連那一顰一笑，也無不流露着錢財情，充溢着銅臭氣。所以他一倒下，妻子們便叛的叛，嫁的嫁，兄弟有出賣者（應伯爵）、恩將仇報者（吳典恩）、欲奪妻霸財者（雲離守）；就連最信賴的夥計也拐財的拐財，欺主的欺主……，真是牆倒眾人推，飛鳥投林，各奔東西，世態炎涼足令人驚出一身冷汗。《金瓶梅》的作者在自然而然的敘述中揭露了中國社會是個人情的網，是個事事處處講人情的海洋，人人處在其中，想逃避都逃避不了。在那五光十色的人情世界中，在那無休無止的來往應酬的人事情理中，錢權交易、財色交易對社會風俗，對政治機體，對道德法律，無不具有極大的破壞力。誠如《金瓶梅》作者所言：

公道、人情兩是非，人情公道最難為。若依公道人情失，順了人情公道虧。

表現出作者對人情既恨又戀的矛盾心理。不過人情是位隱形的魔王，人跡所到處無不飄盪着它的幽靈。比之政治批判小說如《水滸傳》《儒林外史》、「四大譴責小說」以及大量的道德說教小說來，《金瓶梅》對中國社會的認知，對傳統民族文化內在本質中惡因素的揭露要深刻有力得多。

的確，以往的長篇小說沒有一部像《金瓶梅》這樣用百回篇幅去寫「人情」二字，且寫得那麼窮形盡相、活靈活現。魯迅稱之為「人情小說之祖」，可謂慧眼獨具。然而對這個問題，長期以來，我們未能沿着魯迅的思路挖下去，沒有將「人情」當作這部書的「文心」看待，而是轉向政治層次、道德層次和哲學層次的研究上了，繞來繞去，繞出了核心地帶。

或許有人說，《金瓶梅》以後的世情小說也寫了人情，寫人情非《金瓶梅》所獨有。這話不假，其實何止人情小說，明末以後的小說發展由於出現了人情小說與他類小說的合流，每部小說幾乎都多多少少涉及「人情」的內容。然而有兩點需要加以分辨，一是一部長篇巨制着意寫「人情」，《金瓶梅》開其端。二是此後小說中對「人情」的描寫，往往偏向一端，皆不及《金瓶梅》深廣。《醒世姻緣傳》與《續金瓶梅》滑向了因果報應的善惡評判中，自無須多論；《禪真逸史》《禪真後史》神道氣沖淡了人情味；《檮杌閒評》繼承了《金瓶梅》的真精神，但偏重於政治領域；才子佳人小說轉向男女真情之一端；《儒林外史》描摹了男人的世界，且更多讚美道德理想；《紅樓夢》多講「童心」，將「人情」來了個沙裏澄金，淘清去濁，珍惜大觀園內少男少女純潔真摯的心靈世界，厭惡污濁的世情。雖說多了詩意哲思，更具有藝術的美，但淡化了世俗味，缺少了《金瓶梅》人情世界的渾濃。由此可見，「人情」不僅是一部《金瓶梅》的文心所在，也是這部書文化價值的獨特處，它像一把解剖刀，直戳民族傳統文化肌體的深處。因此對《金瓶梅》的闡釋理應從這個角度深挖下去。

財色人生的反思

　　《金瓶梅詞話》（以下簡稱《詞話》）在對世俗社會如實地描摹中，自然而然地流露出了一種既充溢着時代氣息又殘留着歷史陳跡的多維的思想觀念。其中，既有儒家的又有釋道兩家的，還有城市商品經濟發展到出現資本主義萌芽期所表現出來的異乎於以往的重視個性、肯定人欲、無所顧忌地執着追求快樂幸福的新意識。作者正是以這種新意識為基礎，納融整合了儒、釋、道思想，形成了以探討人生為主體的思想結構。這一結構表明：《詞話》既不是單純地「說佛、說道、說理學」（清·紫陽道人語），也不是「全部地否定了儒家和佛教的道德觀」（日本·池本義男語）；既非政治小說，也並非沒有表現理想；而是以晚明進步哲學思想為指導，從財色追求、生命追求、道德追求、理想追求的不同層次全面探求人生的小說。

一

　　中國古代的哲學思想就對人的探討而言，大體可分為三大體系：重視個體生命、追求肉體和精神長久快樂的個體性命哲學（包括莊周、楊朱、道教、告子、荀子、李覯、李贄等重視個體生命的人生觀）；儒家重群體、輕個體，追求政治久安、道德完善的政治道德學說；佛教犧牲人的現世快樂、希冀來世幸福、精神永恆的理想主義。三大思想自中唐以後日趨融合，到了明代後期由於受以李贄為代表的人文啟蒙思潮（近代化系統化的個體性命哲學）的衝擊，舊的思想結構發生了新變，《詞話》正是這一新變的藝術反映。

　　首先，個體性命之學在《詞話》中表現得異常鮮明突出。個體性命之學認為人的生命是第一重要寶貴的。人來到世上就是為了尋求享樂、幸福。追求享樂幸福的一切欲望都來自人的天性。「則人之生也，奚為哉？為美厚爾，為聲色爾。」[1]「耳不樂聲，目不樂色，口不甘味，與死無擇」。[2]「若夫目好色，耳好聲，口好味，心好利，骨體膚理好

---

[1]　《列子》卷七，《四部叢刊》景北宋本。

[2]　呂不韋《呂氏春秋》第二卷〈仲春紀第二〉〈情欲〉篇，《四部叢刊》景明刊本。

愉佚,是皆生於人之情性者也。」[3]李贄也認為「好貨」「好色」是人的天性。《詞話》於第一回回首詞下寫道:「此一只詞兒,單說着情色二字,乃一體一用。故色絢於目,情感於心,情色相生,心目相視,互古及今,仁人君子弗合忘之。晉人云,情之所鍾,正在我輩,如磁石吸鐵,隔礙潛通。無情之物尚爾,何況人終日在情色中做活計。」這便是說情色乃心目所生,人有心有目必有情色,仁人君子也不例外。吳月娘勸西門慶少幹幾椿貪財好色的事,西門慶笑道:「你的醋話又來了。卻不道天地尚有陰陽,男女自然配合。今生偷情的、苟合的,都是前生分定,姻緣簿上注名,今生了還。難道是生刺刺,胡謅亂扯,歪斯纏做的?」這分明是作者藉西門慶之口用傳統的自然觀、佛教的輪迴說為人的色情之欲辯護。當陳經濟前去勾引改嫁了李衙內的孟玉樓時,文中道:「看官聽說……當時孟玉樓若嫁得個癡蠢之人,不如經濟,經濟便下得這個鍬鑔着。如今嫁個李衙內,有前程,又是人物風流,青春年少,恩情美滿,他又勾你做甚?」言外之意,女人若嫁的漢子不稱心,再勾個如意的風流郎君,也合乎人情。這種性解放的觀念真有點近代味道呢。

個體性命之學為了「存我」「保生」,進而提倡「全性之道」,即:節制一切損害人的生命的嗜欲,以保全壽命久長,達到長久享樂的目的。「是故聖人之於聲色滋味也,利於性則取之,害於性則舍之,此全性之道也。」[4]得「全性之道」則「生以壽長,聲色滋味能久樂之。」[5]《詞話》中有不少勸人節欲的說教,如「爽口物多終致病,快心事過必為殃。」(第79回)「在世為人保七旬,何勞日夜弄精神。」(第97回)正是作者講求「全性之道」思想的體現。至於以讚賞態度塑造了吳神仙、潘道士、吳道官、黃真人幾個道家形象,把相面算命、解禳、齋醮等道術、儀式描述得那樣靈驗、神聖,正說明作者對道教的信好。

其次,《詞話》宣揚了佛教的人生觀。其內容集中表現在兩個方面。一是教人如何修心積善,以便得力於佛的幫助,解脫罪孽,獲得幸福。二是宣揚「天道」觀,強調佛對人的行為的監視功能和善惡必報的力量。佛教認為:「業有三報,一曰現報,二曰生報,三曰後報。現報者,善惡始於此身,即此身受。生報者,來生便受。後報者,或經二生三生、百生千生,然後乃受。」[6]《詞話》第75回直接引用《太上感應篇》中的話說「善有善報,惡有惡報,如影隨形,如谷應聲」。表明作者對因果報應論的崇信不疑。

3　荀況《荀子》卷十七〈性惡篇〉,清抱經堂叢書本。
4　呂不韋《呂氏春秋》第一卷〈本生篇〉,《四部叢刊》景明刊本。
5　呂不韋《呂氏春秋》第二卷〈仲春紀第二〉〈情欲〉篇,《四部叢刊》景明刊本。
6　釋僧佑《弘明集》卷五〈三報論〉,《四部叢刊》景明本。

這一思想集中體現於作品的藝術構思和人物形象之中。潘金蓮以殺武大始，以被武二所殺終；李瓶兒氣死丈夫，最終被丈夫的鬼魂索去了性命；西門慶殺人夫，奪人妻，落了個人財兩空不得子嗣的下場。而「好善看經，禮佛布施」的吳月娘因「平日一點善根所種」，感動了一尊活佛——普靜法師，藉法師佛力使西門慶等罪魂解脫冤愆，托生他鄉。自己也善終而亡。誠如欣欣子在〈金瓶梅詞話序〉中所言「淫人妻子，妻子淫人，禍因惡積，福緣善慶，種種皆不出循環之機。」

如何修心積善是作者着力表達的另一重要內容。《詞話》向人們提示了修善的兩種方法：心善與事善。心善指誠心向善。心若善，須先「心悟」，即靠心感悟佛理，靠「反心」使「心」從迷滯私戀中醒悟過來，超脫報應輪迴的痛苦。事善指做善事。在心善與事善二者之間，作者更強調心善是根本，認為無善心者即使做了善事也無濟於解脫惡報。西門慶募捐五百兩銀子修繕永福寺，刻印《陀羅經》五千卷，可謂施財行善了吧，而作者卻評論說「佛法無多只在心，種瓜種果是根因。……積善之人貧也好，豪家積業枉拋銀。若使年齡財可買，董卓還應活到今。」唯有心善而後做善事方能解脫輪迴之苦得到善報。吳月娘「為人一生有仁義，性格寬洪，心慈好善，看經布施，廣行方便。」（卜龜兒卦老嫗語。「仁義」與「心慈好善」屬心善，「看經布施，廣行方便」是事善）二善並行，終得善報。至於普靜法師岱岳東峰救月娘，永福寺薦拔群冤則體現了佛教「悲天憫人」「普救眾生」的思想宗旨。

也許有人會說《詞話》寫了一些和尚尼姑姦淫坑騙的種種劣行，並讓西門慶、小玉等人毀僧謗尼褻瀆佛教的神聖，正說明作者不信佛教。實則不然。佛教有三寶：佛、法、僧。僧不等於法，更不是佛。毀謗男女僧人與不信佛，不遵法，不能同日而語。作品處處宣揚修心積善、因果報應，怎麼能說不敬佛祖、不信佛法呢？敬佛、信法就是信佛教。

再其次，《詞話》中所表現的儒家的倫理綱常觀念比之以往的小說雖然顯得相對淡薄，卻依然可以尋覓到它的蹤影。儒家的倫理道德觀念集中體現在吳月娘的身上。她忠順於丈夫，堅守婦女的貞節，有凜然正氣。處事理家態度公允。對待下人寬容仁慈。對惡人口利心硬。孟子所言仁、義、禮、智「四端」：惻隱之心，羞醜之心，是非之心，辭讓之心，[7]可謂集於月娘一身。誠然，月娘並非沒有人性的缺憾，但像張竹坡把她評得那樣奸詐險惡，恐也有離於作者「樓月善良終有壽」的創作本意。至於作者以憂傷情調塑造的幾個清廉剛直的官吏形象，則使讀者意識到笑笑生對清官政治的渴望。

總之，晚明進步的人文主義思想與儒、釋、道的人生觀在《詞話》中程度不等地交

7　「惻隱之心，仁之端也；羞惡之心，義之端也；辭讓之心，禮之端也；是非之心，智之端也。」見孟軻《孟子》卷三，〈公孫丑章句上〉，《四部叢刊》景宋大字本。

織在一起，說它單純地說佛說道、說理學與評判它全部地否定了儒家和佛教的道德觀，同樣都是不全面的。

二

個體性命之學重視自我價值、肯定人欲的合理性與偏重道德、主張禁欲、視「好貨」「好色」為異端邪惡的儒、釋思想，成相互矛盾的態勢。它們之間有無相融的契合點，《詞話》又是怎樣將它們結構起來的呢？眾所周知，儒家思想重群體，強調把個體利益消融於群體利益之中，追求政治、道德的價值實現，忽視自我價值和生命層次的思考。以莊子學說為代表的個體性命哲學，重視個體生命價值，追求肉體和精神的自由快樂，彌補了儒家思想的缺漏，但又輕視社會和政治道德問題。佛教追求來世的幸福和精神永恆，卻要犧牲現世的享樂。而《詞話》所體現出來的蘭陵笑笑生的思想則是既重視自我的價值（包括生命的價值），肯定人欲的合理性，又考慮欲望實現過程中的社會道德要求，既不放棄現世快樂的可能，又追求來世的幸福。它是以個體性命哲學為基礎，容納、整合了儒、釋思想來考慮人生問題的。

在這部描寫人生的鴻篇巨制中，通過人物形象分析，令人感受最深的是：生活在世俗社會中的形形色色的人，無一不在考慮自身的現實利益；無一不愛財好色，為自己生活的快樂、幸福而奔忙。不要說西門慶、潘金蓮類是如此，就連作者有意塑造的善良的典型吳月娘、孟玉樓也不例外。吳月娘慫恿丈夫將李瓶兒的金銀珠寶抬入自己房中，卻千方百計阻止西門慶娶財寶的主人，不過是「乘機利其財」，「欲得此一宗白財」（張竹坡語）。孟玉樓愛嫁李衙內，是慕「衙內生的一表人物，風流博浪」，害怕守寡「耽擱了奴的青春，辜負了奴的年少」。足見笑笑生是把人的愛財好色視為每個人的天性而加以肯許的。這是作者對人的生存本性（財色追求）層次的思考。

同樣，人人都愛惜自己的生命，希求上天攘災降福、保壽長樂。而嚴酷的生活教訓戒示人們：財多惹事端，縱欲過度傷身早亡。因此，要實現長久快樂的目的，就必須將欲望調節到不損害壽命的適當限度（絕非不要欲望）。這便是笑笑生對生命追求層次的思考。西門慶死亡的直接原因吳神仙說得很清楚：「官人乃是酒色過度」，「當時只恨歡娛少，今日翻為疾病多。玉山自倒非人力，總是盧醫怎奈何！」不單吳神仙說得清楚，作者也講得很明白：「看官聽說，一己精神有限，天下色欲無窮。又曰嗜欲深者，其天機淺。西門慶自知貪淫樂色，更不知油枯燈盡，髓竭人亡。」《詞話》第1回將這一道理講得更全面：「說話的如今只愛這情色二字做甚？故士矜才則德薄，女炫色則情放，若乃持盈慎滿則為端士淑女，豈有殺身之禍。」可見「持盈慎滿」乃是笑笑生解決欲望

與生命關係的一個準則。

每個人都生活在社會中，必然存在着個體與群體的關係問題。作為個體的人需利己，作為群體中的一員則需利他，而調節個體與群體關係的起碼尺度，是利己而不損他。不損他為善，能利他則為大善。若侵犯、損害他人則為惡，為天道所不允。正如欣欣子在〈序〉中所言：「陽有王法，幽有鬼神所不能逭也。」這是笑笑生對社會道德層次的思考。《詞話》中所表現的道德觀念主要來自大乘佛教「慈悲喜捨」「自利利他」的教義，也有儒學中的仁慈觀念。第 46 回卜龜兒卦的老媼說吳月娘「為人一生有仁義……心慈好善……廣行方便」就包含着佛儒兩家的道德觀。吳神仙稱李瓶兒為「素門之德婦」，玳安對此解釋得更明白：「說起俺這過世的六娘性格兒，這一家子都不如他，又有謙讓，又和氣，見了人只是一面笑。……並沒有失口罵俺每一句奴才」，「又常在爹跟前替俺們說方便兒。」「這一家子，都那個不借他銀使，只有借出來，沒有個還進去的，還也罷，不還也罷。」也是從對待他人應仁慈、喜捨兩方面而言的。相反，對那些侵犯眾生、傷害他人的人一概視為惡人，並使他們受到種種報應。當然，有的也例外（如苗青等），但主要人物的善惡是非，作者已在書的結尾詩中做了定性的評判。詩曰「閒閱遺書思惘然，誰知天道有循環；西門豪橫難存嗣，經濟顛狂定被殲；樓月善良終有壽，瓶梅淫佚早歸泉；可憐金蓮遭惡報，遺臭千年作話傳」，詩體現了作者對生理和道德兩個層次的思考，李瓶兒、龐春梅的直接死因是淫佚過度。一個因「精漏了血管」「血崩而死」，一個「淫欲無度，生出骨癆病症」，「死在周義身上」，都違背了生理原則。而西門慶、潘金蓮、陳經濟曾害死他人性命，屬利己害人的惡人，受到現世或來世的惡報（如西門慶不存子嗣）。至於「仁慈」「好性」的吳月娘、孟玉樓則是一部書中善良的典型。足見作者愛善憎惡的態度十分鮮明。

自從人生有前世、今世、來世，身死靈魂不滅可入天堂的觀念被人們普遍接受以來，追求今世與來生的幸福便成為人生的最高理想。《詞話》以「吳月娘聽尼僧說經」「月娘聽演金剛科」「吳月娘聽宣黃氏卷」等醒目標題，不厭其煩地大段記述身處富貴鄉的佛祖們如何修行來世成正果進入極樂世界的故事。意在告誡人們不要「只顧眼前快樂，不知身後如何」。還應修行積善，取得來生快樂。「守着一庫金銀財寶」的吳月娘因「心慈好善」「看經布施」最終感動普靜法師超脫眾魂靈的情節，正是作者上述思想的藝術表現。這是作者對理想追求層次的思考。

如上分析，我們可以看出《詞話》所反映出的蘭陵笑笑生的思想結構以對人生的追求為軸心，形成了如下四個層次：財色追求層次；生命追求層次；道德追求層次；理想追求層次。「好貨、好色」的財色追求發自人的天性，是人生追求的動力源。他遵循快樂的原則，目的在於達到欲望的滿足。生命追求來自人的生存欲與安全欲，遵循保養身

體以求長生的生理原則。它調解人的財色欲望，使之達到既快樂又久長的適度。道德追求層次是對人的欲望作現實的社會性的思考，避免善良人實現欲望的權力受到侵害，它遵循社會道德原則，調整個人欲望與他人欲望的關係，目的是使每一個社會成員都能實現自身的欲望，而絕非禁欲。理想追求層次則是對人生追求的超現實的思考，目的是使人的欲望在佛力幫助下超脫、昇華、傳遞，求得永世的快樂，遵循的人世輪迴的理想原則。它一方面以善惡衡人，藉助超自然的力量對不合理的欲望給以精神上的壓力，一方面又給人的欲望以精神的吸引（作者認為享受食色娛樂的人只要真心向善，同樣可以成正果，如五祖、黃氏女等。）作者這一以人生追求為軸心的思想結構是對向逆反的。一邊是肯定，一邊是調節；一邊是吸引，一邊是壓力；一邊是善報，一邊是惡報。其思想結構圖示如下：

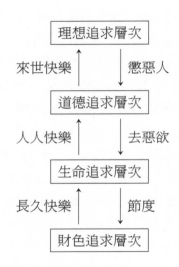

節度、去惡欲、懲惡人，雖然是對人欲的刪擇、調節，但目的是為了實現長久的、人人的、來世的快樂，與佛教的「禁欲」和儒家的「滅人欲」有根本的不同。《詞話》中眾多的人物形象說明這樣一個道理：追求生活的快樂幸福是人的天性，只要不違背生理原則，不損害他人的追求，便可獲得長久的快樂（如吳月娘、孟玉樓、玳安、王六兒等）。反之，淫佚過度違背生理原則，侵犯、損害他人的追求，便當遭到種種惡報（如西門慶、潘金蓮、陳經濟、李瓶兒、龐春梅等）。

有一種觀點認為《詞話》沒有表現理想，或者說作者根本沒有什麼理想，有的只是自然主義的摹寫。這是不符合作品實際的。應當看到《詞話》作者審視生活的視角和由此表現出來的價值觀念與以往的長篇小說有很大的不同。它不是描繪神話式、演義傳奇式的詩化生活，表現英雄（歷史英雄、神魔英雄、草澤英雄）們的豐功偉業，尋求其政治歷

史價值，宣揚自己的社會政治理想。而是以隨筆式的細膩筆觸如實地再現現實社會芸芸眾生的喜怒悲樂、人情世理，以探求人生的真諦。笑笑生以生命哲學為核心，融納儒、釋思想，意在尋求一種既利己，又利他，樂身卻不傷身，既要今世長久享樂，又希冀來世善報的自在、快樂、幸福的人生。這一點還可以從《詞話》開卷的一篇名為〈新刻金瓶梅詞話〉的詞所描繪的生活情趣中，以及小說對吳月娘、孟玉樓、玳安、王六兒等人物生活歸宿的交待中得到證實（限於篇幅不再論述）。當然，《詞話》所表現出來的人生理想帶有信仰得救成分和宗教虛枉色彩，但它畢竟是那個時代人生的一種嚮往。

有的研究者從政治角度觀察分析作品，以西門慶結交權貴的情節為依據，認為《詞話》是一部暴露明代後期吏治黑暗政治腐敗的政治小說，雖有一定道理，但卻忽略了這樣一個事實：《詞話》以主要篇幅大量情節描述的是西門慶一生的財色追求以及家庭內外妻妾、情婦間的爭寵鬥勢。官場情節只占全書的很小部分，不過是一部世俗社會交響樂中的插曲，一幅人生圖畫中的點綴。即使就核心人物西門慶而言，追求財色欲望的滿足是其核心目的所在，做官並非他的本意。他以錢財結交以蔡京為首的中央和地方要員的目的只是試圖找到政治靠山，以便使權貴們為自己非法的財、色攫取開綠燈。再者，作者之所以以潘金蓮、李瓶兒、龐春梅三個婦人名字中的一個字聯併為書名，其用意恐非表現政治問題，而是寓意着人生的哲理。如果說如實地再現那個時代世俗社會的人們對現實利益的執意追求，表現作者對人生欲望實現的思考是全書思想內容主幹的話，那麼暴露政治黑暗不過是這根主幹上的一個枝葉。

三

《詞話》所表現出來的作者對人生的思考，無論在我國思想發展史還是長篇小說發展史上都不失為一種新變。具有啟蒙歷史發展方向的近代意義。

其近代意義首先表現在其思想結構不是以理學為核心，而是以個體生命哲學為核心，不是鼓吹禁欲主義，而是反對禁欲主義。

儒、釋、道思想在相互對抗中又相互滲透、利用，早已有之。自中唐始，三家思想便漸趨合一。其融合的總體趨向是釋、道吸收儒學中的仁愛忠孝觀念漸向儒家靠攏，形成了以傳統儒學為核心，釋、道兩學為左右翼的具有濃厚倫理色彩的中國思想文化體系。同時儒學經釋、道思想的長期滲透，原始儒學中的救世熱情和外王理想日漸弱化，強化了滅人欲、復本性、做內聖的心理要求，染上了愈來愈厚重的禁欲病。儒學宗教化的直接結果是新理學——程朱理學的誕生。其核心觀點是「存天理、滅人欲」，即將統治者外加於人的「仁、義、禮、智、信」的道德教條信奉為上天賦予人的本性——「天命之

性」，而把人與生俱來的天性——物質生活和精神生活的需求欲望視為萬惡之源。這種以假代真、倒置人性本末的理學已成為徹底違背人的真實存在的虛假道學，以這種假道學為核心的三教合一思想，以群體取代個體，以道德取締人欲，是造成一個民族近世悲劇的哲學病根。

在笑笑生探討人生的思想結構中，既沒有兼濟天下的政治理想，也沒有內向的做道德聖人的追求，唯有如實地描寫金錢觀念對道德觀念的衝擊，人欲對理學禁欲的反叛，群體意識在自我意識中的淡化。其基本點是重視個體，肯定人欲。這種對人生的思考，雖不一定直接受李贄思想的影響（主要來自對現實生活的思考），但毫無疑問也是晚明以李贄為代表的人文主義思潮的有機組成部分。它與西方文藝復興時期反對中世紀禁欲主義的文化思潮，同樣表明人類對自身認識的自覺和飛躍。《詞話》中所表現的進步思想與晚明人文思潮一同開啟了中國近代思想發展的方向，從資產階級啟蒙運動至五四文化運動則是這一思想的繼續、開拓和深入。

其次，在中國長篇小說發展史上，《詞話》第一次表現了對人生欲望思考這一近代文學的重大主題，是我國長篇小說肯定人欲的先驅作品。

《詞話》之前的長篇小說雖不乏進步思想的閃光，但總的說來仍以儒家思想為基本內容，沒有跳出舊的三教合一思想的藩籬。《三國演義》宣揚「擁劉反曹」的封建正統思想和仁、忠、義、孝的倫理道德觀念。《水滸傳》「只反貪官，不反皇帝」，通過宋江的形象突出宣揚儒家的忠、義、孝的道德觀。《封神演義》的思想核心是一方面揭露紂王的殘暴、昏亂，一方面歌頌周文王、周武王的仁道，最終仁德取得勝利。顯然是一部鼓吹仁政德治的小說。《西遊記》儘管寫了孫悟空前半生的自由、任性，鬧龍宮、鬧地獄、鬧天堂，顯示出較明朗的個性解放觀念，但這個具有自由精神的美猴王鬧來鬧去，最終被壓在五指山下，以失敗告結。作者如此布置情節，正表明其對人類童稚心性——任性自由的否定。後來讓悟空帶上緊箍咒，忠於唐僧，保其取經，成就正果，目的不過收其放心，成就事業。封建正統意識也很濃厚。至於對有財色欲望的人物，四部小說的作者都把他（她）們當作批判或諷刺的對象來描寫，採取了簡單否定的態度。唯有《詞話》敢正視這一問題，並以大量筆墨毫不掩飾地再現形形色色人物追求財色的種種方式，在如實的描繪中，體現出作者對人生欲望的多層思考。其歷史進步意義是不言而喻的。

在充分肯定《詞話》作者探討人生的進步意義的同時，也應指出其不足的一面，即由於沒有找到滿足人類欲望實現的現實途徑，於是不得不求助於宗教，鼓吹信仰得救，最終使人欲的實現在很大程度上建立在自慰自欺的虛幻基礎上，這正是作者時代和思想的局限所在。

性愛失衡的憂慮
——以潘金蓮的悲劇人生爲例

作為中國第一部家庭小說，第一部以家族血緣關係為思維起點而思考社會人生問題的長篇小說，第一部以人情為文心的長篇巨著，《金瓶梅》對以男女關係為核心的家庭關係以及相關的諸多問題做了全面深刻的探討，且有自己獨到見解，從而深刻地揭示了西門宅興衰的內在原因。男女之情是產生一切親情的土壤。特別在一夫多妻制的大家庭內，在眾星捧月式的男性統治女性的體制中，必然造成男性在性生活中的霸主地位和女性的被奴役與依附性，造成男性性愛的自由張揚與女性情愛的失衡。其結果，一方面男性的情愛自由往往促成無限制的濫淫，導致生命的早衰與早亡，並由此引起家庭男女關係的紊亂和一系列的家庭變故。另一方面，女性性愛生活的失衡，則往往導致女性間的爭寵鬥勢、家翻宅亂，造成一系列的亂倫與死亡。《金瓶梅》較早地揭示了這一男女關係、家庭關係的內在矛盾及其產生的根源，開拓了文學家關注社會和人情問題的新視野，對以後小說的創作產生了深遠影響。此後幾部家庭小說如《醒世姻緣傳》《紅樓夢》《歧路燈》等，仍然將男女性愛作為關注的焦點，它們的表現雖各有側重，如《醒世姻緣傳》專注婚姻問題，並鑲上了濃重的環環相報的因果光環；《紅樓夢》表現的是大貴族內兩種不同性質的情愛所給予家族發展帶來的影響；《歧路燈》將情愛問題歸結到子女教育上來。然而毋庸置疑，它們都未能擺脫《金瓶梅》的影響。

市井女人小說之祖

《金瓶梅》是一部匡世罕見的奇書。對此書之奇，人們已談論得很多，它確有不少誘人之謎和歷史功績，單就它在小說上的開創之功而言，足可集成一本不太薄的小冊子。然而遺憾的是，在這個功勞簿上，卻未記載它有意寫市井女人國的開山之功，遂不免令人有遺珠之憾。愚以為《金瓶梅》是我國小說史上第一部有意寫市井女人國的長篇小說。

我所以這麼說，並非聳人聽聞，而是依據充斥全書，伸手可觸，舉目可見的事實。

首先，書名就是分別由三個女人姓名中的一個字聯綴起來的。這清楚地表明，該書

就是以潘金蓮、李瓶兒、龐春梅三位女性為中心人物，寫她們的喜怒哀樂、生活遭際。事實上，這部小說寫的正是圍繞在商人西門慶周圍的女人們的故事。

再者，從人物組合來看，雖然西門慶是全書中心人物，但西門慶的大部分時間在與女人打交道，似乎寫這個男人的目的正是為寫女人。你看，他既無父母叔伯，又無兄弟，紅圍翠繞於其身邊的是一群妻妾、丫鬟、奶子、媳婦，以及妓女、暗娼、私窠、媒婆、尼姑，從而構成了一個形形色色的「女人國」。更為有趣的是，與西門慶交往的男子，除了官吏外，多數來往於這群女人中間。作者如此安排人物，意在展示女人的生活世界。在這洋洋近百萬言的巨著中，花費筆墨最多的是女人的故事，寫得最精彩的是女人的故事，寫得最悲切的也是女人的故事。作者創作的主旨，正是通過形形色色的女人的故事展現出來的。

也許有人說，在《金瓶梅》之前，還有《趙飛燕》《肉蒲團》也是以女人為中心人物的。《趙飛燕》寫趙飛燕姊妹二人如何入宮，如何得寵成帝、穢亂後宮，使成帝縱欲而亡的故事，可以稱得上以女性為中心人物的小說之祖。然而二人貴為宮廷妃子，非市井女人。且只寫姊妹兩人，稱不上寫女人國的長篇小說。《肉蒲團》裏的中心人物只有一位武則天，不能稱之為女人世界。況且，圍繞在她身邊的都是男人，這一點與《金瓶梅》恰恰相反，不能算作有意寫女人生活世界的書。至於其他小說，也都是以男人為描寫中心的，寫男人們的故事，歌頌英雄們的豐功偉績。女人多被隱藏在幕後，一般不涉入作者的描寫視野，即使偶爾寫到，也不過是把她們當作一種襯料，一種顯示男子漢英雄的襯料罷了。

世界本來是由男人與女人組成的，文學如此對女人視而不見，多麼不正常，多麼偏邪，多麼不合情理。以後小說寫女人多了，那是因為受了《金瓶梅》影響的結果。

女人的生活世界猶如男人一樣豐富多彩，複雜玄妙。而女人生活的核心內容，不外性欲、愛情、婚姻、兒女、家庭。性欲是人的生理的需要，愛情是人的情感的需求，婚姻是二者的必然結果。正是這些內容，組成了女性生活的主旋律。過去如此，現在如此，將來也如此，中國、外國無不如此。然而這又是一個頗令人頭痛的問題，一個從未解決得完滿的問題。自從地球有人類以來，無論任何一個歷史階段，任何一種社會制度，任何一個國家、民族都制定了相應的制度，力求解決好它，但到目前為止，尚不能說已找到了最完美的答案。

西方世界婚姻的一個重要內容是以性快樂為前題的。性解放和性自由的提倡，使得婚姻家庭之鏈很不堅牢，於是出現了如下狀況：或者青年男女在結婚問題上過於謹慎，於是猶如購買貨物似的，挑挑揀揀，直到滿意為止；或者男女因一言不和，說散就散，離婚率極高，而男女的婚愛歷史，猶如中國古代史一樣，「合久必分」；或者對於男女

雙方來說，夫妻不過是塊招牌而已，過一段時間後便有名無實；或者不受婚姻桎梏的束縛，一生不結婚，也不要什麼家庭，用他（她）們的話說：「你需要牛奶，買一杯好了，何必再去買牛、養牛、擠奶呢」；或者「群體結婚」……這種婚姻對於男女來說，不少是「多夫」「多妻」者，性生活自由了，各自滿足了，但卻造成了家庭的破碎，造成了私生子、失業、酗酒、吸毒、暴亂、性病、死亡等種種社會問題，弊病很大，不能譽之為「完美」。

中國古代的婚姻制度是建立在血緣關係和等級制度基礎上的，與西方將婚姻關係視為可離可散的社會關係不同，中國人把婚姻看作是不可離異的倫理關係，就像「子不嫌母醜」一樣。這樣做的長處在於維繫了家庭關係的穩固，保障了社會秩序的安定，然而性僅僅成了維繫人類繁衍的手段，人的情欲愛情遭到扼殺。同時又由於男女結合重視家庭間的利益，主張門當戶對，少男少女就成了家長們利益的犧牲品，他們自己往往沒有挑選的權力，因而所謂愛情不過是一種程序而已，不過是未經接觸過的愛情，真正的愛情要靠婚後的培養、協調，弄不好，就滑向婚愛悲劇的苦海。

說到情欲，只有男子特別是富貴的男子才有盡情享受的資格。因為一夫多妻制為他們提供了方便，只要有錢，要多少女子只管娶來，家裏滿足不了，還有補救的辦法，跑入妓院裏做嫖客。然而男人性欲的滿足，是建立在女子性生活痛苦基礎上的。無疑，中國古代女子的命運比西方女人更慘，至少封建時代是這樣的。

中華人民共和國成立後，女人取得了與男人平等的權力，一夫多妻制與妓院也隨之取消了，婚姻制度發生了質的突變與飛躍。以男女戀愛婚姻自由為前題的一夫一妻制，用法律形式確定了下來，這種制度既維繫了家庭關係和社會制度的安定，又在一定程度上促成了男女性欲與愛情的實現。

但毋庸置疑，男女的性生活毫無選擇，數十年如一日的單色單調，猶似一潭死水，弄不好就會出現尋求滿足的張力，以致不斷地打破舊生活的平靜。隨着市場經濟的發展，人們物質生活的豐裕，思想的活躍，這種弊端便日漸顯露出來。離婚率突飛猛進地上漲，二奶三奶明妓暗娼難以抑制地增多，便是有力的證明。

有人說：婚姻制度永遠沒有完美，那是因為人性永遠有缺陷的緣故。這種觀點正普遍地被世人所接受。

性愛婚姻，是一部《金瓶梅》的主場戲，五顏六色，且末淨丑，文戲武戲，一齊登場，同台競技，可稱得上中國封建社會婚愛形式的大薈萃，而且塗抹着那個時代的豔麗光彩，因此我們稱《金瓶梅》為中國古代婚愛生活的百科全書，是一點都不過分的。

且讓我們先瀏覽一下五彩繽紛的形式：

有的把性生活的滿足視為女人生活主要的乃至唯一的目的。她們眼中的男性僅僅是

其發洩情欲的工具,婚姻不過是一種名分,即使想要兒子,也不過是想多一種「把攬漢子」的手段,如潘金蓮。

有的只將性外遇視為一種難得的機遇,一種尋找靠山抬高身價的飛來之福,然而並不奢求滿足,也不做黃金夢,如前 80 回中的龐春梅。

有的以色求財,拼着身子賺錢。或原有老公,另求副業,尋來錢仍為一家一計過日子,家庭觀念很濃厚,如王六兒。

有的吃青春飯,待年長色衰,尋位靠得住的主兒,從良嫁去,如李嬌兒等妓女。

有的錢權都要,眼裏盯着錢,心裏想着地位,而最終目的不過想改變自己的身分,由奴才爬到小妾的位子上去,如奶子如意兒、宋惠蓮。

有的僅僅把性行為看作維護夫妻感情的需要,如吳月娘。

有的將婚姻作為維持性行為繼續下去的一種手段,丈夫一死便改嫁,尋求新的歡樂和幸福,如孟玉樓。

有的將性生活能否滿足視為人生幸福與否的試金石,一旦男子如「醫奴的藥一般」可意,便可為之拋棄一切:丈夫、錢財、家庭,全身心地奉獻於他。儘管他有不少缺陷,也絕無二心,如韓愛姐、李瓶兒。

也有完全拋棄功利,只尋求性滿足,同時又在一定程度上兼顧家庭的利益,如林太太。……

說到作者對其筆下女人婚愛行為的態度,也不盡相同。對吳月娘、孟玉樓所祈求夫妻間的正常的性愛行為,作者持讚許態度;對潘金蓮那種毫無愛情可言,一味地縱欲,則深惡痛絕;像王六兒、如意兒、宋惠蓮之流為了錢財、名位,不顧廉恥的卑俗作法,也多令作者反感;然而對於韓愛姐、李瓶兒,則有褒有貶。韓愛姐仿效其母王六兒,一路上操起皮肉生涯來,作者厭惡之情溢於言表。然而一見陳經濟,格外鍾情,以至陳經濟死了,她竟立志「守孝寡居」,終生不再嫁,作者的筆調又轉為頌揚。李瓶兒一意嫁西門慶,做了小妾後,性情溫柔、善良,對這位「仁義」姐兒,滲透於那濃墨重彩中的是一種深深的愛惜與傷感。而對她與西門慶偷情,氣死花子虛,驅逐蔣竹山的劣行,又流露出壓抑不住的憤慨。我們留心將表示愛惜與憤慨的兩種文字稍加對照,便發現作者對瓶兒癡情的讚許超過譴責。如果說《金瓶梅》中有癡情女子的話,則非李瓶兒莫屬。李瓶兒的愛情是建立在真情基礎上的,或者說,西門慶唯對李瓶兒有真情。李瓶兒的婚愛觀代表了《金瓶梅》產生時代的具有點自由味道的婚愛觀。其特點是以性欲的滿足為愛情的基礎,將情欲、愛情、婚姻、家庭有機地結合起來。其實不單是李瓶兒,我們從作者對孟玉樓兩次改嫁的描繪中,從作者對女人改嫁讚許的語調中,已真切地感受到那時的婚愛觀較之於「一女不嫁二夫」的祖宗遺訓來,前進了一大步。

因此可見，《金瓶梅》對婦女問題的探討不僅是全面的，而且具有進步意義，為此前的長篇小說望塵莫及。之所以如此，說到底，在於作者有意將女子作為全書描寫的重心，並在其描寫中有意或無意地透露了自己的婚愛觀。

失衡與求衡的個性張力

有人群的地方就有競爭，差異意味着競爭，就像空氣只要有冷熱壓縮，就有氣的流動；就像水有落差就有急流、瀑布、險灘。人群的差異最明顯的當是男女間的差異。在古代中國，由於男性與女性的社會分工不同，價值觀念不同，他（她）們的競技場也不盡相同。男子的競技場是「勢」與「財」；而女子的競技場是「情」。一夫多妻制的婚姻制度造成男子對眾多女子的占有權，若干女人從屬於一位男人。她們的性愛沒有絲毫的選擇餘地，只能夫唱婦隨，順從夫君意，籠絡夫君心，爭得男人的寵愛。對於女人來說得寵與失寵則有天壤之別，這不但表現在性生活方面，而且涉及女性生活的方方面面，決定着她們的榮辱哀樂乃至生死。於是在一夫多妻的家庭內，女人間的爭寵鬥勢司空見慣。丈夫是女人心中天然皇帝，女人的命運就操在這個皇帝手心裏。男人在性生活上有絕對的自由權，他們可以朝三暮四，二三其德。對於女人，男人們往往是動心容易，痴心難。女子若想收攏男人的心顯得異常困難。愈是困難，爭寵的鬥爭便愈加激烈。其慘烈程度不亞於官場爭權奪勢和戰場拼殺搏命。

《金瓶梅》敘事的鏡頭自紫石街武大郎院轉向西門宅始，便拉開了女人間爭戰的序幕，直到妻妾們「飛鳥各投林」，爭戰的硝煙方停息下來。西門宅內女人（有名分和無名分的）間的爭寵鬥勢，亂倫與死亡是全書的核心情節。

圍繞於西門慶身邊的女人中，最富於挑戰性的是潘金蓮。潘金蓮一進這個大院，便有一種自卑感。論地位，她不如吳月娘，論財富不及孟三兒，論資歷還不及孫雪娥、李嬌兒。最不濟的孫雪娥尚且是原來娘子的丫鬟，而她不過是賣炊餅武大郎的老婆。說到那「擺弄死漢子」的名聲兒，更使她無立足之地。她一娶過門來「家中大小都不喜歡」。然而，她有別人不可比擬的天生的美貌和聰明伶俐的腦袋，彈一手好琵琶，一肚子曲兒。更有一張伶牙俐齒，一口好辯才。她那不甘居人下的性子，很快將自卑感化為與眾人一比高下的爭強鬥勢心，於是拉開了女人間爭戰的序幕。

潘金蓮絕非黑李逵和堂·吉訶德，只知單槍匹馬地橫衝直撞，她曉得「一個好漢三個幫」。先是抬舉身邊的丫頭龐春梅，讓西門慶收用了她，「自此一力抬舉他起來，不令他上鍋抹灶，只叫他在房中鋪床疊被、遞茶水。衣服首飾撿心愛的與他」，兩人打作一處。又拉攏孟玉樓，兩人時常在一起說東道西，同時又把吳月娘哄得「喜歡的沒入腳

處」。這樣上有家主，外有玉樓，內有春梅，潘金蓮感到氣壯腰硬，要試一試身手了。

潘金蓮是位有心計有謀略的女子。她行為的一切目的在於「攬漢子」，獨霸夜權，以便滿足自己的性欲。她採用借強攻弱，由弱及強，個個擊破戰略。女人之手段她幾無所不備，無所不用：「聽籬察壁」；挑撥離間，搬弄是非；威迫利誘丫鬟；因情利導，出謀劃策；指桑罵槐，打奴罵主；馴貓抓嬰，釜底抽薪；撒潑打滾等等。她與龐春梅相勾結，先是挑撥漢子，痛打孫雪娥。繼而順着西門慶想長期霸占宋惠蓮的心，陷害來旺，治死宋惠蓮。而後用釜底抽薪法先害死李瓶兒的命根子、寵根子官哥兒，繼而指桑罵槐，打秋菊罵瓶兒，又氣死李瓶兒，拔了眼中釘。當奶子如意兒被她收服後，又將矛頭指向了吳月娘，然終搬不動這塊磐石。在這場爭寵之戰中，被攻擊的對象，或軟弱，或無心計，或無勢力，無一是潘金蓮的對手。除吳月娘外，都最終敗在她的手下。潘金蓮成為情戰的勝利者。

然而勝利並未給她帶來歡樂，戰鬥與痛苦並生。一方面她愈想得到的愈得不到，她愈想實現情欲的滿足，卻愈遭受冷落。她錯誤地以為，只要將情敵一個個地踩在腳下，西門慶就是她一個人的了，就可以占據男子漢的心。事實上她這樣東征西殺的結果，反與她要捕獵東西的距離愈來愈遠。她愈想把攬漢子，攬到的卻是心灰意冷。小說第 27 回「李瓶兒私語翡翠軒，潘金蓮醉鬧葡萄架」，寫的是宋惠蓮死後一天，潘金蓮與李瓶兒一起來到花園內西門慶身邊，那潘金蓮妝飾的格外精神，她滿以為宋惠蓮一死，論容貌姿色，無有與之爭輝者，漢子定會將愛宋惠蓮之心移到她身上。然而事實如何呢？她萬沒想到李瓶兒卻搶了先。她親眼目睹漢子與李瓶兒做愛，情濃意深，且溫柔痛惜。她借事對瓶兒旁敲側擊，卻被西門慶來了個性報復，將雙腳綁在那葡萄架上，差點將自己作弄死，幾次討饒，竟不見效。至此她方曉得自己在西門慶心中的地位遠不及李瓶兒，而且隨着時光的推移，她的印象漸漸地被更多的事實證實。不要說李瓶兒，就是那位攀附李瓶兒的奴才書童也比自己受寵得多。守大門的平安兒因向自己揭了書童的短，竟被西門慶打了個半死。她情知那是殺雞給猴看。

金蓮是情場鬥爭的勝利者卻是情愛的失敗者。

金蓮的失敗是她太不了解西門慶了，她不了解西門慶是位不斷尋求新歡的人，不了解西門慶的心理：得到的女人越多，越光彩、榮耀，越能顯示男子漢能力與氣概。自西門慶在金蓮身上得手後，他對女人的寵愛已不再是潘金蓮，而是孟玉樓、李桂姐、宋惠蓮、李瓶兒、書童、王六兒、吳銀姐、鄭愛月、林太太、賈四嫂。金蓮爭鬥的結果，不過是充當填漏補缺的角色或男人性器具的試驗品而已。

不過潘金蓮是位耐不得寧靜的人。自結識西門慶後，便由一個性生活的被動者變為主動者，她愈是把性生活看得重，愈是渴望想得到夜生活的滿足，便愈感到孤獨苦悶，

一見到「漢子往他房裏共枕歡樂去了」，不由眼裏冒火，心中憤憤。不是打狗罵人，就是體罰丫鬟，要麼便憤憤睡去。這種欲求不得的痛苦，總需要一種解脫的方法。要麼像吳月娘那樣，自認倒霉，至多不過遇事喊兩句「俺們是老婆當軍，不過充數兒罷了」的悲聲酸調。要麼像通曉事理的孟玉樓，懂得漢子的心腸是拴不住的，聽其自然而已。然而潘金蓮哪來這樣的理性？她像一個到處覓食的餓虎，實在忍受不住時，只得飢不擇食，權借他人來解饞。於是便生出另一現象：亂倫與死亡。

情愛與死亡

情愛與死亡是中國文化的一個母題，這一母題在相當長時間內被賦予了政治意義，或宣揚女人是禍水，或斥責要美人不要江山的國君是淫君、昏君，或告誡英雄得美人必氣短，而對此做家庭思考、人生思考，《金瓶梅》則是第一次。由於作者的思想是建立在肯定情欲基礎上的，因此他對情愛與死亡的解釋有別於傳統的「禍水」說，表現出晚明對這一問題的新理解。這一理解同樣具有近代化性質。

人應該是個自由的動物，應比動物活得更自由、更幸福、更快樂、更有意義。然而，人生下來就不自由，種種繩索，種種限制，有形的無形的，隨着歲月的增長一天天地堆積。明人李贄曾對此憤憤不平。「夫人生出世，此身便屬人管了。幼時不必言；從訓蒙師時又不必言；既長而入學，即屬師父與提學宗師管矣；入官，即為官管矣。棄官回家，即屬本府本縣公祖父母管矣。來而迎，去而送；出分金，擺酒席；出軸金，賀壽旦。一毫不謹，失其歡心，則禍患立至；其為管束至入木埋下土未已也，管束得更苦矣。」[1]所以管者，為應合社會之需也，是社會將人異化了，將本來自由的人異化為一個好似受馴養的動物。有一種以人群穩定為理想大同的社會制度，其統治思想以為只要抑制人的自由天性，社會就穩定了，於是便想出種種辦法馴服人、愚弄人。事實上，就像物理學中的能量轉換一樣，人的本能在這裏遭到壓抑扭曲後，它還會以其他的方式在他處施放出來。男女間的性愛就是其中最有說服力的例子。

男女做愛本是人的生理與心理的需要，是人不可缺少的生活內容，也是人類社會延續的需要。然而幾乎任何一種社會制度都不能使人的這一需求得以滿足。特別是東方許多民族，將人的情欲視為萬惡之源，視為造成社會動亂、國家顛覆的罪魁禍首，於是百計千方地限制它，生出種種禁欲主義的思想、道德體系，如印度的佛教、中國的儒學等。在這樣的文化氛圍中，情欲與德禮的衝突便成為一種普遍的現象。男性的情欲尚有種種

1　《焚書》卷四〈豫約·感慨生平〉，北京：中華書局，1975 年，頁 185-186。

或明或暗的發洩契機，如做官，在權本位的古代中國，一旦功成名就，官袍加身，房屋錢財，嬌妻美妾應有盡有，性愛向你敞開了她那溫暖的胸膛；又如歌樓妓院，那妓院就是專為有錢有勢的男子設的，那是一個做愛的自由場，男性的情欲在那裏可以得到一時的滿足。說到女子便是另一番情景，她們最不自由，受到的限制也最多。她們的命運幾乎全掌握在別人的手裏，道德禮教不允許她們對情愛做非分之想，否則就會被視為淫婦、妖物、禍水，受到精神或肉體的致命摧殘。女子面對情愛只有兩條路可選擇，要麼聽從命運的安排，嫁雞隨雞，嫁狗隨狗，做封建禮教的犧牲品；要麼順從情欲的需要，與禮教抗爭，快樂一日算一日，然最終也擺脫不掉悲劇的命運。於是情愛與死亡便成為封建社會普遍現象，成為文人筆下永恆的話題。精衛、湘夫人、趙飛燕、楊玉環、劉蘭芝、白素貞、祝英台、霍小玉、潘巧雲等等因情而死的女性，可謂舉不勝舉。

《金瓶梅》正是以中國封建社會這一最典型的現象為故事藍本的。《水滸傳》中潘金蓮與西門慶的故事，正是一個典型的情愛與死亡故事，作者藉此演出一部大書，並在該書第一回入話部分將故事大概做了扼要說明：「如今這一本書，乃虎中美女，後引出一個風情故事來。一個好色的婦女，因與個破落戶相通，日日追歡，朝朝迷戀。後不免屍橫刀下，命染黃泉。」不過作者並未將這一故事做簡單的道德處理，並未沿襲《水滸傳》作者的思路走下去。他將情欲與死亡作為人生問題思考，所以既寫出了男女兩種不同的死因，更詳細地展示出潘金蓮與西門慶走向死亡的歷史必然。作者對潘金蓮的才華命運既流露出了不可掩抑的同情，又夾雜着不能饒恕的恨，同情與憎恨不時地交織在一起。同樣他對自己筆下的西門慶既讚賞豔羨，又譏彈挖苦。作者所以生發出同情讚賞之情，完全來自於他對情愛與死亡的獨特思考。

如何看待情愛是作者思考的核心。他的基本態度為「持盈慎滿」：肯定男女對情愛的自由追求，但強調掌握一個「盈而不滿」的度，防止濫淫和傷害他人。作者的同情讚賞之心來自於前者，恨與譏彈情緒由後者孳生。

作者不滿於《水滸傳》對潘金蓮身世的簡單交待，於《金瓶梅》第一回，做了大篇幅的增寫，以便為他筆下的這個中心人物的塑造做好鋪墊。這些新增的文字顯示了作者對潘金蓮在深深的同情中夾雜着嫌棄的複雜心理，也奠定了作者在全書的感情基調。

《水滸傳》中寫潘金蓮身世的文字如下：

> 那清河縣有一個大戶人家，有個使女，小名喚做潘金蓮，年方二十餘歲。頗有些顏色。因為那大戶要纏他，這使女只是去告主人婆，意下不肯依從。那大戶以此記恨在心，卻倒賠些房奩，不要武大一文錢，白白地嫁與他。

《金瓶梅》增加了如下內容：一、一個貧困家的女兒，做裁縫的父親死後，「做娘的因度

日不過」，不得已將她賣掉。作者這一筆是有深意的，這對塑造她那「凡事都掐個尖兒」的性格是個極好的鋪墊。金蓮幼年在苦水中泡大，既無萬貫家私，也無權勢靠山，嚐夠了貧窮的滋味，受夠了人的白眼，所以後來她總是不安於命運，不甘居下，處處事事想占上風。這正是其貧寒的家世與其才能不諧調而形成的對地位格外敏感又格外自尊的性格。

　　二、九歲賣在王招宣府，在那裏受到多年的家庭傳授。文中寫道：「從九歲賣在王招宣府裏，習學彈唱，就會描眉畫眼，弄粉塗朱，梳一個纏髻兒，着一件扣身衫子，做張做致，嬌模嬌樣。」「王招宣府」一名可能來自《志誠張主管》，金蓮在招宣府學彈唱也許是受了同一故事中「王招宣府出來的小夫人」形象的啟發，但將它拿來寫金蓮的少年時代，則無疑是作者的錦心妙思。想那金蓮不會生下來就想把攬漢子做淫婦，那「描眉畫眼，弄粉塗朱」，「做張做致，嬌模嬌樣」從何而來？近墨者黑，近朱者赤。王招宣府的環境使之然。小說的後半部，作者不惜筆墨，以專章專節的篇幅寫王招宣府，寫林太太在床幃內「招賢納士」，其子王三官日日泡在妓院，在妓女身上大把大把地花銀子。做母親的引狼入室。做兒子的認賊作父。金蓮就是在這樣的染缸裏泡大的，誠如張竹坡所言：

> 王招宣府內，因金蓮舊時賣入學歌學舞之處也。今看其一腔機詐，喪廉寡恥，若云本自天性，則良心為不可必，而性善為不可據。吾知其自二三歲時，未必便如此淫蕩也。使當日王招宣家，男敦禮義，女尚貞廉，淫聲不出於口，淫色不見於目，金蓮雖淫蕩，亦必化而為貞女。奈何堂堂招宣，不為天子招服遠人，宣威揚德，而一裁縫家九歲女孩至其家，即費許多閒情，教其描眉畫眼，弄粉塗朱，且教其做張做致，嬌模嬌樣，其待小使女如此，則其儀型妻子可知矣。[2]

然作者用意寫招宣府，並非單惡金蓮，實惡其出身處，發掘生出此惡性的原因，是家庭、社會共同塑造了她，絕非幼年金蓮一人之罪。這樣對筆下人物開脫罪責，本是同情心的表現。

　　三、着意寫金蓮的聰明伶俐、處事練達與相貌出眾。「況他本性機變伶俐，不過十五，就會描鸞刺繡，品竹彈絲，又會一手琵琶。」「在十八歲，出落的臉襯桃花，不紅不白，眉彎新月，尤細尤彎。」這種技藝比起她的處事能力來，可謂小巫見大巫。武大郎自有了金蓮這樣一個老婆，勾引得一群小伙，如蒼蠅叮屎一般，日日在門前嗡嗡。武大郎住不牢想搬別處，卻因囊中羞澀，無計可施，來與老婆商量。金蓮三言兩語，就說

2　張竹坡《第一奇書·金瓶梅讀法》。

明道理，把事情擺布停當了。作者寫這類文字時流露出欣賞的情調。

四、着力渲染她的悲劇性遭遇。老天不公，似故意捉弄這樣一位才貌出眾的妙齡少女，讓她遭逢女人最害怕遇到的男人：老、醜、矮、蠢。先是行將入墓的張大戶收用了她，繼而像禮物一樣被轉送給了「三寸丁、谷樹皮」武大郎。對金蓮的如此遭遇，作者惋惜地寫道：「美玉無瑕，一朝損壞。珍珠何日，再得完全？」

五、作者用較多篇幅抒發了潘金蓮的悲傷心理和怨憤情緒，並主張婚姻理應「相配」，為金蓮的惡姻緣抱不平。文中寫道：

> 原來金蓮自嫁武大，見他一味老實，人物猥瑣，甚是憎嫌，常與他合氣。抱怨大戶：「普天世界斷生了男子，何故將奴嫁與這樣個貨？每日牽着不走，打着倒退的，只是一味味酒。着緊處卻是錐扎也不動。奴端得那世裏晦氣，卻嫁了他！是好苦也！」常無人處，彈個〈山坡羊〉為證：
> 想當初，姻緣錯配，奴把他當男兒漢看覷。不是奴自己誇獎，他烏鴉怎配鸞鳳對？奴真金子埋在土裏，他是塊高麗銅，怎與俺金色比？他本是塊頑石，有甚福抱着我羊脂玉體？好似糞土上長出靈芝。奈何？隨他怎樣，倒底奴心不美！聽知：奴是塊金磚，怎比泥土基？

金蓮的抱怨顯然不合嫁雞隨雞，嫁狗隨狗，「夫唱婦隨」的封建綱常。作者對此如何評價呢？「看官聽說：但凡世上婦女，若自己有些顏色，所稟伶俐，配個好男子便罷了，若是武大這般，雖好煞也未免有幾分憎嫌。自古佳人才子相湊着的少，買金偏撞不着賣金的。」這位作者竟替金蓮說話，既然佳人應配才子，金蓮這樣一朵靈芝卻插入糞土裏，有「幾分抱怨」也自然而然。這明明是在為她的命運抱不平。其同情之心竟到了不顧封建綱常的地步。看來作者在婚姻問題上也是位豁達義氣的男兒。

怪不得潘金蓮後來一見了風流倜儻的後生西門慶，便心肯口肯，便神思錯亂，六神無主，很快做了情愛的俘虜，任人擺布，以致做出了平時連想都不敢想的事。但當她滿懷希望地將全部身心獻於這位情郎時，她卻意外地遭到了長達一月之久的冷落，使她陷入了可怕的孤獨寂寞中。作者用滿懷同情之筆細膩地寫出了她那焦慮不安的痛苦心理。可悲的是，她萬萬沒料到，這次痛苦在她一生中並非結束，而是剛剛開始。自她做了西門慶的小老婆第五，這種孤獨寂寞便從未間斷過。對「二三其德」的西門慶，她早已看透了。「你那吃着碗裏看着鍋裏的心兒，你說我不知道！想着你和來旺媳婦子密調油兒也似的，把我來就不理了。落後李瓶兒生了孩子，見我如同烏眼雞一般……你就是那風裏楊花，滾上滾下。如今又興起那如意兒歪刺骨來了！」（第72回）「雪夜弄琵琶」「妝丫鬟市愛」「共李瓶兒鬥氣」不過是這種情緒的集中表現而已。然而潘金蓮是位不甘寂

寞的人，她不是孫雪娥、李嬌兒，她不能像她們那樣任人冷落，任人譏笑。她越是性飢餓，便越是性貪婪；愈是性壓抑，便愈要性反抗，乃至於達到狂虐變態的程度，做出種種不擇手段的惡事。

潘金蓮的性愛死亡，不是死於淫，她在性生活上是位「沒時運」的貧困者，而是死於酒色財氣的「氣」，死於爭強好勝，死於性妒忌與亂倫，死於亂倫之為家庭社會所不容。像她這樣一位與人偷姦，謀害老公，勾引小廝，姦淫女婿，不知廉恥的女人，可能人人覺得該死，死有餘辜。然而當我們平心靜氣地問：是誰使她失去貞節，是誰安排了她的悲劇婚姻，是誰冷落她造成了她的長久的性飢餓，她的性變態僅僅是主觀原因嗎？這些問題將我們的目光引向了她身後的社會，引向了培植出她的土壤——封建婚姻制度、封建禮教觀念以及一切使婦女不得自由的殘暴力量。如果她逆來順受甘願做那位「三寸丁」的陪葬品，甘願以犧牲自己的青春來換取安寧，換取美名，她就會選擇另一條道路，窩窩囊囊地活下去，在痛苦的煎熬中默默地死去。然而潘金蓮選擇了一條為道德禮教所不容的路；一條與傳統與命運抗爭的路；一條自己決定自己命運的路；一條情愛——死亡之路。但她從未後悔過，即使在她最孤獨、痛苦的日子，她只怨自己命薄，只怨男子漢負心。她所以不後悔，是因為她所奉行的是「快活了一日是一日」的「一日主義」人生觀。自落了個「擺布死漢子」的名聲後，她便索性放手做了，不會再去講求什麼名節，只求快活，快活成了她的行為準則。至於這樣做的下場，也許她是知道的。第46回「妻妾笑卜龜兒卦」寫月娘等人請大街上的龜婆子為她們占卜了一卦，剛送走卜卦的婆子，潘金蓮與李大姐從家中走來。吳月娘說可惜你們來遲了一步，要不然「也教他與你卜卜兒也罷了」。潘金蓮卻搖搖頭，不以為然地道：「我是不卜他。常言：算的着命，算不着好。……隨他，明日街死街埋，路死路埋，倒在洋溝裏就是棺材。」她把死看得很輕，對佛教鼓吹的來生幸福也不感興趣，對月娘的聽說佛經，常說三道四，毀僧謗佛，她只相信現實的快樂。潘金蓮的死亡是黑色死亡，多少還帶一點敢於面對死亡的悲壯色彩。

金蓮的死更應引起人的深思。或者說她的死比通常的情愛——死亡能說明更多更深刻的問題。趙飛燕、楊玉環、香妃她們的死是死於政治力量；劉蘭芝、祝英台死於封建婚姻制度，以死來表示對那個時代的婚姻制度的反抗。林黛玉也屬於這一類型，她因愛情理想的破滅而悲傷地死去了。她的追求是美的精神的，她未涉及性生活，她是位純潔的少女，她所體現的是少女的美，純潔的美，人性的純真、愛情的純真。她的理想被虛偽、污濁、殘酷的現實蹂躪了。她的人生是短暫的，沒有婚後生活的經歷，也不會有潘金蓮婚後生活的孤獨寂寞感。因而她也未能展示女性人生的全部歷程及其人生的全部悲苦，未觸及諸多痛苦所反映的更深廣的社會問題。潘金蓮的少女時代比林黛玉更痛苦，

更可悲。她還沒來得及憧憬未來，作為幸福的基礎就被老員外輕易地毀掉了。然而她所體驗和經歷的更多的是性愛這個女人最實際的問題，以及與之相關的子女與親情。同樣她有膽量隨意地做愛，卻無膽量讓孩子生產下來。那個凶怪的社會無情地剝奪了她的愛情和子女，只留下了少得可憐的性生活能力。她為了保護這一點能力，四面出擊，最終為家庭和社會不容。在淫婦、妒婦、惡婦……一連串臭名的唾罵中淹沒了。潘金蓮的死亡比林黛玉的死所揭示的人生問題顯然要廣泛得多。

《金瓶梅》中作為情愛——死亡的人物還有一些是作為潘金蓮的陪襯出現的。如龐春梅、宋惠蓮、孫雪娥、李瓶兒等。這些形象有一個共同的特點：都是拼命地追求性欲的滿足，並因此而死去，可說個個都是性欲狂。對此有兩點需要說明。

一是一位女子把性欲的滿足作為人生幸福的首要內容，這一想法本身就帶有人性解放的味道。作者並非一概地否定而是有相當程度的肯定意味，作者思想的解放豈可小視哉！日本一位著名的金學家將此視為一部書最重要的文化價值所在，也是頗有眼光的。也許國內有的研究者不同意這一觀點。然而只要我們留意一下全書的第二位女性中心人物李瓶兒的生活史，了解一下作者對她的態度，種種疑問便可冰消雪化。李瓶兒為何不愛花子虛，背著丈夫與西門慶偷姦？為什麼未嫁西門慶之前，性情怪癖，乃至心狠手辣，而自做了西門慶的第六個老婆，便像換了個人兒，心地善良而性格溫和，深得西門慶與一家大小的喜愛？原因儘管是多方面的，然有一點最主要，那就是花子虛不過是個「銀樣蠟槍頭」，「中看不中用」，不能滿足李瓶兒的性欲要求。西門慶的狂風飄雨，恰恰補了這個缺，用李瓶兒的話說：「像醫奴的藥一般，一經你手，便讓我沒日沒夜地想。」從而使她獲得了最大的幸福與快樂，隨之她的人生願望滿足了，處事心平氣和，性情也溫柔了，處處為別人想，克己為人，即使在性生活方面也處處照顧潘金蓮。作者對瓶兒此時的人格給予很高評價。

其二，我們從她們的死亡中，體味到了那錚錚骨氣和自強自尊的濃厚意識。潘金蓮事事不饒人，嘴頭子似鋼刀，如「淮洪」，從不讓人，處處「愛掐尖兒」。龐春梅更是青出於藍勝於藍，身為下賤，心比天高，傲氣十足，是一部書中第一心高氣傲女。宋惠蓮死於自尊。西門慶的欺騙、玩弄，孫雪娥的挖苦與羞辱，戳痛了她的自尊心，她無法忍受，只得以死抗爭。孫雪娥於裙釵隊裏是位最受氣的主兒，也是最受漢子冷落的孤獨女人。然而她並不甘心，怨氣重，牢騷也多，且從不講方式。在性生活上也自有主張，一直與來旺兒秘密往來。待西門慶一死，她便與那前來尋己的情郎雙雙私奔了，後來不幸被春梅賣到妓院，她又委身於張勝。張勝殺了陳經濟，死於守備府，她也「自掛東南枝」。總之，她們因都不能守節而死去。的確她們破壞了禮教，然而禮教給她們帶來的是非人的痛苦。抗爭、尋求人的生活，卻被社會推向死亡。她們的死說明了什麼？僅僅

是自作自受嗎?事到今天應該有個明確的答案了。

情愛——死亡,是講道德而非道德社會的「傑作」,是女人被弄到不是人的生活地步後的一種迫不得已的選擇,一種交合着快樂與痛苦的悲慘亢烈的生活,是中國封建社會常見的畸型文化景觀。《金瓶梅》是中國小說史上第一部以有別於傳統思想的時代感受和人生思考,從家庭角度展示情愛與死亡這一中國封建文化現象的長篇小說。

裙釵隊裏的人情世理

人一降生世上,就像一粒種子落地,一顆棋子入盤,定位於一點,上上下下,左左右右,把你圍個水洩不通。你要發展,首先要學會一件本領:通人情,達世理。於是生活中處處都是人情世理,官場有,商場有,男人的世界有,女人的世界也有。

小家庭是大社會的細胞,也是大千世界的縮影。蘭陵笑笑生比他的先輩們聰明,他沒有學祖宗那種「以大寫大」,大人物,大事件,反映大歷史。而是學會了「以小見大」的巧妙手法,以西門慶一家,再現天下國家。以一家之上下結構,一家之人事關係,一家之人情世故,再現社會之結構、社會之關係、世間之人情世故。說得再具體點,就是通過家人媳婦們的爭寵鬥勢,影射社會間的勾心鬥角;通過女人們的人情世理再現社會生活的人情世理。有人說,《金瓶梅》是「借事含諷」,真可謂一語中的,而且寫得那樣細膩逼真,色彩鮮活。

西門慶的家庭很特殊。他獨自一身,成為一家的擎天柱,唯一的家長,被一群如花似玉的妻妾簇擁着。月娘為裙釵之首,下有五房姐妹,每房姐妹之下,還有一群供驅使的丫鬟、奴婢、家人媳婦環繞着。這頗有點像朝中的政治組織,皇帝之下有宰相,宰相之下有六部,六部之下又有諸司……由下至上,層層疊起,活似一座金字塔,構成下對上的依附關係。

然而有趣的是,雖然名分各定,等級森嚴,內中的行事,卻常常別有異曲、怪調,那內在的因由、奧妙,細細查來,卻令人於驚詫之餘,感受到另一番情味。事實上女人的地位,是依據西門慶寵愛的程度而定,就連妻妾們居室的位置,也顯示出與西門慶關係的疏密來,從潘金蓮的「玩花樓」到孫雪娥住的後院,由前向後依次呈現出從親近而漸疏遠的關係。一切圍繞「情」行事,其間哪有什麼名分、是非、道理可言!

潘金蓮背着西門慶偷小廝,按理應是罪不容誅吧,誰想只因那位高傲的丫鬟龐春梅一句袒護的話,西門慶一肚子的怒氣,頓時煙消雲散;李嬌兒的丫頭夏花兒,偷了一大塊金子,西門慶揚言,要抽狼筋鞭子,還令吳月娘讓人領出去賣了。又是因李桂姐一句話,最終還是留了下來;正經妻子吳月娘說句話,若不順西門慶的心,便好長時間陰着

臉，不瞅不理她。顯然在這個家庭裏唯有一件東西——情——男女之私情，起着支配作用。

何止家庭，官場不也是如此嗎？西門慶不過一介鄉民，因向蔡京送了一份豐厚的生日禮物，蔡京一句話，就讓他一步登天，做了山東一省的理刑副千戶，選官的那套制度，便算不得數了。皇帝下旨，讓打了敗仗的楊戩的親族家臣發配充軍，西門慶只給管事官送了五百石米（指五百兩銀子），便脫了西門慶一家的干係。法、理、制度，在人情的面前，成了可有可無的擺設。情高於理，更超越法。人情支配一切，這種現象，不！是這種幽靈，伴隨着中國的歷史走了很長很長的時間。「人情」是令中國官吏最頭痛、最感棘手的冤家。

大概也正因如此，正因人人都懂得這一人生秘方，所以西門府的女人，個個都挖空心思，百計千方地要與那位府中「皇帝」建立情的紐帶。因為與主子有了那層關係，沒有地位可以有地位，沒有錢財可以有錢財，只要需要可以毫不費力地得來。方法也再簡單不過：以己之有，投主子之所好。

他們各有自己的看家本領。吳月娘憑着千金小姐、正頭娘子的身價，還有那容許老公隨意娶小老婆的寬容大度；孟玉樓靠得是錢財和善解郎意；李瓶兒是個富貴姐兒，又生得白淨，還有那寶貝兒子；潘金蓮不僅有賣俏的手段，更有那掌握西門慶性生活隱私以牽制對方的拿手戲兒；孫雪娥是先頭娘子的影兒，又有調湯的特技；……

至於再下一等的婢女、家人媳婦和妓女們，除了自身的自然條件外，一般都知從女主子中，找一個中間人做依託。龐春梅與潘金蓮狼狽為奸，李桂姐靠乾娘吳月娘；賁四嫂靠西門慶「肚裏的蛔蟲」玳安；……宋惠蓮失去了原先的依託潘金蓮，孤身奮戰，最終難逃房中自縊的悲劇。

裙釵如是，那些官場中的鬚眉男子又何嘗不是如此。那些做夢都想榮遷擢升的人，有幾個不討好上司，不討好皇上，不尋找靠山，不以己之有投主子之所好的。西門慶認乾爹，頂夏提刑的缺，升了理刑正千戶；夏提刑央了林真人，林真人又央朱太尉，太尉對蔡京說：「要將他情願不管鹵簿，仍以指揮銜在任所掌刑三年。」頂替西門慶原職的何永壽，靠他叔叔何太監，親自從皇上嘴裏討了官；……

如果說，往上爬，靠的是走人情討好上司的話，那麼同等關係之間，相互傾軋，則靠的是智力。西門府的幾位有點頭面的女子，平時像烏眼雞似的，恨不得你吃了我，我吃了你。

潘金蓮是位頭號的妒婦，她恨不得將西門慶發生過性關係的情敵，一個個都征服的俯首貼耳，大有獨霸情場的勢頭。她不但嘴頭子如利劍、「淮洪」一般，且心狠手辣，狡詐奸邪，孫雪娥、宋惠蓮、李桂姐、李瓶兒、如意兒、賁四嫂……都敗在她的手裏。

她既是幕後的謀劃者，又是衝鋒陷陣的鬥士。但終因樹怨太多，被吳月娘攆出家門，被逼向死地。孫雪娥、宋惠蓮都屬於輕狂女子，輕狂得很易被利益沖昏頭腦。孫雪娥對自己沒有正確的估價，對別人也缺乏分析，遇事不問皂白，不察原委，一味地蠻幹、亂撞；宋惠蓮不知趨避，西門慶背地給她點好處，都成了她炫耀的資本，幼稚得不曉得防護，成為眾矢之的。她們既無潘金蓮那般主動進攻態勢，又缺乏心計，最終成了對手的刀下鬼。這期間哪有是非曲直，哪有黑白善惡，唯有強弱的較量。弱肉強食，這也似乎是人世間的「公理」。

按理，潘金蓮並非得勢的李瓶兒的對手，然而潘金蓮事事用心，李瓶兒處處退讓。她一方面普施恩惠，把銀子首飾一把把一件件地送人，不但潘金蓮得了不少好處，連她的母親乃至丫鬟也受益匪淺。另一方面，採取息事寧人的態度，一味地委曲求全，逆來順受，原以為可感化對手，使之放下屠刀，立地成佛。但換來的卻是對方的恩將仇報，在喪子的痛苦中，在潘金蓮鋒刀利劍的頻頻進擊下，含憤死去了。強暴戰勝了仁慈，邪惡戰勝了善良。此所揭示的不單是西門宅一家之現象，恐怕普天之下莫不如此吧？

與潘金蓮的強暴、李瓶兒的心軟不同，李嬌兒與孟玉樓則屬於另一種類型的女人。她們性格內向，「大智若愚」，或站在一旁，隔岸觀火；或躲在幕後，調撥策劃。李嬌兒有自知之明，對身邊發生的一切，裝聾作啞，從不愛多表態，落得做好好先生。一旦潘金蓮傷害了自己，也只暗記於心，待到抓住對方致命弱點，便向西門慶告發，讓吃醋的主子替自己出氣。孟玉樓是位能駕御潘金蓮的女人。她善於利用潘氏達到自己的目的。害死宋惠蓮，她做了無名英雄；潘氏與吳月娘鬥氣，她出面調停，充當和事佬；潘金蓮治死李瓶兒母子，她一言不發。「惱那個人也不知，喜歡那個人也不知，顯不出來」，反落個「溫柔和氣」的好名聲。她倆的結局也比別人好。作者這樣寫，似乎是別有心意的。本來，性格張揚好鬥的人，無論勝敗如何，最終都沒好果子吃。而那些審時度勢，善於在矛盾的夾縫中求生存的人，善於在幕後策劃的人，往往可免禍得福，作者的描寫是真實的，同時也頗耐人尋味。

吳月娘是一部書中的上上人物，從「樓月善良終有壽」的結尾詩來看，作者對這位婦人肯定多於否定。同樣在這一女主子身上，更多地印下了作者的對處世為人、世故人情的看法。

吳月娘「立身剛正」，「性格寬宏」。小妾們有什麼不順心的事，樂於跟她說，也能從她那裏得到安慰。她樂於助人，「替人頂缸受氣」，「一時風火性，轉眼卻無心」，同時也易受人蒙蔽。初蒙蔽於潘金蓮，後從宋惠蓮與李瓶兒母子的慘死中，醒悟過來，聰明起來。

在西門府裏，吳月娘與眾人的最大不同是「立身剛正」。有人評論她是位「貞婦人」。

正因其立身剛正，方為「一部書中出色第一人物」。月娘曾與潘金蓮議論一件丈母養女婿案，她曾借事言道：「大不正則小不敬，母狗不掉尾，公狗不上身，大凡還是婦人心邪，若是那正氣的，誰敢犯邊。」後來潘金蓮也偷起女婿來，吳月娘發現後，訓斥潘氏道：「常言道：男兒沒信，寸鐵無鋼；女人無行，爛如麻糖。其身正，不令而行，其身不正，雖令不行。你有長俊正條，肯教奴才排說你？」這位沒有文化的女子，把論語中的話都搬了進來，這或許是作者借吳月娘的口來自我表白也說不定。作者在小說第 78 回寫賁四娘子先與玳安有姦，後又勾攀西門慶的故事，而後說道：「看官聽說：自古上梁不正，則下梁歪，此理之自然也。」由此可見，吳月娘上述的話與作者的觀點是完全吻合的。這不單是作者對女人行為的一種看法，也包含着對當時朝廷政治生活的認識、企冀。試想如果皇帝、大臣都能「立身剛正」，中國百姓的日子要好過得多。正是由於「上梁不正下梁歪」，才弄得社會亂糟糟的不成個樣子。

總之，我們稍一留心西門宅內的裙釵世界與宅外的男子世界，便會發現在作者筆下，那是個兩兩相照的世界，且幾乎事事對應暗示。譬如，先寫李桂姐拜乾娘，繼而又寫王三官拜義父，最後寫西門慶拜義父，做乾兒子。由此看來，鬚眉男子與小腳女人，政府官員與妓院粉頭，名分有別，本質如一，都是一副趨炎附勢的嘴臉，一副奴顏婢膝的靈魂。且作者描寫的重點是裙釵世界，不但篇幅多，且寫得最細最活，相比之下官場世界則相形見絀多了。

作者正是通過展現女人生活世界來反映明代中後期的社會生活，透過女人生活事理再現整個社會生活的人情世理。

性描寫之得失

在談性色變的時代，人們對此忌諱莫深。後來「放」的風一吹，這塊荒蕪了許久的空地，頓時熱鬧起來，有追尋其歷史淵源的，有探討其時代風尚的，也有從哲學、人學探討其合理性與進步性的。有肯定的，有否定的，也有肯定否定參半的。我既不想評頭品足，更不想去重複人家的觀點，只就書中的性描寫文字，談點自己的實際感受。

首先應承認一個基本事實，那些寫床第行為的文字，總的說來是全書的血肉，多處是故事情節發展中不可缺少的東西。挖了它，便會傷筋動骨，好多情節便似斷了線的珠子，讀者讀起來，只知其然而不知其所以然。舉個最明顯的例子，全書寫得最露骨的地方，要算第 27 回的「李瓶兒私語翡翠軒，潘金蓮醉鬧葡萄架」了，就是這一回的性描寫文字，關乎着書中三個重要情節線索。或者說它是以後情節發展的一個生發源。

瓶兒因懷了孕，央求西門慶慢着些，遂引出以後瓶兒生官哥，備受寵愛，潘金蓮忌

恨，害死官哥，氣死瓶兒等一系列潘、李之間的衝突；另一方面潘金蓮因偷聽了瓶兒與西門慶的「私語」，便一個勁兒地冷嘲熱諷，惹得西門慶老大不高興，遂將她綁在葡萄架上，來了個性懲罰，險些使她喪命。於是開始了以後潘金蓮與西門慶之間的一系列矛盾糾葛：一個不斷採「花」，一個不斷踩「花」；一個以握有隱私牽制老公，一個不斷施以性報復。

再者，那潘金蓮於葡萄架下丟了鞋，打秋菊。小鐵棍拾了鞋，又轉到了陳經濟手裏，陳經濟以鞋戲金蓮，引出了以後潘金蓮與陳經濟調情、偷姦的一條線索，最終他們敗在了一心報仇的丫鬟秋菊手裏。這段寫夏日性交的文字，展示出了兩大矛盾（潘金蓮與李瓶兒，西門慶與潘金蓮）、三條重要情節線索。如果把這段描寫性行為的文字挖去了，以後那些故事就難以讀懂，難以讀出其所以然。

作者筆下的性行為文字，有韻文，也有散文。那些大白話的散文，往往把作者的心窩裏的話，一股腦兒地抖出來，自然、直率、真切。大概正因其真，所以也最能活現人物的性格，揭示人物間的關係，展露人物心理，顯示豐富的生活內容，成為一部書中貨真價實的文字。少了它，人物的關係、面貌就模糊不清，更難活起來。

譬如韓道國的老婆王六兒，在床褥間賣弄精神，興致一來，便乘機討丫鬟、要房子。宋惠蓮在西門慶的懷抱裏為老公來旺討情，或商量如何對付潘金蓮……；潘金蓮每次像天上掉下來似地接了西門慶，不是對西門慶的性隱私尋根究底，就是挑撥與其他女人的關係；李瓶兒的溫順癡情，孟玉樓的報怨含酸，吳月娘的假裝嬌態，林太太的狂蕩，……無不在性行為的描寫中得到最真切展示；奶子如意兒的丈夫與家庭現狀，來爵媳婦的個人情史，李瓶兒與花太監的曖昧關係……也皆從性描寫文字中透露出來。

《金瓶梅》是部「寄意於時俗」寓意深刻的書，不單敘述故事如此，描寫床笫行為的文字尤為用意。這類文字雖多達一百多次，但卻並非隨意亂抹，而是因人而宜，看人下筆。潘金蓮、王六兒、李瓶兒是一部書中特殊的女性，故多為大描大寫，對其他女子或小描小寫，或一筆帶過。即使同一人物，用筆蘸墨也因事因情而變。潘金蓮為淫婦之首，故寫其性交文字也為一書之冠。潘金蓮與西門慶各自把對方當作發洩情欲的工具，一個想着法兒地尋新試驗，一個什麼痛苦都願挨，每次非弄到精疲力竭，不肯罷休。作者如此用筆，意在暴露這對性欲狂、虐待狂的性變態心理，顯示濫淫的罪惡。王六兒與西門慶搞的是以色易財的交易，一個為謀取更多的財貨，拼着身子做，只要男人喜歡，無所顧忌，哪管什麼廉恥不廉恥；一個像鞭牛打狗，想怎麼來就怎麼來，只求痛快。故而一部書中最齷齪、最下賤的文字多見於此。待到一夜之間，王六兒與潘金蓮一齊動手，西門慶也就嗚呼哀哉了，作者戒淫之意隨文而彰。寫李瓶兒與西門慶性交文字，與李瓶兒性情變化緊密相關。嫁西門慶前，着意寫她性生活枯竭和對性滿足的渴望，以及盼早日

嫁人的急切心理。嫁到西門宅後，有一次最重要的性描寫文字（在瓶兒房中試胡僧藥）。那段文字用意甚深，意在明示李瓶兒因何血崩而死：月經期，精衝了血管。瓶兒以淫始，又自食其果，勸戒之深意可見。

寫鄭愛月的性文字，則用「香溫玉軟」之筆。一邊是腰肢「未盈一掬」，「柔嫩可愛」；一邊是「下面昂大」；一邊是「隱忍難挨」，不住地哀求；一邊是「肆行抽送」。以細柔溫雅襯「西門一味粗鄙」。西門慶在花園山洞子裏，與乾女兒李桂姐做起舊日的曖昧事，桂姐一個勁兒地催促：「快些了事吧，只怕有人來。」一個妓女尚有名分與羞恥心，反襯出西門慶倫理喪盡，廉恥全無。

總之，《金瓶梅》中描寫床第行為的文字，並非「專意在性交」，而是「寄意時俗」，對此，張竹坡別具慧眼，他在〈金瓶梅讀法〉中說：「讀《金瓶梅》當知其用意處，夫會其處處所以用意處，方許他讀《金瓶梅》。」對其性描寫，也當注意其用意處，也當知曉其「欲要止淫，以淫說法」的創作方法。

既然描寫性行為的文字容納着社會生活的方方面面，是情節發展、人物塑造、主題表現不可缺的文字，那麼它是否是全書最精彩的地方，是否無須刪繁就簡了呢？當然不是。它最大的缺陷是太率直，太露骨，太赤裸裸了。連女子的皮膚有無陰毛，乃至陰道內部這些本應掩飾的密處，竟一股腦兒地描繪出來，放大渲染一番。它或許能刺激一些人一時的性欲，但並不能給人以美感，猶如展露人的瘡疤、肉瘤，只會令人厭惡一樣。再者，性行為的描寫不是從生理學、性科學角度着眼，使人受到性知識的教育，而是純從常見的性交方式、性交深度、來往次數等方面突出性的粗暴和野蠻性。再其次着意顯示對男性生殖器的崇拜。那些寫床第行為的文字總是渲染、讚美男性生殖器的偉長、昂大，男子為有那個天賜之物而得意，女人見了也無不為之驚喜，性交的具體過程常以它為主角。乃至水秀才等人寫的祭奠西門慶的文章，竟將被祭者作為生殖器大大誇讚一番。有人據此寫文章，稱《金瓶梅》表現了原始社會就有的人對生殖器的崇拜。把人比作生殖器嘲弄一番，算不算崇拜，我們且不管它，說它表現了原始性意識不假，《金瓶梅》性描寫中，原始意味實在太濃了。

與這種對男性生殖器崇拜相聯繫，那些「大寫大描」文字並不能令人感到多少男女間的真摯深情，倒令人覺得美妙的性生活中，處處充滿了性征服、性虐待，獸性多於人性，男性壓迫女性。

就敘事的方法而言，《金瓶梅》性文字的明顯缺陷是公式化、雷同化。處處穿插着似駢非駢，似詞非詞的打油詩，翻來覆去總是那麼一套，令人生厭。又由於這些文字多是從他處抄來的，不但文字粗鄙低劣，甚至有的驢唇不對馬嘴，寫夏天的卻挪用到了冬天，冬天的一段插入了夏天。即使一些散白文字，當寫生殖器與射精一類內容時，反反

覆覆總是那麼幾句，難怪有人認為此書是下層藝人所為呢。

　　的確，一部《金瓶梅》的涉淫文字，魚龍混雜，優劣雜陳，有價值與無價值攪為一團。使您全要不得，又全刪不得，只能去粗取精，汰劣保優。那些抄來的韻文，理應刪光；將散白文字整塊切去的方法不足取，那是一種連水帶孩子一起潑掉的懶漢做法，一種對民族遺產極不負責任的態度。愚以為很有必要對現在市面上流行的《金瓶梅詞話》刪節本中被刪文字，重新斟酌一番，保留那些與情節發展、人物刻畫、主題表現直接相關的文字，刪去可有可無的贅文。使其既便於廣大讀者閱讀，又能最大限度地保留《金瓶梅詞話》原貌。如此方能結束這部傑作作為禁書、半禁書的歷史，推動《金瓶梅詞話》傳播和研究工作更上一層樓。

我眼中的西門慶

　　西門慶的名聲向來不好，一來《水滸傳》中那個淫妻殺夫的惡霸西門慶給人印象太深了，每提起他，人們都不免幾分厭惡。二來，無論從政治角度還是從道德角度講，西門慶都不符合封建統治者規定的做人標準。最傳統的評價當屬本世紀初鄭振鐸先生賜給他的三個頭銜：商人、惡霸、官僚。一部《金瓶梅》也因主人公是壞人而成了「黑色」的書，蒙受着不光彩的榮譽。然而這種人為的評價與讀者的感受有相當距離。說西門慶有可惡之處不假，若說他處處可惡，頭腳爛透，讀之令人作嘔，卻非盡然。人們反倒覺得《金瓶梅》中的西門慶是一位事業上的成功者，一位無事辦不到的「能人」，在那樣一個污濁的社會裏，不但事事能踢得開，玩得圓，且多少還保存了一點人性的人。他是真實的，似乎就活在我們身邊，而且比我們所熟悉的一些「仁人君子」也壞不到哪裏去。他在處事、社交、經商謀略、善用能人等方面表現出那個時代特有的商人性格與商人氣質。故而對其盡可能地做些客觀分析，比起研究其他小說中的某些人物來，可能更具現實意義。筆者無心從政治道德角度為他翻案，只是想在老話題之外，留意一下以往不大為人關注的角落，能還一個人更多、更真實的色彩，更完整的面貌，更鮮活的靈魂。

孤獨與雄心

　　西門慶是孤獨的。儘管《金瓶梅》中出現的人物不下 800 個，大多與他有這樣那樣的聯繫，然而卻無一位是西門慶的知心好友，無一位與他出謀劃策共商大事的知己。書中描寫的清河縣，西門氏只是一個獨門小戶，從他的祖父西門京良，到父親西門達，再到西門慶，可能至少是三代單傳。其父何時去世，書中並無交代。從西門慶一出場，父母已皆不在人世且母系父系中也無一人在世的情形推測，他可能在少年時就死去了父母，失去了長輩的依靠，獨力支撐起了門戶。他娶孟玉樓時，他的女兒也嫁人了。那年西門慶 29 歲，西門大姐也至少 15 歲，這說明西門慶結婚甚早，約十四五歲就成家了，到他出現於書中，他已做了十四五年的父親。這種生活經歷也培養了他獨立處事的能力和習慣。

　　按理這個家庭與西門慶關係最親近的當屬吳月娘。然而吳月娘的地位受到了接二連

三添加的小妾們的衝擊，她不過是「老婆當軍」，充數罷了。再加上自己「常有疾病」，索性「不管家事」，落得心身自在，為了照顧大面上事，「只是人情往來，出門走動」略操一些心。所以內外大事，西門慶也不與她商量，無論事情難易悲喜，無論什麼「果子」，他自己一人想，一人吃，一人說了算。至於老二李嬌兒，不過是個出庫員、看財奴，手裏過過銀子罷了。剩下的幾個，各自心中有一張算盤，只知怎樣討西門慶的歡心，充當個玩物而已，西門慶有事也壓根不與她們商量。他雖說是家中的皇帝，卻是位光桿司令。

他外面的確有十位結義的兄弟，然與西門慶都是「小人之朋」，只知揩油的主兒。就連被西門慶視為心腹的應伯爵，也不過是靠與西門慶的關係賺些錢使，酒肉之朋，算不上數。

西門慶於官場用心甚多，為上下大小官吏聯絡感情，花錢如淌水。然那種朋友是衝着西門慶的錢來的。靠科舉功名熬到如今官職的人，打心底裏何曾瞧得起一介鄉民出身的武夫！權錢交易，何曾有真情！每當蔡狀元、安進士送來幾兩紋銀，張嘴讓他請大員一宴時，精明的西門慶心中不知作何感想。至於那位西門慶的親家——蔡京府裏的翟管家，白白讓西門慶送了他一位老婆，西門慶一死，他還將會彈唱的女孩子玉簫等人也索了去。至於向他獻殷勤送禮物的人，正如他為蔡京等人送壽擔、白米一樣，不過是遇事求人的一般人事而已，那裏算得上朋友？西門慶一生未得一知己，一生沒有為己分憂解難的知心人，一切都是他獨自掙扎過來。他像茫茫大海中的一葉孤舟，繞過了種種人生的暗礁與險灘，才有了今天的一塊安身島。故而事業的紅紅火火，掩蓋不住他內心的淒涼、孤苦。唯有李瓶兒體諒他的難處，瓶兒臨死時，說過兩次話，使西門慶有忽覺到知音之感，於是百感交集，真情頓發。一次是西門慶要為她買塊壽材「沖一沖」，瓶兒生怕他花錢多了，勸道：「你休要信着人，使那憨錢，將就使十來兩銀子，買副熟料材兒，……你若多人口，往後還要過日子哩！」單這後一句知心話，令西門慶萬感俱發，猶如「刀剜肝膽，劍挫身心相似」。第二次是李瓶兒臨終遺言。瓶兒道：「你家事大，孤身無靠，又沒幫手，凡事斟酌，休要那一衝性兒。大娘等你也少要虧了他的，他身上不方便，早晚替你生下個根絆兒，庶不散了你家事。你又居着個官，今後也少要往那裏去吃酒，早些兒來家，你家事要緊。比不得有奴在，還早晚勸你，奴若死了，誰肯只顧的苦口說你？」西門慶聽了如刀剜心肝相似，哭喊着：「疼殺我也！天殺我也！」是的，西門慶一生或許從未聽過如許掏心窩子話，今自瓶兒口中得之，豈不感奮！想到今後連這樣能說安慰話的人都沒了，怎不痛苦悲傷，心肝俱碎！西門慶的孤獨，由此可見矣！

然而西門慶並非安於命運的人。他雖說生於破落之家，經營父親留下的爛攤子、小家業。他同花子虛、應伯爵一樣，生就有吃喝嫖玩的性情，那一點家業弄不好極易被揮

霍掉。然而他畢竟不是應伯爵，不是那種胸無大志得過且過的俗輩，他有重振家業的雄心。

西門慶的雄心，首先表現為眼界寬大。他是生藥鋪老闆，藥材是他的家業，然而他的眼光並未只盯着藥材生意，活動範圍並非只局限於這一生意圈內。相反他幾乎從未過問過藥材的盈虧事宜，因為這項生意，只要經營熟了，有個可靠的人代理就足夠了。他將更多的精力放在了結交官吏上。知縣都與他往來，至於「縣丞、主簿、吏典，上下都是與西門慶有首尾的」（第 9 回）。就是武官周守備、夏提刑、張團練、荊千戶、賀千戶這些實權派也常與西門慶人事往返不絕（第 17 回）。西門慶曉得在中國經商，商業的命脈握在官吏手中，要想發達、賺錢，首先要用錢在官場鋪平道路。官場的路鋪平了，一行經營不行，可轉另一行，事越做越活，路越走越寬。官場的路若踢不開，商業經營便步履維艱，很難幹出大的局面。西門慶的藥鋪何以在清河縣最大？他在官場的人情最厚，同行無一與他抗衡者。正如他對李瓶兒所說：「滿清河縣，除了我家鋪子大，發貨多，隨問多少時，不怕他不來尋我。」（第 16 回）後來又由藥鋪滋生出若干鋪子，他無論經營什麼，處處是綠燈。花子虛的經商條件遠在西門慶之上，他若能繼承叔父之業，將現有錢財活起來，將官場舊關係擴大開來，花家將別是一番面貌，那將不會有瓶兒的偷情，不會有瓶兒的改嫁，不會有花子虛命喪黃泉的悲劇。然而這位花花公子只知揮霍，不但揮霍掉了妻子，揮霍掉了官場關係，最終連自己的性命也丟了。花府的亡家史與西門宅的發家史形成了極鮮明的對照。應伯爵曉得應很好地利用西門慶的關係，然而他所做的，不是如何發展自己在官場的關係網，不是怎樣建立自己的家業，而只是盯着幾兩銀子，設法沾點小恩小惠，自己將自己置於乞食者地位，處事鼠目寸光，故而不會有什麼大發展。

西門慶的雄心還表現為花錢的大計畫、長眼光：錢花在大事上，大投入，大收獲。有些是人情錢，精神投入，即使眼下不見收效，也在所不惜。如西門慶結交蔡狀元，西門慶宴請六黃太尉，募修永福寺等等。有人稱他為野心勃勃的新興商人，也是感受到了他與其他商人所不同的地方，這正是西門慶在事業上成功的主要原因。

最能說明西門慶雄心勃勃，一生要幹一番大事業的證據，是他官越做越大，錢越掙越多，情場日日得意，家業越來越紅火的事實。當西門慶死時，他家的發展勢頭正盛，他的事業、家業正在旺頭上，未來前景不可限量。西門慶城府甚深，他從未在人前吹牛，未說過一句大話、醉話、瘋話。故而他人生奮鬥的目標是什麼？我們也無從推測。唯一可據者，是當吳月娘勸他「貪財好色的事體，少幹幾樁兒也好」，西門慶說她的話是「醋話」，隨即有一段姦織女、嫦娥，拐西王母女兒的浪話。那正是他內心瘋狂的自白，也顯示了有錢者無所顧忌的氣高性傲和這位官吏商人少有的雄心與氣勢。花子虛、應伯爵

絕說不出這類話。

務實社交與朋友義氣

　　與他的大志、雄心相聯繫，他在社交上也表現得非同一般，既有商人的精明，不亂交朋友，甚善於擇友，又有官吏們上下通情、八面達意的社交意識與氣魄。

　　西門慶是位社交的勝利者。他沒有放過任何一個交友的機會，他與任何人交往都能獲得成功。他處事周密細心，事事想得到，做得到，極少漏洞。他從未拒絕過一個朋友的請求，也從未得罪一個朋友，故此朋友越交越多，事越做越順，買賣越做越大。西門慶事業的成功首先得力於社交的成功。

　　西門慶交友極為廣泛，上至當朝丞相，下至市井各色人物，我們可以列出一個長長的名單。對於那些專在茶坊、酒肆、妓院裏幫閒、捧場、湊合、跑腿乞求賞賜的「架兒」，西門慶也能一一叫出他們的名字。對於愛踢球的圓社裏的人、黑社會的打手、莽漢，「西門慶平昔認得」，一旦發號施令，無不向前效命。一旦有事，個個唯命是從。

　　然而，西門慶不濫交朋友，總是因人而宜，極有分寸，從不交無用的人。儘管他有時甚講哥們兒義氣，但在「十兄弟」中，只願與應伯爵、謝希大往來，其次是花子虛、常時節，至於其他幾位，則有意遠之。誠如西門慶肚裏的蛔蟲玳安教訓把門的平安時所言：「虧你還答應主子！當家的性格，你還不知道，你怎怪人！……比不得應二叔和謝叔來，答應在家不在家，他彼此都是心甜厚間便罷了。以下的人，他又吩咐你答應不在家，你怎地放入來，不打你卻打誰！」看大門的平安放進了白來創，被西門慶痛打一頓，這一打，打掉了白來創與其他幾位兄弟的進門權。在與朋友親戚相交方面，西門慶很會處理關係的親疏遠近。家中每逢大事，若散得早，總將親近的留下，再敘舊情。那次慶賀緞鋪開張，安排了 15 桌席，入席者「有喬大戶、吳大舅、吳二舅、花大舅、沈姨夫、韓姨夫、吳道官、倪秀才、溫葵軒、應伯爵、謝希大、常時節，還有李智、黃四、傅自新等眾夥計、主管，並街坊鄰舍」。大家飲到日落時分，西門慶便「把大家打發散了，只留下吳大舅、沈姨夫、倪秀才、溫葵軒、應伯爵、謝希大，從新擺上酒席」，直吃到半夜。令人可疑的是，他竟未留下親家喬大戶，而喬大戶對此事十分上心用力，「特地叫了十二名吹打的樂工，雜要撮弄。」西門慶因何不留他，必是看不起這位新親家。

　　西門慶在社交上最精明處是善以裙帶編織通往京師權臣家的關係網。他這樣一位小小縣城的平民，能與京師大僚們建立起長久而親近的聯繫，成為一個通天人物，一個無事不懂的官僚商人，一位跺跺腳，山東一省發顫的人物，其機竅全在女兒西門大姐的婚姻。他將自己的女兒許配給了祖籍清河在京中做官的陳洪，這陳洪又與東京八十萬禁軍

提督楊戩是親家，而楊戩與蔡京關係甚密，於是西門慶每遇事便藉陳宅的書信直接求於楊、蔡二人。武松案、花子虛案說人情，走的都是這一條門路。以後又憑藉這層關係，為蔡太師送生辰擔，送出個山東理刑副千戶來。

西門慶在京中的另一條重要關係是蔡京府裏的翟管家。翟管家與西門慶也算得上是親家，翟謙無後，為了養兒女，請西門慶為他尋個女孩子做妾。西門慶便將夥計韓道國的女兒韓愛姐，當作自己女兒一般，所有迎娶的一切費用，不讓韓家出一分錢，都由西門慶備辦，「還與他二十兩彩禮」，送與蔡府翟管家宅內。那翟謙還禮來，自此與他「親家」相稱，往來不絕。西門慶因苗青案被巡按彈劾，只用一封書信幾百兩銀子送與翟管家，那翟謙給蔡京一說，非但西門慶無事，曾巡按反倒被罷職流放邊地。以後又是這位翟親家幫他戰勝了理刑正千戶夏提刑，自己升了理刑正千戶。

西門慶兩條通向京中權貴的人情路，都是由裙帶關係縮結起來的。

對李瓶兒的孩子官哥兒，西門慶以為他腳硬命好，給自己帶來了好運氣，所以他也想為兒子尋一門子好親事，使自己的社會交往再上一個台階。荊都監有個女兒，才五個月，想與他攀親。西門慶嫌都監的地位低，而「沒曾應承他」。吳月娘在喬大戶家吃酒，見官哥與喬家的長姐兩個躺在炕上，你打我，我打你，像小兩口兒，在別人的攛弄下，就當場定了親。西門慶聽了心裏很不高興，對月娘說道：「即使做親也罷了，只是有些不般配些。」第三日，瓶兒生日，皇親喬老太，親來宅內會親家，西門慶卻遠遠躲了出去，由此足見這位西門慶也是位頗講勢利的人。

然而切勿以為西門慶過於務實，過於勢利。他既善於結交高層權勢派，也善於結交窮哥們兒；他既有攀附的一面，也有講朋友義氣、樂於助人的一面。不管是什麼樣的朋友，為官的，為民的，富貴的，貧窮的，只要有求於他，他都會不惜氣力地幫忙，從不講價錢，所以人人喜歡與他結交。不過他助人沒有什麼道德、是非標準，重人情，重義氣，道德觀念淡薄，所以也常常助紂為虐。

在官場交友，他大把大把地花錢，錢的開銷分為兩類：走上層路線，買禮物送人情；受人之託，代辦酒席，迎送豪客。翟管家、蔡一泉、安枕、黃主事、宋喬年都不止一次請他做東，每次花費銀子如淌水一般。西門慶卻從不計較這些，凡有所求，必有所應，即使在為瓶兒過喪事期間，他也未推卻。何也？一為揚名官場，誠如應伯爵所言：「哥就賠了幾兩銀子，咱山東一省也響出名去了。」二是出於朋友間的義氣，西門慶對讓他擺席的黃主事說：「即是宋公祖、老先生吩咐，敢不領命？又兼謝儀。賻禮且領下，分資決不敢收。該多少桌席，只顧吩咐，學生無不畢具。」這並非什麼懼怕，作為蔡京之義子，翟謙之親家，巡撫、主事能奈他何？西門慶似乎總是那樣，有求必應，應必盡情，使所託者感慨，使天下朋友傾心嚮往。

妓女李桂姐又將那六黃太尉的侄兒女婿王三官勾搭上了，弄了這位嫖客成百兩的銀子和他媳婦的金銀首飾。三官娘子告知六黃太尉。太尉大怒，令府縣拿人。李桂姐無處躲藏，來求西門慶說情。一個自己包占的女人又投入別人的懷抱，又編着謊話騙自己，若是別的男人，恨都恨不來，哪還管她的閒事。西門慶卻不講這些是非，只要來求自己，便竭力相幫，乃至不顧自己的買賣是否受挫，將就要起身到揚州支取三萬鹽引的來保留下，令他單為李桂姐事跑趟東京。其間送禮的銀子和來保的路費，一切花銷都由西門慶倒貼，不讓李桂姐花一分錢。李桂姐心感不安，說道：「也沒這個道理！我央及爹這裏說人情，又教爹出盤纏？」西門慶道：「你笑話我沒這五兩銀子盤纏了？要你的銀子？」這既有擺義父架子的意思，又出於一種義氣。揚州鹽商王四峰被按巡送進監獄，王四峰央及喬大戶，喬大戶託西門慶向蔡太師討人情，西門慶也滿口應允。人情到，人也放了；黃四的岳丈孫清販棉花，因夥計馮二丟了兩包棉花，孫清便唆使兒子打死了馮二的兒子馮淮。馮家告到巡按衙門，批雷兵備審問，雷兵備因伺候皇船，又委轉東昌府推官，行牌下來捉拿孫家父子。黃四求西門慶向雷兵備說情，轉雷兵備審理此案，免提自己的岳丈。西門慶因與雷兵備「只會了一面，又不甚相熟」，心中為難，然見黃四苦苦哀求，突然想起鈔關錢某與雷兵備是同年進士，於是答應轉求鈔關錢某，下書與他。那黃四從袖中取出一百石白米（一百兩銀子）帖兒遞與西門慶，又從腰裏解下兩封銀子（一百兩）來，西門慶不接，說：「我哪裏要你這行錢！」「不打緊，事成我買禮謝他。」西門慶當即派玳安前去下書，錢、雷二人見書後甚是領情，「只追了十兩燒埋銀，問了個不應罪名，杖七十，罰贖」，救了他父子二人的性命。荊都監為升遷事，求西門慶在巡按面前為他美言，西門慶滿口應承「此是好事，你我相厚，敢不領命！你寫個說帖來，幸得他後日還有一席酒在我這裏，等我抵面和他說，又好些。」果然那日宴席之後，宋巡按與他談論山東民俗風情與有司官吏，可有值得薦拔者？西門慶便極力推薦濟州兵馬都監荊忠和自己的妻兄吳鎧。二人藉西門慶之力皆得美遷。頗令人不解處是，小說越寫到西門慶將死時，西門慶與官吏的往來越多，關係越親密，求他辦事的人也越多，他越顯得樂於幫人。韓道國求「不納官錢」，喬大戶要贖官，何九要為做賊的兄弟何十開脫，何太監要西門慶幫侄兒何千戶買房子……西門慶無不為他們辦得妥妥貼貼，使他們個個感激涕零。至於他這樣做，又使多少人家負屈銜冤，痛罵朝廷……眼不見心不煩，他從不想那些眼皮外的閒事。

對向他伸手借錢的窮親戚、窮哥們，西門慶總是慷慨解囊。吳典恩沾西門慶之恩光，平白得了個驛丞之職，上任那天沒有銀子應付，求應伯爵向西門慶說情，借點銀子救急，寫了個借銀一百兩，「每月行利五分」的文書，西門慶見了「取筆把利息抹了」，拿出一百兩銀子，只讓他將來還個本兒。常時節自家無住的房子，租房住，房主催房錢，老

婆整日嘮叨埋怨。他求應伯爵向西門慶說情，借錢買幾間房子，西門慶滿口應承：只要尋上房子他就付錢。又見他尚未看定房屋，想大冷天，一家子又飢又寒，便拿出十二兩碎銀來對應、常二人道：「今日先把幾兩碎銀子與他拿去，買件衣服，辦些家活，盤攬過來，待尋下房子，我自對銀與你成交。」後來，常時節尋了四間房，需三十五兩銀子，西門慶竟付與他五十兩。對應伯爵說：「剩下的，教常二哥門面開個小本鋪兒，月間賺得幾錢銀子兒，夠他兩口兒盤攬過來就是了。」這西門慶不但想到了常時節的房屋，還想到他們冬日的吃穿，不但想到其住房一時之急，更為他以後長期過日子打算。要三十五兩，卻給了六十多兩（已先送予他十二兩買冬衣的碎銀），且不是借，而是連本錢都不要，白送了他。應伯爵好不容易有了兒子，卻咕嘟着嘴，到西門慶家來訴苦，愁得不得了，說沒錢養活。「冬寒時月，比不得你們有錢的人家，家道又有錢，又有若大前程官職，生個兒子上來，錦上添花，便喜歡。俺如今自家還多着個影兒哩，要他做什麼？家中一窩子人口要吃穿盤攬。自這兩日，忙巴劫的魂也沒了！」只是不提借錢二字，噘着嘴不做聲。西門慶道：「我的兒，不要惱。你用多少銀，一發對我說，等我與你處。」應伯爵道：「哥若肯下顧，二十兩銀子就夠了，我寫個符兒在此。」那西門慶也不接他的文約，說：「沒的扯淡！朋友家，什麼符兒！」竟讓小廝拿來一封官銀，整整五十兩。伯爵說太多了，西門慶說：「多着你收着，眼下你二令愛不大了？你也可替他做些鞋腳衣裳，到滿月也好看。」兩人又戲罵了一會兒，應伯爵笑欣欣地走了。

西門慶也有霸道凶狠欺貧凌弱的時候，如對蔣竹山，對來旺，對平安，對鐵棍兒，對琴童兒等等。那是因為觸犯了他的利益，激起了他的無名火。務實善交、講情分義氣是全書描寫的一項重要內容，也是西門慶形象的一個重要方面。我們應尊重文本，尊重事實，且不可人云亦云，將人物分析得過於簡單化了。

善用能人與經商謀略

讀《西遊記》《儒林外史》可以看到大才受屈者，心中總感到不那麼暢快。一部《金瓶梅》似乎沒這種情況（曾孝序被貶更多屬於忠奸鬥爭）。單說西門慶家業的發達，若從人才觀之，可謂能人聚集，他們個個都是西門慶肚裏的蛔蟲，不但了解主人的意圖、心理，而且常常獨當一面，能幹出些創造性的奇跡，如來保押送生辰擔，來旺杭州趕造為蔡京上壽的禮品，玳安為黃四事送書說情，韓道國採緞貨過鈔關……等等，他們往往給西門慶帶來驚喜。西門慶經商從未犯過愁，他只要在大事上拿個主意，夥計們就能將其變為現實，有時自己還未想到的，手下人就替他想到了。如迎請宋巡按那次，來保與陳經濟勸他將三萬鹽引的事藉此對宋御史說了，到時好支鹽，「倒有好大利」（第48、49回）。

西門慶家業的興旺，事業的成功，在很大程度上得力於他身邊的能人。而且這些人在西門慶在世時，個個忠心耿耿，從未有才能受抑，智力受阻的事，也沒有因主人不聽忠言勸告而滿腹牢騷的，主僕之間竟是那樣的團結和諧，所有這些正是西門慶善於用人之處。

西門慶選人有兩個標準，一是心眼活兒，會說話，無所不能，百伶百俐；他的親隨玳安年齡雖小，卻精通人情世理，無所不能無所不會。西門慶的脾氣好惡，與誰家關係遠近，他心裏都有一本賬兒。見什麼人說什麼話，月娘罵他勢利，潘金蓮誇他聰明，說他當着大娘一套話兒，對着我又是一套話兒，他所做的每件事無不使西門慶喜歡。賁四「年少，生得百浪囂虛，百能百巧。原是內相勤兒出身，……次後投入大人家做家人，把人家奶子拐出來做了渾家，卻在故衣行做經紀。琵琶簫管都會。西門慶見他這般本事，常照顧他在生藥鋪中稱貨，討中人錢使。以此凡大小事情，少他不得。」（第16回）至於西門慶的女婿陳經濟，更是「自幼乖滑伶俐，風流博浪牢成」，「詩詞歌賦，雙陸象棋，拆牌道字，無所不通，無所不曉。」賬目極精熟，西門慶愛之若子，視為將來家業的繼承人。

二是有某種特長，熟悉某一行當的能人。傅自新便是這類人的典型，人老成可靠，深通藥道，寫算極精，處事細心謹慎，西門慶委之於重任，讓他經營藥鋪與當鋪兩處業務，收管銀兩。西門慶手下的夥計大多是多才多能者，既有經營業務之專長，又百伶百俐，心活口甜；既能為坐賈，又能南北往來，獨當一面。應伯爵推薦的開絨線鋪的夥計韓道國，便是這一類人。那韓道國「原是絨線行」，他老婆說他：「江湖從小走過，甚麼買賣貨中事兒不知道？」（第61回）「如今沒本錢，閒在家裏，說寫算皆精。」西門慶一見此人「三十年紀，言談滾滾，相貌堂堂，滿面春風，一團和氣。」便滿心歡喜，「即日與他寫立合同」（第33回）。此人在絨線、綢緞經營上，為西門家賣力不小，才能得到充分發揮。後來那韓道國與來保將五百兩銀子的絨線買賣弄成了萬兩銀子的綢緞。西門慶開綢緞鋪，應伯爵為他推薦了一位新夥計甘潤，這甘潤「原是緞子行賣手，連年運拙，閒在家中。今年才四十多歲，正是當年漢子。眼力看銀水，是不消說，寫算皆精，又會做買賣」，也是位多面手（第58回）。

西門慶喜歡多面手，那些有才能的夥計為西門慶的家業興盛也立下了不少汗馬功勞。

來旺本是西門慶身邊最得力助手。論才幹，不在來保之下，政界商界凡讓他做的事，件件幹得漂亮。西門慶陷入武松案中後，到縣裏上下打點、說情的是來旺；千里迢迢跑到京師找楊戩、蔡京討書信的還是來旺；西門慶與蔡京的門路，可以說是由這位來旺踩出來的（第10回）。後來西門慶又派來旺到杭州採辦蔡太師生辰尺頭，顯然下次為太師送壽禮，必會再委派他去。可惜西門慶為長久霸占他的媳婦，而將這位忠心耿耿的幹將陷害發配異地他鄉了。頂替來旺位子的是來保，在後來的眾夥計中，他的功勞最大。西

門慶在東京幹的幾件大事：送生辰擔，弄來理刑副千戶之職；將犯人名單上的西門慶改為賈慶；使蔡京扣押曾御史奏折，保護了西門慶性命官爵，幾次使西門宅化險為夷；在經商方面，經營絨線鋪，及時提醒西門慶請蔡御史為三萬鹽引說情，糶鹽賺三萬兩銀子，開緞子鋪，到南方跑買賣、進貨物等，件件事辦得漂亮。當然他們能力得以充分發揮，能為西門慶忠心耿耿做事，說來說去，皆是西門慶善於用人的結果。

說到西門慶的善於用人，便自然涉及他經商的見識、眼光與謀略。

西門慶在商業上的成功是一突出的事實，他幾乎沒有失敗過，總是一帆風順，紅紅火火，顯示出少有的經商頭腦與才幹。對這個人物無論做怎樣的政治道德評價，無論他在政治上怎樣投機，怎樣徇情枉法，然有一點是不可視而不見的，即如果他沒有經商的經驗和才幹，如果不能接二連三地獲得理想的經濟效益，他在官場的活動就很難不斷地升級，就不會那樣如魚得水。同樣官場的失利也必然反過來抑制他的商業發展。一句話，道德說道德，才能說才能，道德不等於才能，道德評判不應取代才能的評判。對西門慶我們同樣不能視其才而不見。

西門慶的經商才能表現在四個方面：以錢謀權，藉權謀勢，藉勢謀財的經商思路；以財獵色，藉色謀財的取財之道；抓高利潤項目，大投入大收穫的經營眼光與經營氣魄；立足清河取貨於江南的貨物運輸以及合股經營法、吃小虧讓小利的多種促銷方法等。西門慶的商品營銷思維是一個完整的體系，且有他獨到之處。有些至今還被經商者廣泛運用着，有的對今天營銷仍有啟發意義。

西門慶事業的成功首先成功於以錢謀權。他的發家從「交通官府」開始，而後走上了由商到官，以官經商的官商之路。書中說他是個「破落戶」財主，足見他祖上曾有過一段輝煌的歷史。「西門慶的父親西門達，往甘州販絨去，帶了（指甘來興）來家使喚，就改名叫甘來興。」由此可知，他的父親是從事販絨線生意的，其祖上很可能是位商業大戶。或許像應伯爵、韓道國、甘潤家一樣，因賠了本錢，而破落下來。西門慶起初只在縣前開生藥鋪，未見開絨線鋪，說明原先的絨線生意已做不下去了。西門慶在父親死後首先做了兩件事，一件是使這個生藥鋪發展為全縣同行中最大的鋪子，阻止了家業的繼續滑坡。二是開闢官場之路，官、商兩條線作戰。書中如是介紹西門慶：「那人複姓西門，單名一個慶字，排行第一，人都叫他做西門大郎。近來發跡有錢，人都稱他做西門大官人。」他因何「發跡有錢」呢？從人們由「西門大郎」改稱「西門大官人」來看，其發跡有錢，必來於官府。書中介紹說：「專在縣裏管些公事，與人把攬說事過錢，交通官吏。」把攬說事，不一定能撈多少錢，其意義不在錢多少，而在與知縣、官吏關係精熟，有了勢力，有人為他做事撐腰，膽子自然一天天大起來，使「滿縣人都懼怕他」。結交官吏與做藥材生意，兩條戰線並進，使他很快成為有錢有勢的人物。權錢結合，以

錢謀權，以權謀勢，以勢謀財，是西門慶一生的經商思路，這在以後的百回書中表現得更為充分，此處不再詳述。

也許有人會說，交通官府，勾結官吏，以錢換權，以權謀財，這正是西門慶可惡之處，也是社會政治黑暗的表現。我們不否認這個道德與政治判斷的客觀性。然而需要說明的是，官商勾結、權錢交易是那個時代政治文化體制滋生出來的。在官本位的中國，在政治文化處於一切文化統治中心地位的國度裏，商業命脈完全握在統治者手心裏，它沒有獨立地位，也無自身的自由可言，經商者必須在官吏手中討生活，在權勢的控御下求生存。不懂得這一道理，不懂得以錢向掌權者買取自由，商業的經營便寸步難行，便最終走入此路不通的死胡同。西門慶對中國社會的國情有透徹的了解，他選擇交通官府，以錢換取地位和經商自由的做法是明智的。故而他能在錯綜複雜的社會關係中，在名目林立、重重關稅之中，游刃有餘。如果說這樣做有罪責的話，罪責不在西門慶一人，而在於那個控御一切的封建政治體制和無官不貪的社會風氣，在於產生這一罪惡的政治文化土壤。

男人的成功主要靠自己，但也不排斥借助種種外來因素。女人是這些因素中的重頭戲，有人說男人成功的一半是女人，並非全無道理。于連（《紅與黑》中的男主角）事業的成功是以女人為階梯爬上去的。西門慶家業的復甦與騰飛同樣是以女人隨嫁財產為踏板的。西門慶自交通官吏、把攬說事、發跡有錢後，緊接着又連發幾宗婦人財。清河縣名妓李嬌兒，嫁與西門慶必帶來不可計量的私房錢，那個數目，雖說比不上杜十娘的百寶箱，但也必大有可觀，從她娶入門後，在宅中讓她理財管錢看，恐也並非一個小數字，要不然西門慶又何必從妓院將她買回呢。娶寡婦，若其原夫是個富戶，又無兒女，那麼丈夫的財產隨着婦人一起搬入新夫家裏，事實上就等於新夫兼併了舊夫財產，孟玉樓與李瓶兒的改嫁就是這一性質的。孟玉樓是南門外販布楊家的正頭娘子，不幸他男子漢去販布死在外邊，她丈夫的生意做得很大，鋪子裏，「一日不算銀子，搭錢也賣兩大簸籮。……現一日常有二三十染的吃飯」，家中的財產僅媒婆知道的就有這許多：「手裏有一份好錢；南京拔步床也有兩張。四季衣服、妝花袍兒，插不下手去，也有四五只箱子。珠子箍兒，胡珠環子、金寶石頭面、金鐲銀釧不消說，手裏現銀子，他也有上千兩；好三梭布也有三二百筒」（媒婆話有些誇張，但絕非無中生有）。正因孟玉樓有那麼多的財產，所以出嫁那天，張四舅便帶着街坊鄰居來阻攔，想將財產為他侄兒留住。西門慶竟帶了一二十名軍牢和家中小廝伴當，來抬財物。張竹坡的批評，往往帶有太濃的主觀偏見，然對此事的評論卻切中要害。他說：「觀楊姑娘一爭，張四一鬧，則總是為玉樓有錢作襯。而玉樓有錢，見西門慶既貪不義之色，且貪無恥之財。」（孟玉樓愛嫁，西門慶愛娶，「不義之色」從何說起，財又何謂「無恥」？）此財是否無恥，此色是否不義，我們且先

不去論它，楊某販布半生積聚的財產隨着孟玉樓的改嫁，一起被西門慶名正言順地兼併了，其數額當不少於西門慶生藥鋪本錢的兩倍。這真是一種財色兩得的好買賣。正如媒婆薛嫂說的：「誰似你老人家有福，好得這許多帶頭，又得一個娘子！」（第7回）孟玉樓帶來的錢財，至少在兩件事上派了用場：一是為嫁女兒大姐，準備了一副豐厚的嫁妝。何以見得？書中寫道：「六月十二日就要娶大姐過門，西門慶促忙促急，趕造不出床來，就把孟玉樓陪來的一張南京描金彩漆拔步床，陪了大姐。」（第8回）寫大姐改嫁的文字總共就這麼二句，一張床便將其中的秘密揭穿了。二是為娶潘金蓮建造的一座玩花樓。書中未寫建樓經過，娶李瓶兒時寫得較詳，需花幾百兩銀子。而娶潘金蓮只是明確交待她所住的特殊環境：「一個獨獨小院，角門進去，設放花草盆景，白日間人跡罕到，極是一個幽僻去處。一邊是外房，一邊是臥房。西門慶旋用十六兩銀子買了一張黑漆歡門描金床，大紅羅圈金帳幔，寶象花揀妝，桌椅錦杌，擺設齊整。」（第9回）這環境的得來，豈能少了銀子，從何而來，藥鋪的收入有限，恐難一時拿出這樣的大數目來。

至於花家的財產，書中有多處流露，富堪比國，人不可測。李瓶兒原是蔡京女婿梁中書的妾，從家中乘亂逃出來時，便帶有「一百顆西洋大珠，二兩重一對鴉青寶石」。單是這兩樣萬世稀寶，價值連城，無可量也。西門慶也曉得，「晚嫁花子虛，帶了一份好錢來」。後來花子虛下獄，李瓶兒請西門慶為他求人情，一次便「搬出六十錠大元寶，共計三千兩」，還有「四口描金箱櫃，蟒衣玉帶，帽頂縧環，提繫條脫，值錢珍寶玩好之物。」這四箱宮中寶物，價值多少，誰能說得清？可以說，在李瓶兒身上匯集着大名府府尹梁中書家珠寶的精華與御前班值花太監一生全部積蓄的財寶。因此當西門慶奪得了李瓶兒的心並將她娶進家門後，西門慶已遠不是只開着生藥鋪的破落戶西門慶了，事實上成為兼併了販布的楊家、廣南鎮守花太監的幾乎全部家產和梁中書家的看家寶貝的一方巨商大賈西門慶。李瓶兒給西門慶家業的發展帶來了巨大變化，其表現有四：其一，兼併了花子虛的房屋院落，宅院面積擴大了一倍。內建假山、花園、大棚，又新建一座玩花樓，「外莊內宅，煥然一新」。其二，「家道營盛」。穿衣吃飯、奴僕丫鬟、生活情趣大不同於往日，生活水準也提高了一大步。書中寫道：「西門慶自從娶李瓶兒過門……米麥陳倉，騾馬成群，奴僕成行。把李瓶兒帶來的小廝天福兒，改名琴童。又買了兩個小廝，一名來安兒，一名棋童兒。把金蓮房中春梅，上房玉簫，李瓶兒房中的迎春，玉樓房中的蘭香，一般兒四個丫鬟，衣服首飾妝束出來，在前廳西廂房，教李嬌兒兄弟樂工李銘來家，教習學彈唱。」（第20回）其三，又新開了一個典當鋪。門面兩間，資金兩千兩（是藥鋪的兩倍），賁地傳、傅自新與陳經濟三人共同經營。其四，提高了西門慶送與蔡京生辰擔的檔次，贏得了蔡太師的歡心，得到了正五品理刑副千戶的賞賜。總之，自西門慶娶了孟玉樓、李瓶兒後，西門宅的財產翻了數倍，經濟實力大增，已由一個破

落戶搖身一變為暴發戶。不過這種財色雙收，非他單方謀求便可得者。

自娶李瓶兒之後，西門慶的眼光總是瞄準大的經營項目：開當鋪，放高利貸，販鹽，販絨線、綢緞等。投資大，收效甚為可觀。典當鋪是個常經營，常見效，利潤豐厚的一項業務。清河縣許多富貴之家漸漸衰落下來，如王皇親、白皇親、王昭宣府、周太監、花太監等。他們家中的珠寶因後代生活所需不斷地被廉價當掉。王三官將他妻子的頭面當在妓院裏。李瓶兒穿的皮襖便是王昭宣府的當物。就連應伯爵生了兒子，無錢應付人事，也要當掉老婆的衣服。西門慶上任時所繫的犀角帶是王昭宣府的。李瓶兒的壽材板是尚舉人的父親尚推官的……這期間的利潤不可小視。西門慶房內裝飾得富麗堂皇，連宋御史看了也暗自驚奇。令宋御史嘆之不絕的流金八仙鼎以及許多名人字畫，想必多來自當鋪。一次應伯爵、謝希大見屋內陳設一座石屏風，「大螺鈿大理石」做成，「三尺闊，五尺高」，珍貴富麗，便讚不絕口。還有那「兩架銅鐸、銅鼓連鐺兒」，也「都是彩畫金妝，雕刻雲頭，十分齊整」。應、謝都是見過世面的人，對此並非門外漢，伯爵說：「休說兩架銅鼓，只一架屏風，五十兩銀子還沒處尋去。」謝希大則說：「也得百兩銀子，少也他不肯。」事實上這兩三件加起來的當價只是三十兩（第 45 回），不及原價的三分之一，利潤之高，可見一斑。

放高利貸是一種貨幣再生、一本萬利的商業經營。西門慶放貸利息均為「月利五分」年利六錢。李智、黃四要攬一宗官方買賣，想與西門慶合夥做，請應伯爵來說情。應伯爵道：「攬頭李智、黃四，派了年利三萬香蠟等料，錢糧下來該一萬兩銀子，也有許多利息。上完了批，就在東平府見銀子。」他問西門慶做不做？西門慶曉得他二人想打着自己的牌子胡作非為，便回絕了。應伯爵勸西門慶借銀子給他們。「哥若不做，教他另搭別人，在你。借兩千兩銀子與他，每月五分利，教他關了銀子還你。」西門慶只借給他們一千五百兩。後來，李、黃二人關了一千兩香蠟銀子還西門慶本錢，「又拿出四錠金鐲兒來，重三十兩，算一百五十兩利息之數，還欠五百兩。」（第 43 回）到第 45 回，他們還想再從西門慶處借五百兩，加上所欠的五百兩，簽一個借一千兩的合同，也好算利息。利息是多少？應伯爵說：「找出五百兩銀子來，共搗一千兩文書，一個月滿破認他三十兩銀子。」西門慶果然又湊足了一千兩，到第 64 回，他們又還了債主三百五十兩利息。這種交易若斷若續，直拖到西門慶死時，李、黃還欠西門慶本金五百兩，利息一百五十兩。

西門慶放債絕非此一處，臨終前他向女婿陳經濟交待說：「前邊劉學官還少我二百兩，華主簿少我五十兩，門外徐四鋪內，還欠我本利三百四十兩，都有合同見在。」由此看來，西門慶每年單是放高利貸的收入也有幾百兩。

西門慶家業的另一次大翻身得力於鹽業經營。據歷史記載，早在明代洪武年間，因

邊地乏糧，便召商人大戶運糧米到邊地。政府不付錢，而支給其鹽引，讓他們持鹽引到產鹽區去支取官方專營的低價鹽，然後運至缺鹽地方，高價出售，謀取暴利。蔡京上陳皇上七件事，其中就有此一條：「在陝西等三邊開引種鹽，……令民間上上戶，赴倉上米，討倉鈔，派給鹽引支鹽。舊倉鈔七分，新倉鈔三分。」西門慶與對門的喬大戶早年曾在高陽關上納過三萬糧倉鈔，可以換回三萬鹽引。而恰好此時任兩淮巡鹽御史的正是對西門慶知恩圖報的蔡狀元。西門慶一句話，蔡狀元便在揚州早支發他們一個月鹽。他們及早發買，其利潤相當可觀。小說第 51 回敘述西門慶令韓道國、崔本與來保帶三萬鹽引到揚州支鹽，然後織了絲綢回來。到第 58 回，韓道國從杭州運回了十大車、一萬兩銀子的貨物。不久來保自南京運回二十大車的綢緞，相當韓道國的兩倍，即價值約不下兩萬兩。這三萬兩販鹽款，除去納糧的錢（其數目根據前些年西門慶的經濟勢力當不會超過一萬兩），至少也賺兩萬兩。

西門慶商業經營的主要方式是開鋪子，賣各類賺錢貨物。他在商品經營方面有極強的獨攬市場意識：他人經營的我不經營，我若經營必超越他人。這一意識表現在兩個方面：一是營銷商品品種的專一化。西門慶經營的鋪子無一個百貨店，也無一座多類商品混合經營店，五個鋪子全是專營店，且分工甚細，如綢絹鋪、緞絹鋪、絨線鋪等。其所分工如此細，就是要以專取勝，以專創牌子，創信譽，首先占領顧客的心理市場，使他們買某樣商品便想到某一專營店。二是以經營規模取勝。鋪內每天的銷售額頗為可觀。緞子鋪開張的頭一天就賣了幾百兩銀子。當鋪與絨線鋪每天也至少賣幾十兩，所以每個鋪子資金積累迅速。藥鋪原來的本金是一千兩，就已是清河縣最大的。到西門慶去世時本銀達到五千兩；典當鋪一次投入的資金為兩千兩，其規模也可想而知，西門慶病危時，占用銀已達「二萬兩」。絨線鋪以五百兩貨物起家，不到兩年工夫，增至六千五百兩。綢絹鋪的崔本剛運回兩千兩貨，一個月內翻了兩倍半，達到五千兩。其中韓道國與來保船上的四千兩尚未計算在內。若加上西門慶送太師之財寶，加上西門慶在官場（單是十來場為大員們備辦酒席，也絕非一個小數目）的揮霍，其數目之大、速度之快，令人吃驚。無疑這些增值主要來自鋪子經營所獲的利潤，來自經營者獨攬市場的經商思路與謀略。

就進貨而言，西門慶單刀直入，跨過生產者與經營者之間的重重環節，直接到生產者手中取貨。西門慶經營大宗商品是產於南方的絲製品，所以他屢屢派人順運河南下，到產絲織品的江蘇、南京、杭州、湖州一帶購貨，將商品的進價壓到最低程度。即使購衣服成品，也先從廠家直接買料，而後再加工，如此省下了衣服生產者所扣除的一大筆費用。如西門慶為蔡太師奉送的蟒衣之類就是如此。為了更好地掌握貨物生產的質量、價格，以便能購入貨真價廉的商品，西門慶還計畫在商品產地設立專人做買手，專管買貨。一次王六兒哄得西門慶高興，便對她說道：「你既一心在我身上，這遭打發他和來

保起身，亦發留他長遠在南邊，做個買手置貨罷。」

　　貨物裝船，水上運輸，比旱路經濟得多，主要花費是關稅。西門慶憑他在官場上的交往，憑他與臨清鈔關錢某的關係，這項花費又大打了折扣，每次上千兩的貨物，只送幾十兩的人情就完事了。由此可以推想西門慶的貨物販運比他的同行們要少花許多錢。故而他的商品售出價一定比市場上的同類商品價格低些，他所獲得的利潤也必高於同行人，從而在銷售上占了很大優勢。

　　至於貨物銷售，西門慶還採用邊加工邊銷售的加工銷售一條龍作業。他花四百五十兩銀子買了絨線，在獅子街李瓶兒那座房子前打開了兩間門面，開了個絨線鋪，讓韓道國與來保兩人經營，還搞了個染房，將絨線染成各類顏色發賣。這樣西門慶便可成倍地賺錢。後來這個鋪子一下發展到了六千五百兩的規模。由此可知西門慶的這種獨特的經營方法來錢之快。

　　說到經營方法更可看出西門慶的精明過人。首先是經營者分工極細，各有所專，錢財、貨物、賬目條條清晰，事事有條不紊。生藥鋪與典當鋪在一處，由三個人共同經營。「女婿陳經濟只要掌鑰匙，出入尋討，不拘藥材當物。賁地傳只是寫帳目，秤發貨物。傅夥計便督理生藥、典當兩個鋪子，看銀色做買賣。」（第 20 回）陳經濟專管取貨物，相當於今日的出納。賁地傳專理賬目稱貨，約等於今日的會計。傅自新只掌握銀兩收出，相當於今日的收銀台上的收銀員。而這精細的分工又與商品的銷售工作完全融為一體。這種經營方法既可提高經營質量和銷售效果，又可防止經營者作弊。

　　其次是合股經營，風險共擔，利弊同享，榮辱與共，增強經營者的主人公意識，最大限度地調動經營者的經營積極性，充分發揮他們的才能與智慧。西門慶每次雇用人，都要先簽訂合同，明確被雇用者與雇主之間的責任與利害關係。如韓道國、賁地傳、甘潤、溫葵軒等無不如是。合同內容最為詳盡的是第 58 回開緞子鋪。書中寫道：「當下就和甘夥計批立了合同，就立伯爵做保。譬如得利十分為率，西門慶分五分，喬大戶分三分，其餘韓道國、甘出身與崔本三份均分。」開張那日，人人出力。「喬大戶叫了十二名吹打的樂工，雜耍撮弄；西門慶這裏，李銘、吳蕙、鄭春三個小優兒彈唱」，夥計們也各顯神通，大造聲勢，僅一日，「就賣了五百餘兩銀子」。西門慶滿心歡喜，夥計們也滿心歡喜，韓道國夫婦心裏感恩，家中設宴答謝西門慶看顧之恩。這種合股經營方式，在以前的書中從未見過。

　　與此相關，西門慶搞了一些新的促銷方式。如緞鋪開張那天，有一人專門負責招待顧客。「崔本專管收生活，不拘經紀、賣主進來，讓進去，每人飲酒二杯。」以加強經銷者與消費者間的感情交往。由此可見，西門慶等人的營銷觀念已有了近代化性質。

性虐狂與真情漢子

　　愛情，多麼神聖的字眼！在它的面前，世上一切晶光耀眼的東西頓時黯然失色，一切珍貴美麗無不相形見絀。它可以超越人間的一切現實利益，乃至於人的生命。如此神聖的字眼豈可亂許於人！像西門慶這樣一位見一個愛一個的泛愛主義者，夜夜輪換屋宇的淫夫，一個只知以金錢買取情場歡樂，一個不講年齡、情趣一味逞能施暴的性虐狂，哪裏配得上「愛情」二字，恐怕只會玷污「愛情」二字的神聖。

　　在一夫多妻制的婚姻制度裏，在女子無權選擇意中人的時代，在男女授受不親的德禮束縛下，在那樣一個封建文化氛圍裏，人的豐富的感情被種種觀念禮儀簡化為傳宗接代的現實利益，很難培育出愛情的花朵，甚至有人得出在封建社會制度下，不會有真正愛情的結論。

　　果真如此嗎？錯矣！

　　愛情是人的主觀的情感，人人都有愛的情感與欲望，也都有實現願望的動機、行為，並最終將其施加於他所尋求的對象上，從而達到某種程度的實現。生活在奴隸制、封建制社會的人都是人。人都有愛情，都有愛情的生活，只是這種生活的自由程度，愛的實現的程度不同而已。如果說古代中國人沒有愛情，沒有愛情生活，那麼就不會有歌頌愛情的文學作品，愛也就不會成為文學永恆的主題。而事實與這一結論恰恰相反。從《詩經》開始的歷代詩歌，從《穆天子傳》開始的歷代小說，從董解元《西廂記》開始的歷代戲曲，以「牛郎織女」「青蛇白蛇與許仙」「梁山伯與祝英台」為代表的民間傳說故事，以及大量的正史、野史、雜史、筆記，描寫愛情的作品，俯拾皆是。這些都是人們愛情生活與願望的反映，豈能說古代中國人無愛情！任何社會制度下都有愛情。非但愛情不能用社會制度劃分，也同樣不能以封建道德判定，如若那樣便會得出善人有愛情，惡人無愛情的結論。道理很簡單，因為真情、愛情可以使人超越利害，超越道德，使社會的人還原為生命的人。因為愛情就是這樣一種東西，一種為了所愛的人，不惜犧牲自己生命的強大的情感力量，它是情感的而非理智的。故而人人都可能有也可以有真正的愛情。彼得大帝可以，希特勒可以，秦始皇可以，西楚霸王可以，漢武帝可以，蔣介石也可以，西門慶為何就不可以？

　　不錯，西門慶是個「浮浪子弟」、性欲狂。他憑藉手裏的錢，憑藉着天生一副小白臉，憑藉着甜言蜜語溫克性兒，憑藉着男子漢應有的本領，騙取了抱着不同目的的女子的喜愛。從而像搜羅金銀布匹一樣，搜羅了一大群繡帶飄飄的女人，珠環翠繞，妻妾成群。然而他與眾女人的關係，大多不過是異性間的性愛而已，在性愛的背後，隱藏着或以財謀色，或以色謀財，或以色獵色的赤裸裸的利害關係，使讀者感到那眾多的女人不過是

西門慶用錢財豢養起來的性玩物，一旦玩膩了，便拋在一邊，重新更換。不但正頭娘子吳月娘是「老婆當軍，充數罷了」，那李嬌兒在妓院被包占了一段時間後，娶到家中，也像一件買來的家具，攞在那兒，如同「死人」。孟玉樓一心要嫁西門慶，剛進門「一連在他房中歇了三夜」，此後便被扔得不上不下，整日「含酸抱怨」。至於那位「沒時運」的孫雪娥，一年到頭見不到西門慶入屋的影子，一旦得之，便「如同天上掉下來」一般。那位最漂亮的性格外向的潘金蓮，更難耐性寂寞與性飢餓，西門慶不過是她解飢渴的性具而已，她在西門慶的眼裏，只是個後補隊員，一位施性暴的對象，絕無真情可言。家人媳婦韓道國的老婆王六兒，西門慶「一個月，也去兩三遭兒」，然性質如同包占妓院的李桂姐、鄭愛月兒一樣，不過以財謀色罷了。「王六兒財中之色，看其與西門慶交合時，必云做買賣，騙丫頭、房子，說合苗青，總是借色起端也」。[1]包占諸妓女自不必細說，其性質，正如潘金蓮所罵：「十個九個院中淫婦和你有甚情實？常言說得好，船載的金銀，填不滿煙花寨。」（第12回）皆為錢色交易。

西門慶將那位貴夫人林太太作為漁獵對象，目的有三：一為大顯神手，以示無女不在我掌中耳，就像宴請六黃太尉，以示無官不到我家做客一樣，滿足他無所不能的精神需求。二為情場報復。她的兒子王三官，搶了他包占的李桂姐，實乃在西門慶眼中插棒槌，在情場給他大難堪。他現在姦淫三官的母親，足可報一箭之仇。三是以林太太做跳板，以達到將王三官妻子藍氏弄到手的目的。這個主意皆出於妓女鄭愛月之口，那鄭愛月對西門慶道：「爹也別要惱。我說與爹個門路兒，管情叫王三官打了嘴，替爹出氣。」又道：「王三官娘林太太，今年不上四十歲，生得好不嬌樣，描眉畫眼，打扮得狐狸也似……我說與爹，到明日遇他遇兒也不難。又一個巧宗兒：王三官娘子兒，今才十九歲，是東京六黃太尉侄女兒，上畫般標致。……爹難得先刮刺上了他娘，不愁媳婦兒不是你的。」（第68回）西門慶抱着如此報復心理，豈能對報復對象有真情？

不過且莫將西門慶看作冷血動物，他在情事上也有真動感情的時候。小說第21回「吳月娘掃雪烹茶」，寫西門慶原為瓶兒事與吳月娘不說話，這一日在妓院受了李桂姐與老鴇兒的騙，着了些氣惱來家，到家已是一更天氣。走到儀門內粉壁前，卻見月娘在那裏祝香禱告穹蒼，保佑夫主莫要留戀煙花，早早回心。「齊心家事，不拘妾等六人之中，早見嗣息，以為終身之計，乃妾之夙願也！」西門慶一聽此言，感慨萬分，心中想道：「原來一向我錯怪了他，原來他一片都為我的心，倒還是正經夫妻。」於是一把將月娘抱住，激動地說：「我的姐姐！我西門慶死不曉的，你一片都是為我好。一向錯見了，丟冷了你的心，到今悔之晚矣！」那一刻，西門慶好似初見吳月娘，發現眼前妻子竟如此

1　張竹坡〈金瓶梅讀法〉十九。

美妙無比，悔恨不已。吳月娘對他「不瞧一面」，他便「跪在地下，殺雞扯脖，口裏姐姐長，姐姐短」不斷地央及。盛氣凌人的西門慶對娶過門來的妻妾如此，在一部書中僅兩三見。月娘背地的行動，令他肅然起敬，於是對妓院老鴇虛情假意的恨剎那間轉為對妻子真誠的愛，並為往日錯怪了她而深深地懊悔內疚，愛悔交集令西門慶不能自已。誰說西門慶無真情，這便是他對月娘真情的一次大放送。不過，這次對吳月娘的真情是多種因素促成的。儘管從此西門慶對月娘另眼相看，家內有事願與她商量，然而他與月娘之間並無真正的愛情。

在西門慶接交的眾女人中，唯一能使西門慶動心令其長久牽腸掛肚的是李瓶兒。當然，西門慶對李瓶兒的喜歡，不排除財色因素。第一次從他口內說出瓶兒時，竟是這樣幾個字：「他原是大名府梁中書的妾，晚嫁花子虛，帶了一份好錢來。」（第 10 回）他感興趣的是錢。當他第一次到花子虛家，與李瓶兒撞了個滿懷時，不禁為瓶兒的美色所陶醉，「不覺魂飛天外，魄散九霄。」瓶兒那少有的癡情，那不顧惜一切的追求，西門慶猶如隨波漂流的船兒，被幸福弄得暈眩，並未感到什麼。當他閉門龜縮月餘後，發現瓶兒已嫁了蔣竹山，「把個現現成成做熟了的飯的親事兒，吃人掇了鍋兒去了。」不覺「氣得在馬上只是跌腳」，叫苦連天。回到家罵老婆，踢金蓮，要了鋪蓋，獨自歇宿，「打丫頭，罵小廝，只是沒好氣」，精神大亂。此時他才發現，李瓶兒牽動他的心，擾亂着他的情緒，他不能沒有李瓶兒。

儘管李瓶兒進門，西門慶先來了個下馬威，使她死活不得。不過西門慶那樣做，一來是殺雞給猴看，二來為自己遮羞。一頓氣惱過後，便多雲轉晴了。自此西門慶對瓶兒的寵愛隨着官哥的誕生而日日加深，且並未因官哥的死而減寵，這種寵愛遠非有些評論者所言是瓶兒滿足了西門慶對財色的欲望所然。這可從西門慶對女人的做愛見出一斑。對瓶兒西門慶往往是愛惜有加，而對潘金蓮則是狂暴的性懲罰。「私語翡翠軒」與「醉鬧葡萄架」是如此，在以後的幾次描寫中，也無不如此。第 61 回「李瓶兒苦痛宴重陽」，西門慶從王六兒家歸來，又走入瓶兒房中，要「和瓶兒睡」，被瓶兒婉言謝絕。西門慶笑着說道：「我的心肝！我心裏舍不得你，只要和你睡，如之奈何？」（那次瓶兒經期，西門慶也是如此說，種下了下面淋漓的病。雖說那次做愛，他也頗多愛惜之情，但看他那種犖勁，很可能是無此性常識）。瓶兒曉得這句話的情意，笑了笑兒：「誰信你那虛嘴掠舌的，我到明日死了，你也舍不得我罷？」又好言勸道：「一發等我好好兒，你再進來和我睡也是不遲。」這次西門慶被瓶兒的柔腸善心所感，坐了會兒，便出來，進了潘金蓮的房裏。這次對潘金蓮，猶似葡萄架下那次一樣，使出了一切使婦人痛苦的法兒。潘金蓮痛苦難禁，不住地討饒。「西門慶口中呼道：『小淫婦兒，你怕我不怕？再敢無禮不敢？』婦人道：『……罷麼，……我再不敢了。』」足見西門慶對瓶兒的情感不可與潘金蓮同日

而語，什麼原因？恐在財色之外還有更深的東西。

西門慶對瓶兒的真情也有感人肺腑，動人心魄的時候。那是全書寫得最精彩，最能調動讀者情感令人久久不能忘懷的章節，即第 62 回「潘道士解禳祭燈法，西門慶大哭李瓶兒」。這一回所以寫得催人淚下，一是瓶兒臨終安排後事，處處為他人設想，對下人體貼入微，對丈夫對姐妹傾訴肺腑，關懷備至，唯獨不念自己。她那溫克性兒善良的心兒被作者飽蘸情感的筆觸描繪得活靈活現。瓶兒的悲劇是美麗善良被毀滅的悲劇，是一曲情愛夫婦死別的絕唱。二是西門慶也表現出異常感人的真情。他難以接受眼前事實，他總是抱着天真的幻想，一旦他意識到最可怕的事情將要發生時，他便完全失去了理智，感情驅使着他做出了令眾人驚詫、感動、忌妒、慌恐不已的種種行為。他變得無所顧忌，當着月娘等眾妻妾的面，「也不顧的甚麼身底下血漬，兩手抱着他香腮親着，口口聲聲只叫：『我的沒救的姐姐，有仁義好性兒的姐姐！你怎地閃得我去了，寧可教我西門慶死了罷，我也不久活於人世了，平白活着做甚麼！』在房裏離地跳的有三尺高，大放聲號哭。」西門慶有西門慶的表達方式，他吻香腮，「口搆着口」，一跳離地三尺高。那並非做樣子給人看，而是悲情催發，身不由己。「寧可教我西門慶死了罷」也絕非裝腔作勢，瓶兒的死令他頓感生活已無意義，生命已無價值。他對好友應伯爵傾訴衷腸也是此種厭生心態：「好不睜眼的天，撇得我真好苦！寧可教我西門慶死了，眼不見就罷了。……平時我又沒曾虧欠了人，天何今日奪我所愛之甚也！先是一個孩兒也沒了，今日他又長伸腳子去了，我還活在世上做甚麼？雖有錢過北斗，成何大用！」他不只當着人這樣說，那位能呼喚驅使天神的道長，臨行警告他：「今晚官人切記不可往病人房裏去，恐禍及汝身，慎之，慎之！」西門慶曉得瓶兒的死是花子虛的鬼魂告到地府，連自己也有干係，如今她已「獲罪於天」，道士的話並非兒戲，弄不好自己的命也會被閻王勾去。然而西門慶此時已顧不得這些，當天夜裏他「獨自一個坐在書房內，掌着一支蠟燭，心中哀慟，口裏只長吁氣。尋思道：『法官戒我休往房裏去，我怎生忍得！寧可我死了也罷！須得厮守着，和他說句話兒。』」這有力地說明，西門慶的確已將生死置之度外。這種情感，這種因愛人死而寧願犧牲自己的情感，非親情愛情不能達此地步。對西門慶來說，非愛情而何？

愛情使西門慶失去了理智，令他悲痛得發瘋。他「三兩夜沒睡，頭也沒梳，臉也還沒洗」，飯也不吃，水也不喝，「神思恍亂，只是沒好氣，罵丫頭，踢小廝」。潘金蓮勸了兩句，他睜紅了眼，罵道：「狗攘的淫婦，管你甚麼事！」小廝勸他吃飯，飛起一腳，差些沒踢殺了。「守着李瓶兒的屍首」「由不得撫屍大慟，哭了又哭，把聲都呼啞了，口口聲聲只叫『我的好性兒有仁義的姐姐』不住。」以至「哭得呆了」。

他既然不顧惜性命，還有什麼所顧忌的！花錢自是不用說了，「盡我所有」。板材

要最好的。就連孝絹，也嫌五錢一匹的不好，退回去尋好的。孝帖令寫：「荊婦奄逝」。雖有正妻吳月娘，他也不顧忌，他偏偏要亂這個名分，在他心目中，李瓶兒就是正妻。至於是否傷害吳月娘、吳大舅的心，至於旁人怎麼議論，他統統不管。題銘旌，不但親自請來朝中的杜中書，還令他寫上「詔封錦衣西門恭人李氏柩」。西門慶在瓶兒口內安了珠，棺內又裝了四套上色的衣服，四角還要安放銀子，花子由說此「非長遠之計」，勸免了，「西門慶不肯，安放如故」。晚上也不到女人房裏去，就在李瓶兒靈旁，獨自伴宿。所有這一切，無不發乎西門慶的真情。誰說西門慶無真情！西門慶任情而行，無一偽也。

時間是檢驗人感情的天然尺度。真摯深情所造成的是長久記憶。在瓶兒剛去世不久的一段時間裏，西門慶雖曾接受應伯爵勸他活下去的忠告，然而他與瓶兒的情感卻並未因此而受阻，相反，那思念之情日漸轉濃。或觸景生情，或夜思成夢，常常在夢中哭醒。親朋祭奠開筵宴，請海鹽子弟唱〈兩世姻緣〉，唱到「今生難會，因此上寄丹青」一句，西門慶「忽想起李瓶兒病時模樣，不覺心中感觸起來，止不住眼中落淚，袖中不住取汗巾兒擦拭」。迎請六黃太尉去後，「西門慶因一時回想起李瓶兒來，今日擺酒就不見他」，便勾起滿腹心事，令小優兒唱〈洛陽花梁圓月〉。那「想人生最苦是離別，花謝了，三春近也；月缺了，中秋到也；人去了，何日來也！」的唱詞，使西門慶心痛欲碎，不禁眼裏酸酸的。隨即丫鬟們端上菜來，他感慨地指着菜對應伯爵說：「有他在，就是他經手整定；從他沒了，隨着丫鬟掇弄，你看都像甚麼樣？好應口菜也沒一根我吃。」（第65回）任醫官說西門慶「雖故身體魁偉，而虛之太極」，送了他一罐兒「百補延齡丹，說是林真人合於聖上吃的」，讓西門慶每天用人乳服用。然而自瓶兒去後，他一直無心思吃。他對應伯爵道：「我這兩日心上亂的，也還不曾吃。——自從他（指瓶兒）死了，誰有甚麼心緒理此事！」（第67回）瓶兒埋葬了，他的心並未隨之安定下來，若要使他忘記瓶兒根本不可能。

瓶兒的喪事已過了許久，西門慶依然睡在她靈前。一個大雪天的夜裏，西門慶歪在床上睡着了，瓶兒卻悄悄出現在他面前。向他訴說花子虛如何將她告了，她如何在穢污的獄中吃苦，「昨日蒙你堂上說了人情，減了我三等之罪。」花子虛不甘心，還要告西門慶，瓶兒勸他小心提防，「少在外吃夜酒」，早早回家。說畢二人抱頭放聲而哭，「西門慶從夢中直哭醒來」（第67回）。這樣的夢，斷斷續續伴隨着西門慶此後所餘不多的人生旅程。即使他身入京師，也常常於睡夢中聽到她那蓮步慢慢，環佩叮咚的熟悉聲音（第71回）。

對西門慶的上述感情，不少評論者視為虛情假意。以為西門慶哭瓶兒是衝着錢來的。顯然這種觀點的依據是書中玳安與傅夥計夜裏的談話。傅夥計問玳安道：「你六娘沒了，

這等樣棺槨祭祀，念經發送，也夠他了。」玳安道：「一來他是福好，只是不長壽。俺爹饒使了這些錢，還使不着俺爹的哩。俺六娘嫁俺爹，瞞不過你老人家，該帶來多少帶頭來。別人不知道，我知道。把銀子休說，只光金珠玩好，玉帶縧環鬏髻，值錢寶石，還不知有多少。為甚俺爹心裏疼，不是疼人是疼錢。」玳安這段話，不能作為分析西門慶大哭李瓶兒的重要依據。理由有二：其一，傅夥計的話題是就葬瓶兒的排場而問的，問話的核心是錢，而不是議論西門慶對瓶兒的感情。所以玳安的回答也是錢，講葬他六娘，雖說花了許多錢，還花不着他爹的錢。講得核心同樣不是西門慶對瓶兒的感情。至於後一句，他對他爹心理的猜測與書中的描寫完全不符。其二，李瓶兒一再勸阻西門慶少花錢，板材買個十來兩銀子的就夠了，以後還要過日子。而瓶兒越這樣替他想，他卻偏偏要「盡我所有」，買最好的。至於喪葬花費越排場越好，西門慶何曾疼錢來？西門慶花錢是從不吝惜的，請外人尚且不惜千兩銀子地花，今日為他最喜愛的瓶兒，豈肯突然變得吝嗇起來！這不符合西門慶的性格。因此玳安的話不足作為說明西門慶與瓶兒感情的依據。

當然我們不可否認，李瓶兒死使西門慶痛不欲生的原因是多方面的。首先回想瓶兒對他那樣地癡心，將花家偌大的家資幾毫無保留地拱手奉獻於他，使他有了從商做官的巨大資本，平地得了官，家業突興，怎不使他感動激憤。況瓶兒又為他生了兒子，使他家業後繼有人，精神有了寄託，生活更充滿了希望。他最需要什麼，瓶兒就為他帶來了什麼。這樣的人他怎能不愛？！其次在情愛生活上，瓶兒也最能適他的意，她的年輕、美麗，她的白淨、溫柔，無不可他的心。可以說在西門慶接觸的女人中，瓶兒是他最理想的人選。

瓶兒那善良、溫柔、仁義的性格，令西門慶打心底裏敬服喜愛。她對別的女人，對婢女僕人，對這個家庭，付出的最多，得到的最少。她處處替別人想，極少想到自己，受了什麼委屈，從來不說，也不向西門慶說別人的壞話。西門慶對此感念甚深，瓶兒病重後，他對吳月娘說：「他來咱家這幾年，大大小小沒曾惹了一個人，且是又好個性兒，又不出語，你教我舍得他那些！」這正是西門慶對她格外敬重、鍾愛的根本原因。需要說明的是，西門慶這個人雖說有時很粗暴，特別是一旦傷害了他的利益，他便不顧一切，無所不用其極。然而他卻格外喜愛溫柔含蓄的女子，如在妓女中，他相交的人不少，然令他傾心的唯有鄭愛月兒。她所以喜愛鄭愛月兒，不只是她的美貌，而是她那輕盈的身段，那溫柔的性情。像潘金蓮那樣的主兒，那樣一味逞能，嘴頭子如鋼刀、如「淮洪」，處處掐尖，處處抓人話柄，處處整人，甚至時時想降伏西門慶。儘管她心直口快，西門慶也不喜歡，甚至有時生厭，故而常常拿她出氣，不是踢兩腳，就是狠狠地損她一場，要麼就來個性報復、性虐待。潘金蓮只知想法拴住男子漢的心，卻並不懂得愛，並

不懂得西門慶喜愛什麼。她誤以為，西門慶愛李瓶兒是因瓶兒有孩子，只要把他所愛的根拔掉，他就會不再愛瓶兒而愛自己了。不曾想，她並未找到西門慶愛瓶兒之根，她的行為給西門慶也給她自己換來了沉重的代價。瓶兒不但性格溫柔，令西門慶敬愛，她更令丈夫感動的是處處體貼丈夫，知西門慶獨身一人無幫手的難處，也知處處為他分憂。這使得既無父母又無兄弟姊妹的孤獨的西門慶，感到了人生的溫暖，感受到了兄妹、夫妻的情意，他終於在茫茫的人海中找到了知音。西門慶愛瓶兒絕非偶然，而有種種必然在。

　　另一方面從導致李瓶兒的死因想，西門慶若心裏明白（他應該明白），他會感到十二分地內疚。瓶兒死的原因有兩個，一是生理上，「精衝血管」，造成血崩而死。二是精神上的，她的丈夫花子虛，將李瓶兒奪財害命事告到地府，地府已有勾批，任何人都救不得。前者是直接死因，西門慶是造成「精衝血管」的禍手，這一點幾個醫生所見略同，西門慶心中豈能不知。後一原因雖與他無直接關係，然而他也難逃通同作弊、見死不救之咎。家業發展最得力、最仁義、最溫順、最癡心的女人，卻死於自己之手，豈不自疚！豈不痛心！以上種種因素無論哪一種都會使西門慶對李瓶兒的愛發自真心。無論哪一種因素都說明「疼錢說」是站不住腳的。無論哪種因素都與愛情有着密不可分的聯繫。因為沒有徹骨的愛，就不會有那失去理性的痛苦，就不會那樣一心為了維護心上人而不顧一切，就不會因心上人死去，而感到生無意義，就不會有精神毀滅感。無論怎麼說在與瓶兒的關係上，都不能不承認西門慶也是位真情漢子。

西門慶形象的歷史意義

　　對西門慶形象的研究到目前為止還是粗疏的，還沒有達到像《紅樓夢》中評論王熙鳳那樣有一部數十萬字《論熙鳳》的專著出現的水準。這並非沒有必要，西門慶這一形象比起王熙鳳來，更具有文化的含金量，更具有人生的啟迪和文學史意義。可惜這一形象早已被社會學批評家、政治道德家們當作惡臭無比的惡人扔進了歷史垃圾堆。要清除歷史的偏見，還其全貌，談何容易！以上只是就他的孤獨與雄心、務實社交與朋友義氣、善用能人與經商謀略、性虐狂與真情漢子幾個方面做了一點客觀的分析，這些分析仍然是片段的，下面想從整體上分析一下這一形象在文學史上的意義。以便對其有一個總體地把握。

　　古代中國人的生活之路，千條萬條，七橫八叉，豐富多彩。然而文學所反映出來的人生之路卻大體不外文、武兩途。一是讀書做官。或聚徒講學、著書立說，周遊諸侯，遊宦天下，立身朝堂；或名聞一鄉，德被一里，被舉「孝廉」，躋身朝班；或科舉應試，

一舉中第；或自視清高，隱居深山，名聞朝廷，走終南、嵩山捷徑。然萬變不離其宗，總是從書本中跳出來的，總是十年窗下無人問，一舉成名天下知。二是像《水滸傳》中的楊志那樣，「憑一刀一槍，博個封妻蔭子」。太平歲月，比武台上見高低，中個武舉；戰亂年代，效力沙場，斬將奪旗，也少不了個總兵、將軍做。至於像《水滸傳》中綠林好漢，先做強盜，再受招安也不失為無可奈何的一條路。文人們寫來寫去，總是在這文武路上兜圈子。《金瓶梅》作者則另出手眼，他筆下的主人公西門慶，卻是這兩條路之外的人，一個以經商開路，實現自己人生理想的創業者。令人驚詫不已的是，他不是像太監那樣靠刑身殘體獲取富貴，也不是靠出賣體力或肉體維持生計。他是靠經營智慧，獲取錢財，而令高官厚祿者彎腰，掌權使威者讓路，令市井鄉民豔羨仰慕。商人上古早已有之，然總在人家的鄙夷下討生活。像西門慶這樣令讀書人與武夫不敢側視的商人形象，一位不靠祖上蔭庇，不靠親戚幫襯，全靠自己孤身奮鬥，闖出一條實現自我價值的商人形象，在以前的文學作品中從未有過。這是一個嶄新的、雄心勃勃的、具有破壞力與創建性的封建市場文化培育出來的新商人階層的藝術典型。

靠經商而致富，與靠讀書、武功而做官的人生道路，有兩點最鮮明的差異：一是追求的目的不同，二是實現目的手段有別。既然利潤錢財是商人追求的直接目的，那麼，只要在那個時代法律允許的範圍內的一切獲得錢財的手段都是合理的。開藥鋪、娶富孀為妾、放高利貸、以至於「交通官吏」等，由此可知商人活動的自由圈要比讀書人寬大得多。讀書人獲得權勢的方法是有限的，歷朝歷代對此皆有嚴格的規定。無非苦讀，死啃那幾本書，或由官吏舉薦，或被考官錄取。至於武官，更要靠真本事。朝廷選用文武官吏，所重者德與才，而「德」始終是放在首位的，忠孝仁義禮智信是他們的立身之本，也是獲得權力的第一塊籌碼。因為在中國「如人是聖人，即毫無知識亦是聖人，如人是惡人，既有無限知識亦是惡人」[2]，「惡人」是不具備做官條件的。然而對於以獲取錢財為目的的商人來說，德與才的位置則是倒置的，有「德」而不善經營，錢從何來？「德」不能直接獲得經濟利益，故只能放於「才」之後。所以商人的道德觀念比起讀書人來，自然淡漠得多。這也正是讀書人輕利，主張「君子喻於義，小人喻於利」，「君子謀道不謀食」的根本原因。所以西門慶的大部分活動都是任性而行，唯利是謀。封建社會的道德禮義那一套，在他這裏大多是派不上用場的。唯有「人情」「利益」是他處事的法則。這就使得他的身上極少「存天理，滅人欲」的意識，甚或根本沒有道德壓抑的痛苦。他有他的倫理觀、是非觀，那大概是以「人情」為核心，包括「智、信、義」在內的最實際、最便於操作的觀念信條。

2　馮友蘭《中國哲學史·緒論》，北京：中華書局，1961 年，上冊，頁 9-10。

　　儘管錢財利潤是商人追求的最終目的，然而在農業經濟的國度裏，在權本位的政治體制下，「重農抑商」的傳統國策，始終掌握在官吏的手中，商人始終處在被擠壓的地位。因此經商活動離不開權力的保護、支持，而要得到這些支持，他們必須像貨幣交換一樣，以金錢換取權力。於是以錢買權，由金錢再到權勢，成為商業經營者人生歷程的重要一環，即商——錢——權。商人獲取權力的途徑皆非正當的，不是「黃道」，便是「黑道」，然最終還要受到朝廷的認可，由非法而變為合法。西門慶年年為蔡京送生辰擔，蔡京一高興，便送給他一個五品的提刑副千戶。這個理刑官是吏部畫押、備案，名正言順的。每求官吏辦一件事，都是人情做先鋒，金銀鋪路的。常言道：火至豬頭爛，錢到公事辦。凡是行賄受賄的事，皆非理非法之事，而人事一到，便全顛倒過來了。權力成了有錢人的保護傘。所以商人的由錢買權根本就不存在正義、曲直、是非可言。西門慶如此，東門慶也如此。商人們雖不以此為榮，但也不以此為恥。因為「富貴必因奸巧得，功名全仗鄧通成」是封建社會屢禁不止的醜惡現象。商人要取得功名，也只有這一着棋。

　　以上分析意在說明，商人的人生目的與達到目的的手段，決定了他們更注重現實生活中的實際利益，更看輕道德，從而使他們的價值觀、人生觀與文人有着鮮明的差別。西門慶的形象對這一特點給予了全面、深刻、生動地說明。他是一個現實主義者，他憑藉着自己經商的經驗、能力以及手中的權勢，無所顧忌地開闢着自己的人生道路，在使自己的錢袋不斷膨脹的同時，也使他享樂的欲望不斷地膨脹着。他對自己選的路從未懷疑過，相反總是那樣充滿信心。那是因為金錢無所不能的本質打消了他的一切顧慮。既然丞相府邸的門向他敞開着，招宣閨幃的床帳為他設置着，臨清鈔關為他開綠燈，他還有什麼事做不到呢？他感到官場的路、情場的路、商場的路、兄弟的路，天下之路無不暢行無阻。於是他像一匹狂奔的野馬，要盡情地施展自己的本能。錢大把大把地花，「兀那東西是好動不喜靜的」，「天生應人用的」，愈是讓它流動，它便愈是來得快；女人盡情地討，日日求歡，夜夜新娘，使她們一個個臣服於自己強大性能力之下；官場朋友，市井兄弟，結交的越廣泛越好……西門慶不是看財奴，更不是酸氣十足的窮書生、一本正經的偽君子，而是一位帶有近代色彩的能幹、能掙、能玩的十足的享樂主義者，權勢、女人、金錢他都要。「拳棒」「賭博、雙陸、象棋、抹牌、道字，無不通曉」。他是一個「浮浪子弟」，然並非頹廢主義者。他的快樂是他自己創造的。他是一個不斷追求，不斷擴張，不斷享樂的奮鬥式的享樂者。他是一位只信仰自我，信仰金錢與人情的務實者、自我中心主義者。對於傳統的仁義道德他不屑一顧，因為那些冠冕堂皇的東西，在金錢面前，在生命面前都變色、變味、變調了，無不顯得那樣虛偽，那樣無聊。至於神、鬼、佛那些無中生有的虛幻的東西，他從不相信。雖然為孩子，為瓶兒，他也請過一些僧道，做過一些醮事，甚或為修永福寺，布施過五六百兩銀子，然而那是為了買精神的

安慰，讓他人看的，自己從未認真對待過。至於吳神仙貴賤相人，看起來他做得蠻認真，而心裏也不過是買一下周守備的人情，給人家一點面子而已。信佛的吳月娘，常說他「你有要沒緊，恁毀僧謗佛」的。他卻並不以為然，因為「佛祖西天，也不過要黃金鋪地」，「陰司十殿」也是有錢方能辦事。只要有錢，便可與佛祖、閻王平起平坐。所以嫦娥、織女、西王母的女兒，有了錢也可以姦耍。他評論芸芸眾生與人間萬事的標準只是一個字：「錢」，以錢論高低貴賤。他有求於高僧的僅有一次（向那位胡僧乞求「春藥」）。西門慶形象不僅具有人生的意義，不僅顯示了一個商人的奮鬥史、發家史，而且具有更大的文化含金量，從倫理觀念、宗教觀念、人生價值諸多方面真實地展示了一個新興商人的精神面貌及其內在本質。從而向世人炫示出一個與以往文學主角迥然不同的文化典型。

從歷史發展角度觀之，這一形象具有新與舊的雙重品格。他脫胎於舊的社會機體，對腐朽的舊體制有着強大的依附性，需要在那個社會的溫床上求生存。權力的高度集中，官吏對金錢的貪婪，盤根錯節的人情關係網，人情高於一切的處事原則，成了撫育商人暴發的溫床與催化劑。反過來，西門慶這樣的商人用大量金錢，腐化着大大小小官吏們的靈魂，侵蝕着遍體鱗傷的社會機體，使得整個社會銅臭氣熏天。另一方面，金錢居於人的價值觀念的核心，金錢至上取代了道德至上，以錢財衡量人世間的一切，取代了以道德作為衡量事物標準。伴隨金錢至上而來的是如狂風暴雨般的縱欲與享樂主義，這種好貨好色的人生觀與傳統的勤儉好德的人生觀大相徑庭，其破壞力是前所未有的。儘管這種破壞力來自於直覺，來自於對現實人生的體驗，並非理性的，沒有「天賦人權」或「自由、平等、博愛」的理論喧鬧，也無女兒「清爽」男子「濁臭」的清濁分辨。然而它所達到的效果，與進步哲學家的思考可謂異曲同工。所不同的是《紅樓夢》給人以清晰的意識，促人抗爭，走自己的路。《金瓶梅》則給人以強烈的現實感受，使人能夠跨越它專設的警戒堤防，步入它滿懷情感描繪的活生生的世界。

從藝術美學角度觀之，西門慶形象塑造的最大成功是「真」。他的出現宣告了小說藝術形象塑造完成了由「奇」到「真」的歷史性轉換。他是原始的渾然物，似乎看不到一點人工的痕跡，以玉喻之，猶如和氏所獻之璞玉，石玉一體，而非精雕細刻的玉器。與其前的小說比，他既未經過挑剔的歷史學家的精選，無情歲月的淘洗，也未經歷藝人們的百煉千錘，故而既無英雄式的崇高，也無赫然醒目的「善」「惡」標籤，無色澤鮮艷的臉譜色彩，他是作者對自己經歷生活的回憶中的原形本貌。（我總以為，《金瓶梅》也是一部帶有自傳體性的小說，作者對筆下人物西門慶、李瓶兒、應伯爵、吳月娘、潘金蓮人物的精熟程度，筆端自然而然流露出來甚或違背自己理性的情感，以及對那個家庭空間靈活而精確的描寫，都有力地說明，這些人物就是他身邊的人物。這裏雖然沒有作者自己的面孔，然而他的幽靈總穿梭於這些人物之間，他在讀者面前是隱形的，故而騰挪跳躍更自由靈活。不像曹雪芹、吳敬梓那樣公開亮相，

充當其中的一員，由那特殊的角色死死限定。）作者原本想按照自己的是非善惡標準來為人物塗彩定格，然而在寫作過程中，理性常常不知不覺地做了感情的俘虜。有人說它是自然主義的，看不出作者的是非標準，而這沒有是非標準（或者說那標準被情感淡化了）正是這部作品獨特價值所在。若不然便不是《金瓶梅》，而成了《醒世姻緣傳》《歧路燈》。這種淡化的模糊的標準，這種對情感和想像無所控御的創作過程，使得書中主人公西門慶成為一種多重性格組合式人物。在他的身上，很少單一的性格，大多是相互對立的一組組性格面的有機結合。一邊是「和氣春風」，一邊是「迅雷烈火」；一邊是大膽妄為，無所畏懼，一邊是膽小如鼠，謹小慎微；一邊是無情無義，一邊是情濃意深；一邊是唯利是圖，精明過人，一邊是仗義疏財，任情揮霍；一邊是一言九鼎，不納人言，一邊是心無主意，「球子心腸滾上滾下」……你說他「惡」（就那麼兩三次，而且每次他都不是操縱者，只是接受者、執行者），他也做過一些有益他人的好事；你說他自私，有時也為朋友兩肋插刀；你說他善，他卻很自私，為了自己，特別是傷害他利益的人，懲治起來不擇手段。總之他的情感表現：喜怒哀樂，總是真實的，毫不掩飾的，沒有一點虛偽做作，這是一個複雜多色的真實人物。

至於作者描寫手段，可謂寫實高手，傳神妙筆。西門慶的一舉手，一投足，一言一笑，如在對面，生活的氣息撲面而來。如第 21 回，「吳月娘掃雪烹茶」，寫西門慶對月娘下跪討饒：

> 西門慶道：「我今日平白惹一肚子氣，大雪來家，徑來告訴你。」月娘道：「作氣不作氣，休對我說。我不管你，望着管你的人去說！」那西門慶見月娘臉兒不瞧一面，折跌腿裝矮子，跪在地下，殺雞扯脖，口裏姐姐長，姐姐短。月娘看不上，說道：「你真個恁涎臉涎皮的！我叫丫頭進來。」一面叫小玉。那西門慶見小玉進來，連忙立起來；無計支他出去，說道：「外邊下雪了，一香桌兒還不收進來罷？」小玉道：「香桌兒頭裏已收進來了。」月娘忍不住笑道：「沒羞的貨，丫頭跟前也調個謊兒！」

這一段場景頗具戲劇性，寫來煞是好看。向女人下跪是怕老婆男子的家常便飯。不過西門慶可未患「氣管炎」（妻管嚴），他是有名的「打婦女的班頭」。今日破例，實覺平日愧對月娘，委屈了她，自己理屈，且為月娘一片摯誠所動，故有此舉。其悔過之心也可謂誠矣！然一方越是討饒，另一方越不買賬，一時難以收場，看起來似乎有悖情理，卻夫妻之情躍然紙上。此情此景再以丫鬟進來一沖，情味愈濃，內外愈分，而西門慶之憨，頓然而生，令妻子欣然一笑，干戈化為玉帛矣。此類描寫，一書皆是，無須再費筆墨了。

許多評論者都感到打破小說傳統寫法的應始於《金瓶梅》，而非深得其「壼奧」的

《紅樓夢》。魯迅何以只見《紅》而未見《金》乎？大概與《紅樓夢》着意寫真美人物，在真與美中夾雜醜，而《金瓶梅》着意寫醜與真，在真與醜中摻和美的表現意圖易造成人們的錯覺而不無關係的緣故吧！

　　綜上所述，《金瓶梅》中的西門慶絕非《水滸傳》中的西門慶，他是中國文學史上一位嶄新的藝術形象：一位靠經商開路，金錢創業，實現自己人生理想的商人形象；一位講人情，重實際，輕儒道，不信神佛，只信自我的現實主義者；一位愛財、好色、能幹、能掙、會花、能玩的享樂主義者；一位深諳社會、藉勢利己、雄心勃勃、既具有破壞力又具創建性的一代商界奸雄！《金瓶梅》的價值就在於它第一次以如實摹仿的筆法活現出西門慶這樣一位封建市場文化培育出來的具有原汁原味的商人典型，從而顯示出它在中國文學史乃至文化史上嶄新的時代意義。

參、敘事藝術

家庭敘事結構的原創性

　　早在本世紀初葉，鄭振鐸先生就驚喜地發現「《金瓶梅》是一部名不愧實的最合於現代意義的小說。」「不論其思想、其事實，以及描寫方法，全部是近代的。」[1]從小說發展史的角度，指出了它的時代超越性，這是有一定道理的。筆者不揣淺陋，試圖對這部小說的藝術結構、歷史功績及其現代意義粗陳己見，以就教於大家。

一

　　小說的結構「首先就是要確定一個中心，藝術家所注意的中心」。[2]《金瓶梅》的作者以西門慶及其家庭的興衰作為小說描寫的中心，由此來安排人物、布置情節，獨具匠心地創造了一種嶄新的結構形式──波放態環式網狀結構。所謂波放態，是指以家庭生活為題材的小說布局，以家庭主人公為核心，通過他的活動展示本家庭、親朋家庭以及更廣闊的社會關係，由一家再現天下國家，形成由點及面的格局，猶如聲波自振源向四周層層散放開去一樣。《金瓶梅》藝術結構的中心是西門慶，他活動的區域由近及遠形成西門府、清河縣和省府京城三圈地理空間，西門慶所交往的人物與三圈空間相聯繫，構成三大人物群體系列。第一是以西門慶為首的西門府家庭群體系列（以家庭院落為生活場景），第二是市民群體系列（大多居住在清河縣城），第三是官場群體系列（以汴京為軸心，又不限於一地）。西門慶與三大群體人物的活動往來構成通貫全書的三條情節線索：性愛生活線索、商業活動線索和官場活動線索。

1　鄭振鐸《插圖本中國文學史》，北京：人民文學出版社，第 4 冊，頁 920。
2　阿‧托爾斯泰《論文學》，北京：人民文學出版社，1980 年，頁 246。

性愛生活線索以家庭群體為描寫中心，一方面敘述了西門慶對女色無休止的獵取過程，一方面描述了「攬漢子」的潘金蓮與眾情敵為爭寵夜權所進行的明暗角逐，男女主人公的對立與互補構成了一系列性愛情節。這些故事情節毫無忌諱地宣洩色情生活的無恥、骯髒和喪身敗家的危害，再現了當時社會的惡劣風氣，表現出作者的「戒淫」思想。

商業活動線索以西門慶與市民群體為描寫對象，展示這個破落戶如何在不到四年的時間裏，由一所鋪子幾千兩本錢變為不包括固定家產在內的擁有六所鋪子近十萬兩資本的過程。無論哪種方法手段，只要能發財，西門慶便「兼收並蓄」，無所不為。在種種發財途徑中，吞食富媛遺財，屯集、包售官貨，長途販運倒賣，構成了西門慶發財「三部曲」。娶孟玉樓、李瓶兒僅白得銀子就五千來兩。李瓶兒從梁中書、花太監那裏得到的無價「體己」，奠定了西門慶「暴發」的經濟基礎；西門慶與喬大戶納糧得派的三萬鹽引被巡鹽御史蔡一泉早支發一月，便獲銀近三萬兩；藉此資本從湖州、揚州等地販運倒賣綢緞、布匹獲利四萬九千兩。商業活動情節為人們提供了明代中葉城市商業活動的生動材料，展現了市井的風土人情。

官場情節記錄了西門慶在官場的頻繁交往。他以聯姻、送禮、認父等方式依附在蔡京、翟謙、楊戩門下，在京中找到了靠山和保護傘，從而官運亨通，身價百倍。西門慶又憑藉與蔡京的關係，以宴請、饋贈方式接連交結了來山東的蔡狀元、安進士、宋巡撫、六黃太尉、蔡知府等許多要員，聲震山東，勢傾百僚。同時也憑着與巡撫、御史的私情和自己理刑的權力，薦舉、保護府、縣各級文官武吏，與他們結成牢固的地方勢力。西門慶以「財神爺」的身分，不斷提供給官僚們享樂所需要的錢財，換取自己所需要的權勢、榮耀。官場生活情節揭露了西門慶升官的奧秘，披露了朝政官場的腐朽黑暗。生動地再現了明萬曆朝封建與市儈的融合和市儈封建主義形成的歷史真實。

這樣，小說以西門慶為中心，描寫了上自皇帝下至市井細民的各階層人物，展示了情場、商場、官場、兄弟場廣闊的社會生活畫面，形成了由點及面層層拓展的波放態格局。

波放態的主次是極為分明的。作者的視角始終瞄準家庭，因而，以西門慶為首的家庭群體是全書描寫的重點，性愛生活線索是貫穿小說始終的主線。

所謂網狀，是指在波放型的總體布局中，三條線索發展運行的狀態不是互不干涉地平行發展，而是相互交錯，此起彼伏。西門慶與三大群體人物有着千絲萬縷的聯繫，在情場，他是色魔，在商場是財大氣粗的暴發戶，在官場是掌刑的貪官，身兼三任。他和他的意志的體現者執行者（如玳安、來保、應伯爵、媒婆等）的行動將三條線索貫穿起來，形成主次分明起伏交錯的網狀形態。如第 47-50 回，依次寫西門慶收苗青賄銀一千兩，放走謀財殺主犯苗青（財線）。為情婦王六兒出銀子修月台，帶子掃墓，官哥被鑼鼓驚嚇

得病,潘金蓮弄私情以桃花挑逗陳經濟(性愛線)。山東曾御史因苗青案彈劾西門慶,西門慶疏通關節得到蔡京庇護。西門慶宴請饋贈兩淮巡鹽御史的蔡一泉和山東巡按宋喬年,宋為之開脫苗青案(官場活動線)。蔡御史允准早發一個月鹽引,使西門慶隨即獲暴利(財線)。西門慶送巡按在永福寺遇胡僧,求得房術藥,接連與王六兒、李瓶兒等試藥(性愛線)。形成財──性──官──財──性三條情節線索網狀似地穿插交錯。

小說的三條線索在運行中奏出了自然和諧的節奏。以主線為劃分依據,可以看出全書由三部分七個段落組成。前 21 回為第一部分,寫潘金蓮、李瓶兒等眾姊妹「如何收攏一塊」,這敘述的是西門慶家業初興時期。又分為兩段,前 10 回寫潘金蓮毒死武大改嫁西門慶。後 11 回寫李瓶兒害死花子虛、逐蔣竹山,終於嫁西門慶。中間夾敘娶孟玉樓和大姐出嫁事。自第 22-79 回為第二部分,也是小說的中心部分,寫西門慶家業鼎盛至極。分三個段落,第 22-26 回為第一段落,敘宋惠蓮受寵被害,照應瓶兒的命運結局。第 27-66 回為第二段落,寫李瓶兒之死。敘述瓶兒如何受寵愛,潘金蓮如何忌恨,最終害死官哥兒,氣死瓶兒。其中插敘了包占王六兒、私寵書童等情節。67-79 回為第三段,寫西門慶之死。敘李瓶兒死後,西門慶逐日淫蕩,縱欲身亡。小說的最後 21 回為第三部分,交待西門府家業衰敗和家庭群體其他人物的命運歸宿。由兩個小段落組成。80-87 回寫潘金蓮之死,88-100 回敘陳經濟之死、龐春梅之死。從總體看,第一部分寫家業興起用了 21 回,第三部分寫家業凋零也恰恰用了 21 回,中間狀家業繁盛,以西門慶試春藥使瓶兒致病為界線,前有瓶兒慶壽之盛事,後有瓶兒喪葬之氣派。而且前後又各為 29 回。結構十分對稱、均勻、和諧。

所謂環形,是指《金瓶梅》主要人物的命運和三條線索的運行軌跡呈現出結尾與起始復歸的因果迴環。西門慶以與潘金蓮性姦開場,以與潘金蓮性姦亡身下場;西門府由一個生藥鋪起家,又以一個生藥鋪收場;始於「一介鄉民」,終於「一介鄉民」(指西門慶家業的繼承人西門安)。全書以淫夫蕩婦因姦奪妻殺夫作惡結冤開端,作惡者西門慶、潘金蓮、李瓶兒等中間得到被害者的一一報應。以普靜禪師消解恩怨薦拔群冤收結。主要人物的命運,西門慶家庭的興衰全被納入了因果報應的宗教框架內。

綜上所述,《金瓶梅》以西門慶為結構中心,與他交往的人物形成家庭群體、市民群體、官場群體三個人物系列,三個群體主要人物的活動構成貫穿全書的性愛生活線索、官場活動線索和商場活動線索。三條線索由西門慶及其意志的體現者、執行者的活動穿引起來,此起彼伏,縱橫交錯,定向運動,對稱均勻,表現出自然和諧的節奏,走完了一個首尾相連,因果互繫的圓形軌道,形成相對集中,由點及面,多線環繞交錯的波放態環式網狀結構。

二

中國古代長篇小說承史傳文學之血緣，經藝人「說話」之孕育，起步於歷代積累型的說書體小說，騰躍於文人獨撰的閱賞性小說。以說書體小說為參照系，可以看出第一部閱賞性長篇小說《金瓶梅》藝術結構的劃時代功績。

《金瓶梅》以前的說書體長篇小說，以天下為舞台，演述重大的社會活動和英雄們（包括歷史英雄、草澤英雄、神魔英雄）的崇高、壯烈故事。家庭日常生活一般隱在幕後，不做為描寫重點，男女情愛被排擠在英雄行為之外，構不成貫穿全書的線索。講故事的敘述方式和聽眾希望線索單一、清晰的心理要求，必然制約作家採用單線縱向曲線型結構。第一部閱賞性家庭寫實小說的《金瓶梅》則取材於家庭日常生活，以家庭為舞台，演家庭「戲」。在布局上以西門慶為中心，展示了下自李桂姐妓院，上至蔡京相府，包括朝中權貴、地方豪紳和市井細民各式各樣的家庭；以往被排擠的男女情愛故事占據了小說的主要篇幅；西門慶與潘金蓮、李瓶兒等婦人的性愛生活成為全書的中心情節。穿插在這一主體情節之間的還有官場得意、商場發財、市井兄弟交往以及尼姑僧道等故事線索。《金瓶梅》在小說史上開創了以一家為軸心波及社會各類家庭，以情愛故事為主線串連其他線索情節的波放態網狀結構。

《金瓶梅》之前的長篇小說由於通過重大社會事件（常與戰爭相聯繫）再現社會歷史面貌，因而空間多為室外大空間，且又極富於位置的變化，或隨人物做逐點定向挪移，構成一組事件，如林沖逼上梁山，唐僧西天取經，關羽過關斬將。一組事件與另一組事件間的銜接，常常呈現為空間的大幅度跳躍，忽而西征馬騰，忽而南下赤壁，忽而祝家莊，忽而曾頭市。神魔小說的空間騰挪更具有臆想性和測不定性。空間大幅度的騰躍顯示出了小說情節的連接方式、布局狀態。大小、動靜、冷熱、悲歡等對應性空間場景的交替，構成了情節的離奇巧合，跌宕起伏。

《金瓶梅》開創了以一家庭院落為軸心，情節開展集中於一小城鎮的空間格局。空間不僅集中穩定，而且其設置精密，常能展示出人物情節布局的骨架。故事情節的展示不再單單依賴於空間線型流動，而是靠選定一個特定的空間——家庭，表現來來往往的人做什麼，怎樣做。「猶欲耍獅子先立一場，而唱戲先設一台，……然後看書內有名人物進進出出，穿穿走走，做這些故事也」。[3]書中大半故事都發生在西門慶家，幾百個人物從這個家庭出出進進。正因此，家中主子房舍位置的安排形成了一部書的「立架處」。

3　清·張竹坡〈金瓶梅雜錄小引〉，見朱一玄《金瓶梅資料彙編》，天津：南開大學出版社，1985年，頁208。

如西門慶六房妻妾臥室的排列，「看他妙在將月、樓寫在一處，嬌兒在隱現之間」，「雪娥在後院近廚房，特將金、瓶、梅放在前院花園內」。[4]這自入正門由前及後的三組空間，暗示出了三組人物的不同名分、地位。吳月娘和孟玉樓為名媒正娶，故放在一起；金蓮、瓶兒為殺夫姦娶，故合在一處；孫雪娥是廚房的丫鬟，扶為妾後仍受歧視，故列於後院廚房側；李嬌兒是失寵的妓女，可有可無的「死人」，故在隱現之間。妻妾由前及後的居住次序，又暗示出西門慶與房子主人性愛關係的由親遞疏，這又跟作者以潘金蓮、李瓶兒、龐春梅為主要人物，吳月娘、孟玉樓次之，李嬌兒、孫雪娥又次之的人物布局多麼吻合！《金瓶梅》的空間安排如此集中、穩定、精密，在以前的長篇小說中是從來沒有也不可能有的。

說書體小說受史傳文學記事首尾完整的影響，敘述的是一朝一代或人物一生的故事，時間距離長，跨度大。又由於作者常用粗線條大筆勾勒，因而，時間總是伴隨故事做大幅度的跳躍，轉眼便是幾年十幾年過去了，時而百花盛開，時而又大雪紛飛，即使濃墨重彩描繪的情節也難以給欣賞者時間的精確感。

《金瓶梅》開創了截取人生最末一段，重點展現一兩年內的生活，逐日敘事為主，間夾跳日跳月敘事的時間格局。一部百回的小說只寫了西門慶死前五年的故事，最後一年是全書描寫的重點，自 39 回一直寫到 79 回，整整用了 40 回的篇幅。以 30 餘萬字寫人物一年內的活動，不僅在以前的中國長篇小說史上從未有過，在世界古代小說史上也是罕見的。由於《金瓶梅》所記大都是年一十五、生辰滿月、婚喪嫁娶一類具有時間確定性的家事，按當日風俗如實地記錄節日前前後後人事的往來，自然形成逐日寫去。作者有意展現西門慶性膨脹的過程，也常逐夜寫來。全書除第一回與最後七回外，其餘 92 回是逐月逐日敘事。其中，「一日一時推着數去」的共 16 次，累計 106 天，34 回，占全書的三分之一強。誠如張竹坡所言：「此書獨與他小說不同，看其三四年間的事，卻是一日一時推着數去。無論春秋冷熱，即某人生日，某人某日來請酒，某月某日請某人，某日是某節令，齊齊整整挨去」。[5]作者為了使讀者「五色眯目」，不致產生「死板一串鈴」的感覺，不只「特特錯亂年譜」而且也採用了跳日跳月記事方法，逐日敘事與跳日跳月敘事相間。一般說來，婚喪嫁娶、喜慶迎賓一類的大事件多採用逐日敘事，連寫幾日敘完一件大事。如「生子喜加官」，官哥兒定親，瓶兒之死等。大事件之間的過渡性情節，則採用跳日跳月敘事的方法。這樣排日與跳躍相同，便形成情節的大小相繼，疏密相間，波瀾起伏。

4　同註3。

5　清·張竹坡〈金瓶梅讀法〉，見朱一玄《金瓶梅資料匯編》（同上），頁218。

《金瓶梅》開創了我國家庭寫實長篇小說的結構模式。這一模式可概括為：描寫視角對準家庭，情節圍繞家庭的興衰展開。家主（家長或繼承人）的性情好惡、遭際命運構成小說的主線；家庭其他主要成員的命運和相互間的爭寵鬥勢是附在主線上的副線；宦途的窮達制約家庭的盛衰，形成一個不可少的情節脈絡；親朋相鄰的往來對展示環境、人物，串聯情節有點睛之妙用；主要人物的命運被安放在一個因果迴環的框架內。開篇設置統領全書的總綱，說明家庭現狀，主要人物及其關係，中間以夢幻、占卜等方式暗示人物的命運結局，終篇以僧道點悟方式交待人物的歸宿。此類結構因由《金瓶梅》首創，故可稱之為《金瓶梅》結構模式。《金瓶梅》的諸類續書以及《醒世姻緣傳》《歧路燈》和《紅樓夢》眾多續書均採用類似結構，形成了一個龐大的結構系列，故可稱之為《金瓶梅》結構系列。

《金瓶梅》在人物、情節、時間、空間布局上的創新，在小說發展史上具有劃時代的意義。波放態環形網狀結構的創立，於說書體長篇小說的單線縱向曲線類結構之外，又開闢了一個結構新模式，藝術表現的新天地，它為《紅樓夢》的出現，為小說藝術的豐富、繁榮做了奠基性貢獻。

三

《金瓶梅》開創的波放態環形網狀結構，具有世界近代長篇小說結構的總體特點，寓含着世界近代意義，對中國現、當代長篇小說創作產生了並將繼續產生廣泛有益的影響。

大概由於《金瓶梅》的作者遵循了按照生活本來樣子再現生活的現實主義創作原則，大概由於他突破了以往化繁為簡的思維方式，從生活的多樣性、豐富性和複雜性着眼，採用了不斷變換視角，探視生活多層內涵的思維方式，從而使這部誕生於中國 16 世紀初的小說，在人物、情節、空間、時間的組織安排上與世界近代小說是那樣地相似，以致使熟悉《金瓶梅》結構的人，對那些矗立在世界近代小說藝術峰巔的許多佳作有似曾相識之感。這些作品有的描寫家庭生活，通過家庭成員的社會交往、遭際命運，再現那個時期的社會風尚和歷史面貌，類似波放態布局。如福樓拜的《包法利夫人》、左拉的《小酒店》、島崎藤村的《家》；有的以愛情故事為主線貫穿其他情節，如托爾斯泰的《戰爭與和平》《安娜・卡列尼娜》、泰戈爾的《戈拉》。而空間安排以一個家庭為軸心，情節發展集中於一個城鎮，故事發生的時間壓縮在幾年乃至幾個月內，採用多線縱橫網狀封閉式結構，則是世界近代小說的總體特點。中國現當代小說中的不少佳作，如巴金的《家》、茅盾的《子夜》、羅廣斌和楊益言的《紅岩》、周克芹的《許茂和他的女兒們》等，則能使我們從中看到《金瓶梅》結構的影子。

　　中國長篇小說的發展，若從藝術結構的角度觀察分析，大體可以說是由兩條腿（兩種結構形態）邁進的。一種是由英雄演義內容、說唱形式規定制約，經說書體長篇小說固定下來的單線縱向曲線類結構（包括單線穿珠式、鏈環式、人物展覽式等），它經歷了漫長的演變過程，符合中國民眾的審美心理，至今仍有最廣泛的讀者，代表着我國小說結構的傳統形式。另一種是由個人生命史、家庭興衰故事、多線索多層次的閱讀欣賞形式導向的網狀式結構形態，如《金瓶梅》中出現的波放態環形網狀類結構。這類結構更便於多側面、多層次地解剖家庭，展現豐富、複雜的社會生活，便於增強文學的真實性、透視力和感染力，也符合小說藝術結構的審美規律，符合較高一層審美者的美學情趣，因而具有世界性近代意義。在中國和世界的小說發展史中，這兩種結構類式曾交相輝映，構成小說藝術的豐富和繁榮，在今後的小說發展中，二者同樣是缺一不可的。

意象敘事藝術

　　一部好的文學作品，往往同時具有多層次的含義，既有具體的易於把握的表層意義，又有隱含着的不經過一番藝術分析便不易知其所以的深層內涵。《金瓶梅》就是這樣一部文學佳作：一方面「洞洞然易曉」，一方面又委婉隱曲，不好讀懂。那些揭露西門慶貪贓枉法、結勢害民，描摹男女床笫行為、酒宴陳設和僧道巫術的文字一睹即曉；那些從他人作品中「拿來」「鑲嵌」在自身體系中的文字，一般說來也較少意蘊。然而，《金瓶梅》除了像它以前的長篇小說採用大量的白描手法造成含而不露的藝術效果之外，又在瑣屑碎片似的意象組合上採用了種種含蓄化的藝術手法，形成了虛實相應、有無相生、萬象回應、意味無窮的深層意蘊。這深層意蘊的形成既是古典長篇小說表意含蓄的進化，又是《金瓶梅》自身藝術價值所在。因而要研究《金瓶梅》的藝術，就不能不分析造成其表意隱曲的原因。本文就是企圖對此做點探討試繹工作。

一

　　何謂「表意」？表意的概念是從文學作品的「言」「象」「意」三者關係中引發生成的。無論古人或今人，都以語言、形象為表達作者思想情感的手段。然而，語言與形象又有不同層次的分工。「夫象者，出意者也，言者，明象者也。盡意莫若象，盡象莫若言。」[1]這就是說，語言的職能是「明象」「盡象」，描繪出一個個鮮明的形象。如果越俎代庖，直接說出了作者的思想，那便是非文學的語言，至少是不成功的文學語言。而「出意」「盡意」表達思想感情的任務則需靠形象來完成。因此，文學意義上的「表意」指借象表意，即通過形象的構思、組織、穿插、布列等方法來表達作者的思想。作家採用的藝術手法不同，便會在意象的關係上形成諸如豪放率直、委婉含蓄等不同的風格。

　　所謂「含蓄」指與直率盡露相反、筆意深遠、含而不露、意在象外的藝術特徵。其特點是不把文意直接「露」出來，而是運用委婉的手法，造成一系列象外之象、言外之

1　　魏晉・王弼《周易略例・明象》。

意，引起審美者的想像、聯想，達到以有形表現無形，無形補充有形；以有限表現無限，無限豐富有限；實境生出虛境，虛境昇華實境的藝術境界。

《金瓶梅》表意的委婉含蓄早在明清兩代就有人指出：「《水滸傳》之指摘朝綱，《金瓶梅》之借事含諷」[2]；「《水滸》多正筆，《金瓶》多側筆，《水滸》多明寫，《金瓶》多暗刺……《水滸》明白暢快，《金瓶》隱抑凄惻」[3]；《金瓶梅》「於作文之法無所不備」，「試看他一部內，凡一人一事，其用筆必不肯隨時突出，處處草蛇灰線，處處你遮我映；無一直筆、呆筆，無一不作數十筆用」[4]，因而，「讀《金瓶》當知其用意處，夫會得其處處所以用意處，方許他讀《金瓶梅》。」[5]在以往有關的批評中，尤以魯迅的概括最為精當：「作者之於世情，蓋誠極洞達，凡所形容或條暢，或曲折，或刻露而盡相，或幽伏而含譏，或一時並寫兩面使之相形，變幻之情隨在顯見。」[6]上引諸說中，「借事含諷」「側筆」「暗刺」也好，「你遮我映」「幽伏」「相形」也罷，都是指小說表意手法的含蓄隱曲。在《金瓶梅》研究中出現的諸如「寓意」說、「苦孝」說、「政治諷喻說」「人欲說」等不同見解，也從一個側面說明了《金瓶梅》表意的隱曲含蓄。正因此，歷來有心的讀者都感到《金瓶梅》是一部最難讀懂的書。誠如夢生在《小說叢話》中說的：「中國小說最佳者，曰《金瓶梅》，曰《水滸傳》，曰《紅樓夢》，三部皆用白話體，皆不易讀，……《水滸》《紅樓》難讀，《金瓶梅》尤難讀。」[7]

二

《金瓶梅》借象表意的基本特點是作者隱身於故事背後，靠情節、形象說話，意象間的聯結組合構成了表意的特殊語言。雖然作者也時而登場露面，但是每當表現作者內心真摯的思想情感時，「看官聽說」一類的話就又不見了。由於作者在塑造、結構意象中採用的表現方法不同，便形成了一部《金瓶梅》婉曲表意的多類形態。擇其要者，大體可分為遮蔽型、節略型、對映型、借代型四類。

2　陳氏尺蠖齋〈東西晉演義序〉，見秣陵陳氏尺蠖齋評《繡像東西晉演義》，轉自朱一玄《金瓶梅資料彙編》，天津：南開大學出版社，1985 年，頁 194。

3　平子，〈小說叢話〉，《新小說》第一、二卷（1903-4），據阿英《晚清文學叢鈔・小說戲曲研究卷》轉錄。

4　張竹坡〈批評第一奇書金瓶梅讀法〉，同註 2，頁 209。

5　同註 4。

6　魯迅《中國小說史略》，第十九篇〈明之人情小說〉，轉自朱一玄《金瓶梅資料彙編》，天津：南開大學出版社，1985 年，頁 400。

7　夢生〈小說叢話〉，《雅言》第一年第七期，民國三年印行。

(一)遮蔽型含蓄美

指作者有意採用遮掩、隱蔽的手法，當文意隨着敘述漸趨明朗時，又故作噴雲吐霧之筆，造成隱不盡之意於峰迴路轉之間、輕雲薄霧之內的境界。

「周貧磨鏡」是小說第五十八回後半章的核心場面。故事由前半章情事徐徐引來——金蓮打狗罰婢撒妒性，將好言相勸的母親連推帶罵逼出家門。事後還自以為是地向孟玉樓學舌，被玉樓勸止。二人信步來到大門首，遇磨鏡叟。潘金蓮獨有的穿衣大鏡，「這兩日都使得昏了」，不能照清本相，需要磨一磨。老人磨完了鏡，因未能給臥病在床的老伴討到「臘肉」，而傷心地「眼中撲簌簌流下淚來」，苦訴了不孝的兒子給老兩口晚年帶來的孤獨憂傷。玉樓憐憫老人，拿來了「半腿臘肉」，潘金蓮把母親帶給她的小米、醬瓜一同送給了磨鏡人。這段故事是一則含意深厚的寓言。鏡子是照鑑之物，潘金蓮的大鏡昏了，照不清本相，喻金蓮孝心泯滅而不自省，故需他人洗磨一番。磨鏡老人磨亮了鏡子，卻未能以現身說法擦亮潘金蓮執迷不悟的心。正如張竹坡在此回回前評中說的「磨鏡非玉樓之文，乃特特使一老年無依之人，說其子之不孝，說其為父母之有愁莫訴處，直刺金蓮之心，以為不孝者警也。」顯然，磨鏡叟的苦訴文字，是作者為表達「勸孝」思想而特意安排的。然而，當故事接近尾聲，卻突然跳出個小廝平安，發了一通不着邊際的議論：「二位娘不該與他這許多東西，被這老油嘴設智誆得去了，他媽媽是個媒人，昨日打這街上過去不是，幾時在家不好來！」頓時晴轉多雲，磨鏡老人成了騙子，一番眼淚汪汪的述說成為弄假戲人的佐證，讀者隨之陷入了迷霧之中。這是敘述者為遮蔽真意而施放的煙霧。

(二)節略型含蓄美

指作者不把要表達的思想全「露」出來，而是或採用省略、刪剪情節的手法，藏無限之意於不寫之中；或以節制的手法，使文意一點一滴地滲透到草蛇灰線的情節內，造成如龍穿雲入霧、時隱時現的含蓄意境。前者為省略式，後者稱節略式。

當西門慶這個家庭支柱一摧折，由其支撐的社會關係網架便如「燈消火滅」般地迅速解體。作者為不使讀者產生這類家庭從此絕跡的錯覺，在以主要筆墨收尾的同時，又別有意味地輕輕點出一個張二官人。這個張二官人以一千多兩銀子賄賂楊戩，補了西門慶山東省提刑所理刑千戶的官缺。原來環繞在西門慶周圍的人又如「眾蟻逐羶」般地紛紛聚攏過來。應伯爵洩露了西門慶家的全部秘密；西門慶的二夫人李嬌兒轉眼成了張二官人的二太太。顯然，張二官又是一個西門慶。這是明寫，是「露」。這位新暴發戶，在官場、商場、情場將扮演什麼角色，唱那齣戲，命運如何，作者未着一筆。然而人們

由以往的西門慶可以想像到這位張二官今後的種種惡行和命運，乃至張二官之後，可能還會有孫三官、王四官之類人繼之，將這種接力賽無休止地進行下去。這是不寫之寫，隱無限情事於不寫之中。如張竹坡所言「張二官頂補西門千戶之缺，而伯爵走動，說娶嬌兒，儼然又一西門，其受報又有不可盡言者，則其不著筆墨處，又有無限煙波，直欲又藏一部大書於筆外也，此所謂筆不到而意到者。」[8]這是省略式中的露頭藏尾。

小說描寫西門慶的色情生活，是從他勾引潘金蓮開始的。在此之前，做為性欲狂的西門慶與陳氏、吳月娘、張惜春、李嬌兒、卓丟兒、孫雪娥等嘲風弄月，迎姦賣俏，許多不肖事，都省去了，又藏一部大書於未寫之前，這是藏頭露尾。

書中曾斷斷續續出現這樣幾個情節：第三十二回寫「李桂姐拜娘認女」；第四十二回寫李瓶兒誕辰，吳銀兒拜壽認女；第五十五回敘蔡京生辰，西門慶進京拜父認子；第七十二回王三官向西門慶拜父認子。這四個同類故事分散於長達四十個章回裏，間隔幾乎相等，它們之間的內在聯繫，引人深思。李桂姐是西門慶包占的妓女、吳月娘的情敵，吳銀兒是西門慶的情婦、李瓶的情敵，她們在情場「妝嬌逞態」爭風吃醋，而今竟然堂而皇之地來拜情敵為母，豈非笑話！認女一節實乃明寫妓女暗刺月娘。王三官暗嫖桂姐，是西門慶的情敵，迫於西門的勢利又做西門慶的乾生兒，而西門慶恰是姦淫了他母親、又企圖引誘他妻子的「賊人」。王三官認賊作父的行為，比妓女更卑劣，西門慶姦人妻母反作乾爹的行為，比起鴇兒來，更無恥，更險惡。蔡京生日，西門慶千里迢迢親自送上二十擔壽禮，求翟管家說情，要做蔡京的「乾生子」，以為得了此名聲兒「也不枉一生一世」，其阿諛逢迎之態比妓女有過之無不及。而蔡京見財起意，賣官鬻爵遍收天下乾兒義子，羅織死黨，其靈魂之醜惡，對社會危害之深廣，又哪裏是妓院鴇兒和市井惡霸所比的！作者這種由妓女比附西門慶，由鴇兒比附蔡京，敘事由此及彼，範圍展示由小漸大，譏諷「幽含」於「草蛇灰線」情節之中，引人深思，耐人尋味。

(三)對映型含蓄美

《金瓶梅》敘事很少用「直筆」「呆筆」，常常是或一筆寫出兩人，或一筆並寫兩事。寫兩人一實一虛，虛實相生；寫兩事，或同步對映，或異步遙對，不盡餘意見於映照之間。前者稱為差位映襯式，後者稱作等位對映式。

第八回「潘金蓮永夜盼西門」，西門慶因娶孟玉樓、嫁女兒大姐，「足亂了一個月多，不曾往潘金蓮家去」，急壞了潘金蓮。她請王婆府裏尋，逼女兒街上找；洗完澡，做好飯，倚門而望；望不見，嘴咕嘟着罵「負心賊」；又拿紅繡鞋打「相思卦」，直到

8　同註4。

困倦得不知不覺進入夢鄉，筆筆畫出了女人的相思之態。這是寫金蓮。「然寫金蓮時，卻句句是玉樓的文字」：寫金蓮的冷清與愁思，處處映襯出玉樓的熱鬧與歡樂，因玉樓的被寵而生出金蓮的失寵。金蓮為實寫，玉樓為虛寫，是「以不寫處寫之」。

一筆並寫兩人的手法在《金瓶梅》中用得很普遍，成為在眾多人物關係網中，區分個性，突出主要人物，使形象真實豐滿的基本手法之一。譬如描寫西門慶家庭群體中的主要人物，就是採用了映示的手法。寫惠蓮的無心，映金蓮的有心；寫瓶兒大方忍讓，諷金蓮的吝嗇、爭鋒；以玉樓的善良，照金蓮的惡行；標舉月娘的貞節，諷刺金蓮縱欲無度。處處寫他人，卻處處映金蓮，筆筆繪金蓮，又筆筆映他人。在諸婦人中，金蓮是作者用筆墨最多的人物中心。對此，張竹坡指出，一部《金瓶梅》只寫了月娘、玉樓、金蓮、瓶兒四個婦人，月娘是家庭女主，不能不寫，然而「純以隱筆」；寫玉樓則用側筆，此二人「是全非正寫，其正寫者，唯瓶兒、金蓮。然而寫瓶兒，又每以不言寫之。夫以不言寫之，是以不寫處寫之。以不寫處寫之，是其寫處單在金蓮也。單寫金蓮，宜乎金蓮之惡冠於眾人也。」[9]其實敘潘金蓮醜惡，「乃實寫西門之惡」。寫李桂姐、吳銀兒妓女輩，王六兒、林太太淫蕩處，正映襯出西門慶淫欲無度，「浮薄立品，市井為習」「一味粗鄙」。而一路寫幫閒篾片應伯爵、謝希大的「假」，又暗諷西門慶的「蠢」，如此等等。一筆並寫兩人的映寫法，構成一部書眾多人物之間你遮我映、一實一虛、注此意彼、虛實相生、萬象回應的境象。

兩事對舉常能使人於遐想中意外有獲。如第十九回，敘述了這樣兩件事：一是陳經濟與潘金蓮撲蝴蝶調情；二是張勝打蔣竹山替西門慶出氣。陳經濟在花園以幫金蓮撲蝴蝶兒，挑逗金蓮，是女婿勾引丈母的開始，最終「弄得一雙」，又與丫鬟春梅勾搭成姦。草裏蛇張勝受西門慶唆使，打瓶兒的續夫蔣竹山，並因此撈上了守備府親隨的差使。這是張勝在小說中第一次露面。乍看起來，兩件事似無關聯。但聯繫到第九十九回，陳經濟與龐春梅在守備府偷姦，被張勝所殺一節，方曉得張勝是結果陳經濟性命的人。陳經濟與金蓮調情，張勝便出場，亂倫一出現，就暗示後果，懲惡勸善的思想隱於兩事對舉的結構之中。

對映手法運用於小說結構中，形成無數縱橫對應的故事情節，在對映的情節間隱伏着無盡的言外之意，從而構成了小說表意的含蓄境界。同步對映形成「禍福相依，冷熱相生」表裏逆反的對比示意層次。西門慶生子又得官，喜事一齊來，偏有丟銀壺的「不吉利」；大年正月為官哥兒聯姻喬皇親，又進了許多金銀資財，卻生「失金」一節；慶官宴上，正前程無量春風得意，劉太監偏要點唱「嘆浮生猶如一夢裏」……。一面熱得

9　同註4。

炙人，一面又透些冷意，熱中示冷，熱冷相照，無限文意隱寓其間。異步遙對，形成因果互繫，炎涼互替，前後逆反的對比示意層次。「淫人妻子，妻子淫人」[10]；奪人財產，財產歸人；李瓶兒、西門慶兩喪葬；官哥、孝哥兩上墳，「春梅重遊舊家池館」……。一昔一今，一因一果，一盛一衰，一樂一悲的對比，給人無窮的回味。

(四)借代型含蓄美

借代指借某一事物間接示意的委婉表意方式，包括指它式和指內式兩類。

指它式，指借用此彼關係中的此中含彼來借此示彼。小說第七十六回寫西門慶自提刑所來家，向潘金蓮眾人敘說自己審理的一件丈母養女婿的「姦情公案」：「那女婿年小，不上三十多歲，名喚宋得。原與這家是養老不歸宗女婿。落後親丈母死了，娶了個後丈母周氏，不上一年，把丈人死了。這周氏年小，守不得，就與他這女婿常時言笑自若，漸漸在家嚷嚷的人知道，住不牢。一日送他這丈母往鄉裏娘家去，周氏便向宋得說：你我本沒事，枉耽其名。今日在此山野空地，咱兩個成其夫妻罷。這宋得就把周氏姦脫一度，以後娘家回還通姦不絕。後因責使女，被使女傳於兩鄰，才首告官……。兩個都是絞罪。」「宋得」就是「送得」的諧音，丈母甘願「送」身，女婿樂於「得」歡。西門慶所講他人的故事與自家醜事如影隨形，十分相似。作者有意借這個故事暗示西門慶死期不遠，後來女婿陳經濟與潘金蓮將「通姦不絕」，並因責使女秋菊而敗露。

作者不單借事暗示情節的發展，也借物示人。潘金蓮與李瓶兒分別住着東西兩幢小樓。金蓮的樓上堆放着「藥」，瓶兒樓上存放「當物」。說也奇巧，金蓮與「藥」有不解之緣。武大被她灌以毒藥害死，西門慶也因被她灌以過量三倍的「春藥」喪命。金蓮之毒與毒藥何異！這是借「藥」暗刺金蓮。瓶兒將梁中書家的百顆西洋大珠，送與花家，做了「廣南鎮守」花太監兒媳。花太監死後，又將花太監一生的「體己」拱手獻給清河一霸西門慶，換取了六太太的寶座。一生為人，不過像個「當物」罷了。這是借「當物」諷瓶兒。

利用事物內外關係中的寓內於外來借外示內，是小說借代表意的又一方式——指內式。它主要被用於借環境、曲詞、酒宴、說經、夢境以及大量人物語言的描寫來表現人物的心理、情緒，頗有點古典詩詞中的寄情於景、借景抒情的手法。吳月娘率眾姊妹遊花園的景物描寫，表露了眾女人對優越生活無法掩飾的喜悅；重陽節瓶兒病重，作者以合家宅眷慶賞重陽的熱鬧景象與瓶兒屋內孤自負痛的冷清氣氛相映，烘托瓶兒內心的孤獨、寂寞。蔡狀元、安進士點唱〈朝元歌〉〈畫眉序〉，字字都蕩溢着一舉及第榮歸省

---

10 欣欣子〈金瓶梅詞話序〉。

親的得意情緒；「稽唇淬語」「挑唆離間」打狗罰婢的一舉一語都散發着金蓮的妒氣。夜夢花子虛抱子來邀，透露出瓶兒對生的依戀死的恐懼。聽尼姑宣卷，映示月娘內心的孤寂苦悶⋯⋯。上述種種都是將無形的心理融於形象聲音之中，藉有形表現無形。

綜上所述，《金瓶梅》的作者在塑造藝術形象，組織紙屑碎片似的人物、情節、環境中，總能從一人一事與他人他事前後左右、上下內外的相互聯繫出發，採用遮蔽、節略、映示、借代等一系列手法，創造出既宏大精密、絲絲相扣，又虛實相生、內外相映、萬象回應、意味無窮的意象網絡，形成故事中有故事，情節外有情節，象外生象的含蓄境界

三

影響章回小說藝術表現和美學情趣的因素主要來自三種文學傳統，即史傳寫實的文學傳統、說唱娛民的文學傳統和詩騷寫意的文學傳統。《金瓶梅》借象表意的手法，就是借鑑了史傳文學中的「春秋筆法」「互見法」和韻文中的「互文見義」法以及說唱文學中的許多婉曲達意的文法。「春秋筆法」包括「一字褒貶」的「微言大義」和為尊者、親者、賢者諱的「諱筆」。寫月娘的貪財、西門慶的粗卑，每每用「隱筆」；寫西門慶與諸妻妾情人的性行為，潘金蓮、王六兒處着墨最多，而對孟玉樓則往往避而不寫，暗示出作者對人物的好感、同情，此是「諱筆」。《金瓶梅》表意形態中的映示型與司馬遷首創的「互見法」、傳統散文尤其是韻文中的「互文見義」這兩種文法有異趣同工之妙。

《金瓶梅》中受詩詞抒情寫意化藝術傳統影響的痕跡也較顯著。我國古典詩詞一般以兩個或兩個以上物象的並列，構成一組組畫面，表達一個完整的意思。在詩詞的物象組合中，託物言志，借景抒情的借代形式，上下蟬聯對比映襯式，由詩歌意象跳躍性規定的必用的節制省略手段，「此中有真義，欲辯已忘言」式的欲言故止的遮蔽手法等都是很常見的。《金瓶梅》中大量地運用詞曲抒情達意，說明作者對詞曲的藝術手法是很熟悉的，故而有意無意地運用到了小說的意象組合中來。

《金瓶梅》以前的長篇小說，也吸收了史傳、說唱和詩詞中一些委婉含蓄的手法。諸如，為了使情節發展跌宕多姿，常常出現動靜、冷熱場面的間插，時而金戈鐵馬，時而燈下觀書，忽而刀光劍影，忽而洞房花燭，從而在壯美場面的夾縫中，不時出現充滿詩情畫意的場景。如「劉玄德三顧茅廬」「宋公明遇九天玄女」「唐玄奘木仙庵吟詩」等。為突出某一人物的性格特徵，也常採用一些側寫、映寫、烘托等手法，如《水滸傳》的

「襯宋江奸詐，不覺直寫作李逵直率，要襯石秀尖刻，不覺寫作楊雄糊塗」[11]；「溫酒斬華雄」襯托出關羽的「勇武」；大鬧天宮，十萬天兵敗北，顯示出孫悟空本領卓絕，等等。上述手法有兩個明顯的特點，一是「隱而愈顯」，使情節顯出波瀾，使人物特徵凸現出來，「隱中見顯，從比襯中求兀立，在隱匿中露豁然，於不知不覺中層層渲染，旁逸敘出地把一個個『活』的典型形象，驀然地推到讀者的眼前，使人倍覺質實而顯豁。」[12]二是隱曲手法只是作為表現壯美的補襯、點綴，未能形成一部小說表意委婉的整體風貌。

　　《金瓶梅》之前的長篇小說，所以沒有形成隱曲含蓄的整體藝術風貌，那是由於傳奇小說描寫對象和美學追求不便於採取過多含蓄表意手法造成的。以往的長篇小說都是描寫英雄（神魔英雄、歷史英雄、草澤英雄），演述他們的壯烈行為、傳奇故事，通過歷史的大事件、大場面，再現廣闊的社會歷史畫卷。此類審視生活的視角和創作目的，規定著作家的審美情趣崇尚壯美，習慣用誇張、對比、映襯等手法表現偉大和崇高。又由於這些小說的題材積累來自於說話，因而不能不受傳統說唱形式的影響，從而制約著作家追求新奇明快的藝術風格，而排斥表意的隱曲含蓄。發展到《金瓶梅詞話》，雖名為「詞話」，卻以平凡人物為描寫對象，情節淡化，人物描寫內向化，故事瑣碎，結構複雜，人物語言冗長，不少語言難以出口，等等。從中可以看出，《金瓶梅詞話》不是編給說書藝人說給市民聽的，而是寫給讀者案頭欣賞的。作者追求的不是壯美和一眼見底的淺暢，而是纖細柔美和品之不盡的韻味。

　　《金瓶梅》表意含蓄的美學風貌與出現在它之前的《三國演義》《水滸傳》《西遊記》《封神演義》相比是很突出的，它既繼承了前者含蓄的筆法，又是對前者的集中和突破，同時也給予後來的《儒林外史》《紅樓夢》以較多的影響。《儒林外史》中的諷刺手法是借鑑了《金瓶梅》又發展了《金瓶梅》的。做為「深得《金瓶》壺奧」[13]的《紅樓夢》，則更多、更成熟地採用了遮蔽、節略、映示、借代的表意方法，把小說的抒情寫意化發展到了前所未有的高度。《金瓶梅》借象表意的含蓄化手法，在長篇小說發展史上居有承前啟後、繼往開來的地位。

11　清・金人瑞《讀第五才子書法》。轉自朱一玄、劉毓忱編《水滸傳資料彙編》，天津：百花文藝出版社，1981年，頁247。

12　艾斐《小說審美意識》，北京：文化藝術出版社，1988年。

13　《脂硯齋重評石頭記》（庚辰本第十三回眉批）。

敍事的里程碑（敍事三絕）

就描寫的對象而言，中國古代小說的發展大體經歷了幾種變化：從寫神到寫人；從寫大事、英雄到寫生活瑣事、凡人；從關注「事件動作」到體察「心理動作」；從主色調分明的類型化性格到多色調交融的立體化性格；從官話、說書口吻到嚼舌根兒的村腔野調。如果說後者（寫生活瑣事、凡人，體察人物的心理動作，塑造立體化性格人物，嚼舌根兒式的村腔野調）是前者的進步的話，那麼完滿地完成這一跨越的先行者是《金瓶梅》，而不是《水滸傳》《西遊記》，更不是晚了一百多年的《紅樓夢》。《金瓶梅》的出現標誌着一種新小說模式的誕生。這一模式除了上述的小說敍事結構、意象組合智慧外，更重要一點便是寫人模式的突破。傳統的觀念、技巧或者被後來者取代了，或者被兼併融合成新的形態。《金瓶梅》的寫人模式的具體成分複雜豐富，如性格提示，分點描繪，皺染，總括（或藉書中人物之口，或作者自述）等。這裏僅就此書寫人最突出的三種方法粗陳己見。

細微處見精神的鋪陳才華

善寫小事是《金瓶梅》的最大特點，即使寫大事件大場面也皆從小事着眼、落筆。事越小，寫得越細，人物就越活，人物的性情、動作、聲腔、無不出於小事，活於小事。小事、碎事何以能成就百回巨著？針線細密是不可缺的一環，然更重要的是細微處見精神。作者處處着眼於人、人的性情、人的心理，故而越寫得細，越能顯示人的內在的豐富。而場面大，人物眾多，反不利於工筆細描。猶如顯微鏡，所取者愈小，所見者愈明，這正是以人為關注點與以事為關注點的根本區分。《三國演義》《水滸傳》《西遊記》所寫皆大事，筆法上講求簡潔有聲勢，快刀斬亂麻，三下五除二，敍完便轉入下一場景故事。如膾炙人口的「溫酒斬華雄」「草船借箭」「三打白骨精」「武松打虎」等等，都寫得簡潔極有聲勢色彩，所占篇幅，不過是一章半回。「七擒孟獲」「大鬧天宮」「三打祝家莊」之類情節所用篇幅較長，往往一回不能了事，那是由於故事的性質是拉鋸式的，不斷地反覆，實際上是幾個故事的疊加。作者們不善於將一個小故事鋪抹數回，或者說他們對小故事特別是家庭瑣事根本不屑一顧。《金瓶梅》就不同了，作者選材的特

點就是以小見大，以一家再現天下國家，所以善寫小事，是作者特有的本領。一件日常小物、小事，作者常常要寫上一回乃至幾回。如一隻鞋、一件皮襖、一塊兒金子、一個撥浪鼓、打燈籠接人，平安挨打。有的連寫，有的斷斷續續。潘金蓮的一張床，從第 9 回，一直寫到第 96 回。作者的手法之高不在於事件本身，而在於寫人，小事能見出人（們）的性格、精神和內心的豐富世界。此為以前小說所無，故可謂之一絕。

《金瓶梅》寫小事的功夫表現在兩個方面：一是放大，滴水見日，一葉知秋。作者往往藉一件小事，畫出人物的某一性格，給人清晰獨特的感受。小說第 27 回「李瓶兒私語翡翠軒」，寫金蓮向西門慶討一朵瑞香花。書中寫道：

> 金蓮看見那瑞香花，就要摘了戴在頭上。西門慶攔住道：「怪小油嘴，趁早休動手。我每人賞你（們）一朵罷！」原來西門慶把傍邊小開頭早已摘下幾朵來，浸在一支翠瓷膽瓶內。金蓮笑道：「我兒，你原來掐下恁幾朵來，放在這裏不與娘戴？」於是先搶過一枝來，插在頭上。西門慶遞了一朵與李瓶兒。……西門慶遞了三枝花（給春梅），教送與月娘、李嬌兒、孟玉樓戴：「就請你三娘來，教他彈回月琴我聽。」金蓮道：「你把孟三兒的拿來，等我送與他。教春梅送他大娘和李嬌兒的去。回來你再把一朵花與我；我只替你叫唱的，也該與我一朵兒。」西門慶道：「你去，回來與你。」金蓮道：「我的兒，誰養得你恁乖？你哄我，替你叫了孟三兒。你這會兒不與我，我不去，你與了我，我才叫去。」那西門慶笑道：「賊小淫婦兒，這上頭也掐個先兒！」

讓送花便去送，就不會有這麼多事兒，作者所以寫出這麼多事，皆為凸顯潘金蓮處處「占先」「掐尖兒」的性格。

無獨有偶，後來龐春梅得金蓮真傳，又青出於藍而勝於藍，把「掐尖兒」的性兒學的更精熟、老道。一日，西門慶進金蓮房中來，獨春梅在。正月十四日，西門慶要宴請眾堂客，讓春梅與迎春、蘭香、玉簫四個大丫鬟打扮出去，為客人遞酒：

> 春梅聽了斜靠着桌兒說道：「你若叫，只叫他三個出去，我是不出去。」西門慶道：「你怎麼不出去？」春梅道：「娘們都新裁了衣裳，陪侍眾官娘子，便好看。俺們一個個只像燒煳了卷子一般，平白出去惹人家笑話！」西門慶道：「你們都有個人的衣服首飾，珠翠花朵雲髻兒，穿戴出去。」春梅道：「頭上將就戴着罷了，身上有數那兩件舊片子，怎麼好穿出去見人的，倒沒的羞刺刺的！」西門慶笑道：「我曉得你這小油嘴，見你娘們做了衣裳，都使性兒起來。不打緊，叫趙裁來，連大姐帶你四個，每人都替你裁三件。一套緞子衣裳，一件遍地錦比甲。」

春梅道：「我不比與他。我還問你要件白綾襖兒。搭襯着大紅遍地錦比甲兒穿。」

西門慶道：「你要，不打緊。少不得也與你大姐裁一件。」春梅道：「大姑娘有一件罷了，我卻沒有，他也說不得。」

身為丫鬟，偏與主子攀比，穿衣不但要超過地位相同的姐妹，還要超過大小姐——西門慶唯一的千金，這本是「掐尖兒」。然而，她的「掐尖兒」與潘金蓮不同，潘金蓮靠的是調情打趣，有一種媚氣。而春梅則是板着臉，使性子，講條件，若不依，她就不出席。一副傲相，一身傲氣。短短一段對話，活畫出一位「身為下賤，心比天高」的丫鬟。

這段索衣文字與情節發展無關，純為春梅而設，全是性格筆墨，又從小事着眼落筆。春梅的性情氣質，在簡短幾句話裏，躍然紙上。

二是將小事拉長。作者極富於聯想，更善於鋪陳，常將一件小事拉開寫去，或由此激出另一事，如一石擊浪，層層拓展開去；或一件小事又孳生出一連串的小事，這些小事皆被母事所包容。無論哪種形態，總引出一群人並進而畫出各自的面目、靈魂。猶如一根藤葉上掛出一朵朵花。這種抹開、拉長的寫作技巧的着眼點不是故事本身而是故事中的人，藉一事寫眾人。此一石三鳥，一筆眾人之法，不但使碎細之事聯結更細密，而且便於使筆下人物在同一事件中顯示出不同的個性。

潘金蓮一隻紅繡鞋引起了一連串故事波瀾。先是她在葡萄架下丟失了鞋，讓春梅押着丫環秋菊，到園子裏尋。誰承想卻尋出了死了的來旺媳婦的一隻睡鞋。

金蓮的鞋究竟到哪兒去了？原來被當時藏在葡萄架下的來昭的兒子小鐵棍兒拾了去。這小鐵棍要用鞋換陳經濟的網巾圈兒耍。陳經濟從孩子口中得知是潘金蓮的，遂以鞋挑逗金蓮，換了金蓮那塊最心愛的汗巾兒，並告她是藏在葡萄架下的小鐵棍兒撿到的。潘金蓮唆使西門慶打鐵棍兒。西門慶得風便是雨，揪住孩子頂角，「拳打腳踢」，打得孩子「鼻口流血」，昏死了過去。被來昭兩口子扶救，「半日甦醒」。來昭媳婦一丈青，知是為了一隻鞋的根由，便「走到後邊廚下，指東罵西，一頓海罵」。到第三天，潘金蓮因鞋被弄髒了，要重新做一隻新睡鞋。她與孟玉樓、李瓶兒三人一處納鞋底子。孟玉樓乘機學舌，說來昭媳婦一丈青，如何在後邊罵「那個淫婦、王八羔子學舌，打了他小廝」。又說吳月娘如何怨金蓮。潘金蓮從此與吳月娘生隙。夜裏又挑唆西門慶整治來昭一家子。第二天（丟鞋第四天），西門慶「要攆來昭三口子出門」，多虧月娘勸阻，方將來昭趕到獅子街看守房子。

一隻睡鞋，本無什麼文章，作者竟寫了整整三個章回，這隻繡花鞋雖小，它所展示的生活卻是西門宅內錯綜複雜的人事糾葛，並直接關涉以後情節的發展。一隻鞋子猶如一隻筆，繪出了與之相關人物的音容笑貌、稟性靈魂。金蓮一隻鞋是因受性虐待而丟。

受性虐待又因何而起？因惠蓮與瓶兒也！前一回「宋惠蓮含羞自縊」，本是西門慶聽潘金蓮之言，為長期占有惠蓮，除掉她的丈夫。結果事與願違，一個最得力的伙計趕走了，一個最漂亮的女人也死了，真是「賠了夫人又折兵」。西門慶豈無悔悟乎？故而他要好好懲治一下這位潘金蓮。他疼愛瓶兒，又知她已懷了自己的種兒，更愛惜倍加，潘金蓮卻處處拿話傷人，西門慶要懲戒她，給她提個醒兒。正是由於作者的這種思路，故而秋菊找鞋，竟找出了宋惠蓮的睡鞋。潘金蓮從那隻鞋的珍藏，曉得了漢子對鞋主人的喜愛，不僅勾起了她對往事的回憶，同時也勾起了讀者對宋惠蓮故事的回想，吳月娘那句「九尾狐狸精出世了」的話，可說是作者對這一故事的評判，也意味着惠蓮故事的結束。然而有趣的是，金蓮的鞋卻轉到了陳經濟手裏，加速了女婿與丈母娘偷姦的進程。同時這兩隻鞋，展開男女間的兩種姦情故事：西門慶與宋惠蓮；陳經濟與潘金蓮。一個是丈人姦媳婦兒，一個是女婿姦丈母。真真是「淫人妻子，妻子淫人」。小鐵棍（僅十二歲）拾鞋有何罪？丟鞋與丫鬟秋菊何干？潘金蓮辱打體罰丫鬟，又挑唆西門慶險些將小鐵棍兒打死。這一打又生出三件事：一是秋菊與潘金蓮生隙。二是來昭夫妻與潘金蓮結仇。三是月娘惱恨金蓮，從而使潘金蓮在家庭中「四面楚歌」。而後，秋菊向月娘告狀，月娘趕金蓮出門，上下齊攻，金蓮便走向死地。所以這隻鞋承上啟下，既是結束宋惠蓮事，又埋下了金蓮此後的死因，豈可小視哉！

《金瓶梅》作者不僅善於鋪陳小事，而且在小事的敘述中，寫形傳神。被寫入這件小事中的幾個人物的性格，唯妙唯肖，呼之欲出。西門慶一味地感情用事，頭腦簡單，不假思索，不問青紅皂白，更不暗查是非曲直，潘金蓮讓他打小鐵棍兒，他就將孩子打個半死；潘金蓮唆使他處治來昭夫妻，他就要將人家攆出家門。活現出他那軟耳根子，「一衝性子」的性格。吳月娘罵他是「昏君」，並未冤屈他。龐春梅為虎作倀，與主子狼狽為奸，心比金蓮更狠。讓頂石頭，她給秋菊搬來沉甸甸的大石頭；要打秋菊，她便狠狠地痛打。「娘惜情兒還打得少，若是我，外邊叫個小廝，辣辣的打上他二三十板，看你這奴才怎麼樣的！」秋菊一味地呆傻，挨了不少打罵，到了卻不知為什麼，一直蒙在鼓裏。小鐵棍兒格外天真，只知好玩兒，別的什麼都不曉得，父母將他救活過來，問他「你爹為什麼打你？」只知拾了一隻鞋，就挨了打。此外陳經濟的浪子性兒，孟玉樓的愛學舌，吳月娘的正派也無不唯妙唯肖。

作者何以能以小寫大？除了家庭題材的規定外，更重要的是作者思維的焦點、心想眼觸的焦點，寫作的興奮點不是故事，而是人。不是故事的離奇好看，如何抓人心。而是人物的音容笑貌、精神氣脈、好惡性格，是人物的舉手投足、一言一笑是否逼真。正因心中想着人物，所以語言、故事便從人的內在必然性中來。事情再小，只要抓住了人心，便有源源不斷的話湧出，便會節外生出種種枝節。這恐怕應是小事能做大的訣竅。

捕捉心理焦點的敘事謀略

　　學術界似乎有一共識：中國小說不長於寫心理，是乾淨、純粹的情節小說。與西方小說相比，這似乎應算得上民族特徵。果真如是嗎？實則並不盡然。說其並不盡然來自兩方面的分析，一是小說發展的階段性；二是中國小說表現心理的民族特色。

　　我國小說的發展以《金瓶梅》的出現為界，分為前後兩段。早期由於受史傳敘事、子書虛構說理性故事以及後來說唱故事的影響，事件始終是撰寫者關注的重心，偶爾出現於小說中的詩歌不過是用來顯示作者才華的裝飾。正因重視故事性，強調文筆的典雅、洗練，故凡與情節發展無直接關係的東西，凡非情節因素，自然被排斥於敘事結構之外，從而限制了人物的心理表現比例。而西方小說所以格外重視心理描寫原因是多方面的。如重視個性自由、肯定情欲的合理性的哲學觀，重視人的生理結構的科學觀，追求形體真實的繪畫、雕塑藝術等等。若單就文學而論，西方小說所以重視心理描寫，是由於他們戲曲藝術的早熟給予後來小說直接影響。因為戲曲主要是以說唱形式抒發人物心理情緒的。到了小說，那種用來抒寫心理與情緒的唱詞便為不帶音符的純心理描寫的文字取而代之了。中國的戲曲比西方晚了一千多年，從元雜劇的形式可以看出，它是中國抒情寫意文學的最高形式，是對詩詞曲抒情化的深化。說白了，戲曲就是演唱人物的心理、情緒，它以另一種形式彌補了中國敘事文學不長於心理表現的不足。小說如果吸收戲曲的長處，就可以大大提高自身表現人物心理的能力。然而似乎戲曲對元末明初的小說家的影響並不大。羅貫中、施耐庵、吳承恩的戲曲造詣皆不深，故而幾部長篇小說的心理描寫依舊老面孔。

　　《金瓶梅》則不然，這位作者是位曲迷、戲迷，他肚裏裝着幾百支曲子，十幾部戲。可以憑記憶，隨時將那些東西調出來，揮灑紙上。這就使得一部書表現人物心理的東西格外多，非情節的因素格外多。換言之，《金瓶梅》的作者第一次將戲曲抒情寫意，演唱心理的手法與小說的敘事相結合，大大豐富了小說心理表現的手法，提高了繪心寫意的能力。

　　中國小說表現心理的手法與西方小說的心理描寫有很大不同。西方小說寫心理的特點有二，一是用大段文字直接描寫人物的複雜的心理活動。二是人物的心理活動成為小說情節的重要組成部分。中國小說雖說也有直寫心理的文字，但一般較簡練，更多的是藉助夢境、詩詞、唱曲、景物渲染、笑話、對話等間接地表現心理。所謂間接就是將心理動作化，故事化，這種動作、故事有別於意在表現事件過程的人物外部動作，它是意在表現心理的具有非情節因素的心理動作與心理故事。這種心理動作、心理故事的本質是人物心理的外延化。比之西方小說心理描寫的內析式，這種外延化更具有含蓄化的特

點。這大概與中國傳統的重神似而不大重形似的表現手法不無關係。

《金瓶梅》心理描寫創造性地發展了中國小說心理描寫的新模式:心理外延式與故事化。其手法的豐富多樣以及所達到的水準,可謂中國小說史上一大奇觀。

《金瓶梅》中直接寫心理的文字很多,但它不像西方那樣寫得細密複雜,倒更似戲曲中人物的旁白,簡潔而真切。

吳月娘初見潘金蓮,「口中不言,心內暗道:『小廝們家來,只說武大怎樣一個老婆,不曾看見,今日果然生得標緻,怪不得俺那強人愛他』」。這是對以往傳說所得印象的印證,不免有幾分醋意。話不多,切合月娘的身分、心理。

李瓶兒聽了蔣竹山一番話,心中七上八下,突然萌發一種念頭:「況且許多東西丟在他(指西門慶)家,尋思半晌,暗中跌腳:『怪嗔道一替兩替請着他不來,原來他家中為事哩!』又見竹山語言活動,一團謙恭,『奴明日若嫁得恁樣個人也罷了,不知他有妻室沒有?』」這是一段純心理的描寫,具體顯示了她改變主意的心理過程。

西門慶初見王六兒,「心搖目盪,不能定止。口中不言,心內暗道:『原來韓道國有這樣一個婦人在家,怪不的前日那些人鬼混他!』又見他女孩兒生的一表人物,暗道:『他娘母兒生得這般模樣,女兒有個不好的?』」活畫出西門慶一心在婦人身上的驚異與呆想。這些直寫心理文字無疑皆是一段故事的文眼,雖簡潔卻極真率明了。

《金瓶梅》還借用了傳統的以動作描寫心理的筆法,然又略有變異。不是在寫故事中無意夾雜表現心理的動作,而是一段動作純為心理而設。小說第13回,先是李瓶兒向西門慶反覆示意,引得西門慶一心要圖謀這婦人:

> 屢屢安下應伯爵、謝希大這伙人,把子虛掛住在院裏飲酒過夜,他便脫身來家,一徑在門首站立着,看見婦人領着兩個丫鬟,正在門首。西門慶在門前咳嗽,一回走過東來,又往西去,或在對門站立,把眼不住往門裏盼着,婦人影身在門裏,見他來,便閃進裏面;他過去了,又探頭去瞧。兩個眼意心期,已在不言之表。

這段純是心理動作,西門慶不單是焦急地走來走去,還用有聲的咳嗽,無聲的眼神向對方示意。李瓶兒的時露時躲,更活畫出一位女子的矛盾心理。作者有意識寫人物心理,還表現為那句點睛之筆:「兩個眼意心期,已在不言之表。」這與小說第2回引用《水滸傳》寫西門慶見到潘金蓮後情形的文字相比,更能顯示出《金瓶梅》作者對人物行為的心理描寫的格外關注。

藉人物對話再現心理,雖說在其前小說中也常用,然《金瓶梅》的描寫無疑更顯得專注細膩。花子虛死後,李瓶兒改嫁西門慶本應是水到渠成、順理成章的事。然作者卻寫得往復曲折,花去了大量的筆墨。其中一個重要的原因是得了瓶兒錢財的吳月娘與潘

金蓮的間阻。瓶兒急着嫁過去先與潘金蓮住在一個樓上。西門慶徵求潘的意見，潘推吳月娘，吳月娘一本正經地說了許多道理，其中第三條理由令西門慶十分害怕。「你又和他老婆有連手，買了他的房子，收着他寄放的許多東西。常言：機兒不快梭兒快。我聞得人說，他家房族中花大，是個刁徒潑皮的人，倘若一時有聲口，倒沒的惹虱子頭上撓。」西門慶對此格外忌諱、害怕，收起提前娶瓶兒的心。以後每談及此事，西門慶總提問花大的態度如何，且在兩回書中反反覆覆出現多次。燒花子虛櫃那天，西門慶躲在應伯爵家。他一見從李瓶兒處來的玳安，便打問那裏的情況：「今日花家都有誰來？」玳安道：「只有花大家兩口子來，吃了一日齋飯，他漢子先家去了。只有他老婆，臨去，二娘叫到房裏去了，與他十兩銀子，兩套衣服。還與二娘磕了頭。」西門慶道：「他沒說什麼？」玳安道：「他一字通沒敢提什麼，只說到明日二娘過來，他三日要來爹家走走。」西門慶道：「他真個說此話來？」玳安道：「小的怎敢說謊！」西門慶聽了滿心歡喜。西門慶的問話，總是三分懼，七分憂，以至於玳安的話使他難以相信。一旦知是真的，頓時轉憂為喜，一肚子憂懼都丟向爪哇國去了。作者每寫瓶兒之事，必圍繞西門慶這一心理來寫，藉一次次對話活現其心理。這些心理對話與整個情節融合起來，十分自然真切。

在中國小說史上，《金瓶梅》敘事的最大特點是長於「記言」（此點待下文細述），不但與以《三國演義》《水滸傳》《西遊記》為代表的歷史演義、英雄傳奇、神魔小說長於「記事」判若兩樣，就是此後的長於記言的家庭小說、世情小說也遠不及《金瓶梅》。《金瓶梅》描述人物的語言，不只在篇幅比例上列於群書之首，而且有着他書少見的「真」「俗」風格。女人的閒話、淡話、妒話、爭吵的話、罵人話以及應伯爵等人的笑話、戲言、趣言、插科打諢、諷刺挖苦等等語言，篇幅長，連綿不斷，像樹葉似的，滿篇鋪蓋。且不避市俗，一味裸露，格外真率。特別是潘金蓮、龐春梅、吳月娘等人的閒話、妒話、罵人話，一個賽一個粗野，幾毫無掩飾。故而，人物的心理活動，人物內心的感情，心底的隱秘，許多都是吵出來，罵出來的。人物的語言事實上成為表現人物心理的主要通道。西門慶與喬大戶結親，潘金蓮心中氣不憤，對孟玉樓說道：

> 我不好說的，喬小妗子出來，還有喬老頭子的些氣兒。你家失迷了家鄉，還不知是誰家的種兒哩！人便圖往來，攀親家耍子兒，教他人拿我惹氣罵我，管我甚事！多大的孩子，又是和一個懷抱的尿泡種子平白子攀親家，有錢沒處施展的。爭破臥單沒的蓋，狗咬尿泡空喜歡！如今做濕親家還好，到明日休要做了乾親家才難。吹殺燈擠眼兒，後來的事看不見的勾當！做親時人家好，過後三五載，妨了的才一個兒！

這是氣話、瘋話、也是醉話，心裏的東西一股腦兒全端了出來。什麼李瓶兒的孩子不是

西門慶的,什麼尿泡種子就攀親是有錢沒處使,什麼孩子命能否保得住也難說,恐怕是狗咬尿泡一場空。她心裏這麼想,這麼詛咒,就這麼說。吳月娘罵金蓮,春梅罵申二姐,潘金蓮毆打如意兒……也無不如此。再者至親間,說話無忌諱。吳月娘與喬家定了親,回來說與西門慶,西門慶便對月娘說了一大堆如何「不般配」的話,也完全屬「說」心理一類。

古代小說散韻相間的文字特點,到了《金瓶梅》就變為俗語與俗曲相間。俗曲之多,其他小說不可比擬,且因為曲不但可唱,且比詩詞更富於抒情性。這勢必增強該部小說抒情寫意的功能,於是以唱曲抒情、寫意、繪心,便成為《金瓶梅》的又一長項。

以曲繪心的方式在文本中表現為兩大類,一類是明寫,即作者特意挑明唱曲與人物心理間的聯繫。又包括三種類型:一是借用曲詞直接抒情、繪心。這類曲詞就像西方小說中的直接描寫心理的文字。官哥是瓶兒的命根子,卻活活被人設法治死了。得意的是潘金蓮,對瓶兒則是致命的一擊。頓然她感覺到這個世界離她很遠很遠,她恨不得隨從孩子一同離去。當人們要把孩子抬出去時,她無法接受這一事實,一頭撞在地上,放聲哭道:

> 叫一聲,青天你,如何坑陷了奴性命!叫一聲我的嬌兒呵,恨不得一聲兒就要把你喚應!也是前緣前世裏少欠下你冤家債不了,輪着我今生今世為你眼淚也拋流不盡。每日家吊膽提心,費殺了我心!從來我又不曾坑人陷人,蒼天如何恁不睜眼?非是你無緣,必是我那些兒薄情。撇得我四不着地樹倒無陰來呵,竹籃打水勞而無功。叫了一聲痛腸的嬌生,奴情願與你陰路上一處兒行!(第59回)

這段唱詞顯得思路很亂,一會兒埋怨老天無眼;一會兒又說是前世欠債,今世該還;一會兒又說從未做虧心事,蒼天不睜眼;一會兒又怨自己命薄幸,顛來倒去。而這種思緒的混亂正是人處於極痛苦時的心理狀態。她情願與小兒官哥兒「陰路上一處行」的感情則是最真實的。這種人物唱曲兒似的表情方法雖然看起來不倫不類,然而就表現人物的內心世界的效果而論,無疑是以曲繪心中最真率的一種。這種形式在《金瓶梅》中多次出現,僅官哥之死就有三次之多。西門慶臨死前,與吳月娘訴衷腸時,也是直唱心緒。這種形式往往用於人的情緒激憤之時,故而感情也格外強烈真率。

二是某種心理的生發屬於非自覺的,受外部信息的刺激方喚醒了被刺激者的某種心理情緒。如小說第63回「親朋祭奠開筵宴,西門慶觀戲感李瓶兒」。那一日眾親朋來到,西門慶請了一起海鹽子弟,搬演《兩世姻緣》。書中寫道:「扮末的上來請問西門慶:『小的(揀)〈寄真容〉的那一折唱罷?』西門慶道:『我不管你,只要熱鬧。』」此時他心內想的還是「開筵」,如何照顧好大家,搞得熱熱鬧鬧。當劇中女主角玉簫臨死前,

念念不忘韋皐，為他畫下了自己的肖像，西門慶又聽到那感人肺腑的唱詞：「今生難會，因此上寄丹青」。「忽想起李瓶兒病時模樣，不覺心中感觸起來，止不住眼中落淚，袖中不住取汗巾兒擦拭」。此時此刻，他完全沉浸於戲曲的情境之中，他與瓶兒的感情已取代了戲中的男女主角。瓶兒死時的模樣，那感人肺腑的話語，勾起西門慶的回憶，激活了他那與仁義的姐姐死別時的情感。孟玉樓說他是「睹物思人，見馬思鞍」。這一心理表現方式可稱為「觸景生情」式。

另一種是主動、自發型的。人物的心理情緒已有極強烈的表現，特藉小伶唱曲來抒發排遣。西門慶剛剛辦完為瓶兒送葬之事，受山東巡按之託，又在自家宅內迎請朝中六黃太尉。這一威震山東的舉措，並未使西門慶感到一絲欣慰，他的情緒依然沉溺於懷念瓶兒的痛苦中。六黃太尉的車馬一去，「西門慶因一時想起李瓶兒來，今日擺酒就不見他」，便吩咐小優兒唱了一曲〈普天樂〉。那「月有盈虧，花有開謝，想人生最苦離別。花謝了，三春近也；月缺了，中秋到也；人去了，何時來也」的唱詞，句句撞擊着西門慶的情竇心扉，不禁「眼中酸酸的」。坐在一旁的應伯爵最能體會西門慶此時此刻的心境，便悄悄說道：「哥教唱此詞，關係心間之事，莫非想起過世的嫂子來？就如同連理枝、比目魚，今分為兩下，心中怎不想念！」

後來，為孟玉樓過生日，吳月娘點了一支「比翼成連理」，喻西門慶與玉樓夫妻恩愛。西門慶卻偏讓唱「玉吹簫玉人何處也」。潘金蓮知他「思念李瓶兒之意」，心中氣憤不過，下來衝着西門慶道：「哥兒，你膿着些兒罷了！你的小見識，只說人不知道？他是甚『相府中懷春女』？他和我都是一般後婚老婆！什麼你『褪湘裙杜鵑花上血』，三個唱兩個噇，誰見來？」「提起他來，就疼得你心裏格地地的」。

這類點明心理的唱曲兒，可謂彼彼皆是，因西門慶、潘金蓮諸人皆曉得曲中的滋味，故往往因情索曲，而非盲目亂來。從而「唱心理」成為此部書繪心寫意的主要手法之一。以上皆為明寫類。

第二類是暗寫。曲詞與人物心理之間的關係是潛在的，作者並不明說，讓讀者從說唱的內容中自我感受。蔡狀元、安進士在西門宅點唱了兩道〈朝元歌〉與〈玉環記〉中的「恩德浩無邊」。此曲兒與聽者的心理有何關係，作者未加一句斷語。然讀者自可領會。兩位書生青春年華便金榜題名，如今衣錦還鄉，正值春風得意之秋，在金樽美酒的盛宴上，又見到可意兒的蘇州戲子，心情無比暢快。那「十載，青燈黃卷……指望榮親，姓揚名顯；試向文場鏖戰。禮樂三千，英雄五百爭後先，快着祖生鞭，行瞻尺五天。」正唱出了他科場得意。至於「恩德浩無邊，父母重逢感非淺」又是兒子對父母的感恩戴德。讀者一看便知，無須「添足」。又如吳月娘愛聽尼姑宣卷，講那佛祖棄家修行與善惡有報因果輪迴之事。這些描寫一方面表現吳月娘一心向善，種下善根，為此後孝哥入

佛門，普靜禪師薦拔群冤，使西門家業得以倖存埋下伏筆；一方面表達了作者「色空」的思想陰影。然而對於吳月娘來說，還有一層不便明說的苦衷：消磨那枕單衾寒淒冷難熬的漫漫長夜，慰藉那顆受冷落的孤苦寂寞的心。只是她所採用的這種堂而皇之的形式比起那花裏胡哨的情歌豔曲來更巧妙隱晦罷了。

如果說唱曲所表現的人物心理還不夠那麼具體、清晰的話，夢境則具體形象得多。寫夢是《金瓶梅》表現人物心理的另一重要而有效的形式，儘管「夢」至今仍然是個說不盡的話題，就像「人」的秘密永遠是秘密一樣，但有一點是古今都一致認可的事，那就是夢與人的心理、意識的關係。夢是人聚集的潛意識在意識鬆弛之時的自由釋放。正因此夢本身便是人的心理與潛意識的載體，是人的無形的大腦信息的有形化。與西方小說將人的心理直接作為描述的對象一樣，中國古代小說長於寫夢，幾乎無一部中國小說不寫夢的。就寫夢的種類與形式而言，《金瓶梅》可謂此前寫夢小說的集大成。而且過去敘事作品中那種強調夢的預示功能，到了此書便更多地轉向寫人的心理，從而顯示出以夢寫心理的創作自覺。

這種自覺表現在作者寫夢的四種清晰意向：一是以夢寫情，形成一連串的情夢，最突出者是李瓶兒死後，西門慶多次夜夢瓶兒。一方面在情節上使瓶兒故事並未因她的死而結束，而是餘波盪漾，使潘金蓮等眾妻妾一直心中氣不憤，嫉妒不已。另一方面，活生生地突出了西門慶與李瓶兒的真情——精誠不散的真情。

作者寫夢的創作自覺可以從他以章回目錄突出寫夢的創作意圖見其一斑，如「李瓶兒夢訴幽情」（第67回回目）、「李瓶兒何千戶家托夢」（第71回）等。西門慶埋葬瓶兒的第二天，剛送走了六黃太尉，身體困倦，就歪在炕上睡着了。

> ……忽聽有人掀的簾兒響：只見李瓶兒驀地進來。身穿糁紫衫，白絹裙，亂挽烏雲，黃慘慘面容，向床前叫道：「我的哥哥，你在這裏睡哩！奴來見你一面。我被那廝告了我一狀，把我監在獄中，血水淋漓與穢污在一處，整受了這些時苦。昨日蒙你堂上說了人情，減了我三等之罪。那廝再三不肯，發恨還要告了來拿你。我待要不來對你說，誠恐你早晚暗遭他毒手。我今尋安身之處去也，你須防範來！沒事，少要在外吃夜酒。往那去，早早來家。千萬牢記奴言，休要忘了！」說畢二人抱頭放聲而哭。西門慶便問：「姐姐，你往那去？對我說。」李瓶兒頓脫撒手，卻是南柯一夢。西門慶從夢中直哭醒來，看見簾影射入書齋，正當卓午，追思起，由不得心中痛切。（第67回）

這個夢至少表現了西門慶三種心態。「夢是心頭想」，西門慶正因思念瓶兒心切，而整整一兩天因忙着請六黃太尉，思念情緒遭到干擾。「抽刀斷水水更流」，他積蓄的思緒

需要散發，故有此夢，足見西門慶對瓶兒的一往情深，這是其一。其二，從瓶兒所言身處穢污，如何受苦，可知西門慶關注的焦點是瓶兒地獄的生活。她越受苦，他越不安，因為瓶兒是為了他西門慶才受此磨難的。黃真人的煉度薦亡，可使她減罪三等，西門慶內疚的心方略得一片慰藉。其三，夢中的瓶兒在遭受磨難之時，竟不顧自身安危前來向他報信，並一再提醒他，足見西門慶心中的瓶兒總是那樣善良、仁義，這也正是西門慶日夜念想他的根本原因。

西門慶的上述心理活動在這一夢中得到了充分而形象的展示。後來潘金蓮見他兩眼紅紅的，便猜到他又想起了瓶兒，嫉妒得了不得。「夢是心頭想，……饒他死了，你還這等念他，像俺都是可不着你心的人，到明日死了苦惱，也沒那人顯念。此是想的你這心裏胡油油的！」這一夢中想，突出的是真摯之情。

以夢境表現人的深層的潛意識——性心理是《金瓶梅》寫夢的第二種意向，也是中國小說人物心理描寫的一大突破。男歡女愛本是人的天性，男女性生活是人的生活中不可少的方式，「做夢娶媳婦兒」的事司空見慣，然而這些東西對於以修身為本的文人來說，對於堅信「文如其人」、靠書本立身揚名的讀書人來說，性心理被視為一種淫亂者的不道德的心理，人人惡之、避之，談性色變，誰敢引火燒身？故而文學家向來不染指於此，偶爾涉筆，也是用來寫惡人的染料，且行文含蓄，至於以夢境表現女人的性心理，真不多見。在這方面同《金瓶梅》整部作品所表現的性觀念、性意識的自由一樣，以夢境寫人的性意識同樣頗為大膽。小說第 69 回「李瓶兒何千戶家托夢」，寫西門慶千里迢迢來至京城，一天夜裏，瓶兒尋訪至此，兩人意外相逢，「相抱而哭」，各述衷腸。「言訖，西門慶共他相摟相抱，上床雲雨，不勝美快之極。已而整衣扶髻，徘徊不捨……恍然驚覺，乃是南柯一夢……西門慶向床底下摸了摸，見精流滿席，餘香在被，殘唾猶甜。追悼不已，悲不自勝。」西門慶習慣了夜夜貪歡的性生活，而來到京師，宿於他人之家，獨枕孤衾，難捱寂寞，再加上思念瓶兒，於是便有此多了一層雲雨之事的夢。顯然，這正表現了西門慶此地此時的性心理，不過這種性心理是與相親相愛的情感交融為一的。

瓶兒待嫁西門慶前，兩人相愛甚洽。突然因西門慶受楊戩案件牽連，縮身宅內，半月不出，將瓶兒拋閃得不上不下。瓶兒像得了相思病一般，性飢餓折磨得她夜夜入夢。小說對此有一段精妙而含蓄的夢境描述：

> 婦人盼不見西門慶來，每日茶飯頓減，精神恍惚。到晚夕孤眠枕上，輾轉躊躕。忽聽外邊打門，仿佛見西門慶來到。婦人迎門笑接，攜手進房，問其爽約之情，各訴衷腸之話。綢繆繾綣，徹夜歡娛。雞鳴天曉，頓抽身回去。婦人恍惚警覺，大叫一聲，精魂已失。慌了馮媽媽，進房來看視。婦人說道：「西門慶他剛才出

去，你關上門不曾？」馮媽媽道：「娘子想得心迷了，那裏得大官人來？影兒也沒有。」婦人自此夢境隨邪，夜夜有狐狸假名抵姓，來攝其精髓，漸漸形容黃瘦，飲食不進，臥床不起。（第17回）

夢與西門慶「徹夜歡娛」，是對性生活欠缺的一種心理補償，尚屬正常心理的表現。而若「夜夜有狐狸假名抵姓，來攝其精髓」，則顯然是一種病態心理。對此蔣竹山診斷是「主六情七欲所致，陰陽交爭，乍寒乍熱，似有鬱結於中而不遂之意也。……夜晚神不守舍，夢與鬼交，若不早治，久而變為骨蒸之疾」。不管竹山的用心如何，他的話是對的。此夢所描寫正是七情六欲「鬱結於中而不遂之意」所致，正是瓶兒性飢餓心理的夢境化。

着意寫負罪心理是《金瓶梅》夢境描寫自覺的另一重要表現，作者這一意識正與該書「戒淫」「懲惡」的創作主旨相一致，或者說正是作者這一創作思想在夢境描寫中的表現。官哥一死，李瓶兒便「夢見花子虛從前門進來，身穿白衣，恰似活時一般，見了李瓶兒，厲聲罵道：「潑賊淫婦，你如何抵盜我的財物與西門慶？如今我告你去也！」作者寫此夢很可能別有用意，意在說明，官哥是花子虛的化身。但瓶兒做此夢，無疑是她平日積壓的愧對花子虛的心理作祟的結果。瓶兒死前，幾次夢到花子虛抱着官哥兒來向她索命，心裏害怕得緊。西門慶要為她驅邪，她極讚賞，請他「上緊些」。西門慶死前「眼前看見花子虛、武大在他跟前站立，問他討債。這不單是「一命抵一命」「一報還一報」，而且是此種報應觀念在做夢者心靈深處作怪所導致的負罪與恐懼心理的夢境化。

《金瓶梅》寫夢的第四種清晰印象是以夢境預示吉凶。吉事未見，先有夢兆，每有凶事來，必先有惡夢提示。李瓶兒死前，西門慶與應伯爵各有一夢，且夢體頗為相似。那應伯爵道：「……夢見哥使大官兒來請我，說家裏吃慶官酒，教我急急來到。見哥穿着一身大紅衣服，向袖中取出兩根玉簪兒與我瞧，說一根折了。讓我瞧了半日，對哥說：可惜了，這折了的是玉的，完全的倒是硝子石。哥說兩根都是玉的。俺倆個正說着，我就醒了。」西門慶那個夢與這一個相同。唯簪子是六根兒，由翟管家派人捎來，與應花子夢不一樣。西門慶死前，吳月娘「夢見大廈將頹，紅衣罩體，顛折了碧玉簪，跌破了棱花鏡」。這類夢境的功能不僅在於情節發展中有預示作用，而且能顯示出人物的個性來。應伯爵帶有更多編夢的成分；西門慶一心高攀相府管家的勢力；吳月娘夢境乾癟，無一廢語，也無一點感情，顯示出她視六親若冰炭的冷峻。

雜用上述六種手法繪心寫意，進而更細膩、深切地活現人物的性格，以及它在每一章節中運用的嫻熟巧妙所達到的藝術美境界，在此前的小說中未曾所見，在中國小說史上也是不可多得的。各種手法因何契合，又匯合於何處？回答是：合於心理，得之於個

性。對此，張竹坡曾慧眼獨具地指出：「於一個人心中，討出一個人的情理，則一個人的傳得矣。」從心中討個性，正是《金瓶梅》心理描寫最成功之處所在

「潘金蓮雪夜弄琵琶」是一篇心理文字，一篇極富於詩情畫意的心理畫面。又是好一陣子西門慶未到潘金蓮屋裏來，她夜夜顧盼着，盼來的是一次次失望，一層層淒涼，一重重空寂、孤苦。「雪夜弄琵琶」顯示的是在空曠、淒冷的氛圍裏包裹着的一顆屢受創傷的悲愴的心。季節，寒風凜冽的隆冬。時間，雪花紛飛的夜晚。地點，宅門口旁花園內與李瓶兒相對的繡花樓裏。她又一次將角門開着，彈弄琵琶等着西門慶，直等到二三更天氣。使丫鬟春梅不時地出去觀望，皆不見動靜。心中悶悶的，又不甘心。「在床上和衣兒又睡不着」，不免取過琵琶來彈唱個〈二犯江兒水〉曲兒，解悶消愁。

> 悶把幃屏來靠，和衣強睡倒。
> 猛聽的房檐上鐵馬兒一片聲響，只道西門慶來到，敲的門環兒響，連忙使春梅去瞧。他回道：「娘錯了，是外邊風起落雪了！」婦人於是彈唱道：
> 聽風聲嘹亮，雪灑窗寮，任冰花片片飄。
> 一回兒，燈昏香盡，心裏欲待去剔續，見西門慶不來，又意兒懶得動彈了。唱道：懶把寶燈挑，慵將香篆燒。〔只是捱一日似三秋，盼一夜如半夏。〕捱過今宵，怕到明朝。細尋思，這煩惱何日了？〔暗想負心賊當初說的話兒，心中由不的我傷情兒。〕〔合〕：想起來，今夜裏心兒內焦，誤了我青春年少。〔誰想你弄得我三不歸，四不着地。〕你撇的人有上樹來沒下梢！（第38回）

後來又喚春梅去看西門慶回來沒有，那春梅說：「娘，還認爹沒來哩！爹來家不耐煩了，在六娘屋裏吃酒的不是？」金蓮聽了，句句如鋼刀戳入心裏一般。一面罵負心賊，一面撲簌簌掉下淚來。又唱道：

> 論殺人可恕，情理難饒，負心的天鑒表！〔好教我提起來，又是那疼他，又是那恨他。〕心癢痛難搔，愁懷悶自焦。〔叫了聲賊狠心的冤家，我比他何如？鹽也是這般鹽，醋也是這般醋，磚兒能厚，瓦兒能薄，你一旦棄舊憐新！〕讓了甜桃，去尋酸棗。〔不合今日教你哄了！〕奴將這定盤星兒錯認了。〔合〕想起來，心兒裏焦，誤了我青春年少。你撇得人有上樹來沒下梢！……常記得當初相聚，癡心兒望到老。〔誰想今日，他把心變了，把奴來一旦輕拋不理，正如那日〕被雲遮楚岫，水淹藍橋，打拆開鸞鳳交。〔到如今當面對語，心隔千山；隔着一堵牆，咫尺不得相見。〕心遠路非遙，〔意散了，如鹽落水，如水落沙，相似了。〕情疏魚雁杳。〔空教我有情難控訴。〕地厚天高，〔空教我無夢到陽台。〕夢斷魂

勞。俏冤家這其間心變了！〔合〕想起來，心兒裏焦，誤了我青春年少。你撇得
人來有上梢來沒下梢！（第38回）

之所以把這兩段唱詞全錄下來，意在通過此例，說明《金瓶梅》心理表現的三個特點：
一是曲白相間，唱白互補；曲重在抒情，而說白（夾白）則往往是人物心理的獨白，直接
陳述人物此時此刻的心理活動及其矛盾。二者結合起來，既抒發了情感，又揭示了這一
情感的心理底蘊。這必然導致心理表現的第二個特點：將抒情與心理描寫相結合，從心
理層次展現人物的情感世界。就小說藝術表現的能力而言，這種曲白相間，說唱互補比
起北曲的用襯字來，形式更自由靈活，表情達意的空間更為廣闊，能力又進一步增強了。
這種增強還表現在敘事與抒情結合，在敘事中抒情，在抒情中間插入敘事文字。從而
使感情的抒發與心理的描寫更生活化，更自然真切。如〈二犯江兒水〉的第一曲，「悶
把……」兩句，本為敘事，緊接著是兩句散文。寫風吹檐鈴一片作響，那潘金蓮誤以為
西門慶敲門聲，忙請丫鬟前去開門。這既寫了屋外的景況，又寫了作者的心境，一筆並
寫內外，可謂神來之筆。緊接著寫唱：「聽風聲嘹亮……」極自然，似觸景生情。一會
又以散文寫燈兒昏暗，金蓮欲剔亮，又不見心上人來，懶得動，再現人物那矛盾空虛無
著無落的心態。這種寫法不只是增強了描寫的真實感，而且更寫出彈曲兒者手在弦上，
心卻依然想那聽彈之人，身在屋內，心卻在門首張望等盼的心理。

雜多種心理描寫手法，細膩地再現人物複雜而豐富的心理，從心中討個性，在《金
瓶梅》中有許多成功例子。「潘金蓮永夜盼西門」「妻妾宴賞芙蓉亭」「書童兒妝旦勸
狎客」「西門慶結交蔡狀元」「西門慶夜留蔡御史」「李瓶兒痛哭官哥兒」「西門慶大
哭李瓶兒」「潘金蓮不憤憶吹簫」、西門慶之死、「吳月娘誤入永福寺」「春梅遊舊家
池館」等等，幾乎所有精彩的片段，無不雜有多種繪心筆法，從而為中國古代小說的心
理描寫拓出了一個新空間、新境界。使中國小說的人物刻畫向豐富複雜、細膩逼真邁出
了一大步。

與西方近代小說的心理描寫相比，《金瓶梅》的心理描寫也有自身獨到之處。雖說
繪心文字都是小說情節不可缺的組成部分，然《金瓶梅》更具有豐富多變的色彩。其表
現心理文字一般分為韻文、散文兩類。韻文所占篇幅比重比西方小說大得多。與中國詩
文側重抒情性相聯繫，那些韻文所表現的人物心理更多情感氣息和抒情意味；散文又分
為直接繪心與間接繪心兩類。前者與西方小說的心理描述除了篇幅短小缺少流動性外，
並無太大差異。後者（指動作心理文字與寫夢境文字）更多含蓄意味，其豐富的內涵需藉讀
者的細心品味方能領略。其二，作為情節組成部分的心理描述文字，與情節自身的關係
也不盡相同。西方小說這類文字與作者的敘事文字在可視性、動作性方面差距較大。大

量鋪敘思緒的筆墨，往往沖淡了小說的情節，導致情節小說、動作小說向心理小說傾斜。而《金瓶梅》的繪心文字與情節記敘文字極為相近，它們同樣具有較強的可視性、動作性。卻沒有弱化情節，只使情節更加細膩化，使遠視角、外視角糅合了更多的近視角、內視角。有些直寫人物心理的語言，與心直口快人物的妒語、醋話幾無什麼分別。這兩個特點各有所長，就人物心理刻畫的效果而言，可謂異曲同工。

營造聲音形象的繪聲智慧

聲音小說的概念並非一種無根無據的憑空杜撰，它指小說的故事情節、人物性格是憑藉聲音來表現、塑造的。聲音顯然不是來自敘述者，而是書中人物自身，頗有點像代言體的戲曲。這或許與作者有較高的戲曲修養不無關係。說來也怪，先秦的史官有左、右史之分，「左史記言，右史記事」，遂有記事之書《春秋》《左傳》，記言之史《國語》《戰國策》。而稗官之野史——小說自其誕生起，也有長於記事與長於記言的區別，魏晉時代的「志怪」小說偏重記事，「志人」小說側重記言。影響到後來的長篇小說長於記事與長於記言也判若兩途。歷史演義、英雄傳奇、神魔小說無不長於敘事，而以《金瓶梅》為代表的家庭小說，又個個長於記言。

說《金瓶梅》是聲音小說，根據有二：一是《金瓶梅》乃一部記言小說，書中的「事」由人物的「言」（說話）組成。人物的性格，也無不通過人物語言表現。人物的語言（包括說唱）不僅在篇幅上占了絕大部分，那少量的敘述語言常常處於輔助地位，起着為人物對話開路、或粘接人物語言的作用。敘述語言則相對呆板些，人物語言一露面，整個故事才活起來，才感到虎虎有生氣。

如第 67 回「李瓶兒夢訴幽情」，西門慶夢見瓶兒，醒來哭得兩眼紅紅的。突然潘金蓮掀簾兒進來，口中嗑着瓜子，問西門慶：「眼怎生揉的恁紅紅的？」

> 西門慶道：「我控着頭睡來。」
>
> 婦人道：「倒只像哭的一般。」
>
> 西門慶道：「怪奴才，我平白怎地哭？」
>
> 金蓮道：「只怕你一時想起甚心上人兒來是的。」
>
> 西門慶道：「沒的胡說，有甚心上人、心下人！」
>
> 金蓮道：「李瓶兒是心上的，奶子是心下的。俺們是心外的人，入不上數！」
>
> 西門慶道：「怪小淫婦兒，又六說白道起來！」因問：「我和你說正話，前日李大姐裝綁，你們替他穿了什麼衣服在身底下來？」

　　金蓮道：「你問怎地？」

　　西門慶道：「不怎地，我問聲兒。」

　　金蓮道：「你問必有個緣故。上面他穿兩套遍地金緞子衣服，底下是白綾襖，黃綢裙，貼身是紫綾小襖，白綢裙，大紅緞小衣。」

　　西門慶點了點頭兒。

　　金蓮道：「我做獸醫二十年，猜不着驢肚裏病！你不想他，問他怎的？」

　　西門慶道：「我方才夢見他來。」

　　金蓮道：「夢是心頭想，噴涕鼻子癢，饒他死了，你還這等念他。俺們都是可不着你心的人。」

這一段皆用對話寫成，一個步步緊逼，非掏出他的心裏話不可；一個處處遮掩，心不在焉，一心只想着夢中事；「窮極境象」，形神活現。《金瓶梅》中的故事由這些人物的對話、閒言碎語、閨閫喋語、市井猥談、枕席之語、妒話、笑話、唱詞小曲構成。它們就像一場場鬧熱的戲，而敘述語言不過是幕外吊場者引語、評語。以築牆喻之，人物語言似築牆之料石，敘述語不過如粘接石塊的泥沙。

　　二是《金瓶梅》中的語言除寫官私晉接屈指可數的幾個場面外，都是散發着泥土氣息、市井味道的村腔野調、嚼舌根式的理短家長，歇後語成串，俚語連珠，笑話連篇；以及那東溝籬、西溝耙的情詞小調等等，無不以聲音取悅於人，人們讀到的是一種聲音。是那熟悉而親切的聲音喚起了讀者的想像，滿足着讀者耳、目、心的多重需求。故而人們首先獲得的是聲音信息由聲音見人知事。正因此，我們稱《金瓶梅》為聲音小說可謂切中此部小說的絕妙處。

　　聲音小說的出現標誌着中國小說敘事語言模式第二次轉換的完成。第一次轉換是從「語句文確」的文言、官話到通俗流暢的說書體白話；就長篇小說而言，從《三國演義》到《水滸傳》正是這次轉換的具體體現。《金瓶梅》的出現完成了從說書的大眾口吻到嚼舌根兒的方言俚語閒言碎語的轉換。這次轉換主要體現在兩個方面：首先是聲音的變換。又包括兩個內容，即聲音的發出者不同；聲音的大眾性與地方性不同。聲音小說不同於說書體小說，說書體因說給聽眾聽，也必有聲音，然而，那個聲音的發出者是故事的敘述者、說書人自己，而《金瓶梅》的聲音則發自於書中人物之口。書中有多少人物便有多少人物的聲腔。這一變化打破了敘事的老面孔、單聲調，大大推進了敘事向生活原生態靠近，推進了語言聲腔的人物化、個性化，其意義猶如戲曲由敘事體轉化為代言體一樣。

　　其次是從洗練粗描到鋪陳細抹，從「點」到「染」的語言表達力的轉換。這種表現

力至少體現在三個方面。一是由粗到細，使語言真正生活化、口語化。就用語的簡要、洗練而言，說書體承接史傳之影響仍十分突出，無論是敘述語還是人物口語無不追求準確、有力與洗練。而《金瓶梅》則不然，書中的主體語言（人物口語）則極盡鋪陳之能事，怎麼形象怎麼說，怎麼解氣怎麼來。妙語連珠，俚語滿口，趣味橫生，唾星口沫撲面而來，非但令人耳目一新，而且帶有更濃厚的生活氣息和情感色彩。如「潘金蓮永夜盼西門」一節，一日巧遇玳安打門前過，潘金蓮叫他為西門慶捎話，纏着玳安囉嗦了半天，玳安不耐煩地道：「六姨！自吃你賣粉團的撞見了敲板兒蠻子叫冤屈，麻煩疙瘩的帳！騎着木驢嗑瓜子兒，瑣碎昏昏。」雪娥罵春梅：「怪小淫婦兒，馬回子拜節，來到的就是！鍋兒是鐵打的，也等慢慢地熱來。預備下熬的粥兒又不吃，忽刺八新娘興出來要烙餅，做湯。那個是肚裏的蛔蟲？」又如楊姑娘勸潘金蓮：「姐姐，你今後讓他官人一句罷。常言一夜夫妻百夜恩，相隨百步也有個徘徊之意。一個熱突突人兒，指頭似地少了一個，如何不想不疼不題念的！」這些生活語的妙用、鋪染，頗似曲兒中隨意地加襯字，不單是語言形式的解放，而且因了其解放，更易製造出比文字形象更具感受力的聲音形象。

語言表達力轉換第二種表現是：一人一種口吻、聲腔、語調，可直接傳達出說話人的形態、神態，活現出某種個性來。如潘金蓮張口便是醋話、妒話、挑弄語、要挾語、罵人話，顯示出她心直口快、把攬漢子、容不得人的辣性、妒性。應伯爵多是媚語、諷語、插科打諢的趣語、與妓女們的打情罵俏的行話，以致常常與西門慶說格外親切的玩笑話。活現出那逢迎、勢利、機巧、圓滑的性格。吳月娘不是褒貶話，祈使語，就是妒語、憤話。既有裙釵之長的端莊、正經，也有女人的妒性，更有眼中不容沙子的冷酷等等。

語言表達力的轉換還表現為：人物口語的拉長、鋪陳，使得人物說話帶有敘事性與描寫功能，說話不只是表現自己心聲情意，而且成為描繪別人的一種手段，往往一段話能活畫出一個人物的一段故事及主人公的神態，或是一篇寓言故事。不少滔滔不絕的長篇碎語就像一篇小小說，能活靈活現地說出一篇人物的傳記來。通過書中某一人物之口，說出另一人物的家世生平，在《金瓶梅》中並不少見。如王婆、薛嫂向潘金蓮、孟玉樓、林太太介紹西門慶；陰陽徐先生說出官哥、李瓶兒的前世、現世與來世等等。不過這類敘說，只側重一生大事要事，尚且不那麼生動，不那麼具有故事性。最能體現這一特點的是潘金蓮向孟玉樓學說如意兒。

　　你做奶子，行奶子的事，許你在跟前花黎胡哨？俺們眼裏是放的下沙子的人？有
　那沒廉恥的貨，人也不知死得那裏去了，還在那屋裏纏。但往那裏回來，就望着

他（指李瓶兒）那影作個揖，口裏一似嚼蛆的，不知說的什麼！到晚夕要吃茶，淫婦就起來連忙替他送茶，又忙忽兒替他蓋被兒，兩個就弄將起來。就是個久慣的淫婦！只該丫頭替茶，許你去撑頭豁腦去雌漢子？

為什麼問他要披襖兒，沒廉恥他便連忙鋪子拿了細緞來，替他裁披襖兒？你還沒見哩！斷七那日，學他爹爹就進屋裏燒紙去，見丫頭、老婆正在炕上坐着摑子兒，他進來收不及，反說道：「姐兒，你們耍耍。供養的匾食和酒，也不要收到後邊去，你們吃了罷。」這等縱容着他，像的什麼？這淫婦還說：「爹來不來，俺們不等你了！」不想我兩步三步就扠進去，唬的他眼張失道，於是就不言語了。

行貨子什麼好老婆！一個賊活人妻淫婦！這等你餓眼見瓜皮，不管個好歹的，你收攬答下？原來是一個眼裏火、爛桃行貨子，想有些什麼好正條兒！

那淫婦的漢子，說死了，前日漢子抱着孩子沒在門首打探兒？還是瞞着人搗鬼，張眼兒溜睛的。

你看一向在人眼前花哨星那樣花哨，就別模兒改樣的。你看，又是個李瓶兒出世了！那大姐姐成日在後邊，只推聾兒裝啞的。人但開口，就說不是了……。

想着一來時，餓答的個臉，黃皮兒寡瘦的，乞乞縮縮那等腔兒，看你賊淫婦吃了這兩年飽飯，就生事雌起漢子來了！你如今不禁下他來，到明日又教他上頭上臉的，一時捅出個孩子，當誰的？

這是一篇絕妙的〈如意兒小傳〉。傳主的一舉一動，皆在她的監視之中，如何與西門慶成姦，如何在屋裏做大，如何招攬西門慶，以及如意兒的漢子沒死，還抱着孩兒親來找她，她都摸得一清二楚，而且撰者所掌握的材料皆第一手材料，其來源或許是大丫頭迎春與那看大門的平安。故而故事講得有聲有色，不落下一個細節。還附有充滿情感的評論，隨述隨評，如意兒一切秘密被抖了個底朝天，她那弄虛作假、綿裏藏針、見縫插針、爬高枝的性兒，也被披露無遺。她所處的地位以及對金蓮的威脅都被她看破了。難怪孟玉樓說她「倒且是個有權屬」的。人物語言既表現了說話人的心理、個性，又生動地敘述他人的故事、刻畫他人的性格，如此巧妙而多功能的人物語言，不能不說是作者的創造。

《金瓶梅》人物語言模式轉換的功績，豈可小視哉！

肆、成書年代與版本

《新刻金瓶梅詞話》是初刻抑或三刻

目前國內見到的《新刻金瓶梅詞話》是否《金瓶梅》的原刻本？成為近些年人們關注的一個焦點。所以有此一疑，原因有四：一是書名「新刻」二字，清楚表明該書是在舊書基礎上的重刻；二是《詞話》本前序文的有無與多少與明人筆記所記存在出入；三是序文所稱書名（《金瓶梅傳》）與《新刻金瓶梅詞話》不一致；四是該小說文本內有移動、挖補的痕跡。

關於序文，今見到的《新刻金瓶梅詞話》所載也不相同。發現於山西介休縣的本子有三篇序言：欣欣子序、廿公跋、東吳弄珠客序。而慈眼堂本無廿公跋。至於崇禎本、第一奇書本不見欣欣子序。更令人懷疑的是早期見到《金瓶梅》全本的人，都隻字未提任何序（薛岡在《天爵堂筆餘》中所記刻本為乙刻本），這表明最早的刻本無序文。此後的三篇序文同時出現於第二個刻本即乙刻本中，《新刻金瓶梅詞話》應是三刻。如是在「新刻」本之前，尚有原刻本在，則應成為無疑的事實。

然而問題並不那麼簡單，若弄清這一疑點，須首先搞明白原刻本最早出現於何時？

甲刻本《金瓶梅》推考

早期擁有手抄本並親眼目睹刻本者只有兩人：沈德符與薛岡。沈德符在《萬曆野獲編》中清楚地記錄了《金瓶梅》由手抄本到刻本的過程：

> 丙午（萬曆三十五年），遇中郎京邸，……又三年，小修上公車，已攜有其書，因與借抄挈歸。吳友馮猶龍見之驚喜，慫恿書坊以重價購刻。馬仲良時榷吳關，亦勸予應梓人之求，可以療飢。予曰：「此種書必遂有人板行，但一刻則家傳戶到，

壞人心術,他日閻羅究詰始禍,何辭置對?吾豈以刀錐博泥犁哉?仲良大以為然,
遂固篋之。未幾時,而吳中懸之國門矣![1]

這段話所記時間有兩個爭議點:一是馮猶龍見此全本的時間與馬仲良出任吳關的時間是
否同一年;二是「未幾時」指幾年、一年抑或幾個月。前一問題好推斷,從「時権吳關」
與「亦勸」的用語來看,時間不會太長,很可能是同一年,即萬曆四十一年。同樣從「未
幾時,吳中懸之國門矣」的驚異的語氣推斷這個時間也不會太長,至多一二年,而幾年
的可能性甚小。單從這一段文字也可以看出作者很注重時間敘述,或者直呼年號,或者
用「又三年」字樣標明年份。若是幾年,作者不會含糊其詞,更不會有那種突兀感。由
此看來,「懸之吳門」的時間可能是萬曆四十二年,最多超不過萬曆四十三年。即在萬
曆四十二至四十三年期間,《金瓶梅》刻本已經在蘇州面世了。

也許有人對此立即反駁道:「若依你說,萬曆四十三年十一月初五日,沈伯遠拿給
李日華看的《金瓶梅》,就不可能再是沈德符的藏本而必是刻本了」。筆者以為,李日
華見到的《金瓶梅》正是刻本而非抄本。何以見得?我們先來看一下李日華的這則日記:

萬曆四十三年十一月五日,沈伯遠攜其伯景倩所藏《金瓶梅》小說來,大抵市譚
之極穢者耳,而鋒焰遠遜《水滸傳》。袁中郎極口贊之,亦好奇之過。[2]

「伯遠」即沈伯遠,沈德符之侄,「景倩」即沈德符的字,從「所藏」二字看,似應為抄
本,而不可能是新的刻本。然而有一點應引起我們注意,在記述的 12 種抄本的明人的筆
記中,皆稱該書為「《金瓶梅》」,唯獨李日華以「《金瓶梅》小說」呼之。這恐怕事
出有因吧。說白了,李日華見到的很可能是刻本,「景倩所藏《金瓶梅》小說來」一句
的意思,即以沈德符所藏的抄本為底本的刻本。

我所以這樣解釋是有根據的。沈德符關於他那段記述《金瓶梅》的話,並非真情,
而是有意識向讀者施放的煙幕,為自己也為他人開脫責任。他說馮猶龍慫恿書坊以重價
購刻,馬仲良也勸他「應梓人之求」,他怕擔承「壞人心術」的罪責而拒絕了,「遂固
篋之」。這完全是謊話。

這段話自相矛盾處甚多。設想如果他不同意,馮猶龍何必再去「慫恿書坊以重價購
刻」呢?必是馮猶龍見之驚喜,先慫恿他,他同意後,才去做書坊的工作。這一點常情,
豈能瞞過!他接著說「此種書必遂有人板行」,顯然是言不由衷,露出了馬腳。的確,

1　沈德符《萬曆野獲編》卷二十五「金瓶梅」,清道光七年姚氏刻同治八年補修本。

2　《味水軒日記》卷七,劉氏嘉業堂刊。見黃霖先生《金瓶梅資料彙編》,北京:中華書局,1987
　　年,頁 299。又參照朱一玄先生《金瓶梅資料彙編》,天津:南開大學出版社,1985 年,頁 193。

他對刻書將造成「壞人心術」的不良效果曾憂慮過，正因有此憂慮，方來此一番偽裝，說他為道德慮而拒絕了，這樣既開脫自己，也為馮猶龍、馬仲良洗刷一清。而此本錯論處甚多，且缺少五回書，廉價雇人匆匆補入，為免於世人譏誚，遂指責補入者為「陋儒」。如是，他們便完全脫淨了干係。事實上，《金瓶梅》初刻本，正是出於沈德符、馮猶龍之手，時間當在萬曆四十三年。

其侄沈伯遠或有求於李日華，便以此部新刻的奇書做為進呈的重禮，並極言袁中郎如何讚賞此書。卻不料，對方順手翻閱數頁，竟不以為然。若不然，他怎會說：「袁中郎極口贊之，亦好奇之過」的話呢。

再者，謝肇淛的〈金瓶梅跋〉也向我們透露了《金瓶梅》早於萬曆四十四年成書的信息。這篇文字寫得非常古怪，篇名以〈金瓶梅跋〉名之，說明此段文字是為一部正要付梓的書寫的跋文。而且，這段文字的前段對這部書已做了清清楚楚的介紹：「《金瓶梅》一書，不著作者名代。……收凡數[3]百萬言，為卷二十，始末不過數年事耳。」這明明講的是一部現成的書，連卷數 20（刻本恰為二十卷）都點明了。然而到文章的後面卻說：「余於袁中郎得其十三、於丘諸城得其十五」，即只得到收的十分之八，顯然在掩蓋全本刻成一事。不過他的敘述還是露出了馬腳，請看下面一段文字：「此書向無鏤版，抄寫流傳，參差散失……（余）稍為釐正，……有嗤余誨淫者，余不敢知。」這不是說他將一部書整理後，付梓出版了，而且擔心別人會譏諷他是「誨淫」嗎？於是接着辯解道：「然溱洧之音，聖人不刪，則亦中郎帳中必不可無之物也。」[4]總之，這段跋文向我們表明，經他親手整理，一部 20 卷近百萬言的《金瓶梅》已付刻成書了。謝肇淛寫此文的時間有人考定為萬曆四十四至四十五年，即其稍為釐正的時間必在此之前，很可能是萬曆四十四年之前。也就是說，在萬曆四十四年之前，《金瓶梅》已有刻本了。這個推論更有力地證明了《金瓶梅》初刻於萬曆四十三年之說的可靠性。

現見到的《新刻金瓶梅詞話》的文本也為我們提供了「新刻」之前尚有一原刻本的證據。小說第 55 回的開頭，寫任醫官為李瓶兒「看了脈息」，西門慶詢問所患何症？而在上一章回（第 54 回）的結尾，任醫官早已離開了西門慶家，小廝抓回藥來，瓶兒服用後，病情頓時見好，西門慶「一個驚魂落向爪哇國去了」。顯然，這第 55 回的開頭是對第 54 回回末的重覆。再看相重覆的兩段文字，一個筆意高雅，修養甚高，深通醫道，語言與原書風格一致；一個粗俗不堪，所論病症，猶似農村的庸醫一般，與太醫口吻相距

3　我懷疑「數」字後丟掉了一個「十」字。原文應是「書凡數十百萬言」，即數十萬近百萬之意。

4　謝肇淛《水草齋文集》卷二十四，見馬泰來〈謝肇淛的〈金瓶梅跋〉〉，《中華文史論叢》，1980 年第 4 輯。

甚遠，語言風格與前者迥然不同。這一現象頗值得深思。有的論者以此來證明這 5 回（53-57）為陋儒補入的例證。實不盡然。因為第 54 回後半回絕非陋儒所補，它與其前半回和後面第 55 回所寫人物性情面貌、所用語言等大相徑庭，一看便知非出一人之手。所以產生這一現象當別有緣故。

出現於某章回開頭的這一大段的與上章回末內容重覆的現象，一定不是同步操作造成的，更大的可能是異步錯位。即原書缺少了第 53-57 回（實為 53 回的後半回至 57 回前半回），初刻由陋儒補入，二刻時因意外地發現了原書第 54 回的後半回，遂以這半回原文取代了匆忙找人補入的那半回，事後卻忘記了這一替換是否與下一章開頭文字能否銜接起來，於是便造成了現在既重覆又驢唇不對馬嘴的狀況。這種狀況正是二刻留下的痕跡。它不僅證明二刻本的存在，同時也有力說明在二刻本之前，還有一個曾被替換的更早刻本。

乙刻本《金瓶梅傳》考

不少研究者認為《金瓶梅》的原刻本只有東吳弄珠客序，而欣欣子序與廿公跋是後來《新刻金瓶梅詞話》本付刻時加上去的。如果欣欣子〈序〉與廿公〈跋〉果真是為《新刻金瓶梅詞話》所寫，那麼，有一點令人大惑不解，即他們因何皆以《金瓶梅傳》直呼之。這種稱呼無論如何與《新刻金瓶梅詞話》是對不上號的。唯一的解釋這兩篇序文是寫給《金瓶梅傳》的。《新刻金瓶梅詞話》除了名字改換外，其他不過是對《金瓶梅傳》的照印。這樣就引出一個問題，欣欣子與廿公因何皆稱《金瓶梅》為《金瓶梅傳》，《金瓶梅傳》當不是《金瓶梅》，也不是《新刻金瓶梅詞話》，而是《金瓶梅》的另一種刻本的名字。這個刻本的時間當在萬曆四十七年左右。

我這樣說的根據有二：一是東吳弄珠客的〈序〉。〈序〉署名的時間為「萬曆丁巳年季冬」，即萬曆四十五年冬天。按照出版常理，寫序往往在書付刻之前，而全書刻完或印出後再請人寫序的可能性極小。因此寫序的日期一般不可能是出版日期，參照「東吳弄珠客漫書於金閶道中」一語，很可能此序寫於將抄本送於刻坊道上。如是將近 80 萬字在桃木上一刀一刀刻出來，再印刷、晾曬、裝釘，少說也要一兩年時間。冬天寫的序，待書印刷出來，就是第二年或更晚的事了，即萬曆四十六、七年。即使對初版的複印，也要一年半載，最快也要到第二年即萬曆四十六年。

二是薛岡在《天爵堂筆餘》中記載了他見到「刻本全書」的時間與我們的推測是一致的。薛岡云：

往在都門，友人關西文吉士以抄本不全《金瓶梅》見示，余略覽數回，謂吉士曰：「此雖有為之作，天地間豈容有此一種穢書？當急投秦火。」後二十年，友人包岩叟以刻本全書寄敝齋，予得盡覽。……簡端序語有云：「讀《金瓶梅》而生憐憫心者，菩薩也；生畏懼心者，君子也；生歡喜心者，小人也；生效法心者，禽獸耳！」序隱姓名，不知何人所作，蓋確論也。[5]

「吉士」當為翰林院庶吉士的簡稱。「文吉士」即文在茲，他中進士的時間為萬曆二十九年，在京中的薛岡與他相識的時間當在文在茲進京考進士之時，即萬曆二十九年。「後二十年」，當為萬曆四十八年。即薛岡收到包岩叟寄去「刻本全書」的時間為萬曆四十八年。當時包岩叟（士瞻）正在吳中，薛岡已回故里浙江鄞縣，扣除寄郵的時間，包氏得到全刻本的時間會更早些，很可能約在萬曆四十七年。這與我們推測東吳弄珠客序本成書時間大體一致。

再者薛岡見到書中的那篇序，恰是馮夢龍寫於萬曆四十五年冬的那篇。這正說明這部「刻本全書」，就是有東吳弄珠客序的那個二刻本。

這裏有個問題，即薛岡見到的這個「刻本全書」與沈德符見到的那個「吳中懸之國門」本子是否同一版本的《金瓶梅》？回答是否定的。首先是時間不對，「吳中懸之國門」的時間如上文所推考當為萬曆四十三、四年。薛岡見到的「刻本全書」則為萬曆四十七、八年；其次，沈德符見到的本子，似乎無序文。因他隻字未提序文之事，只說「聞此為嘉靖間大名士手筆」。況且若確有東吳弄珠客的序，他不會不知道東吳弄珠客就是馮猶龍。既知為馮猶龍付刻，便不會對此書迅速付刻而感到驚異了。正確的推斷是：這個初刻本沒有東吳弄珠客序，與三年後薛岡見到的有馮氏序的刻本不是同一刻本。

而薛岡見到的「刻本全書」，不但有東吳弄珠客的序，很可能也有「欣欣子序」與「廿公跋」。研究者們一般認為此書必定無「欣欣子序」，也無「廿公跋」，理由是他們的序跋，開門見山指出作者為「蘭陵笑笑生」或「世廟時一巨公」。如果薛岡見到這兩篇序跋，就不會說「不知何人所作」。

這種分析大有混淆概念的味道。因為他說「序隱姓名，不知何人所作」。所謂「不知何人所作」是指序文不知何人所作，不知作序者姓甚名誰。並不是說不知《金瓶梅》作者為何人。序的作者不等於書的作者，這兩個概念是不容混淆的。退一步說，即使「不知何人所作」是指書的作者，那麼「蘭陵笑笑生」「世廟時一巨公」同樣沒有確指人的

---

[5] 薛岡《天爵堂筆餘》卷二，見朱一玄編《金瓶梅資料彙編》，天津：南開大學出版社，1985年，頁168。

姓氏名字，同樣可以說「不知何人所作」。難道見到欣欣子序與廿公跋，就能「知何人所作」了？所以「不知何人所作」一語與有無另兩篇序文毫無關係。我們沒有理由否認薛岡曾見到過另外兩篇序文。

欣欣子的〈序〉與廿公的〈跋〉皆稱他們見到的書為《金瓶梅傳》，這倒向後人透露出一個重要的信息，即他們的序言是為一部名叫《金瓶梅傳》的書寫的。或者說在《新刻金瓶梅詞話》之前，還有一個刻本名叫《金瓶梅傳》。

《金瓶梅》可能是原刻的書名。一來因為所有手抄本的擁有者，皆以《金瓶梅》稱之，而無一人稱《金瓶梅詞話》。這一點不能不引起我們注意，那並非為了稱呼的簡潔。幾乎在將《金瓶梅》與《水滸傳》並提的文字裏，無一簡稱《水滸傳》為《水滸》的。如屠本畯言：「按《金瓶梅》流傳海內甚少，書帙與《水滸傳》相埒。」沈德符曰：「袁中郎《觴政》以《金瓶梅》配《水滸傳》為外典」等。可見記載者並非只為了省那「詞話」二字，而極可能原無這兩個字。再者，緊接着出現於崇禎年間的《新刻繡像批評金瓶梅》的幾種主要版本的版心之上端，皆題「金瓶梅」三字。這些崇禎本皆來自《詞話》本，說不定那時尚有原刻本可參照？二來，更有趣的現象是，欣欣子與廿公的序文，又皆稱之為《金瓶梅傳》，同樣也非有意加個「傳」字，書名豈能亂加字乎？想必它後來的書名就有這一「傳」字。

總之，欣欣子與廿公曾為《金瓶梅傳》寫序和跋，這個《金瓶梅傳》是二刻（或稱乙刻本）。書前有三篇序文：東吳弄珠客序、欣欣子序、廿公跋。刊刻的時間為萬曆四十七年前後。薛岡見到的包岩叟寄給他的「刻本全書」就是這個乙刻本。

《新刻金瓶梅詞話》是三刻（或稱丙刻本）。它與乙刻本最明顯的不同是書名添加了「新刻」「詞話」數字。至於內容上有無改動，我們既無版本依據，也無記載相關內容的史料，故而只得存而疑之。不過從第53-57回的故事內容來看，的確與前後情節銜接不緊，語言風格也不一致，且膚淺鄙俚更甚。這種情形與沈德符所言「陋儒補以入刻」是一致的。這麼大的問題重刻與再版時都不予理睬，由此可以斷定，新刻本在內容上未做改動，不過是一種翻刻本而已，乙刻本前的三篇序文也照印了進去，故《金瓶梅傳》幾個字也保留了下來，為我們的探索提供了重要線索。至於三刻刊印的時間，我同意劉輝先生的考證方法與結論，即這一刻本翻印的時間必在沈德符與薛岡二人相關記載之後，說得具體點是薛岡見到二刻的時間（萬曆四十八年）之後，丘志充「旋出守去」的時間為萬曆四十七年三月。《新刻金瓶梅詞話》的翻印的上限為萬曆四十八年。[6]

6　劉輝〈《金瓶梅》版本考〉，徐朔方、劉輝編《金瓶梅論集》，北京：人民文學出版社，1986年，頁231。

　　說起《金瓶梅詞話》的刻本，有一很奇特的現象，就是刻本雖多，內容、文字卻如出一版，無什麼變異。現存的明代三大刻本《詞話》：山西介休本、日本慈眼堂藏本、日本德山毛利氏棲息堂本。版式都是半葉 11 行，行 24 字。文字也相同。三本只是在個別地方略有出入。山西介休本卷首有序三篇，而慈眼堂本卻無「廿公跋」。山西介休本 20 冊，100 回，原第 52 回，缺 7、8 兩頁。而其他兩本不缺。「慈眼堂」本則是 16 冊，100 回，兩書文旁圈點略有差異。「棲息堂」本第 5 回末頁異版，有 10 行文字與另兩個版本明顯不同。除此外，沒有差異。

　　這是為什麼呢？這恐怕與手抄本的流傳情況有關。因為在擁有全本《金瓶梅》手抄本的人當中，王世貞的那一套早在萬曆三十五年就已失散，自不必說了。其他擁有全本的幾個人：劉承禧、袁小修、沈德符，他們的手本都是徐文貞本。如今見到的明代三大詞話本，付刻時間都不會比萬曆四十三年早，故而可以肯定他們都是以徐文貞本為底本的，而且幾乎都是翻刻本，當然就沒有多大出入了。

第「53-57」回還原

正如《紅樓夢》後40回為他人補寫一樣,《金瓶梅》第53-57回也存在為他人所補的問題,然而對這五回的研究遠不及《紅樓夢》那樣深入,討論得還不夠充分。假如這五回書是陋儒補入的,那麼必然牽涉到由此而引起的一系列問題:這五回中有無原作者筆墨?補入者是一人抑或幾人?原來故事梗概是怎樣的?我們是否能恢復原五回的面貌等等,這些問題正是本文所要考察的。

一、原五回書之真偽

說《金瓶梅》第53-57回為贋作,始於萬曆末年的沈德符,他在《萬曆野獲編》「《金瓶梅》」條中透露:「原本實少五十三回至五十七回,遍覓不得。有陋儒補以入刻,無論膚淺鄙俚,時作吳語,即前後血脈,亦絕不貫串,一見知其贋作矣。」沈德符的話是否可信,至少須從兩個方面加以考察:一是沈德符與《金瓶梅》的關係,即他對此書了解的程度決定他的話的真實性程度,同時也要檢驗他有無作偽的可能;二是檢驗他的話是否與《詞話》中的文字相合,能否在文本中得以證實。

沈德符是明人中最早讀過並擁有《金瓶梅》手抄本全本的人,當時擁有《金瓶梅》手抄全本的王世貞、徐階、劉承禧、袁小修等對此書全貌與流傳過程皆未留下隻言片語,唯有沈德符向後人透露了其中的秘密,且他的話來自其親眼目睹的第一手材料,故而最具權威性。當然不可否認,《萬曆野獲編》卷四「《金瓶梅》」條的那段文字,為推卸他刻書行世有傷風化的責任,也有自我遮掩之處。不過關於《金瓶梅》這五回為人所改的話與刻書有傷風化會招來世人唾罵毫無關係,所以他不必作偽。他說「遍覓不得」,足見在當時流傳的手抄本就缺這五回,而且沈德符為了填空補缺,四處尋覓,花了不少時間和氣力。當他在刻本中突然發現了這五回,一讀竟不是那麼回事,驚喜頓時變為失望,這種感受應是真實可信的。

接下來我們需進一步考察《金瓶梅》文本與沈德符所說的內容是否相符。進行這步工作首先需有一個可靠的版本,好在目前見到的幾種《詞話》本沒有多少出入,它們依據的是同一底本。這樣一來,現有的《詞話》本便可成為我們辨別第53-57回真偽的可

信的依據了。

現在我們見到的《新刻金瓶梅詞話》第 53-57 回的問題真不少，不但與沈德符所言相合，而且也有沈德符尚未提及之處。其可疑處粗略說來有以下五個方面：

（一）主要人物性格變了。西門慶雖說是位市井小人物，然在交男友上眼界甚高，在「十兄弟」面前，他總有居高臨下之概，只對應伯爵格外親厚，即使在與妓女做愛時（如李桂姐、鄭愛月）應伯爵闖入搗亂，西門慶也不發火，至多罵句「怪狗才」就完了。然而對其他幾位「兄弟」，便換了付面孔，乃至拒之門外（如對白來闖），但凡在酒席上相會，從不失兄長之尊，從未與他們一同打罵取笑過。但到第 54 回郊外會友，西門慶一失往日尊嚴，與白來闖、常時節一夥不分大小尊卑，猶似一群孩兒嬉戲。這種描寫與西門慶的性格及其同十兄弟的關係大相徑庭。

應伯爵是位馬屁精、巧鸚鵡，在西門慶面前說起話來滔滔不絕，妙語連珠，趣味橫生，逗得大家很開心，這也是西門慶所以格外喜歡他的原因之一。西門慶罵他是「諂斷了腸子的狗才」，就連磚廠的主管薛內相也暱稱他為「快說笑的應先兒」。他像戲劇中的小丑，一旦出場，故事就活了起來，就湧起趣味波瀾。然而在第 53-57 幾回書中，這個應花子如同死了一般，不是在西門慶面前無話說，就是出語甚俗，寡淡無味，幾乎無一句歇後語、土語，像完全換了一個人兒。向來吝嗇的常時節、白來創在這幾回書中竟成了慷慨大方的義氣漢子，第 54 回寫常、白二人下棋，要賭東西，一個交出了「詩畫白竹金扇」，值兩三錢銀子；一個「簇新的繡汗巾」，「也值許多」。後來常時節贏了，竟將贏的兩件寶物大大方方地送給了金釧與吳銀姐。這與小說第 12 回所寫眾人幫嫖麗春院時吃了還要偷的情節相比，豈非兩種筆墨？足見這位補寫者對筆下人物的性情並不甚了解，也未細加琢磨，只是一味依着自身的性情隨手寫來。

（二）語言變了，吳語替代了北語。儘管《金瓶梅》一書常採用外書文字，用語較為複雜，然而書中的敘述語言、人物語言所表現的風格大體是一致的，屬於山東西北運河一帶的北方語言。我是河北人，讀《金瓶梅》越讀越感親切，那種北方土話說得可意、暢快得很，那種生活風俗也如親身經歷一般。小說第 52 回寫西門慶與應、謝二人吃澆鹵麵兒，幾樣小菜，「一大碗豬肉鹵」，讀着直流口水。然而讀到第 54 回，便磕磕巴巴，甚覺別扭。什麼「多頑頑也得」「不知甚得來」「可着甚得來」「不如着入已的」「看看區區叨勝了」等等，不知所云。我在上海、蘇州學習過，一聽便知為那一帶的話，北方絕無此語。至於市井小民早晨吃糕點喝茶，也是南方習慣。《金瓶梅》一書處處跳躍着北方的土語俗語，特別是潘金蓮、應伯爵等人嘴上那些罵人話、調侃語帶着泥土氣、伴着唾沫星子撲面而來。然而細觀這幾回，那一股子辣味和冒着野氣的歇後語幾乎不見了，第 54 回尤其如此。顯然這位作者是南方人，或者說具體些是江浙一帶人。

　　(三)生活空間、地域特色變了。一部《金瓶梅》除了後十幾回寫臨清一帶故事外，凡到清河縣來的人，無有坐船的，都是自運河某一碼頭下船後，坐轎或騎「頭口」來。至於城南 30 里處的管磚廠的劉太監莊上，皆是旱路，劉太監與西門慶來往甚多，無一次坐船，想必那裏壓根兒就無水路。小說第 54 回寫應伯爵邀眾人到劉太監莊上的花園玩耍，去時乘舡。「伯爵就把兩個食盒，一罈酒，都央及玳安與各家人抬在河下，喚一隻小舡，一齊下了，又喚一隻空舡載人。眾人逐一上舡，就搖到南門外 30 里有餘。」這完全是作者的想像之詞。再者，小說第 56 回，常時節請西門慶來到一酒店吃酒，小說描寫那酒店：「只見小小茅簷兒，靠着一灣流水，門前綠樹蔭中露出酒望子來。」這「小橋流水人家」，這茅草房兒，多為南方農村的景致，非山東清河縣縣城之景，與一部書內清河縣的房屋街道的風格搭配不起來。無疑作者將他熟悉的南方家鄉的地域藉助想像搬入《金瓶梅》中來了。

　　(四)曲詞曲調變了。「山村小調」「東溝犁，西溝耙」所表現的真趣與俗味是《金瓶梅》中韻文的特色，然而出現於這五回書中的唱詞卻用意雕琢，真情盡失。如第 54 回描寫劉太監花園景色的文字：

> 翠柏森森，修篁簌簌。芳草平鋪青錦褥，垂陽細舞綠絲條。曲砌重欄，萬種名花紛若綺；幽窗密牖，數聲嬌鳥弄如簧，真同閬苑風光，不減清都景致。散淡高人，日涉之以成趣；往來遊女，每樂此而忘疲。果屬奇觀，非因過譽。

這首詞追求典雅、華麗的美學趣味與《金瓶梅》自身的趨真尚俗風格格格不入。這一情趣的差異，表現出兩種不同的價值觀念，說明作者絕非同一人。

　　就引用的曲詞而言，也有明顯差別。這五回所引入的曲子共 9 首，它們是〈錦橙梅〉〈降黃龍滾〉（以上為第 53 回）；〈水仙子〉〈荼蘼香〉〈青杏子〉〈小梁州〉（以上為第 54 回）；〈新水令〉〈駐馬聽〉〈雁兒落帶得勝令〉（第 55 回）。前 6 首均來自《太和正音譜》，後 3 首尚不知引自何處，但《太和正音譜》和《雍熙樂府》中無此 3 首。而此前 52 回書中所引曲子多來自《雍熙樂府》《詞林摘豔》，無一首來自《太和正音譜》的。這五回卻多見於《太和正音譜》，無一首來自《雍熙樂府》《詞林摘豔》的（以上參見周鈞韜先生《金瓶梅素材來源》，中州古籍出版社，1991 年版，頁 27、5）。這一引用迥異現象說明補作者與原作者並非一人，他們的欣賞趣味與讀書範圍有明顯差別。

　　(五)情節錯訛太多，銜接處斷痕明顯。情節的錯訛包括兩類，一是與原書前後銜接不緊密，一是五回內情節錯亂。與前面第 52 回銜接不上主要表現為時間錯位，對不上茬兒。第 52 回寫小周兒要給官哥理髮，月娘請小玉查看日子吉不吉利，小玉說道：「今日是四月廿一日。」還是這一天，應伯爵問西門慶：「哥，明日不得閒？」西門慶道：「我

明日往磚廠劉太監莊上，安主事、黃主事兩個昨兒來請我吃酒，早去了。」伯爵道：「李三、黃四那裏，我後日會他來罷！」西門慶點頭兒，吩咐：「教他那日後晌來，休來早了。」到第 53 回所寫本是第二天的事（四月二十二日），即西門慶到劉太監莊赴宴，結果卻安成了二十三日，驢唇不對馬嘴。後面第 57 回與第 58 回的銜接也存在漏洞，第 58 回開篇就講「到次日廿八，乃西門慶正生日」。西門慶生日這樣的大事在前五回一字未提，故而此回一開頭寫西門慶大宴賓客過生日便顯得格外突兀，也使得全書一個重要人物鄭愛月的出場缺少了必要的交待。如果是同一個作者執筆，絕不會出現如此大的漏洞。

至於五回內的毛病就更多了。第 54 回結尾寫任醫官治好了李瓶兒的病，那「西門慶一個驚魂落向爪哇國去了」，第 55 回一開頭卻說任醫官剛剛為李瓶兒把了脈息，重複顛倒。更有甚者，西門慶進京為蔡京慶壽，在太師府前遠遠望見一位故友「揚州苗員外」，從交待的文字看，這個苗員外既不是被打落水的苗天秀，也非恩將仇報殺死主子後逃跑了的苗青。這位頗講義氣的員外是突然冒出來的，前未露面，後也未有交待，空讓讀者猜半天謎。

綜合以上五點，可以說明，小說第 53-57 回的確如沈德符所言，是由他人補入的。補入者之一是位性情豪放樂於助人的蘇浙一帶的下層文人，他不熟悉山東方言俗語，也缺乏原作者那樣的幽默；他喜歡《太和正音譜》中的曲子；他的敘事能力遠不及原作者那樣細膩老辣，且補寫時較為匆忙。

二、補作者並非一人

細查這五回，文字風格、用語、飲酒、人物性情差異不小，一讀便知絕非出自一人之手。大體說來，第 54 回「應伯爵郊園會諸友」為一人所寫；第 54 回後半回「任醫官豪家看病症」則為原作者手筆；第 53、55、56、57 回為一人所寫。為了敘述方便，我們稱第 54 回前半回的補寫者為「一補」，另一補寫者為「二補」。

兩位補寫者的語言風格差異很大。「一補」吳語味甚濃，有兩處格外突出：一是詞彙的吳語方言味太濃，如「那笪兒」「頑頑也得」「着入已的」「徑着了罷」「看看區區叨勝了」「着到幾時」等；二是問話用語、語調與原作味道殊異，結尾總帶個「的哩」「的來」或「麼」。如玳安道：「我們把桌子也擺擺麼，還是灰塵的哩！」「二補」的語言卻大體用北語，且書寫起來極為流暢，雖偶爾冒出一句吳語，也不影響閱讀，顯然是位極熟悉北方語言的南方作者。

兩位補寫者筆下的人物性格也有明顯不同。「一補」將西門慶與白來創、常時節等人在地位、性格上的差距幾乎抹平了，郊園飲酒一起捉弄應伯爵的那場惡作劇便見一斑。

一向愛拍馬屁的應伯爵對西門慶的話竟置之不理，如西門慶與眾人議論孫寡嘴、祝麻子因跟隨王三官逛妓院而被抓一事，西門慶道：「也是自作自受。」應伯爵卻說「我們坐了罷」，這與他往日的性格大相徑庭。「二補」卻能照顧到這一層關係，能將西門慶與應伯爵、白來創等人之間的差距區分開來，與原作者筆下人物較為接近。

我所以說這五回書由兩人補寫，除了以上兩點外，還有一個更為重要的依據，即第53回結尾與第54回開頭、第54回結尾與第55回開頭之間銜接不起來，第55回開頭一段與第54回結尾重複甚多。為何造成如此現象呢？解釋只有一個，因兩人分章回補寫，各寫各的，故而造成回與回之間銜接不起來的現象。同樣，由於第55、第56、第57回出於一人之手，故而在第55-56、第56-57兩個回與回的交接處顯得過渡自然，無以上毛病。

說第53、55-57回出於一人之手，一是由於這四回的語言風格相同，熟練運用北語，偶有吳語冒出，且逸出的吳語總是那麼幾個詞，如語氣詞「麼」「哩」「駐劄」「住會兒」「過賣」「歡的」「沒搭煞」等等。其中第55回與第57回皆稱孩子為「小的子」。二是這幾回凡寫到飲酒的酒名皆為「麻姑酒」。

第54回的後半回「任醫官豪家看病症」是原書作者筆墨，與補寫者的文字迥然不同。一是「雅」與「俗」之別。一部《金瓶梅》的原有文字，雖說是「寄意於時俗」，藉市井生活再現天下國家之事乃至人生事理，事是家庭瑣事，語是方言土語，然作者的心境，形諸於文字後的意境，卻是高雅的。以至於使人感到那位西門慶是位遇俗則俗，遇雅則雅的人物，這恐怕與作者有較高文化修養不無關係。而補作者筆下的西門慶則或多或少地脫落了那層溫文爾雅的光澤，不時地露出下層市民的粗俗本相。非但第54回後半回的西門慶與前半回在郊園飲酒的西門慶一俗一雅，判若兩人，而且與第55回開頭那個重複段中所寫的西門慶（不只是西門慶，包括任醫官）也有不可混淆的差別。現將任醫官解說李瓶兒病情的兩段文字一對照，這種差別就顯出來了。

原作（第54回）：

> 太醫道：「……如今木克了土，胃氣自弱了，氣那裏得滿？血那裏得生？水不能載火，火都升上截來，胸膈作飽作疼，肚子也時常作疼。血虛了，兩腰子渾身骨節裏頭，通作酸痛。飲食也吃不下了，可是這等的？」迎春道：「正是這樣的。」西門慶道：「真正任仙人了！貴道裏望、聞、問、切，如先生這樣明白脈理，不消問的，只管說出來了，也是小妾有幸！」太醫深打躬道：「晚生曉得甚的？只是猜多了。」西門慶道：「太謙遜了些。」又問：「如今小妾該用什麼藥？」太醫道：「只是降火滋榮，火降了，這胸膈自然寬泰；血足了，腰脅自然不作疼了。

不要認是外感，一些也不是的，都是不足之症。」又問道：「經事來得勻麼？」迎春道：「便是不得準。」太醫道：「幾時便來一次？」迎春道：「自從養了官哥，還不見十分來。」太醫道：「元氣原弱，產後失調，遂致血虛了。不是雍積了要用疏通藥，要逐漸吃些丸藥，養他轉來才好，不然就要做牢了病。」西門慶道：「便是極看得明白，如今先求煎濟，救得目前痛苦，還要求些丸藥。」太醫道：「當得，晚生返舍，即便送來。」

補作（第55回）：

西門慶開言道：「不知這病症看得如何？沒得甚事麼？」任醫官道：「夫人這病，原是產後不慎調理，由此得來。目下惡露不淨，面帶黃色，飲食也沒些要緊，走動便覺煩勞。依學生愚見，還該謹慎保重。大凡婦人產後，小兒痘後，最難調理，略有些差池，便種了病根。如今夫人兩手脈息，虛而不實，按之散大，卻又軟不能自固。這病症，都只為火炎肝腑，土虛木旺，虛血妄行。若今番不治，他後邊一發了不的了。」說畢，西門慶道：「如今該用甚藥才好？」任醫官道：「只是用些清火止血的藥，黃柏、知母為君，其餘只是地黃、黃芩之類，再加減些，吃下看住就好了。」西門慶聽了，就叫書童封了一兩銀子，送任醫官做藥本。任醫官作謝去了。

前文西門慶對任醫官的讚揚，多發自內心，且問得甚細，處處盡禮。任醫官也很負責任，望、聞、問、切，一板一眼，解說得很耐心，賓主間一團融洽氣氛。後文便顯得粗疏，不過一問一答罷了。那位醫生沒按望、聞、問、切的程序來，病也看錯了，本來病人「飯食也吃不下了」，「血虛了」「不是雍積了」，需補血，而非止血。而補作者卻說「飯食也沒些要緊」，「虛血妄行」，於是治病的方法也搞錯了，他讓病人吃的是「止血的藥」。這或許反映了兩位作者有醫道高低、精粗之別吧。

我曾說過，第54回回尾與第55回回首出現的重複，不銜接現象極有可能是出版商移花接木所致，即首次付刻時，因缺第53-57回，便找人分頭匆匆補入，後偶爾找到了第54回這後半回書，於是第二次刊刻時又用原文換下補入的文字，造成了換後內容與下一回開頭不符的現象。這絕非主觀猜測，我們還可以從文中找到證據。如第55回開頭的第2自然段（不包括回前詩）：「且說西門慶送了任醫官去，回來與應伯爵坐地。」這裏突然冒出一個應伯爵來，而上一回末應伯爵根本沒出場。由此可見，原由「二補」補寫的文字中，必有應伯爵匆匆前來看望李瓶兒的描寫，這說明原補寫的文字與現在看到的「任醫官豪家看病症」的文字是不同的。這不恰好證明我們的上述推測是完全正確的嗎！

三、五回贋作情節探原

目前見到的第 53-57 回情節與原書有較大出入，首先回目上存在着不少可疑處，不合原作者章回安排規律和故事發展邏輯。至於這五回書的原有情節，我們可依據此前幾回故事與此後幾回內容以及一部書的整體思維方式與敘事規律。推演出其大體的故事梗概。

考察這五回書的原情節，須以全書人物命運、情節安排與章回設置的邏輯發展與規律為主要參照。《金瓶梅》的情節安排與章回設置，有一定規律可循。作者一面採用接榫法，使多類情節交叉；一面又突出重點，集中一回或若干回篇幅渲染一人，形成人物情節塊團。全書人物情節塊團大小清晰，節奏均勻，極有規律性。每十回為一大段，一百回共十大段，逢九或逢十回為全書的高潮。每五回或六回為一小高潮，結束一人或一事。這種大小情節塊團的勻稱穿插，為我們判定第 53-57 回情節提供了依據，使我們斷定這五回書所寫的核心人物成為可能。

第 51 回寫西門慶自王六兒家試胡僧藥回來，興猶未盡，不顧瓶兒正在月經期，與之求歡，為瓶兒種下了血崩症的禍根；第 52 回寫潘金蓮與陳經濟調情，拋下躺在花園的官哥不管，以至官哥被黑貓驚嚇，時常鬧病；第 53 回寫官哥因受驚，時常不睡，翻白眼，吐白沫，一家忙亂，西門慶為孩子請道士、巫士，謝土、謝神，祈佑官哥；第 54 回李瓶兒突然患病，請任醫官診治，說是血虛火旺之症；第 58 回潘金蓮忌妒瓶兒，將狗打得狂叫，又把丫鬟秋菊打得不停地慘叫，故意驚嚇官哥兒；第 59 回敘述潘金蓮馴貓害官哥，孩子很快死去。由此看來，李瓶兒是這幾回的核心人物，官哥之死則是這五回的核心事件。由是可以確定，原缺的這五回情節，必是寫潘金蓮如何居心叵測，千方百計陷害官哥以及官哥如何一步步被害至死的過程。然而現在見到的詞話本，瓶兒故事到第 55 回突然中斷，一斷便是三個章回（第 57 回僅膚皮潦草地寫施舍酬願）。顯然這種安排不符合這幾回也不符合全書情節安排邏輯與情理。

在這五回中最令人可疑的是「應伯爵郊園會諸友」「苗員外揚州送歌童」「應伯爵舉薦水秀才」三大情節，這三個故事來得突兀古怪，或不合人物性格發展邏輯，或與前後故事脫節（這種突兀而來又突兀而去，游離於整體之外的情節在其他章回中是沒有的）。前兩個情節的可疑已談論過，「應伯爵舉薦水秀才」尚未論及。這個故事寫得很古怪，不知作者的用意到底是什麼。應伯爵既然舉薦他，必意在讓西門慶雇用此人，可又何必說那些不利、無用的話？至於西門慶駁應花子的面子，在全書中還是頭一次。既然西門慶不用此人，作者又何必為一個全書中可有可無的人花去那麼多筆墨呢？《金瓶梅》中的敘事針線極為細密，一件事往往從遠處慢慢攏來，而後又慢慢散去，且常常在不同時間、空

間交待多次，我們幾乎找不到一個占有半回的大事前無形，後無影，突然出現，突然散去的例子。因此可以肯定，這三個突然飛來，又突然飛去的情節必非原小說中的情節。

既然這三個情節是後人補入的，那麼原情節當是什麼呢？

「應伯爵郊園會諸友」一段原來應是李瓶兒的故事。何以見得？第54回任醫官把脈後說瓶兒的病是「血少肝經旺，心境不清，火在三焦，需要降火滋榮」，西門慶聽了覺得句句說在要處，心悅誠服，不禁言道：「先生果然如見，實是這樣的，這個小妾，性子極忍耐得。」這句話話中有話，知瓶兒性情的人都曉得其言外之意：她性子好，受了氣都窩在肚裏，方弄成此病。由此觀之，李瓶兒那病事出有因，必是又受了潘金蓮的一場大氣，方突然病倒的。此前的情節應是類似後來潘金蓮打狗罵人一類的故事，或又是一場指桑罵槐。我所以這樣說，還有一個依據，即吳月娘聽了潘金蓮與孟三姐背後議論她「自家又沒曾養」卻為人家獻殷勤「呵卵孵」的話，大氣一場，這一描寫應是李瓶兒生氣惹病的前奏。在此情節之後潘金蓮與李瓶兒也必有一次更大的衝突，其文字可能正是應伯爵郊園會友那一段，而後接下來方是李瓶兒患病。

至於苗員外送歌童，我想歌童不一定是那位苗官員在京送的，倒很有可能是被西門慶救了命的苗青，後來賺了錢，在揚州為喜好男風的西門慶買的，先送的男童，後來又要送美女；西門慶在京城呆不下去，匆匆趕回，當另有原因。最令他不放心者無過瓶兒與官哥，所以此段情節很有可能是西門慶夜裏夢到了病中的瓶兒，心神不寧，遂匆匆離京，奔回清河。我想這一點可從後來「李瓶兒何千戶家托夢」得到印證。

第56回「應伯爵舉薦水秀才」原故事情節是什麼？第58回為我們提供了一些消息。這一回開頭便說：「到次日廿八，乃是西門慶的生日。」作為一家之主的西門慶的生日是大事，況且西門慶是位既要面子又極細心的人，此前必有交待，必定要做一些相應的安排，可惜前幾回書對此一字未提。於是後面寫慶壽的事就顯得突兀了，先是鄭愛月未到，惹西門慶大怒。因為此事是預先定好今日到這裏唱的，玳安對鄭奉說：「你不知道他（指西門慶）的性格，他從夏老爹宅定下，你不來，他可惱了哩。」原來這件事是在夏提刑府上吃酒時定下的，即在此之前夏提刑曾邀西門慶到府上做客。這是西門慶過生日前的一次重要活動，參加者還有倪桂岩（可能是夏提刑家的西賓）。西門慶也想雇用個秀才，請倪桂岩為他推薦，倪當時就推薦了這位溫葵軒，因為西門慶過生日這天兩位秀才也前來拜壽。請看下面西門慶與溫秀才的對話：

> 溫秀才道：「學生不才，府學備數，初學《易經》。一向久仰尊府大名，未敢進
> 拜。昨日我這敞同窗倪桂岩道及老先生聖德，敢來登堂恭謁。」西門慶道：「不
> 敢，承老先生先施，學生容日奉拜。只因學生一個武官，粗俗不知文理，往來書

簡無人代筆。前者因在我這敝同僚府上，會遇桂岩先生，甚是稱道老先生大才盛德。」

小說第 52 回曾寫夏提刑邀請西門慶，也提到倪桂岩邀溫秀才事，然可能與兩天前那次宴會並非同一事，因那時約在五月份，而現在是七月份（西門慶的生日是七月二十三日），不可能提前兩個多月就與鄭愛月定下唱曲的事。由此可見，第 56 回的情節可能寫的正是西門慶赴夏提刑家宴的事。

綜上所述，從人物性格、語言、唱曲、地理環境、情節訛誤等方面考訂，《金瓶梅》第 53-57 回除第 54 回後半回外，其餘四回半確為江浙一帶讀書人補入，補入者並非一人。大體說來，第 54 回「應伯爵郊園會諸友」為一人所寫；第 53、第 55、第 56、第 57 回為一人所寫。補入的章回中至少有三大情節與原書不合，這三大情節是：「應伯爵郊園會諸友」「苗員外揚州送歌童」「應伯爵舉薦水秀才」。原書情節應是：潘金蓮鬥氣罵瓶兒；西門慶因夢遽回府；夏提刑宴請西門慶。補入者之一是位性情豪放樂於助人的蘇浙一帶的下層文人，他不熟悉山東方言俗語，也缺乏原作者那樣的幽默；另一位補入者是位熟悉北方語言的南方人。他們喜歡《太和正音譜》中的曲子，敘事能力遠不及原作者那樣細膩老辣，且補寫得較為匆忙。

以上分析是否合理，願聽大家高見。

《金瓶梅》成書年代考

一

　　由於受「嘉靖間大名士」「世廟一巨公」的影響，以往持《金瓶梅》作者為「王世貞說」者，多認為成書於嘉靖年間。近來查閱王世貞文集，新發現一些材料，可否定嘉靖說，而確定其成書於萬曆十年左右。為了使此說充分展開，遂將受他人引用材料啟發後的觀點一併拿來，闡述王世貞寫於萬曆初年說。今試一一舉證如下。

　　證據之一，《金瓶梅》以較長篇幅寫寵壓群芳的「書童」形象，反映了「小唱」盛行的萬曆時風，證明小說成書於此風盛行的萬曆時期。

　　書童是一部《金瓶梅》着意刻畫的人物之一。論地位，他不過是位小廝，然而在西門府的實際作用卻遠遠超過了他的身分。他因勢而來，又因勢而去，是西門府鼎盛的見證人。不僅在小說情節發展中有着重要的結構意義，而且作者用意將其描寫成一位心慧、得勢、才貌雙絕的美男，展現了西門慶生活的一個重要方面，也再現了那個時代的一種時尚。做為西門慶的男寵、孌童，倍受寵幸，因而也敢納賄說情，把攬詞訟。應伯爵有求於西門慶，在一府人中，單托書童；潘金蓮的寵奴——平安衝撞了他，他一句話，西門慶便尋個藉口將平安打得皮開肉綻。一部書中，如此受寵者不過瓶兒、春梅、愛月兒、玳安四五人而已。

　　作者因何用如此麗筆慧心、濃墨重彩寫一「小唱」？其前，百思不得要領，後讀沈德符《萬曆野獲編》「小唱」條，方恍然大悟。原來「小唱得勢」是明萬曆時伴隨士大夫好男風而興起的一種時尚。沈德符云：

> 京師自宣德顧佐疏後，嚴禁官妓。縉紳無以為娛，於是小唱盛行。至今日，幾如西晉太康矣！此輩狡猾解人意。……然洞察時情，傳布秘語，至緝事衙門，亦藉以為耳目，則起於近年。……甲辰乙巳間（萬曆三十二、三十三年，引者注），小唱吳秀者最負名，首挨沈四明冑君名泰鴻者，以重賂納之邸第。孌愛專房，非親狎不得接席。……大抵此輩俱浙江寧波人。……近日，又有臨清、汴城，以至真定、

保定兒童無聊賴，亦承之充歌兒。然必仿稱浙人。[1]

此段文字可概括為三點：其一，小唱盛行於官妓被禁之後，然在萬曆前僅為縉紳「以為娛」的工具；其二，明代萬曆時，此風日熾，受寵的小唱以至「洞察時情，傳布秘語」，干涉政事；其三，小唱初為浙江寧波人，後北人兒童也躋身其間。《金瓶梅》中的書童已不單是西門慶的變童，而是位「洞察時情，傳布秘語」，干涉一府事務的「要人」。從他非北人而是江浙一帶人的情形觀之，這位「小唱」很可能是「萬曆甲辰乙巳間」之前的「門子」。《金瓶梅》中描寫的書童與沈德符所言「近年」情形相符，由是可知，《金瓶梅》成書的時間不是嘉靖朝，而必為萬曆時期。小唱做為「變童」，令士大夫「嬖愛專房」的具體時間，何良俊的記載曾透出更確切的消息。他在《四友齋曲說》中明言：「士夫稟心房之精，從婉孌之習者，風靡如一。」此書大約寫於萬曆七年左右。由此可知，《金瓶梅》對書童的描寫，可能是萬曆初年及其以後的士大夫惡習的反映，《金瓶梅》寫成的時間也大致在這一範圍內。

證據之二，「三里溝新河」與「永濟新河」皆於萬曆十年完成於督漕尚書凌雲翼之手，《金瓶梅》對此有所映示，說明《金瓶梅》成書時間當在萬曆十年之後。

筆者在考察《金瓶梅》故事發生的地理位置時發現，《明史·河渠志》卷三記載，自萬曆六年至萬曆十年，朝廷集中力量治理黃河奪淮入海之患，此間先後修了兩條新河：一是三里溝新河。嘉靖末年，於清江浦南三里溝開新河，設通濟閘，使運河與淮河通。萬曆六年，總理河漕御史潘季訓再次整修三里溝新河，又移建新通濟閘，到萬曆十年，在總河官凌雲翼手中完成。二是永濟新河。萬曆十年，督漕尚書凌雲翼主持開鑿的位於清江浦西，自城南窯灣至通濟閘出口的長達 45 里的新河。[2]

《詞話》第六十五回，寫西門慶迎請六黃太尉，列舉了參見太尉的許多山東省地方要員，其中便有「袞州府凌雲翼」，而這凌雲翼便是萬曆十年負責修治三里溝新河的總河官。

再查《明史·凌雲翼傳》，所記與修河事相吻合。

> 凌雲翼，字洋山，太倉州人，嘉靖二十六年進士，授南京工部主事。……萬曆元
> 年，進右副都御史，巡撫江西，三遷兵部左侍郎兼右僉都御史，提督兩廣軍務。……
> 六年夏，與巡撫吳文華討平河池，……嶺表悉定。召為南京兵部尚書，就改兵部，
> 以兵部尚書兼右副都御史，總督漕運，巡撫淮揚。河臣潘季巡召入，遂兼督河道，

1　沈德符《萬曆野獲編》卷 20〈風俗〉「小唱」條，北京：中華書局，1959 年，第 2 冊，頁 621。
2　許建平〈《金瓶梅》中清河縣地理位置考辨〉，見《金瓶梅研究》第五輯。

加太子少保，召爲戎政尚書。[3]

只是作者在小說中給凌雲翼的官職小了些。凌雲翼雖未任職袞州，但作者這樣寫說明他與凌雲翼相識[4]，而且讓他知袞州府也別有用意。查明〈河渠志〉，有明一代，袞州一段是南北運河中最難治理的，它地勢高，勢如運河之脊，成爲河運關隘處。作者安置凌雲翼任職於此，很可能寓示其「兼督河道」之事。

凌雲翼總督河漕的時間爲萬曆十年，作者對此段事知情，並將其寫入自己的小說，由此可知《金瓶梅》成書的時間在萬曆十年之後。

證據之三，《金瓶梅》第70回所寫何太監的衣冠服飾既不合於宋代內臣之服制，也不合於明嘉靖朝內臣服制，而是萬曆初年宦官所着朝服，說明《金瓶梅》的寫作時間當在宦官穿戴此越禮衣冠的明隆慶至萬曆初年。

王世貞《觚不觚錄》云：

> 余於萬曆甲戌（萬曆二年，引者注），以太僕卿入陪祀太廟。見上由東階上，而大璫四人皆五梁冠祭服以從，竊疑之。夫高帝制內臣，常服紗帽，與群臣不同，亦不許用朝冠服及幞頭公服，豈有服祭服禮！曾與江陵公言及，以爲此事起於何年，江陵亦不知也。後訪之前輩，云：嘉靖中亦不見內臣用祭服。而考之累朝實錄，皆遣內臣祭中霤之神，此必隆萬間大璫內遣，行中霤禮，輒自制祭服，以從祀耶！惜乎言官不能舉正，正坐成其僭妄耳！[5]

何謂祭服？祭服乃外官祭祀之服，大體與朝服同。明初對此規定極嚴。《明史‧輿服志》：「嘉靖八年，更定百官祭服，上衣青羅皂綠，與朝服同；下裳赤羅皂綠，與朝服同。」[6]故而欲知內官之祭服，觀其朝服可也。內官的朝服與外官有嚴格區分。洪武三年，禮部奏定內使服飾「其常服葵花胸背，團領衫，不拘顏色。烏紗帽，犀角帶。」[7]顯然與文武官員大異。內官穿祭服，始自穆宗，至萬曆初依然如故。嘉靖朝宦官地位較低，無宦官服祭服一類越軌之事。

《金瓶梅》描寫內官服飾最詳者當爲何太監，且至少有兩處。一次是西門慶與夏提刑

3 　《明史》卷222，〈凌雲翼傳〉。

4 　黃霖先生〈《金瓶梅》三考〉一文首次提及凌雲翼乃明代官吏，並指出他與《金瓶梅》成書的關係，見《復旦學報（社會科學版）》1985年第4期。

5 　《觚不觚錄》，見《四庫全書》第1041冊，頁438。

6 　《明史》卷67，〈輿服志〉。

7 　同註5，頁437-438。

入朝,何太監藉機與之相會。書中道:「只見一個太監,身穿大紅蟒衣,頭戴三山帽,腳下粉底皂鞋。」第二次西門慶到何太監府上,「何太監從後邊出來,穿着綠絨蟒衣,冠帽皂鞋,寶石條環」。看來,這位太監不論在朝中還是家內接客的穿戴皆是「朝冠服」,即「祭服」。只是何太監的穿戴與王世貞所見陪皇上祭太廟的大當所不同的是一個為「五梁冠」(同一、三品官員戴),一個為「三山帽」(同三、五品官員戴),但都是「朝冠服」,「正成其僭妄耳」!內官的此種服飾,見於隆慶萬曆初,而王世貞見到宦官着此服飾的具體時間為萬曆甲戌——萬曆二年。由此可知,《金瓶梅》成書時間必在隆慶至萬曆初年之後,而非此前無「朝冠服」的嘉靖朝。

證據之四,《金瓶梅》描寫巡按宴請來往官吏或地方官宴請新巡按,宴席間「水陸畢陳」、聲樂並進,鋪張奢靡,此種風氣嘉靖朝無,而萬曆初盛。說明《金瓶梅》成書必在萬曆初,而非嘉靖年間。

王世貞《觚不觚錄》:

> 先君初以御史使河東,取道歸里,所過遇巡按,必先顧答拜之。出酒食相款,必精腆,而品不過繁,然亦不預下請剌也。今翰林科道過者,無不置席、具典、肅請矣!先君以御史請告里居,巡按來相訪,則留飯,葷素不過十器,或少益以糖果餌、海味之屬。進子鵝,必去其首尾,而以雞首尾蓋之。曰:「御史毋食鵝例」也。若通年以來,則水陸畢陳,留連卜夜,至有用聲樂者矣!

又曰:

> 余在山東日,待郡守禮頗簡,留飯一次,彼必側坐。雖遷官謁辭,送之階下而已。遣人投一剌,亦不答拜,蓋其時皆然。其後復起,累遷山西按察使。一日,清軍、提學二道偶約余同宴。二郡守升官者置酒於書院,余甚難之。第令列名與分,而辭不往。乃聞具糖席,張嬉樂具,賓主縱飲,夜分而罷,頗以為怪。復問之余弟,乃知近日處處皆然,不以為異也。[8]

王世貞於嘉靖三十六年任職山東,出任山西按察使的時間為隆慶四年(1570)。所言「近日」,指撰寫《觚不觚錄》之時,即萬曆十三年。這一年,他60歲,《觚不觚錄》前有序語云「今垂六十歲矣」可證。儘管官吏間交往,宴席之備,檔次高低取決於多種因素,特別是主客間關係的厚薄,但那時朝廷對官場間的宴筵有禮制定規,不可亂來。地方官豈敢以身試法,因小失大,拿自己的前程當兒戲!一個時代有一個時代的風氣,酒場、

---

8   同註7。

情場無不如是。嘉靖間宴請官吏知遵制守儉，到王世貞任職山西的隆慶四年，嗜風萌動，已露苗頭。至於盡情鋪張、伴以聲樂，則為萬曆初興起的新風，《觚不觚錄》所記「近日」之事，則是萬曆十三年王世貞親所聞見之事。

《金瓶梅詞話》中有大量篇幅濃墨重彩地描寫蔡御史、宋巡按、安主事等煩討西門慶備酒席宴請來往山東官吏的豔麗文字，酒宴排場規模之大，場面之盛，耗費之多，令人咋舌。遠遠超過了一般禮儀，成為一種以享樂、饋贈、賄賂、巴結上司、聯絡情感的重要方式。如小說第49回「西門慶迎請宋巡按」不僅描寫酒宴是「說不盡的餚列珍饈，湯陳桃浪，酒泛金波。端的歌舞聲容，食前方丈」，「當日，西門慶這席酒，也費夠千兩金銀」。而且寫送走宋巡按後，西門慶又留蔡御史在府內過夜，派兩位妓女夜陪。至於「宋御史結豪請六黃」那場宴席，排場更盛，檔次更高。此後西門慶代人宴請官吏不下五六次之多，無不「水陸畢陳」，聲樂伴宴。這些描寫說明山東官場風氣如此，已遠非嘉靖後期王世貞出使山東時的氣象。很可能是王世貞「甚難之」「而辭不往」之隆慶四年以後的事，或者當為「近日處處皆然，不以為異」之萬曆十三年前後寫《觚不觚錄》時的官宴情形，而不會是尚儉守制的嘉靖年間的風氣。由此可知《金瓶梅》成書時間當在此段時間（隆慶四年至萬曆十三年）之間或之後，不可能在此風氣未形成之前。

證據之五，《金瓶梅》寫申二姐愛唱的小調〈數落山坡羊〉，風行於萬曆時期，故其寫作時間當在此小調盛行之時，而不會是此小調未興之前的嘉靖朝。

《金瓶梅》第61回，王六兒向西門慶介紹唱曲兒的申二姐：「姓申，名喚申二姐，諸般大小時樣曲兒連數落都會唱。」同回，申二姐到府上拜見吳月娘，「月娘見她年小，生得好模樣兒，問他套數，倒會不多，若題諸般小曲兒〈山坡羊〉〈鎖南枝〉兼『數落』，倒記得有十來個」。這兩處描寫，單題「數落」，足見聽者對此格外喜好、重視。且因申二姐有此「長項」，令西門慶、吳月娘另眼相覷。可見「數落」是那時新時興的曲兒。

〈山坡羊〉元代已有，明代更流行，沈德符說：「自宣、正至成、弘後，中原又行〈鎖南枝〉〈傍妝台〉〈山坡羊〉之屬。李崆峒先生初自慶陽徙居汴梁，聞之可以繼『國風』之後。」[9]但〈數落山坡羊〉卻是明代萬曆年間的新產品，對此，沈德符講得很清楚：「〈山坡羊〉者，李、何二公所善。今南北詞俱有此名，但北方唯盛，愛〈數落山坡羊〉。其曲自宣、大、遼東三鎮傳來，今京師伎女慣以此充絲索北調。其語穢褻鄙淺，並桑濮之音，亦離去已遠。而驅人游婿，嗜之獨深。」[10]

小說第61回，申二姐確為西門慶唱了兩套〈數落山坡羊〉，內容不出男女情事，言

9　《萬曆野獲編》卷25，〈詞曲〉「時尚小令」條，第2冊，頁647。
10　同註9。

辭的確「穢褻鄙淺」。此〈數落山坡羊〉既然是萬曆朝方興起於京師，《金瓶梅》寫了此曲兒，說明其成書時間當在萬曆朝，而非此曲兒未傳來前的嘉靖時期。

證據之六，《詞話》中所描寫的戲班子都是海鹽子弟，而海鹽腔盛行於萬曆初，說明該書寫於此腔興盛之時。明代四大聲腔交替風靡劇壇，其演變具有明顯的階段性。對此，明代戲曲的愛好之士皆有共識，如：

徐渭的《南詞敘錄》作於嘉靖三十八年，他曾說嘉靖朝崇尚北曲，「本朝北曲，推周憲王、谷子敬、劉東生，近有王檢討、康狀元，餘如史痴翁、陳大聲輩，皆可觀。唯南曲絕少名家。」[11]

20 年後，約萬曆七年，何良俊在《四友齋曲說》中則說：「近日多尚海鹽南曲。士夫稟心房之精，從婉孌之習者，風靡如一。甚者北土亦移而耽之。更數世後，北曲亦失傳矣。」[12]

再到萬曆三十八年（1610），王驥德《曲律》卷二（〈論腔調〉第十）說當時的情景便成為：「舊凡唱南調者，皆曰海鹽；今海鹽不振，而曰崑山。」[13]

不同時代的戲曲家對弋陽、海鹽、崑山三腔的各自記錄為我們提供了其興衰的清晰脈絡：海鹽腔之大興的時間為隆慶到萬曆初年。此前為弋陽腔的時代，此後則是崑山腔的天下了。《金瓶梅》中遇大事、宴會所請戲子多為海鹽子弟，如第 36 回、第 74 回等。這足以說明作者創作的時代正是海鹽腔風靡天下的隆慶到萬曆初年，而不可能是弋陽腔盛行的嘉靖朝，或崑山腔走紅的萬曆中後期。這再一次證明，《金瓶梅》的成書年代為萬曆初年。

證據之七。《金瓶梅》第 57 回寫了永福寺的興衰，參照史料所記佛道興衰史，可推知《金瓶梅》所記佛教復興事當為萬曆七八年，其成書在此之後。書中寫道：

> 話說那山東東平府地方，向來有個永福禪寺，起建自梁武帝普通二年，開山是那萬回老祖。……正不知費了多少錢糧。正是：神僧出世神通大，聖主尊隆聖澤深。不想那歲月如梭，時移事改。……只見有幾個儱儨的和尚，撇賴了百丈清規，養婆兒，吃燒酒，咱事不弄出來？……一片鐘鼓道場，忽變做荒煙衰草！驀地裏三四十年，那一個扶衰起廢？（第 57 回）

這段話不可輕看了，因為儘管這一回小說的作者非《金瓶梅詞話》一書的原作者，然即

11　王驥德《曲律》卷二，〈論腔調第十〉，明天啟五年毛以遂刻本。
12　何良俊《四友齋叢說》卷三十七，〈詞曲〉，明萬曆七年張仲頤刻本。
13　同註 11。

使是他人補入的,時間也在萬曆時期。這一段永福寺興衰史,也客觀地反映了那個時代佛教的興衰。那「歲月如梭,時移事改」的話,那「驀地裏三四十年」的數字表示,都隱含着作者眼中心中難以明言的一段佛教史。明代武宗喜佛教,到世宗則崇道教,佛教受到排擠壓制;而神宗又重佛教,受壓抑的佛教重新抬頭。沈德符《萬曆野獲編》如實地記載了這一佛教興衰的歷史:

> 武宗極喜佛教,自立西番僧,唄唱無異。至托名大慶法王,鑄印賜誥命。世宗留心齋醮,置竺乾氏不談。初年,用工部侍郎趙璜言,刮正德所鑄佛鍍金一千三百兩。晚年用真人陶仲文等議,至焚梵骨萬兩千斤。逮至今上,與兩宮聖母首建慈壽、萬壽諸寺,俱在京師,穹麗冠海內。至度僧為替身出家,大開經廠,頒賜天下名剎殆遍。去焚佛骨時未二十年也。[14]

《金瓶梅》小說所描寫的永福寺那「佛像也倒了,荒荒涼涼,燒香的也不來了」的衰敗景象與沈德符所記刮佛像鍍金、焚佛骨萬兩的嘉靖朝完全吻合。從時間上分析,世宗在位45年,世宗「至焚梵骨萬兩千斤」的「晚年」當在嘉靖四十年左右。而萬曆帝崇佛,建寺頒經,「去焚佛骨時未二十年」,由此推斷,從嘉靖四十年到隆慶六年為十一年,「未二十年」,當為萬曆七八年間。《金瓶梅》中所描寫的正是佛教由衰而復興的那段歷史,正是嘉靖末年至萬曆初年的情形。它進一步證明《金瓶梅》成書的時間為萬曆七八年之後,而非嘉靖朝。

二

以上引證可以確定《金瓶梅》成書的時間為明代萬曆初年。那麼,其成書的上限與下限還需進一步敲定。由於書中所寫「具糖席,張嬉樂具,賓主縱飲,夜分而罷」的官場酒宴風氣始於隆慶四年,成書時間必在此之後,即其上限為隆慶四年。至於成書的下限,我以為當在萬曆十七年前。因屠本畯與謝肇淛皆言王世貞家藏有手抄全本《金瓶梅》。徐文貞與劉承禧手中的全本又皆來自王世貞家。不管王世貞是否為《金瓶梅》的作者,他得到此書必在身體安康之時,而不可能在臥床不起、性命難保的痛苦中。王世貞卒於萬曆十八年,故他得到《金瓶梅》全本必在此一兩年之前。另外,萬曆十七年,王肯堂已用重金購得半部《金瓶梅》[15],也說明《金瓶梅》成書的下限必在萬曆十七年之前。

---

14 沈德符《萬曆野獲編》卷二十七,〈釋教興衰〉,清道光七年姚氏刻同治八年補修本。
15 見劉輝先生的《金瓶梅的成書與版本》,瀋陽:遼寧教育出版社,1986 年。

　　但是這個推論的範圍還是大了些,如果《金瓶梅》的作者確為王世貞（這一問題當另撰文證之）,那麼,他寫《金瓶梅》的時間還可進一步推敲。

　　寫一部近 80 萬言的長篇小說,需必備的寫作條件,其中最要緊者是寬鬆的政治環境,安閒的時間和相應能夠引起創作衝動的心理因素。王世貞具備這些條件的機會僅有三次（其他時間奔忙於官場事務中,無暇及此,或無此情緒）。一次是嘉靖四十五年。此前一年,嚴嵩被削籍、抄家,此後一年（隆慶元年）嚴世藩棄市,指斥嚴嵩父子專權,已無政治風險。此時,他的確寫了不少揭露嚴嵩醜行的文字,《樂府變十章》多成於此時,特別是那首〈袁江鈴山岡當廬江小婦行〉的長篇敘事詩,仿〈孔雀東南飛〉,以嚴嵩父子一生榮辱為線索,直斥嘉靖朝嚴嵩專權 20 年的官場腐敗。這一段時間他正家中閒居,有創作時間,也有寫《金瓶梅》的可能,但這種可能性極小。原因有二:一是朝中政治形勢並不那麼明朗,不便於寫。嚴嵩雖倒了,他父親王忬的冤案尚未昭雪。他在許多文章中,仍以「嵩相」稱嵩,可見其心中的顧忌依然甚重。像《金瓶梅》那樣指桑罵槐,指蔡京罵嚴嵩,乃至罵皇上,若寫於此時,似乎還不那麼適宜。他不會因此小事,而影響父親平反昭雪的大事;二是他這一階段心緒不佳,尚無創作長篇小說的興致。這一年,他年僅 22 歲的長女突然卒於蓐。在沉痛之際,他又生了一場大病,臥床半載,險些喪命。故此時作《金瓶梅》的可能性不大。第二次是隆慶四年至六年（1570-1572）。王世貞丁母喪,閉門謝客,閒居小祇園,有充足的寫作時間。然在母喪期間,寫西門慶的淫蕩作樂生活,不合情理,可能性也不大。最後一次是萬曆五年至十一年（1577-1582）。他對當時首輔張居正有些不滿,故而有一段長期閒居家庭的時間。萬曆四年秋,旨下,令其任南京大理寺卿。尚未到任,張居正便授意南京的楊節上疏彈劾,他乘機辭職,批文下,令他回籍候用。他閒居於家,擴增小祇園,使之極園林之勝,取名弇山園。常與和尚道士談禪論道,往來甚密。又廣交天下友,三教九流來者不拒。我之所以認定王世貞創作《金瓶梅》當在此時,理由有四:其一,此時他苦讀貝經、道藏。《讀書後》是他此時的讀書感想集,記載了他所讀篇目,如〈讀圓覺經〉〈讀壇經一〉〈書僧偁禪師傳後〉〈書南陽國師傳後〉等。他還拜同鄉王元馭之女王燾貞（她自稱是「曇鸞菩薩化身」）為師,迷得昏頭昏腦。他的《列仙傳》與《宛委餘編》專論神仙的 17-19 卷,大都寫於此時。由此我們便可理解緣何《金瓶梅》中充斥着那麼濃厚的「說佛說道」思想的緣由。不過王世貞並非純佛教徒,他的《讀書後》的大多數文字對佛教經典評頭品足,說短論長。與對佛教的崇信相比,他更信道教,他的思想根基除了儒家的東西外,更多是道家的。如〈讀圓覺經〉:「嗚乎!余之暴余深矣!不即不離,無縛無脫,此是吾人善證第一義。我愛即絕,萬境皆空。不願作佛何?況生天亦庶幾矣!莊氏言:至人入水不濡,入火不熱。嗚

乎！是奚啻水火哉！」[16]這種儒一、道二、佛三的思想結構與《金瓶梅》中所表現的諸
思想多麼吻合！其二，此時閒居里閭的王世貞注重俗趣真情，不但寫詩喜擬民歌口氣，
淺俗流暢，朗朗上口，且有意記載民謠、俚語。《宛委餘編（五）》詳記農家流傳的冬
春「九九歌」與三夏後的「九九歌」。此書對燈節、冠服、占卜、茶酒一類的記載猶詳，
可見作者對民俗的關注。王世貞何以會如此關注民俗俚風，很可能與他創作《金瓶梅》
不無關係。其三，此間王世貞曾撰寫了百篇〈詠史〉詩。作者如此自道當時心境與動機：

> 蓋又兩年所，而時變種種，直言則不敢，置之則不忍，乃復借史事之相類而互發
> 者，續之，又得十二章，遂成百章……雖修辭不足，而托宗有餘矣！[17]

作者所言雖指〈詠史〉，然其創作心態與動機同寫《金瓶梅》何其相近！我們應曉得，
對自己創作《金瓶梅》處處遮蔽的王世貞，不可能在他的著作中留下寫作此書的任何文
字記載。然「直言之則不敢，置之則不忍」的創作心態與「借史事之相類而互發者」的
創作方法，及其「修辭不足，而托宗有餘」的自白，應該說已向我們透露出其中的消息。
其四，在這七年中，前三四年的可能性較小，因一來修造花園，二來對道教着了迷，苦
讀道藏，無閒情於此。後兩三年的可能性更大些。萬曆十一年以後，王世貞的同鄉申時
行執政，他的官也愈做愈大，不得不忙於繁雜的政務，恐無暇去寫長篇小說了。因此可
知，《金瓶梅》創作的時間應為萬曆十年前後，成書的時間稍晚些，當在萬曆十一年之
後，十七年之前。

---

16 王世貞《讀書後》卷6，《四庫全書》第1285卷，頁69。
17 王世貞《弇州山人續稿》，《四庫全書》集部，別集類二五，卷172。

從《金瓶梅》中的貨幣形態
看其成書年代

　　細讀《金瓶梅詞話》（以下簡稱《詞話》）故事中出現的通用貨幣質態，發現全書無一處寫紙幣（寶鈔）。《水滸傳》故事中出現的「寶鈔」字樣，被挪用到《詞話》中後，就改寫為「錢」。「王婆貪賄說風情」一回寫王婆教西門慶十件挨光計：「待我買得東西來，擺在桌子上。我便道：『娘子且收拾生活，吃一杯兒酒，難得這位官人壞鈔。』」（《水滸傳》第二十四回）《詞話》則改為：「待我買得東西提在桌子上，便說：『娘子，且收拾過生活去，且吃一杯兒酒，難得這官人壞錢。』」（《詞話》第三回）考慮《詞話》中未寫到寶鈔，這一改動則說明《金瓶梅》的寫作時代距寶鈔流通的年代已久遠了。

　　《詞話》中寫到的貨幣幾乎是一色的銀幣。非但用量大的流通貨幣皆為白銀，無一用銅錢的。就是微量的貨幣也是銀子。如家人來旺媳婦宋惠蓮得了西門慶的賞錢，便指派小廝買花、瓜籽一類小東西，都是將銀子砸碎了用。「共該他七錢五分銀子。婦人向腰裏摸出半側銀子兒來，央及賁四替他鑿稱七錢五分與他。那賁四正寫着帳，丟下，走來，蹲着身子替他錘。」（《詞話》第二十三回）宋惠蓮有時將碎銀子塞進腰裏。「那婦人道：『賊猴兒，你遞過來，我與你。』哄的玳安遞到他手裏，只掠了四五分一塊與他，別的還塞在腰裏。」（同上）有時身邊帶着個專門盛碎銀子的葫蘆。「婦人便向腰間葫蘆兒順袋裏取出三四分銀子來，遞與玳安道：『累你替我拿大碗燙兩個合汁來我吃。』」（同上）潘金蓮是有名的吝嗇鬼，讓小廝買東西，「從不與你個足數，綁着鬼，一錢銀子，拿出來，只稱九分半，着緊只九分」，還讓小廝們倒貼。李瓶兒大方，知道小廝們跑腿想圖個「落」，送給小廝買東西的銀子，「只掂塊兒」，剩下多少從來不再要的（《詞話》第六十四回）。更引人注意的是西門慶開的鋪子，夥計們分工甚細，陳經濟作保管，「只要拿鑰匙出入」；「賁地傳只是寫帳目秤發貨物；傅夥計便督理生藥、解當兩個鋪子，看銀色，做買賣」（《詞話》第二十回）。絨線鋪也是如此。有人專門負責查看銀子成色，說明消費者交給鋪子裏的貨幣是銀子。

　　書中偶爾也出現錢幣（銅錢）。不過，往往是小戶人家花費一錢以下的微量貨幣時才用銅錢的。如「西門慶梳籠李桂姐」一回，寫應伯爵、謝希大一夥所謂「十兄弟」共同

湊份子，還席。「（應伯爵）於是從頭上拔下一根鬧銀耳斡兒來，重一錢。謝希大一對鍍金網巾圈，稱了秤，只九分半。祝日念袖中掏出一方舊汗巾兒算，二百文長錢。孫寡嘴腰間解下一條白布男裙，當兩壺半壇酒。常時節無以為敬，問西門慶借了一錢成色銀子。都遞於桂卿，置辦東道，請西門慶和桂姐。那桂卿將銀錢都付與保兒，買了一錢螃蟹，打了一錢銀子豬肉，宰了一隻雞，自家又賠出些小菜來。」（《詞話》第十二回）即使不足一錢銀子，也是以銀子計數，唯有祝日念是「二百文長錢」（銅錢）。足見銀子使用的普遍。

明代貨幣的鑄造與流通有着明顯的階段性與發展軌跡。據《明史》卷八十一《食貨五‧錢鈔》所載，有明一代自銅幣時代到銀幣時代共經歷了五個階段。

第一階段，洪武七年（1374）以前，為銅幣時代。朱元璋在元至正二十一年（1361）開始，在他管轄的地區鑄行「大中通寶」錢；待朱元璋奪取天下後，仍使用銅幣，頒行「洪武通寶」錢；洪武四年，又改鑄大中、洪武通寶大錢為小錢。

> 太祖初置寶源局於應天，鑄「大中通寶」錢，與歷代錢兼行，以四百文為一貫，四十文為一兩，四文為一錢。及平陳友諒，命江西行省置貨泉局，頒「大中通寶」錢，大小五等錢式。即位，頒「洪武通寶」錢，其制凡五等，曰當十、當五、當三、當二、當一。當十錢重一兩，餘遞降至重一錢止。各行省皆設寶泉局，與寶源局並鑄，而嚴私鑄之禁。洪武四年，改鑄大中、洪武通寶大錢為小錢。初，寶源局錢鑄「京」字於背，後多不鑄，民間無「京」字者不行，故改鑄小錢以便之。尋令私鑄錢作廢銅送官，償以錢。（《明史‧食貨五‧錢鈔》）[1]

第二階段，洪武八年至宣德十年（1375-1435）的六十年間，紙幣占據貨幣交換的天下。當時由於向民間收銅，民不堪其苦，而在商業的交換、周轉過程中，銅錢不便轉運，再加上國內戰爭不斷，財力不足。故而政府不得不改變原來的貨幣政策，印行紙幣——寶鈔。

> （洪武）七年，帝乃設寶鈔提舉司，明年，始詔中書省造大明寶鈔，命民間通行。以桑穰為料，其制方，高一尺，廣六寸，質青色，外為龍文花欄，橫題其額曰「大明通行寶鈔」。其內上兩旁復為篆文八字，曰「大明寶鈔，天下通行」。中圖錢貫，十串為一貫。其下云：「中書省奏准印造大明寶鈔與銅錢通行使用，偽造者斬。」……其等凡六：曰一貫，曰五百文、四百文、三百文、二百文、一百文。

1　張廷玉《明史》卷七十八，〈志〉第五十四，「食貨五」，「錢鈔」，清乾隆武英殿刻本。

每鈔一貫，准錢千文，銀一兩。四貫准黃金一兩。禁民間不得以金銀物貨交易，
違者罪之。（同上）[2]

至洪武二十七年（1394）並銅錢亦收繳禁用。寶鈔成為唯一合法流通貨幣。但這種紙幣的
發行沒有實價貨幣為準備金，發行額不加以限制，日積日多，很快便惡性膨脹起來，以
至於宣德年間白銀對紙鈔的比價提高了一千倍（由一兩換紙鈔一貫，提高至一兩換紙鈔一千貫。
見《續文獻通考》卷十《錢幣考·明·鈔》）。

　　第三階段，正統元年至嘉靖五年（1436-1526）的九十年裏，為銀、錢、鈔三幣兼用時
期。

弘治元年，京城稅課司，順天、山東、河南戶口食鹽，俱收鈔。各鈔關俱錢、鈔
兼收。其後乃皆改折用銀。而洪武、永樂、宣德錢積不用，詔發之，令與歷代錢
兼用。戶部請鼓鑄，乃復開局鑄錢。凡納贖收稅，歷代錢、制錢各收其半，無制
錢即收舊錢，二以當一。制錢者，國朝錢也。舊制，工部所鑄錢入太倉、司鑰二
庫；諸關稅錢亦入司鑰庫，共貯錢數千百萬。中官掌之，京衛軍秋糧取給焉。……
正德三年，以太倉積錢給官俸，十分為率，錢一銀九。又從大監張永言，發天財
庫及戶部、布政司庫錢，關給徵收，每七十文徵銀一錢，且申私鑄之禁。（《明史·
食貨五·錢鈔》）[3]

對這一階段，細加分析，可以看出雖然三幣混用，但事實上呈現出先重鈔、後重錢、最
後重銀的發展歷程。在弘治元年，還是錢、鈔兼收，後來，鈔貶值到「積之市肆，過者
不顧」（《續文獻通考》卷十）的地步。所以將鈔仍保留下來，是因為國家大量用來賞賜、
支俸等。真正起作用的是銀、錢平行本位制。但由於私鑄錢日多，造成錢值混亂，而白
銀的幣值相對穩定。

　　第四階段，嘉靖六年至萬曆九年（1527-1581），是以銀為主，銀與錢同用並行時期。
以銀為主在此間經歷了兩次，慢慢趨向於專用銀。

　　第一次是嘉靖四年。

嘉靖四年，令宣課分司收稅，鈔一貫折銀三釐，錢七文折銀一分。是時，鈔久不
行，錢亦大壅，益專用銀矣。（《明史·食貨五·錢鈔》）[4]

2　同註1。
3　同註1。
4　同註1。

當時，鈔以塊計，每塊為一千貫，實抵銅錢不至二十文，不及鈔本（《明經世文編》卷三百五十四）。後來錢又大行，且各朝錢並用，價值不等，十分混亂，以至於「……文武官俸，不論（錢）新舊美惡，悉以七文折算。諸以俸錢幣易者，亦悉以七文抑勒予民，民亦騷然。屬連歲大侵，四方流民就食京師，死者相枕藉。論者謂錢法不通使然。」（《明史·食貨五·錢鈔》）

第二次是嘉靖末年。

> 盜鑄日滋，金背錢反阻不行。死罪日報，終不能止。帝患之，問大學士徐階。階陳五害，請停寶源局鑄錢，應支給錢者悉予銀。帝乃鞫治工匠侵料減工罪，而停鼓鑄，自後稅課徵銀而不徵錢。（同上）[5]

但到隆慶初年，又是銀、錢並行，量大用銀，量小用錢。「於是課稅銀三兩以下復收錢，民間交易，一錢以下止許用錢。」到萬曆四年，「命戶工二部准嘉靖錢式，鑄『萬曆通寶』」，「俸糧皆銀錢兼給」（同上）。

第五階段，萬曆九年（1581）至天啟初年，貨幣制度白銀化完成時期。明代的流通貨幣與俸祿、賦稅大體是同步的。第一個階段的俸祿是米、布、鈔，第二個階段是米、鈔、錢，第三個階段是鈔、錢、銀，第四個階段是錢與銀，第五個階段則是銀（《明史·食貨六·俸餉》）。全國以銀作為唯一流通貨幣始於萬曆九年（《明史·食貨二·賦役》）。張居正推行「一條鞭法」，把丁役土貢等項內容全部歸於田賦之內，而田賦的徵收則是「計畝徵銀」。農民用糧食換來的是銀子，手中拿的是銀子；而官吏的俸祿也是銀子，官吏們需用銀子去市場買糧食，用銀子去市場購買生活品。如是一來，白銀成為消費品的交換媒介。貨幣的白銀化，至此才真正完成。

以上述明代貨幣鑄造、流行的五階段為據，對照《金瓶梅》所描寫的流通貨幣無鈔，幾乎是白銀的天下，極少錢幣的現象，可以確定其所處的時代當為嘉靖初年至萬曆九年的第四階段和萬曆九年全國施行「一條鞭法」後的第五階段，而絕非嘉靖之前鈔、錢、銀通用的前三個階段，當無疑義。

然而，嘉靖元年至萬曆九年的時段未免太長了。在這一漫長的時段裏，《金瓶梅》究竟成書於何年？尚須進一步考定。筆者以為成書時間當在萬曆九年張居正在全國推行「一條鞭法」之後。根據《金瓶梅》為我們提供的兩條重要資訊。一條是《金瓶梅》第六十七回記載了一件將力差變為銀差的事。在鄆王府當差的韓道國，不能一身二僕再為西門慶經營絨線鋪，而西門慶派他出差：

5　同註1。

> 韓道國道：「又一件，小人身從鄆王府，要正身上直不納官錢，如何處置？」西
> 門慶道：「怎的不納官錢？像來保一般，也是鄆王差事，他每月只納三錢銀子。」
> 韓道國道：「保官兒那個，虧了太師老爺，那邊文書上注過去，便不敢纏擾，小
> 人此是祖役，還要勾當余丁。」西門慶道：「既是如此，你寫個揭帖，我央任後
> 溪到府中，替你和王奉承說，把你官字註銷，常遠納官錢罷。」（第 67 回）

實行「一條鞭法」前，全國的差役分為力差與銀差兩類。所謂「勾當余丁」，是說韓道
國是祖役，是力差，需親到鄆王府當差。西門慶通過熟人將其變為銀差，每月只交納三
錢銀子，便不必去府中當差。力差交納銀兩變為銀差是「一條鞭法」施行之後：

> 一條鞭法者，總括一州縣之賦役，量地計丁，丁糧畢輸於官，一歲之役，官為僉
> 募。力差，則計其工食之費，量為增減，銀差，則計其交納之費，加以增耗，凡
> 額辦、派辦、京庫歲需與存留、供億諸費，以及土貢、方物，悉併為一條，皆計
> 畝徵銀。折辦於官，故謂之一條鞭。立法頗為簡便。（同上）[6]

另一條資訊是《詞話》描寫收繳上地賦稅糧只收白銀，這種政策只有施行「一條鞭法」
後才會出現。《詞話》第七十八回，寫新任山東省屯田千戶的吳大舅，前去看望得病的
西門慶：

> 西門慶道：「通共有多少屯田？」吳大舅道：「……如今這濟州管內，除了拋荒、
> 葦場、港隘，通共二萬七千頃屯地，每頃秋稅夏稅，只徵收一兩八錢。不上五萬
> 兩銀子，到年終才傾齊了。往東平府交納。」（第 78 回）

「一條鞭法」規定地租只收銀子，吳大舅所收二萬七千頃屯地的賦稅是一色的銀子。這有
力證明吳大舅收屯田賦稅銀子的時間是施行了「一條鞭法」之後的事。也許有人會說：
「一條鞭法」早在嘉靖年間就開始推行，並非始於萬曆九年。「一條鞭法」雖推行於嘉靖
初年，但「嘉靖間數行數止，至萬曆九年，乃行之」（同上），且僅限於小部分地區（嘉
靖十年開始施行，嘉靖十六年行於蘇、松兩府，四十四年行於浙江），並未在全國普遍推廣開來，
也未在《金瓶梅》故事發生地——山東臨清一帶推廣開來。換言之，臨清一帶在萬曆九
年前尚未施行「一條鞭法」，即《金瓶梅》中所描寫的吳大舅管理屯田所收賦稅為白銀、
韓道國可以將力差轉為銀差的故事並非發生於萬曆九年前，而是發生於全國施行「一條
鞭法」的萬曆九年之後。

---

[6] 張廷玉《明史》卷七十八，〈志〉第五十四，「食貨二」，「賦役」，清乾隆武英殿刻本。

　　既然《金瓶梅》中描寫了力差可轉為銀差，所收屯田賦稅「皆計畝徵銀」，說明《金瓶梅》所描寫的這兩件事發生在全國通行「一條鞭法」的萬曆九年之後，即《金瓶梅》成書的時間上限為萬曆九年。屠本畯在《山林經濟籍》一書中記載：「其人沉冤，托之《金瓶梅》。王大司寇鳳洲先生家藏全書。今已失散。」王世貞收藏《金瓶梅》當為他健在之時，而王世貞於萬曆十八年去世，故知，此書成書時間最晚當為萬曆十八年，即《金瓶梅》成書的年代為萬曆九年至萬曆十八年間。

伍、作者研究

清河縣地理位置考

　　山東省有史以來並無清河縣，《金瓶梅詞話》（以下簡稱《詞話》）的作者，卻偏偏將清河縣安置在山東省東平府轄區內，為後世研究者擺了個大謎陣。不過，一方面由於小說文本對清河縣內主要地名及其周圍相鄰地區的地理位置描述清楚，方位里程的表述大多確當，具備可考的條件；另一方面，隨着「金學」研究的日趨深入，人們愈來愈意識到弄清清河縣所在的真正區域，對於進一步探明《詞話》的作者和全面正確地解讀作品至關重要。於是，問津者紛沓而至。遂有「北清河」（河北省邢台地區清河縣）說，「南清河」（今江蘇省清江市）說，「臨清」（今山東省臨清市）說等觀點出現。對於已知諸說，筆者經細心考察核對，認為均非作者實際描寫的清河縣。故願在此粗陳己見，以就教於大家。

一、書中描寫的清河縣既不是南清河，也非臨清州

　　1、《詞話》描寫的清河縣縣城距運河有十餘里旱路，由運河穿繞而過的臨清城、南清河縣城均不具備此條件。小說第 35 回，有一段寫夏提刑相邀西門慶迎接自河道而來的山東巡按御史曾孝序的文字：

> 夏提刑道：「昨日所言接大巡的事，今日學生差人打聽，姓曾，乙未進士，牌已行到東昌地方。他列位們都明日起身遠接。你我雖是武官，係領敕衙門，提點刑獄，比軍衛有司不同。咱後日起身，離城十里尋個去所，預備一頓飯，那裏接見罷。」西門慶道：「長官所言甚妙，也不消長官費心，學生這裏差人尋個庵觀寺院，或是人家莊園亦好。教個廚役早去整理。」

由上述可知，西門慶迎接上司走的是有寺院莊園的旱路，路程十里，比府縣文官晚接一日。早接一日的所行路程定在十里之外。第 49 回，西門慶迎請宋巡按的情節，行程寫得更明白：

> 西門慶與夏提刑出郊五十里迎接，到新河口，地名百家村。先到蔡御史舡上拜見了，備言邀請宋公之事。

這裏作者向我們提供了自清河縣城至新河口陸路距離為五十里的確切數字。後文寫西門慶先後送蔡九知府、侯巡撫到新河口，都是清早騎馬出門，傍晚才回家，騎馬行一天的路當不少於五十里，便可作為這一里程數的旁證（分別見第 75、76 回）。書中描寫的清河縣若是臨清城與南清河城，來往的船可撐入城內或城邊，何必先行兩日，中途備飯遠接呢？

2、持「臨清」與「南清河」說者用來論證的幾個重要地理名稱的位置多不可靠。

(1)新河口

王螢與周維衍兩先生在各自的文章中，都提到了「新河口」。周先生還把它作為判定《詞話》成書年代的依據，足見其在文中的重要性。然而，兩位先生忽視了一個重要事實：明代在自北清河至南清河的運河兩岸，並無「新河口」的地名。《詞話》刻本問世之前，這段運河曾先後開挖了 6 條新河，可稱作「新河口」的，至少有 12 處，何以證實某處就是小說中寫的新河口呢？

(2)獅子街

王螢先生根據臨清有獅子橋，便推論出：「由此橋而命名附近的街為『獅子街』，實指今存大寧寺街。」小說中僅有「獅子街西首石橋」的文字，並未言獅子街西首有獅子橋，何以證明石橋就是獅子橋？即使有獅子橋的街也不一定就命名為獅子街呀，石橋——獅子橋——獅子街的推論帶有很大的主觀臆測性，難以令人信服。

(3)磚廠

王螢先生提到「臨清城內有磚廠兩處，可能均為小說所言『磚廠劉公公』所管轄。」小說所寫劉公公管轄的磚廠在城南 30 里處，並不在城內，若城內有磚廠，那麼管磚廠的劉公公、黃主事與安枕等宴請西門慶，又何必跑到 30 里外的城郊去呢？

3、誤以《詞話》從他書拿來的情節中的地理名稱作依據，來論證《詞話》中的清河縣地理位置，得出與實際不符的結論。

周維衍先生以《詞話》第 47 回揚州苗員外在徐州洪被船上賊人打落水中，其死屍只能順流漂到南清河縣，而不會逆流漂上北清河縣為理由，斷言《詞話》中所寫的清河縣就是江蘇境內的南清河。這個證據看起來很有力，似乎無懈可擊。連對此文質疑的張家

英先生也不得不承認「這種分析是有道理的」。問題在於他們都未注意到：《詞話》中的這段文字來自《百家公案傳》中的「港口漁翁」故事。原故事中的清河就是南清河。該故事講蔣天秀（《詞話》改名苗天秀）帶家人前往東京。「行了數日旱程」，來到「一派水光」的「河口」。揚州距南清河 300 多里路，按路程推算，這個河口應是南清河西南淮河與黃河匯口處。書中又道：「是日，包公因往濠州賑濟，事畢轉東京，經清河縣過。」濠州距南清河不遠，一在洪澤湖西南，一在洪澤湖東北。由濠州向東南轉至開封路徑的清河縣，只能是江蘇的清河，絕非河北的清河。《詞話》作者將這段故事拿來時，無意將原故事發生的地點殘留在自己的小說中了。同時，又為了使它與自己書中的人物情節與地理方位掛起鉤來，有意將「董家人將財務回往蘇州去了」一句，改為「這苗青另搭了船隻，載至臨清碼頭上，鈔關上過了，裝到清河縣城外官店內卸下。」將辦案人包公改為西門慶。於是在這回文字中，出現了南北兩個清河縣混為一談的現象。這完全是作者借用他書故事未曾消化的結果。周先生的論證可能沒有顧及這一點。

王螢先生也列舉了《詞話》第 94 回出現清河、臨清混為一處的現象，進而確定「作者真正描寫的實為臨清州」。清河、臨清混為一處的現象在 94 回後還有。如第 98 回。寫陳經濟早晨動身由清河來到臨清酒樓，「看着做了回買賣」，與韓道國夫婦吃了會兒茶，「敘些舊時已往的話」，又與韓愛姐枕上風月了一番，還不到中午。七十里，一天的路程，似乎舉足便到了。眾所周知，這一回情節是借用了《古今小說》中〈新橋市韓五賣春情〉的故事。該故事發生在南宋時的臨安府，主人公是一個開絲棉鋪的吳員外的公子吳安。他家距鋪子很近，故事就發生在這個鋪子裏。顯然《詞話》作者將其變為陳經濟與韓愛姐故事時，又把清河守備府與臨清酒樓當作吳安家與吳安鋪子了。其他如清河、臨清混為一處的現象，是否與借用他書情節有關，恐怕也很難說。

4、論者沒顧及《詞話》實際描寫的幾個大的地名方位。

(1)《詞話》中的東京實指明代京城──北京。《詞話》凡敘述來往於清河──京城的人物事件有兩類。一類是西門慶與家人或京城官府幹辦者的來往事件，共計 15 次；一類是京城官府來山東或地方官入京，共 6 次。前一類地理顯示皆含混其詞，難以判斷行程路線和京師位置。僅有一次寫西門慶進京前到懷慶府會林千戶，表明東京為開封。然而，所寫行程路線不大合情理。後一類敘述則顯示出較明確的地理方位，足以說明書中的京師指北京。關於這一點，閻增山先生在〈《金瓶梅詞話》地理考〉一文中，論述甚詳，此不復贅述。而周先生所以持「南清河說」，恐與其誤以京師為開封的地理概念不無關係。

(2)《詞話》描寫的清河處於東昌府、濟南府、泰安府、兗州府、濟寧府構成的三面相環的馬蹄形區域中，遠在江蘇的「南清河」與魯西北這一區域，可謂風馬牛不相及。

(3)小說第 100 回寫韓愛姐自清河南下浙江湖州，尋找父母。行至徐州府，巧遇叔父韓搗鬼。徐州在南清河之北，湖州在南清河之南，若《詞話》中的清河縣為南清河，前往浙江尋找父母的韓愛姐，怎會北上徐州呢？

以上分析若能成立，足以說明《詞話》中的清河縣既不是臨清，也不是南清河。

二、《詞話》寫了兩個清河縣

前 80 回為大清河上游流經的山東東平縣，後 20 回為清河（清涼江）流經的河北清河縣。

《詞話》作者為我們判定清河縣的地理位置，提供了兩個地理方位參照座標：東昌府與臨清州。凡從京城來山東的官吏都乘船，沿運河南下，過東昌府。而後，東平府與駐清河縣的官吏西北行到新河口迎接。由此可知，清河縣位於東昌府南，在東平府附近。凡自南方販貨北上的船隻過東昌府後，到臨清鈔關納稅，再轉陸路向西北約行一日到清河。可見，這個清河縣是位於臨清西北的直隸廣平府清河縣。這樣，書中便出現了兩個清河，一在今河北，一在今山東，兩縣南北相距三百多里。

值得注意的是「臨清鈔關」之名在第 47 回苗青殺主後才出現。前 46 回所展示的清河縣的地理方位有如下特點：其一隸屬山東省東平府，且與東平府駐地相距不遠，往返約有半日路程（詳見下文）。其二，與陽穀縣「近在尺咫」，為鄰縣。其三，鄆王府、守備府也在那一帶。在第 47-80 回的 34 回篇幅中，臨清州雖出現過 4 次，但地理顯示較模糊。隨着西門慶與京官和地方官的頻繁交往，前 46 回所規定的清河縣地理位置的特徵在這幾回書中表現得愈來愈清楚了。縣城周圍的地理環境也愈加具體明朗，如新河口、永福寺、玉皇廟、磚廠、西門氏祖墳等。自清河縣縣城至京城、東昌府、袞州府、濟寧府的行程距離並不能敘述得很準確。人物活動的地理中心主要仍是東平府附近的清河縣。

然而到 80 回以後的 20 回文字中，東昌府、東平府消失了，陽穀縣、鄆王府也隱於幕後了。位於東昌府南 100 多里處的新河口也突然飛到了東昌府北 100 多里外的臨清，處於清河縣縣城之西運河之東岸作為迎送客人滯留所的永福寺，也越位到城南西門慶祖墳旁。相反，臨清的地理環境描述得具體、細密多了。出現了「廣濟橋」「宴公廟」「謝家酒樓」等。清河至臨清的路線、里程寫得很真切，從而愈加使人深信清河縣為直隸廣平府清河縣。由於小說的主人公由西門慶變為陳經濟，人物活動的地理背景也由清河縣漸漸東移至臨清，並不時地出現臨清、清河混為一處的現象。總之，最後 20 回故事發生地由山東東平縣移至河北清河和山東臨清。

三、作者原來構思的故事發生地是今山東省東平縣

東平府在東平縣（清河縣）西北的故須昌城。府、縣相距十五里。

1、清河縣位於運河東岸。

《詞話》第 48 回，寫陽穀縣縣丞狄斯彬奉東平府府尹之命，查訪苗天秀屍體下落：

> 不想這狄斯彬縣丞率領一行人，巡訪到清河縣城西河邊，正行之際，忽見馬頭前起一陣旋風，團團不散，只隨着狄公馬走。

再看該文所借鑒的原〈港口漁翁〉中的故事：

> （包公）正行之際，忽馬前一陣旋風，起處哀叱不已。包公疑怪，即差張龍隨此風下落。張龍領命，隨旋風而來，至岸邊乃息，張龍回復包公，遂留止清河縣。

將兩文對查，明顯看出「巡訪到清河縣城西邊」一句，原故事中沒有，是《詞話》作者添加上去的。這恰好透露出作者所寫清河縣的位置真相，「河」即運河，運河在清河縣城西邊，清河城自然位於運河東岸了。

2、「新河口」就是袁家口至沙灣一段新河在沙灣與舊河相接處的「新河頭」；「新河口閘」就是位於沙灣的「新河頭單閘」。

「新河口」猶似運河上的港口，來清河的船隻多在這裏靠岸、起程，因此，「新河口」的位置確定了，清河縣的位置也就隨之找到了。然而，在明代南北清河之間的運河上，並無「新河口」的地名，它只能是某段新開運河的一個重要河口。查明代有關運河史料，知自明永樂九年開挖元代會通河至今日見到的《詞話》刻本問世的萬曆四十五年，在北清河至南清河的運河上，曾先後開挖了 6 條新河（不包括水渠和運河之外的新河，如武城縣護城新河、平陰縣西十里的新開河等）。這 6 條新河是：

(1) 永樂九年，工部尚書宋禮負責開挖的一條自汶上縣袁家口至壽張縣沙灣，長達 60 里的新河。這條新河由元代會通河向北徙了近 20 里。

(2) 嘉慶七年正月，總河都御史盛應期建議，30 年後，督理河漕尚書朱衡負責鑿成的自南陽閘至留城長達 140 里的新河。新河改道昭陽湖東，由舊河向東遷移了 30 里。

(3) 「韓莊新河」。隆慶三年，由總河翁大立提出，到萬曆二十二年總河舒應龍挖成。此河在韓莊性義嶺南開河道，引湖水由彭河注入迦河，長 40 餘里。

(4) 「迦河新河」。萬曆三十二年，由總河李化龍負責開鑿，自沛縣夏鎮李家口引水會澎河，經韓莊湖口，再會迦、沂諸水，出邳州直河口，長達 260 餘里。

(5) 「三里溝新河」。嘉靖末年，於清江浦南三里溝開新河，設通濟閘，使運河與

淮河通。萬曆六年重治，到萬曆十年在總河凌雲翼手中完成。

(6) 「永濟新河」。萬曆十年，督漕尚書凌雲翼主持開鑿的位於浦江浦西，自城南窯灣至通濟閘出口長達 45 里的新河。

沙灣以北至臨清為元代會通河舊河道，臨清以北（包括流經清河縣段）是宋代舊河道，皆無新河。

以上 6 條新河，何處是書中所寫的「新河口」呢？這要看《詞話》的描寫的「新河口」位置與上述資料中哪條新河的河口接近。小說對新河口位置的顯示，以第 49 回迎請宋巡按最為具體：

> 一日來保打聽得他與巡按宋御史舡，一同京中起身，都行至東昌府地方，使人先來家通報。這裏西門慶就會夏提刑起身，知府州縣及各衛有司官員，又早預備祗應人馬，鐵桶相似。來保從東昌府舡上，就先見了蔡御史，送了下程。然後西門慶與夏提刑出郊五十里迎接，到新河口，地名百家村，先到蔡御史舡上拜見了，備言邀請宋公之事。

巡按御史宋喬年來山東上任，任所在濟南府（見《明史·地理志》），自東昌府沿運河，船行百里至壽張縣沙灣，再沿河向東北行，入大清河至濟南府。此回文中寫道：「後來宋御史往濟南去，河道中又與蔡御史會在那舡上。」說明我們對其上任路線的分析是正確的，因西門慶與東平府官員的迎請，蔡御史幫腔，宋巡按方自沙灣來到東平府察院。從行程的時間推算，小說的敘述與我們的分析也是吻合的。東昌府至東平府清河縣（今東平縣）150 里，報信人騎快馬需一天時間，西門慶與眾官員得信後，再從清河縣出發到沙灣，50 里路程，眾人騎馬行走也需半日。這樣自東昌至清河，再從清河至沙灣，共需一天半時間。東昌府至沙灣走水路，也需一天半時間。恰好可在沙灣相遇。由此可知，迎請宋御史的「新河口」當在沙灣一帶。而沙灣恰是明永樂九年，宋禮負責開挖的袁家口至沙灣一段新河與舊河相接的新河口。宋巡按到濟南任所上任，至此要轉彎沿鹽河東北行，這裏的地理位置也十分重要，它是運河與鹽河的交匯點，東西南北水道的樞紐，也是引黃河水入注運河的入水口。

那麼，這裏有無「新河口」地名呢？這是確定位置的關鍵。原來，沙灣有沙灣河，沙灣河東岸有「舊金線閘」。「明正統三年，移於沙灣河東岸。」與舊金線閘相對的是「新河頭單閘」。「洪仁橋單閘、新河頭單閘，俱在運河東岸，與舊金線閘相對」。值得注意的是「新河頭」與「新河口」不僅位置相同（都在沙灣），字義也相近（都有開始之義），甚至連讀音也同韻相似。這恐怕不全是巧合吧？很可能「新河口」就是「新河頭」；「新河口閘」就是「新河頭單閘」。

更為有趣的是，沙灣距東平州（實為清河縣，見下文）的直線距離恰好 50 里。東平州至戴家廟閘 35 里；戴家廟至其北面的的張秋鎮 30 里；而沙灣位於張秋鎮與戴家廟閘之間，在張秋鎮南 12 里，戴家廟閘北 18 里處。如果沙灣一帶範圍的直徑有 3 里的話，那麼，沙灣南端到東平州的距離恰好是 50 里。又根據《詞話》中描寫的「新河口」至清河縣的路程為 50 里，便可斷定，位於沙灣的「新河頭單閘」就是《詞話》中提到的「新河口閘」，俗稱「新河口」（見《詞話》第 72 回）；位於沙灣的「新河頭」就是小說中的「新河口」；「新河口」東南 50 里處的清河縣就是「新河頭」東南 50 里處的東平州。

3、「鄆王府」在東平州西北十五里處的故須昌舊城一帶。

《詞話》多次出現「鄆王府」。第 30 回：「（蔡太師）又取過一張劄付來，把來保名字填寫山東鄆王府，做了一名校尉。」第 33 回：「（韓道國）是破落戶韓光頭的兒子，如今跌落下來，替了大爺差使，亦在鄆王府做校尉。」第 67 回，韓道國向西門慶說：「小人身從鄆王府，要正身上直，不納官錢，如何處置？」西門慶央任後溪到鄆王府說情。西門慶家的男僕在鄆王府當差，一僕二主，足見鄆王府距清河縣不遠。

「鄆」即鄆州，隸屬山東，故蔡京稱「山東鄆王府」（實為明代政區稱謂）。鄆州係隋開皇十年設置。起初州治在萬安，後來遷移到東平，治所在須昌（見《東平州志》）。所以《東平州志·歷代封號志》載，有唐宋金三代被封為鄆王的 7 人姓名：唐代李溫、李煒，宋代趙楷、趙元份，金代完顏昂、完顏環、完顏琮。後附有「歷代鄆王小傳」。據上述鄆王府與鄆州治的密切關係推測，鄆王府的位置在鄆州州治須昌附近。《東平州志·河患》為我們的推論提供了有力的佐證。「太宗太平興國七年（西元 982 年），河決，大漲齧清河，凌鄆王城，幾陷。」可見，鄆州有鄆王城。且在大清河東岸，而當時的鄆州州治須昌城也在大清河東岸。又據《東平州志》：「真宗咸平三年（西元 1000 年），河決，鄆州王陵埽，……三月十一日，翰林待詔朱度，奉宣詔旨，州守姚鉉奉旨，修建州城於汶陽鄉之高原，即今城也。」《方輿紀要》載：「徙州治於東南十五里汶陽鄉之高原。」《宋史》：「真宗咸平三年五月，河決，鄆州王陵埽，浮鉅野，入淮泗，水勢悍激，侵迫州城。……請徙於東南十五里陽鄉之高原，詔可。」[1]由於大河決口，州城被水困，王陵埽，所以奉旨遷城，足見鄆王的王陵就在州治所在的須昌城邊上。鄆王城也定距鄆王墳不遠。後鄆州城由須昌向東南遷移了 15 里（即後來的東平府、東平州、今東平縣治所），那麼鄆王城在東平州西北也不會太遠。

這個考證結果與《詞話》對西門慶與鄆王府交往所描述的地理情形是一致的（詳見下文）。鑒於北清河、臨清州、南清河縣沒有也不會有鄆王府、鄆王城，因此，可斷定與

1　元·脫脫《宋史》卷九十一〈河渠志〉第四十四，「河渠一·黃河上」。

鄆王府、鄆王城相鄰的東平府清河縣只能是大清河上游流經的今東平縣。

4、《詞話》中的清河縣就是今山東省東平縣，小說中的東平府位於東平縣西北的故須昌城，府、縣相距 15 里。

關於清河縣與東平府兩地的位置，《詞話》為我們提供了兩點重要資訊。其一，府縣不在一處，兩地相距約十多里路程。第 47 回，王六兒在獅子街巧遇玳安。文中道：「到十七日日西時分，只見玳安夾着氈包，騎着頭口，從街心裏來。王六兒在門首叫下來問道：『你往東平府送禮去了？』玳安道：『我跟爹走了個遠差，往東平府送禮去來。』」既稱「遠差」，又「日西時分」方回來，足見府、縣不在一處了。至於兩地路程到底有多少？小說第 34 回交待的更清楚：

> 到次日，廚役早來，收拾備辦酒席。西門慶先到衙門中拜牌，大發放。……來家，有喬大戶使了孔嫂，引了喬五太太那裏家人，送禮來了。一壇南酒，四樣希品。西門慶收了，管待家人酒飯。孔嫂兒進月娘房裏坐地，吳舜臣媳婦兒鄭三姐轎子先來了，拜了月娘眾人，便陪着孔嫂兒吃茶。正值李智、黃四關了一千兩香蠟銀子，賁四從東平府押了來家。

西門慶一早到衙門辦了些公事，來家已是吃早飯的時候，故管待送禮客人吃飯。坐轎來赴午席的堂客鄭三姐已在家吃過早飯，拜了月娘眾人後，又陪孔嫂吃了會兒茶，顯然時間已是早飯後了。即賁四一大早從東平府押着銀子趕到西門慶家，已是在早飯之後了。從清晨到吃完早飯其間約有兩個小時，當時是正月間，天短。小說第 84 回寫吳月娘到泰山進香，「天寒日短，一日行兩程，六、七十里之地。」一日以 8 小時計，一小時約行八、九里路，早晨兩個小時約走十六、七里路，即東平府到清河縣約有兩個小時，十六、七里路程。

其二，東平府位於清河縣東北，清河縣在東平府東南。凡自京城（北京）來的官員，在新河口下船，必須過東平府，而後到清河縣。迎請宋巡按，便是先入東平府察院，住一夜，第二日坐轎到清河。書中寫道：「當時哄動了東平府，抬起了清河縣」（見第 49 回）；迎請六黃太尉又是「人馬過東平府，進清河縣」。由此可知，接回京官的路線自西北向東南依次為：新河口——東平府——清河縣。足見清河縣在東平府東南。凡自南而來清河、東平府的官吏，又必是先到清河縣，而後去東平府。《詞話》第 51 回，寫工部主事安枕督運皇木，由荊州北上京城覆命，路經山東省東平府。安枕先到清河縣城南 30 里處的磚廠，拜見黃主事，而後與黃主事一同北上，拜謁東平府的府尹，因路經清河縣而順路拜訪西門慶。其由南及北的行走路線是：磚廠——清河縣城——東平府。這再一次證明，東平府位於清河縣之西北。有趣的是，《詞話》提供的這兩條資訊所規定的

東平府、清河縣的地理位置與歷史上的須昌城與東平州的位置完全吻合。

《大清一統志》：須昌故城「在東平州西北。本春秋須句國地，……漢初改曰須昌……後唐改曰須城。宋咸平三年徙州治於東南汶陽鄉之高原，即今治也。」《方輿紀要》：「徙州治於東南十五里汶陽鄉之高原是也，金元明因之。」《東平州志》：「舊城陷沒在今州西北十五里，今為埠子坡，舊跡有存。」以上材料說明，今日東平縣城是宋咸平三年由西北舊須昌城遷來的，舊須昌城在今東平縣城西北 15 里，今東平縣城位於舊須昌城東南 15 里，與《詞話》的地理位置描述對查，便發現小說中東平府的位置是在故須昌城。而小說中的清河縣就是須昌城東南 15 里的今東平縣。

也許有人會說，到作者寫小說的明嘉靖、萬曆初年，故須昌城已是斷壁頹垣，作者不可能再將其寫入自己的小說。眾所周知《詞話》作者不僅對魯西北一帶特別是東平州的地理沿革頗為熟悉，同時對宋史也極精熟，不少宋史中官吏的籍貫、性格可隨手寫出。須昌城因水患遷徙之事，他不會不知道。更何況《詞話》正是假宋寫明呢！故而作者將宋代的須昌城寫入小說也是自然而然的事。

所不同的是宋、明兩代鄆州、東平府的治所雖一度在須昌，但大多時間為今東平縣城，而作者卻將其改在須昌。作者所以這樣處理，我想除因須昌曾是國郡、郡府、鄆州州治外，主要是為了便於展開複雜的故事情節而有意安排的。因為明代作者對幾百年前須昌故城的瞭解，畢竟不像對東平城那麼熟悉那麼有生活實感，故將全書人物故事活動中心安置在他十分熟悉的東平城，而須昌城內的街市房屋佈置則寫得很模糊。

那麼，作者因何將東平縣稱為清河縣呢？可能有兩個原因。其一，《宋史·地理志》在「東平縣」下有小注：「宣和二年復置，政和三年罷。」注者將這兩句的位置弄倒了。正確寫法應是：政和三年罷，宣和二年復置。即自政和三年到宣和二年的十年間，東平縣名是不存在的。作為作者構思的故事的活動區域既然沒有名稱（已廢置），作者為之起個名字寫在小說裏，自在情理之中。其二，古人為郡、府、州、縣命名，除依據姓氏、歷史典故、物產等外，山川名也是命名的重要依據。即以山川命名某府某縣已是傳統的習慣做法。河北省清河縣，所以用「清河」命名，就是「因境內有清河（清涼江）而得」（《清河縣地名資料彙編》）。「臨清」則是因以臨近清河而得名。稱東平縣為清河也是此道理。那是因大清河上游南北縱貫山東省東平縣全境，且從縣城環繞而過的緣故。作者很可能依此命名該縣為清河縣，並寫入自己的小說。這樣既有根據，合情合理，又施放一下迷霧，巧作偽裝。不過他畢竟為後人留下了蛛絲馬跡。這個清河縣在運河東岸，與陽穀縣為鄰縣，距「新河口」陸路 50 里，大清河流經，鄆王府所在地，宋代歸山東東平府管轄，故稱之為「山東東平府清河縣」。至此，山東清河縣的謎底已經揭開。

以上，筆者考定《詞話》作者原來構思的故事發生地為今山東省東平縣，但並不等

於《詞話》沒寫今河北省清河縣。小說第 47-80 回,也寫了河北清河,那不過是作者慣用的掩飾筆法,像遮掩作者的真實姓名一樣,故意遮掩所寫的真實地名。像混雜宋、明兩代地名一樣,有意混淆清河縣名。在小說的後 20 回,作者將故事發生地轉移到北清河與臨清了。

王世貞與《金瓶梅》的著作權

　　對《金瓶梅》作者的探討已沉寂一段時間了，這種沉寂還會繼續下去，這是因為，探索者大多有求新厭舊的心理，像尋找新大陸一樣，總想給世人一個驚喜，仿佛唯如此方有價值。況且明清流傳了四百年的舊說已被吳晗等權威否定掉了，不值得再去費心思「翻案」，即使翻過案來也不過還是四百年前的舊說，算不上創新。然而《金瓶梅》的作者只有一個（我是主張個人創作說的），考證《金瓶梅》的作者，就像尋找遺失的孩子，不在求新，因為求出的「新」愈多，離事實愈遠。況且，在那樣一個普遍藐視小說，畏「淫書」如虎的時代，不但作者不肯承認自己寫《金瓶梅》，知情者也不肯出賣朋友，說某某人寫了此淫書。既然當事人不肯說明，就不可能找到，如果仍以求新厭舊的心理抱着找鐵證的願望尋下去，恐怕終無結果。無結果，必然還要沉寂下去，沉寂多長時間，真難說。

　　那麼《金瓶梅》的作者是誰，是否已是一個永無答案的死結？我以為《金瓶梅》作者的答案就在明人的舊說中。《金瓶梅》產生時代的明人筆記並非全是揣測之詞，事實上已有知情者委婉地指出這部奇書的作者；吳晗等人的文章未能剝奪王世貞的著作權；新時期所尋找到的作者人選，無一能取代王世貞的地位；我們對這位大家的研究還很不夠，二十一世紀《金瓶梅》研究應從王世貞研究作為新的突破口和起點。

一、《金瓶梅》手抄本源自王世貞家

　　愚以為《金瓶梅》的作者是王世貞，至少可以說在到目前為止所尋找出來的三十多位《金瓶梅》作者候選人中，王世貞的可能性最大。

　　所以說王世貞的可能性最大，首先是目前所知的明人手抄本源於王世貞家，而其他《金瓶梅》作者的候選人不具備這一條件。見於明人筆記所載的《金瓶梅》手抄本有十二種，它們之間的關係已有多人論及過，限於篇幅，這裏僅就擁有手抄全本者的傳抄關係做一分析，便知其源流之脈。

　　王世貞的《四部稿》和《續稿》不列小說戲曲，「四部」中雖有「說部」，卻是論說之「說」，而非小說之「說」。故而《鳴鳳記》《豔異篇》都不能進他的文集，這的

確為我們的研究帶來了很大困難。雖然如此，在書稿之外的生活世界中，總有王世貞與《金瓶梅》的消息，譬如，《金瓶梅》首先是以手抄本形式在社會上流傳開來的，且並不易得到，文人們多是努力打聽，憑着交際網，慢慢地抄到回目越來越多的金瓶梅，並且還寫在相互打聽的書信和筆記裏，為我們今天了解手抄本流傳的情況提供了依據。

《金瓶梅》的手抄本根據謄抄回目的多少而分為三種：兩帙本、數帙本、全本。為了敘述的方便，我們也分別一一尋蹤追蹤，理一下流傳的過程和線路。

手抄本僅得到兩帙者：王肯堂、董其昌、袁中郎、王穉登。

還是先從最早傳遞出《金瓶梅》問世消息的袁宏道說起。他在寫給董其昌（思白）的信中說到《金瓶梅》：

> 一月前，石簣見過，劇譚五日已。乃放舟五湖，觀七十二峰絕勝處，遊竟，復返衙齋。摩霄極地，無所不談。病魔為之少卻，獨恨坐無思白兄耳。《金瓶梅》從何得來？伏枕略觀，雲霞滿紙，勝於枚生〈七發〉多矣。後段在何處？抄竟當於何處倒換？幸一得示。[1]

此信寫於萬曆二十四年丙申，當時袁中郎任吳縣縣令，恰在病中。他所讀到的《金瓶梅》，來自董思白，只是前段，伏枕略觀，喜不自禁。盼得到後段。從他信中的語氣，可知他對此新奇之書知之甚少。

那麼，董其昌手中的抄本又來自何處？據劉輝先生推考，來自王肯堂。

關於王肯堂有《金瓶梅》抄本的記載，見於屠本畯的《山林經濟籍》：

> 屠本畯曰：「不審古今名飲者，曾見石公所稱『逸典』否？按：《金瓶梅》流傳海內甚少，書帙與《水滸傳》相埒。相傳嘉靖時，有人為陸都督炳誣奏，朝廷籍其家。其人沉冤，托之《金瓶梅》。王大司寇鳳洲先生家藏全書，今已失散。往年，予過金壇，王太史宇泰出此，云以重貲購抄本二帙。予讀之，語句宛似羅貫中筆。」[2]

屠本畯的這段話寫於萬曆三十五年。在此前一年，即萬曆三十四年，袁宏道（號石公）寫有一篇〈觴政〉，即酒令，稱《水滸傳》《金瓶梅》等為「逸典」，「不熟此典者，保面甕腸，非飲徒也」。石公一語，大大提高了《金瓶梅》的知名度。知者無不欲借一覽。

1　袁宏道《袁中郎全集》卷二十一《尺牘》，〈董思白〉。明崇禎刊本。
2　屠本畯《山林經濟籍》，《觴政》十，〈典故〉，轉引自朱一玄編《金瓶梅資料彙編》，天津：南開大學出版社，1985 年，頁 87。

他從王肯堂那裏見到的《金瓶梅》，也僅二峽。此後謝肇淛借得袁中郎手中的前段，稱「得之十三（十分之三）」，《金瓶梅》付梓時為十冊，二十卷。十分之三約為三冊六卷。

王肯堂自言是用重貲購得，那他是何時購得此書呢？這要從屠本畯見到此書的時間說起。屠本畯住在金壇的時間為萬曆二十年。萬曆十七年，他中進士，任京官。三年後（萬曆二十年）引疾，返回故里金壇。此時，與王肯堂相識的屠本畯，出任兩淮鹽運司，其任所恰在與金壇隔江相望的揚州。他路過金壇時，去拜望老朋友。由此可知，早在萬曆二十年前，王肯堂已購得半部《金瓶梅》。

那麼，董其昌手中的《金瓶梅》怎見得來自王肯堂呢？劉輝先生指證二人關係極為密切。他二人係同年進士，同進翰林院，且有相同興趣，一位是明代著名的書畫家，一位是有名的收藏家。董曾多次到王家尋「寶」，二人過往甚密。劉輝先生推測，董很可能正是在三年翰林院期間，從王肯堂那裏見到那個手抄本，並借錄過來的。這樣，王肯堂購買《金瓶梅》的時間又向前推了三年，即為萬曆十七年。

然而，既然是重貲購得，從何處購得？便難尋根底了。《金瓶梅》手抄本的來源至此斷了線。

屠本畯後來又找到兩峽抄本，恨不得睹其全。這個抄本來自何處？來自王徵君（王百穀）家。「復從王徵君百穀家又見抄本二峽，恨不得睹其全」（屠本畯《山林經濟籍》）。王百穀即王穉登，祖籍山西，生於江蘇武進，後移居於吳門。工詩，有詩名，且長於交遊。因與王世貞同郡，關係甚好。

袁宏道索取手抄本的後半段，卻一直未果。大約到萬曆二十六七年間，他手中的《金瓶梅》還是那兩峽。他的弟弟袁中道在《遊居柿錄》中的記載可以證明這一情況。

> 往晤董太史思白，共說諸小說之佳者。思白曰：「近有一小說，名《金瓶梅》，極佳。予私識之。後從中郎真州，見此書之半。」[3]

真州即今江蘇儀征縣，袁宏道於萬曆二十六年至二十七年在此閒居。足見他借得董其昌前段《金瓶梅》兩三年後，仍未索到那後半段。足見王肯堂也未得到後半部。

到萬曆三十四年之前，袁中郎又將此段書借於謝肇淛抄錄。因謝久不還，便寫信索討：「《金瓶梅》料已成誦，何久不見還也？」[4]十年後，謝肇淛在〈金瓶梅跋〉中談及他借抄《金瓶梅》的經過：「余於袁中郎得其十三，於丘諸城得其十五，稍為釐正，

3　袁中道《珂雪齋集》外集卷九，《遊居柿錄》。明萬曆四十六年刻本。
4　袁宏道《袁中郎全集》卷二十四《尺牘》，〈與謝在杭〉。明崇禎刊本。

而闕所未備。」[5]足見袁中郎手中僅有那兩帙。由此而知，王肯堂、董其昌、袁宏道手中的二帙，同為前段內容。而王穉登的十分之五則為後段內容。若不然，謝肇淛就不會得到十之八。

擁有全本手抄本《金瓶梅》者：王世貞、徐文貞（階）、劉承禧、袁小修、沈德符。

明代有兩人直言王世貞家有全本《金瓶梅》。一是屠本畯，一是謝肇淛。屠本畯《山林經濟籍》：「王大司寇鳳洲先生家藏全書，今已失散。」[6]謝肇淛〈金瓶梅跋〉：「此書向無鏤版，鈔寫流傳，參差散失，唯弇州家藏者最為完好。」[7]謝出生晚，王世貞死後兩年，他才中進士，與王世貞過從密切的可能性不大。屠本畯與王世貞關係甚密切，他的話更可信。兩人的說法透露一個重要資訊，王世貞家的手抄本，他們可能親眼見到過，或者他們熟悉的人親眼見到過。

其他擁有《金瓶梅》手抄全本的記載見於沈德符的《萬曆野獲編》：

> 袁中郎《觴政》以《金瓶梅》配《水滸傳》為外典，予恨未得見。丙午，遇中郎京邸，問曾有全帙否？曰：「第睹數卷，甚奇快。今唯麻城劉涎白承禧家有全本，蓋從其妻家徐文貞錄得者。」又三年，小修上公車，已攜有其書，因與借抄挈歸。[8]

這段話講得很明白，劉承禧家的全本是從他的岳父徐階（內閣首輔）家抄來的。三年後袁中道（字小修）入京，已將全本《金瓶梅》帶入京師，沈德符遂從袁中道手中抄得全書。

那麼，袁小修的全本來自何處？人們自然會想到劉承禧，因當時有全本的似乎就他一家了。對此王利器先生有簡短而有力的考證。這位劉承禧是位武進士，官錦衣衛指揮，當時著名的收藏家。臧晉叔《元曲選》中的二百部戲曲就是由他提供的。說袁小修的《金瓶梅》抄本來自於劉承禧的一個重要證據就是，萬曆三十七年，袁小修在《遊居柿錄》中記載了這樣一件事：「偶與李西卿舟中晤劉延伯，出周昉《楊妃出浴圖》。妃起立，披薄縠，如微雪罩膚，甚銷人魂，獨足稍大。不知縛足已始於漢宮矣，雜事秘辛可考也。」[9]由此足見袁、劉二人往來甚密。小修有《金瓶梅》全書，必當從劉家抄來無疑。

當時除了王世貞、徐階、劉承禧有全本《金瓶梅》手抄本外，文在茲、屠本畯、謝肇淛三人手中握有多半部《金瓶梅》。

薛岡《天爵堂筆餘》載：「往在都門，友人關西文吉士以抄本不全《金瓶梅》見示。」

5　謝肇淛〈金瓶梅跋〉，見朱一玄編《金瓶梅資料彙編》，天津：南開大學出版社，1985年，頁190。
6　同註2。
7　同註5。
8　沈德符《萬曆野獲編》卷二十五〈詞曲〉，「金瓶梅」。清道光七年姚樂刻同治八年補修本。
9　同註3。

（《天爵堂筆餘》卷二，明崇禎間刻本）對文吉士是誰？有兩種說法，一是文在茲，一是文在茲的侄子文鳳翔。黃霖先生考訂為文在茲，我也贊同。薛岡說，文在茲以不全《金瓶梅》見示。卻不言半部，或兩帙，想必是大半本。其不全《金瓶梅》抄自何處？因無史料佐證，只能存疑。

屠本畯《山林經濟籍》中言，他先後得到四帙，從王宇泰處借抄兩帙，「復從王徵君百穀家又見抄本二帙，恨不得睹其全。」即他手中已有四帙約十二冊。

謝肇淛手中也有多半部《金瓶梅》。他在〈金瓶梅跋〉中明言：「余於袁中郎得其十三，於丘諸城得其十五。」他共有八冊，十六卷，尚欠二冊四卷，故曰：「而闕所未備，以俟他日。」[10]如果袁中郎手中的十之三是上半部的話，那麼丘諸城手中的當與袁中郎抄本不重合，下半部的可能性更大。

這樣，握有多半部《金瓶梅》手稿的人就是：文在茲、屠本畯、謝肇淛、王穉登和丘志充。

上述分析發現，手抄本《金瓶梅》在流傳中出現了三個源頭：一是王肯堂重金所購之書（其來源是個無頭案），二是王世貞家藏本，三是徐文貞家藏本。這三個源頭有無橫向聯繫，是一個，抑或三個？

回答是來源只有一個，即源於王世貞家。朱星先生考察過徐階與王忬家的關係。「徐文貞就是嘉靖時宰相徐階，是江蘇松江人，與王世貞同鄉，也是反嚴嵩的。嚴嵩失敗後，他出力給王忬平反。王世貞上書徐階，請求援助為父昭雪的信，還保存於王世貞《四部稿》中，因此再追問徐階家的一部全稿又從何處抄來，就不言而喻了。」[11]不僅如此，劉承禧與徐階和王世貞家的關係也非同尋常。王世貞的祖父王悼帶兵做戰，鎮壓地方叛亂，屢立奇功，官至兵部侍郎。王忬統兵拒北寇抗南倭，曾是嘉靖帝信賴的「長城」。而王世貞從山東做青州兵備副使一直做到御史，皆為將帥，劉承禧這個武狀元與將帥之王府關係之親密可以想見。而徐階是他的岳父，他是徐階的女婿，故其手抄本可能直接來自岳父徐階。故而，別人家的手抄本多來自劉承禧，而劉承禧的抄本很可能來自於徐階，徐階本來自王世貞。

再者，王肯堂重金購得的抄本，也有可能來自於王世貞家。因為，王世貞晚年一心酷愛道與佛，便將家中財產分與三個兒子（士騏、士驌、士駿），自己只留下每月十金，可以度日即可。士駿為了幫父親刊刻《弇州山人四部續稿》，將田產變賣。二十九歲便病逝，士驌也去世較早（年三十六卒）。後來王世貞的手抄書稿轉到長子士騏手中。士騏

10　同註5。

11　朱星〈《金瓶梅》作者究竟是誰？〉，《社會科學戰線》1979年第3期，頁273。

在兵部任職，重武而輕文，所以對父親手稿並不那麼重視，以至於有些書稿流入民間。復旦博士魏宏遠在他的論文（《王世貞晚年文學思想研究》）中，言及王世貞晚年手稿佚失情況，有如下一段論述：「王士驌在與周章南信函中曾自責：『先君子遺集散落人間殊自不少，為之後人者，何如人邪！』」王世貞自己曾陳述，為了刊刻卷軼龐大的《續稿》需要重資，而恰遇上水旱之災，財力不及，以至於將家中的書畫都典當殆盡了。「蓋比歲水旱，三兒之蓄如掃，所有書畫、酒鎗、首裝之類，悉入典庫」，「所授三兒書畫之類入人典庫，今亦盡矣。」王世貞說得是否有些誇張，我們且不必細究，但家中書畫典當，則可能是真實的。我們由此懂得了屠本畯的話：「王大司寇鳳洲先生家藏全書，今已失散。」因何會失散，一直在心中是個未解的謎。待得知世貞晚年上述情形，方曉得書畫都典當殆盡，而他死後的一些書稿也「散落人間殊自不少」，《金瓶梅》手稿的散失，也自當在其中。王肯堂或許就是此時花重金而得到散落民間的手抄本的。

上述分析，得出的結論是：無論二帙抄本，還是多部抄本，抑或全部抄本，最大的可能是來自劉承禧，而劉承禧的抄本可能借自他的岳父徐階，徐階家的全本當來自與之通世相好並為其父昭雪而有恩於其家的王世貞。散帙的流傳當與王世貞晚年書畫流失和死後手稿本的流入民間一樣，流落士人之中，而輾轉謄抄的。王世貞卒於萬曆十八年，手抄本也當在此前後流傳出去。袁宏道得到《金瓶梅》手抄本的時間為萬曆二十四年，董思白約為二十年左右，而王肯堂的二帙抄本得到的時間竟是萬曆十七年。這便與王家書畫流失典當庫而手稿流落民間的時間較為吻合了。由此而知《金瓶梅》手抄本最初是從王世貞家流傳至徐階家，由徐階而傳至其女婿劉承禧，再由劉承禧傳至社會上的其他朋友，由此，我們得知《金瓶梅》手抄全本源於王世貞抄本。其傳遞過程是：吳中刻本——馮猶龍——沈德符——袁中郎——劉承禧——徐階——王世貞。其他的二十多位候選人是不具備這個資格的。

二、明末清初有關記載《金瓶梅》作者的
文人筆記由暗而明指向王世貞

《金瓶梅》產生與流傳之初的記載文字表明，當時人關於《金瓶梅》的作者是誰，或貿然猜測，或知情而不便明言，婉轉指出作者是王世貞，直到清初宋起鳳方戳破這層窗戶紙，指出《金瓶梅》為王世貞作。

所謂貿然猜測者就是不知作者底細，由作品推測作者的類型範圍，較早的是袁中郎。他在《遊居柿錄》中說：「舊時京師有一西門千戶，延紹興老儒於家。老儒無事，逐日記其家淫蕩風月之事，以西門慶影其主人，以余影其諸姬，瑣碎中有無限煙波，亦非慧

人不能。」[12]這段話頗具誘惑力，可令讀過此書之人產生共鳴。其所言至少在以下幾個方面與《金瓶梅》文本的描寫是契合的。一是書中看不到作者的影子，人物雖多，卻沒有杜少卿、賈寶玉那樣的人物，倒像是一位旁觀者的自述，且小說情節寫得那樣逼真，非親身經歷過者，絕寫不出。二是文中描寫俗曲、俗語隨手拈來，又對宋、明兩朝歷史頗為精道，對兩朝政事爛熟，能如此上下兼通者，也應是博學之秀才，是能道出「無限煙波」的「慧人」，一位蒲松齡式的人物。三是「西門千戶」與西門慶姓氏、官職相垺，況且西門慶因不識字，不能書寫，而不止一次請秀才幫忙。四是「逐日記其家淫蕩風月」與該書起居注式的記事方法也完全一致。更何況今日學界對《金瓶梅》作者的研究有集體與個人創作兩種說法之爭呢？「紹興老儒說」豈不可令兩說主張者均愛接受乎？然而此說之偽，十分顯見，細心揣摩，不攻而自破。其破綻有二：一是說老儒眼中只有「淫蕩風月」，一部近八十萬言巨著，僅「記其家淫蕩風月」與《金瓶梅》全書內容不符。其二《金瓶梅》是一部「指斥時事」之書，一部寄意於「時俗」之書，若作者只為影射家主人和他的姬妾，豈能有那許多對朝政的激憤之詞？對人情世故入骨三分的深切描劃？這與全書深廣的思想內涵也大相徑庭。此後持此類似說法者還有謝肇淛，他在〈金瓶梅跋〉中說：「相傳永陵中有金吾戚里，憑怙奢汰，淫縱無度，而其門客病之，采摭日逐行事，匯以成編，而托之西門慶也。」[13]此段文字因比上引袁中郎的那段話晚幾年，再從「相傳」二字推之，很可能來自袁中郎的那段話（袁中郎的話沒有「相傳」二字）。此段話與上引袁氏的話內容大體相同，只不過由「紹興老儒」變為「門客」。「門客」非「老儒」乎。其不可信程度也與上文無異，思維的路數相同，都由作品故事推測作者應是什麼樣人。

心中知底，婉轉指出《金瓶梅》作者是誰的記載，最早見於屠本畯的《山林經濟籍》，此書中有一段按語。

> 按：《金瓶梅》流傳海內甚少，書帙與《水滸傳》相垺。相傳嘉靖時，有人為陸都督炳誣奏，朝廷籍其家，其人沉冤，托之《金瓶梅》。王大司寇鳳洲先生家藏全書，今已失散。[14]

請注意，這段話已向人們暗示出《金瓶梅》的作者就是王大司寇（王世貞）。何以見得？為陸炳誣奏而沉冤的「其人」是誰呢？瞭解這一段歷史的人誰都曉得那正是王忬與其子

12　同註3。
13　同註5。
14　同註2。

王世貞，《明史·王世貞傳》記載了王世貞得罪於陸炳與嚴嵩，後來他的父親被誣諂下獄，他與弟弟世懋「涕泣求貸」，父最終「竟死西市」，兄弟「哀號欲絕」之事。

> 奸人閻姓者犯法，匿錦衣都督陸炳家。世貞搜得之，炳介嚴嵩以請，（世貞）不許。楊繼盛下吏時，（代）進湯藥；其妻訟夫冤，（世貞）為代草，既死，復棺殮之。嵩大恨。吏總兩擬提學，（嚴嵩）皆不用。用為青州兵備副使。父忬以灤河失事，嵩搆之，論死，繫獄。世貞解官奔赴，與弟世懋日蒲伏嵩門，涕泣求貸。嵩陰持予獄，而時為慢語以寬之。兩人又日囚服跽道旁，遮諸貴人輿，搏顙乞救。諸貴人畏嵩，不敢言。予竟死西市。兄弟哀號欲絕，持喪歸，蔬食三年，不入內寢。[15]

此事在嘉靖後期廣為流傳，士人皆知。然而為陸炳誣奏，又被朝廷抄家，且能寫《金瓶梅》這樣大部頭小說的人，除王世貞之外，還可以另有他人。所以屠本畯生怕讀者不明此隱意，隨即加補一句：「王大司寇鳳洲先生家藏有全書」。此乃點睛之筆，將兩句聯起來解，恰是王世貞寫了《金瓶梅》，故他家藏有全書，即他家蒙受奇冤與他家藏有全書兩件事有直接聯繫。也許有人會說，前後兩句也可以是沒有聯繫。理解這兩句話有沒有聯繫的關鍵要看，藏有《金瓶梅》這部抒發「沉冤」的書的人是不是前一句所寫其人與其家蒙受「奇冤」的人，即藏書者與蒙冤者有無關係。若二者毫無關係，可視為沒有聯繫；若有聯繫，且正是一家之事，若再說沒聯繫，就不能成立了。而藏《金瓶梅》全書的「王大司寇」家，正是「嘉靖時」，「為陸都督炳誣奏，朝廷籍其家」的王大司寇家。所以，只能有一個解釋：王大司寇家蒙冤，寫了《金瓶梅》，他家藏有全書。即，藏有全書的人，就是被「籍家」蒙冤的人，就是作者，就是王世貞（不可能是已死的王忬）。這種關係，四百年後的人可以推證出來，而在當時的人，一讀心理就明白。因為當時三種條件（為陸都督炳誣奏，朝廷籍其家，其人沉冤；寫《金瓶梅》；最早藏有全書）皆具備的「大名士」「巨公」，唯有王世貞。而稱「王大司冠鳳洲先生」者，也只有王世貞。故而《金瓶梅》的作者為王世貞，並非空穴來風，而是在當時就有知情者，就已間接（現在人可理解為間接，而當世人可理解為意義上的直接）地指出來了。那麼屠本畯是知情者嗎？回答：是。屠本畯（「大司馬屠大山之子」）生於嘉靖二十年，雖小王世貞十幾歲，然生平喜讀書，善交遊，與王世貞相從甚密，故而對王世貞事也知之甚詳。然而一來小說不登大雅，二來《金瓶梅》有「誨淫」之穢名，此二者與王世貞的身分、名望皆不相襯。作為王世貞的好友自當為朋友保密，豈可洩露？故而只能用此側筆委婉達之。

屠本畯之後不久，又有一人將《金瓶梅》與王世貞的關係從兩個方面加以推進，從

15　張廷玉《明史》卷二百八十七，列傳第一百七十五，〈文苑〉三，「王世貞」。清乾隆武英殿刻本。

而使得作者問題更趨明朗化。此人便是擁用《金瓶梅》手抄全本的沈德符。他在《萬曆野獲編》卷二十五「詞曲」「金瓶梅」條中提出了兩個重要的證據，一是：「指斥時事，如蔡京父子則指分宜，林靈素則指陶仲文，朱勔則指陸炳，其他各有所屬云。」這一段話無論是沈德符本人讀後的感受，還是他聽來的在他之前的《金瓶梅》成書時代他人的讀後感受，都是對屠本畯「其人沉冤，托之於《金瓶梅》」的話進一步的印證。《金瓶梅》一書敘事有一獨特的手法：假宋寫明。就像《紅樓夢》敘事的獨特手法是將「真事隱去，假語村言」一樣。這一手法突出表現於混用宋、明兩代的官軼名（介紹宋代官員的職銜卻常出現明代的官銜）。細加考察，方知作者故意用明代某人官銜而暗那個明代官吏。順此思路考察，便會發現沈德符這幾句話，句句可以坐實，無一虛言。一位叫姜甌的學者，在他的那篇〈《金瓶梅》指斥的明代時人時事〉一文中，以宋明兩代史書與《金瓶梅》一一對檢，其得出的最後結論竟是「我們循着官職的『混亂』與官職的『差異』這條線索，找出的作者所暗指的人物，均與我們前引沈德符文中所記相符。因此，沈德符所記之『傳聞』定有所據。」[16]二是沈德符親眼目睹了《玉嬌李》一書，該書的作者與《金瓶梅》的作者是同一人，內容也是「指斥時事」，並從《玉嬌李》一書令人「尤可駭怪」的特點，進一步透露了作者的身分。沈德符云：

> 中郎又云，尚有名《玉嬌李》者，亦出此名士手。……中郎亦耳剽，未之見也。去年抵輦下，從丘工部六區（志充）得寓目焉。僅卷首耳，……而貴溪、分宜相構亦暗寓焉。至嘉靖辛丑庶常諸公，則直書姓名，尤可駭怪，因棄置不復再展。然筆鋒恣橫酣暢，似尤勝《金瓶梅》。[17]

「貴溪、分宜相構，亦暗寓焉」證明與「指斥時事」的《金瓶梅》內容相似，同出於一人之手。而「至嘉靖辛丑庶常諸公，則直書姓名」則說明這位名士的身分非同一般，地位、名望必在「庶常諸公」之上。這位敢直書文士姓名的名士究竟是誰呢？《明史‧王世貞傳》載：「世貞始與李攀龍狎主文盟。攀龍歿，獨操柄二十年。其所始與遊者，大抵見其集中，各有標目」。[18]那些「前五子」「後五子」「廣五子」「續五子」「末五子」皆見於其筆下，「其所去取，頗以好惡為高下」。正是這種主盟文壇的地位，和「以好惡為高下」的性情，方使得他後來寫《玉嬌李》時，對當時諸公敢直呼姓名。如是《金瓶梅》與王世貞的關係又進了一步明朗化了。

16　姜甌〈《金瓶梅》指斥的明代時人時事〉，《史學集刊》1991年第3期。

17　同註8。

18　同註15。

如果說，屠本畯、沈德符尚未直言王世貞就是《金瓶梅》作者的話。那麼到了清初，宋起鳳率先戳破了這層窗戶紙，他在〈王弇州著作〉一文中，對屠本畯、沈德符的話，作了明澈的注腳，直言不諱地指出，《金瓶梅》的作者就是王世貞，公開恢復了王世貞的著作權。下面一段話就是王世貞寫《金瓶梅》的鐵證：

> 世知《四部稿》為弇州先生平生著作，而不知《金瓶梅》一書亦先生中年筆也。即有知之又惑於傳聞，謂其門客所為書。門客詎能才力若是耶？弇州痛父為嚴相嵩父子所排陷，中間錦衣衛陸炳陰謀蘖之，置於法。弇州憤懣慰廢，乃成此書。陸居雲間郡之西門，所謂西門慶者，指陸也。以蔡京父子比相嵩父子，諸狎昵比相嵩羽翼。陸當日蓄群妾，多不檢，故書中借諸婦一一刺之。所事與人皆托山左，其聲容舉止，飲食服用，以至雜俳戲喋之細，無一非京師人語。書雖極意通俗，而其才開合排蕩，變化神奇，於平常日用，機巧百出，晚代第一種文字也。按弇州《四部稿》有三變……。是一手猶有初中晚之殊，中多倩筆，斯誠門客所為也。若夫《金瓶梅》全出一手，始終無懈氣浪筆與牽強補湊之跡，行所當行，止所當止，奇巧幻變，嬝妍、善惡、邪正、炎涼情態，至矣！盡矣！殆《四部書稿》中最化最神文字，前乎此與後乎此誰耶？謂之一代才子，洵然！世但目為穢書，豈穢書比乎？亦楚《檮杌》類歟！聞弇州尚有《玉嬌麗》一書，與《金瓶梅》埒，係抄本，書之多寡亦同。王氏後人鬻於松江某氏，今某氏家存其半不全。友人為余道其一二，大略與《金瓶梅》相頡頏（頑），惜無厚力致以公世，然亦烏知後日之不傳哉！[19]

此段文字從六個方面指實王世貞是《金瓶梅》的作者。一、直言《金瓶梅》是王世貞中年作品，而反閒人所作（此點與書中所寫明代官吏多為嘉靖朝進士相埒）。二、《金瓶梅》是王世貞父親被害後的指斥時事的發憤之作（此與書中對朝政和女人依勢的描寫以及王世貞創作《鳴鳳記》的動機相一致）。三、具體分析了如何「寄意於時俗」「指斥時事」「皆托山左」的內容，給人頗多啟迪。四、以王世貞《四部稿》的筆力氣韻、風格變遷為據，說明《金瓶梅》正是王世貞之筆。五、一再申明，《金瓶梅》非穢書，而是楚《檮杌》一類的史書。六、宋起鳳從友人松江某氏那裏得知他手中的那半部《玉嬌麗》是王世貞的後人賣給他的，從而證明與《金瓶梅》同一作者的《玉嬌麗》作者就是王世貞，即進而證實《金瓶梅》作者是王世貞。這六點論證是全面而有力的，從而使王世貞創作《金瓶梅》成為不可動搖之論。對說明《金瓶梅》作者為誰的問題，這些證據已足夠了，還需什麼證據？

19　宋起鳳《稗說》卷三，〈王弇州著作〉。

難道讓王世貞自己說那部「誨淫」的「小說」是「我弇州親筆」嗎？我們應體諒作者「不著作者名代」的苦衷。更不應在這方面着意苛求，無作者親自承認，便不給其著作權。宋起鳳的《稗說》自署康熙十二年（1673）癸丑，即至晚在康熙十二年，王世貞的《金瓶梅》著作權已被恢復。

再過二十年，即康熙三十四年，謝頤（張竹坡化名）的〈批評第一奇書金瓶梅序〉名言：「信乎為鳳洲作無疑也。」

至於王世貞父親王忬被害的原因，清初所記也詳細多了。最可靠的材料是《明史紀事本末》卷五十四「嚴嵩用事」：

> （嘉靖）三十八年，夏五月，逮總督侍郎王忬下獄論死。嚴嵩以忬滑楊繼盛死，銜之。忬子王世貞又從繼盛遊，為之經紀其喪，吊以詩。嵩因深憾忬。嚴世蕃嘗求古畫於忬，忬有臨幅類真者以獻。世蕃知之，益怒。會灤河之警，鄢懋卿乃以嵩意為革，授御史方輅令劾忬。嵩即擬旨逮系。爰書具，刑部尚書鄭曉擬謫戍，奏上，竟以邊吏隱城律，棄市。

所列原委甚明。王世貞因楊繼盛事得罪嚴嵩，因獻偽畫激怒嚴世蕃。嵩最終致忬於死地。姚平仲《綱鑒挈要》所載與之相類：

> 有古畫，嚴嵩索之，忬不與，易以摹本，有識畫者為辨其贗。嵩怒，誣以失誤軍機，殺之。

這裏將致禍原因歸之於偽畫事。由此可見「偽畫致禍」說是真實的。然史書中並未說明嚴嵩父子所索取為何畫。沈德符早在《萬曆野獲編》「偽畫致禍」條中就指實為《清明上河圖》：

> 嚴分宜勢熾時，以儲珠寶盈盈，遂及書畫骨董雅事……時傳聞有《清明上河圖》手卷，宋張擇端畫，在故相王文恪冑君家，其家巨萬，難以阿堵動。乃托蘇人湯臣者往圖之。湯以善裝潢知名，客嚴門下，亦與婁江王思質中丞往還，乃說王購之。王時鎮薊門，即命湯善價求市，既不可得，遂囑蘇人黃彪摹真本贗命。黃亦畫家高手也。嚴氏既得此卷，珍為異寶。用以為諸畫壓卷，置酒會諸貴人賞玩之。有妒王中丞者知其事，直發其為贗本。嚴世蕃大慚怒，頓恨中丞，謂有意紿之，禍本自此成。或云即湯姓怨弇州伯仲，自露始末，不知然否？

劉廷璣《在園雜志》所言「致禍」的偽畫則非《清明上河圖》，而是《輞川真跡》。清代無名氏的《缺名筆記》又說是《督亢圖》，細考這些圖的來龍去脈，上述幾種說法都

不實。

然而，經沈德符等人這麼一說，附會者敷衍者接踵而至，於是便造出了種種有趣的傳聞。其傳聞的新發展是將「偽畫致禍」與王世貞創作《金瓶梅》一事聯繫了起來。生出了「復仇」說。

我們知道，在明人關於《金瓶梅》作者的記錄文字中，雖然「家禍」與作《金瓶梅》是聯繫在一起的，然而，說到創作的目的，不過是「托之於《金瓶梅》」的發憤之作，意在「指斥時事」而已。到了清代，卻生出種種孝子復仇的傳聞。時間較早且具有誘惑力的是無名氏的《寒山鑫隨筆》：

> 世傳《金瓶梅》一書為王弇州先生手筆，用以譏嚴世蕃者。書中西門慶即嚴世蕃
> 之化身。世蕃小名慶，西門亦名慶；世蕃號東樓，此書即以西門對之。或又謂此
> 書為一孝子所作，所以復其父仇者。蓋孝子所譏一巨公，實殺孝子父，圖報累累
> 皆不濟。後忽偵知巨公觀書時，必以指染墨翻其書頁。孝子乃以三年之力，經營
> 此書。書成，粘毒藥於紙角，覘巨公出時，使人持書叫賣於市，曰：「天下第一
> 奇書。」巨公於車中聞之，即索覽，車行及其第，書已觀訖，嘖嘖歎賞。呼賣者
> 問其值，賣者竟不見。巨公頓悟為所算。急自營救，已不及，毒發遂死。」今按：
> 兩說皆是。孝子即鳳洲也。巨公為唐荊川。鳳洲之父忬死於嚴氏，實荊川譖之也。
> 姚平仲《綱鑒挈要》載殺巡撫王忬事，注謂：忬有古畫，嚴嵩索之，忬不與，易
> 以摹本。有識畫者為辨其贗。嵩怒，誣以失誤軍機殺之。」但未知識畫人姓名，
> 有知其事者謂識畫人即荊川。古畫者，《清明上河圖》也。
> 鳳洲既報終天之恨，誓有以報荊川，數遣人往刺之。荊川防護其備。一夜，讀書
> 靜室，有客自後握其髮，將加刃。荊川曰：「余不逃死，然須留遺書囑家人。其
> 人立以俟。荊川書數行，筆頭脫落，以管就燭，佯為治筆，管即毒弩，火熱機發，
> 鏃貫刺客喉而天斃。鳳洲大失望。」
> 後遇於朝房，荊川曰：「不見鳳洲久，必有所著。」答以《金瓶梅》。其實鳳洲
> 無所撰，姑以狂語應耳。荊川索之切。鳳洲歸，廣召梓工，旋撰旋刊，以毒水濡
> 墨刷印，奉之荊川。荊川閱書甚急，墨濃紙粘，卒不可揭，乃屢以紙潤口津揭書，
> 書盡，毒發而死。
> 或傳此書為毒死東樓者，不知東樓自正法，毒死者實荊川也。彼謂「以三年之力
> 成書」，及「巨公索觀於車中」云云，又傳聞異詞者耳。

說王世貞作《金瓶梅》是為報父仇，顯然難以成立。以一本小說報父仇之事，尚未聽說過，我們更不能想像這樣一種創作動機能寫出什麼樣的作品，或者說，當我們讀這部偉

大的作品時，並未處處感到作者為了報父仇。至於不合歷史真實，吳晗在他的論文中已一一駁斥，論證甚詳。

　　或許有人對以小說報仇之荒唐也有同感，於是便生出另一報仇的法子來。這便是顧公燮的《銷夏閒記摘抄》中「《金瓶梅》緣起，王鳳洲報父仇」：

> 忤子鳳洲痛父冤死，圖報無由。一日，偶謁世蕃，世蕃問：「坊間有好看小說否？」
> 答曰：「有。」又問：「何名？」倉促之間，鳳洲見金瓶梅中供梅，遂以金瓶梅答之。
> 但字跡漫滅，容鈔正送覽。退後構思數日，借《水滸傳》西門慶故事為藍本，緣世
> 蕃居西門，乳名慶。暗譏其閨門淫放，而世蕃不知，觀之大悅，把玩不置。
> 相傳世蕃最喜修腳，鳳洲重賂修工，乘世蕃專心閱書，故意傷腳跡，陰搽爛藥，
> 後漸潰腐，不能入直。獨其父嵩在閣，年衰遲鈍，票本擬批，不稱上旨，上寖厭
> 之，寵日以衰。御史鄒應龍等乘機劾奏，以至於敗。

修腳工修腳與王世貞寫小說無必然聯繫。為修腳的人看小說而寫，又何用得百回之巨帙？明眼人一看，便知此為多事人妄作。

　　總之，在清代，《金瓶梅》的作者是王世貞幾成為社會共識，孝子報父仇說的虛構，無疑增強了這一傳說的迷人色彩。迎合了人們的愛憎心理需求，使王世貞作《金瓶梅》隨着傳奇故事而深入人心。然而，這是一個真假參半的故事，明人關於王世貞作《金瓶梅》的暗示性說法，到清初宋起鳳的〈王弇州著作〉一文中所揭示的乃是事實真相。而將致禍之偽畫敷衍成《清明上河圖》等為眾人所熟悉的「偽畫致禍」說與「孝子復仇」說之後，赤裸裸的真實被花花綠綠的外衣裝飾得面目全非了。然而，我們不能否認，在那五顏六色的外衣裏依然包裹着赤裸裸的真實。

三、《金瓶梅》「指斥時事」與 王世貞同時所作「指斥時事」作品用意相同

　　明人筆記指出《金瓶梅》是一部「指斥時事」「寄意於時俗」的書，那麼我們能否從小說文本中找到與這兩點相關的內證，從而進一步說明《金瓶梅》與王世貞的關係呢？不但可以，且這方面可做的工作很多，能進一步證明《金瓶梅》與王世貞關係的證據也很多。

　　首先《金瓶梅》所寫的明代官吏多是王世貞的同鄉同年或熟知的朋友，如狄斯彬、韓邦奇、凌雲翼、王燁、曹禾等。以上五人，有三個共同特點，一、都是活動於嘉靖二十六年左右的政界人物；二、他們或者在山東任過職，或者是彈劾嚴嵩的正直官吏；三、

這些人物與王世貞有着這樣那樣的密切關係。如凌雲翼，兩人同鄉同里，都是太倉州人，都是嘉靖二十六年進士，又都相繼任郾陽巡撫，兩人又一同在南京做官，一個做尚書，一個為應天府尹，兩人關係想必是密切的。更有趣的是，狄斯彬與曹禾也都是嘉靖二十六年進士，都與王世貞為同年。就是那位王燁也與王世貞同里。看來王世貞與他們都非常熟悉，所以才不自覺地將自己熟悉的人物寫進書中。這種現象是文學作品特別是敘事文學作品中常有的事（如《儒林外史》《紅樓夢》《包法利夫人》《簡愛》中所寫的不少人物都是作者所熟悉的人物）。由此我們不得不思考一個問題，為什麼這些寫入《金瓶梅》中的明代人物都與王世貞有這樣那樣的密切關係呢？而且這種關係不是一般的熟悉（只是認識，或只是同僚，或只是同年），若是跟王世貞是一般的熟悉，也可以跟王世貞外的其他人是一般的熟悉，即作者也可以是王世貞外的其他人。這種關係竟是同鄉，同年，同僚，同觀點（反嚴嵩），有的甚至是幾種關係集於一身，而其他人就難以具備這一關係，即作者是王世貞之外的他人的可能性極小。根據創作的一般規律，我們不得不把注意力集中到作者是王世貞這個敏感的問題上來。它應該成為王世貞創作《金瓶梅》的一條有力內證。

其次，《金瓶梅》所「指斥時事」與指斥的人物與明人筆記所記內容吻合，皆與王世貞家事相關。《金瓶梅》「指斥時事」大體包括二個層次。一是官場層次，直斥嘉靖朝權奸、暴露他們禍國殃民的罪孽。又包括兩個方面：其一書中所寫的宋代四大奸臣高、楊、童、蔡就是明代「聖時四凶」中的嚴嵩、郭勳、張瓚以及另一權奸陸炳，這四人恰恰是王世貞的仇敵。作者對他們的憤激之情在書中隨處可見，如小說第 30 回，在西門慶送蔡京壽禮而得官後的一段議論：「那時徽宗，天下失政，奸臣當道，讒佞盈朝。高、楊、童、蔡四個奸黨，在朝中賣官鬻獄，賄賂公行，懸秤升官，指方補價。貪緣鑽刺者，驟升美任，賢能廉直者，經歲不除。以致風俗頹敗，贓官汙吏，遍滿天下。役煩賦重，民窮盜起，天下騷然。不因奸佞居台輔，合是中原血染人！」言詞之切，情怨之恨，幾無以復加。這種指責在一部小說中幾見（開頭、中間、結尾），屢致意焉，猶如一部書的主旋律。其二、害死王世貞父親的直接禍手是嚴嵩的乾兒子鄢懋卿，書中對「拜父認子」深惡痛絕，用意譏諷。《金瓶梅》對蔡京喜收乾兒義子描寫甚多。拜蔡京為義父者有：東平府府尹陳文昭（第 10 回）、東京開封府府尹楊時（第 14 回）、狀元郎蔡蘊（第 36 回）、新任山東巡按御史宋喬年（第 49 回）、揚州苗員外（第 55 回），而猶以第 55 回「西門慶東京慶壽旦」，寫西門慶進京拜認蔡京為義父最為詳細。然而通曉宋史的人都知道，蔡京雖說是個結黨營私的專家，用力排除異己，可史書上並未記載他廣納乾兒義子之類的事。那麼小說的作者（儘管第 55 回的執筆者非原作者，但寫蔡京廣納乾子則與五回外的其他章回同）賦予蔡京如此「才能」，則當別有用意。原來這一「才能」恰為明代奸相嚴嵩所長。田藝衡《留青日札》云：

嚴嵩，……詐偽百端，貪酷萬狀，結交內侍，殺戮大臣，乾兒門生，布滿天下，妖人術士，引入禁中，三十年來流毒華夷，蓋古今元惡巨奸罕與儔匹者也。

凡認其為義子者，地位權勢便另一番氣象，往往肆無忌憚，橫行一方。《明史紀事本末·嚴嵩用事》載：

初，文華為主事，有貪名，出為州判，以賂嵩，得復入為郎。未幾，改通政，與嵩子世蕃比周，嵩目為義子。不二年擢工部侍郎。

明清時有一種傳說王世貞父親王忬從某種意義上說正是死於嚴嵩乾生子鄢懋卿之手，或者準確地說死於嚴嵩父子（包括義子）之手。顧公燮《銷夏閒記》載：「會俺答入寇大同，予方總督薊遼，鄢懋卿嗾御史方輅劾忬禦邊無術，遂見殺。」鄢懋卿倚勢害人的劣行，明清兩代文士幾乎無人不知，《明史·奸臣傳》載其事云：「至是懋卿盡握天下利柄，倚嚴氏父子，所至市權納賄，監司郡邑吏膝行蒲伏。」足見其氣勢之狂囂，故而，《金瓶梅》作者用力揭刺蔡京的這一罪行是衝着嚴嵩來的，是針對性極強的有感而發、情不由己的「發憤之作」。更令人不解的是，書中所寫西門慶送於蔡京的禮物，竟與抄嚴嵩家時所獲得的財物諸多一致。《天水冰山錄》專記嚴嵩家被抄時的財寶，中有「水晶嵌寶廂銀美人一座，重二百五十六兩」，「金福字壺一把」，「玉桃杯七個」，「獅子闐白玉帶一條」，「鍍金廂檀香帶三條」，「鍍金廂速香帶五條」等。小說第 27 回西門慶送於蔡京的壽禮中就有「四陽捧壽的金銀人，每一座高尺有餘，兩把金壽字壺，兩副玉桃杯」；第 55 回拜蔡京為義子時所送壽禮又有「獅蠻玉帶一圍，金香奇南香帶一圍，玉杯犀杯各十對，赤金攢花爵杯八支」；那日下午，在那為西門慶預備的專宴上，「西門慶教書童取過一隻黃金桃杯」，斟滿酒，跪奉於蔡京。這些描寫難道僅僅是巧合？還是深知內情的作者有意為之？至少可以說明作者對嚴嵩其人及其嚴家的內情知之不少，這樣的作者在那時能有多少？

《金瓶梅》指斥時事的第二個層次是家庭市俗層次，明寫男女情場悲歡，實則指斥人性之醜惡，再現權奸「貪婪索取、強橫欺凌、巧計詿騙、忿怒行兇，作樂無休、訛賴誣害、挑唆離間」的醜惡靈魂。王世貞父親被害之事在《金瓶梅》中也以假借形式得以婉轉表現。作者所假借的事一是曾孝序蒙冤，一是來旺受陷害。山東巡按曾孝序「極是個清廉正氣的官」，「包公」式人物，然而他卻萬萬沒料到，一個貪贓枉法的小小西門慶他竟參他不倒。更沒料到自己會被蔡京的兩個乾兒子所害。書中寫道：蔡京以「大肆猖言，阻撓國事」為由，將曾公「黜為陝西慶州知州」。而陝西巡按御史宋聖龍，是蔡京兒子蔡攸的內兄哥。「太師陰令聖寵劾其私事，逮其家人，煆煉成獄，將孝序除名，竄

於嶺表，以報其仇」。曾孝序是因彈劾蔡京私人西門慶再加上與蔡京政見不和而被蔡氏父子設計陷害的。王世貞父子也因與嚴嵩政見不和，義助楊繼盛而得罪嚴嵩父子，被嚴嵩的乾子鄢懋卿所陷害。顯然這並非純是巧合，而是在曾孝序的悲劇中隱含着王忬的冤情。如果曾孝序的蒙冤講得不夠細緻的話，那麼來旺蒙冤的情節或許給人更多的啟示，只是此情節採用了更含蓄的方式。來旺是西門慶手下最得力的管家，家中大事都派他去辦理，且無不順利。如為武松案走蔡京門路，到蘇杭為蔡京採辦生辰擔，下次到東京為蔡京送壽禮自然還讓他去。西門慶為了長久霸佔他的妻子，竟栽贓誣陷，平白無故地將他打入死牢。宋惠蓮為丈夫向他求情，西門慶一面用好言哄勸她，一面又送銀兩與夏提刑，欲治其於死地。直到來旺被發配徐州，宋惠蓮方如夢方醒，知自己受了騙。這個故事中西門慶陽奉陰違的做法與嚴嵩陷害王忬時所用伎倆如出一轍。王世貞求情於嚴嵩，嚴嵩陽以好言勸慰，陰斬王忬於西市。這種描寫或許是作者有意的，或許是自然而然流露的，無論那一種都是真實的。

這指斥時事的兩個層次前者以嚴嵩為中心，後者以西門慶為核心，朝廷、家庭交相映現，聯繫歷史記載和王世貞家事對觀，作者幾呼之欲出矣！

再其次，《金瓶梅》所「指斥時事」與王世貞所作〈袁江流鈐山岡當廬江小婦行〉的長篇敘事詩與《鳴鳳記》劇內容旨趣相同。《鳴鳳記》大家都很熟悉，無須繞舌。〈袁江流鈐山岡當廬江小婦行〉詩主要是譏諷嚴嵩廣收乾兒義子，賄賂公行，榨取民脂民膏的罪行。詩中有：「凡我民膏脂，無非相公有，義兒數百人，監司迨卿寺……老者相公兒，少者司空子。」[20]這與《金瓶梅》中寫蔡京（小說中的蔡京暗指嚴嵩）慶壽、西門慶索取苗青贓銀一千兩以及妓女李桂姐、吳銀兒認吳月娘為乾娘，王三官拜西門慶為義父，西門慶拜蔡京為乾生子兒，如出一轍。《金瓶梅》所寫「指斥時事」的內容與〈袁江流鈐山岡當廬小婦行〉相同，旨趣相同，兩書當為同一作者（內容相同不一定是同一作者，內容旨趣都同則為同一作者的可能性更大）：〈袁江流鈐山岡當廬小婦行〉的作者是王世貞，《金瓶梅》的作者也極有可能為王世貞。

四、從王世貞其人與金瓶梅其文的關係而知曉《金瓶梅》的作者為王世貞

我們還可以從王世貞其人與《金瓶梅》其文中發現種種內在聯繫，從而更堅信《金瓶梅》的作者是王世貞。譬如，《金瓶梅》有兩大怪現象：一是大量引用他人作品，將

20　王世貞《弇州山人續稿》卷二，詩部，〈袁江流鈐山岡當廬江小婦行〉。清文淵閣《四庫全書》本。

其鑲嵌在已設置好的結構框架內。這在中國小說史上可謂絕無僅有，以致使不少研究者誤以為非大名士，必為下層藝人或集體創作。然而，集體創作的小說《三國演義》《水滸傳》《西遊記》也不像《金瓶梅》這樣的大量抄用他書文字，所以集體創作說仍然不能對這一現象做出令人信服的解釋。然而，當我們讀王世貞的《弇州山人四部稿》，發現他的不少詩多為擬古之作，化他人詩為己詩，給人似曾相識之感。再聯繫明代「七子」的文學主張，方猛然醒過味來。「七子」的領袖倡秦漢文、盛唐詩，以古人為範模，使天下詩風大變。而在這方面，王世貞比李攀龍走得更遠。《四庫全書總目》云：「（王世貞）為時耆宿，其聲價遂出攀龍之上。而摹擬、剽襲，流弊萬端，其受攻擊亦甚於攀龍。」可以說，為文剽襲，王世貞為一時之最。故而，《金瓶梅》中出現的大量剽襲現象，很可能正是王世貞作的一個最有力的證據，是王世貞將自己的「摹擬」的創作主張與方法不自覺地運用到《金瓶梅》的創作當中，為後人留下了抹不去的印跡。唯如此，方能對《金瓶梅》引用他書之奇做出合理的說明。

又如，《金瓶梅》寫得最感人的是西門慶大哭李瓶兒，瓶兒的溫順、善良，西門慶的真情，情透絕筆，動人肺腑，放在世界一流小說中，毫無愧色。然則令人感到奇怪的是，為什麼把一個本來非正面的人物寫得那麼好，這不違背了作者創作的初衷嗎？這種現象無疑是由於理智與感情的不平衡而形成的，即支配作者創作的是感情而非理智。必是過來人，經過親人喪葬傷透心的人，方能遇此種場面而情不自禁。王世貞就是這樣一位感情豐富卻屢遭親人不幸打擊的人。他在不太長的時間內，連喪三子一女，特別是父喪、母喪與弟弟之死，將他的精神摧垮了。他在〈與元馭閣老〉的書信中，痛苦地寫下了這樣的話：「自念平生奉先君子諱，奔太夫人喪，併此（弟亡）為三。雖號癖小減，卻有一種單熒衰颯之氣。總之，生趣盡矣。」[21] 王世貞自言有「號癖」，當不會假。其父下獄，他與弟哭求顯貴，何時不哭？兄弟倆都是死於眼病。他敘述其弟臨死前的情景：「老淚漬，目皆爛睛昏，過午輒茫茫，疢疾徧兩手股，奇癢奇痛。」[22] 王世貞臨死的前一年，右眼瞎，左眼也看不清東西，這些都是「號癖」的佐證。更有甚者，其弟亡，世貞悲不能勝，欲做事，非大哭兩三次方可。他在給元馭閣老的信中說：「欲草一祭章而不能下筆，何況行狀，須歸後，大慟三兩番，方有條理。」[23]《金瓶梅》在李瓶兒死後，寫西門慶大哭李瓶兒，在哭字上做文章，形式之多樣，感情之富於變化，且能深深打動

21　王世貞《弇州山人續稿》卷一百七十八，文部「書牘」，〈與元馭閣老〉。清文淵閣《四庫全書》本。

22　同註21。

23　同註21。

人,稱得上哭喪之絕唱。王世貞痛哭李瓶兒,總不離「我那仁慈的姐姐」。李瓶兒使西門慶動心處有三,其一,施惠於人卻從不求之於人。其二,受人氣從不在自己面前說,忍氣吞聲,自吞其苦。其三,處處關心別人,關心姐妹和下人,更關心西門慶,總能事事替西門慶想。譬如,她給西門慶帶來很多錢財,而自己臨死前,卻要西門慶不要亂花錢,用一兩銀子買個薄材就行了,以後還要過日子。正是李瓶兒的善心打動了西門慶,「我那仁義的姐姐」不是憑空喊出來的,而發自心底。然而讓人感到突兀的是,一向霸道的西門慶怎麼如此重起仁義來?怎麼突然間成為了仁人君子。孰不知,在西門慶的身上有着作者的影子。王世貞是位大孝子,且愛提攜人,幫助人,更愛賑濟百姓。他最喜愛的是仁德寬厚之人,而痛恨依勢弄權之徒。他妹妹去世使他撕心裂肺,痛不欲生。那是因為妹妹得了不治之症,而妹妹的病卻因為父親擔憂心痛憂傷所致,患病卻不告人,自己吞忍,以致於不能治癒。妹妹孝心、愛心令王世貞由衷地感慨!妹妹的仁慈正是他撕心裂肺的掀翻情窟的情感根源。王世貞寫於妹妹的祭文,淋漓盡致地表達了自己的痛苦的秘密:

> 癸丑,汝歸於張氏屬,先君子治軍越,而吾使歸吳。兩地島寇大作,先君子拮据矢石間,余兄弟奉老母避地奔竄。汝遠虞吳,至廢食寢,幾朝夕矣。汝自是病漸瘤,秘之弗告也。先君子移鎮薊,以老母念汝而攜夫婦於官也。權臣銜私忿,切骨惡語數至,汝即憂巨測,與老母相對,避先君子而飲泣。即又不欲傷老母心,至避老母而飲泣枕席間,瑩瑩然痕也。汝病益深矣,而猶秘也。
> ……
> 嗚呼!汝少則孝父母,兄兄而弟弟。既為婦,則恭以事舅姑,而勤儉以相夫子,令聲蔚然聞虞城矣。汝之專固未盡伸也。汝不盡伸於行,然無不謂賢也。[24]

至此我們發現,王世貞對死去妹妹的評價與西門慶對死去李瓶兒的評價何其相似。一個是仁義的姐姐,一個是賢惠的妹妹。西門慶大哭李瓶兒有着王世貞大哭亡妹的影子,唯如此,我們方可理解西門慶突兀的表現的深層原因。儘管王世貞哭妹與西門慶哭姐並無必然的聯繫,單獨看不過是表面偶然的巧合,然而若作系統的分析,還是從貌似巧合裏,發現內在必然性。這其間或許有王世貞的影子。

有人認為,王世貞一代大文豪、詩壇領袖,必倡雅厭俗,豈能熟悉戲曲小唱、市井風俗,寫出那數十萬言充斥着俚語俗氣的小說!持此觀點者不瞭解產生《金瓶梅》的那個時代,整個社會風氣是厭雅倡俗。卻以今天文人崇雅卑俗眼光衡定是非,故而有此錯

24　王世貞《弇州山人四部稿》卷一百五,文部「祭文」,〈哭七妹王氏文〉。明萬曆刻本。

覺。《金瓶梅》產生的時代，人們對「雅」文學的興趣漸漸淡漠了。臺閣體視界之狹小，氣韻之呆板，觀念之陳舊，自不待言。前後七子企圖開闊人們的文化視野，卻在傳統的泥塘中，攪不出什麼新氣象。有灼見的文人，將眼光瞄向民間，逐漸對俗文學發生興趣。李夢陽眼中的《西廂記》與《離騷》相伯仲。唐寅在科舉失意後，也追求市井生活的俗趣，暢漾於歌舞酒榭之間。他的詩作也大多體現對世俗生活的喜好。在陳繼儒的《藏說小萃序》中，可以見到吳中文士文徵明、沈周、都穆、祝允明等人喜愛收藏、傳寫「稗官小說」的生動記載，大批的文人投身於俗文學的創作，染指於小說、戲曲、笑話之中。王世貞創作《鳴鳳記》，也寫過小說；李開先投身於戲曲創作；哲學家李贄大批特批《水滸傳》《西廂記》《琵琶記》，稱前兩部書為「天下之至文」。湯顯祖滿腔激情地寫戲，公開頌揚少女為情而死。袁宏道主張寫男女真情，「出自性靈者為真詩」。馮夢龍大聲疾呼「六經皆以情教也」，他整理編寫了大量反映市井生活的小說、笑話、流行歌謠等。屠隆既能寫戲，「亦能新聲，頗以自炫，每劇場輒闌入群優中作技」。[25]

　　似乎能寫戲曲小說者，對於市井中的三教九流都頗為熟悉，他們涉足市井的方式，雖說是多樣的，然往往與青樓歌伎的交往不無關係。屠隆因「淫縱」事被罷官，他「不問瓶粟罄，而張聲妓娛客，窮日夜」。無疑情色生活使他們對下層女子有了更多的瞭解，為其創作提供了活生生的素材。

　　厭雅趣俗，喜歡市井生活的俗趣，正是《金瓶梅》作者執意追求的文學情趣。這一點在一篇對《金瓶梅》創作理解的最深切的序言——欣欣子的〈金瓶梅詞話序〉中，已做了清清楚楚的說明。

> 竊謂蘭陵笑笑生作《金瓶梅傳》，寄意於時俗，蓋有謂也……其中語句新奇，膾炙人口。使觀者庶幾可以一哂而忘憂也。其中未免語涉俚語，氣含脂粉。余則曰：「不然。〈關雎〉之作，樂而不淫，哀與怨，人之所惡也，鮮有不至於傷者」。吾嘗觀前代騷人，如盧景暉之《剪燈新話》、元微之之《鶯鶯傳》、趙君弼之《效顰集》、羅貫中之《水滸傳》、丘瓊山之《鍾情麗集》、盧梅湖之《懷春雅集》、周靜軒之《秉燭清談》，其後《如意傳》《于湖記》，其間語句文確，讀者往往不能暢懷，不至終篇而掩棄之矣。此一傳者，雖市井之常談，閨房之瑣語，使三尺童子聞之，如飫天漿而拔鯨牙，洞洞然易曉，雖不比古之集理趣，文墨綽有可觀。

此段文字不失為夫子自道。「寄意於時俗」便是一部《金瓶梅》用意所在。所謂「時俗」，

就是指當時盛行的俗趣。一指內容；二指形式，特別是語言。內容：「氣含脂粉」，樂而不淫，哀而不傷。語言：就是那些「市井之常談、閨房之瑣語」一類「俚俗」語。

為何偏要語涉俚俗？他得之於以往作品的教訓，那些諸如《鶯鶯傳》《水滸傳》，語言雖說精練、準確、雅致而有理趣，然而，「讀者不能暢懷」，「不至終篇」「而掩棄之矣」。所以他要來個巨手轉乾坤，扭轉舊傳統、舊習慣，用「俚語」「方言」寫出人人愛讀，讀之「如飫天漿」的《金瓶梅》來。這可並非隨便說說而已，而是全書一以貫之的思想和創作方法，它正是這部小說創作革新的宣言。一面書寫着「寄意於時俗」五個大字的鮮豔旗幟，顯示出一位力求跳出窠臼、打出一個方言俗語藝術天地者的大將風範。讀至此，我們不由得想起曹雪芹不滿千篇一腔、千人一面的才子佳人小說，他要換一種「循跡追蹤」的寫實法，再現曾生活在自己身邊的幾個異樣女子的面容。《紅樓夢》的成功，在很大程度上得力於作者的這種求異思維。然而，曹雪芹的自我表白實在是借鑒了這篇序文並受此啟迪的結果。

由此看來，用「市井之常談，閨房之瑣語」一類的「俚語」創作，正是該書作者所刻意追求的俗趣和真美境界。他的朋友對此次嘗試的成功頗感得意。三百年後的小子竟不細查，而視為低俗，視之為文化低下的民間藝人的東拼西湊，嗤之以鼻。如是小視《金瓶梅》，豈不曲解了作者的一片創作熱忱，埋沒了他在中國小說史上的巨大功勳。作者有知，必含恨九泉矣！

有的批評者一味地說西門慶俗，當然作者也許有意地將他塑造成一位俗人。然而，西門慶在與外界的交往中，非但不俗，卻極雅，語言得體，應酬自若，八面玲瓏，哪裏像個一字不識的文盲？我總懷疑，作者在創作過程中，無意識地將自己的言語風格、處世態度移到小說主人公西門慶身上了。這可反過來證明，《金瓶梅》作者是位修養很高的文人。

王世貞是位興趣極廣泛的學者、文學家，他所交往的人三教九流，無所不有，所有的文學樣式無所不覽，無所不寫。當時愛寫小說的人（王世貞的《四部稿》之一便有「說部」，雖所用形式多為考錄，但內容顯然有寫小說的素材），對市井生活以至男女情場之事都格外熟悉，且往往與青樓歌妓往來頻繁。王世貞與屠隆、馮夢龍一樣，也是位嗜酒好色之徒。少年時，有人罵他為「惡少年」。他高度讚揚民歌俚調，對世俗有着深厚興趣。他好道喜佛，學識博大，著述為一代之冠。他的《宛委餘編》所寫內容，從經書到女人髮式、化妝、衣着、姓名、無所不包。《金瓶梅》百科全書式的豐富與王世貞的廣博學識是相埒的。

五、王世貞晚年生活與《金瓶梅》成書年代

　　寫一部近 80 萬言的長篇小說，需必備的寫作條件，其中最要緊者是寬鬆的政治環境，安閒的時間和相應能夠引起創作衝動的心理因素。王世貞具備這些條件的機會僅有三次（其他時間或政治環境；或奔忙於官場事務中，無暇及此；或無此情緒）。一次是嘉靖四十五年。此前一年，嚴嵩被削籍、抄家，嚴世藩棄市，指斥嚴嵩父子專權，已無政治風險。此時，他的確寫了不少揭露嚴嵩醜行的文字，《樂府變十章》多成於此時，特別是那首〈袁江鈐山岡當廬江小婦行〉的長篇敘事詩，仿〈孔雀東南飛〉，以嚴嵩父子一生榮辱為線索，直斥嘉靖朝嚴嵩專權 20 年的官場腐敗。這一段時間他正家中閒居，有創作時間，也有寫《金瓶梅》的可能，但這種可能性極小。原因有二：一是朝中政治形勢並不那麼明朗，不便於寫。嚴嵩雖倒了，他父親王忬的冤案尚未昭雪。他在許多文章中，仍以「嵩相」稱嵩，可見其心中的顧忌依然甚重。像《金瓶梅》那樣指桑罵槐，指蔡京罵嚴嵩，乃至罵皇上，若寫於此時，似乎還不那麼適宜。他不會因此小事，而影響父親平反昭雪的大事；二是他這一階段心緒不佳，尚無創作長篇小說的興致。這一年，他年僅 22 歲的長女突然卒於蓐。在沉痛之際，他又生了一場大病，臥床半載，險些喪命。故此時作《金瓶梅》的可能性不大。

　　第二次是隆慶四年至六年（1570-1572）。王世貞丁母喪，閉門謝客，閒居小祇園，有充足的寫作時間。然在母喪期間，寫西門慶的淫蕩作樂生活，不合情理，可能性也不大。

　　最後一次是萬曆四年至十一年（1576-1582）。他對當時首輔張居正有些不滿，故而有一段長期閒居在家。萬曆四年秋，旨下，令其任南京大理寺卿。尚未到任，張居正便授意南京的楊節上疏彈劾，他乘機辭職，批文下，令他回籍候用。他閒居於家，擴增小祇園，使之極園林之勝，取名弇山園。常與和尚道士談禪論道，往來甚密。又廣交天下友，三教九流來者不拒。

　　我之所以認定王世貞創作《金瓶梅》當在此時，理由有四：其一，此時他苦讀貝經、道藏。《讀書後》是他此時的讀書感想集，記載了他所讀篇目，如〈讀圓覺經〉〈讀壇經一〉〈書僧倜禪師傳後〉〈書南陽國師傳後〉等。他還拜同鄉王元馭之女王燾貞（她自稱是「曇鸞菩薩化身」）為師，迷得昏頭昏腦。他的《列仙傳》與《宛委餘編》專論神仙的 17-19 卷，大都寫於此時。由此我們便可理解緣何《金瓶梅》中充斥着那麼濃厚的「說佛說道」思想的緣由。不過王世貞並非純佛教徒，他的《讀書後》的大多數文字對佛教經典評頭品足，談短論長。與對佛教的崇信相比，他更信道教，他的思想根基除了儒家的東西外，更多是道家的。如〈讀圓覺經〉：

> 鳴乎！余之暴餘深矣！不即不離，無縛無脫，此是吾人善證第一義。我愛即絕，
> 萬境皆空。不願作佛何？況生天亦庶幾矣！莊氏言：至人入水不濡，入火不熱。
> 鳴乎！是奚啻水火哉！

這種儒一、道二、佛三的思想結構與《金瓶梅》中所表現的諸思想多麼吻合！

其二，此時閒居里閭的王世貞注重俗趣真情，不但寫詩喜擬民歌口氣，淺俗流暢，朗朗上口，且有意記載民謠、俚語。《宛委餘編（五）》詳記農家流傳的冬春「九九歌」與三夏後的「九九歌」。此書對燈節、冠服、占卜、茶酒一類的記載猶詳，可見作者對民俗的關注。王世貞何以會如此關注民俗俚風，很可能與他創作《金瓶梅》不無關係。

其三，此間王世貞曾撰寫了百篇《詠史》詩。作者如此自道當時心境與動機：

> 蓋又兩年所，而時變種種，直言則不敢，置之則不忍，乃復借史事之相類而互發
> 者，續之，又得十二章，遂成百章……雖修辭不足，而托宗有餘矣！

作者所言雖是「詠史」，然其創作心態與動機同寫《金瓶梅》何其相近！我們應曉得，對自己創作《金瓶梅》處處遮蔽的王世貞，不可能在他的著作中留下寫作此書的任何文字記載。然「直言之則不敢，置之則不忍」的創作心態與「借史事之相類而互發者」的創作方法，及其「修辭不足，而托宗有餘」的自白，應該說已向我們透露出其中的消息。

其四，在這七年中，前三四年的可能性較小，因一來修造花園，二來對道教着了迷，苦讀道藏，無閒情於此。後兩三年的可能性更大些。萬曆十一年以後，王世貞的同鄉申時行執政，他的官也愈做愈大，不得不忙於繁雜的政務，恐無暇去寫長篇小說了。因此可知，《金瓶梅》創作的時間應為萬曆十年前後，成書的時間稍晚些，當在萬曆十一年之後，十七年之前。

我對王世貞寫《金瓶梅》深信不疑，且相信隨着對王世貞研究的深細，這個古老的沒有任何新奇的實實在在的結論，會得到更充分的證實。

清河州與王世貞父子

　　《金瓶梅》中有不少寫臨清城的文字，但與臨清州城究竟是怎樣的關係，在描寫的文字背後又掩藏着怎樣的秘密？是人們一直關注的問題。為破解此謎，我在臨清縣政協負責史料的一位金學專家杜明德先生的幫助下，搞到了康熙十二年、乾隆十四和五十年的《臨清州志》，喜悅之餘，靜心閱讀，從中尋找《金瓶梅》的蛛絲馬跡，竟有幾點意外的發現，現陳述於下。

一、臨清州城與王忬父子

　　康熙十二年，由知州于睿明主修的《臨清州志》卷之一〈城池〉中有如下一段文字：

> 新城州四方貿易地，溯河之民生聚日衍，城居不能什一。正德辛未，盜起瀛灞，守臣掘塹築土以衛，城外之眾謂之邊牆。嘉靖壬寅，巡撫都御史曾銑、兵備副使王楊得丘文莊公書曰：臨清宜跨河為城。遂協群議，由舊城乾巽兩隅拓而廣之，延袤二十里，跨汶、衛二水，為門六，東賓陽、景岱，南欽明、西靖，西綏遠，北懷朔。為水門三，汶一，衛二。各為戍樓，對峙為月城四，為戍鋪三十有二。鑿池深闊，垣高廣，並如舊城，而閭閻之宏麗、峻敞實過之。第詘於時，未有甃覽。嘉靖丙午，按察副使李遂為水道二。己酉副使丁以忠為小門於靖西、綏遠之間。辛亥，巡撫都御史王忬、副使李憲卿，為敵台三十有二。

這段文字清楚地記載了臨清新城增建的過程，其中貢獻最大者有兩人，一是巡撫都御史曾銑。一是巡撫都御史王忬。前者奠定新城的規模，後者增強新城的防固。時間也較接近，一個是嘉靖二十一年，一個是嘉靖三十年。再查《明史·王忬傳》：

> 忬請賑難民，築京師外廓，修通州城，築張家灣大小二堡，置沿河敵台，皆報可。尋罷通州、易州守禦大臣。召忬還。三十一年出撫山東，甫三月，以浙江倭寇亟，命忬提督軍務，巡視浙江及福、興、漳、泉四府。

此段文字提供了兩個重要資訊，一是《臨清州志》的記載是基本正確的，即王忬確曾出

任山東巡撫。只是時間略有出入，不是嘉靖三十年而是三十一年。二是，由此段文字而知王忬每巡撫一處，必將築城廓敵台等防禦工事置於首位。在通州修築城廓、築大小堡，沿河建敵台，且因此取得了明顯成效。而在臨清這個交通要衝建敵台，是巡撫通州的繼續。一句話，王忬出任山東巡撫的時間雖然不長，但他在臨清州停留的時間相對多些，對臨清是很熟悉的。

有趣的是，在乾隆十四年由知州王俊主修的《臨清州志》中又發現了王世貞的兩首詩。一首是〈王弇州過臨清衛河詩〉：

> 人家半侵河，屋後曬魚網。
> 夜深喚小婦，篝燈聽波響。
> 歲遇巨浸魚，蝦供飯無異。
> 水鄉否□則，重價不得矣。[1]

王世貞寫有〈衛河八絕〉。此詩寫出了王世貞對臨清水城生活的新奇感受，字裏行間流溢著詩人對此水鄉魚城的喜悅、愛戀之情。

第二首位於「方元煥西郊草堂」下，單列王世貞詩。

> 小徑茅堂負郭寬，祗須題字便迴鞍。
> 床頭賸有籠鵝帖，篋裏能無註鶡冠。
> 臥壁龍蛇春欲動，宿楣雲霧晝長寒。
> 知君愛寫狂夫句，儻許淇園竹數竿。[2]

從此詩可看出二個重要資訊，一是方元煥的草堂就在新城西門外的城廓邊上。王世貞很可能是騎馬去的，並在草堂題寫字，題寫何字？很可能就是此詩。二是王世貞對方元煥其人很熟悉，對於他善書法，能詩文及超逸的人格頗為贊許。方元煥何許人？乾隆十四年修《臨清州志》卷九〈名宦傳〉：

> 方元煥，字晦叔，號兩江，嘉靖丁酉舉人，善古文辭，嘗有句云：「山雞未鳴海日出」。謝山人亟賞之。知州成憲微集州乘。尤工書法，遠近知名。安南譯使不惜千金購其字。華亭周思兼曰：兩江書如衛、霍子弟行兵，千里赴利，神氣自倍。又如鷹隼乘風搏狐兔，轉顧自如。

---

1 又見王世貞《弇州四部稿》卷四十五，詩部，〈衛河八絕〉其六。後四句不見王世貞集中。
2 又見王世貞《弇州四部稿》卷三十六，詩部，〈題方子元煥西郭草堂〉。明萬曆刻本。

那麼這兩首詩寫於何時，尚難定論，只能做些推測。前一首可能寫於嘉靖三十五年八月，王世貞查獄於廣平府，謝榛、顧聖少等追會於衛河。《弇州山人四部稿》卷三十一丙辰歲〈謝茂秦盧次楩謁余於魏郡有作〉。卷三十五、丙辰歲〈月夜發大名謝茂秦顧季狂追會衛河舟中作〉。若此，王世貞查獄是否來過臨清，還是僅從此路過，尚難判定。不過第二首詩顯然表明作者是有意訪方元煥西郊草堂的。從這首詩的內容看，隻字未提及方元煥與作者當時的交往，很可能是方元煥去世後的事，方元煥嘉靖四十三年尚且編寫《臨清州志》。故知此詩或寫於嘉靖四十三年之後。不管怎麼說，王世貞至少兩次到過臨清。

這裏需特別指出的是，謝榛（臨清人），是最早與王世貞交往的七子之一。在七子中，「茂秦以布衣執牛耳，諸人作五子詩，咸首茂秦，而於鱗次之。」人們通常認為李攀龍後來與謝榛絕交，王世貞站在攀龍一邊，而與謝榛關係不好，並將謝趕出了七子之列。卻不知，那僅僅是二三年間的事情（嘉靖三十二年至三十五年，三十五年九月又在一起交遊吟誦，上列第一首詩就是寫於兩人關係恢復之後），其後，謝榛與王世貞的關係非同一般。隆慶二年，謝榛詩結集前請王世貞為之寫序，其在文壇地位也多用世貞定評。萬曆三年，謝榛死，王世貞寄詩輓之，發出知音者的哀痛。

二、新臨清城修造的兩位巡撫與《金瓶梅》中的曾孝序

《金瓶梅》中清官而遭陷害的只有一人——曾孝序。宋代確有曾孝序其人，且《宋史》有傳。《宋史》卷四百五十三〈曾孝序傳〉：

> 曾孝序，字逢原，泉州晉江人，以蔭補將作監主簿，監泰州海安鹽倉，因家泰州。累官至環慶路經略按撫史。過闕，與蔡京論講，議司事，曰：天下之財貴於流通，取民膏血，以聚京師，恐非太平法。京啣之。時京方興結糴、俵糴之法，盡括民財充數。孝序上疏曰：「民力殫矣。民為邦本，一有逃移，誰與守邦。」京益怒。遣御史宋聖寵，劾其私事，追逮其家人，鍛練無所得，但言約日出師，幾誤軍期，削籍竄嶺表。遇赦，量移永州。京罷相，授顯謨閣待制，知潭州。……先是臨朐士兵趙晟，聚眾為亂，孝序副將官王定，兵千人捕之，失利而歸，孝序責以力戰自贖。定乃以言撼敗卒，奪門斬關入，孝序出據廳事，瞋目罵之，遂與其子宣教郎訏皆遇害。[3]

曾孝序是位清官忠臣，卻終遭蔡京陷害。其事蹟與《金瓶梅》所記曾孝序事相近。《金

3　元‧脫脫《宋史》卷四百五十三，列傳第二百一十二，忠義八，〈曾孝序傳〉。清乾隆武英殿刻本。

瓶梅詞話》第四十九回寫道：

> 卻表巡按曾公見本上去，不行。就知道二官打點了。心中忿怒。因蔡太師所陳七
> 事內，多乖方舛訛，皆損下益上之事。即赴京見朝。覆命上了一道表章。極言天
> 下之財貴於通流，取民膏以聚京師，恐非太平之治。民間結糴俵糴之法不可行；
> 當十太錢不可用。鹽鈔法不可屢更。臣聞民力殫矣，誰與守邦。蔡太師大怒。奏
> 上徽宗天子，說他大肆倡言，阻撓國事。那時將曾公付吏部考察，黜為陝西慶州
> 知州。陝西巡按御史宋盤就是學士蔡攸之婦兄也。太史陰令盤就劾其私事，逮其
> 家人，煆煉成獄。將孝序除名。竄於嶺表，以報其仇。

然，《金瓶梅詞話》敘事的基本方法是「假宋寫明」，就像《紅樓夢》的敘事謀略是「真
事隱去，假語村言」一樣。換言之，曾孝序這個形像是假宋代曾孝序的事（如借蔡京事一
樣）寫明代某位官吏。那麼是寫明代那位官吏呢？

小說中的曾孝序的官職是巡按御史（所指何人，往往從官銜上提供暗示或線索）。而山東
巡按御史人品經歷、命運與曾孝序相近者，便是曾銑。

《明史》卷二百零四列傳第九十二〈曾銑傳〉：

> 曾銑，字子重，江都人。自為諸生，以才自豪。舉嘉靖八年成進士。授長樂知縣，
> 徵為御史，巡撫遼東，……全遼大定，擢銑大理寺丞，遷右僉都御史，巡撫山東，
> 俺答數入境內地，銑請築臨清外城，工畢，進副都御史，居三年，改撫山西。經
> 歲寇不犯邊。朝廷以為功，進兵部侍郎。巡撫如故。二十五年夏，以原官總督陝
> 西三邊軍務。寇十萬餘騎，由寧塞營入，大掠延安、慶陽境。銑率兵數千駐塞門，
> 而遣前參將李珍搗寇巢於馬梁山陰，斬首百餘級。寇聞之始遁。捷奏，齎銀幣。
> 既而寇屢入，遊擊高極死焉。副總兵蕭漢敗績。銑疏諸將罪，治如律。時套寇牧
> 進塞，零騎往來，居民不敢樵采，銑方築塞，慮為所擾，乃選銳卒擊之，寇稍北。
> 間以輕騎入掠，銑復率諸軍驅之遠徙。參將李珍及韓欽功為多，詔增銑俸一級。
> 賜銀幣有加。……念寇居河套，久為中國患。上疏曰：「賊據河套，侵擾邊鄙將
> 百年，孝宗欲復而不能，武宗欲征而不果，使吉囊據為巢穴，出套則寇宣大三關，
> 以震畿輔；入套則寇延寧甘固，以擾關中。深山大川，勢顧在敵，而不在我。封
> 疆之臣曾無有以收復為陛下言者，蓋軍興重務也，小有挫失，媒孽踵至。鼎鑊刀
> 鋸，面背森然。臣非不知兵凶戰危，而枕戈汗馬切齒痛心有日矣。……帝為責讓
> 諸巡撫，會同行。……意與銑同。至十一月，銑乃合撫按諸臣條，上方略十八事
> 已，又獻營陣八圖並優，旨下：廷議。廷臣見上意向銑，一如銑言。帝忽出手詔，

論輔臣曰：「今征逐套賊，師果有名否？兵食果有餘力？成功可必否？一銑何足言，如生民荼毒何？」初銑建議時，輔臣夏言欲倚以成大功，故從中主之甚力。至是承詔，大駭。請帝自裁斷。帝命刊手詔，遍給與議諸臣，俾再計之，當是時，時嚴嵩與，言有隙，方欲借事傾言及見止諭嚴切，欲因與傾言蕭，乃極言套必不可復，陰詆言，故自引罪乞罷，以激帝怒。旋復上章顯攻言，謂向擬旨保銑，實出言乎臣皆不預聞。而兵部尚書王以旂會廷臣，復奏，盡反前說，亦言套不可復。帝責，群臣觀望，乃遣官逮銑。……而出以旂代之，又謂此安危大事，科道官乃坐視不言，悉杖之於廷，停俸四月，時帝雖怒銑，然無意殺之也。會咸寧侯仇鸞，鎮甘肅時，每以驕恣，為銑所劾，最後命逮治。……帝必欲依正條，當銑交結近侍律斬。妻子流兩千里，即日行刑，銑既死，言亦坐斬。[4]

曾銑為巡撫，屢立軍功，得帝獎勵，於是欲收復河套而建大功，遭到奸臣嚴嵩等陷害。最終妻兒流放，自己身死。

　　然而，《金瓶梅》中所寫曾孝序事，既與宋史中的曾孝序不一樣，也與明史中的曾銑有一定差異。差就差在增添了家庭的故事：陷害曾孝序的除了蔡京外，還有陝西巡按宋盤，他正是蔡京兒子輩——兒媳的哥哥。於是密令這位兒子輩的人陷害曾公。陷害的方法是「劾其私事，逮其家人，煅煉成獄」。那麼這段加上去的故事，用意何在？也是以此事暗示指明代的另一位大臣。這位大臣何許人也？也許是地位經歷與兩位曾公相似的人，也是山東巡撫，它竟出現於《臨清州志》，是與曾公一樣建新臨清城的王忬。它也是山東巡撫，也是一位軍功顯赫的人物，也是一位受嚴嵩陷害的清官。而所加故事恰與王忬家故事相近。這位王忬恰與曾銑位列同一傳冊（《明史》列傳第92卷）中。

部臣言，薊鎮額兵多缺，宜察補。乃遣郎中唐順之，往覈。還奏：額兵九萬有奇，今惟五萬七千，又皆羸老。忬與總兵官安巡撫馬珮及諸將袁正等俱宜按治。乃降忬俸二級。帝因問嵩：邊兵入衛舊制乎？嵩曰：祖宗時無調邊兵入內地者。正德中，劉六猖獗，始調許泰郤永領邊兵討賊。庚戌之變仇鸞選邊兵十八支護陵京，未用，以守薊鎮。至何棟始借二支防守。忬始盡調邊兵守要害，去歲又征全遼士馬入關，致寇乘虛入犯，遼左一空。若年復一年調發不已，豈惟糜餉，更有他憂。帝由是惡忬甚。……五月（嘉靖三十八年），輅復劾忬失策者三，可罪者四，遂命逮忬及中軍遊擊張倫下詔獄。刑部論忬戍邊。帝手批曰：諸將皆斬。主軍令者顧得附輕典耶，改論斬。明年冬竟死西市。忬才本通敏，其驟拜都御史擴屢更督撫

4　清·萬斯同《明史》卷二百九十四，列傳一百四十五，〈曾銑傳〉。清鈔本。

也，皆帝特簡，所建請無不從。為總督數以敗聞，由是漸失寵。既有言不練主兵者，益大恚。謂忬怠事負我。嵩雅不悅忬，而忬子世貞復用口語積失歡於嵩子世蕃。嚴氏客又數以世貞家瑣事搆於嵩父子。楊繼盛之死，世貞又經紀其喪。嵩父子大恨。灤河變聞，遂得行其計。

王忬之死，一是因自己謀劃有誤而遭兵敗，更要緊的是得罪於嚴嵩父子，嚴嵩告訐於帝，指令乾兒子唐順之等彈劾王忬。而所以得罪嚴嵩，又是由於「嚴氏客」「數以世貞家瑣事搆於嵩父子」。這與《金瓶梅》所寫「太史陰令盤就劾其私事，逮其家人，煆煉成獄」完全吻合。「世貞家瑣事」或「私事」又是什麼？後來流傳的傳家寶（一幅畫或一隻玉杯等）故事，當由此起。

由以上分析，我們發現《金瓶梅》中所寫與蔡京不和的忠臣曾孝序的故事，不單是他一人的故事，而是包含着任職山東的兩位巡撫曾銑和王忬的故事內容，正是這三個人的遭際、命運組合成了曾孝序的形象。而這三個人物在三個方面有驚人的相似。其一，都在山東任官，官職都為右僉都御史，巡撫山東。其二，都是被奸相所陷害的忠臣、功臣，都死得很冤。而這個奸相無論是否假宋代的蔡京，都指向一人，即明代「四凶」之首的奸相嚴嵩。其三，三人都與臨清有關，後二位見於《臨清州志》。

可見，《金瓶梅詞話》中所描寫的山東巡按御史曾孝序的故事，實則由三個人物的故事構成，即借宋代山東巡撫曾孝序的故事寫明代的山東巡撫曾銑，而曾銑故事背後隱藏着另一位山東巡撫王忬遭害的故事。而隱藏着的王忬故事才是作者寫曾孝序形象的真正本意所在。對這一分析，我們還可以找到幾個旁證。如小說用深筆痛刺嚴嵩廣納乾兒義子事。又如西門慶欺騙宋惠蓮陷害來旺事等。

模擬風氣與撰寫方法考察

　　本文所言撰寫方法，既不是指作家處理文學與生活關係的創作方法，諸如現實主義、浪漫主義之類的東西；也非假借法、寄託法、諷喻法、結構法等藝術表現手法，而是指作家創作過程中的具體操作方法，即如何處理素材、組織素材以及行之於文字的方式。譬如《紅樓夢》，人們一般認為曹雪芹先插好故事架子，然後再返回來寫詩填詞，斟酌字句。王世貞寫《金瓶梅》的方法很獨特，既不同於《紅樓夢》，也不同於其他長篇小說，故而很值得琢磨、玩味。若不然，極易生出種種困惑、誤解，很難真正讀懂《金瓶梅》。

　　事實上，讀《金瓶梅》有許多困難。一方面作者的敘事才華不在施耐庵、羅貫中之下，人物語言的豐富、鮮活、動作化、音樂美深得以長於記言著稱的《戰國策》之神髓，令稗史中許多鴻篇巨制相形見絀。而另一方面引用大量的戲曲、小曲、笑話、說經等俗文學史料，且往往邋邋遢遢，就像一位漂亮的美女穿了件臃腫的拖地長裙，戴了滿頭的鮮花首飾，總使人喜愛又感到不大舒服。美麗花朵是要綠葉陪襯的，散文中摻入些韻文，自《穆天子傳》以來中國小說就有這一傳統。不管是文人以此來顯示自己的「詩才」也好，還是說書人伴以唱，以防單調也罷，總之散文需要韻文這枝綠葉的陪襯。《金瓶梅》之病在於太多太濫了，於是便不完美，便招來種種非議。其中下層藝人撰寫說，集體創作一人寫定說，正是建立在這種認識基礎上的。然而一個最明白不過的事實是《金瓶梅詞話》與累積型小說《三國演義》《水滸傳》《西遊記》的巨大差異靠這種貶低作者的方法依然不能抹平。如果是一個文人最終寫定，那麼書中頻繁借引、文字錯訛又將做何種解釋？如果假定為下層文人或藝人寫作，該小說構思的完整，敘事針線之細密，人物形象的鮮活傳神，百回文字渾然一體，不失稗官之上乘，又如何解釋？大才妙手與文字之粗糙總難統一起來。

　　如何理解這一現象，成為解讀、評價這一千古奇書的關鍵。

　　愚以為，《金瓶梅》的撰寫方法妙在一個「借」字，懂得「借」的技巧，具有善「借」、在「借」中化舊生新的再生智慧。這種在文學創作中大量借用他人作品的做法，在很大程度上是受了那個時代文壇風氣影響的結果。中國文學史上，創作借鑒前人司空見慣，特別是中唐以降，學古復古之風代代盛行。而自元代始，學古復古日漸蛻化為擬形失神、句剽字竊的抄錄、剽襲。更由於臺閣體、八股文對文人眼界長期地遮蔽，從而使得意在

割除臺閣體之弊的明代擬古之風來勢之猛烈、影響之深廣，為前代所少見。只要翻一下明代中葉的詩集便可見一斑。這種創作風氣的影響不只限於詩文，小說戲曲尤甚。《西廂記》《牡丹亭》的愛情劇模式，幾牢籠元明清三代；《三國演義》《水滸傳》《西遊記》《金瓶梅》成為此後小說創作難以超越的敘事磁場；一部好的作品一出台，續作蜂擁而至，續詩、續劇、續書滿天飛。就連《紅樓夢》那樣精美之作，也逃不掉《金瓶梅》的魔影，更不要說脫手於中下流文人的東西了。更為有趣的是在前後七子統治文壇時期，模擬古人非但不為恥，反倒成為眾人喜好的時尚，這種時尚最為得力的推助者——後七子領袖王世貞（我主張《金瓶梅》的作者為王世貞，並提出了 6 條內、外力證，當另撰文論之）。不但在理論上重舉復古旗幟，而且在詩歌實踐上用力之勤超出他的同仁。當我們讀王世貞的《四部稿》，發現他的不少擬古詩文常化用他人詞句，給人似曾相識之感。的確在這方面，王世貞比李攀龍走得更遠。《四庫全書總目》云：「（王世貞）為時耆宿，其聲價遂出攀龍上。而摹擬剽襲，流弊萬端，其受攻擊亦甚於攀龍。」可以說為文剽襲，王世貞為一時之最，當然對於不屈於人的王世貞來說，摹擬是形式，創新與寫真情方為其本質和靈魂。《金瓶梅》亦如是。《金瓶梅》中將大量他書的文字素材拿來鑲嵌於獨創的人物故事結構之內，可視為王世貞作的一個最有力的證據，是王世貞將自己的模擬「剽襲」的創作主張與方法不自覺地運用到《金瓶梅》的創作中，為後人留下了抹不去的印跡。唯如此，方能對《金瓶梅》廣引之奇作出合理的說明。王世貞將他們主張的以秦漢、盛唐為楷模的模擬術移植到小說創作中來，開闢了小說撰寫的新模式。這種方法的移植，一方面擴大了小說家的文化視野，立足小說，又不局限於小說一體，而是在文化領域博采廣納，兼收並蓄。史書、寶卷、笑話、詩詞、散曲、戲劇，應需而用，隨時拉入作品中來，從而使得脫胎於史書的小說成為吸納眾家之長的萬能文體，一種將寫實與寫意、說與唱兩大類文學結合得最完美的文人獨撰的長篇小說。另一方面，這種方法的移植必然引起整部小說語言形態的新變；多色塊的拼接和聲音文字過多地切入也易造成讀解過程的誤識。而弄清作者獨特的操作程式、方法，方是消除誤識最有效的途徑。

《金瓶梅》借外來材料撰寫小說的方法是多樣的，如補抄與鑲嵌、記憶與化用、口述與筆錄等。「鑲嵌」法，學界已多論及，不復贅述。愚以為，在諸多方法中最要緊、最能決定作品特色的是記憶整合與口述筆錄兩法，今分述如下。

所謂記憶與化用，指外來素材通過閱讀而攝入大腦，又憑記憶中的信息整合生發出新的情節。譬如整合形象，由唱曲兒衍生出新情節等。這是一種脫離書籍依憑的更具創造性的整合思維。

我說《金瓶梅》的寫作靠的是記憶，而不是靠臨時翻書、查資料、抄詞典是有根據的。首先書中的主要人物形象是由若干部小說中的形象拼湊在一起而後重新整合為新形

象的。如李瓶兒這個人物就是由三個形象拼集化合而成。一是梁中書的小妾。《金瓶梅》介紹她的身世：先與大名府梁中書家為妾。只因政和三年正月上元之夜，李逵殺了梁中書全家老小，她乘亂帶了一百顆西洋大珠逃了出來；二是盧俊義的妻子。《水滸傳》中所寫殺梁中書一家老少的是杜遷、宋萬而非李逵，作者可能是記錯了，不過帶着金銀逃跑的是盧俊義之妻賈氏。賈氏背着丈夫與人偷姦，而後又夥同情夫陷害丈夫，欲置之於死地，將家中財物拱手獻給情夫。這種做法與李瓶兒背夫轉財的行徑極相似，作者在塑造瓶兒形象時，很可能是由此受到啟示；三是〈志誠張主管〉（見《京本通俗小說》）中的「小夫人」。這位「小夫人」原是王招宣府裏的小夫人，因失王招宣歡心，後嫁與開線鋪的員外張士廉。出嫁時偷走了招宣府上一串一百單八顆西洋珍珠，張員外因此吃官司而家敗。《水滸傳》中的賈氏逃走時未帶這百顆西洋珍珠。李瓶兒手中的這件稀世之寶想必是《金瓶梅》作者從那位「小夫人」手中借來的。由此可見李瓶兒這一形象是受了這幾個人物的啟發並結合作者熟悉的現實人物創作而成，這種整合靠的是作者的記憶與聯想，而非抄錄某種現成的材料。

　　一部《金瓶梅》除了前幾回將《水滸傳》大部頭借用、壓縮、改寫外，此後多為單憑記憶中熟悉的材料創作的。作者為我們留下了能說明這一點的諸多痕跡，今試舉一例，以見一斑。

　　小說第 52 回，敘述了李桂姐投入王三官懷抱被三官的妻子告知叔父六黃太尉，太尉責令有司捉拿送京，李桂姐求應伯爵替她向西門慶說情搭救，後躲藏在西門慶宅裏。西門慶替她說人情免提她，應伯爵讓李桂姐為他唱個曲兒致謝。

> 桂姐慢慢才拿起琵琶，橫擔膝上，啟朱唇，露皓齒，唱了個〈伊州三台令〉：
> 思量你好辜恩，便忘了誓盟，遇花朝月夕良辰，好交我虛度了青春。悶懨懨把欄杆憑倚，凝望他怎生全無個音信？幾回自忖，多應是我分薄緣輕。
> 〈黃鶯兒〉誰想有這一程，（伯爵道：「陽溝裏翻了舡，後十年也不知道。」）減香肌，憔瘦損；（伯爵道：「愛好貪他，閃在人水裏。」）鏡鸞塵鎖無心整，脂粉懶勻，花枝又懶簪。空教我黛眉蹙破春山恨。（伯爵道：「你記得說，接客千個，情在一人。無言對鏡長籲氣，半是思君半恨君。你兩個當初好，如今就為他耽些驚怕兒也罷，不抱怨了！」桂姐道：「漢邪了你，怎得胡說！」）最難禁，（伯爵道：「你難禁，別人卻怎樣禁的？」）譙樓上畫角，吹徹了斷腸聲！（伯爵道：「腸子倒沒斷，這一回，來提你的斷了線，你兩個休提了。」被桂姐盡力打了一下，罵道：「賊們攘的，今日汗歪了你，只鬼混人的！」）
> 〈集賢賓〉幽窗靜悄月又明，恨獨倚幃屏，驀聽得孤鴻只在樓外鳴，把離愁又還題

> 醒。更長漏永，早不覺燈昏香盡。眠未成，他那裏睡得安穩？（伯爵道：「傻小
> 淫婦兒，他怎的睡不安穩？又沒拿了他去，落合的在家裏睡覺兒哩。你便在人家
> 躲着，逐日懷着羊皮兒，直等東京人來，一塊石頭方落地。」桂姐被他說急了，
> 便道：「爹，你看應花子來！不知怎的，只發訕纏我！」伯爵道：「你這回才認
> 得爹了？」）

這段文字不但寫來有趣，也稱得上天下奇文。一筆三用，一目三睹，情思如一，渾然一
體。李桂姐滿含深情地唱着，字字含情；應伯爵細細地聽着，體察入微，他像桂姐肚裏
的蛔蟲，每唱到情深處，便一語點破，句句戳入桂姐痛處；西門慶一邊為桂姐的美妙歌
聲陶醉，一面又被伯爵的點評驚醒，愛恨交集，甜酸苦辣一齊來，伯爵是在挖苦李桂姐
一僕二主，身在曹營心在漢；一面又在諷刺西門慶不明真偽，上當受欺，為他人做嫁衣
裳。一隻曲子抖出三個人的心事，三人的心理交錯展現於讀者面前。若非對此曲爛熟精
透的人，絕寫不出此情此景。惟有曲在胸中，一邊寫曲兒，一邊體察，一邊想唱者情緒，
一邊寫伯爵心跡，一邊寫桂姐反映，一面還要照顧那位旁聽者的心緒。如是一遍合成，
絕不能因一字一詞分心，更不會去翻書，被那字的形狀筆劃打擾。能入此境者，非背誦
者絕無可能。就像寫詩用典，若翻書查閱典故絕不能寫出一氣呵成、情暢意美的佳作，
好詩皆為自然而然，典故隨着情泉湧出。一個不識字的孩子，翻着字典寫文的孩子，絕
難寫出漂亮的文章來，此理甚明。

　　至於這段唱詞中個別字與《詞林摘豔》中的原曲詞有差異，如「幾回自忖」為「幾
回自將」，「我分薄緣輕」為「我薄緣輕」，「這一程」為「這一種」，「懶簪」為「又
懶簪」等，並不能說明作者改寫的用意何在。道理也很簡單，那是因為作者所記憶的是
社會上眾人唱出來的曲詞，而非抄《詞林摘豔》中的文字。寫作水準如此高的神筆、大
手筆，豈能連文字都抄錯耶？文字上出現的個別差異，更進一步證明這段曲兒是背誦出
來的，而非依樣畫葫蘆畫出來的。

　　由此我們可以解釋全書中常見的所謂「抄寫訛誤」「少字錯字」的現象，那不是由
於作者的文字水準太低，而是由於他全憑記憶寫出，記憶來自「唱詞」，非現成書本。
當然也由於這部小說寫得較為倉促，缺少字斟句酌的一道工序，方有上述問題的產生。
但若說作者是下層藝人、集體創作，是講不通的，因為即使是集體創作、一人寫定，如
經千錘百煉，也絕不可能生出上述現象。

　　古代文人多重養生之道。年老體衰後，讀書時間的長短自然受眼睛等身體條件的限
制。所以許多有條件的名士、巨公，為養目養神，常請書童或弟子代勞，讓他們念書，
自己閉目而聽。或自己口述，令弟子筆錄。李贄晚年讀書就是如此，他的許多著作特別

是小說戲曲的評點，就是弟子念，他邊聽邊口述，令弟子寫下來的。袁中道曾記下他親眼見到的情景：「予往訪之，正命僧常志抄寫此書，逐字批點。」李贄自己說他無歲不讀羅近溪先生書，實際上他常常是聽書。「今某聽之，親切有味，詳明而不可厭，使有善書者執管筆侍側，當疾呼手腕脫矣！」《金瓶梅》的創作很可能屬於此類。或許是王世貞說，他的弟子抄錄。這並非我憑空臆度，而是有根據的。

王世貞是位感情豐富的人，因一生多遭變故，自 27 歲後家中接連遭九喪：父母、五個兒女（三男兩女）、一弟一妹。父喪使他遭受重大精神創傷。其父下獄，王世貞與弟「蒲伏嵩門」，「涕泣求貸」。又「日囚服跽道旁，遮諸貴人輿，搏顙乞救。」（《明史・王世貞傳》）日日號哭。其父棄市後，痛不欲生。他的妹妹因哀傷過度，竟不治而歿。他與弟築室墳側，三時進食哀號。於是哭成「號癖」，雙目因淚滲而紅腫，導致眼疾。萬曆七年眼病發，「不能多讀書，兀兀匡坐」，而這時正是他創作《金瓶梅》時期。此時因不能多讀書，80 首〈詠史〉詩就是憑記憶史事寫出的。「因由腹笥諸所憶史事，有慨於中者，得八十篇詠之」。這 80 篇之事靠記憶文字「詠」出，是否自己口述，由門人筆錄，雖無直接材料，然從情理推之，當是。

當然《金瓶梅》的創作是否口述筆錄，還須用作品說話。靠聽聲音而記錄的作品，有兩個突出特點：一是同音字的誤寫。漢字的一大特點是大量同音而不同形字的存在，至使抄寫過程中出現同音異字，乃至錯別字；二是口述者與筆錄者借聲音傳達信息，聲音符號在記憶中難免發生變形，寫於紙上，極易出現一句話中多字或少字現象。而抄錄原書，字形對字形，一字一空，便絕不會出現同音異形、或多字少字問題。所以如果大量同音異形字或多字少字現象出現於文本中，便說明它是口述筆錄的文字。上述現象在《金瓶梅》中的確普遍存在着，今試分述之。

小說第 74 回，寫尼僧宣卷。夜深人困了，李桂姐為眾人唱曲兒〈夜中花〉「更深靜悄，把被兒薰了」這段唱詞來自《詞林摘豔》，與《詞林摘豔》對查，便發現這兩種現象都存在。同音異形字有：「我做意兒瞧（應為「焦」），他偷眼兒瞧」；「者（為「着」）麼是誰，休道是我」。多字或少字者有：「全（多出字）靜悄悄全無消耗」；「他笑吟吟將被兒錦開（應是「錦被兒伸開」）」；「你戀着蜂蝶采使」（應為「蜂媒蝶使」）。至於一部書中，這類情形就更多了。如同音異體字：「鬼怪」與「魁在」；「蔽綠窗」與「閉綠窗」；「十字紐」與「十字扭」；「鳳飛」與「鳳扉」；「偏稱」與「偏襯」；「珠履」與「朱履」；「勤王」與「擎王」；「有如西苑」與「猶如西苑」；「人情澹」與「人情淡」等等。至於多字少字者，幾舉不勝舉：「消磨」與「消磨了」；「許多」為「許多時」；「少欠」為「少欠下」；「砂」為「與砂」；「大麻齊加」為「天麻這幾味兒齊加」；「撲撲簌簌」為「撲簌簌」；「一日一日夜長，夜長難捱孤枕」為「一旦夜長

難捱孤枕」等等。這些足以說明《金瓶梅》的確存在着作者口述門人筆錄的現象。將王世貞個人眼睛不好，不便讀書時便憑記憶「詠」詩、念文寫作的情形與《金瓶梅》內出現的大量同音異形、逸字少字現象合在一起思考，說明王世貞在創作《金瓶梅》過程中，自己口述、門生手錄的可能性甚大。

在作過上述分析之後，我們對《金瓶梅》撰寫的特點有了進一步瞭解，同時此書為文人獨撰抑或集體創作，心中也益加明瞭。堅持集體創作說者事實上是以典雅為尺度衡定《金瓶梅》的，以為大名士筆下之文自然是雅正端莊，而不會涉足於市井俚語，更不會四處抄錄他人作品中的東西。《金瓶梅》這種俗透的東西不但絕非出自大名士之手，也非文人所獨撰。這種重雅輕俗的價值觀多少反映了當今時代文人的審美心理情趣。

然而，這種立足點，這種觀察問題的視角與思考方法與《金瓶梅》作者的立足點和審美觀是不一致的，乃至大相徑庭。

《金瓶梅》產生的時代，人們對「雅」文學的興趣漸漸淡漠了，臺閣體視界之狹小，氣韻之呆板，觀念之陳舊，自不待言。前後七子企圖開拓人們的文化眼界，卻在傳統的泥塘中攪不出什麼新氣象，有灼見的文人將眼光瞄向民間，逐漸對俗文學發生興趣。李夢陽有句發自內心的話：「今真詩乃在民間。」（《詩集自序》）唐寅在科舉失意後，也追求市井生活的俗趣，暢漾於歌舞酒榭之間，他的詩作也大多體現出對市俗生活的喜好。「在陳繼儒的《藏說小萃序》中，可以見到吳中文士文徵明、沈周、都穆、祝允明等人喜愛收藏、傳寫『稗官小說』的生動記載」。大批的文人投身於俗文學的創作，染指於小說、戲曲、笑話之中。王世貞創作《鳴鳳記》，也寫過小說（他的《四部稿》中，四部之一便為「說部」，其形式雖非小說，卻多是小說素材的考察）；李開先投身於戲曲創作；哲學家李贄大評特批《水滸傳》《西廂記》《琵琶記》，稱前兩書為「天下之至文」；湯顯祖滿腔激情地寫戲，公開頌揚少女為情而死；袁宏道主張寫男女真情，「出自性靈者為真詩」；馮夢龍大聲疾呼「六經皆以情教也」，他整理編寫了大量的反映市井生活的小說、笑話、流行歌謠等；屠隆既能寫戲，「亦能新聲，頗以自炫，每劇場輒闌入群優中作技」。

厭雅趨俗，喜歡市井生活的俗趣，正是《金瓶梅》作者執意追求的文學情趣。這一點在一篇對《金瓶梅》創作理解得最深切的序言——欣欣子的〈金瓶梅詞話序〉中，已作了清清楚楚的說明：

> 竊謂蘭陵笑笑生作《金瓶梅傳》，寄意於時俗，蓋有謂也。……其中語句新奇，膾炙人口。……使觀者庶幾可以一哂而忘憂也。其中未免語涉俚俗，氣含脂粉。余則曰：「不然。〈關雎〉之作，樂而不淫，哀而不傷。富與貴，人之所慕也，鮮有不至於淫者；哀與怨，人之所惡也，鮮有不至於傷者」。吾嘗觀前代騷人，

> 如盧景暉之《剪燈新話》、元微之之《鶯鶯傳》、趙君弼之《效顰集》、羅貫中之《水滸傳》、丘瓊山之《鍾情麗集》、盧梅湖之《懷春雅集》、周靜軒之《秉燭清談》，其後《如意傳》《于湖記》，其間語句文確，讀者往往不能暢懷，不至終篇而掩棄之矣。此一傳者，雖市井之常談，閨房之瑣語，使三尺童子聞之，如飫天漿而拔鯨牙，洞洞然易曉，雖不比古之集理趣，文墨綽有可觀。

此段文字不失為夫子自道。「寄意於時俗」便是一部《金瓶梅》用意所在。所謂「時俗」，就是指當時盛行之俗趣。一指內容；二指形式，特別是語言。內容：「氣含脂粉」，樂而不淫，哀而不傷。語言：就是那些「市井之常談，閨房之瑣語」一類「俚俗」語。

為何偏要語涉俚俗？他得之於以往作品的教訓，那些諸如《鶯鶯傳》《水滸傳》一類小說，語言雖說精練、準確、雅致而有理趣，然讀者「不能暢懷」，「不至終篇」而「掩棄之矣」。所以他要來個巨手轉乾坤，扭轉舊傳統、舊習慣，用「俚俗」「方言」寫出一部人人愛讀、讀之「如飫天漿」的《金瓶梅》來。這可並非隨便說說而已，而是全書一以貫之的思想和創作方法。它正是這部小說創作革新的宣言，一面寫着「寄意於時俗」五個大字的鮮豔旗幟，顯示出一位力求跳出窠臼、開闢出一個方言俗語藝術天地者的大將風範。

讀至此，我們不由地想起曹雪芹不滿於千篇一腔，千人一面的才子佳人小說，他要換一種循跡追蹤的寫實法，再現曾生活在自己身邊的幾個異樣女子的面容的革新精神與氣魄。《紅樓夢》的成功，在很大程度上就是得力於作者的這種求異思維。然而曹雪芹的自我表白，實在是借鑒了這篇序文受此啟迪的結果。

由此看來，用「市井之常談，閨房之瑣語」一類的「俚語」創作，正是該書作者所刻意追求的俗趣和真美境界。他的朋友對此次嘗試的成功頗感得意。三百年後的人竟不細察，而視為低俗，視之為文化低下的民間藝人的東拼西湊，嗤之以鼻。如是小視《金瓶梅》，豈不屈解了作者的一片創新熱忱，埋沒了他在中國小說史上的巨大功績！

如果集體創作說是指若干人共同寫作（指初刻本誕生前），那麼則需考出其中的某個或某些人來，遺憾的是目前主張這一說的人尚未能做到這一點。若指歷代累積成書的小說，就應在民間有一個長期流傳的過程，就應有流傳的痕跡，像《三國演義》《水滸傳》《西遊記》那樣，在其成書之前有傳說、詩詞、戲曲、話本，或單人單章回的東西存在。但是到目前為止，卻沒有任何史料能證明這一點。相反，已知的明代有關記錄《金瓶梅》的史料卻說明《金瓶梅》是一部突然冒出來的書，一部令文人名士大吃一驚，恨不得先睹為快的奇書（至於後來有人要說唱《金瓶梅》，則是另一回事，與其成書無關）。集體創作說，無史料為依據，只是對文本現象的一種誤識。

即使以《金瓶梅詞話》文本為依據，也存在兩種看起來似乎難以調和的矛盾現象。一是就文章的結構而言，完整嚴謹，「始終如脈絡貫通，如萬系迎風而不亂」，渾然一體。人們對小說的縱向結構有種種猜測，有的說該小說最初只有79回，到西門慶死就該結束了；有的說最多到潘金蓮死於武松刀下（第 87 回）；也有人說後二十回草草收筆，曲詞描寫也明顯減少，應為另一人所補云云，然往往經不住推敲。因為小說中的人物命運早在第 30 回「吳神仙貴賤相人」中就已預示了出來。到第 46 回「妻妾笑卜龜兒卦」，又再一次點明、補充，即人物的命運在全書中是一個整體，所謂原書只有多少回的觀點都站不住腳。至於一部小說前數十回往往比後半部寫得好，則是中外文學名著普遍存在的現象。《三國演義》《水滸傳》《西遊記》《儒林外史》《紅樓夢》皆有「後不如前」的通病，卻找不到一部「前不如後」的意外之作。就《金瓶梅詞話》而言，後 20 回雖說筆收得快了些，然卻有不少精彩筆墨，不少令人掩卷難忘的場面。如「吳月娘誤入永福寺」「春梅遊玩舊家池館」等。至於一部長達百回巨帙的家庭小說，特別是起居注式的家庭記實小說，出現時間或事件上的敘述混亂，也絕不能成為證明作品非文人獨撰的證據。一來因為作品非朝夕間，一揮而就。一部百回長篇巨帙，少說也要寫上二三年，長則十幾年乃至幾十年，寫後忘前勢所難免，不要說像《金瓶梅》這樣一部匆匆拋出的書，就是「刪繁五次」用了「十年辛苦」磨出來的《紅樓夢》也同樣存在着時間錯亂、故事有訛誤的情況。怎麼能用此來做為檢驗一部作品是個人還是集體創作的依據呢？

與全書完整嚴密的結構、統一的人物的性格相矛盾的是，小說在抄用外來材料時，經常出現字詞記錯、抄錯的情況。以往人們被這一現象迷惑，覺得連字句都抄不全寫不對的人，豈能是大名士？當我們曉得了《金瓶梅詞話》中所謂拿來的外材料，除《水滸傳》和寶卷等一些長篇文字外，多為作者記憶中的東西，當想像與聯想在創作中發揮能量時，那些記憶的材料被再一次啟動，而後注入作者筆端，形之於文字。即那些令人百思不得其解的誤差，也是由於記憶而引起的，且記憶的東西是出自眾人之口的說文唱詞，必然形成唱詞與文集字詞的偏差。再者，錯字不完全是那一個具體人造成的，而是與作者口述，門生筆錄靠聲音傳遞資訊的撰寫方式有關。至於四處引用他人書中的素材，給人手法低劣抄襲感，則是那個時代模擬風氣濡染的結果，不能由此判定作者的學識高低。非但如此，如果我們透過偶見的文字形式上的毛病，細心地留意一下作者用力刻畫的那位主人公西門慶的精神風貌，便覺得異常奇怪，這位一丁不識的粗魯商人，竟時俗時雅，因人而異，因境而變，每遇文人雅士，接人待物，言談舉止，吐詞屬意，令人頓忘其商人本相，誤以之為狀元文士矣！何以如此？作者本為文豪名士故也。從而使人感受到作者內在的文化修養與造詣，感覺到一位修養極高的文人對俗文化的喜愛、模擬與追求。正由於作者撰寫方法的特殊才生出上述特有的《金瓶梅》文本現象。

「偽畫致禍」眞偽考

　　偽畫致禍事，不僅反映明代嘉靖年間嚴嵩父子秉政時期的政治、文化，也關係到文壇盟主王世貞思想和文學藝術風格的變化以及這種變化對萬曆時期文學發展的影響。況且，此事流傳了近四百年，曾引起二十世紀初文學大師們的關注，出現了反撥明、清兩代流傳的新說，且一直影響至今。故而弄清其真偽，對於這一時期的文學研究格外重要。本文就此問題，做點疏理、考訂、辯證的工作，力求抹去歷史塵埃的遮蔽，接近其原初面貌。

一、從明人筆記、明史所載相關文字
看「偽畫致禍」的真實性

　　有關偽畫致禍的最早記載，目前見到的當推明代萬曆時期著名畫家李日華的《味水軒日記》，這是部日記式著作，自萬曆三十七年正月起，至萬曆四十四年十二月止，逐日記事。作者於萬曆三十七年七月七日所記文字如下：

> （萬曆三十七年七月）七日，霽，乍涼，夜臥冷簟，小不快。客持張擇端文友《清明上河圖》見示，有徽宗御書「清明上河圖」五字，清勁骨力，如諸法。印蓋小璽。……《清明上河圖》臨本，余在京師見有三本，景物布置俱各不同，而俱有意態。當是道君時奉旨，令院中皆自出意作圖進御，而以擇端為最，俱內藏耳。又余昔聞分宜（嚴嵩）相柄國，需此卷甚急，而此卷在全卿家。全卿已捐館，夫人雅珍秘之，諸子不得擅窺。至縫置繡枕中，坐臥必偕，無能啟者。有甥王姓者，善繪性巧，又善事夫人，從容借閱。夫人不得已，為一發藏。又不欲人有臨本，每一出，必屏去筆硯，令王生坐小閣中，靜默觀之。暮輒屬意而去。如此往來兩三月，凡十數番閱，而王生歸輒寫其腹記，即有成卷。都御史王忬迎分宜旨，懸厚價購此圖。王生以臨本售八百金，御史不知，遽以獻。分宜喜甚，發裝潢匠湯姓者易其標識。湯驗其贋，索賄四十金於王，為隱其故。王不信，各予。因洗刷，露其新偽。嚴

　　大嚗王，因中之法，致有東市之摻（慘）。[1]

李日華是明代著名畫家，對畫壇聞見、古畫流傳一類事瞭解較多，《味水軒日記》是一部日記，逐日記下當日自身行為和見聞，其真實性較之其他筆記更高。再加上李日華是一位正直文士，絕非隨波逐流人云亦云之輩，「其間所紀，翻閱書畫，評騭翰墨，十居八九」。[2]是較為可信的史料。雖謂「昔聞」，然觀其對偽畫致禍感慨良多，[3]當非無中而生有。

　　無獨有偶，大約與李日華所記時間或前或後的沈德符，[4]在他的《萬曆野獲編》中也有相關的記載，且文字的題目就叫「偽畫致禍」：

　　嚴分宜勢熾時，以諸珍寶盈溢，遂及書畫骨董雅事。時鄢懋卿以總鹺使江淮，胡宗憲、趙文華以督兵使吳越，各承奉意旨，搜取古玩不遺餘力。時傳聞有《清明上河圖》手卷，宋張擇端畫，在故相王文恪胄君家。其家巨萬，難以阿堵動，乃托蘇人湯臣者往圖之。湯以善裝潢知名，客嚴門下，亦與豐江王思質中丞往還，乃說王購之。王時鎮薊門，即命湯善價求市。既不可得，遂屬蘇人黃彪摹真本應命，黃亦畫家高手也。嚴氏既得此卷，珍為異寶，用以為諸畫壓卷，置酒會諸貴人賞玩之。有妒王中丞者知其事，直發為贋本。嚴世蕃大慚怒，頓恨中丞，謂有意紿之，禍本自此成。或云即湯姓怨弇州伯仲，自露始末，不知然否。以文房清玩，致起大獄，嚴氏之罪固當誅。但張擇端者，南渡畫苑中人，與蕭照、劉松年輩比肩，何以聲價陡重，且為祟如此！今上河圖臨本最多，予所見亦有數卷，其真跡不知落誰氏。當高宗南渡，追憶汴京繁盛，命諸工各想像舊遊為圖，不止擇端一人。即如瑞應圖，繪高宗出使河北脫難中興諸景，亦非止一人，今所傳者惟蕭照耳。然照筆亦數卷，予皆見之。[5]

這兩個記載有幾個共同點，須特別引起注意。其一，李日華與沈德符都是《清明上河圖》

1　李日華《味水軒日記》，上海：遠東出版社，1966 年，以吳興劉氏嘉業堂叢書本為底本，頁 30。

2　李肇亨《味水軒日記・題識》，上海：遠東出版社，1966 年，以吳興劉氏嘉業堂叢書本為底本，頁 1。

3　李日華在記此事之後有一大感慨評論。其中有云：「夫書繪本大雅之玩，而溺者至以此傾人之生，諂者至以此媒身之禍，豈清珍之品，本非勢焰利波所得借資者邪！」若無中生有，怎會如此生義動情？

4　《萬曆野獲編》寫於萬曆三十三年至四十五年間，此條寫於何年，難以考定，故置於李日華《味水軒日記》之後。

5　沈德符《萬曆野獲編》補遺卷二，〈偽畫致禍〉，北京：中華書局，1958 年，頁 827。

的親眼目睹者，都是在看到清明上河圖時，想起王忬因獻贋品而招致災難的往事。其二，他們不僅想起這件往事，而且還都對此往事打心底發出議論感慨，表明二人當時對此事深信不疑。其三，兩人回憶的事都說明王忬家並無《清明上河圖》，而是花重金欲購買此圖。其四，王忬購買此圖是為了向嚴嵩獻媚，而非被嚴氏逼迫。兩人所記上述的幾點暗合，很可能正是「偽畫致禍」故事最真實的內容。

進一步考察，沈德符《萬曆野獲編》所載上述文字，言湯勤與王忬家的親密關係——不僅與王忬家頻繁往還，還為王忬前程想，將嚴嵩急購《清明上河圖》事告知王忬，勸他購買呈送嚴嵩——是真實的，可由王世貞所贈湯勤的兩首詩加以證明：

> 湯生裝潢為國朝第一手，博雅多識，尤妙賞鑒家。其別余也，出古紙索贈言，拈二絕句應之：
> 鍾王顧陸幾千年，賴汝風神次第傳。落魄此生看莫笑，一身還是米家船。
> 金題玉躞映華堂，第一名書好手裝。卻怪靈芸針線絕，為他人作嫁衣裳。[6]

既有高度評價，又有同情憐愛，情感真摯流淌於字裏行間，足見王世貞與湯臣關係之親密。不過這次「索贈言」的時間，從「落泊此生」觀之，那時的湯勤尚處於未發達的「落泊」時期，其所做在王世貞眼裏還是「為他人做嫁衣裳」，故而當遠在偽畫致禍說之前。王世貞所贈湯勤的兩首詩，既說明湯勤與王家的親近關係，這種親近關係與沈德符上文所寫相吻合，這不也反過來證明沈德符《萬曆野獲編》所載基本事實大體是可信的嗎！

沈德符說因花錢買不到真本，便請畫壇高手黃彪摹臨贋品呈送給嚴世蕃。此事也見於王世貞所寫〈清明上河圖別本跋〉：

> 贋本乃吳人黃彪造，或云得擇端稿本加潤刪，然與真本殊不相稱，而亦自工緻可念，所乏腕指間力耳，今在家弟（世懋）所。此卷以為擇端稿本，似未見擇端本者，其所云於禁煙光景亦不似。第筆勢遒逸驚人，雖小粗率，要非近代人所能辨。蓋與擇端同時畫院祇候，各圖汴河之盛，而有甲乙者也。吾鄉好事人雖定於真本，而謁彭孔嘉小楷，李文正公記，文徵仲蘇書，吳文定公跋，其張著楊准二跋，則壽承休承以小行代之。豈惟出藍！而最後王祿之陸子傳題字清楚，陸於逗漏處，毫髮貶駁殆盡，然不能斷其非擇端之筆也。使畫家有黃長睿，哪得爾！[7]

6　明·王世貞《弇州山人四部稿》，上海：上海古籍出版社，1986-1990 年影印《四庫全書》第 1279 冊，卷 51，頁 653。

7　明·王世貞《弇州山人續稿》，上海：上海古籍出版社，1986-1990 年影印《四庫全書》第 1284 冊，卷 168，〈清明上河圖別本跋〉，頁 432。

從所記文字內容觀之，這段〈跋〉文正是寫於黃彪臨摹本（「別本」）《清明上河圖》上面的，其真實性，當無可否認。但王世貞直接說明此圖為「贗本」，且說出做假者的姓名，顯然不是呈送嚴嵩的那幅《清明上河圖》。這段文字的寫作時間當在嚴嵩被抄家之後（「尋籍入天府」）的隆慶年間（「為穆廟所愛」）。如果黃彪的摹本只有一幅，如果這一幅如沈德符所言已獻於嚴相，那麼，就不可能在王世貞的弟弟王懋卿家。因為嚴家若還存有這幅黃彪的贗品，那麼，在其被抄家時，只能充公入庫，而不會到私人手裏。唯一的解釋是王世貞的弟弟藏有另一幅黃彪的摹本（黃本並非一幅）。但也不排除，沈德符知道王家曾請黃彪臨摹《清明上河圖》，於是認為王忬所呈送嚴嵩父子的《清明上河圖》為黃彪所摹。無論怎樣，說沈德符是王世貞家的知情人，其所記「偽畫致禍」的文字，當非無中生有。

此外，有關「偽畫致禍」的記載，明人筆記還有兩篇，分別說明了李日華《味水軒日記》所載上述文字的可靠性。其一是徐樹丕的《識小錄》：

> 湯裱褙善鑒古，人以古玩賂嚴世蕃，必先賄之，世蕃令辨其真偽，其得賄者必曰真也。吳中一都御史偶得宋張擇端《清明上河圖》臨本，饋世蕃而賄不及湯，湯直言其偽，世蕃大怒，後御史竟陷大辟。而湯則先以誑騙遺戍矣。[8]

此文所言「吳中一都御史」獻偽畫致禍所指當是王忬獻贗品致禍事。而所言「賄不及湯」而致禍，則與李日華上文所載湯索四十金不得而致禍相同。這可能是明代古玩交流中的一種風氣。再者，李日華所言，王忬以為所送古畫為真品，出八百金購得，不知是假，以為真本獻給嚴嵩，更覺可信。後來，真本《清明上河圖》果然到了嚴嵩手裏，購金為一千金。明人孫鑛在其《書畫跋跋》中有明確記載：

> ……摩詰（王維）《弈棋圖》者。隆慶己巳，時昆山顧氏曾攜入京，欲售之朱忠僖。索千金，忠僖酬之三百，不肯。曰：往《清明上河圖》是其家物，彼時實獲千金，此二寶同價。忠僖曰：彼時買者欲取刻契於時相，非此無以重之，豈特千金，即再倍之亦不為重。今我但取為案上清玩，即此三百亦聊酬汝遠來意耳。若據實言，二百亦已多矣。[9]

8　明·徐樹丕《識小錄》（據《涵芬樓秘笈》本），見朱一玄《金瓶梅資料彙編》，天津：南開大學出版社，1985年，頁86。

9　明·孫鑛《書畫跋跋續》，上海：上海古籍出版社，1986-1990年影印《四庫全書》第1284冊，卷3，頁432。

昆山顧氏即顧鼎臣的後裔。顧鼎臣，官至少保兼太子太傅禮部尚書武英殿大學士，嘉靖十九年去世。由此記載可知，顧家的《清明上河圖》是以千兩銀子賣給他人的，而此人將其獻給了嚴嵩。真本售價千金的數字準確。王世貞也說有人以千金購得，「而清明上河圖，歷四百年而大顯，而勞權相出死力購，再損千金之值而後得。嘻！亦已甚矣。」

李日華說王忬購以八百金而得贋品，當是可信的。

以王世貞《弇州山人四部稿》《弇州山人續稿》中相關記載與沈德符《萬曆野獲編》、李日華《味水軒日記》對觀，再與明人徐樹丕《識小錄》、孫鑛《書畫跋跋》參證，說明明人筆記的真實性，絕非無中生有的訛傳。

正因為其真實可信，到清順治十五年，谷應泰寫《明史紀事本末》，於嘉靖三十八年，敘王忬被害事，談及其被禍的原因，沉甸甸地寫下了這樣幾筆：

> （嘉靖）三十八年夏五月，逮總督侍郎王忬下獄論死。嚴嵩以忬愍楊繼盛死，銜之，忬子世貞又從繼盛遊，為之經紀其喪，吊以詩，嵩因深憾忬。嚴世番尚求古畫於忬，忬有臨幅類真者以獻。世番知之，益怒。會灤河之警，嚴懋卿乃以嵩意為草，授御史方輅，令劾忬。嵩即擬旨逮繫，爰書具，刑部尚書鄭曉擬謫戍。奏上，竟以邊吏陷城律，棄市。

到清乾隆四年，張廷玉等史臣撰寫《明史》，在〈王忬傳〉明確記載了嚴嵩因不滿王忬父子，數次在皇帝面前暗中挑弄，使皇帝漸惡王忬，終至「竟死西市」。並專文敘寫王忬父子得罪嚴嵩父子的原因：

> 嵩雅不悅忬。而忬子世貞復用口語積，失歡於嵩子世番。嚴氏客又數以世貞家瑣事搆於嵩父子。楊繼盛之死，世貞又經紀其喪，嵩父子大恨。[10]

《明史》所載王忬父子得罪嚴嵩父子的原因與《明史紀事本末》相同，都言及三個方面：一是楊繼盛事（王忬憐憫楊繼盛死，王世貞以詩悼楊繼盛）。二是王世貞說話多傷嚴世番。三是王忬以假畫送嚴世番事（嚴嵩家客挑弄）。上述原因可歸於二類：一是政治原因（支持嚴嵩父子的政敵）二是假古董原因（因送偽畫而致禍）。即因送偽畫而惹惱嚴氏父子是導致嚴嵩陷害王忬的主要原因之一。兩部史書的記載都證明了「偽畫致禍」存在的真實性。所不同的是，《明史》將《明史紀事本末》中的「嚴世番尚求古畫於忬，忬有臨幅類真者以獻。」一句，改寫為「嚴氏客又數以世貞家瑣事搆於嵩父子」。實則兩句話所言卻是

10　《明史》卷二○四，列傳第九十二〈王忬傳〉，見《二十五史》第十史《明史》，上海：上海古籍出版社、上海書店，1993年，頁574。

· 263 ·

同一件事：偽畫致禍。

吳晗先生以此為據說明「偽畫致禍」壓根兒就不存在。然而，說其根本不存在也難服人，因為「嚴氏客又數以忬家瑣事搆於嵩父子」一語畢竟存在。「忬家瑣事」與嚴嵩何干？不關嚴嵩事又怎能挑釁嚴氏父子對王忬的不滿？故能挑鬥嚴嵩父子不滿情緒的「忬家瑣事」，很可能是王忬家呈送偽畫於嚴氏父子事。因這類家中瑣事一般不便於明白寫入史書，然又是作為一種令嚴嵩父子大恨王忬的原因之一不能不寫，故而用「忬家瑣事」一筆略之，又生怕讀者不明白，特拈出「嚴氏客」三字，暗示其為熟悉「忬家瑣事」的來嚴嵩家的客人或門客（明人筆記都對嚴氏客為誰記載明確），他的行為是用忬家瑣事「搆於嵩父子」——挑弄嚴氏父子對王忬的仇恨，即造成嚴嵩父子對王忬仇恨的原因之一是「嚴氏客」將王家的秘密事透露給嚴氏父子挑弄事非而造成的。這段文字對嚴氏客雖未指名道姓，卻將事情性質及輪廓都暗示了出來，這種隱晦性的筆法乃是寫史書者有意為之的「春秋筆法」。對此，我們絕不可視而不見。

只是到了清代中葉，有人認為「偽畫」不一定是清明上河圖，有的只言「古畫」，史學家姚平仲在其撰寫的《綱鑑挈要》中道：「忬有古畫，嚴嵩索之，忬不與，易以摹本。有識畫者為辨其贗，嵩怒。誣以失誤軍機，殺之。」[11]劉廷璣《在園雜誌》則確指為《輞川真跡》：

> 明太倉王思質（忬）家藏右丞所寫《輞川真跡》，嚴世蕃聞而索之，思質愛惜世寶，予以撫本，世蕃之裱工湯姓者，向在思質門下，曾識此圖，因於世蕃前陳其真贗，世蕃銜之而未發也。[12]

這些記載說明，王忬獻古畫於嚴嵩（即向嚴嵩行賄）因屬私密事，旁人難知其詳，所獻具體古畫為何畫，也許是《清明上河圖》，也許是《輞川真跡》等其他古畫。在未發現證據之前，我們不能莽然將其他古畫的可能性排除掉。

到了清代中葉後，現存的文人筆記中，所載偽畫致禍說便發生了很大變化。這種變化集中體現於顧公燮的《銷夏閒記摘鈔》卷上〈金瓶梅緣起王鳳洲報父仇〉中：

> 太倉王忬家藏《清明上河圖》，化工之筆也。嚴世蕃強索之；忬不忍舍，乃覓名

11　姚平仲《綱鑑挈要》，見蔣瑞藻《小說考證》，轉引自朱一玄《金瓶梅資料彙編》，天津：南開大學出版社，1985 年，頁 94。

12　該段文字轉引自姚靈犀《瓶外卮言》所載吳晗〈《金瓶梅》的著者時代及其社會背景〉一文，天津：天津書局，1940 年，頁 5。然查劉廷璣《在園雜誌》，並無此段文字，不知是吳晗先生誤記，還是他所見到的是另一版本。

手摹贗者以獻。先是，忬巡撫兩浙，遇裱工湯姓，流落不偶，攜之歸，裝潢書畫，施薦於世蕃。當獻畫時，湯在側，謂世蕃曰：「此圖某所目睹，是卷非真者，試觀麻雀，小腳而踏兩瓦角，即此便知其偽矣。」世蕃恚甚，而亦鄙湯之為人，不復重用。會俺答入寇大同，忬方總督薊遼，鄢懋卿嗾御史方輅劾忬禦邊無術，遂見殺。後范長白公（允臨）作《一捧雪傳奇》，改名莫懷古，蓋戒人勿懷古董也。忬子鳳洲痛父冤死，圖報無由。一日偶謁世蕃，世蕃問：「坊間有好看小說否？」答曰：「有。」又問：「何名？」倉卒之間，鳳洲見金瓶中供梅，遂以《金瓶梅》答之。但字跡漫滅，容鈔正送覽。退而構思數日，借《水滸傳》西門慶故事為藍本，緣世蕃居西門，乳名慶，暗譏其閨門淫放。而世蕃不知，觀之大悅，把玩不置。相傳世蕃最喜修腳，鳳洲重略修工，乘世蕃專心閱書，故意微傷腳跡，陰擦爛藥，後漸潰腐，不能入直。獨其父嵩在閣，年衰遲鈍，票本批擬，不稱上旨。上寖厭之，寵日以衰。御史鄒應龍等乘機劾奏，以至於敗。噫！怨毒之於人，甚也哉！[13]

記載此類事的筆記還有署名李慈銘《桃花聖解盦日記》、王曇的《金瓶梅考證》、梁章鉅的《浪跡續談》卷六《一捧雪》；王襄《廣匯》、孫之騄《二申野錄注》以及《寒花盦隨筆》《秋水軒筆記》《缺名筆記》等。

　　這些筆記大多出於康熙中期以後，較之此前筆記所載「偽畫致禍」的內容，在三個方面發生了凸顯的變化。一是王忬家有清明上河圖，而非從別人家購得的；二是，嚴嵩父子向王忬索取寶圖，而非王忬主動呈獻；三是，增加了王世貞寫《金瓶梅》為報父仇的內容。所以發生改變的原因可能來自四個方面：一是王世貞在自己的著述裏說他親自看到過真、假清明上河圖，而且他的弟弟王世懋家還有贗本。於是便誤以為王家可能有真本清明上河圖，故而改為王世貞家藏有清明上河圖。二是，清代處於人們對權奸的痛恨，借明代權奸嚴嵩父子的劣跡而以發揮，所以改成嚴氏父子索取，而王氏處於無奈，不得不送以贗品。三是明代人（沈德符）等記載當時流傳着的徐階所以救王世貞的話：「此君他日必操史權，能以毛錐殺人。」而清初宋起鳳等就明言「《金瓶梅》為王世貞中年筆」，且完全是從王世貞文筆的變化而言，並未涉及文筆風格之外的事。故而有王世貞寫《金瓶梅》以及寫此部小說為報父仇的「孝子復仇」說。四是由於「清明上河圖」經明代嚴氏父子重金索取並因此而造成冤案後，而名氣大增，其他名畫反不如它名氣大，

13　顧公燮《銷夏閒記摘鈔·金瓶梅緣起王鳳洲報父仇》，卷上（民國十五年掃葉山房石印《梁氏筆記三種》本），見朱一玄編《金瓶梅資料彙編》，天津：南開大學出版社，1985 年，頁 93。

故人們借此以洩對權奸的憤慨，也自在情理之中。

不過這三項內容的增加多是出於主觀臆測，意在滿足人們的好奇心，愈離奇，距事實相去也日遠。

二、吳晗先生文章未能推翻「偽畫致禍」說

正因為清代不少記載偽畫致禍事的筆記，距故事發生的明嘉靖時代愈來愈遠，又出於迎合人們好奇心理而用意傳奇的需要，於是猜想臆測也隨之而生，愈臆測愈傳奇，愈傳奇距事實相去愈遠，使後來的學者覺得非真實可言（魯迅就曾言「案鳳洲復仇之說，極不近情理，可笑噱」[14]），事實上，早在清代已有學者對於這些傳說開始明確表示「舊說如此，竊有疑焉」[15]的懷疑態度，認為唐順之死於王忬被殺之前，「可證野史言弇州兄弟遣客刺荊川死之妄」[16]。吳晗先生撰文欲掃清一切加之於原史事身上不實之詞，「還他一向本來面目」，體現出一位學者去偽存真的史學家精神。

然而，吳晗先生文章論證的物件是上文所述清中葉後有關偽畫致禍故事的變形及其由此變形而孳生的衍生品。故事變形如：王世貞家藏有真本《清明上河圖》，嚴嵩父子索取，王忬受惜而不舍。衍生品如：王世貞欲刺殺仇人唐荊川以及寫小說《金瓶梅》的目的是為父報仇等。於是吳晗先生文章論證王忬家未藏有清明上河圖，《清明上河圖》未曾到王忬家。唐荊川死於王忬被殺之前，嚴世蕃是被正法的，不是被毒死的，「孝子復仇」說不能成立。吳晗先生的上述論證是成立的。但他批駁的內容明人筆記中皆無，而明人筆記中所載的較為可信的事實，他絲毫未曾論及，故而也未能推翻明人筆記所載「偽畫致禍」的真實性。非但如此，吳晗先生的文章在論證中存在一些令人難解的疑問，疑問包括以下三個方面。

1、偽畫不等於《清明上河圖》。吳晗先生的文章羅列與《金瓶梅》相關的故事共12條，涉及「偽畫」（第11條）、「輞川真跡」（第6條）「清明上河圖」（第4、7、8、11條），而吳晗先生緊接着得出的結論則是：「以上一些故事看來似乎很多，其實只包

14　魯迅《魯迅全集·小說舊聞鈔》第十卷，北京：人民文學出版社，1973 年，頁 83。

15　王曇《金瓶梅考證》（《繪圖真本金瓶梅》卷首，民國五年存寶齋印本），見朱一玄《金瓶梅資料彙編》，天津：南開大學出版社，1985 年，頁 88。

16　李慈銘《桃花聖盦日記》，見朱一玄《金瓶梅資料彙編》，天津：南開大學出版社，1985 年，頁 90。

含着兩個有聯繫性的故事——清明上河圖與金瓶梅」。[17]「偽畫」可以是《輞川真跡》，也可以是《雪江歸棹圖》《越王宮殿圖》《海天落照圖》，也可以是《清明上河圖》。吳晗先生將《輞川真跡》等《清明上河圖》之外的古畫棄置一邊而不顧，直接用《清明上河圖》取代致禍的其他畫的做法是欠嚴謹的不全面的。因為，您要證明偽畫致禍中其他古畫致禍的可能性不存在，方能得出上述結論。不進行這一步，又何以推翻「偽畫致禍」的傳說呢？人家再寫文章證明是「輞川真跡」或某幅古畫致禍，同樣說明「偽畫致禍」說的成立，豈不同樣證明吳晗先生的論證結論是錯誤的？

也許有人會說，吳晗先生已經以《明史・王忬傳》《明史・王世貞傳》、王世貞《弇州山人四部稿》卷一二三（上）〈太傅李公書〉和沈德符《萬曆野獲編》卷八〈惡虐致禍〉（實為《嚴相處王弇州》）為據，證明導致王忬死西市的原因沒有一條涉及「偽畫致禍」，從而證明一切「偽畫致禍」說的虛枉。然而，細究吳晗先生的論證，同樣存在能否成立的疑問。疑問一，就史書而言，偽畫致禍屬於家庭瑣事，如何好寫入正史呢？即使如此，如上文第一節所分析的，《明史・王忬傳》在用特筆說明王忬父子得罪嚴嵩的原因時，將「嚴氏客又數以忬家庭瑣事構於嵩父子」作為不可少的一條載入，而這一條如上文所分析正寓含着嚴氏客揭露古畫為贗品的偽畫致禍事，同時也是明人筆記所載偽畫致禍故事的遮蔽性概括。比《明史》寫作早些年的《明史紀事本末》不就明確指出嚴、王兩家不和的原因之一就是「嚴世番尚求古畫於忬，忬有臨幅類真者以獻。世蕃知之，益怒」嗎？至於《明史・王世貞傳》未載因畫致禍事，那是因為此事的直接受害主人是王忬而非王世貞，既已寫入王忬傳，便無須再寫入間接受害者王世貞傳中。其二，王忬送古畫呈獻嚴世蕃事，一來是對權相的獻媚，二來以假冒真或不識真貨以假充真，這兩點都不那麼光彩，李日華就曾予以嘲諷，稱王忬為「功名草草之士」「諂者」。[18]故而王世貞在說明與嚴嵩父子發生矛盾時沒有寫入，當為有意避諱，自在情理之中。不過，王世貞在自己著述中並非一字未提及此事，至少兩次提到，一次是他在撰寫的《觚不觚錄》中寫道：「分宜（嚴嵩）當國，而子世藩挾以行黷，天下之金玉寶貨，無所不致，最後始及法書名畫，蓋以免俗，且鬥侈耳。而至其所欲得，往往假總督撫按之勢以脅之，至有破家殞命者。」[19]這「破家殞命者」中是否有自家的身影？讀之自當明白。另一次是在《弇

---

17 吳晗〈《金瓶梅》的著者時代與社會背景〉，見姚靈犀《瓶外卮言》，天津：天津書局，1940年，頁10。

18 李日華《味水軒日記》，萬曆三十七年七月七日記云：「夫書繪本大雅之玩，而溺者至以此傾之人生，諂者至以此媒身之禍，豈清珍之品，本非勢焰利波所得借資者邪！」上海：遠東出版社，1966年，以吳興劉氏嘉業堂叢書本為底本，頁30。

19 王世貞《觚不觚錄》，上海：上海古籍出版社，1986-1990年影印《四庫全書》第1041冊，頁439。

州山人四部稿續稿》卷一六八：〈清明上河圖別本跋〉的按語中寫道：「〔按〕擇端在宣正間不甚著，陶九疇纂《圖畫寶鑒》，搜羅殆盡，而亦不載其人。……而清明上河圖，歷四百年而大顯，而勞權相出死力購，再損千金之值而後得。嘻！亦已甚矣。」[20]流露出心傷未愈，憤恨不已的情緒。其三，沈德符《萬曆野獲編》卷八〈嚴相處王弇州〉條，雖未敘及偽畫致禍事，但已列專條〈偽畫致禍〉記載此事，怎能說沈德符否認偽畫是致禍的原因呢？總之，吳晗先生上述的論證，並不能否定偽畫致禍的不存在。

2、王忬未收藏《清明上河圖》不等於王忬未獻《清明上河圖》贗品。明人筆記所載「偽畫致禍」事有兩點共識：其一，王忬家並無清明上河圖，此圖是王忬花錢從他人處購買或請畫師摹寫的。其二，王忬獻給嚴嵩父子的《清明上河圖》是贗品，而非真品，故而招致禍害。這兩點歸結為一句話，王忬家並無清明上河圖，換言之，清明上河圖並沒有到過王忬家。吳文卻偏要花大氣力證明一個事實：清明上河圖未曾到過王忬家（這一論證又最能顯示吳晗先生的學術功力所在），並進而推斷出，王忬獻《清明上河圖》贗品不能成立。不過這個論證並無太實際的價值，一來說清明上河圖未到過王忬家，是明人筆記已講得很明白了，那是一個無須證實的一個共識。二來，既使證明《清明上河圖》未到過王忬家，並不能說明王忬未獻《清明上河圖》於嚴相府，因為可用重金購買而後獻，也可以請高手摹一贗品進獻。故而這一論證並不能否定「偽畫致禍」的存在，也不能否定明代人筆記（《萬曆野獲編》《味水軒日記》《識小錄》《書畫跋跋》等）記述王忬重金買畫呈送嚴世蕃父子而卻是贗品的真實性。

3、《清明上河圖》在明代的收藏、流傳過程，吳文所載似不全。

吳晗先生的論證最有力處在清明上河圖流傳過程，其結論是：「圖之沿革，（一）宜興徐氏，（二）西涯李氏，（三）陳湖陸氏，（四）昆山顧氏，（五）袁州嚴氏，（六）內府」。[21]他所依據的資料不是《清明上河圖》自身所載文字，而是圖外的史料，尤其看重文嘉的《鈐山堂書畫記》。然而，李東陽於正德十年三月二十七日（1515年）寫在《清明上河圖》中的跋文，詳細記載了此前一段時間《清明上河圖》的流傳過程：

> 此圖當作於宣政以前，豐亨豫大之世，卷首有□陵瘦金五字簽，及雙龍小印，而畫譜不載。金大定年間，燕山張著有跋，據向氏書畫記，謂與西湖爭標圖，俱選入神品。既歸元秘府，至正間，為裝池官匠，以似本易去，售於貴官某氏，某出守真定，主藏者複私之，以售於武林陳彥廉氏，陳有急又聞守且定，懼不能守，

20　王世貞《弇州山人續稿》卷168，上海：上海古籍出版社，1986-1990年影印《四庫全書》第1284冊，〈清明上河圖別本跋〉，頁439。

21　吳晗〈《金瓶梅》的著者時代與社會背景〉，見《瓶外卮言》，天津：天津書局，1940年，頁15。

西昌楊准重價購之，而具述其故云爾。後又為靜山周氏所得，吾族祖雲陽先生為
跋其後。又有藍氏珍玩、吳氏家藏諸印，皆無邑里名字，不知何年複入京師。予
始見於大理卿朱文征家，為賦長句，繼為少師徐文靖公所藏，公未屬，謂雲陽手
澤所書在，治命其孫中書舍人文燦以歸於予，其卷軸完整如故，蓋四十餘年，凡
三見而後得也。……正德乙亥三月二十七日，李東陽書於懷麓堂之西軒，鈐印二，
懷麓堂印，大學士章。[22]

此段文字明言他親眼目睹《清明上河圖》三次，第一次是在大理卿朱文征（朱鶴坡）家，
第二次在徐文靖（徐溥）家，並讓他的孫子文燦將《清明上河圖》送給他。而關於徐溥的
收藏，吳晗先生遺漏掉了。那麼關於李東陽之後的收藏者，吳文在論證中是否還有遺漏
呢？李日華曾見到真本《清明上河圖》，並將所見圖中的題識印信記錄了下來：

> 卷末細書臣張擇端畫，織文綾上御書一詩云：我愛張文友，新圖妙入神。尺縑眩
> 眾議，彩筆盡黎民。始事青春蚤，成年百首新。古今批閱此，如在上河春。又書：
> 「賜錢貴妃」印；「內府寶圖」方長印。另一粉箋，正元元年月正上日，蘇舜舉奉
> 一長歌，圖記眉山蘇氏。又大德戊戌春三月，剡源戴表元一跋，又一古紙，李冠
> （觀）李魏賦二詩，最後天順六年二月，大樽丘浚、文機作一畫記。指陳畫中景物
> 極詳。又有水村道人及陸氏五美堂圖書二印章，知其曾入陸全卿尚書笥中矣。後
> 又有長沙何貞立印，又余姻友沈鳳翔、超宗二印記。超宗化去五六年矣。其遺物
> 散落殆盡，此卷始觸余悲緒耿耿也。[23]

文中提及的「陸氏五美堂」陸全卿，就是陸完。然水村道人不知何人？沈鳳翔、超宗也
在《清明上河圖》上有印章，或許他們也曾收藏此圖？吳文中也未曾提及。

再者，沈德符《萬曆野獲編》云：「宋張擇端畫，在故相王文恪胄君家。」王文恪
即王鏊，字濟之，吳人。他在當時的地位甚高，《明史·王鏊傳》載：「成化十年鄉試，
明年會試，俱第一，廷試第三。」「正德元年四月，起左侍郎，與韓文諸大臣請誅劉瑾
等八黨。……踰月，進戶部尚書，廣淵閣大學士，明年加少傅，兼太子太傅……時中外
大權悉歸瑾、鏊。」[24]是沈德符記錯了呢？還是清明上河圖真本曾到過他家被收藏過呢？

22 　此段文字為《清明上河圖·東陽跋文》，又見於明代李詡《戒庵老人漫筆·清明上河圖》卷一，北
　　京：中華書局，1982年，頁33-34，文字略有出入。
23 　李日華《味水軒日記》，上海：遠東出版社，1986年，以吳興劉氏嘉業堂叢書本為底本，頁29-
　　30。
24 　《明史》卷一百八十一，〈王鏊傳〉，上海：上海古籍出版社、上海書店，1993年，頁507。

這些，都給人留下了疑問。由此可見，吳文所述《清明上河圖》的流傳過程很可能存在遺漏。

三、〈書小李將軍畫軸後〉的發現與「偽畫致禍」的真實性

吳晗先生的文章在畫界的影響不像文學界那麼大，每提起清明上河圖的話題，論者還自然會提到李日華《味水軒日記》、沈德符《萬曆野獲編》裏的話，總脫不掉「偽畫致禍」說。然從嚴世蕃曾得到清明上河圖真本，以及王世貞說他見到過全本，黃彪臨摹的贗本就在他弟弟世懋府上，又使人懷疑偽畫致禍的偽畫是否為《清明上河圖》？有無可能起初是其他古名畫，後人因《清明上河圖》名聲鶴起，隨將古畫改為《清明上河圖》呢？懷疑歸懷疑，卻苦無證據，也只好作罷。除非有新資料的發現。

2011 年 1 月 23 日，應邀參加第一屆由旅美華人舉辦的國際金瓶梅研討會，會上遇到江蘇太倉學者黃匡先生，他向我提供了新發現的資料——明代朱之瑜先生的〈書小李將軍畫軸後〉，讀後喜出望外。黃匡先生認為此可證明「偽畫致禍」說的成立，也為「復仇」說找到了根基，並可說明《金瓶梅》的作者是王世貞。我很讚賞他思維的銳利，但尚不敢做長遠想，倒的確為「偽畫致禍」說又增了一條新證據而高興。〈書小李將軍畫軸後〉全文如下：

> 小李將軍名昭道，父子皆為名畫，而其子更勝，歷代咸稱小李將軍。唐玄宗時，以為至寶。其畫多不落款識，惟工於畫者能別之。後更裴甫、龐勛、黃巢之亂，遂多散失。明朝嘉靖初年，書畫名家云：遍海內止有三幅。其一在太倉王元美家，其父王公諱忬，為直、浙經略。嚴世蕃懇求此畫，王公悋（惜）而不與。世蕃懇請不已，王公不得已，屬仇英響搨一幅饋之。其後，世蕃門客（門客，唐山謂之陪堂、幫閒、蔑片）詣王公云：「明公前餉東樓畫，東樓不識真贗，甚喜。僕不敢指其疵類，茲就明公懇乞二千金，僕終不敢言其贗處。」王公云：「此等砂畫，乃云非真耶！」門客憾憾而去，遂喉世蕃。世蕃因事中傷王公，王公大罹冤慘。其一在豫章嚴相家，今不知淪落何所。其一則此是也（先生愛惜此畫，流瀉漂泊，未嘗去身，今見存焉）。[25]

---

25 朱之瑜〈書小李將軍畫軸後〉，見《朱舜水全集·跋》卷十八，北京：中國書店，1991 年，頁229。又見《朱舜水集》卷十七「雜著」，北京：中華書局，1981 年，頁512-513。我參照二書，終以後者為準。文中括弧內小字，為朱舜水之友水戶上公源光國（德川光國）語。

此段文字當書寫於小李將軍畫[26]之上（或畫面背後），可惜，大陸小李將軍畫的真品已佚失，然寫於真畫上的文字卻留了下來，彌為珍貴。愚以為此段文字較為可信，理由有四。其一，因出於朱之瑜（朱舜水）之手，且時間較早，從「其一在豫章嚴相家」一句中，稱嚴嵩為「嚴相」且前置地望「豫章」的語氣推斷，當距嚴嵩死的時間不甚遠，或未出萬曆、天啟朝。朱之瑜（1600-1682）是那個時代一位著名學者和教育家，為學求實，一向謹嚴，故出於其手的文字令人相信。他一生在中國生活了 60 年，直到恢復明朝無望，方定居日本，即一生主要在中國。他出身於皇族，[27]歷代仕宦，父親朱正，皇明詔贈光祿大夫，上柱國，並授總督漕運軍門。長兄朱啟明，天啟五年（1625）中武進士，後升任至南京神武營總兵，總督漕運軍門。朱之瑜就隨長兄寄籍於松江府，為松江府儒學生，拜松江府學者朱永佑、張肯堂和武進學者吳鍾巒等為師。崇禎十一年（1638）以「文武全才第一」薦於禮部。[28]由此可知，他生活的地域在江蘇，年齡雖小，但消息多來自於上輩（包括師輩），較為可靠。其二，此段文字並非專記「偽畫致禍」，而是記述他家收藏的小李將軍畫在明嘉靖初年國內僅有三家的情況，其中一家為王忬家，隨便敘及王忬偽畫致禍事。這種無意流露的資訊真實性較大。其三，文中所記請仇英做一贗品，可能性也較大，因為仇英正是與小李將軍同一畫派（界畫）在明代的代表，是當時畫壇的著名畫家。他曾臨摹《清明上河圖》，若響搨小李將軍畫，恐也非他莫屬。其四，刊載此段文字的《朱舜水集》的底本，是由他的朋友日本水戶侯德川光國（1622-1700）收輯。其子德川綱條校刊，早在 1715（康熙五十四年）就在日本刊行，較為可靠。

如果朱舜水所記「小李將軍畫」招致王忬被害事真實可靠，再參照《明史·王忬傳》《明史紀事本末·嚴嵩用事》、姚平仲《綱鑑挈要》的偽畫致禍的相關記載，並以王世貞文集所載文字相參證，可以進一步證實李日華、沈德符、朱之瑜等明人所言「偽畫致禍」存在的真實性。偽畫可能是《小李將軍畫》《輞川真跡》，也可能是贗品（仇英、王彪、陸完外甥王氏摹本）《清明上河圖》。明人筆記皆說明王忬家無真本《清明上河圖》。吳晗先生的文章證明王世貞家未收藏過清明上河圖是對的。但由此而推斷「偽畫致禍」的

---

26 小李將軍，即李昭道，字希俊，唐朝宗室，彭國公李思訓之子，官至太子中舍人。與李思訓同以擅長畫青綠山水而聞名，世稱其父為大李將軍，他為小李將軍。作品有《秦王獨獵圖》等文件，傳世作品有《春山行旅圖》軸，多散佚。《明皇幸蜀圖》卷，現藏臺北故宮博物院，李舜水所藏不知為其中哪一幅。

27 朱之瑜〈答源光國問十一條·六〉云：「入國初，先祖於皇帝族屬為兄，雅不欲以天潢為累，物色累徵，堅臥不赴，遂更姓為『諸』。故生則為諸，及祔主入廟，題姓為朱。僕生之年，始復今姓。」見《朱舜水集》，北京：中華書局，1981 年，卷十，頁 348。

28 朱之瑜〈答源光國問先世緣由履歷〉，《朱舜水集》，北京：中華書局，1981 年，卷十，頁 351。

一切說法是訛傳，便難以與史料所載相合。因為他家沒有《清明上河圖》同樣可以花重金購買，或花重金請畫師摹寫一幅贗品呈送給嚴嵩父子，而明人所記事實也正是如此。所以，吳晗先生在論證真本《清明上河圖》未曾落戶王忬家的同時，便否定王忬未獻偽畫的論證是不能成立的。吳晗先生的文章並未動搖李日華、沈德符、朱之瑜等明人筆記所載「偽畫致禍」說的真實性。

《金瓶梅》作者研究八十年

　　自 1924 年魯迅《中國小說史略》言《金瓶梅》作者為王世貞之說「不足信據」起，到此文撰寫時的 2003 年止，已有八十年的歷史。為什麼要寫八十年的歷史？一來《金瓶梅》研究是繼《紅樓夢》研究之後興起的又一古代小說研究中的「顯學」，而作者研究是這一顯學中最具學術含量的誘人沃土。二來這八十年成果不菲，國內外發表的研究《金瓶梅》作者之論文 179 篇，探討出具有可能性的作者近 60 人，幾乎涉及從明代嘉靖中葉至萬曆三十年（1602）半個多世紀的主要文人的典籍。三來這類成果在中國古代小說研究中絕無僅有。沒有一部小說作者的候選人竟達五、六十人之多。這足以說明，有關《金瓶梅》作者的信息具有不確定性並因之而造成了少見的難度；也說明研究者們迎難而上的熱情與鍥而不捨的精神。這樣的學術史不僅值得寫，也很值得認真研究。

　　回顧探討《金瓶梅》作者八十年的歷程，大體可分為兩個時期四個階段。兩個時期為 1924-1978 年的五十五年，1979-2003 年的二十五年。前五十五年以 1954 年潘開沛倡集體創作說文章發表為界，分為前後兩個時期。前三十年「非王世貞」說占主導地位；後二十五年，非王世貞說（張鴻勳的「笑笑生」說也屬於非王世貞說的範圍）與集體創作說並行。後二十五年（1979-2004）為王世貞說、非王世貞說、集體創作說並行的時期。自 1979 年朱星重提王世貞說後，肯定王世貞說逐漸抬頭；非王說中出現了越來越多的作者候選人，集體說也尋找到了更多的證據，三說並行。

　　前五十五年，探討《金瓶梅》作者的文章雖說僅 9 篇半（所謂半篇是指蔣瑞藻《小說考證》中的〈金瓶梅第三十〉一文的結尾：「瑞藻按：金瓶梅出王弇州手，不疑也」的一段話），但這些文章對後來的研究影響很大，尤以吳晗、潘開沛、張鴻勳三人的文章為最，先後形成「非王世貞」說、「集體創作一人寫定」說、「蘭陵笑笑生與中下層文人」說等。

　　《金瓶梅》作者為王世貞是明末清初流行了近三百年的說法，只不過是明末人遮遮掩掩，未曾挑明，只說是「發憤」「寄意於時俗」或「指斥時事」。清康熙十二年沈起鳳將其挑明後，人們又增加了愈來愈多的傳奇色彩，五花八門（諸如「復仇說」「偽畫致禍說」

「苦孝說」）的說法更多起來了。直到本世紀初王曇的《金瓶梅考證》與蔣瑞藻的《小說考證》仍主王世貞說。否定王世貞說較早影響也較大的是魯迅。魯迅在 1924 年版的《中國小說史略》中談到作者時指出：「作者不知何人，沈德符云是嘉靖間大名士，世因以擬太倉王世貞，或云其門人。由此復生讕言」云云。後來在〈明清小說兩大主潮〉中又說：「這不過是一種推測之辭，不足信據。」1927 年，鄭振鐸在《文學大綱·中國小說的第二期》中，對王世貞說也持否定意見：「實則此種傳說，皆為無稽的讕言。」不過魯迅與鄭振鐸都未拿出有力的證據，未加以論證，說服力不大。對此問題加以詳細論證的是吳晗。吳晗於三十年代初連續發表三篇文章，意在徹底摧毀王世貞寫《金瓶梅》說。吳晗在最有力的一篇論文〈《金瓶梅》的著作時代及其社會背景〉依次論證了以下五個問題：一是「王忬的被殺與《清明上河圖》無關」；他根據錢謙益《牧齋初學集》卷八〈記清明上河圖卷〉和《勝朝遺事》中所收的文嘉《鈐山堂書畫記》從而弄清楚了《清明上河圖》在流傳中，沒有經過王忬之手，即王忬沒有得到過《清明上河圖》，所以就不可能因《清明上河圖》致禍，「偽畫致禍」說不能成立。二是王世貞寫《金瓶梅》的目的不是為報父仇。傳說中他寫書的目的或是要毒死嚴世番，或是要毒死唐順之。然而「嚴世番是正法死的，並未被毒」；「順之比王忬早死半年，世貞又安能遣人行刺於順之死後？」即這兩人的死都與王世貞無關。由此可知王世貞的創作動機並非為報父仇，「復仇說」不能成立。三是，「嘉靖間大名士」不一定就是王世貞，也可以是汪道昆、屠赤水、王百穀乃至廣五子、後五子等其他人。四是《金瓶梅》用山東方言，王世貞是江蘇太倉人，不可能用山東土著語寫作，《金瓶梅》若是他寫，必會「時作吳語」。五是《金瓶梅》敘事，「以宋明二代官名羼雜期間，最屬可笑，」史學名家的王世貞絕不可能荒謬到如此地步。在吳晗之前，從未有人對《金瓶梅》與王世貞的問題下過如此大的功夫，搜出如此多的證據，做過如此詳盡的考證。所以吳晗的文章出，令學界為之大震。前有權威學者魯迅、鄭振鐸的否定之詞，現又有明史專家吳晗否定王世貞說的考證。於是《金瓶梅》非王世貞作被人們普遍接受，數十年間，眾文一詞，眾口一詞，另辟新徑者有之，卻從未有提出異議者。

　　然而，吳晗的文章並非無懈可擊，如果認真思考一下，問題還真不少。他的文章並未將王世貞不可能寫《金瓶梅》作為論證的中心，而只將王世貞創作《金瓶梅》的目的不是為報父仇作為立論的根基。孰不知王世貞寫《金瓶梅》的目的是否為報父仇與王世貞是否寫《金瓶梅》並非一回事。王世貞寫《金瓶梅》的目的不是為報父仇，並不等於他沒有寫《金瓶梅》。所以他五個證據中的前兩個是可靠的，但不能否定王世貞寫《金瓶梅》的可能性。後面的三個證據，一來講得浮淺草率，二來所言各點，無一能站住腳。「嘉靖間大名士」怎是句空洞的話？明末人對「嘉靖間大名士」有種種界定。廿公明言是「一巨公」，「巨公」須是年齡大、地位高、名望重者方可。屠本畯聯繫作者家世、身世

講得更具體：「有人為陸都督炳誣奏，朝廷籍其家，其人沉冤，托之於《金瓶梅》，王大司寇鳳洲先生家藏全書。」就是沈德符那段話既說「嘉靖辛丑庶常諸公，則直書姓名，尤可駭怪」，又說小說「指斥時事」影射了嚴嵩、陸炳、陶仲文，且句句可在小說中坐實。怎說是一句空洞的話呢？吳晗自己承認王世貞的父親被禍是嚴氏父子所害，為何在此竟忘得乾乾淨淨？怎麼竟會說出「平常無故的人要指斥時事幹什麼呢」這樣風涼的話？難道山人墨客也可稱為「巨公」嗎？難道一大堆五子、七子的父親也都死於嚴氏父子之手嗎？難道那些名士家中也都藏有全本的《金瓶梅》手抄本嗎？……顯然，吳晗在發這一段議論時，充滿了強烈的感情色彩，影響了他思維的前後一致性與邏輯性，故而他的論證很缺乏說服力。第四第五兩條結論只能說明吳晗並未認真反覆研究文本。《金瓶梅》一書的語言是相當複雜的，大體上說以山東與河北清河一帶方言為主，然也「時作吳語」，南北話兼雜，並非一色山東話。王世貞是江蘇太倉人不假，然又常年在京城、山東等北方做官，他不可能不會說官話、北方話。況且王世貞在北京期間所交往的最好朋友李攀龍、李先芳都是山東人，特別他與李攀龍的友誼是終生的。李攀龍辭職還鄉後，恰好王世貞出任山東，他們來往甚密，這對他熟練地掌握山東話必是極有利的事。總之王世貞很可能是一位南北話兼通的人，故而才會使一部《金瓶梅》南北話兼有，這不反過來證明這部講山東話又「時作吳語」的小說的作者更可能是王世貞嗎？說《金瓶梅》「以宋明二代官名羼雜其間，最屬可笑」的人，是沒有弄懂《金瓶梅》一書的寫作方法：假宋寫明。作者常將明代職銜加於宋代官吏頭上。作者故意這麼做，更說明他對宋明兩代的歷史人物、典章制度已精熟到了如意調換官秩、隨意影射卻分毫不差的地步，這不反過來證明《金瓶梅》的作者是位有史識有史才的大名士嗎？

由此看來，吳晗文章的功績在於對明清以來有關王世貞父子的「偽畫致禍」說和「孝子復仇」說的訛傳進行了一次認真而徹底的清理，澄清了《清明上河圖》肇禍與作《金瓶梅》是為報父仇的一切事實真相。這無疑是一個不小的功績。然而，吳晗的文章並未動搖王世貞與《金瓶梅》的著作權。

到了 1954 年，潘開沛覺得再沿著吳晗研究道路去找《金瓶梅》的作者，已不可能有所突破，只能另闢蹊徑。而且在潘開沛看來，吳晗研究的結果並不怎麼樣，「除了推翻了從『嘉靖間大名士』到王世貞作的傳說之外，到底它是誰作的，是怎樣產生的，卻一直得不到要領。」況且又沒有新資料的發現。所以，「現在唯一能做得到，而且比較靠得住的，就是利用這部書的本身。」「從書裏來發現書的作者，及其產生的過程。」於是他從書內找到了五個方面的證據：「第一、《金瓶梅》是一部平話，而不是像我們現在的小說家所寫的小說」；「第二、全書每一回都穿插著詞曲、快板、說明」；「第三、《金瓶梅》在寫作上存在著許多問題，如內容重複，穿插著無頭無腦的事，與原作者旨意

矛盾，前後不一致，不連貫，不合理以及詞話本的回目不講對仗、平仄、字數多少不一等等」；「第四、我們再進一步從全書的結構、故事和技巧來看，也可以看出是經過許多人編撰續成的」；「第五、從作者的直接描繪和一些淫詞穢語中，也可以看出是說書人的創作」。所以其最終結論為：《金瓶梅》「不是像《紅樓夢》那樣由一個作家來寫的書，而是像《水滸傳》那樣先有傳說故事，短篇文章，然後才成長篇小說的。這就是說，它不是由哪一個『大名士』、大文學家獨自在書齋裏創作出來的，而是在同一時間或不同時間裏的許多藝人集體創作出來的，是一部集體的創作，只不過是最後經過文人的潤色和加工而已。」於是潘開沛首創了「集體創作個人寫定」說。這一觀點為許多學人所接受，對後世產生了深遠的影響。潘開沛的集體創作說，為不少人所接受。1964 年，日本漢學家鳥居久晴撰文贊同集體創作說，並對潘開沛觀點第三條（作為個人的創作，而在全書裏，首先在回目中，粗枝大葉處十分觸目）作了更詳盡的補充。

1958 年，張鴻勳一方面接受吳晗等人的觀點，否定王世貞創作《金瓶梅》，一方面又在王世貞之外尋找作者。他以《新刻金瓶梅詞話》卷首的欣欣子序作為推測作者的依據，從序文中得到了兩個資訊：「首先《金瓶梅》的作者是笑笑生，而不是王世貞」；「其次，作者是蘭陵人，蘭陵即今天的山東嶧縣，就是說作者是山東人。」於是他的結論是：「可以肯定地說，《金瓶梅》的作者不是王世貞，而是笑笑生，他是山東嶧縣人。」並進一步推測說：「很可能是一個中下層的知識份子，並且是一個很愛好民間文藝的人。」張鴻勳的結論雖簡單，卻將作者的研究由「嘉靖間大名士」，引向了「蘭陵笑笑生」。追問「蘭陵笑笑生」為何人，自此成為很長一段時間研究作者的學人們努力的方向。

戴不凡在《金瓶梅零札六題》中的第一題所談即作者問題，他主要着眼於文本的內證，即語言、回前詞與金華酒，從而認定作者或改定此書的人既不是嘉靖間大名士，也不是蘭陵笑笑生，而是「浙江蘭溪一帶」「不得志老名士」──「吳儂」。說其「不得志」且「老」的根據，是《詞話》第七十九回回前詞與第八十一回的回前五律，因這兩段韻文，情不自禁地來了個「夫子自道」，「抒出作者本人之遭遇感慨」。他還從文中找到了一些吳地方言，如「掇」「味」「事務」「黃湯」等。並說小說中用吳語並非 53-57回，而是貫穿全書始終的。其中較有力的證據，是《詞話》中多次提及金華酒，於是戴不凡認為作者「若非在金華一帶住過，絕不知金華酒之醇且甘。……若非金華蘭溪一帶人，殆難有可能反覆筆之於小說之中的。」的確，他的如上見解開拓人的研究思路，為尋找《金瓶梅》的作者提供了另一線索。

李靈犀對作者問題提出了三個疑點，引人深思。一是《金瓶梅》的作者是否為李卓吾？二是《金瓶梅詞話》究竟是南人寫的還是北人寫的？三是「蘭陵笑笑生」中的「蘭陵」，是否就一定是山東嶧縣？他列出了李卓吾作《金瓶梅》的有關傳聞和可能性，但

終覺得「不足據」。魯迅、鄭振鐸、吳晗等皆認為《金瓶梅》用山東方言寫成，作者必為北人。姚靈犀則認為「實不盡然」。因為京師為四方雜處之地，仕宦於京者多能作北方語，山東密邇京師，又水陸必經之路，南人擅北方語者所在多有，「《金瓶梅》之俗語，亦南人所能通曉。」所以，作者到底是南人還是北人？難以確定。「笑笑生既不明言姓名，又何必冠其籍貫？」所以蘭陵不一定是籍貫，即使是籍貫，「安知不是南蘭陵？更安知不是郡望？」他所言後兩點，對於考證作者來說，均有參考價值。

魯迅、鄭振鐸、特別是吳晗的「非王世貞」說，潘開沛的「集體創作」說，張鴻勳的「蘭陵笑笑生」說，戴不凡的「不得志的吳儂」說，當為這一時期較有影響的《金瓶梅》作者研究四大說。

<h1 style="text-align:center">二</h1>

1979 年之後「金學」研究的復興正是從對作者的探覓破解工作開始的。這一時期作者研究的特點有三，一是「非王世貞」的研究範圍大大拓展了，研究者的視野呈現多元兼融的狀態，這種兼融在時間上表現為，不限於嘉靖年間，而是由嘉靖年間擴展為隆慶至萬曆前期；候選人的類型不侷於一種，而往往是多種的聯合。如「大名士」與「蘭陵笑笑生」的合一。「大名士」與「門客」「吳儂」的合一；僅就大名士而言，由王世貞一人擴展為自嘉靖至萬曆前期的所有可稱之為大名士且與《金瓶梅》有關係的眾多文人；到二十世紀末，《金瓶梅》作者候選人已多達五十七個（類）。作者探討視域的拓展與學術發展的強勁勢頭由此可見一斑。同時倡集體創作一人寫定說者，也在精讀文本與泛讀明代文集過程中有不少新的發現。

力主「文人獨創」說者，他們根據《金瓶梅詞話》完整獨特的藝術結構、一以貫之的思想、精描細刻的藝術手法和整部小說獨特的藝術風格，參照相關的史料，確信其為文人獨創且非大手筆不能寫出。這位大名士是誰呢？他們在對明清人的傳聞重新審視的基礎上，又廣稽嘉靖、隆慶、萬曆朝史書、文集、筆記中相關文字，勾稽爬梳、精審細擇，重新提出了不少新看法。迄今為止，新的候選人已達三十五個。其中王世貞、屠隆、李開先，賈三近、徐渭五說有較大影響。

王世貞作《金瓶梅》在明、清兩代的筆記中有較多記載。首先是關於《金瓶梅》手抄本的流傳最早來源於王世貞；清初宋起鳳的《稗說》（卷三）毫不含糊地指出《金瓶梅》是王世貞「中年筆也」；為張竹坡《第一奇書金瓶梅》作序的謝頤（實為張竹坡）也沿用此說；此後記載此類傳說的筆記益夥。於是王世貞作《金瓶梅》在有清一代已成定論。1924 年至 1934 年的十年間，魯迅、鄭振鐸、吳晗等否定王世貞為《金瓶梅》的作者，

王世貞說受到動搖。1979 年，朱星連發數文，重提王世貞創作《金瓶梅》說。然而他的
文章避開了吳晗文章所論及的問題，只列舉了王世貞可能寫作《金瓶梅》的十個條件，
這些條件只是一般性的周邊材料，看不出王世貞與《金瓶梅》的必然聯繫，經趙景深、
徐朔方、黃霖、張遠芬等人相繼撰文與之商榷（朱星也不久離開了人世）後，王世貞說又一
段偃旗息鼓了。1991 年周鈞韜發表了〈吳晗先生對《金瓶梅》作者王世貞的否定不能成
立〉一文，進一步闡述了「王世貞及其門人著」的觀點。1999 年，筆者在拙著《金學考
論》中，用四個外證六個內證材料進一步說明《金瓶梅》的作者最大的可能是王世貞。
這十個證據分別是：一、《金瓶梅》十二種手抄本源於王世貞家；二、被陸炳「誣奏」
「籍其家」「沉冤」，「托之《金瓶梅》」且最早擁有《金瓶梅》手抄全本的「王大司寇鳳
洲先生」只能是王世貞；三、《玉嬌李》與《金瓶梅》同出一人之手，《玉》作者是王世
貞，《金》作者也應是王世貞。四、宋起鳳直言《金瓶梅》的作者是王世貞，張竹坡也
確信王世貞是《金瓶梅》的作者；五、《金瓶梅》「指斥」的「時事」與王世貞家世相關，
所寫明代官吏多為王世貞的熟人；六、《金瓶梅》與王世貞所作的長篇敘事詩〈袁江流鈐
山岡當廬江小婦行〉〈鳴鳳記〉皆為「指斥時事」譏諷嚴嵩父子之作，旨趣相同。七、《金
瓶梅》大量借用他書素材正是王世貞提倡模擬方法在小說創作中的實踐。八、大哭李瓶
兒與善寫喪葬場面體現了王世貞的家庭遭際、哭癖性情與心理特點。九、從《弇州山人
四部稿》中《宛委餘編》看，王世貞倡俗厭雅，是位對民間俗文化頗感興趣的人；十、
王世貞好道喜佛、道一佛二，學道佛又不拘於道佛的思想與《金瓶梅》中所表現的佛道
思想相吻合，萬曆七年眼病發，不能讀書，只聽念書與口述請門人手錄的讀寫方式與《金
瓶梅》中音同字誤的情形也頗吻合。吳晗文章及「非王」說既未能推翻四條鐵徵（外證），
也不能否定《金瓶梅》中的六條內證，故而尚且不能剝奪王世貞的《金瓶梅》著作權。

　　看來要想徹底否定王世貞作《金瓶梅》的可能性，必須對王世貞最早擁有《金瓶梅》
手抄全本之事做出只是佔有而並非創作的說明；必須證明擁有《金瓶梅》手抄本的王世
貞不是遭陸都督炳誣奏，朝廷籍其家，其人沉冤的王世貞；必須說明清初宋起鳳的《王
弇州著作》是偽作；說明王世貞與另一部小說《玉嬌麗》無關。然而這又絕非易事。所
以筆者以為二十世紀所探索出的《金瓶梅》作者的候選人，尚無一能取代王世貞的《金
瓶梅》著作權的地位。此後霍現俊等也支持此說。

　　二十世紀最後二十年，在考證《金瓶梅》作者的諸說中，黃霖的「屠隆說」是國內外
影響較大、爭論也較多的一種。黃霖首先發現了一條重要的內證材料：《金瓶梅》第五十
六回的〈哀頭巾詩〉與〈哀頭巾文〉出自《開卷一笑》（後稱《山中一夕話》）。此書的參訂
校閱者，一會兒題笑笑先生、哈哈道士，一會兒又題一衲道人屠隆。這種情況在明清兩代
是較常見的，孫楷第先生曾指出：此皆「一人所編一家所刊者」。據此黃霖認定笑笑先

生、哈哈道士、一衲道人、屠隆都是同一人。即笑笑先生就是一衲道人屠隆，屠隆就是《金瓶梅》的作者「蘭陵笑笑生」，並進而結合屠隆的籍貫、習尚，萬曆二十年前後的處境和心情、情欲觀、文學基礎、生活基礎，以及《金瓶梅》的最初流傳等六方面情況綜合考查，覺得屠隆就是《金瓶梅詞話》的作者。這一論證為前人所未見，且最具說服力的地方在於找到了屠隆與笑笑生的直接聯繫，即屠隆曾用過「笑笑先生」的化名，這是最關鍵的一步。「屠隆」說在國內外引起了較大反響。支持者也相繼而出。先是臺灣魏子雲接連發文，為此說「添磚加瓦」。後鄭閏又有新資料發現；李燃青、呂玨、劉孔伏、潘良熾等也張煌此說。魏子雲經過進一步考證後，認為《金瓶梅》的作者問題應該「畫句點」了。

然而對屠隆的讚譽和責難是同步相生的。徐朔方率先指出《開卷一笑》這種記載笑話趣聞和相關詩文的書，東拼西湊很難作為可信的史料看待。根據《開卷一笑》記有康熙時人瞿杲的事蹟看，屠隆參閱之類的話都是書販的假託，不可相信。《遍地金》封面鐫「筆練閣編次繡像」，而筆練閣主人是清代乾隆朝人。作為專名，「笑笑生」不等於「笑笑先生」，「參閱者」不等於編者，更不是作者。張遠芬也指出沈德符在《萬曆野獲編》中曾說，原本五十三回至五十七回是「陋儒補以入刻」，這樣屠隆充其量也只能是這五回贗作的作者，而不是全書的作者。張慶善、魯歌等人依據明人有關《金瓶梅》的筆記記載原書名叫《金瓶梅》，無欣欣子序和廿公跋，《新刻金瓶梅詞話》問世較晚，欣欣子序中所言蘭陵笑笑生作《金瓶梅》的真實性可疑。甚至有人說：「蘭陵笑笑生」是書商杜撰的無稽之談。

對以上主要疑點，黃霖在他的文章中都曾一一作答，進一步論證《開卷一笑》是明代版本，非清代版本。同時又提出了諸多旁證，並不斷地修正、補充、完善自己的「屠隆說」。然而就現有的條件，若想對如此眾多的複雜問題作出令人滿意的答覆也是極為困難的。再者陳詔在〈呼之欲出的笑笑生〉一文中，證實了吳曉鈴披露的確有笑笑生其人且有其傳世的手書《魚游春水》這一消息的真實性，這一笑笑生是否為蘭陵笑笑生？他與屠隆是什麼關係？再者，劉輝在《玉閨紅》一書序中發現的《金瓶梅彈詞》二十卷的作者「東魯落落平生」與「蘭陵笑笑生」有無關係？又是怎樣的關係？這些似乎也是應該進一步搞清楚的。

李開先作《金瓶梅》說由吳曉鈴首倡。1962 年版中國科學院本《中國文學史》在第949 頁的一條註腳：「有人曾推測作者是李開先或王世貞或趙南星或薛應旂，但卻沒有能夠舉出直接證據，李開先的可能性較大。」自 1980 年起，徐朔方接連發表〈《金瓶梅》的寫定者是李開先〉〈《金瓶梅》成書補正〉〈《金瓶梅》成書新探〉等一系列文章，論證《金瓶梅》的寫定者是李開先（後修訂為李開先或他的崇信者）。徐朔方從《金瓶梅》引用的大量戲曲史料中尋找作者。他認為《金瓶梅詞話》的作者是熟悉、精通戲曲的，

因此在引用這些史料中不可能不表現出他的興趣所在。徐朔方發現《金瓶梅》引用《寶劍記》次數之多、文字之長，而又避而不提它的劇名和作者姓名，且所引片斷不屬於精彩摺子，這同一般的摹擬、引用顯然不同。於是他進而將《寶劍記》與《金瓶梅》加以比較，發現它們有不少相同之處，遂得出結論《金瓶梅》的寫作者是《寶劍記》的作者李開先或他的崇信者。卜健發現《李氏族譜》，並實地考察獲得許多資料，寫成《金瓶梅作者李開先考》一書，不僅對徐朔方的「李開先說」作了大量有價值的資料補充，而且研究的範圍也拓寬了許多，認定李開先是《金瓶梅》的作者而非寫定者。劉輝稱卜健此書為「李開先說的集大成者」是不過分的。然而這裏有一個問題：《金瓶梅》抄錄化用了某人的作品，作者是否就是某人。即被抄錄作品的作者與《金瓶梅》作者之間能否畫等號。《金瓶梅》抄引化用的文學作品不單是戲曲，還有大量的話本、詩文，不單是李開先的作品，還有許多他人的作品。若要證明作者是李開先，必須將其他作品的作者也具有創作寫定《金瓶梅》的可能性排除掉，方更具說服力。此說得到趙景深、杜維沫、日下翠的支持，也遭到朱星、鄭慶山、王輝斌等人的反對。

　　新時期提出《金瓶梅》作者新說的第一人是張遠芬。1984 年出版的《金瓶梅新證》一書認定《金瓶梅》的作者是賈三近。他的主要根據是：賈三近是山東嶧縣人，而「蘭陵笑笑生」也是山東嶧縣人。要點有四個：蘭陵就是山東嶧縣；欣欣子序中的「明賢里」也是指嶧縣；《金瓶梅》中的「金華酒」就是蘭陵（嶧縣）酒；《金瓶梅》中的方言大都來自嶧縣。論者抓住「蘭陵」一名從地理位置上立論，不免顯得單薄，因為「蘭陵」既指地名又可能指「酒名」，即使就地名而言，古代有兩個蘭陵，一為山東嶧縣，一為江蘇武進。再者，以方言論定一部書的作者，特別是像《金瓶梅》這樣抄錄化用了大量他人文學作品的小說，其方法可靠性程度值得懷疑，因此，對此支持者有之（如鄭慶山、馮傳海、王寇才、馬森等），與張遠芬商榷者也不少（如李時人、李錦山、齊沛、寧源偉等）。看來此說的疑點不少。

　　徐渭說的真正論證者是潘承玉，他在 1999 年出版的《金瓶梅新證》中，從成書年代、《金瓶梅》作者需具備的特殊才能、《金瓶梅》所描寫的地理環境、紹興酒與紹興的民俗風物，紹興的方言、《金瓶梅》抄本的流傳過程等方面，論證《金瓶梅》的作者就是明代著名文士徐渭，該文行文始終將徐渭作為注目、論證的核心，思路明晰，論證也比較嚴密。該書還有一點破解字謎的功夫，如將「廿公」「徐姓官員」「清河縣」「蘭陵」「笑笑生」等破解為「浙江紹興府山陰縣徐渭」。然而，這種靠眾多旁證湊集起來的論證，最令人擔心者有二，一是先入為主的主觀性；二是若論證中的一個環節出了問題，可能導致一簣即潰。不過這本書所引用的材料豐富，論者駕馭材料的能力很強。因而正如該書序言的作者嚴雲受所言：「無論你是否接受作者的論斷，你都不能不被他提出的大量

的文本材料和相關資料所吸引，因而覺得頗受啟迪。」吳敢在總結二十世紀《金瓶梅》研究的歷史時說：「潘承玉關於徐渭說與黃霖關於屠隆說、卜健關於李開先說、許建平關於王世貞說，在當今《金瓶梅》作者研究成果中，可以並稱為四大說。」愚以為當合張遠芬的關於賈三近說為五大說。

此外，關於《金瓶梅》的作者，還有「丁耀亢、丘志充、丘石常」說（馬泰來、魏子雲），「湯顯祖」說（芮效衛），「馮夢龍」說（陳毓羆、魏子雲、陳昌恆、趙伯英），崇禎本的作者——「李漁」說（劉輝、吳敢），「賈夢龍」說（許志強），「王穉登」說（魯歌、馬征），「羅汝芳」說（趙興勤），「臧晉叔」說（張惠英），「盧楠」說（王汝梅），「劉九」說（戴鴻森），「田藝衡」說（周維衍），「金聖歎」說（高明誠），「李先芳」說（葉桂桐、閻增山），「謝榛、鄭若庸、朱厚煜」說（王繭、王連洲），「陶望齡兄弟」說（魏子雲），「屠大年」說（鄭閏），「王采」說（李洪政），「趙南星」說（王勉），「李贄」說（魏子雲），「馮惟敏」說（朱星、趙興勤），「唐寅」說（朱恒夫），「李攀龍」說（姬乃軍），「丁惟寧」說（張清吉），「蕭鳴鳳」說（盛鴻郎），「胡忠」說（毛德彪），等。

但是《金瓶梅》作者的研究熱也引起人們的思考，吳小如、陳大康、潘承玉等撰文主張作者的研究要靠資料說話，急功近利的作法是無益的，在沒有新的史料的情況下，作者研究應該緩行。學人們也感到應潛心閱讀明代嘉靖中期至萬曆中期文人的文集，待有了力證後再說話。故而作者研究自 1994 年後，逐漸降溫。

與此相反，主張《金瓶梅》為「集體創作一人寫定」說者這些年則呈日漸高漲態勢，主張此說者先後有徐朔方、劉輝、陳遼、王利器、孫遜、陳詔、傅憎享等人，他們主要根據小說的內證材料，特別是大量採錄抄襲他人的作品，並以此與歷代積累型小說與其後文人獨撰的小說相比較，認為它更像前者而不像文人獨撰的小說。徐朔方在〈論《水滸》和《金瓶梅》不只是個人創作〉一文中將《金瓶梅》與《水滸》詳細比照，發現它們之間有很大雷同，認為《水滸》比《金瓶梅》或早或遲的跡象同時並存，兩者的關係是雙向的影響關係，兩者同出一源，同出一系列「水滸」故事的集群，都是世代累積型的集體創作。劉輝在〈從詞話本到說散本——《金瓶梅》成書過程及作者問題研究〉和〈金瓶梅研究十年〉中，堅持「世代累積型集體創作」說，他從《金瓶梅》中保留着大量可唱韻文大量採錄抄襲他人之作，特別是大量採用宋元話本、元明雜劇傳奇以及小說中存在着大量訛誤、錯亂、重複、破綻等種種現象出發，認為《金瓶梅詞話》是民間藝人說唱的「底本」，大體相當於詞話本《水滸傳》。而說散本則相當於施耐庵加工修改後的《水滸傳》。陳遼主張《金瓶梅》成書分三個階段。原是評話，創作者是評書藝術人們；蘭陵笑笑生把《金瓶梅》評話整理、加工、再創造為《金瓶梅詞話》；《新刻繡像金瓶梅》是成書的第三個階段，作者是思想、藝術都比蘭陵笑笑生高出一頭的作家。傅

憎享從《詞話》臨文無字，率意假代；文字流俗，品位較低；直錄鄉音、實書俚語之種種而證明《金瓶梅》不是出自名士之手，不是文人創作；倒是俚人（或即書會才人）的耳錄，耳錄之初也不是供閱讀的，而是供說聽的。

三

考察《金瓶梅》作者研究八十年的歷程，從中也發現了幾個值得深思的問題。問題之一是無崇拜的崇拜順從意識對人的思維的潛在影響。在《金瓶梅》作者的探討中出現了一種看似平常卻非常奇怪的現象：文革後幾乎所有考證《金瓶梅》作者的人不約而同地將視線放在王世貞之外的視域圈內，既使沿着「嘉靖間大名士」尋找作者的人，也似乎不再認為王世貞是嘉靖間的大名士。這是一種認同心理，既對王世貞非《金瓶梅》作者的認同。王世貞非《金瓶梅》作者的結論不是源於他們自己的考證，而是源於權威的考證。是將權威的考證等同於自己的考證——對權威的信賴、認同，無需自己再去做什麼。一句話這是對權威的認同心理、順從意識（當然，其中還有其他的因素，如求新意識、或不贊成作者為嘉靖年間人的觀點等，但對《金瓶梅》非王世貞作的普遍性、整體性的認同，事實上是對權威的普遍性、整體性認同）的結果。這表明文化革命中形成的對權威的崇拜心理，儘管隨着人們對前一段歷史的逆反心理已逐漸消失，或者說又程度不同地生成一種反權威意識，然而事實上，這種反權威僅是一種表層的東西，在其心靈的深處由舊有的崇拜意識而衍生的對權威的順從、認同心理依然默默地發生着作用，影響着人的思維走向。二是普遍存在的單向思維症。研究的思維本應是正反雙向的，或多向的。所謂「雙向」是指當思維的方向指向「是」的同時，也要反過來指向其反面「非」。只有排除了「非」之後，方能確定其「是」。而單向思維則省略了反方向的思維環節。認為其「是」，便搜集一切有利的資料來證明其「是」的結論。一旦有人證明相反的思維結果也是成立的，那麼所謂「是」的一切論證便突然變得荒謬了。所謂多向思維，是指確定一個事物的屬性的時侯，要有多維向的思考，不單考慮它可能是甲，而且考慮可能是乙或丙、丁……。只有將乙、丙、丁等多種可能全排除後，方可確定其是甲，而非其他。單向思維便省略了對其他屬性的思考，僅找到一種可能性便匆忙下結論。《金瓶梅》作者的探考的結果，竟得出三十多個作者，而每個研究者都承認自己考證的那個人是對的。如果每人說的都是對的，那《金瓶梅》豈不成了三十多個人寫的了？這又與他們所認定的個人創作說相矛盾。事實上，到目前為止，三十多位作者的論證者皆無過硬材料確證某位是《金瓶梅》的作者。這反過來說明單向思維在《金瓶梅》的作者研究中是普遍存在的。而單向思維往往會造成無用之功，在社會科學研究中需特別警惕之。

附　錄

一、許建平小傳

　　河北省鹿泉人，復旦大學文學博士，上海交通大學教授（二級），博士生導師，古代文學學科帶頭人，國家社科基金重大招標項目首席專家，享受國務院特殊津貼專家，古代典籍與中國文化研究中心主任，「中國古代文化國際研究院」中方院長，《中國古代文化論壇》主編。教育部「長江學者」通訊評審專家，中國《金瓶梅》研究學會（籌）副會長，中國明代文學學會理事。主要從事明代文學和文學思想史研究，在中國古代小說與《金瓶梅》、中國敘事學、李贄、王世貞以及經濟生活與文學關係研究方面用力最多，在《中國社會科學》《文學評論》《文學遺產》《文藝研究》等國內外刊物發表學術論文一百多篇。被《新華文摘》《人大報刊複印資料》等報刊雜誌轉載四十多篇。出版《李贄思想演變史》《金學考論》《意圖敘事論》等著作十九部。主持國家社科基金重大招標項目一項，並獲國家社科規劃辦重大項目滾動資助，國家社科基金一般項目一項，教育部社科基金項目一項。獲教育部高校人文社科獎一項，上海市哲學社會科學二等獎兩項，河北省社科優秀成果二三等獎多項。

二、許建平《金瓶梅》研究專著、論文目錄

(一)專著

1. 《金學考論》，石家莊：河北教育出版社 1999 年。

2. 《商風俗韻》（與曾慶雨合著），昆明：雲南大學出版社 2000 年。

3. 《許建平解說金瓶梅》，上海：東方出版社 2010 年。

4. 《王世貞與金瓶梅》，鄭州：河南人民出版社 2012 年。

(二)論文

1. 試論《金瓶梅》藝術結構在中國長篇小說發展史上的意義
   河北師範大學學報，1990 年第 2 期；人大複印資料，1990 年第 8 期；文科學報文摘，1990 年第 4 期。

2. 《金瓶梅》表意含蓄化探繹
   河北師範大學學報，1991 年第 1 期。

3. 《金瓶梅》是一部探討人生的小說
   明清小說研究，1991 年第 4 期。

4. 新時期《金瓶梅》研究述評（上）
   河北師範學院學報，1996 年第 2 期。

5. 新時期《金瓶梅》研究述評（下）
   河北師範學院學報，1996 年第 3 期；新華文摘，1996 年第 11 期轉載萬餘字。

6. 《金瓶梅》中清河縣地理位置考辯
   金瓶梅研究，第五輯。

7. 《金瓶梅》研究中幾個問題的思考
   雲南社會科學，1998 年第 3 期；人大複印資料（古代卷），1998 年第 10 期。

8. 《金瓶梅》研究三議
   棗莊師範專科學校學報，1999 年第 3 期。

9. 《金瓶梅》中的近代文化意蘊
   文史知識，2002 年第 7 期。

10. 《金瓶梅》敘事範式
    河北學刊，2002 年第 4 期。

11. 文壇模擬風氣與《金瓶梅》撰寫方法考察
    河北師範大學學報，2000 年第 3 期。

12. 《金瓶梅》成書新證

　　河北師範大學學報，2001 年第 3 期；人大複印資料（古代文學卷），2001 年第 10 期。

13. 《金瓶梅詞話》「這五回」情節與作者探原

　　河北師範大學學報，2002 年第 1 期；人大複印資料（古代文學卷），2002 年第 7 期。

14. 王世貞與《金瓶梅》的著作權

　　古典文學知識，2002 年第 12 期。

15. 裙衩隊裏的人情世理

　　「經典叢話」金瓶梅說，江西教育出版社，1999 年 1 月。

16. 《金瓶梅詞話》是初刻抑或三刻

　　棗莊師範專科學校學報，2000 年第 1 期。

17. 王世貞與《金瓶梅》的著作權

　　河北師範大學學報，2003 年第 4 期；高校文科學報文摘，2004 年第 3 期。

18. 《金瓶梅》作者研究八十年

　　河北學刊，2004 年第 1 期；人大複印資料（古、近代文學卷），2004 年第 3 期。

19. 《金瓶梅》價值的貨幣文化解讀

　　河北學刊，2006 年第 3 期；中國社會科學文摘，2006 年第 8 期。

20. 《金瓶梅》流通貨幣質態與成書年代補證

　　文學遺產，2006 年第 5 期。

21. 《金瓶梅》中貨幣現象與審美價值的邏輯走向

　　金瓶梅研究，第八輯。

22. 《臨清州志》與《金瓶梅》研究中的幾個問題

　　明清小說研究，2008 年第 4 期。

23. 明清消費文化的傳播與城市文化的興盛——以《金瓶梅》為中心

　　江南大學學報，2011 年第 3 期。

24. 《金瓶梅》的文化反思——因何經濟崛起而文化衰微

　　東南大學學報，2013 年第 1 期。

25. 王忬「偽畫致禍」真偽考辨——以《清明上河圖》為中心

　　中國文學研究，2013 年第 1 期。

26. 《金瓶梅》文化價值論

　　明清小說研究，2013 年第 3 期。

後　記

　　整理的這些稿子，從 1990 至 2013，共二十餘年。翻檢雖不像看舊照片那麼輕鬆，卻跟翻照片一樣快樂。因為，每篇稿子都有一段故事，一個歷史的記憶，共同構成了生命長河中的流。

　　我涉足《金》學是八十年代，當時大學畢業留下教書，讀了《金瓶梅詞話》（鄭振鐸刪本），發現並非人們傳說的那樣污穢，當讀完兩遍後，便越來越喜歡上了，且因喜歡而生出一股憤憤不平之氣，覺得《金瓶梅》的作者太冤了。明代知情者說他家裏遭受了抄家之奇冤，本有一身的冤憤怨氣，卻不敢說，不能寫，啞巴吃黃蓮，淚水肚裏咽。要洩憤不得不藉小說，跳入那妻妾生活瑣事裏，留意於男女房事間，即所謂「寄意於時俗」，曲線達之。諷刺之筆，痛苦之情，揭瘡疤之心，含沙射影之意，紙墨難掩。而衛道者看不懂，見不慣，心驚肉跳，罵為淫書；以德聲標榜者，似乎說別人「淫」，自己便格外「潔」一樣，也隨聲附和；於是好奇的讀者只看其床笫之隱處，如矮子觀戲，隨聲鼓叫。作者豈非冤上加冤乎！

　　本是一部好書，說成是壞人心術的「誨淫」書，恨不得讓作者斷子絕孫，這或許是作者意所未料及的。其實作者的事，當世人心知肚明，就連晚幾十年一口氣寫下十餘萬言評語的張竹坡也非醉人。好心的古人因淫書之名，反而不願將此穢名潑在朋友頭上，於是搞出一個更神秘的「蘭陵笑笑生」的名號，使一個簡單問題複雜化。作者問題似乎成了鎖進鐵櫃內難見天日的「死結」，昭雪無日，豈非冤上再加冤乎！我所寫的數篇小文，只有一個念想：為《金瓶梅》作者昭雪翻案，洗卻「誨淫」之穢，還其清白與偉大；撥去迷霧，還作者之本來面目。然談何容易！傳統是座大山，千千萬萬之口，數百年之惡名，豈可一夜之間換顏更張。所以，我曾發出感慨：《金瓶梅》研究有兩座大山，一是淫書之名，一是作者為誰？前者考驗治此書者的識力、後者考驗大家的學力，否則「《金》學」瓶頸難破，所謂「難破」是難破「禁書」之囿，難免「笑學」之譏。進入這套叢書諸位長輩與同仁，都有為《金瓶梅》翻案的俠心義膽，吳敢先生與衍南、現俊二兄所以生出編此《金》學叢書之心，正是迎眾同仁之意，集群雄之力，共襄盛舉，一起來去蔽還原，完成這一學術史壯舉。想到此，又喜不自禁。從不大做夢的我，竟夢中爛醉。

　　我進入《金》學園地，時間並不算長。上世紀八十年代初韓進廉先生治紅學之成績

對剛入學問之門而不知所措的我，頗有啟發。八十年代末，入復旦學習，黃霖先生誡我需做考證之學問，方如夢初醒。章培恒先生以小學為根基以哲學為利器的治學之道更給我以方法指引。後擠身於章門，問學於黃師，特別是章先生從教我句讀《漢書》始，五台山休養之機，有幸伴先生六日夜，同室請教《弇州四部稿》諸問題，屈指夜談一世紀學人，更令我眼界大開，受益多多。在「《金》學」路上，章培恒師在病榻忍痛為我的小書《金學考論》寫序。黃霖先生將其獎掖後學之心傾注於剛從日本歸滬便撥冗伏案為那本拙稿所寫的序文內。劉輝先生、吳敢先生、梅節先生、魏子雲先生、甯宗一先生、王汝梅先生等也多所支持、鞭策、鼓勵。每念之情動於內，感慨不已。我的幾篇小文實與他們的教誨和支持分不開。在此論集出版之際，謹表誠摯謝意。

回憶往事，深恨自己缺乏定力，並未專心於《金瓶梅》研究，而是每過幾年便另圈一地。讀博士前後搞了幾年李贄研究；進入上海財經大學後，便宣導起用新經濟視角研究文學來；此波未平，卻陷身於中國敘事學（意圖敘事理論）的探討中；到了上海交大，又轉向申請國家社科基金重大招標項目，而後組織大家搞起《王世貞全集》的整理與研究來。這樣是否不如只搞《金瓶梅》好，我尚未認真反思過。不過自恨的同時，也略得安慰。那就是搞李贄也好，從經濟視角研究文學也罷，還是搞中國敘事學和王世貞研究，都沒有離開從理論識力與文獻功夫解決《金瓶梅》作者為誰與是否淫書兩個核心問題。王世貞的研究眼在全集整理，心不離王世貞與《金瓶梅》的關係，多少可說明自己的苦衷。

人的一生能讀書的時間有限，能寫的東西有限，能解決的問題就更少了。於是深感有涯無涯說之真切。回顧身後的路，蜿蜿蜒蜒，時隱時現，眺望前方小路，在晨曦裏伸向遙遠而火紅的天際一線。

許建平

於南浦軒 2014 年 3 月 31 日

國家圖書館出版品預行編目資料

許建平《金瓶梅》研究精選集

許建平著. – 初版. – 臺北市：臺灣學生，2015.06
面；公分（金學叢書第 2 輯；第 23 冊）

ISBN 978-957-15-1672-1 (精裝)

1. 金瓶梅　2. 研究考訂

857.48　　　　　　　　　　　　　　　104008101

許建平《金瓶梅》研究精選集

著　作　者：許　　　　　建　　　　　平
主　　　編：吳　敢、胡　衍　南、霍　現　俊
出　版　者：臺　灣　學　生　書　局　有　限　公　司
發　行　人：楊　　　　　雲　　　　　龍
發　行　所：臺　灣　學　生　書　局　有　限　公　司
　　　　　　臺北市和平東路一段七十五巷十一號
　　　　　　郵 政 劃 撥 帳 號：00024668
　　　　　　電　話：(02)23928185
　　　　　　傳　真：(02)23928105
　　　　　　E-mail：student.book@msa.hinet.net
　　　　　　http://www.studentbook.com.tw

定價：精裝 30 冊不分售
　　　新臺幣 45000 元

二　〇　一　五　年　六　月　初　版

金學叢書 第二輯